Mission Arktis

JAMES ROLLINS

MISSION ARKTIS

Roman

Aus dem Englischen von
Christine Strüh

Weltbild

Die amerikanische Originalausgabe erschien 2003 unter dem Titel
Ice Hunt
bei HarperCollins Publishers Inc., New York.

Besuchen Sie uns im Internet:
www.weltbild.de

Genehmigte Lizenzausgabe für Verlagsgruppe Weltbild GmbH,
Steinerne Furt, 86167 Augsburg

Übersetzung: Christine Strüh
Umschlaggestaltung: Johannes Frick, Augsburg
Umschlagmotiv: Getty Images (© Gerry Ellis), München
Gesamtherstellung: Clausen & Bosse GmbH,
Birkstraße 10, 25917 Leck
Printed in Germany
ISBN 3-8289-8655-2

2009 2008 2007 2006
Die letzte Jahreszahl gibt die aktuelle Lizenzausgabe an.

Für Dave Meek,
dem aufgehenden Stern am Horizont

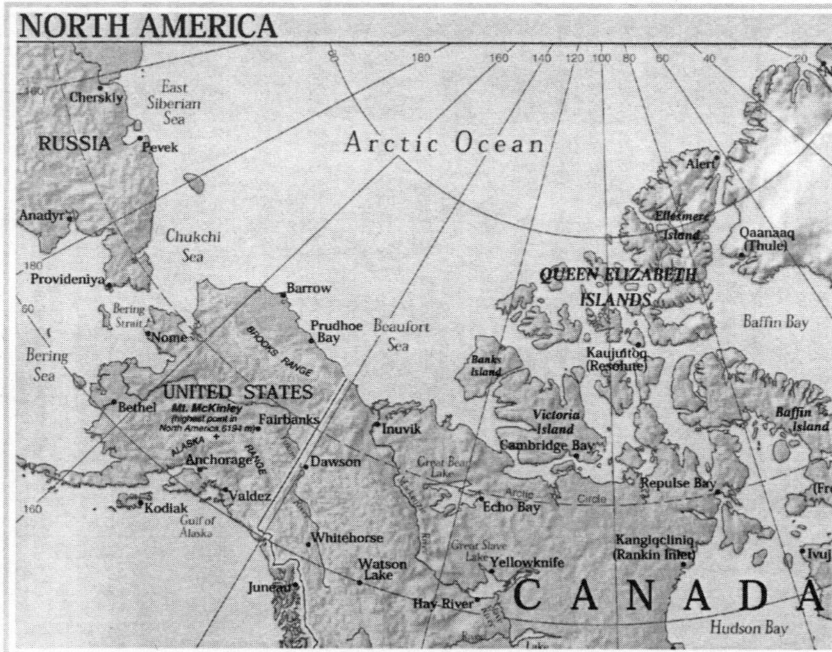
NORTH AMERICA
Arctic Ocean
East Siberian Sea
Chukchi Sea
Bering Strait
Bering Sea
Beaufort Sea
Gulf of Alaska
Baffin Bay
Hudson Bay
RUSSIA
Cherskiy
Pevek
Anadyr
Provideniya
UNITED STATES
Barrow
Prudhoe Bay
BROOKS RANGE
Nome
Bethel
Mt. McKinley
(highest point in North America 6194 m)
Fairbanks
ALASKA RANGE
Anchorage
Valdez
Kodiak
Juneau
Dawson
Whitehorse
Watson Lake
Inuvik
Great Bear Lake
Echo Bay
Great Slave Lake
Yellowknife
Hay River
Arctic Circle
CANADA
Banks Island
Victoria Island
Cambridge Bay
QUEEN ELIZABETH ISLANDS
Ellesmere Island
Alert
Qaanaaq (Thule)
Kaujuitoq (Resolute)
Baffin Island
Repulse Bay
Kangiqcliniq (Rankin Inlet)

Eisstation Grendel

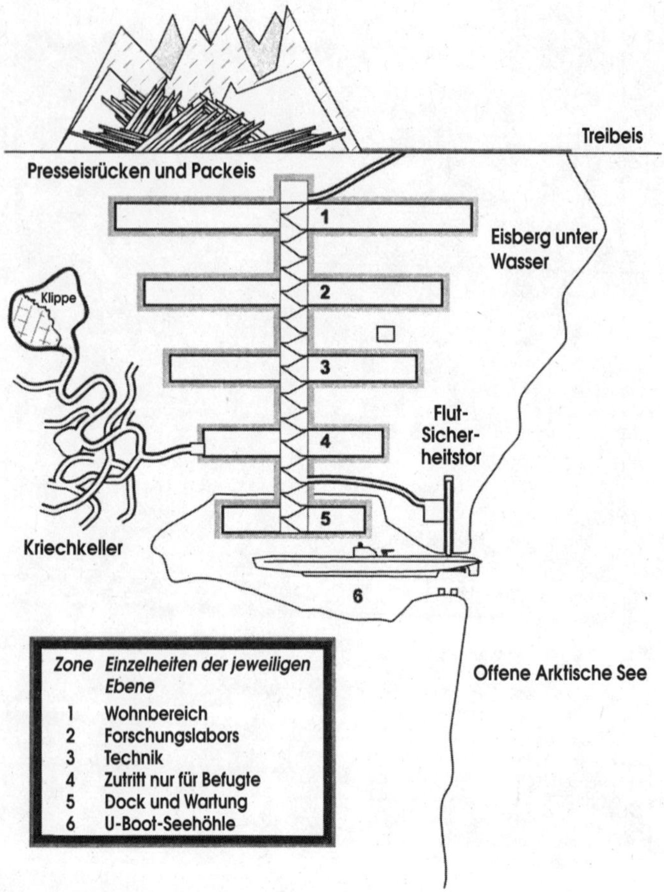

Eisstation Grendel – Pläne der einzelnen Ebenen

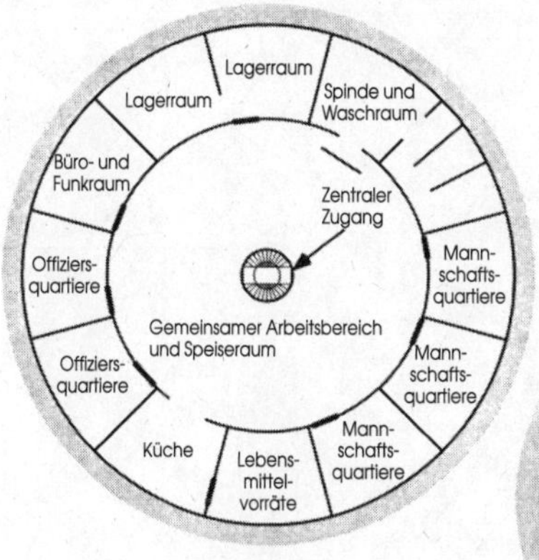

Ebene 1

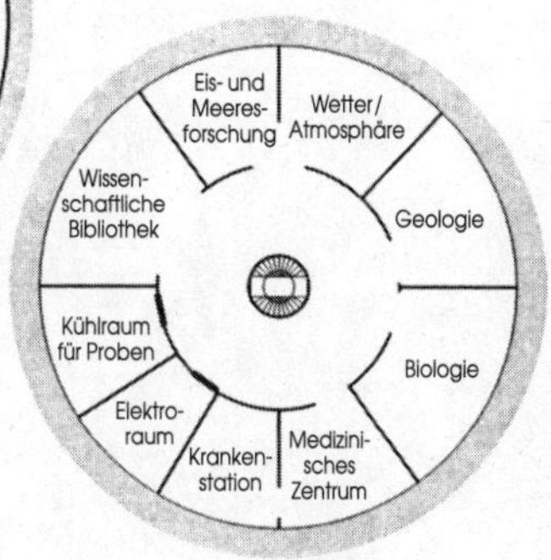

Ebene 2

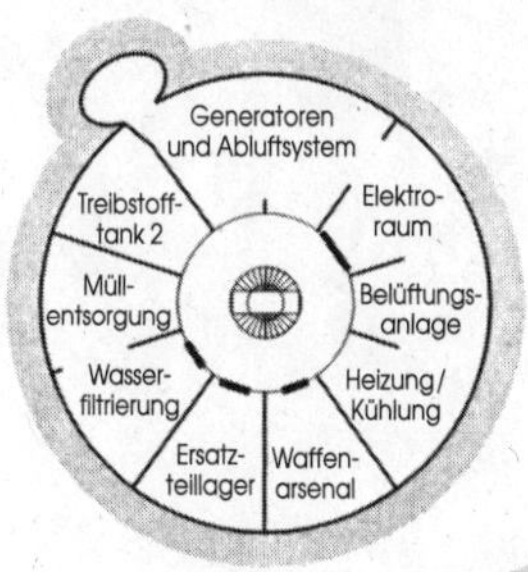

Ebene 3

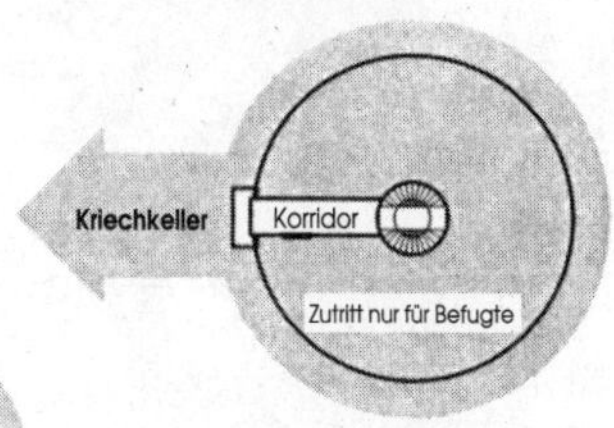

Ebene 4

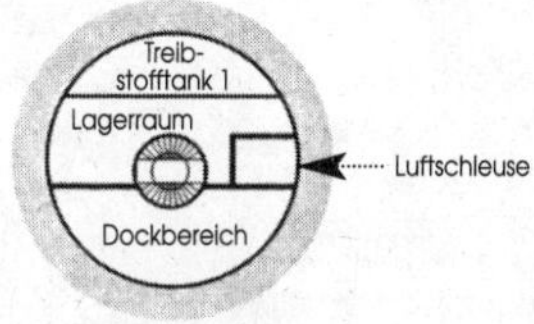

Ebene 5

Personen der Handlung

Zivilisten

(1) Matthew Pike, Wildhüter in Alaska
(2) Jennifer Aratuk, Sheriff der Nunamiut- und Inupiatstämme
(3) Junaquaat (John) Aratuk, im Ruhestand
(4) Craig Teague, Reporter bei der *Seattle Times*
(5) Bennie und Belinda Haydon, Besitzer eines Ultralight-Sightseeing-Unternehmens
(6) Bane, pensionierter Such- und Rettungshund, Kreuzung aus Wolf und Alaskan Malamute

Omega-Forscher

(1) Dr. Amanda Reynolds, amerikanische Ingenieurin
(2) Dr. Oskar Willig, schwedischer Ozeanograph
(3) Dr. Henry Ogden, amerikanischer Biologe
(4) Dr. Lee Bentley, NASA-Forscher in Materialwissenschaft
(5) Dr. Connor MacFerran, schottischer Geologe
(6) Dr. Erik Gustof, kanadischer Meteorologe
(7) Lacy Devlin, postgraduierte Geologiestudentin
(8) Magdalene, Antony und Zane, postgraduierte Biologie-Studenten

US-Militärangehörige

(1) Gregory Perry, Captain (Kapitän zur See) der *Polar Sentinel*
(2) Roberto Bratt, Lieutenant Commander (Korvettenkapitän) und Executive Officer (1. Offizier und Vertrauensmann der Offiziere) auf der *Polar Sentinel*
(3) Kent Reynolds, Admiral und Commander (Fregattenkapitän) der Pazifikflotte
(4) Paul Sewell, Lieutenant Commander und Sicherheitschef von Omega
(5) Serina Washburn, Lieutenant (Kapitänleutnant)
(6) Mitchell Greer, Lieutenant
(7) Frank O'Donnell, Petty Officer (Maat; Unteroffizier)
(8) Tom Pomautuk, Ensign (Leutnant zur See)
(9) Joe Kowalski, Seaman (Marineobergefreiter)
(10) Doug Pearlson, Seaman
(11) Ted Kanter, Master Sergeant (Oberfeldwebel), Delta Forces
(12) Edwin Wilson, Command Sergeant Major (Hauptfeldwebel), Delta Forces

Russische Militärangehörige

(1) Viktor Petkow, Admiral und Fregattenkapitän der russischen Nordflotte
(2) Anton Mikowsky, Erster Kapitän der *Drakon*
(3) Gregor Janowitsch, Tauchoffizier und 1. Offizier der *Drakon*
(4) Stefan Jurgen, Mitglied der Operation Leopard

Aus dem Archiv des *Toronto Daily Star,*
23. November 1937

Eskimodorf verschwindet!

Royal Canadian Mounted Police bestätigt Trappergeschichte

Von unserem Korrespondenten
Lake Territory, 23. November
Bei seiner heutigen Rückkehr bestätigte der Inspektor der Royal Canadian Mounted Police das Verschwinden eines Eskimodorfs in der Region Northern Lakes. Vor zehn Tagen hatte der Trapper und Pelzjäger Joe LaBelle Kontakt mit der Polizei aufgenommen und von einer erschreckenden Entdeckung berichtet. Auf seiner Pelztierjägerroute hatte LaBelle auch ein isoliertes Eskimodorf am Ufer des Lake Anjikuni aufgesucht und entdeckt, dass sämtliche Einwohner – Männer, Frauen und Kinder – aus ihren Hütten und Lagerhäusern verschwunden waren. »Es sah aus, als hätten sich die armen Leute mit nichts als dem, was sie auf der Haut trugen, aus dem Staub gemacht.«

Mit den Erkenntnissen seines Teams kehrte Inspektor Pierre Menard heute zurück und bekräftigte die Geschichte des Trappers. Man hatte das Dorf tatsächlich verlassen vorgefunden, unter äußerst sonderbaren Umständen. »Bei unserer Suche entdeckten wir unangetastete Lebensmittel, Ausrüstung und Vorräte, aber keinerlei Hinweise auf den Verbleib der Dorfbewohner. Weder Fußspuren noch sonst etwas.« Sogar die Schlittenhunde der Eskimos fand man – unter einer Schneeschicht begraben und verhungert. Die beunruhigendste Entdeckung jedoch wurde ganz zum Schluss bekannt gegeben: Die Ahnengräber der Eskimos waren freigelegt und ausgeräumt worden.

Die Polizei versichert, sie werde der Sache auf den Grund gehen, aber momentan bleibt das Schicksal der Dorfbewohner noch ein Rätsel.

Prolog

6. Februar, 11:58 Uhr
538 Kilometer nördlich des Polarkreises
Vierzig Faden unter der polaren Eiskappe

Die USS *Polar Sentinel* glitt durch den dunklen Ozean. Leise kreisten die beiden bronzenen Propeller, leise bewegte sich das neueste Forschungs-U-Boot der amerikanischen Navy unter dem Eisdach vorwärts. Plötzlich hallten die Sirenen eines Annäherungsalarms durchs Schiff.

»Heilige Muttergottes, was für ein Monster!«, murmelte der Tauchoffizier, der sich auf seiner Station über einen kleinen Videomonitor beugte.

Captain Gregory Perry teilte Commander Bratts Einschätzung. Er stand auf dem Periskoppodest im Kontrollraum, die Augen am Sucher des Fernrohrs, und beobachtete den Ozean jenseits des doppelwandigen Schiffsrumpfs aus Titan und Kohlenstoffstahl. In der Arktis herrschte noch Winter, und obwohl es Mittag war, herrschte tiefe Finsternis. Seit Wochen schon hatte niemand die Sonne gesehen; das Wasser, das sie umgab, blieb dunkel. So weit das Auge reichte, erstreckte sich die Eisdecke über ihnen, unterbrochen nur von gelegentlichen blau-grünen Flecken dünneren Eises, durch die das spärliche Mondlicht der Oberflächenwelt hereinsickerte. Im Durchschnitt war die polare Eiskappe nur drei Meter dick, was jedoch nicht bedeutete, dass ihre Welt gleichmäßig und eben war. Überall ragten Auswüchse von zusammengepresstem Packeis wie Stalaktiten herunter, einige davon bis zu vierundzwanzig Meter lang.

Aber nichts davon war mit dem umgekehrten Berg zu vergleichen, der sich da vor ihnen in die Tiefen des Arktischen Ozeans reckte, ein regelrechter Mount Everest aus Eis. Langsam umkreiste das U-Boot seine Spitze.

»Das Baby hier geht gut und gern anderthalb Kilometer weit nach unten«, fuhr Commander Bratt fort.

»Genau zwei Komma zwei vier Kilometer«, berichtigte der Wachführer von seiner Station. Er war praktisch rundum von Messgeräten umgeben und fuhr jetzt mit dem Finger über den Videomonitor des Hochfrequenz-Sonars, das die Konturen der Eisdecke abtastete.

Perry blickte weiter durch das Periskop und verließ sich lieber auf seine Augen als auf die Videomonitoren. Mit einem raschen Handgriff schaltete er die Xenonscheinwerfer des U-Bootes an, sodass die Klippen vor ihnen aufleuchteten. Schwarze Wände erglühten in Schattierungen von Kobaltblau und Aquamarin. Langsam umrundete das U-Boot den gewaltigen Berg, so nah, dass das Vermessungs-Sonar protestierend anschlug.

»Kann mal bitte jemand das Getöse ausschalten?«, brummelte Perry.

»Aye, Sir.«

Schweigen senkte sich über das Schiff; niemand sagte ein Wort. Man hörte nur noch das gedämpfte Summen der Motoren und das leise Zischen der Sauerstoffgeneratoren. Wie alle U-Boote war auch die kleine atomgetriebene *Polar Sentinel* dafür gebaut, sich lautlos fortzubewegen. Allerdings war sie nur halb so groß wie ihre geräumigeren Brüder. Dank einiger wichtiger technischer Fortschritte hatte man das U-Boot so klein bauen können, dass manche es scherzhaft der »Kaulquappenklasse« zuordneten. So benötigte es weniger Besatzung und entsprechend weniger Wohnraum. Außerdem besaß es als reines Forschungsschiff keinerlei Bewaffnung, was wiederum Platz für wissenschaftliche Geräte und Personal ließ. Doch niemand ließ sich von der Entmilitarisierung des Schiffs Sand in die Augen streuen. Die *Polar Sentinel* war natürlich auch die Testplattform für eine neue Generation von Angriffs-U-Booten: kleiner, schneller, tödlicher.

Theoretisch befand sie sich zwar noch in der Testphase, aber sie war der Driftstation Omega zugeteilt worden, einer halbpermanenten amerikanischen Forschungsstation, die als gemeinsames Projekt mehrerer Regierungsbehörden auf der Polarkappe errichtet worden war. Unter anderem gehörten die National Science Foundation und die National Oceanographic and Atmospheric Administration dazu.

In der letzten Woche hatte die Crew das U-Boot in offene Rinnen zwischen den Eisschollen oder auf dünn vereisten Seen, so genannten Polynjas, nach oben gebracht. Ihre Aufgabe bestand darin, meteorologische Geräte auf dem Eis zu platzieren, die von der Forschungsbasis aus überwacht werden sollten. Aber vor einer Stunde waren sie nun auf diesen umgekehrten Mount Everest gestoßen.

»Das ist wirklich ein Wahnsinnseisberg!« Bratt pfiff leise durch die Zähne.

Eine neue Stimme mischte sich ein. »Der korrekte Ausdruck dafür lautet Eis*insel.*«

Interessiert hob Perry den Kopf vom Periskop.

Von den vorderen Forschungsdecks her trat ein grauhaariger Mann mit einem gepflegten Bart gebückt durch die Luke in den Kontrollraum. Es war Dr. Oskar Willig, der schwedische Ozeanograph. Dicht hinter ihm folgte ein Ensign. Der nicht mehr ganz junge, aber drahtige Schwede mit den durchdringenden Augen machte eine wegwerfende Handbewegung zum Monitor und nickte Captain Perry zu. »Von Cyclops aus ist die Sicht viel spektakulärer. Dr. Reynolds lässt anfragen, ob Sie sich uns dort anschließen möchten. Wir haben nämlich etwas sehr Interessantes entdeckt.«

Nach kurzer Überlegung klappte Perry die Periskopgriffe zurück, drehte an dem hydraulischen Kontrollring, und schon senkte sich die Stahlstange mit dem optischen Modul in das darunter befindliche Gehäuse. »Commander Bratt, ich übergebe Ihnen das Steuer.« Damit trat er zu Dr. Willig hinunter.

Bratt zog eine Augenbraue hoch, als er an ihm vorbeikam. »Sie wollen in den Cyclops? Mit dem ganzen Eis um uns herum? Dann sind Sie mutiger als ich, Captain. Nerven wie Drahtseile, was?«

»Von wegen Draht«, erwiderte Perry und klopfte mit den Fingerknöcheln gegen eine Wandplatte. »Titan.«

Für das Wortspiel erntete er von seinem Stellvertreter ein leises Lachen.

Die Augen des schwedischen Ozeanographen leuchteten, als Perry sich mit ihm auf den Weg machte. »In all den Jahren hab ich noch kein so spektakuläres Exemplar einer Eisinsel gesehen.«

Perry fuhr sich mit der Hand über seine rötlichen Stoppelhaare und bedeutete dem älteren Wissenschaftler voranzugehen.

Willig nickte, sprach aber weiter, schnell und belehrend, als wäre er immer noch in seinem Seminarraum an der Universität von Stockholm. »Solche Inseln sind selten. Sie entstehen, wenn die Festlandgletscher kalben und riesige Eisberge von ihnen abbrechen. Von den Meeresströmungen werden diese schwimmenden Berge in die polare Eiskappe getrieben, wo sie festfrieren. Nach jahrelangem Wechsel von Tauen und Einfrieren werden sie schließlich ein Teil der Eiskappe.« Als er durch die vordere Luke stieg, blickte sich Dr. Willig zu dem Captain um. »Ungefähr so wie Mandeln in einem Schokoriegel, könnte man sagen.«

Perry folgte ihm und musste sich mit seinen ein Meter achtzig gewaltig ducken, um durch die Luke zu passen. »Aber was ist denn so aufregend an einer solchen Entdeckung? Warum hat Dr. Reynolds darauf bestanden, dass wir das Gebiet um diese eingebettete Mandel herum kartographisch erfassen?«

Dr. Willig wiegte den Kopf und ging weiter, den Hauptgang hinunter und durch die Forschungsabteilung des U-Boots. »Die Eisinseln sind nicht nur selten, sondern enthalten zudem, da sie von Gletschern gekalbt wurden, sehr altes Eis, teilweise sogar Gesteinsbrocken und Erde. Gefrorene Einblicke in uralte Zeiten sozusagen. Können Sie sich das vorstellen?«

Perry antwortete nicht, drängte den Doktor aber zum Weitergehen.

»Wir dürfen uns diese Chance nicht entgehen lassen. Vielleicht finden wir so ein Exemplar nie wieder. Die polare Eiskappe bedeckt eine Fläche, die doppelt so groß ist wie Ihre Vereinigten Staaten. Und da die Eiskappe von den Winterwinden und der Sommerschmelze glatt geschmirgelt ist und keine erkennbaren Merkmale mehr aufweist, kann man solche Inseln unmöglich erkennen. Nicht mal die NASA-Satelliten haben es fertig gebracht. Über diesen Berg zu stolpern, ist ein wissenschaftliches Gottesgeschenk.«

»Ob Gott dahintersteckt, weiß ich nicht, aber es ist schon faszinierend«, räumte Perry ein. Er hatte das Kommando über die *Sentinel* aufgrund seiner Vorgeschichte und seines Interesses für die Arktis bekommen. Sein Vater hatte an Bord der USS *Nautilus* gedient, die als erstes U-Boot 1958 die Arktische See überquert hatte und unter dem Nordpol durchgetaucht war. So war es für ihn eine Ehre, das Erbe seines Vaters hier oben weiterzuführen und das neueste Forschungsschiff der Navy zu befehligen.

Dr. Willig deutete auf eine versiegelte Luke am Ende des Ganges. »Kommen Sie, das müssen Sie einfach mit eigenen Augen sehen.«

Perry winkte ihn weiter und warf dann einen Blick über die Schulter. Achtern der Kontrollstation lagen die Wohnquartiere der Crew und die Maschinenräume. Auf der anderen Seite der Brücke waren die Forschungslabore untergebracht. Aber vor ihnen, im Bug des Schiffes, dort, wo in einem gewöhnlichen U-Boot der Virginia-Klasse der Torpedoraum und die Sonarkuppel gewesen wären, befand sich die seltsamste Veränderung, die an der *Polar Sentinel* vorgenommen worden war.

»Nach Ihnen«, meinte Dr. Willig, als sie die versiegelte Tür erreichten.

Perry öffnete die Luke und trat ein. Das gedämpfte Licht, das ansonsten im U-Boot herrschte, verstärkte noch die blendende Helligkeit dieses Raumes. Schützend legte er sich die Hand über die Augen.

Der obere Teil der Hülle des ehemaligen Torpedoraums war mit einem Baldachin aus dickem Lexan-Polykarbonat versehen worden. Die transparente Plastikhaube wölbte sich über sie und nach vorn, sodass sie eine unverstellte Sicht auf das Meer um die *Sentinel* herum erlaubte, ein Fenster in die Wasserwelt. Von außen sah die Lexan-Kuppel aus wie ein Glasauge, daher ihr Spitzname Cyclops, der einäugige Zyklop.

Perry ignorierte die Hand voll Wissenschaftler, die sich seitlich über Instrumente und Monitore beugten. Die Navy-Männer nahmen Haltung an und nickten ihrem Captain zu. Er erwiderte ihren Gruß, konnte seinen Blick aber nicht von der Aussicht losreißen, die der Cyclops ihm gewährte.

Mitten aus dem Herzen der Helligkeit vor ihm kam eine Stimme: »Beeindruckend, nicht wahr?«

Perry blinzelte und entdeckte im Zentrum des Raums eine schlanke Gestalt, umflossen von aquamarinem Licht. »Dr. Reynolds?«

»Ich konnte einfach nicht widerstehen, von hier aus zuzusehen.« Er hörte das warme Lächeln in ihrer Stimme. Dr. Amanda Reynolds war die nominelle Chefin der Driftstation Omega. Ihr Vater war Admiral Kent Reynolds, Befehlshaber der Pazifischen U-Boot-Flotte. Als Navy-Göre aufgewachsen, fühlte sie sich an Bord eines U-Boots ebenso wohl wie jeder Seemann, der die Zwillingsdelphine – das Symbol der amerikanischen Flotte – auf seiner Uniform trug.

Perry ging zu ihr hinüber. Er hatte Amanda vor zwei Jahren kennen gelernt, als man ihm das Captain-Abzeichen verliehen hatte. Ihr Vater hatte die Feier ausgerichtet, und Perry hatte es geschafft, an diesem einen Abend unabsichtlich ihren Kartoffelsalat zu beleidigen, ihr im Laufe eines kurzen Tanzes um ein Haar einen Zeh zu brechen und obendrein darauf zu wetten, dass die Cubs die San Francisco Giants im bevorstehenden Spiel schlagen würden – wobei er auch noch zehn Dollar verloren hatte. Alles in allem war es ein toller Abend gewesen.

Perry räusperte sich und vergewisserte sich, dass Amanda ihn anschaute. »Was halten Sie denn von Cyclops?«, fragte er und artikulierte dabei so deutlich wie möglich, damit sie die Worte von seinen Lippen ablesen konnte. Amanda hatte im Alter von dreizehn Jahren bei einem Autounfall das Gehör verloren.

Sie warf einen Blick nach oben, beugte sich etwas vor und antwortete: »Es ist genau so, wie mein Vater es sich immer erträumt hat.«

Wie sie da unter der Kuppel stand, umgeben von der Arktischen See, sah es aus, als triebe sie im Wasser. Dann drehte sie sich halb um. Ihre dunkle Mähne war zu einem praktischen Pferdeschwanz zusammengebunden, die blaue Navy-Uniform frisch gebügelt.

Perry trat neben sie unters offene Meer. Als berufsmäßiger U-Boot-Profi verstand er, warum dieser Raum seiner Crew unheimlich war. Obwohl man auf einem U-Boot das Feuer am meisten fürchtete, traute doch niemand so richtig der rund dreißig Zentimeter dicken Plastikhaube. Irgendwie war sie keine angemessene Alternative zu einem doppelwandigen Rumpf aus Titan und Stahl – vor allem, wenn man von so viel Eis umgeben war.

Auch Perry musste dem Drang widerstehen, sich unter dem Plastikbaldachin wegzuducken. Das Gewicht der ganzen Arktischen See schien auf ihm zu lasten.

»Warum haben Sie mich hierher holen lassen?«, fragte er und berührte leicht ihren Arm, um ihre Augen auf sich zu lenken.

»Deswegen ... das ist einfach unglaublich.« Amandas Stimme zitterte vor Aufregung, während sie mit der Hand nach vorn deutete. Die Scheinwerfer des U-Boots erleuchteten die Eiswand, die langsam an Cyclops vorbeiglitt. Wenn man hier stand, hatte man das Gefühl, als wäre man selbst völlig reglos und die Eisinsel würde sich vor einem drehen wie der Brummkreisel eines Riesen. Aus der Nähe schimmerte die ganze Eisklippe im Licht der Xenonscheinwerfer und das Eis schien sich endlos nach oben und nach unten zu erstrecken.

Zweifellos war dies ein Anblick, der einen gleichzeitig ernüchterte und einem eine Gänsehaut über den Rücken jagte, doch Perry verstand noch immer nicht, weshalb er hier war.

»Wir haben das neue DeepEye-Sonarsystem getestet«, begann Amanda endlich zu erklären.

Perry nickte. Er war mit ihrem Forschungsprojekt vertraut. Die *Polar Sentinel* war das erste U-Boot, das mit ihrem experimentellen Eisbeobachtungssystem ausgerüstet war, einem penetrierenden Sonar, einer Art Röntgenapparat für das Eis. Das Gerät basierte auf Dr. Reynolds eigenem Entwurf. Sie kam aus dem Bereich der angewandten Geowissenschaft und hatte sich auf Polarregionen spezialisiert.

»Wir haben gehofft, wir könnten es an dieser Insel hier ausprobieren und sehen, ob wir Gesteins- oder Erdbrocken darin ausmachen können«, fuhr sie fort.

»Und haben Sie etwas gefunden?« Er konnte die Augen immer noch nicht von der sich langsam drehenden Eisklippe abwenden.

Amanda ging zur einen Seite des Raums, wo sich zwei Männer über Geräte beugten. »Die ersten paar Versuche haben nichts ergeben, aber es ist ungefähr so, als würde man eine Zwiebel schälen. Die vom DeepEye ausgesendeten Sonarwellen verursachen minutiöse Vibrationen im Eis. Genau genommen erhitzen sie es ein bisschen. Deshalb mussten wir uns beim Scannen der Insel eine Schicht nach der anderen vornehmen. Langsam und sorgfältig. Dann haben wir entdeckt ...«

Perry stand immer noch unter dem Zyklopenauge. So war er der Erste, der die Gefahr entdeckte. Das U-Boot glitt gerade an einem dicken Eiswulst vorbei. Vor ihnen trieben und hüpften felsgroße Eisschollen an der Klippenwand empor wie in einer umgekehrten Lawine. Aber dann erschien plötzlich ein dunkler Spalt in der Eiswand und ein gigantisches Stück Klippe lehnte sich in Richtung des sich langsam fortbewegenden Schiffes. Wenn sie nichts unternahmen, würde es direkt auf sie kippen.

Vor Schreck sog er hörbar die Luft ein und stürzte zur Gegensprechanlage. »Captain an Brücke!«, brüllte er.

»Hier Brücke, Captain«, antwortete Commander Bratt angespannt. »Tanks werden geflutet.«

Schon spürte Perry den vertrauten Ruck, der durch das Schiff lief, als tausende Liter Wasser in die Nottanks strömten.

In steilem Winkel tauchte das U-Boot ab.

Perry beobachtete den Vorgang durch die Kuppel des Cyclops, unsicher, ob sie der Kollision mit der Eiswand, die von der Klippe abbrach wie eine blaue Axt, entgehen konnten. Jetzt war es ein Wettlauf zwischen dem Auftrieb des fallenden Eises und dem Gewicht ihres eigenen Notfallballasts. Das U-Boot tauchte kopfüber in die Tiefe. Haltegriffe wurden umklammert. Ein Notizbuch rutschte über den schrägen Boden.

Man hörte Schreie, aber Perry ignorierte sie. Er konnte nichts tun, nur abwarten. Eine Kollision wäre in dieser Gegend katastrophal, denn es gab meilenweit keine Möglichkeit, aufzutauchen. Natürlich war die *Polar Sentinel* dafür gebaut, den Härten der Arktis standzuhalten, aber auch sie hatte ihre Grenzen.

Die abstürzende Eiswand füllte die Welt vor ihnen vollkommen aus. Das U-Boot tauchte weiter. Nähte knackten und stöhnten unter dem abrupt verstärkten Druck, während das Schiff immer weiter in die kalte Tiefe stürzte.

Dann erschien offenes Wasser vor ihnen, direkt unter dem langsam fallenden Eisklotz. Das U-Boot schoss darauf zu.

Die Eisklippe glitt über das Boot hinweg – nur wenige Zentimeter entfernt. Perry reckte den Hals und verfolgte sie mit den Augen über den gesamten Bogen des Lexan-Baldachins. Er sah die Algen, die sich wie Schriftzeichen über die Eisoberfläche zogen, und hielt die Luft an, jeden Moment darauf gefasst, das Kreischen von Metall, das Plärren der Alarmanlage zu hören. Doch stattdessen setzte sich nur das leise Zischen der Sauerstoffgeneratoren fort.

Nach einer langen halben Minute atmete Perry tief aus

und wandte sich wieder der Gegensprechanlage zu. »Captain an Brücke«, sagte er. »Gut gemacht da oben, Leute!«

In Commander Bratts Stimme hörte man deutlich seine Erleichterung und seinen Stolz. »Fluten abbrechen. Ventile schließen.« Das U-Boot stabilisierte sich allmählich. Nach einem Moment des Schweigens fügte Bratt hinzu: »Lassen Sie uns das nicht noch mal machen.«

»Einverstanden«, meinte Perry. »Aber jetzt kehren wir langsam um und schauen uns das Areal an – aus sicherer Entfernung natürlich. Möglicherweise wurde der Abbruch durch das DeepEye-Sonar ausgelöst.« Er warf einen kurzen Blick zu Amanda hinüber, weil er wusste, dass sie sich wegen der Vibrationen und der Erwärmung, die das neue Sonar auslöste, Sorgen gemacht hatte. »Wir sollten zusehen, dass wir ein paar Bilder schießen können, schließlich untersuchen wir das verdammte Ding ja.«

Commander Bratt bestätigte und befahl seiner Brückenmannschaft: »Steuer, Ruder hart backbord! Halbe Kraft voraus! Bringen Sie uns querab!«

In einer langsamen Kreisbewegung entfernte sich das U-Boot von dem Eisberg. Perry ging zu den Videomonitoren. »Können wir eine Nahaufnahme von der Abbruchzone kriegen?«

Einer der Techniker nickte. »Ja, Sir.«

»Wir hätten damit rechnen müssen«, meldete sich Amanda zu Wort. Vor lauter Aufregung klangen ihre Worte undeutlich.

Perry tätschelte ihr die Hand. »Deshalb nennt man das ja eine Probefahrt. Wenn man nicht ein, zwei Mal auf die Probe gestellt wird, macht man seinen Job nicht richtig.«

Aber sein Versuch, die Sache mit Humor zu nehmen, scheiterte, Amandas Gesicht blieb angespannt.

Dann begann auch sein eigenes Herz wieder zu rasen angesichts der Gefahr, der sie nur um Haaresbreite entgangen waren. Er beugte sich näher an den Bildschirm, während der Techniker mit einem Schalter herumspielte, um die externen Kameras auf die Bruchstelle einzustellen. Schließlich wurde das zerschmetterte Klippenstück klar sichtbar.

»Was ist denn das?«, fragte Amanda und deutete auf einen dunklen Fleck im Zentrum der Bruchstelle. »Können Sie das mal heranzoomen?«

Der Techniker nickte und drehte an einer Skala. Der angepeilte Teil der Klippe wurde größer, der Fleck wurde detaillierter und bekam Tiefe. Was sie sahen, war kein Eis und auch kein Stein, sondern etwas absolut Außergewöhnliches. Die *Polar Sentinel* drehte sich und erfasste es mit seinen Scheinwerfern. Es war groß und eckig. *Von Menschenhand gemacht.*

Als sie näher kamen, wusste Perry plötzlich, worum es sich handelte: Es war das Heck eines U-Boots, das im Eisberg steckte wie der Stiel in einem Eis. Er ging hinüber zum Lexan-Baldachin und starrte hinaus. Von hier konnte er das Schiff, das da aus dem Eis hervorlugte, gerade noch ausmachen. Es war alt, uralt.

In sicherer Entfernung glitt die *Polar Sentinel* vorüber.

»Ist es das, was ich denke?«, fragte Dr. Willig mit schwacher Stimme.

»Ein U-Boot, ja«, antwortete Perry mit einem Nicken. Er erkannte ein U-Boot auf Anhieb. »Ich würde sagen, es stammt aus der Zeit um den Zweiten Weltkrieg. Die russische Serie I.«

Inzwischen hatte Amanda, die neben zwei Wissenschaftlern stand, wieder etwas Farbe bekommen. »Das passt zu der Entdeckung, die wir schon vor einer Weile gemacht haben. Das war auch der Grund, weshalb ich Sie hergeholt habe.«

Perry wandte sich ihr zu. »Was meinen Sie damit?«

Sie deutete auf einen anderen Monitor. »Das haben wir vom DeepEye-Sonar kartographisch erfasst und aufgezeichnet.« Der Bildschirm zeigte eine dreidimensionale Ansicht der Eisinsel. Die Auflösung war erstaunlich gut, aber Perry konnte nichts Auffälliges entdecken.

»Zeigen Sie es ihm«, fuhr Amanda fort und legte einem der Techniker die Hand auf die Schulter.

Er tippte auf ein paar Tasten, das solide Bild der Eisinsel löste sich auf und wurde gespenstisch. Das Innere der Insel war von Gängen und unterschiedlichen Schichten durchsetzt, schien Räume und Korridore zu haben. Dies war eindeutig keine natürliche Formation.

»Eine *russische* Eisstation, wenn Sie mit dem U-Boot Recht haben«, fuhr Amanda fort, sah Perry an und zog eine Augenbraue hoch. »Das Schiff ist auf der untersten Ebene angedockt.«

Perry deutete auf einige verstreute dunklere Objekte, die auf dem Bild zu sehen waren. »Und was glauben Sie, was das hier ist?«

Der Techniker ging mit dem Cursor auf eines davon und zoomte es heran. Die Form war unverkennbar.

»Das sind Körper, Captain«, antwortete er. »Tote Körper.«

Das Flackern einer Bewegung lenkte Perrys Aufmerksamkeit an den Rand des Bildschirms – dann war es verschwunden. Er zog die Stirn in Falten und blickte die anderen an. »Hat das sonst noch jemand gesehen?«

Amanda machte große Augen. »Fahren Sie die Aufnahme noch mal zurück.«

Der Techniker tat es und zog den Zoom leicht nach außen. Anschließend spulte er zu der verschwommenen Bewegung und verlangsamte die Abspielgeschwindigkeit. Auf der untersten Ebene der Station bewegte sich etwas und verschwand dann in den tieferen Regionen des Eisbergs, jenseits der Reichweite des Sonars. Obwohl es nur einen Moment zu sehen gewesen war, gab es keinen Zweifel.

»Da drin lebt etwas ...«, flüsterte Amanda.

1. Akt

Schneeflucht

ᐊᐳᓐᒥ ᑎᖕᒥᔪᖅ

KAPITEL 1

Blutköder

ᐊᐅᖃᒨᑦ ᒥᒃᑭᕈᓐ

6. April, 14:56 Uhr
Brooks Range, Alaska

Begegne Mutter Natur stets mit Respekt … vor allem, wenn sie über hundertachtzig Kilo wiegt und ihr Baby beschützt.

Matthew Pike stand dem Grizzly in fünfzig Metern Entfernung gegenüber. Die mächtige Bärin erwiderte seinen Blick und schnupperte in den Wind. Ihr einjähriges Junges schnüffelte an einem Brombeerbusch herum, aber für Beeren war es noch zu früh im Jahr. Der kleine Bär spielte in dem Strauch, ohne den eins fünfundachtzig großen Wildhüter zu bemerken, der schwitzend in der Nachmittagssonne stand. Unter den wachsamen Augen seiner Mutter hatte das Jungtier nicht viel zu befürchten. Ihr muskulöser Körper, die gelblichen Zähne und die zehn Zentimeter langen Klauen waren Schutz genug.

Matts feuchte Handfläche ruhte auf dem Pfefferspray, das er in einem Halfter bei sich trug. Mit der anderen Hand griff er langsam nach dem Gewehr über seiner Schulter. *Geh bitte nicht auf mich los, Schätzchen … mach den Tag für mich nicht noch schlimmer, als er schon ist!* Heute früh hatte er schon mit seinen Hunden Ärger gehabt und sie deshalb angebunden an seinem Lagerplatz zurückgelassen.

Langsam legte die Bärin die Ohren an den Schädel. Sie kauerte sich auf die Hinterbeine, während sie auf den Vordertatzen leicht auf und ab hüpfte. Eine eindeutige Pose, um potenzielle Feinde von vornherein abzuschrecken.

Matt unterdrückte ein Stöhnen. Am liebsten wäre er einfach losgerannt, aber er wusste, dass die Bärin sich augenblicklich an seine Fersen heften würde. Also machte er ganz behutsam einen einzigen Schritt rückwärts, sorgfältig darauf bedacht, auf keinen Zweig zu treten. Er trug alte Elchlederstiefel, handgefertigt von seiner Exfrau, die das Handwerk von ihrem Vater, einem Inuk, gelernt hatte. Zwar waren sie inzwischen seit drei Jahren geschieden, aber in diesem Moment wusste Matt ihre Fähigkeiten ganz besonders zu schätzen: Auf den weichen Sohlen konnte er sich fast lautlos fortbewegen.

Langsam zog er sich weiter zurück.

Wenn er in der Wildnis einem Bären begegnete, bestand die beste Verteidigung normalerweise darin, Lärm zu machen: Rufen, Schreien und Pfeifen vertrieb die scheuen Raubtiere. Aber wenn man wie er heute beim Überschreiten einer Hügelkuppe völlig unvermittelt auf ein Mutter-Kind-Pärchen wie dieses stieß, wenn man ohne Vorwarnung einem *Ursus arctos horribilis* gegenüberstand, dann konnte jede abrupte Bewegung die Bärenmutter dazu bringen, sich auf einen zu stürzen. Jedes Jahr gab es in Alaska tausende von Bärenattacken, darunter mehrere hundert mit tödlichem Ausgang. Erst vor zwei Monaten waren er und ein Kollege mit dem Kajak einen Nebenarm des Yukon River hinuntergefahren, um zwei vermisste Rafter zu suchen, doch sie hatten nur noch die Überreste ihrer halb aufgefressenen Leichen gefunden.

Matt kannte sich aus mit Bären. Er wusste, dass man sich beim Wandern immer nach ihren Erkennungszeichen umsehen musste: frische Kothaufen, aufgewühlte Erde,

Klauenspuren in den Baumstämmen. Er trug eine Bärenpfeife um den Hals und das Pfefferspray am Gürtel. Außerdem betrat kein Mensch, der seine fünf Sinne einigermaßen beisammen hatte, das Hinterland von Alaska ohne Gewehr. Aber im Lauf seines zehnjährigen Aufenthalts in den Naturparks und der wilden Landschaft von Alaska hatte er gelernt, dass hier draußen das Unerwartete zum Alltag gehörte. Gegen die Wildnis von Alaska – einem Staat, der größer war als Texas und in dem die meisten Gebiete nur mit dem Schwimmerflugzeug zu erreichen waren – wirkte die Wildnis der südlicheren Bundesstaaten eher wie ein Disney-Themenpark: zahm, überlaufen, kommerzialisiert. Aber hier in Alaska regierte die Natur in ihrer ganzen brutalen Majestät.

Im Moment hoffte Matt natürlich, dass der brutale Teil eine Pause einlegte. Vorsichtig setzte er seinen Rückzug weiter fort. Die Bärin hielt ihre Stellung. Dann bemerkte das Kleine – wenn man einen siebzig Kilo schweren Ball aus Fell und Muskeln als klein bezeichnen konnte – endlich den Fremden. Es stellte sich auf die Hinterbeine, beäugte ihn und wackelte mit dem Kopf, ein Schauspiel, das männliche Aggression fast komisch erscheinen ließ. Aber dann tat es genau das, was Matt die ganze Zeit befürchtet hatte: Es ließ sich auf alle viere nieder und kam auf ihn zugehoppelt. Obgleich es immer noch eher spielerisch und neugierig als angriffslustig wirkte, war es dennoch ein tödlicher Schachzug.

Von dem Kleinen hatte Matt nichts zu befürchten – mit ein bisschen Pfefferspray konnte man ihn ohne weiteres zum Umkehren bewegen –, aber die Reaktion seiner Mutter war eine ganz andere Sache. Für sie war der Pfeffer bestenfalls ein Gewürz, das ihn noch schmackhafter machte, wenn sie sich auf ihn stürzte. Ein Kopfschuss mit seiner Martin-Sportflinte würde auch nichts bringen, denn die

Kugel würde an dem dicken Schädel der Bärin einfach abprallen. Auch ein Schuss ins Herz war keine sichere Sache. Bis ein Bär an einer solchen Verletzung starb, vergingen gut und gerne zehn Minuten, bis dahin war der Schütze bereits zu Bärenkot verarbeitet. Einen Grizzly konnte man eigentlich nur umbringen, indem man auf seine Beine zielte, ihn zum Stürzen brachte und dann wieder und wieder auf den massigen Körper ballerte.

Trotz der Gefahr, in der er schwebte, war das für Matt der absolut letzte Ausweg. Die Grizzlys waren seine persönlichen Totemtiere. Das Symbol dieses Bundesstaats. Ihre Zahl war auf unter fünfundzwanzigtausend gesunken, und er brachte es nicht übers Herz, auch nur einen einzigen von ihnen zu töten. Er war in die Brooks Range gekommen, um in seiner Freizeit beim Katalogisieren und DNA-Mapping der gerade aus dem Winterschlaf erwachenden Grizzly-Population des Parklands zu helfen. Als er in diese unangenehme Lage geraten war, hatte er gerade Proben aus den Haarfallen eingesammelt, die überall in den entlegenen Bereichen des Parks aufgestellt waren, und die stinkenden Köder aufgefrischt.

Doch jetzt ging es um Leben und Tod. Unbekümmert hüpfte das Bärenjunge auf ihn zu. Seine Mutter stieß ein warnendes Knurren aus – aber Matt war nicht sicher, ob sie ihn oder ihren Sohn meinte. Wie dem auch sein mochte, jedenfalls beschleunigte er seine Flucht, behutsam einen Fuß hinter den anderen setzend. Dabei ließ er das Gewehr von der Schulter rutschen, nahm es in die Hand und holte das Pfefferspray aus dem Halfter.

Während er noch mit dem Verschluss des Sprays kämpfte, hörte er hinter sich ein wildes Knurren und blickte sich rasch um. Mit hocherhobenem, wehendem Schwanz rannte eine dunkle Gestalt den Pfad entlang, direkt auf ihn zu.

Seine Augen weiteten sich, als er das Tier erkannte. »Bane!

Nein!« Mit gesträubtem Nackenfell rannte der schwarze Hund ununterbrochen knurrend den Abhang hinauf. Offensichtlich hatte seine scharfe Nase die Bärenwitterung aufgenommen ... und vielleicht auch die Angst seines Herrchens. »Bei Fuß!«, brüllte Matt gebieterisch.

Stets gehorsam, unterbrach der Hund seinen Angriff, stemmte zum Bremsen die Vorderläufe in den Boden und blieb an Matts Seite stehen. Mit einem lauten Bellen duckte er sich und bleckte die Zähne. Bane war ein Wolfsmischling mit breiter Brust und einem kräftigen, knapp fünfundvierzig Kilo schweren Körper. Von seinem Halsband hing ein kurzes, durchgekautes Stück Lederriemen. Matt hatte ihn zusammen mit seinen drei anderen Hunden an seinem momentanen Lagerplatz zurückgelassen, als er losgezogen war, um das für Menschennasen äußerst übel riechende Lockmittel einer nahen Haarfalle zu erneuern. Der Köder – eine Mixtur aus Rinderblut, vergammelten Fischinnereien und Stinktieröl – machte die Hunde total verrückt. Heute Morgen hatte sich Gregor in einem frisch ausgelegten Köder gewälzt und erst nach mehrfachem Baden war der Gestank einigermaßen verschwunden. Da Matt keine Lust verspürt hatte, dieses Erlebnis am Nachmittag zu wiederholen, hatte er die Hunde zurückgelassen. Aber Bane, sein treuer Begleiter, hatte seine Leine durchgebissen und war ihm nachgelaufen.

Wieder bellte er.

Matt drehte sich um und sah, dass beide Bären – Mutter und Sohn – beim plötzlichen Erscheinen des großen Hundes erstarrt waren. Die Bärin hob witternd die Nase in die Luft. Hier oben in der Brooks Range war sie ganz sicher mit dem Geruch von Wölfen vertraut. War die Bedrohung groß genug, um die Bären in die Flucht zu schlagen?

Das Bärenjunge, das etwas näher war – etwa fünfzehn Meter von Herr und Hund entfernt –, tänzelte hin und her.

Dann warf es den Kopf zurück und hoppelte kurz entschlossen, blind für jede Gefahr, weiter auf sie zu. Jetzt hatte die Mutter keine Wahl mehr. Sie riss das Maul auf und brüllte. Dann ließ sie sich auf alle viere herunterfallen und ging zum Angriff über.

Matt überlegte eilig. Dann stopfte er die Dose mit dem Pfefferspray zurück in den Gürtel, schnappte sich ein Marmeladenglas mit Blutköder aus der Seitentasche seines Rucksacks und schleuderte es mit aller Kraft von sich. Das faustgroße Einmachglas flog mit der Exaktheit eines von einem Baseball-Pitcher der Yankees geworfenen Fastballs und zerbarst am Stamm einer dreißig Meter entfernten Pappel neben dem Pfad. Blut und Innereien spritzten heraus. Für gewöhnlich reichten zwei Fingerhut voll von dem Zeug, um einen Köder aufzufrischen und Bären aus einem Umkreis von mehreren Kilometern anzulocken. Aber jetzt war eine ganze Flasche von dem Zeug geleert worden und im Handumdrehen verbreitete sich ein durchdringender, ekelhafter Gestank.

Das Bärenjunge unterbrach seinen tapsigen Lauf, blieb wie angewurzelt stehen, streckte die Nase hoch in die Luft und schnupperte eifrig. Wie ein Radar drehte sich sein Kopf zur Quelle des köstlichen Dufts. Sogar die Bärin stoppte ihren Angriff und starrte zu der Pappel hinüber. Das Kleine drehte sich um und rannte den Abhang hinauf. Für ein hungriges, gerade aus dem Winterschlaf erwachtes Bärenjunges war der Gestank tausendmal interessanter als eine Brombeerhecke oder zwei fremde Gestalten im Wald. Fröhlich trollte es sich. Seine Mutter beäugte Matt und Bane immer noch argwöhnisch, aber auch sie hockte sich immerhin wieder auf die Hinterbacken und hielt Wache, während ihr Sohn an ihr vorbei zu dem besudelten Baum hoppelte.

Matt spürte, dass der Zeitpunkt für einen hastigen Rückzug günstig war. »Bei Fuß, Bane!«, flüsterte er. Auch der Hund hielt die Nase in die Luft und witterte den Köder. Aber Matt packte schnell das abgekaute Ende der Leine. »Denk nicht mal dran!«

So überließ er den Bären den Preis für ihren Sieg, zog sich rückwärts über den Hügelkamm zurück und auf der anderen Seite den Hang hinunter, ein Auge auf dem Weg hinter sich, ein Auge auf dem Kamm, nur für den Fall, dass die Mama sich doch noch entschloss, ihm zu folgen. Aber die Bären blieben, wo sie waren, und nach ungefähr vierhundert Metern drehte er sich um und wanderte zügig die drei Kilometer zurück zu seinem Camp.

Er hatte sein Lager an einem breiten Bach aufgeschlagen, der an manchen Stellen noch zugefroren war. Der Frühling ließ sich Zeit dieses Jahr. Aber mit den überall aufblühenden Wildblumen gab es wenigstens schon Vorboten des wärmeren Wetters: Jakobsleiter, Weidenröschen, blutrote wilde Rosen und blaue Veilchen. Selbst der gefrorene Bach, an dem Weiden und Erlen standen, war von geflecktem Schierling in voller Blüte gesäumt.

Wenn der Nationalpark Gates of the Arctic aus dem Winterschlaf erwachte, sich aber noch keine Touristen und Rafter eingefunden hatten, war Matts liebste Jahreszeit. Nicht dass es in dem acht Millionen Acres großen Gebiet so wahnsinnig viele Gäste gegeben hätte – der Nationalpark war immerhin so groß wie Vermont und Connecticut zusammen und übers Jahr verteilt wagten sich nicht einmal ganz dreitausend Besucher in den Wildpark.

Und im Moment hatte Matt die Gegend ganz für sich allein.

Im Camp begrüßte die übliche Kakophonie von Gejaule und Gebell seine wohlbehaltene Rückkehr. Seine Roan-Stute – halb Araber, halb Quarter Horse – wieherte ihn an, schüttelte heftig den Kopf und stampfte in eindeutig weiblich zickiger Manier mit dem Huf auf. Bane schubste und beschnüffelte seine Kumpel, wie sich das für einen Hund gehörte. Matt befreite die anderen drei – Gregor, Simon und Butthead – von ihren Haltestricken, worauf sie dankbar im Kreis herumrannten, schnupperten, das Bein hoben, mit heraushängender Zunge hechelten und den für ihre Gattung üblichen Unfug veranstalteten.

Bane kehrte zurück an Matts Seite, setzte sich und beobachtete die jüngeren Hunde. Sein Fell war ganz schwarz bis auf eine Spur silberner Unterwolle und einen weißen Fleck am Kinn.

Matt blickte den Rudelführer stirnrunzelnd an und wollte eigentlich mit ihm schimpfen, schüttelte dann aber nur den Kopf. Was sollte das schon nutzen? Bane war der Anführer seines Schlittengespanns, gehorchte seinen Befehlen aufs Wort, war agil und gut zu Fuß, hatte aber immer einen eigenen Kopf.

»Du weißt ja, dass uns das eine ganze Flasche Köder gekostet hat«, nörgelte Matt. »Zur Strafe wird uns Carol wahrscheinlich unser eigenes Blut abnehmen, um einen frischen herzustellen.« Carol Jeffries war die Forschungschefin des Bären-DNA-Programms in Bettles. Sie würde Matt das Fell über die Ohren ziehen, weil er das Einmachglas nicht mehr hatte. Mit dem übrigen Fläschchen konnte er nur noch die Hälfte der Haarfallen bestücken. Er würde früher zurückgehen müssen, was Carols Forschungsarbeit um einen vollen Monat zurückwarf. Matt konnte sich ihren heiligen Zorn allzu gut vorstellen. Mit einem tiefen Seufzer überlegte er, ob es nicht doch besser gewesen wäre, sich mit einem hundertachtzig Kilo schweren Grizzly anzulegen.

Er klopfte Bane freundschaftlich auf die Flanke und kraulte die dicke Mähne des Hundes, womit er ein kurzes Schwanzwedeln erntete. »Dann sehen wir mal, was wir uns zum Abendessen machen können.« Wenn der Tag schon vergeudet war, konnte er sich wenigstens zum Trost ein warmes Mahl zubereiten. Zwar war es noch relativ früh, doch der Himmel begann sich zuzuziehen und so weit im Norden würde die arktische Sonne bald untergehen. Womöglich bekamen sie vor Einbruch der Nacht sogar noch ein bisschen Regen oder Schnee.

Wenn er also heute Abend ein Feuer haben wollte, dann machte er sich am besten jetzt gleich ans Werk.

Er schälte sich aus seiner Jacke, einem alten Militärparka mit Flicken an den Ellbogen und schon so abgetragen, dass das Grün zu einem stumpfen Grau verblichen war, aber mit einem weichen eingeknöpften Futter aus Alpaka. Das dicke Wollhemd und die schweren Hosen hielten Matt auch ohne Jacke einigermaßen warm, vor allem nach dem langen Fußmarsch und dem Adrenalinstoß von vorhin. Er nahm einen Eimer, ging zum Bach hinunter und brach das Eis vom Rand ab. Zwar wäre es leichter gewesen, das Wasser direkt aus dem Bach zu schöpfen, aber das Eis war wesentlich sauberer. Da er ohnehin Feuer machen wollte, würde es schnell genug schmelzen.

Mit der Mühelosigkeit langer Übung machte er sich daran, sein Lager herzurichten, froh, den Wald für sich allein zu haben. Während er trockenes Holz sammelte, pfiff er leise vor sich hin. Dann, nur einen Augenblick später, senkte sich eine seltsame Stille auf ihn herab. Er brauchte einen halben Atemzug, bis ihm klar wurde, was los war. Die Hunde schwiegen. Sogar das Zwitschern der Goldregenpfeifer in den Weiden war verstummt. Sein eigenes Pfeifen wirkte sonderbar schrill.

Dann hörte auch er es.

Das Dröhnen eines Flugzeugs.

Das Geräusch war sanft, bis die einmotorige Cessna den Hügelkamm querte und über dem Tal schwebte. Matt richtete sich auf. Noch bevor er das Flugzeug sah, wusste er, dass etwas nicht stimmte. Das Motorengeräusch war kein kontinuierliches Heulen, sondern ein asthmatisches Keuchen.

Das Flugzeug kippte zur einen, dann zur anderen Seite. Mit stotterndem Motor torkelte es auf und ab, und Matt malte sich aus, dass der Pilot wahrscheinlich angestrengt nach einem Landeplatz Ausschau hielt. Wie die meisten Buschflugzeuge war es mit Schwimmern ausgestattet. Es brauchte nur einen Fluss, der breit genug war, um darauf aufzusetzen. Aber Matt wusste, dass es in der Gegend hier keinen gab. Zwar mündete der kleine Bach neben seinem Lagerplatz irgendwann in den breiteren Alatna River, der durch die Mitte des Parks verlief, aber der lag gut hundertfünfzig Kilometer entfernt.

Er sah die Cessna wie betrunken übers Tal taumeln. Mit aufheulendem Motor stieg sie weit genug empor, um die nächste Hügelkette zu überwinden. Matt zuckte zusammen, denn er hätte schwören können, dass die Schwimmer den Wipfel einer Fichte berührt hatten. Im nächsten Moment war das Flugzeug verschwunden.

Matt starrte ihm nach und lauschte mit gespitzten Ohren. Es dauerte nicht lange, da hallte wie ferner Donner ein splitterndes Krachen aus dem Nachbartal zu ihm herüber.

»Verdammt!«, brummte er leise vor sich hin.

Einen Augenblick später sah er am Horizont den verräterischen öligen Rauchschwaden in den schmutzig weißen Himmel aufsteigen.

»Und da hab ich gedacht, ich hätte einen schlechten Tag.« Er wandte sich zum Lager um. »Aufsitzen, Jungs! Das Essen muss warten.«

Er packte seinen Parka und lief kopfschüttelnd zu seiner Stute hinüber. An jedem anderen Ort der Welt war so etwas vielleicht eine Seltenheit, aber hier in Alaska erfreute sich der Buschpilotenmythos noch großer Beliebtheit. Es war immer noch eine Art Macho-Mutprobe, auszutesten, was man mit seinem Flugzeug alles anstellen konnte, und das führte natürlich zu allen möglichen unnötigen Risiken. Im Lauf eines Jahres stürzten rund zweihundert kleine Flugzeuge über der Wildnis von Alaska ab. Die für die Bergung der Flugzeuge angeheuerten Rettungsmannschaften waren mit ihrer Arbeit fast ein ganzes Jahr im Rückstand. Und das Geschäft boomte. Jedes Jahr gab es mehr Abstürze. »Wer muss da noch nach Gold graben?«, hatte ein Bergungshelfer einmal zu Matt gesagt. »Das Geld fällt doch vom Himmel!«

Matt sattelte seine Stute. Flugzeuge waren eins, Menschen etwas anderes. Falls es Überlebende gab, mussten sie möglichst bald gerettet werden. Alaska war nicht freundlich zu den Schwachen oder Verletzten. Gerade heute, als er dem hundertachtzig Kilo schweren Grizzly Auge in Auge gegenübergestanden hatte, war Matt selbst eindringlich an diese Tatsache erinnert worden. Es war eine Welt, in der das Motto »Fressen oder gefressen werden« regierte.

Er sicherte das Sattelzeug mit einem letzten Ruck und warf die Satteltaschen mit dem Erste-Hilfe-Kasten darüber. Er machte sich nicht die Mühe, sein Funkgerät mitzunehmen, denn er hatte seit drei Tagen keine Verbindung mehr.

Rasch steckte er den Fuß mit dem Elchlederstiefel in den Steigbügel und schwang sich in den Sattel. Die Hunde tänzelten schon am Rand des Lagers herum, denn sie wussten, dass es gleich losging. »Ab geht's, Jungs! Zeit, dass wir die Helden spielen!«

Marinestützpunkt Seweromorsk
Murmansk, Russland

Viktor Petkow stand an Pier vier, gegen die Kälte in einen langen braunen Mantel gehüllt, auf dem Kopf eine dicke Pelzmütze. Die einzigen Kennzeichen seines Ranges befanden sich auf den roten Epauletten und vorn auf der Mütze: vier goldene Sterne.

Er rauchte eine Zigarre, kubanisch, hatte sie aber im Moment beinahe vergessen. Hinter ihm erhob sich der Marinestützpunkt Seweromorsk, seine Heimat und sein Arbeitsgebiet. Begrenzt von Stacheldraht und Betonsperren, beherbergte die kleine Stadt die riesigen Schiffswerften, Trockendocks, Reparaturwerkstätten, Waffendepots und Operationsgebäude der russischen Nordflotte. Der Komplex lag an der Nordküste Russlands am Arktischen Meer und trotzte mutig den harten Wintern in diesen lebensfeindlichen Breiten. Hier wurden nicht nur mächtige Schiffe erbaut, sondern noch härtere Männer geformt.

Viktors sturmgraue Augen ignorierten den Ozean und konzentrierten sich auf das geschäftige Treiben am Pier. In Kürze sollte das U-Boot *Drakon* auslaufen. Die Kabel, die es mit den Energiequellen an Land versorgten, wurden bereits aufgerollt und sicher verstaut.

»Admiral Petkow«, sagte der junge Kapitän und ging in Habtachtstellung. »Auf Ihren Befehl ist die *Drakon* bereit, in See zu stechen.«

Er nickte und warf einen raschen Blick auf seine Armbanduhr. »Wenn wir an Bord sind, brauche ich eine sichere Landleitung, ehe wir ablegen.«

»Jawohl, Admiral. Wenn Sie mir bitte folgen wollen.«

Viktor beobachtete Kapitän Mikowsky, während dieser vor ihm den Pier zur Gangway hinunterging. Die *Drakon* war das erste Kommando, das Mikowsky übertragen worden war, und Petkow erkannte an seinem Gang, wie stolz er darauf war. Kapitän Mikowsky war soeben von einer erfolgreichen Testfahrt des neuen Akula-Klasse-II-Schiffes zurückgekehrt und begleitete jetzt den Admiral der Nordflotte auf eine Mission, deren Einzelheiten noch keiner so genau kannte. Der dreißigjährige Kapitän – er war ziemlich genau halb so alt wie Viktor – stolzierte den Pier hinunter wie ein aufgeblasener Gockel.

War ich auch einmal so dumm?, überlegte Viktor, als sie die Gangway erreichten. Nur ein Jahr trennte ihn noch von der Pensionierung, und er konnte sich nicht erinnern, jemals so jung und so selbstzufrieden gewesen zu sein. In den letzten Jahrzehnten hatte die Welt für ihn an Sicherheit verloren.

Der Kapitän stieg vor ihm ein, kündigte die Ankunft des Admirals an Bord an und wandte sich ihm dann wieder zu. »Erbitte Erlaubnis, in See stechen zu dürfen.«

Viktor nickte und schnippte den Rest seiner Zigarre ins Wasser.

Der Kapitän begann, seine Befehle zu geben, die der Deckoffizier mit Hilfe eines Megaphons an die Crew auf dem Pier weitergab. »Gangway los! Leine eins einziehen! Leine zwei einziehen!«

Ein Kran hievte die Gangway hoch und entfernte sie. Das Leinenkommando eilte geschäftig zwischen Pollern und Tauen umher.

Mikowsky stieg die Stahlsprossen zum Kommandoturm empor. Von dort gab er dem Deckoffizier und seinem zweiten Mann die letzten Befehle und führte Viktor dann hinunter ins eigentliche U-Boot.

Schon fast zwei Jahre war es her, seit der Admiral das letzte Mal in einem U-Boot gefahren war, aber er kannte den Grundriss des Schiffes bis zu jeder kleinen Schraube und Platte. Trotz seiner Fachkenntnis ließ er sich von Mikowsky durch den geschäftigen Kontrollraum geleiten und von dort hinunter in die Kapitänskajüte, die ihm für diese Reise gehörte.

Köpfe wandten sich nach ihm um und wurden respektvoll gesenkt, wenn er es bemerkte. Viktor kannte das Bild, das man sich von ihm machte. Für einen U-Boot-Mann war er groß, schlank und schlaksig. Seine Haarmähne war im Alter silbergrau geworden und er trug sie ungewöhnlich lang, bis zum Kragen. Zusammen mit seinem unerschütterlichen Gleichmut und den eisgrauen Augen hatte ihm all das seinen Spitznamen eingebracht. Auch jetzt wurde er leise geflüstert.

Belij Prischrak.

Der Weiße Geist.

Endlich hatten sie die Kajüte erreicht.

»Die Leitung ist noch aktiv, wie Sie es gewünscht haben«, sagte Mikowsky, der an der Tür stehen geblieben war.

»Und die Kisten vom Forschungsinstitut?«

»In der Kajüte verstaut, wie Sie es befohlen haben.« Der Kapitän deutete auf die offene Tür.

Der Admiral warf einen Blick hinein. »Sehr gut.« Er setzte die Pelzmütze ab. »Sie können gehen, Kapitän. Kümmern Sie sich um Ihr Schiff.«

»Jawohl, Admiral.« Der Mann machte auf dem Absatz kehrt und verschwand.

Viktor schloss die Kajütentür und verriegelte sie. Seine persönlichen Siebensachen waren ordentlich neben dem Bett aufgestapelt; an der hinteren Wand des kleinen Raums stand ein Stapel von sechs Titankästen. Er ging zu dem versiegelten roten Aktenordner, der obendrauf lag, und kontrollierte mit einem Finger das Siegel, ob sich auch niemand daran zu schaffen gemacht hatte. Es war unversehrt. Auf dem Deckblatt stand ein einziges Wort:

ГРЕНДЕЛ

Der Name einer Legende.

Grendel.

Seine Hand ballte sich über dem Hefter zur Faust. Der Name dieser Mission stammte aus der nordischen Legende *Beowulf*. Grendel war das legendäre Monster, das die nördlichen Küsten in Angst und Schrecken versetzt hatte und von dem altnordischen Helden Beowulf besiegt worden war. Doch für Petkow hatte der Name noch eine tiefere Bedeutung. Es war sein ganz persönlicher Dämon, eine endlose Quelle von Schmerz, Scham und Demütigung. So war er zu dem Mann geworden, der er heute war. Seine Faust schloss sich noch fester.

Nach so langer Zeit ... beinahe sechzig Jahre ... Er erinnerte sich daran, wie sein Vater mitten in der Nacht mit vorgehaltener Waffe abgeführt worden war. Viktor war damals erst sechs Jahre alt gewesen.

Er starrte auf die Kisten. Erst eine ganze Weile später konnte er wieder durchatmen. Er wandte sich ab. Die grün gestrichene Kajüte enthielt eine Einzelkoje, ein Bücherregal, einen Schreibtisch, ein Waschbecken und eine Kommunikationsstation, bestehend aus der Lautsprecherbox der Gegensprechanlage, die ihn mit der Brücke verband, einem Videomonitor und einem Telefon.

Er nahm den Hörer ab, sagte rasch etwas und lauschte dann, während sein Anruf weitergeleitet, kodiert und neuerlich weitergeleitet wurde. Er wartete. Dann hörte er eine vertraute Stimme, leicht statisch gestört. »Leopard hier.«

»Status?«

»Auftrag erledigt.«

»Bestätigung?«

»Ist unterwegs.«

»Sie kennen Ihre Befehle.«

Eine Pause. »Keine Überlebenden.«

Letzteres erforderte keine Rückmeldung. Admiral Petkow beendete das Gespräch und legte den Hörer auf. Der Startschuss war gefallen.

17:16 Uhr
Brooks Range, Alaska

Matt trieb sein Pferd über den Hügelkamm. Es war ein anstrengender Aufstieg gewesen. Das benachbarte Tal lag dreihundert Meter höher. Hier oben lag noch Schnee, besonders im Schatten der Bäume. Die vier Hunde rannten voraus – schnuppernd, witternd, die Ohren gespitzt. Damit sie sich nicht zu weit entfernten, pfiff er sie zurück.

Vom Hügelkamm aus spähte Matt über das Tal. Eine inzwischen dünner gewordene Rauchsäule markierte die Absturzstelle, aber der Wald aus Fichten und Erlen versperrte die Sicht auf die Unglücksmaschine. Er lauschte. Es waren keine Stimmen zu hören. Ein schlechtes Zeichen. Stirnrunzelnd drückte er seiner Stute die Fersen in die Flanken. »Weiter geht's, Mariah!«

Er ritt den Hügel hinunter, vorsichtig wegen Eis und Schnee, an einem Sickerbach entlang. Über dem Wasser hing dünner Nebel. Allmählich wurde die Stille nervtötend. Moskitos umschwirrten ihn und machten ihn zusätzlich kribblig. Das einzige andere Geräusch waren die Schritte seines Pferdes – ein Knirschen, wenn ein Huf durch die Eisschicht über dem Schnee brach.

Sogar die Hunde hatten an Überschwang verloren. Jetzt blieben sie näher bei ihm und blieben des Öfteren stehen, um die Nase in den Wind zu strecken.

Bane hielt sich wachsam strikt fünfzig Schritte vor seinem Herrn. Im Halbschatten war der dunkle Wolfsmischling kaum zu sehen. Als Begleiter eines Wildhüters hatte Bane natürlich das Such-und-Rettungs-Programm absolviert. Außerdem hatte er eine außergewöhnlich scharfe Nase und schien genau zu spüren, wohin Matt wollte.

Als sie die Talsohle erreichten, forcierten sie das Tempo. Jetzt konnte Matt das brennende Öl riechen. Sie hielten darauf zu, so direkt es der Untergrund erlaubte, trotzdem brauchten sie noch einmal zwanzig Minuten, bis sie die Absturzstelle erreichten.

Der Wald öffnete sich auf eine Lichtung. Wahrscheinlich hatte der Pilot gehofft, seine Maschine hier landen zu können. Das hatte er auch fast geschafft. Eine lange Furche durchschnitt die Wiese gelber Gletscherlinsen direkt in der Mitte der Lichtung. Aber die Landebahn war zu kurz gewesen.

Ein Stück weit links lag zwischen den grünen Fichten eine zerschmetterte Cessna 185 Skywagon. Sie war mit der Nase in die Bäume gekracht, die Flügel waren eingedrückt und teilweise abgerissen, das Heck ragte nach oben. Aus dem eingedellten Motorraum quoll Rauch, Benzingestank erfüllte das Tal. Jederzeit konnte ein Feuer ausbrechen.

Während er über die Wiese ritt, sah Matt zu den Wolken empor, die schwer und niedrig über ihm hingen. Ausnahmsweise war der Regen willkommen. Noch ermutigender wäre allerdings ein Lebenszeichen aus dem abgestürzten Flugzeug gewesen.

Ein paar Meter entfernt zügelte Matt die Stute und saß ab. Eine lange Zeit blieb er vor dem Wrack stehen. Er hatte in seinem Leben schon viele Leichen gesehen. Sechs Jahre hatte er bei den Green Berets gedient, war in Somalia und im Nahen Osten gewesen, ehe er seinen Abschied genommen hatte, um mit Hilfe der GI Bill das College fertig zu absolvieren. Es war ganz sicher keine Zimperlichkeit, die ihn zurückhielt. Doch er war zu tief, zu persönlich mit dem

Tod in Berührung gekommen, und es fiel ihm schwer, sich dem Wrack zu nähern.

Aber wenn jemand überlebt hatte …

Matt trat näher an die zerstörte Cessna heran. »Hallo!«, rief er und kam sich dabei vor wie ein Idiot.

Keine Antwort. Was ihn nicht überraschte.

Vorsichtig duckte er sich unter einem verbogenen Flügel durch; das zerbrochene Sicherheitsglas knirschte. Die Fenster waren zersprungen, als der Rumpf zusammengestaucht worden war. Aus dem Motorraum kam immer noch Qualm, der Matt das Atmen schwer machte. Seine Augen tränten. Unter seinen Füßen breitete sich eine Benzinpfütze aus.

Matt hielt sich den Arm vor Mund und Nase und versuchte die Tür zu öffnen. Sie war zu verbogen. Also reckte er sich und streckte den Kopf durchs Seitenfenster.

Der Pilot war in seinem Sitz festgeschnallt, aber sein Hals war unnatürlich verdreht und der Holm hatte sich in seine Brust gebohrt. Allem Anschein nach war er tot. Der Sitz neben ihm war leer. Während Matt sich den Hals verrenkte, um auf die Rücksitze zu spähen, durchfuhr ihn auf einmal ein Schock. Er kannte den Piloten! Der dichte schwarze Haarschopf, der struppige Bart, die blauen Augen … die jetzt glasig und leblos wirkten.

»Brent …«, murmelte er. Brent Cumming. Als Matt und Jenny noch zusammen waren, hatten sie regelmäßig Poker zusammen gespielt. Jenny war Sheriff bei den Nunamiut- und Inupiatstämmen und – da ihr Zuständigkeitsbereich gewaltige Entfernungen umfasste – notgedrungen auch eine erfahrene Pilotin. Als solche kannte sie andere Piloten, die in der Region unterwegs waren, und zu diesen gehörte auch Brent Cumming. Ihre beiden Familien hatten im Sommer einen gemeinsamen Campingurlaub gemacht, ihre Kinder hatten zusammen gespielt. Wie sollte er Cheryl, Brents Frau, die Nachricht überbringen?

Er schüttelte sich, um sich aus dem Schock aufzuwecken, spähte in das rückwärtige Fenster und überprüfte die hinteren Sitze. Ein Mann lag dort auf dem Rücken, das Gesicht nach oben. Auch er rührte sich nicht. Matt stieß einen Seufzer aus, aber in diesem Augenblick schossen die Arme des Mannes in die Höhe und er richtete einen Revolver auf Matt.

»Keine Bewegung!«

Matt erschrak, mehr über den plötzlichen Schrei als über die Waffe.

»Ich mein's ernst! Keine Bewegung!« Der Mann setzte sich auf. Er war blass, die grünen Augen weit aufgerissen, die blonden Haare auf der linken Kopfseite blutverkrustet. Vermutlich war er gegen den Fensterrahmen geprallt. Trotzdem hielt er die Waffe unverwandt auf Matt gerichtet. »Sonst schieße ich!«

»Dann schießen Sie doch«, erwiderte Matt ruhig und lehnte sich leicht an den Flugzeugrumpf.

Ganz offensichtlich verblüffte seine Reaktion den Mann, denn er runzelte die Stirn. Dem nagelneuen Eddie-Bauer-Parka nach zu urteilen, war er fremd in der Gegend, trotzdem wirkte er irgendwie hartgesotten. Obwohl er gerade abgestürzt war, hatte er einen erstaunlich kühlen Kopf behalten, das musste Matt ihm lassen.

»Wenn Sie die *Leucht*pistole runternehmen«, meinte Matt bedächtig, »dann mach ich vielleicht sogar mit meiner Rettungsaktion weiter.«

Der Mann holte tief Luft, senkte die Arme und sackte zurück. »Es ... es tut mir Leid.«

»Keine Ursache. Sie sind gerade erst vom Himmel gefallen. Bei solchen seltenen Gelegenheiten neige ich dazu, einen Mangel an Gastfreundschaft zu verzeihen.«

Die Bemerkung wurde mit einem müden Grinsen quittiert.

»Sind Sie verletzt?«, erkundigte sich Matt.

»Mein Kopf hat einen ordentlichen Schlag abgekriegt. Und mein Bein steckt fest.«

Matt musste sich auf die Zehenspitzen stellen, um sich weit genug durchs Fenster beugen zu können. Der vordere Teil des Flugzeugs hatte sich zurückgebogen und das rechte Bein des Mannes zwischen dem Sitz des Kopiloten und seinem eigenen eingequetscht. Also konnte er es vergessen, den Mann durchs Fenster klettern zu lassen.

»Der Pilot ...«, setzte der Mann an. »Ist er ...«

»Tot«, vollendete Matt den Satz. »Im Moment können wir nichts für ihn tun.« Er rüttelte noch einmal an der Tür. Er würde sie nicht allein aufbekommen. Nachdenklich klopfte er auf den Flugzeugrumpf. »Bin gleich wieder da.«

Er ging zurück zu Mariah, packte den Zügel und führte das Pferd näher an das Wrack heran. Die Stute warf protestierend den Kopf zurück. Schlimm genug, dass Matt sie von den Gletscherlinsen wegzog, der Geruch der brennenden Maschine war ihr außerdem noch unheimlich. »Ruhig, Mädchen«, beschwichtigte Matt sie.

Die Hunde blieben liegen, wo sie waren. Nur Bane setzte sich auf und spitzte die Ohren, aber Matt winkte ab.

Als sie nahe genug an der Absturzstelle waren, spannte Matt ein Seil vom Sattel zum Türrahmen, da er dem Türgriff nicht traute. Dann ging er zu der Stute zurück und forderte sie auf, ihm zu folgen. Bereitwillig tat sie ihm den Gefallen, denn sie war froh, sich wieder ein Stück von dem stinkenden Wrack zu entfernen, aber als das Seil gespannt war, blieb sie stehen.

Matt lockte sie, indem er am Zügel zog, aber sie weigerte sich. Er verbiss sich einen Fluch, trat hinter sie, packte sie am Schwanz und zog ihn über ihr Hinterteil nach oben. Er hasste solche Aktionen, aber er musste das Pferd irgendwie dazu bringen, zu ziehen. Die Stute wieherte vor Schmerz und trat nach ihm. Schnell warf er sich zurück, ließ den

Schwanz los und landete kopfschüttelnd auf dem Hintern. Aus irgendeinem Grund tat er sich enorm schwer damit, sich weiblichen Wesen gegenüber angemessen auszudrücken.

Dann war auf einmal Bane da, bellte und schnappte nach den Fesseln des Pferdes. Vielleicht hatte Mariah keinen Respekt vor Matt, aber ein Wolfshund war eine andere Sache. Alte Instinkte waren tief verwurzelt und so machte die Stute einen Satz nach vorn und zog dabei kräftig an dem Strick.

Hinter ihnen hörte man ein lautes metallisches Quietschen. Matt rollte sich herum. Der schiefe Rumpf der Cessna kippte zur Seite und aus dem Innern ertönten Schreckensschreie. Dann brach die verbeulte Tür ab, mit einem Geräusch, als hätte jemand eine Limonadendose geöffnet.

Mariah bäumte sich auf, aber Matt ging schnell zu ihr und beruhigte sie. Er löste den Sattelknoten, führte die Stute weg und scheuchte Bane von ihr fort. Am Rand der Lichtung ließ er sie stehen und tätschelte ihr die Flanke. »Gutes Mädchen. Du hast dir für heute Abend eine Extraportion Körner verdient.«

Mit raschen Schritten ging er zurück zum Wrack. Inzwischen war der Fremde schon halb aus dem Flugzeug geklettert. Er schaffte es, sein eingeklemmtes Bein am Rand der beiden zusammengeschobenen Sitze entlangzuziehen, bis er die offene Tür erreichte. Dann war er frei.

Matt half ihm heraus. »Wie geht's dem Bein?«

Der Mann betastete es vorsichtig. »Geprellt und total verkrampft, fühlt sich aber nicht gebrochen an.« Jetzt, wo der Mann frei war, merkte Matt, dass er jünger war, als er zuerst gewirkt hatte. Wahrscheinlich nicht älter als Ende zwanzig.

Während sie sich humpelnd von dem Wrack entfernten,

streckte Matt ihm seine Hand entgegen. »Ich bin Matthew Pike.«

»Craig … Craig Teague.«

Als sie weit genug weg waren, ließ Matt den Mann auf einem Baumstamm Platz nehmen und verscheuchte die Hunde, die angelaufen kamen, um den Fremden zu beschnüffeln. Dann reckte und streckte er sich und warf einen Blick zurück zu dem Flugzeug und zu seinem toten Freund. »Was ist eigentlich passiert?«

Es dauerte eine ganze Weile, bis der Mann antwortete. »Ich weiß es nicht«, flüsterte er. »Wir waren unterwegs nach Deadhorse …«

»Drüben in Prudhoe?«

»Prudhoe Bay, ja.« Der Mann nickte und strich dabei behutsam über seine aufgeschürfte Kopfhaut. Deadhorse war der Name des Flugplatzes, der die Ölfelder und die Einwohner von Prudhoe Bay versorgte. Er lag auf dem äußersten Nordzipfel von Alaska, dort, wo die Ölfelder der North Slope an die Arktische See grenzen. »Wir waren von Fairbanks ungefähr zwei Stunden unterwegs, als der Pilot meinte, mit dem Motor würde irgendwas nicht stimmen. Anscheinend hatte er nicht mehr genug Treibstoff, was eigentlich unmöglich war, weil wir in Fairbanks getankt hatten.«

Matt konnte den Treibstoff noch in der Luft riechen. Das Benzin war ihnen nicht ausgegangen, so viel war klar. Und Brent Cumming hatte sich immer darum gekümmert, dass der Motor seiner Maschine tipptopp in Ordnung war. Bevor er Buschpilot geworden war, hatte er als Mechaniker gearbeitet, also kannte er sich mit den dreihundert Pferdestärken der Cessna gut aus. Mit Frau und zwei Kindern musste er sich auf seine Maschine verlassen können, nicht nur, weil sie für sein Auskommen sorgte, sondern auch, weil buchstäblich sein Leben von ihr abhing.

Also hielt Brent sie in Schuss wie eine fein eingestellte Rolex.

»Als der Motor angefangen hat zu stottern, haben wir nach einem Landeplatz Ausschau gehalten, aber da waren wir mitten zwischen diesen verdammten Bergen. Der Pilot … er hat versucht, über Funk Hilfe zu rufen, aber auch das Funkgerät hat anscheinend nicht richtig funktioniert.«

Matt verstand. Letzte Woche hatte es Sonnenstürme gegeben, anschließend waren alle möglichen Kommunikationsverbindungen in den nördlichen Regionen gestört. Er blickte zurück auf das Wrack. Er konnte sich die Angst der letzten Augenblicke nur ausmalen: die Panik, die Verzweiflung, der Unglaube.

Die Stimme des jungen Mannes brach, und er musste schlucken, bevor er weitersprechen konnte. »Wir hatten keine andere Wahl, als hier zu landen. Und dann … und dann …«

Matt klopfte ihm beschwichtigend auf die Schulter. Den Rest der Geschichte konnte man sich unschwer zusammenreimen. »Es ist okay. Wir bringen Sie hier raus. Aber ich sollte mir erst einmal Ihre Kopfwunde ansehen.«

Er ging wieder zu Mariah hinüber und holte den Erste-Hilfe-Kasten. Genau genommen war es ein voll ausgestatteter Arztkoffer, den Matt selbst zusammengestellt hatte, aufgrund seiner Erfahrungen bei den Green Berets. Neben den üblichen Gazeverbänden, Pflastern und dem Aspirin hatte er noch eine kleine Apotheke mit Antibiotika, Antihistaminen, Antiprotozoika und Antidiarrhoika. Außerdem enthielt der Kasten chirurgisches Nähmaterial, Lokalanästhetikum, Spritzen, Schienmaterial und sogar ein Stethoskop. Jetzt holte er eine Flasche Peroxid heraus und reinigte die Kopfwunde des jungen Manns.

Währenddessen redete er weiter. »Also, Craig, was hatten Sie denn in Prudhoe zu tun?«, fragte er und musterte seinen Patienten. Der Knabe sah nicht aus wie ein Ölarbeiter. Bei solchen Männern war das schwarze Öl und das Fett unauslöschbar in die Falten und Runzeln der Hände eintätowiert. Doch Craigs Handflächen waren frei von Schwielen, die Nägel glatt und ordentlich gefeilt. Matt hielt ihn eher für einen Ingenieur oder Geologen. Tatsächlich hatte er einen äußerst lernbegierigen Blick, wenn er seine Umgebung taxierte: Matts Pferd, seine Hunde, die Wiese und die Berge drum herum. Nur das Wrack zog seinen Blick nicht an.

»Prudhoe Bay war nicht mein Ziel. Dort wollten wir nur auftanken und dann weiter zu einer Forschungsbasis auf der Eiskappe. Zur Driftstation Omega. Sie gehört zur SCICEX-Forschungsgruppe.«

»SCICEX?« Matt rieb antibiotische Salbe auf die Wunde und bedeckte sie dann mit einem teflonbeschichteten Gazeverband.

»›Scientific Ice Expeditions‹«, erklärte Craig und zuckte zusammen, als Matt den Verband festzog. »Das ist eine seit fünf Jahren bestehende Forschungsgemeinschaft zwischen der US Navy und zivilen Forschern.«

Matt nickte. »Ich glaub, ich hab schon mal davon gehört.« Die Gruppe benutzte U-Boote der Navy, um auf Schiffsrouten von über tausendfünfhundert Kilometern in der Arktis Daten zu sammeln, in Regionen, in die bisher noch niemand sonst vorgedrungen war. Matt runzelte die Stirn. »Aber ich dachte, das Projekt wäre 1999 ausgelaufen.«

Seine Worte ließen den Mann aufhorchen, er sah Matt erstaunt an.

»Dem Schein zum Trotz bin ich Wildhüter«, erklärte Matt. »Daher weiß ich im Allgemeinen über die größeren Forschungsprojekte in der Arktis Bescheid.«

Mit wachsam kalkulierendem Blick musterte Craig ihn, dann nickte er. »Nun, Sie haben Recht. Offiziell wurde SCICEX beendet, aber eine Station – eben die Omega – war in den schwer zugänglichen Bereich der Comparative Inaccessibility Zone gedriftet.«

Niemandsland, dachte Matt. Die ZCI war die abgelegenste Gegend der polaren Eiskappe, schwer erreichbar und völlig isoliert.

»Für diese eine SCICEX-Station wurden die Fördermittel verlängert, um die Chance zu nutzen, die Region zu erforschen.«

»Dann sind Sie also Wissenschaftler?«, fragte Matt und packte seinen Medizinkoffer wieder zusammen.

Der Mann lachte, aber es klang nicht humorvoll. »Nein, kein Wissenschaftler. Ich bin im Auftrag meiner Zeitung hier. Ich arbeite als politischer Reporter für die *Seattle Times*.«

»Politischer Reporter?«

Der Mann zuckte die Achseln.

»Warum sollte ...« Das laute Surren eines Flugzeugmotors schnitt Matt das Wort ab. Er reckte den Hals und blickte in die tief hängenden, regenschweren Wolken. Neben ihm gab Bane ein tiefes kehliges Knurren von sich, während das Geräusch immer lauter wurde.

Craig stand auf. »Noch ein Flieger. Vielleicht hat doch jemand den Notruf des Piloten gehört.«

Zwischen den Wolken erschien ein kleines Flugzeug, das über das Tal hinwegflog. Matt sah ihm nach. Es war ebenfalls eine Cessna, allerdings eine größere Version als die von Brent. Wie es aussah, eine 206 oder 207 Skywagon, ein Achtsitzer.

Matt pfiff Mariah näher zu sich heran und holte seinen Feldstecher aus der Satteltasche. Eilig setzte er ihn an die Augen, fixierte das Flugzeug und stellte das Gerät scharf. Die Maschine sah nagelneu aus ... oder frisch gespritzt.

Eine Seltenheit in dieser Gegend, wo Flugzeuge meist stark strapaziert wurden.

»Haben sie uns entdeckt?«, fragte Craig.

Die Maschine legte sich zur Seite und begann langsam über dem Tal zu kreisen. »Bei dem Qualm sind wir schwer zu übersehen.«

Noch immer war Matt die Situation irgendwie unbehaglich. In der letzten Woche hatte er kein einziges Flugzeug gesehen und jetzt gleich zwei an einem Tag. Und das hier war zu weiß, zu sauber. Während er zu der Maschine hinaufsah, öffnete sich die hintere Frachtluke. Das war das Gute der Skywagon in dieser Größe: Man benutzte sie in diesen Breiten, um Verletzte in die verschiedenen abgelegenen Krankenhäuser zu transportieren. Für das Ein- und Ausladen von Tragbahren und – im schlimmsten Falle – von Särgen war der geräumige hintere Frachtraum geradezu perfekt. Aber es gab noch einen weiteren nützlichen und allgemein gebräuchlichen Verwendungszweck für ihn.

Tatsächlich löste sich eine Gestalt aus der Luke, unmittelbar gefolgt von einer zweiten. Fallschirmspringer. Matt musste sich anstrengen, ihnen mit dem Fernglas zu folgen, denn sie fielen rasend schnell. Dann gingen die Fallschirme auf und verlangsamten die Springer, sodass Matt sie leichter im Auge behalten konnte. Sofort erkannte er, dass es Parawing-Tragflächen waren, wie sie für Präzisionsabsprünge auf engem Raum benutzt wurden. Die beiden Gestalten schwangen sich hintereinander durch die Luft. Ganz offensichtlich zielten sie auf die Wiese.

Matt fokussierte das Fernglas auf die beiden Springer. Genau wie das Flugzeug und die Fallschirme waren sie weiß, ohne irgendwelche Insignien. Auf dem Rücken trugen sie Gewehre, aber Matt konnte weder ihre Machart noch den Typ ausmachen.

Doch während er sie betrachtete, breitete sich kaltes

Grausen in seiner Magengrube aus. Nicht die Gewehre brachten das Blut in seinen Adern zum Gefrieren, sondern das, was *unter* ihnen war: Jeder der beiden Männer saß festgeschnallt auf dem Sattel eines Motorrads, dessen Reifen mit Metallspikes gespickt waren. Snow Chopper. Kräftige Maschinen, die den Boden aufrissen und mit denen man so ziemlich alles, was in diesen Bergen kreuchte und fleuchte, jagen konnte.

Matt senkte das Fernglas, sah zu dem Reporter und räusperte sich. »Ich hoffe, Sie sind ein guter Reiter.«

KAPITEL 2

Katz und Maus

ᐳᓯᓗ ᐊᕕᙵᒐᖅ

6. April, 17:36 Uhr
ZCI-Region der polaren Eiskappe
Driftstation Omega

Wird mir jemals wieder warm werden ...?

Captain Perry marschierte auf die Driftstation Omega zu. Schnee und Eis knirschten unter seinen Stiefeln, der Wind heulte – ein gespenstisches Geräusch, das in der Leere seines Herzens ein Echo fand. Hier, am Ende der Welt, war der Wind eine lebendige Kreatur, die wie ein verhungerndes Tier unermüdlich die Gegend durchkämmte. Er war das ultimative Raubtier, gnadenlos, hartnäckig, unentrinnbar. Wie ein altes Inuit-Sprichwort es auf den Punkt brachte: »Nicht die Kälte ist tödlich, sondern der Wind.«

Steten Schrittes arbeitete Perry sich vorwärts, hinein in die scharfen Zähne des eisigen Sturms. Hinter ihm trieb die *Polar Sentinel* in einer Polynja, einem großen offenen See mitten im Eis. Die Driftstation Omega war an seinem Ufer erbaut worden, sodass ein Navy-U-Boot leichten Zugang hatte und ebenso leicht wieder ablegen konnte. Die Polynja verdankte ihre Stabilität dem Ring dicker Presseisrücken, die den See umgaben, so hoch wie ein einstöckiges Haus und ungefähr viermal so tief unter die Wasseroberfläche ragend. Diese Bollwerke aus Packeis hielten den See frei von den Eisschollen, die ihn umgaben. Die

Forschungsstation lag auf einer relativ ebenen Eisfläche etwa vierhundert Meter entfernt – bei den weit unter dem Gefrierpunkt liegenden Temperaturen ein langer Fußmarsch.

Begleitet wurde Perry von einer kleinen Gruppe Männer, die erste von vier Abteilungen, die abwechselnd Landgang hatten. Die Seeleute unterhielten sich angelegentlich, aber Perry hatte sich in seinen Navy-Parka verkrochen und seine pelzgefütterte Kapuze weit in die Stirn gezogen. Immer wieder starrte er nach Nordosten, wo vor zwei Monaten knapp fünfzig Kilometer von hier die russische Eisstation entdeckt worden war. Wieder schauderte er, aber jetzt hatte es nichts mit der Kälte zu tun.

So viele Tote ... Ständig stellte er sich die Leichen vor, die ehemaligen Bewohner der Eisstation, aufgestapelt wie Klafterholz, nachdem sie aus ihrem eisigen Grab gesägt oder getaut worden waren. Zweiunddreißig Männer, zwölf Frauen. Zwei Wochen hatten sie gebraucht, um alle Leichen zu bergen. Manche sahen aus, als wären sie verhungert, andere, als hätten sie einen gewaltsameren Tod erlitten. Einen Mann hatten sie erhängt vorgefunden, das Seil so tiefgefroren, dass es bei der ersten Berührung zerbrach. *Aber das war längst nicht das Schlimmste ...*

Perry versuchte, die Erinnerung zu verdrängen.

Als er über einen Eisrücken kletterte, in den zur leichteren Begehbarkeit Stufen gehauen waren, kam die Driftstation in Sicht. Sie bestand aus einer Ansammlung von fünfzehn roten Jamesway-Hütten, die auf dem Eis wie ein blutig gekratzter Ausschlag wirkten. Rauch stieg aus den Hütten auf und hing wie Nebel über ihnen, was dem Ganzen einen irreführend warmen Eindruck verlieh. Das Brummen von vierundzwanzig Generatoren schien den Nebel in Schwingungen zu versetzen. Über allem hing der Geruch nach Diesel und Benzin. Von einem Pfosten hing eine einsame amerikanische Flagge und knatterte gelegentlich in einer heftigen Windbö.

Um die halbpermanente Siedlung herum standen ein paar Motorschlitten, so genannte Ski-Doos, und zwei Sno-Cat-Pistenfahrzeuge, bereit, den Wissenschaftler und dem Personal der Basis zu Diensten zu sein. Es gab sogar ein Eisboot, ein Katamaran auf Edelstahlkufen.

Perry starrte zum Horizont. Er sah den ausgetretenen Pfad, der sich über das Eis schlängelte, von Omega hinaus zu der alten russischen Basis. Seit der grässlichen Entdeckung war die Besatzung auf der Eiskappe mit allen verfügbaren Fahrzeugen hin- und hergefahren. Momentan war ein Viertel der Arbeitskräfte der Driftstation zur russischen Basis abgestellt und campierte in dem umgekehrten Eisberg.

Perry konnte die Augen nicht abwenden. Der Weg zur russischen Basis war leicht zu erkennen. Dieser Bereich der Eiskappe war mit einer Schicht so genannter *sastrugi* bedeckt, mit kleinen Wellen gefrorenen Schnees, geformt von Wind und Erosion. »Wie ein Zitronen-Baiser«, hatte sein Erster Offizier gemeint. Aber der von den Sno-Cats und den Ski-Doos benutzte Weg hatte das Baiser platt gewalzt und eine ausgefranste Rille durch die Wellen gezogen.

Natürlich konnte Perry das Interesse der Männer und Frauen hier verstehen. Sie waren Wissenschaftler und demzufolge neugierig. Aber er hatte als Erster die knapp fünfzig Kilometer von Omega zu der ehemaligen russischen Basis zurückgelegt. Niemand wusste, was er und die kleine Gruppe, die er mitgenommen hatte, im Herzen der Station vorgefunden hatten. Er hatte seinen Männern absolutes Stillschweigen auferlegt und bewaffnete Wachen eingesetzt, die dafür sorgten, dass dieser Teil der Station von den Omega-Leuten nicht betreten wurde. Nur ein einziges Mitglied der Driftstation wusste von Perrys Entdeckung:

Dr. Amanda Reynolds. Sie war dabei gewesen und noch nie hatte Perry diese starke und unabhängige Frau so tief erschüttert erlebt.

Was auf dem DeepEye-Sonar zu sehen gewesen war – das Flackern einer Bewegung –, war allerdings noch nicht geklärt worden. Vielleicht war es nur ein sonarer Geist gewesen, eine durch die Bewegung des U-Bootes erzeugte Illusion. Vielleicht war es auch ein Raubtier gewesen, das aus der Station geflohen war, etwa ein Eisbär. Letzteres war jedoch eher unwahrscheinlich, es sei denn, das Tier hatte einen Eingang gekannt, den sie noch nicht gefunden hatten. Vor zwei Monaten waren sie gezwungen gewesen, Thermitgranaten einzusetzen, um sich einen Weg in die Station freizuschmelzen. Seither hatte man mit Hitzegranaten und C4-Sprengstoff für die *Polar Sentinel* eine künstliche Polynja geschaffen, um die wieder bemannte Basis versorgen zu können.

Während Perry weiterging und den Presseisrücken wieder hinunterstieg, wünschte er sich, er hätte die ganze russische Station einfach versenkt. Nichts Gutes würde daraus erwachsen, da war er sicher. Aber er musste seine Befehle befolgen. Wieder schauderte er. Der Wind wurde stärker.

Ein Schrei lenkte seine Aufmerksamkeit zurück zu den Jamesway-Hütten. Eine Gestalt im blauen Parka winkte Perry und seine Leute zu sich. Perry beschleunigte seinen Abstieg, und der Mann eilte, gegen die Kälte geduckt, auf ihn zu.

»Captain.« Es war Erik Gustof, der kanadische Meteorologe, ein stämmiger Kerl norwegischer Abstammung, mit weißblondem Haar, groß und kräftig. Momentan erkannte man allerdings nur seine Augen hinter einer Schutzbrille, die er gegen das Gleißen des Schnees trug, und seinen vom Frost ganz weißen Schnurrbart. »Da will Sie jemand am Satellitentelefon sprechen.«

»Wer ...?«

»Admiral Reynolds.« Der Mann blickte zum Himmel empor. »Sie müssen sich sputen, wir erwarten übles Wetter, und die letzten Überreste des Sonnensturms mischen unsere Kommunikationssysteme immer noch mächtig auf.«

Perry nickte und wandte sich an seinen Junior Officer. »Lassen Sie die Männer gehen, sie haben bis zwanzig hundert frei. Dann kriegt das nächste Team Landgang.«

Die Ankündigung wurde mit allgemeinem Jubel aufgenommen. Rasch verteilten sich die Männer in verschiedene Richtungen, ein paar in die Messe der Station, andere zur Freizeithütte, wieder andere in die Quartiere für persönlichere Vergnügungen. Captain Perry folgte Erik zu drei miteinander verbundenen Hütten, dem Operationshauptquartier.

»Dr. Reynolds hat mich losgeschickt, damit ich Sie möglichst schnell herbringe«, erklärte Erik. »Momentan spricht sie mit ihrem Vater. Aber wir wissen nicht, wie lange die Verbindung hält.«

Sie kamen zur Tür der Operationshütte, klopften Schnee und Eis von ihren Stiefeln und traten geduckt durch die Tür. Nach der Eiseskälte tat die Wärme im Innern der Hitze beinahe weh. Perry streifte die Handschuhe ab, öffnete den Reißverschluss seines Parkas und warf die Kapuze zurück. Dann rieb er sich die Nasenspitze, um sich zu vergewissern, dass sie noch da war.

»Ziemlich kühl da draußen, was?«, sagte Erik, der seinen Parka anbehalten hatte.

»Es ist weniger die Kälte als die Feuchtigkeit«, gab Perry sarkastisch zurück, während er seinen Parka zu den vielen anderen hängte, die bereits die Garderobe zierten. Er trug noch immer den blauen Overall mit seinem Namen auf der Tasche. Seine Kappe faltete er zusammen und stopfte sie unter den Gürtel.

Erik ging zurück zur Tür. »Sie kennen ja den Weg zur NAVSAT-Station. Ich muss vor dem Sturm noch ein paar Instrumente checken.«

»Danke.«

Erik grinste und riss die Tür auf. In der kurzen Zeit war der Wind bereits beträchtlich stärker geworden. Eine Bö fuhr herein und traf Perry im Gesicht wie eine Ohrfeige. Erik eilte hinaus und schob die Tür hinter sich zu.

Einen Moment fröstelte Perry und rieb sich die Hände. *Wer zum Teufel erklärt sich freiwillig bereit, zwei Jahre in dieser Hölle zu verbringen?*

Er durchquerte das Vorzimmer und gelangte durch eine weitere Tür ins Hauptgebäude. Hier lagen die verschiedenen Verwaltungsbüros und einige Labore. In diesem Haus wurde vor allem die saisonale Wachstumsrate und die Erosion des Packeises erforscht und der Wärmehaushalt der Arktis gemessen. Aber die Labore in den anderen Hütten waren sehr unterschiedlich, von einem voll ausgestatteten Bergbaubetrieb, bei dem Bohrkerne vom Meeresboden untersucht wurden, bis zu einem Hydrolabor, das die Gesundheit des Phyto- und Zooplanktons unter dem Eis untersuchte. Die Forschungsarbeiten liefen ununterbrochen rund um die Uhr, während die Station mit dem Polarstrom weiterdriftete und sich jeden Tag etwa drei Kilometer fortbewegte.

Perry nickte den vielen bekannten Gesichtern hinter den Schreibtischen und vor den Computerbildschirmen freundlich zu. Dann durchquerte er eine Art Luftschleuse, die in eine der angrenzenden Hütten führte.

Diese Hütte war extra isoliert und hatte zwei Backup-Generatoren. Hier befanden sich Omegas lebenswichtige Verbindungen zur Außenwelt, nämlich die gesamte Funk- und Kommunikationsausrüstung: Kurzwelle für den Kontakt mit den Teams auf dem Eis, VLF und ULF für die Kommunikation mit den der Station zugeteilten U-Booten und

NAVSAT, das militärische Satellitenkommunikationssystem. Die Hütte war leer bis auf die einsame Gestalt von Amanda Reynolds.

Perry ging auf sie zu. Sie blickte von dem TTY auf, einer Texttelefoneinheit für Hörgeschädigte, die es ihr mit Hilfe einer tragbaren Tastatur ermöglichte, über Satellit zu kommunizieren. Sie konnte in das Mikrofon sprechen und die Antworten erschienen auf dem LCD-Bildschirm.

Amanda nickte Perry zu, sprach aber weiter mit ihrem Vater, Admiral Reynolds. »Ich weiß, Dad. Ich weiß, dass du von Anfang an dagegen warst, dass ich hierher komme. Aber ...«

Sie wurde unterbrochen und beugte sich noch näher über das TTY. Ihr Gesicht rötete sich, offensichtlich war sie in einen Streit verwickelt. Allem Anschein nach ein alter Streit. Ihr Vater hatte nie gewollt, dass Amanda diesen Auftrag übernahm, weil er sich Sorgen um sie machte, unter anderem natürlich wegen ihrer Behinderung. Aber Amanda hatte ihre Unabhängigkeit behauptet, indem sie trotzdem gekommen war.

Doch Perry fragte sich, ob es nur darum ging, ihren Vater zu überzeugen, oder nicht auch darum, sich selbst Mut zu machen. Noch nie war ihm eine Frau begegnet, die so wild entschlossen war, sich in jeder Hinsicht, in allen Bereichen zu beweisen.

Und das forderte natürlich seinen Tribut.

Perry sah den erschöpften Ausdruck in ihrem Gesicht, die dunklen Augenringe. In den letzten zwei Monaten schien sie um ein Jahrzehnt gealtert zu sein. Das passierte, wenn man Geheimnisse hatte.

Mit ziemlich erregter Stimme sagte sie ins Telefon: »Das besprechen wir später. Captain Perry ist gerade reingekommen.«

Mit angehaltenem Atem las sie die Antwort ihres Vaters

und biss sich auf die Unterlippe. »Na gut!«, fauchte sie schließlich, riss sich das Headset vom Kopf und schob es Perry hin.

Er nahm es und bemerkte dabei, dass ihre Finger zitterten. Wut, Frustration oder beides? Rasch bedeckte er das Mikro mit der Hand, denn er wollte nicht, dass jemand außer Amanda seine nächsten Worte hörte. »Hält er die Information immer noch unter Verschluss?«

Wutschnaubend stand Amanda auf. »Und unter elektronischer Verschlüsselung und Stimmerkennung und Netzhautabtastung. Fort Knox könnte nicht sicherer sein.«

Perry grinste sie an. »Er tut sein Bestes. Die Mühlen der Bürokratie mahlen langsam. Bei derart heiklen Angelegenheiten müssen diplomatische Kanäle äußerst feinfühlig gehandhabt werden.«

»Aber ich sehe das nicht ein. Die Geschichte geht auf den Zweiten Weltkrieg zurück. Nach so langer Zeit hat die Welt das Recht, die Wahrheit zu erfahren.«

»Die Welt hat fünfzig Jahre gewartet, da macht ein Monat oder so auch keinen großen Unterschied mehr. Bei dem ohnehin gespannten Verhältnis zwischen den Vereinigten Staaten und Russland muss das Räderwerk geölt werden, ehe die Information freigegeben wird.«

Amanda seufzte, sah ihm in die Augen und schüttelte den Kopf. »Du klingst schon genau wie mein Vater.«

Perry beugte sich über sie. »In unserem Fall wäre das kolossal freudianisch.« Er küsste sie.

Unter seinen Lippen verzog sich ihr Mund zu einem Lächeln, und sie murmelte: »Du küsst auch genau wie er.«

Mit einem leisen Lachen löste er sich von ihr.

Sie deutete auf das Headset. »Du solltest den Admiral lieber nicht warten lassen.«

Er schob es zurecht und zog das Mikro an seinen Platz. »Hier Captain Perry.«

»Captain, ich vertraue Ihnen, dass Sie gut auf meine Tochter aufpassen!« Seine Stimme klang scharf.

»Ja, Sir ... sehr gut sogar.« Er griff nach Amandas Hand und drückte sie fest. Ihre Zuneigung füreinander war kein Geheimnis, aber in den letzten zwei Monaten hatte sie sich vertieft und sich zu etwas Bedeutungsvollerem entwickelt. Der Korrektheit zuliebe sparten sie sich äußere Zurschaustellungen für private Momente auf. Nicht einmal der Admiral, Amandas Vater, wusste von der Intensivierung ihrer Gefühle.

»Captain, ich will mich kurz fassen«, fuhr der Admiral fort. »Der russische Botschafter wurde gestern kontaktiert und man hat ihm eine Kopie Ihres Berichts übergeben.«

»Aber ich dachte, wir wollten erst in Verbindung mit ihm treten, wenn ...«

»Wir hatten keine andere Wahl«, fiel ihm der Admiral ins Wort. »Irgendwie hat Moskau von der Entdeckung der alten Eisstation Wind bekommen.«

»Ja, Sir. Aber was bedeutet das für uns hier draußen?«

Eine lange Pause trat ein. Einen Moment war Perry nicht sicher, ob der Sonnensturm die Kommunikation unterbrochen hatte, aber dann sprach der Admiral weiter. »Greg ...«

Der unförmliche Gebrauch seines Vornamens ließ Perry aufhorchen.

»Greg, ich muss Sie auf noch etwas aufmerksam machen. Zwar bin ich hier draußen an der Westküste, aber ich war lange genug im Geschäft, um zu wissen, dass der Bienenstock in D. C. eifrig summt. Da drüben geht etwas vor sich. Mitternachtstreffen zwischen der NSA und der CIA. Der Navy-Beauftragte ist von einer Nahostreise zurückbeordert worden. Das ganze Kabinett wurde aus den Osterferien geholt.«

»Und was soll das alles?«

»Genau das ist ja der Punkt – ich weiß es nicht. Irgendetwas ist ganz oben passiert, oberhalb von mir. Zu mir muss die Information erst mal kommen … falls sie mich je erreicht. Irgendein politischer Sturm braut sich zusammen. D. C. macht die Schotten dicht. So was hab ich noch nie erlebt.«

Eine kalte Hand kroch Perrys Rücken empor. »Ich verstehe das nicht. Warum?«

Wieder wurden die Worte von der Verbindung klein gehackt. »Ich bin nicht sicher. Ich wollte Ihnen nur Bescheid geben, dass die Dinge hier eskalieren.«

Perry verzog das Gesicht. Das alles hörte sich für ihn nach dem üblichen politischen Gerangel an. Er würde die Sorge des Admirals zur Kenntnis nehmen, aber was konnte er sonst tun?

»Noch eins, Captain. Mir ist eine seltsame Kleinigkeit zu Ohren gekommen, genau genommen von einem Berater zum Unterstaatssekretär. Ein einzelnes Wort, das im Zentrum des Sturms zu stehen scheint.«

»Und was ist das für ein Wort?«

»Grendel.«

Perry blieb die Luft weg.

»Vielleicht ein Kodename, der Name eines Schiffs – ich weiß es nicht«, fuhr der Admiral fort. »Klingelt da irgendwas bei Ihnen?«

Perry schloss die Augen. *Grendel* … Erst heute war die Entdeckung gemacht worden. Eine Stahlplakette, bedeckt mit Eis und Raureif und leicht zu übersehen. Sie befand sich in der Nähe des oberirdischen Haupteingangs zur Eisstation.

ЛЕДОВАЯ СТАНЦИЯ ГРЕНДЕЛ

»Greg?«

Seine Gedanken drehten sich immer noch im Kreis. *Wo-*

her wusste Washington …? Der Übersetzer von Omega und der Sprachexperte der *Polar Sentinel* hatten sich über die korrekte Übersetzung gestritten, vor allem über das letzte Wort, bis sie endlich zur gleichen Lösung gekommen waren.

Es war der Name der unterirdischen Basis: *Eisstation Grendel.*

»Captain Perry, sind Sie noch da?«

»Ja, Sir.«

»Bedeutet das Wort irgendwas?«

»Ja, Sir, ich glaube schon.« Seine Stimme klang gepresst. Außer auf der Plakette hatte Perry die kyrillischen Buchstaben schon an einer anderen Stelle gesehen, auf einer der Türen in der Station nämlich … einer Tür, vor der er bewaffnete Wachposten hatte aufstellen lassen.

ГРЕНДЕЛ

Bis heute hatte er die Bedeutung der Buchstaben nicht gekannt, die auf dieser grausigen Tür angebracht waren.

Jetzt wusste er, was sie bedeuteten.

Aber er war nicht der Erste.

18:26 Uhr
Brooks Range, Alaska

Mariah am Zügel führend, ging Matt den steilen Abhang hinauf. Craig saß nach vorn gebeugt im Sattel und klammerte sich am Sattelhorn fest. Noch wagte Matt es nicht, ebenfalls aufzusitzen, nicht bevor es bergab ging oder das Gelände zumindest flach wurde. Er wollte das Pferd nicht vorzeitig ermüden.

Vor ihnen bewegten sich die vier Hunde auf die Talspitze zu. Je früher sie die steilen Gipfel hinter sich ließen, desto besser. Nur Bane schien die Angst seines Herrn zu bemerken, denn er blieb stets in seiner Nähe, die Ohren gespitzt.

Matt warf einen Blick über die Schulter. Inzwischen waren die Fallschirmspringer bestimmt gelandet, aber bis jetzt hörte man noch keine Motorengeräusche. Kein Anzeichen einer Jagd, aber der dichte Wald aus Fichten und Erlen verstellte auch die Sicht.

Schon senkte sich die Dämmerung über das Tal, die Sonne verschwand hinter den Bergen, über denen sich dunkle Wolken türmten. Jetzt im April wurden die Tage länger, bis irgendwann die Winterdunkelheit von der sommerlichen Mitternachtssonne abgelöst wurde.

Mit zusammengekniffenen Augen spähte Matt hinter sich, doch es war unmöglich auszumachen, was dort vor sich ging. Er runzelte die Stirn. Vielleicht hatte er sich ja geirrt ... vielleicht wurde er hier draußen im menschenleeren Wald allmählich paranoid.

Anscheinend hatte Craig sein besorgtes Gesicht bemerkt. »Könnte das nicht ein Rettungstrupp gewesen sein? Laufen wir vielleicht völlig grundlos davon?«

Gerade wollte Matt etwas antworten, da nahm ihm eine Explosion die Worte aus dem Mund. Beide Männer starrten den Abhang hinunter. Aus dem Halbdunkel unter ihnen rollte ein Feuerball zum Himmel empor. Der Knall verhallte.

»Das Flugzeug ...«, murmelte Craig.

»Sie haben es in die Luft gejagt.« Matts Augen wurden groß. Er stellte sich Brent Cummings zerstörten Körper vor.

»Aber warum?«

Matt sah ihn nachdenklich an. Eigentlich konnte er sich nur einen einzigen Grund dafür denken. »Sie verwischen ihre Spuren. Wenn das Flugzeug sabotiert worden ist, dann müssen sie die Beweise vernichten – und dazu gehören natürlich auch potenzielle Zeugen.« Auf einmal sah Matt in Gedanken die klare Spur von Hufen, Stiefeln und Pfoten vor sich, die von der Absturzstelle wegführte. Er hatte keine Zeit gehabt, ihren Weg zu kaschieren.

Von unten durchschnitt ein neues Geräusch den Wald wie eine Bandsäge. Ein Motorrad wurde gestartet, nach kurzem Aufheulen ertönte leises Brummen. Kurz darauf gesellte sich ein zweites Motorengeräusch dazu.

Wie zum Echo knurrte Bane tief aus der Brust.

Matt starrte in den schwachen Glanz der untergehenden Sonne. Noch immer senkten sich die Wolken weiter herab. In der Nacht würde es Schnee geben, wahrscheinlich nicht zu knapp. Dessen waren sich ihre Verfolger ganz sicher bewusst, und das bedeutete, dass die Saboteure alles daransetzen würden, sie noch vor Sonnenuntergang zu erwischen.

»Was sollen wir jetzt machen?«, fragte Craig.

Als Antwort zog Matt an Mariahs Zügel und ging weiter den Abhang hinauf. Er musste eine Methode finden, sie aufzuhalten … zumindest lange genug, bis der Himmel sich öffnete.

»Können wir uns irgendwo verstecken?« Craigs Stimme zitterte. Während Mariah eine Schutthalde emporkraxelte, sackte er im Sattel noch weiter vornüber.

Für den Augenblick ließ Matt Craigs Frage unbeantwortet. Das Wichtigste war für ihn jetzt, mindestens bis zum Anbruch der Nacht durchzuhalten. Sie waren eindeutig im Nachteil. Ein Pferd, zwei Männer. Ihre Verfolger dagegen hatten jeder einen Snow Chopper. Die Chancen standen nicht gut. Schon hörte man, wie die Motorräder Gas gaben. Die Jagd begann.

Matt zerrte Mariah den Hang hinauf. Oben erfasste sie

ein plötzlicher Wind aus Südwest, kalt, beladen mit Eis und Schnee. Ohne Zögern begann Matt den Abstieg, in Richtung seines Lagerplatzes. Da es dort keine Möglichkeit gab, sich zu verstecken, durchforschte er sein Gehirn fieberhaft nach anderen Optionen. Er kannte einige Höhlen, aber sie waren alle zu weit entfernt, außerdem boten sie auch keine wirkliche Sicherheit. Ein anderer Plan musste her.

»Können Sie ohne Hilfe reiten?«, fragte er Craig.

Als Antwort bekam er ein schwaches Nicken, aber die Augen des Mannes verrieten Angst.

Matt holte das Gewehr hinter dem Sattel hervor und stopfte sich eine Schachtel Patronen in die Tasche.

»Was haben Sie denn vor?«, wollte Craig wissen.

»Sie müssen sich keine Sorgen machen. Ich werde Sie nur als Köder benutzen.« Er beugte sich zu seinem Hund hinunter. »Bane!«

Sofort spitzte der Hund die Ohren, die Augen aufmerksam auf Matt gerichtet.

Matt deutete den Abhang hinunter. »Bane ... ab ins Lager!«, befahl er scharf.

Der Hund drehte sich um und lief los. Die anderen Hunde folgten ihm. Mit einem Klaps auf die Flanke schickte Matt Mariah hinterher und blieb ein paar Schritte neben ihr. »Bleiben Sie bei den Hunden, die führen Sie zu meinem Lagerplatz. Wenn Sie dort sind, suchen Sie Schutz, so gut es eben geht. Beim Holzstoß liegt auch eine Axt. Für den Fall des Falles.«

Craig erbleichte, aber er nickte erneut, was Matt ein wenig Respekt einflößte.

Jetzt blieb Matt stehen und sah einen Moment lang zu, wie Pferd, Reiter und Hunde zwischen Bäumen und Felsbrocken den Hang hinuntertrotteten, bis sie schließlich im Dickicht verschwunden waren.

Dann wandte er sich um und stieg wieder hinauf, bis er noch etwa zwanzig Meter vom Hügelkamm entfernt war. Dann machte er einen Satz von der schlammigen Hufspur weg auf einen Granitvorsprung und von dort auf einen anderen Stein. Er wollte nicht, dass die Abzweigung zu erkennen war. Sobald er die Fährte weit genug hinter sich gelassen hatte, duckte er sich unter die Zweige einer Fichte und versteckte sich im Schatten hinter ihrem Stamm. Von hier hatte er klare Sicht auf den Hügelkamm. Falls die Verfolger ihrer Spur nachgingen, würde sich in dem Augenblick, in dem sie den Hügelkamm überschritten, ihre Silhouette einen Moment lang vor dem Abendhimmel abzeichnen.

Auf ein Knie gestützt, schlang Matt den Gewehrriemen ums Handgelenk, stützte den Kolben aus Walnussholz an der Schulter ab und zielte über den Lauf. Er vertraute darauf, dass er einen der beiden Motorradfahrer aus dieser Entfernung erwischen würde, aber was war mit dem anderen?

Jenseits des Hügelkamms kam das Brummen der beiden Motoren näher und näher, zwei wütende Raubtiere auf der Fährte ihrer Beute.

Während Matt da so kniete und das Blut in seinen Schläfen pochte, musste er unwillkürlich an ein anderes Ereignis denken. Es hatte zehn Jahre zuvor stattgefunden, in einem anderen Leben, als er in Somalia in einem zerschossenen Gebäuderuine gelegen hatte. Überall um ihn herum Gewehrfeuer. Die ganze Welt von seinem Nachtsichtgerät auf grüne Schatten und Linien reduziert. Für die meisten Männer waren nicht die Gefechte das Schlimmste. Die meisten Nerven kostete die Warterei.

Langsam durch den Mund einatmend, zwang Matt sich, zu entspannen. Locker und trotzdem wachsam. Anspannung konnte einen beim Zielen weit mehr um den Erfolg bringen als mangelnde Schießkunst. Er atmete aus und zentrierte sich. Er war hier nicht in Somalia. Er war in den Wäldern, *seinen* Wäldern. Der frische Geruch der zerdrückten Fichtennadeln unter seinen Knien half ihm, klar zu denken, erinnerte ihn daran, wer er war. Er kannte diese Berge besser als irgendwer sonst.

Auf der anderen Seite des Kammes wurden die Motorräder schneller, durchdrangen die Welt mit ihrem Brummen und Rattern. Matt konnte hören, wie die Zweige unter den stachelbewehrten Rädern brachen. *Ganz nahe schon …* Er bewegte den Finger von der Sicherung zum Abzugshebel und beugte sich tiefer über das Gewehr, die Wange fest an dem hölzernen Schaft.

Das Warten dehnte sich zu einer Ewigkeit. Trotz der Kälte rollte ein Schweißtropfen über seine rechte Schläfe. Er musste sich zwingen, nicht zu blinzeln. Schieß nur, wenn beide Augen offen sind. Das hatte sein Vater ihm eingebläut, wenn sie zu Hause in Alabama auf die Jagd gegangen waren. Später hatte sein Drillsergeant diesen Grundsatz eindringlich verstärkt. Matt atmete flach durch die Nase, voll konzentriert.

Kommt schon …!

Als hätte es seine Aufforderung gehört, schoss plötzlich ein Motorrad mit Vollgas über den Hügelkamm und flog regelrecht über die Anhöhe. Die Räder hoben vom Boden ab.

Matt, darauf nicht vorbereitet, verlagerte die Hüfte, folgte dem Kurs des Motorrads und drückte ab. Der Schuss knallte, unmittelbar gefolgt vom scheppernden Pfeifen einer Kugel auf Metall.

Das fliegende Motorrad geriet ins Schlingern. Matt hatte das hintere Schutzblech getroffen. Fahrer und Rad gingen zu Boden und überschlugen sich, der Mann sprang ab, rollte den Hang hinunter und verschwand im Dickicht.

»Verdammt!«, brummte Matt, fixierte aber weiter den Hügelkamm. Er hatte keine Ahnung, ob der erste Motorradfahrer unverletzt, verwundet oder gar tot war, aber er wagte es nicht, seine Aufmerksamkeit zu teilen. Jeden Moment konnte das zweite Motorrad erscheinen. Er hebelte die verbrauchte Patrone aus der Seite des Gewehrs und führte die nächste ein, wobei er sich die alte M-16-Automatik aus seinen Tagen bei des Green Berets herbeisehnte.

Dann legte er an und zielte wieder auf den Hügelkamm.

Nach dem Schuss und dem krachenden Sturz der ersten Maschine war sein Gehör etwas beeinträchtigt, weshalb er das Grollen des zweiten Motorrads einfach nicht lokalisieren konnte. Plötzlich sah er eine Bewegung am linken Rand seines Gesichtsfelds. Er schwang das Gewehr zur Seite, gerade rechtzeitig, um das zweite Rad über die Anhöhe schießen zu sehen, nicht weit entfernt von der Stelle des ersten.

Er zielte, eher verzweifelt als kunstfertig, und feuerte. Diesmal hörte er nicht einmal einen Metalltreffer. Das Motorrad setzte zu einer glatten Landung auf, und Matt konnte den Fahrer am Lenker sehen, bevor der Snow Chopper um einen Felsvorsprung verschwand.

Matt zog sich hinter den Stamm der Fichte zurück und lud die Flinte neu. Diese Typen waren garantiert keine Amateure. Sie hatten einen Hinterhalt gewittert, das erste Rad mit halsbrecherischer Geschwindigkeit über den Hügelkamm geschickt, um die Aufmerksamkeit des Gegners auf sich zu lenken, während das zweite sich von der anderen Seite näherte.

Knack.

Ein Fichtenzweig brach keine dreißig Zentimeter über Matts Kopf ab und überschüttete ihn mit einem Hagel aus Holzsplittern. Matt duckte sich tiefer, ging auf den Rücken, das Gewehr über der Brust. Ein Gewehrschuss ... aus der

Richtung, in der der erste Fahrer verschwunden war. Also war der Mistkerl nicht tot.

Die Panik niederkämpfend, hielt Matt seine Stellung. Der Schütze konnte ihn nicht gesehen haben, sonst wäre Matt tot gewesen. Der Schuss ins Holz war dazu gedacht, ihn aufzuscheuchen. Vermutlich hatte der Kerl seine ungefähre Position angepeilt, als Matt auf das zweite Motorrad geschossen hatte.

»Verdammt ...!« Jetzt war Matt zwischen den beiden eingekeilt: einer links im Gebüsch, der andere noch auf seinem Rad, irgendwo zwischen den Felsen.

Matt lauschte und atmete stoßweise zwischen zusammengebissenen Zähnen. Das Dröhnen des anderen Motorrads war gleichzeitig leiser und stetiger geworden. Was war los? Wartete der Mann? Hatte er das Motorrad im Leerlauf stehen lassen, während er sich eine bessere Position suchte?

Aber Matt durfte nichts riskieren, er musste hier weg.

Leise fluchend rutschte er den Abhang hinunter, wobei ihm der dicke Teppich aus Fichtennadeln die Flucht beträchtlich erleichterte. Ohne den Kopf zu heben, rodelte er auf den glatten Nadeln weiter, bis er einen flachen Schmelzwassergraben erreichte, in den er sich gleiten ließ. Zwar drang das kalte Wasser sofort durch seine Wollhosen, aber sein oft geflickter Army-Parka hielt wenigstens den Oberkörper trocken.

Einen Augenblick blieb er liegen und lauschte. Es war kein Laut zu hören. Seine Verfolger verrieten sich nicht so leicht. Ob Militär oder Söldner, konnte Matt natürlich nicht wissen, aber ihm war klar, dass sie Profis waren und im Team arbeiteten. Das bedeutete, dass der Reporter erst einmal außer Gefahr war. Niemals würden die beiden einen bewaffneten Angreifer in ihrem Rücken zurücklassen. Ehe sie weiterfuhren, mussten sie erst einmal Matt ausschalten.

Matt ließ sich seine Optionen durch den Kopf gehen. Viele waren es nicht. Er konnte allein fliehen und Craig den beiden Bewaffneten überlassen. Vermutlich hatten sie ohnehin mehr Interesse an dem Reporter als an ihm, und er zweifelte nicht daran, dass er es schaffen würde, sich in den Wald abzusetzen. Aber das kam nicht ernsthaft in Frage.

Schließlich musste er auch an seine Hunde denken.

Langsam schlängelte er sich den Graben weiter hinunter. Die Kälte half, die Panik etwas zu betäuben. Wenn man den Kopf klar kriegen wollte, gab es nichts Besseres, als den Hintern in Eiswasser zu halten.

Er bewegte sich, so lautlos er konnte.

Dreißig Meter weiter ergoss sich das Schmelzwasser über eine Felskante. Allerdings nicht sehr tief, nur etwa zwei Meter. Matt rollte sich in dem Graben auf den Bauch und ließ sich mit den Füßen voran über die Kante rutschen, die Flinte hochgereckt, um sie vor Wasser und Schlamm zu schützen.

Das war ein Fehler.

Als er sich über die Felskante hinunterließ, traf ein Schuss sein Gewehr und riss es ihm aus den Fingern, die höllisch brannten. In seinem törichten Versuch, sie zu schützen, hatte er die Flinte zu hoch gehalten und sich damit verraten. Er landete hart in einem flachen Eiswasserpool und hielt sich die verletzte Hand.

Zum Glück fand er sein Gewehr am Ufer des Tümpels ziemlich rasch wieder. Der schwarze Walnussholzschaft war zersplittert, das Gewehr selbst aber noch intakt. Die Flinte fest im Griff, rannte er die schmale Klippe entlang, ohne sich weiter die Mühe zu machen, seine Flucht zu verbergen. Er preschte durchs Gebüsch, dass die Zweige unter seinen Füßen nur so knackten. Die Klippe, der er folgte, endete an einer Geröllhalde, dem Pfad eines alten Gletschers. Der Steilhang war ein Chaos aus Rinnen, Felsbrocken und kleinen Schluchten.

Hinter sich hörte er kein Geräusch, aber er wusste, dass die Männer ihm dicht auf den Fersen waren, ihre Waffen geschultert, bereit, ihr Opfer bei der ersten sich bietenden Gelegenheit ins Jenseits zu befördern.

Von seiner Angst beflügelt, rannte Matt weiter, dicht an der Felswand entlang. Vor ihm wurden die Schatten dunkler, während die Sonne unterging und die Wolken sich über die Berggipfel senkten. Bald war es Nacht. So erreichte er die Geröllhalde und duckte sich hinter einen großen Felsbrocken.

Er riskierte einen Blick zurück. Jetzt half die Dunkelheit seinen Verfolgern. Schwere Schatten verhüllten das Terrain wie eine Maske. Er spähte zum Rand der Klippe. Nichts. Als er sich abwandte, hätte er fast eine Regung in den Schatten verpasst. Er ließ sich tiefer gleiten. Jemand kletterte die Klippe herunter, halb verborgen hinter einem Felsbrocken. Ehe Matt seine lädierte Flinte heben konnte, verschwand die Gestalt auch schon in der Dunkelheit am Fuß der Klippe.

Er hielt das Gewehr weiter im Anschlag und, so gut es ohne den stützenden Schaft ging, auf Armlänge. Der Lauf schwankte. Mit seiner Zielgenauigkeit war es vorbei.

Plötzlich erwachte das eine Motorrad weiter oben am Hang wieder zum Leben, knatternd, stotternd. Dann wurde der Motor abgestellt.

Matt spitzte die Ohren. Der zweite Verfolger ging nach links, in der Absicht, den Steilhang zu umrunden und so wieder in Matts Rücken zu gelangen. Der erste sich ihm nähernde Mann schien verschwunden. Er konnte überall sein. Matts Position war alles andere als günstig.

Er verkroch sich wieder hinter den Felsen und scannte das Terrain mit den Augen. Hier gediehen nur wenige

Bäume, dafür hauptsächlich niedrige Büsche, Unkraut und Gras, ein paar Flecken mit Rentierflechten. Mitten hindurch ergoss sich ein schneller Felsbach in einer Reihe von Wasserfällen. Nebel waberte über dem Wasser, während der Tag sich zur Nacht hin immer mehr abkühlte.

Matt rannte den Geröllhang hinunter, geduckt, auf den Bach zu. Er musste seinen unmittelbaren Verfolger so schnell wie möglich abschütteln. Springend und kletternd erreichte er den Bach. Mit seinen noch von der letzten Rutschpartie nassen und schlammigen Stiefeln hinterließ er auf dem Felsboden eine deutliche Spur.

Als er am Bach ankam, watete er ins eisige Wasser, wobei er ein Japsen unterdrücken musste. Zwar ging ihm das Wasser nur bis an die Knie, aber die Strömung zerrte heftig an seinen Beinen. Die Steine waren glitschig, und er musste sich anstrengen, die Balance zu halten, während er stromaufwärts kletterte, den Hang hinauf, den er gerade hinabgerannt war. Tief geduckt hastete er vorwärts und bemühte sich, beim Waten so wenig Lärm zu machen wie nur möglich.

Angestrengt horchte er auf ein Geräusch des nahen Verfolgers, aber die Luft war erfüllt vom Dröhnen des anderen Motorrads und dem gurgelnden Rauschen von Wasser über Felsgestein.

Zehn Meter weiter den Bach hinauf erreichte er einen Wasserfall, der sich anderthalb Meter über eine Felskante stürzte. Er betete um wenigstens ein bisschen Glück an diesem langen, kalten Tag, stieg zu der Kaskade empor und streckte den Arm durch das herabstürzende Wasser. Viele solcher Katarakte verbargen hinter sich einen kleinen Hohlraum, dort, wo der Granitfelsen vom herabstürzenden Wasser, das je nach Jahreszeit verebbte und anschwoll, abgetragen worden war.

Matt bewegte die Finger.

Der von ihm gewählte Katarakt bildete keine Ausnahme. Blitzschnell drehte er sich um und schob sich mit dem Rücken voraus durch den Wasserfall. Einen schmerzhaften Atemzug lang stand er unter dem mehr als erfrischenden Strom, dann lehnte er sich gegen den Felsen, die Beine nach beiden Seiten abgespreizt, leicht gebückt. Der Wasserfall bildete einen Vorhang vor seinem Gesicht. Zwar war er dünn genug, dass Matt hindurchspähen konnte, doch die Welt dahinter wirkte wässrig verschwommen.

Das Gewehr an die Brust gedrückt, wartete Matt. Jetzt, wo er nicht mehr gegen die Strömung ankämpfte und stattdessen nur ruhig dahockte, setzte ihm die Kälte richtig zu. Seine Zähne klapperten unkontrollierbar und der Schmerz ging ihm durch Mark und Bein. Ziemlich rasch würde die Unterkühlung einsetzen. Hoffentlich wussten seine Verfolger, was sie taten, und ließen ihn hier nicht zu lange stehen.

Während er so vor sich hin fror, tauchte die Erinnerung an einen anderen Tag, einen anderen eisigen Wasserlauf, in ihm auf. Damals war er noch nasser und durchgefrorener gewesen. Vor drei Jahren hatte es im Spätwinter eine für Alaska ungewöhnlich warme Periode gegeben, die alle herauslockte, um das untypisch milde Wetter zu genießen. Auch Matt und seine Familie machten einen winterlichen Campingtrip zum Eisfischen und Wandern in den verschneiten Bergen. Dann ein Augenblick der Unaufmerksamkeit …

Trotz der Gefahr, in der er jetzt schwebte, kniff Matt unwillkürlich die Augen zusammen, als ihn der stechende Schmerz dieser Erinnerung durchfuhr.

Er hatte eine Holzaxt benutzt, um das Eis aufzuschlagen. Er hatte den kalten Fluss unermüdlich abgesucht und wäre dabei fast selbst an Unterkühlung gestorben, aber der Körper seines achtjährigen Sohnes wurde erst zwei Tage später gefunden, weit, weit stromabwärts.

Tyler ... es tut mir so Leid ...

Er zwang sich, die Augen wieder zu öffnen. Jetzt war nicht der richtige Augenblick, um seinen Jungen zu betrauern. Doch das eisige Wasser machte es unmöglich, die Erinnerung zu verdrängen. Er konnte ihr nicht entgehen. Sein Körper erinnerte sich an das eisige Wasser. Erinnerungen tauchten auf, die für immer in jeder Faser seines Körpers eingefroren waren. Jemand, der nie einen Sohn oder eine Tochter verloren hatte, konnte sich nicht vorstellen, dass die bloße Erinnerung daran schmerzte wie ein Dolchstoß, qualvoll, durchdringend bis ins Mark.

Tyler ...

Eine Bewegung holte ihn schlagartig in die Gegenwart zurück. Rechts von ihm schob sich eine Gestalt zwischen den Felsbrocken am Ufer des Bachs vorwärts. Während er sie beobachtete, begannen seine Beine vor Wut zu zittern, und Verzweiflung durchdrang ihn, so betäubend, dass alle Furcht von ihm wich.

Der Mann war Matts schlammiger Spur gefolgt, aber er ging kein Risiko ein, sondern hielt sich sorgsam im Schatten. Sein Gewehr hatte er über die Schulter geschlungen, aber in der Faust hielt er eine Pistole. Außerdem hatte er den schneeweißen Overall abgelegt und trug jetzt eine Tarnuniform mit schwarzer Mütze, die ihn nahezu unsichtbar machte.

Matt hob seine Flinte, sodass der Lauf den Wasserfall teilte. Aber er richtete die Waffe nicht auf die schleichende Gestalt, denn mit dem demolierten Schaft traute er sich keinen präzisen Schuss zwischen die Felsen zu. Stattdessen zielte er auf das Bachufer, auf die Stelle, wo er vor wenigen Minuten ins Wasser gewatet war. Sie war nur zehn Meter entfernt und frei von Felsbrocken.

Der Mann in der Tarnkleidung erreichte die Stelle und kam geduckt hinter den schützenden Felsen hervor. Matt sah, wie er zum gegenüberliegenden Ufer spähte. Keine Spur führte aus dem Bach wieder heraus. Der Kerl starrte stromabwärts. Matt konnte sich vorstellen, was er dachte. War sein Opfer den Bach abwärts geflohen, wie vorhin, als er den kleineren Schmelzwasserbach als Deckung benutzt hatte? Um den Lauf des Baches besser verfolgen zu können, richtete der Mann sich etwas auf. Er war groß, von der Statur eines Footballspielers.

Matt bewegte den Finger zum Abzug und setzte alle Muskeln in Unterarm und Schulter ein, um die Flinte ruhig zu halten. In diesem Augenblick ließ irgendein instinktives Gespür seinen Verfolger aufmerken. Blitzschnell fuhr er herum, auf dem blassen Gesicht einen überraschten Ausdruck. Im gleichen Moment, als Matt abdrückte, erkannte er die Flinte.

Der Knall war laut in dem engen Raum und der Rückstoß hätte Matt fast das Gewehr aus der Hand gerissen. Irgendetwas schwirrte an seinem Ohr vorbei, aber er ignorierte alles andere und konzentrierte sich ausschließlich auf sein Ziel.

Der Mann taumelte zurück wie nach einem Stoß vor die Brust. Die Pistole flog ihm aus der Hand, während er die Arme zurückwarf und auf einer Granitextrusion aufschlug.

Noch bevor der Mann auf dem Boden landete, war Matt aus seinem Versteck gestürzt. Er riss an seinem Gewehr, um die verbrauchte Patrone herauszuhebeln, musste aber feststellen, dass der Mechanismus klemmte. Er zerrte heftiger, ohne Erfolg. Anscheinend war die Flinte stärker beschädigt, als er gedacht hatte. Wahrscheinlich konnte er von Glück sagen, dass sie ihm nicht ins Gesicht explodiert war.

Er rannte den Bach zu dem gestürzten Mann hinunter, der versuchte, an sein Gewehr zu kommen. Es war ein Wettrennen, aber diesmal arbeitete die Strömung für Matt. Wie im Flug bewältigte er die zehn Meter bergab und hechtete aus dem Wasser.

Aber es war zu spät.

Sein Gegner hatte sein Gewehr erreicht und auf Matts Brust gerichtet.

Im Sprung riss Matt seinen Körper zur Seite und schwang seine beschädigte Waffe wie einen Knüppel. Metall schlug auf Metall, als der Schuss sich löste. Ein brennender Schmerz durchfuhr Matts Schulter.

Er schrie auf ... dann prallte er gegen den Körper seines Gegners. Es war, als wäre er in eine Backsteinmauer gelaufen. Der Mann war fast dreißig Pfund schwerer als Matt. Aber immerhin flog ihm bei dem Zusammenstoß das Gewehr aus den Händen, schlidderte über den Fels und in den Bach.

Matt rollte von dem Kerl herunter und wollte ihm ins Gesicht treten, aber sein Gegner hatte sich bereits weggeduckt. Die Brustwunde schien ihn überhaupt nicht zu beeinträchtigen.

Kugelsichere Weste, dachte Matt.

Der andere kroch ein Stück weg, das Gesicht eine Maske des Zorns. Mit einer Hand nestelte er an dem Loch in seinem Tarnanzug herum.

Tut trotzdem verflucht weh, stimmt's, Arschloch?

Plötzlich blitzte etwas auf und in der Hand des Mannes erschien ein Dolch. Der Mistkerl war ein richtiges Schweizer Messer – für alle Fälle gerüstet.

Matt hob sein Gewehr und hielt es wie ein Fechtschwert. Seine Schulter brannte immer noch wie Feuer, aber er achtete nicht auf den Schmerz und wandte dem Mann die Seite zu, um dem Dolch möglichst wenig Angriffsfläche zu bieten.

Mit blitzenden, mordlustigen Augen grinste der Mann ihn an. Makellose weiße Zähne. Für wen der Mann auch arbeiten mochte, auf jeden Fall hatte er eine gute zahnärztliche Versorgung.

Abrupt und mit niedrig gehaltener Waffe stürzte sich der Mann auf ihn. Den anderen Arm hatte er gehoben, um Matts Gewehr abzuwehren. Offensichtlich war er ein ausgekochter Profi.

Matt machte zwei Schritte zurück, die freie Hand auf dem Gürtel. So schnell er konnte, riss er das Pfefferspray aus dem Halfter, löste mit dem Daumen den Deckel, schwang herum und drückte auf den Knopf. Da das Spray für Bären gedacht war, hatte es eine Reichweite von sechs Metern.

Der Pfeffer traf den Mann mitten ins Gesicht.

Die Wirkung war vergleichbar mit einer aus nächster Nähe abgeschossenen Kanonenkugel.

Der Angreifer fiel auf die Knie und warf den Kopf zurück, ohne noch einen Gedanken an den Dolch zu verschwenden. Nach einem Augenblick völliger Betäubung entrang sich seiner Brust ein geradezu unmenschliches, halb ersticktes Heulen. Offenbar hatte er das Spray eingeatmet und sich den Kehlkopf verbrannt. Gleichzeitig krallte er mit den Händen nach seinen Augen und kratzte sich vor Verzweiflung das ganze Gesicht blutig.

Matt trat zurück. Das Bärenspray war etwa zehnmal so stark wie das Gemisch, das die Polizei einsetzte – eine heftige Kombination aus Pfeffer und Tränengas, denn schließlich sollte es keine gewöhnlichen menschlichen Ganoven, sondern Grizzlybären niederstrecken. Inzwischen bildeten sich Blasen auf den Augen des Mannes, und er warf sich, blind vor Schmerzen, hin und her wie ein Fisch an Land. Doch so unkoordiniert seine Bewegungen auch wirkten, sie hatten doch ein Ziel: Der Mann versuchte sich zum Bach vorzukämpfen. Sein Körper krampfte sich zusammen, Erbrochenes ergoss sich über die Felsen und er würgte.

Ein paar Meter vom Bach brach er stöhnend zusammen und blieb zusammengerollt liegen.

Matt ging einfach hinüber und holte sich den Dolch. Kurz überlegte er, ob er dem Mann die Kehle durchschneiden sollte, aber er fühlte sich nicht im Geringsten großmütig. Der Kerl stellte keine Bedrohung mehr dar, zudem bestanden gute Chancen, dass er an dem Spray starb. Wenn nicht, war er für den Rest seines Lebens entstellt und verstümmelt. Aber Matt spürte keine Reue, er dachte nur an Brent Cumming, seinen Freund, der mit gebrochenem Hals in der abgestürzten Cessna gelegen hatte.

In der Ferne war das Motorengeräusch schwächer geworden. Ob der Fahrer den Schrei seines Partners gehört hatte? Wusste er, dass es sein Freund gewesen war? Oder glaubte er vielleicht, ihr gemeinsames Opfer hätte so gebrüllt?

Matt suchte im Bach nach der anderen Flinte, aber die Strömung hatte sie fortgerissen, und er wagte nicht, noch länger an Ort und Stelle zu verweilen. Ganz sicher würde irgendwann der andere Mann auftauchen, um nach seinem Partner zu suchen, und Matt hatte nicht die Absicht, dann noch hier zu sein. Er wollte zurück zu seinem Lagerplatz, die Hunde, das Pferd und den Reporter holen und sich dann auf den Weg zu dem einzigen Ort machen, den er hier in der Gegend kannte. Ob er eingeladen war oder nicht, willkommen oder nicht, in einem Fall wie diesem würde man ihn aufnehmen müssen.

Er spitzte die Ohren, als der Motor erneut aufheulte. Natürlich, sein Plan hatte noch einen letzten Haken. Matt überquerte die Geröllhalde, weg von seinem Verfolger. Das Camp war drei Kilometer entfernt, doch zum Glück auf der anderen Seite des Bergsturzes. Der Fahrer würde einige Zeit brauchen, um seinen Partner zu finden, dann einen Bogen zu schlagen und sich auf die Verfolgungsjagd zu machen. Matt plante, bis dahin längst über alle Berge zu sein.

Mit diesem Ziel vor Augen, marschierte Matt zurück in den dichteren Wald und joggte zu seinem Lagerplatz hinab. Seine nassen Sachen hingen an ihm herunter wie Zementsäcke, aber nach ein paar Minuten wärmte die Anstrengung seine Glieder und bannte die Gefahr einer Unterkühlung. Sobald er das Lager erreicht haben würde, konnte er sich umziehen.

Während er so bergab trabte, setzte leichter Schneefall ein. Dicke Flocken rieselten aus den Wolken und verhießen ein dichteres Gewirbel. Nach zehn Minuten war es bereits so weit. Der Schnee verhüllte den Fichtenwald und reduzierte die Sichtweite auf ein paar Meter. Aber Matt kannte den Wald. Er gelangte zu dem am Rand gefrorenen Bach in der Talsohle und folgte ihm stromabwärts zu seinem Lagerplatz. Er fand auch die Pferdespur.

Als Erster begrüßte ihn Bane, der ihn vor Freude fast umwarf, als er sich das letzte Stück Weg herankämpfte.

»Ja, ich freu mich auch, dich zu sehen.« Er klopfte dem Hund auf die Flanken und folgte ihm ins Lager.

Mariah kaute auf irgendwelchen grünen Blättern herum. Die anderen Hunde kamen angelaufen, aber von dem Reporter gab es nirgends eine Spur. »Craig?«

Hinter einem Busch tauchte er endlich auf, beide Fäuste um eine kleine Axt geschlungen. Als er Matt erkannte, machte sich auf seinem Gesicht Erleichterung breit. »Ich ... ich wusste nicht, was passiert ist. Ich hab Schüsse gehört ... Schreie ...«

»Das war ich nicht.« Matt ging zu ihm und nahm ihm die Axt ab. »Aber wir sind noch nicht über den Berg, wie man so schön sagt.«

Jenseits des Tals hörte man noch immer das Jaulen des einsamen Motorrads. Matt starrte in den dunklen, verschneiten Wald. *Nein, wir sind wirklich noch nicht über den Berg.*

»Was machen wir denn jetzt?« Auch Craig horchte auf das Motorengeräusch, das schon wieder lauter wurde. Sein Blick wanderte zu der zerbrochenen Flinte.

Matt hatte schon ganz vergessen, dass er sie noch mit sich herumschleppte. »Kaputt«, brummte er, wandte sich zum Lager und begann, in seinen Vorräten herumzuwühlen und mit raschen Griffen das herauszusortieren, was sie für ihre nächtliche Flucht brauchten. Sie würden mit leichtem Gepäck reisen müssen.

»Haben Sie noch ein anderes Gewehr?«, erkundigte sich Craig. »Oder können wir dem Motorrad zu Pferd entkommen?«

Matt schüttelte den Kopf und hatte damit beide Fragen beantwortet.

»Was machen wir dann?«

Endlich hatte Matt gefunden, wonach er gestöbert hatte, und legte es zu seiner Tasche. *Wenigstens das war noch intakt.*

»Was ist mit dem anderen Motorrad?« In Craigs Stimme wuchs die Panik.

Matt richtete sich auf. »Keine Sorge. Es gibt ein altes Sprichwort hier in Alaska.«

»Nämlich?«

»Hier oben überleben nur die Starken ... und manchmal werden auch sie getötet.«

Allem Anschein nach fand der Reporter aus Seattle das Sprichwort nicht besonders tröstlich.

22:48 Uhr

Stefan Jurgen trug ein Nachtsichtgerät, weshalb er auch ohne die Motorradscheinwerfer im Dunkeln sehen konnte, wegen des Schneesturms allerdings nur ein paar Meter.

Der Schnee fiel in dichten Flocken – durch das Gerät ein grüner Nebel.

Er hielt sein Schnee-und-Eis-Fahrzeug aufrecht, während er sich den Serpentinenweg emporquälte. Zwar behinderte der Schnee die Sicht, machte es dafür aber leichter, seiner Beute zu folgen, denn die Spuren waren deutlich zu erkennen. Er zählte ein Pferd und vier Hunde. Auf dem Pferd ritten jetzt zwei Männer. Gelegentlich, wenn das Gelände schwierig wurde, saß einer davon ab und führte das Pferd ein Stück weit. Dann stieg er wieder auf.

Er hielt Ausschau nach Anzeichen dafür, dass die beiden sich trennten, aber bis jetzt waren keine Spuren von der Hauptfährte abgezweigt.

Gut. Er wollte sie lieber auf einen Streich erwischen.

Sein Gesicht unter den gefrorenen Sichtgläsern war hasserfüllt. Mikal war sein kleiner Bruder gewesen. Vor einer Stunde hatte er seinen gequälten Körper neben einem kleinen Bach gefunden, fast bewusstlos vor Schmerzen, das Gesicht eine blutig entstellte Masse. Er hatte keine Wahl gehabt, er musste seine Befehle befolgen. Trotzdem hatte es ihn beim Abdrücken fast zerrissen. Zumindest hatte Mikal die Qualen nun überstanden.

Anschließend hatte er sich mit dem Blut seines Bruders ein Zeichen auf die Stirn gemalt. Jetzt bestand seine Mission nicht mehr nur darin, das Zielobjekt zu finden und auszulöschen, jetzt befand er sich auf einem Rachefeldzug. Er würde mit den Ohren und der Nase dieses Amerikaners zurückkehren. Die würde er seinem Vater in Wladistak bringen. Für Mikal … für das, was seinem kleinen Bruder angetan worden war. Das schwor er bei Mikals Blut.

Durch das Zielfernrohr seines Gewehrs hatte er vorhin einen Blick auf seine Zielperson erhaschen können: groß, sandfarbene Haare, windgegerbtes Gesicht. Der Mann hatte sich als recht findig erwiesen, aber Mikal war auch das jüngste Mitglied des Teams von Operation Leopard gewesen, zehn Jahre jünger als Stefan. Er hatte nicht dessen Kampferfahrung besessen. Ein Bärenjunges gegen einen Löwen. Jetzt war er gewarnt, was die Fähigkeiten seines Opfers anging, er würde nicht noch einmal den Fehler begehen, den Mann zu unterschätzen. Beim Blut seines Bruders würde er den Amerikaner lebend fangen und seinen Körper zerlegen, solange er noch atmete. Seine Schreie würden bis nach Russland hallen.

Während Stefan sich auf seinem Motorrad durch die waldige Schlucht emporarbeitete, wurde die Spur immer deutlicher und Stefans Gesicht immer härter. Bald hatte er seine Opfer erreicht, schätzungsweise lagen nur noch knapp hundert Meter zwischen ihnen. Als erfahrener Fährtenleser, der in den winterlichen Bergen Afghanistans ausgebildet worden war, wusste Stefan, wie man eine solche Spur zu deuten hatte.

Er trieb die Maschine eine weitere Serpentine hinauf und nahm dann das Gas weg. Rasch stieg er ab und schlang sich das Gewehr bequem um die Schulter. Als Nächstes löste er die Waffe, die seitlich an seinem Fahrzeug befestigt war. Jetzt war es Zeit, ernsthaft mit der Jagd zu beginnen. Stefan, der an der sibirischen Küste aufgewachsen war, kannte die Kälte und wusste, wie man auch im Schneesturm seine Beute erwischte.

Von hier aus würde er zu Fuß gehen ... aber erst einmal musste er seinen Opfern Angst einjagen, damit sie in Panik gerieten und unüberlegt handelten. Wie jedes wilde Tier machten auch Menschen Fehler, sobald sie in Panik waren.

Er schob das Nachtsichtgerät auf die Stirn, zielte mit der schweren Waffe und las die Entfernung und die Steigungsanzeigen ab.

Zufrieden drückte er ab.

23:02 Uhr

Craig fröstelte und klammerte sich an den Mann, der vor ihm im Sattel saß. Dabei versuchte er, so viel Wärme wie möglich aus dem Körperkontakt zu gewinnen. Zumindest schützte ihn der breite Rücken des Wildhüters vor dem schlimmsten Wind.

Während sie so durch den Schneesturm ritten, konnte Matt sich seine Fragen nicht verbeißen, sie ließen ihm einfach keine Ruhe. »Ich versteh das einfach nicht. Es muss doch einen Grund für all das geben. Hat es was mit Ihren Recherchen zu tun? Oder ist es was anderes?«

»Ich weiß es nicht«, antwortete Craig zum zehnten Mal durch den Wollschal, den er sich übers Gesicht gezogen hatte. Er wollte nicht darüber sprechen. Er wollte sich nur darauf konzentrieren, warm zu bleiben. *Zur Hölle mit dem Auftrag ...!*

»Falls es mit Ihnen zu tun hat – warum machen die sich so viel Mühe, um Sie an Ihrer Story zu hindern?«

»Ich weiß es nicht. Zu Hause in Seattle hab ich über Stadtratswahlen berichtet und AP-Berichte oder Features aus lokaler Sicht umgeschrieben. Den Auftrag hier hat man mir zugeschoben, weil der Chefredakteur sauer auf mich ist. Ich hatte ein Date mit seiner Nichte, ein einziges. Und das Mädel war wirklich zwanzig und keine zwölf oder so.«

»Ein politischer Reporter«, brummte Matt vor sich hin. »Ich meine, warum sollte eine wissenschaftliche Forschungsstation einen politischen Reporter anfordern?«

Craig seufzte. Offensichtlich hatte dieser Mann nicht vor, lockerzulassen. In dem Wunsch, die Diskussion zu beenden, gab er schließlich preis, was er wusste. »Ein Meeresbiologe in der Driftstation hat einen Cousin, der für meine Zeitung arbeitet. Der hat ein Telegramm geschickt, in dem es angeblich um eine Entdeckung von erheblichem

Interesse ging. Hatte irgendwas damit zu tun, dass die Forscher eine verlassene Eisstation entdeckt haben. Was immer sie da gefunden haben, hat für eine Menge Aufregung gesorgt, aber der Station wurde von der Navy-Mannschaft da unten strengstes Stillschweigen verordnet.«

»Strengstes Stillschweigen? Und dieser Biologe konnte die Nachricht trotzdem rausschmuggeln?«

Craig nickte. »Man hat mich losgeschickt, um nachzusehen, ob da wirklich eine Geschichte von nationalem Interesse dahintersteckt.«

»Tja, und das hat offensichtlich das Interesse anderer Kreise geweckt«, seufzte Matt.

Craig schnaubte, war aber erleichtert, als er merkte, dass Matt in nachdenkliches Schweigen verfiel. Hinter ihnen schien das Motorengeräusch verstummt zu sein. Ob sie ihren Verfolger abgehängt hatten? Vielleicht hatte er kehrtgemacht und die Jagd aufgegeben.

Matt warf einen Blick über die Schulter und ließ das Pferd langsamer gehen.

Jetzt, wo das Geräusch nicht mehr zu hören war, schien der Wald stiller und dunkler geworden zu sein. Mit gedämpftem Flüstern fiel der Schnee durch die Bäume. Matt zügelte das Pferd und sie blieben stehen. Er stellte sich in den Steigbügeln auf und starrte mit zusammengezogenen Brauen nach hinten.

Plötzlich durchschnitt ein scharfes Pfeifen die Stille.

»Was …?«, begann Craig und drehte sich um.

Aber Matt griff nach hinten, packte ihn bei den Schultern und zog sie beide aus dem Sattel. Sie fielen auf den verschneiten Boden, sodass Craig einen Moment die Luft wegblieb.

Er hustete und japste. *Was zum Teufel …?*

Aber Matt drückte sein Gesicht in den Schnee und deckte Craigs Körper halb mit seinem eigenen. »Bleiben Sie unten!«, knurrte er.

Eine heftige Explosion erschütterte die winterliche Stille. Zwanzig Meter vor ihnen flogen Schnee, Erde und Büsche in die Luft. Blätter und Nadeln wurden von den umgebenden Bäumen gerissen.

Die Stute bäumte sich auf, wieherte und verdrehte ängstlich die Augen. Aber Matt war schon wieder auf den Beinen und packte die Zügel. Von überall her bellten und jaulten die Hunde.

Langsam setzte Craig sich auf. Matt zerrte ihn auf die Füße. »Los, rauf mit Ihnen!«, drängte er und schubste ihn zum Pferd.

»Was war ...?«

»Eine Granate ... der Mistkerl hat einen verdammten Granatwerfer dabei.«

Als das Klingeln in seinen Ohren nachließ, versuchte Craig, die Situation zu begreifen. Er stieg wieder in den Sattel. In den Bergen war es still geworden. Auch kein Motorengeräusch war mehr zu hören.

»Er verfolgt uns zu Fuß«, erklärte Matt. »Wir haben nicht viel Zeit.« Er pfiff nach den Hunden, die vor der Explosion weggelaufen waren. Alle kamen sofort, nur einer hinkte und war offenbar verletzt. Matt beugte sich über ihn, um ihn zu untersuchen.

Craig war weniger geduldig. »Los ... lassen Sie den Hund doch!«

Matt warf ihm einen scharfen Blick zu und sah wieder den Schlittenhund an. Vorsichtig strich er mit der Hand über die lahmende Pfote. »Ist bloß verstaucht, Simon«, flüsterte er dem Hund erleichtert zu und tätschelte ihm den Kopf.

Dann stand er rasch auf, nahm die Zügel und führte das Pferd von dem Wildwechsel weg, dem sie bisher gefolgt waren.

»Wo gehen wir hin?« Craig warf unruhige Blicke nach

vorn und zurück und hielt die Ohren gespitzt, ob wieder das verräterische Zischen einer Granate zu hören war.

»Der Idiot versucht, uns irrezumachen.«

Was Craig anging, so hatte seine Methode Erfolg gehabt.

Sie trotteten durch dichteren Wald, durch tieferen Schnee. Craig musste sich unter den niedrigen Zweigen ducken und wurde im Vorbeireiten wiederholt von einer Ladung Schnee am Rücken getroffen. Sie kamen nur mühsam vorwärts, aber Matt schien wild entschlossen, die Richtung einzuhalten.

»Wohin gehen wir?«, wiederholte Craig seine Frage.

»Ich will nachsehen, ob ein paar alte Freunde von mir da sind.«

23:28 Uhr

Stefan ging neben dem Weg in die Hocke. Mit weißen Handschuhen, weißer Kapuze und weißem Tarnanzug war er in dem Schnee perfekt getarnt. Aber für ihn war die Welt in Grünschattierungen getaucht. Durch das Nachtsichtgerät untersuchte er den Pfad. Seine Zielpersonen hatten sich nach links in die Büsche geschlagen. Zweifellos hatte die Explosion sie so erschreckt, dass sie vom Weg abgewichen waren, genau wie er gehofft hatte.

Er wandte sich um, um ihnen zu folgen, rasch und lautlos. In den ländlichen Hügeln um seine Heimatstadt hatte er Wölfe gejagt. Er wusste, wie man sich im Wald leise bewegte und sich jede mögliche Deckung zunutze machte. Zusammen mit den Methoden, die man ihm im Training beigebracht hatte, machte ihn das zu einem extrem kunstfertigen Killer.

Seine Opfer brauchten keine zweite Explosion zu fürchten, denn er hatte den Granatwerfer beim Motorrad zurückgelassen. Sein Gewehr reichte aus ... zusammen mit seinem Jagdmesser, mit dem er dem Amerikaner, der seinen Bruder getötet hatte, die Haut über die Ohren ziehen würde. So folgte er der neuen Spur, stets Ausschau haltend, ob das Pärchen sich nicht trennte. Aber die Fährten von Huf, Pfote und Fuß blieben auf einem Kurs.

Ehe er sein Motorrad stehen gelassen hatte und losmarschiert war, hatte er seinen Vorgesetzten per Funk Bericht erstattet. Der Sturm war zu heftig, um Verstärkung zu schicken, aber Stefan hatte dem Leutnant versichert, dass dies auch nicht nötig war. Noch vor Mitternacht würde er seine Beute dingfest gemacht haben. Seine Evakuierung am nächsten Morgen war bereits in die Wege geleitet.

Er ging weiter der Spur nach, beständig auf eventuelle Tricks seiner Gegner gefasst. Aber die Granate schien ihren Zweck erfüllt zu haben. Sie hatte seine Opfer blindlings in die Flucht geschlagen.

Vierhundert Meter nach der Abzweigung stieß er auf eine Stelle, an der der Schnee aufgewühlt war, als wäre das Pferd auf dem eisglatten Untergrund gestürzt. Stefan hoffte, dass dabei ein paar Knochen zu Bruch gegangen waren.

Rasch überprüfte er den Boden in der Umgebung. Nur eine einzige Fährte führte weiter, aber jetzt war die Spur viel frischer. Der Matsch in den Hufabdrücken war noch nicht wieder gefroren. Also war er höchstens noch fünf Minuten hinter ihnen. Der Amerikaner führte nach wie vor das Pferd.

Stefan richtete sich auf und bemerkte auf einmal einen durchdringenden Abfallgeruch. Wahrscheinlich war in der Nähe irgendein Tier verendet. Bevor die Nacht vorüber war, würden die Aasfresser noch mehr Futter bekommen.

Als er nahe genug zu sein glaubte, um die Infrarotfunktion des Geräts zu benutzen, griff er an die Linse und legte an ihrem Rand eine Klappe um, wodurch die Nachtsichteinstellung, die das Restlicht verstärkte, durch Infrarot ersetzt wurde, das Wärme registrierte. Die Grünschattierungen verschwanden und die Welt wurde dunkel. Stefan blickte nach vorn und suchte nach Wärmequellen. Bei gutem Wetter hatte das Gerät eine Reichweite von hundert Metern. Bei Schneefall konnte man von etwa der halben Reichweite ausgehen. Am äußersten Rand des Sichtfelds entdeckte er einen rötlichen Fleck, nicht sehr klar umrissen.

Er lächelte und schaltete zurück auf das Nachtsichtspektrum, um die Verfolgung fortsetzen zu können. Mit seinem Ziel vor Augen eilte er auf den frischen Pfad zu. In seinem Eifer übersah er den dünnen weißen Faden, der über den Weg gespannt war, aber er spürte den leichten Ruck am Hosenbein und das Reißen des Fadens.

Sofort hechtete er zur Seite in eine kleine Schneewehe, denn er erwartete, dass er eine Explosion oder eine Falle ausgelöst hatte. Als er sich umschaute, sah er jedoch nur ein grünes Aufblitzen durch das Sichtgerät. Etwas fiel von einem überhängenden Zweig herab und zerschellte auf dem Fels darunter.

Rasch bedeckte er das Gesicht, wobei er sich aus Versehen die Schutzbrille von der Nase schlug, und duckte sich.

Etwas Feuchtes spritzte auf seine Beine.

Vorsichtig blickte er nach unten. *Blut* … geradezu brutal hob sich der rote Fleck auf seinem weißen Schneeanzug ab. Das Herz schlug ihm bis zum Hals, aber er spürte keinen Schmerz. Langsam beruhigte er sich wieder. Es war also nicht sein eigenes Blut.

Dann stieg ihm der Gestank in die Nase. Damals in Afghanistan war er durch die Rebellentunnel gekrochen und auf eine Gruppe toter Soldaten gestoßen. Allem Anschein nach hatte ihnen eine Nagelbombe den Garaus gemacht.

Blut, zerrissene Eingeweide, Fliegen, Maden und die Sommerhitze … eine Woche lang hatte alles vor sich hin gefault. Aber der Geruch hier war noch schlimmer.

Unwillkürlich musste er würgen. Er versuchte rasch wegzukriechen, aber der Gestank klebte an ihm, folgte ihm, schwoll erbarmungslos um ihn herum an. Ihm stieg die Galle in die Kehle, im nächsten Moment musste er sich übergeben.

Aber er war nicht umsonst ein abgehärteter Soldat. Entschlossen rieb er sein Hosenbein am Schnee ab und richtete sich mühsam auf. Seine Augen tränten, die Welt drehte sich in Schwarz und Weiß – Schatten und Schnee.

Er stolperte weiter die Fährte entlang. Wenn seine Gegner glaubten, sie könnten ihn mit einer Stinkbombe außer Gefecht setzen, dann würde er sie eines Besseren belehren. Schließlich hatte er im Training Angriffen mit Tränengas und noch viel Schlimmerem widerstanden. Er spuckte aus, rückte das Nachtsichtgerät zurecht und ging weiter.

Dann schaltete er wieder um und suchte mit Infrarot nach seinem Ziel. Zuerst sah er nur Finsternis. Er fluchte und noch immer stieg ihm Galle in den Mund. Gut, vielleicht hatten sie ihn aufgehalten, aber ihre Spur in die Berge war so klar wie eh und je. Er würde sie einholen.

Während er weiterging, wuchs die Hitzesignatur rasch an … *zu rasch*. Er blieb stehen. Das rötliche Glühen schwoll an und wurde immer größer. Es konnte unmöglich von einer einzelnen Person stammen. Kamen die beiden Männer auf dem Pferd zurück? Bildeten sie sich ein, ihn nach ihrem lächerlichen Versuch mit chemischer Kriegsführung besiegen zu können?

Seine Augen verengten sich. Wenn sie tatsächlich zurückkamen, stand ihnen eine unangenehme Überraschung bevor. Es war immer ein Fehler, das Mitglied eines russischen Elitekommandos zu unterschätzen. Er fuhr herum – und bemerkte, dass sich von links eine zweite Hitzesignatur näherte. Stirnrunzelnd drehte er sich weiter, als eine dritte und eine vierte auftauchten.

Was zum Teufel war das?

Er kauerte sich nieder, trotz des durchdringenden Gestanks, der inzwischen die Luft zu durchsetzen schien. Die Gestalten wurden riesig auf seinem Visier, die roten Signaturen gigantisch. Selbst für Pferde waren sie zu groß. Eine fünfte und eine sechste Gestalt wurden sichtbar. Von allen Seiten kamen sie auf ihn zu.

Jetzt wusste er, was es war.

Bären … der Größe nach Grizzlys.

Er stellte das Infrarot ab und ging wieder auf Nachtsicht. Der Schnee war noch dichter geworden, der Wald in einen dicken grünen Nebel gehüllt. Keine Spur von den herannahenden Monstern. Er schaltete zurück auf Infrarot. Sie waren noch näher gekommen. Gleich würden sie bei ihm sein.

Er war hierher gelockt worden … der Gestank … Unwillkürlich stöhnte er auf.

Um sich besser orientieren zu können, wechselte er ständig zwischen Infrarot und Nachtsicht ab. Schließlich hob er das Gewehr und zielte auf einen der roten Flecken, der auf ihn zutrabte. Von überall her hörte man Zweige knacken und Schnee knirschen. Er feuerte.

Der Knall ließ die anderen innehalten, aber derjenige, auf den er geschossen hatte, stieß ein gewaltiges Brüllen aus – einen urzeitlichen Laut, der einem das Blut in den Adern gerinnen ließ – und donnerte weiter auf ihn zu, schneller, unbeeindruckt. Der Wutschrei wurde von den anderen beantwortet und nun raste die ganze Gruppe los.

Stefan feuerte und feuerte, immer wieder. Aber nichts konnte die Monster aufhalten. Seine Lungen brannten, sein Herz raste. Er riss sich die Schutzbrille vom Kopf und duckte sich, die Waffe im Anschlag.

Das Brüllen überschwemmte seinen Kopf und vertrieb jeden Gedanken, jede Vernunft. Er drehte sich um sich selbst, umrundet von Schnee und Dunkelheit.

Wo ... wo ... wo ...?

Plötzlich kamen massige dunkle Gestalten aus dem Schnee – Alptraumwesen, die sich mit unglaublicher Anmut und Schnelligkeit bewegten. Sie stürzten sich auf ihn, nicht wütend, sondern mit der Unaufhaltsamkeit von Raubtier und Beute.

23:54 Uhr

Matt stand neben Mariah, die Zügel in der Hand, und lauschte den Schreien ihres Verfolgers, die zu ihnen heraufhallten. Nicht lange, da erstarben sie abrupt, und er wandte sich ab, führte das Pferd über die letzte Anhöhe und von dort in Richtung der niedriger gelegenen Täler. Bis zum Morgen wollte er die Gegend so weit wie möglich hinter sich gelassen haben, wollte verschwunden sein in den dichteren, größeren Wäldern der niedrigeren Hänge von Brooks Range. Noch immer lag eine zweitägige Wanderung vor ihnen, bis sie die einzige Behausung erreichen würden, die er in dieser Gegend kannte, den einzigen Ort im Umkreis von hundertfünfzig Kilometern, der ein Satellitenfunkgerät besaß.

Blass und zitternd kauerte Craig auf der Stute. Nachdem sie die Anhöhe hinter sich gelassen hatten, sprach er nach langem Schweigen die ersten Worte. »Grizzlys ... woher wussten Sie, dass welche in der Nähe waren?«

Matts Antwort klang dumpf, während er die Hunde beobachtete, die witternd vor ihnen herliefen. »Ich habe heute Nachmittag ein Fläschchen mit Blutköder in der Senke da unten zerschlagen. Inzwischen müssten eine ganze Menge Bären davon angelockt worden sein.«

»Und ... und dann haben Sie uns genau da durchgeführt?«

»Der Schnee, die Dunkelheit ...«, erwiderte Matt achselzuckend. »Solange man sie nicht stört, lassen sie einen aller Wahrscheinlichkeit nach in Ruhe.«

»Und die Flasche, die Sie in den Baum gehängt haben?«

Dank seiner militärischen Vergangenheit wusste Matt, wie man eine einfache Falle konstruierte. »Das war auch Blutköder«, erklärte er. »Ich dachte, eine frische Geruchsexplosion könnte die Bären anlocken und unseren Granaten werfenden Freund beschäftigen.« Bedauernd schüttelte Matt den Kopf – nicht wegen des Mannes, sondern wegen der verwundeten Bären.

Sie zogen weiter. Matt trottete vor sich hin und überlegte zum tausendsten Mal, wer die Männer gewesen waren, die sie gejagt hatten, und warum sie es getan hatten. Er hätte gern die Zeit und die Gelegenheit gehabt, einen oder beide zu befragen. Sie waren unverkennbar Profis mit militärischer Ausbildung. Aber waren sie im aktiven Dienst oder Söldner?

Er zog den Dolch heraus, den er einem der beiden Männer abgenommen hatte, drehte ihn um und leuchtete mit einer Stablampe darauf. Keine Insignien, kein Firmenzeichen, kein besonderes Design. Absichtlich ohne jeden Hinweis auf seine Herkunft. Wenn er die Gewehre und Revolver der Männer untersucht hätte, hätte er das Gleiche vorgefunden, darauf hätte er gewettet. Schon das allein deutete darauf hin, dass die beiden mehr waren als irgendwelche Söldner. Söldner machten sich nicht die Mühe, alle Hinweise von ihren Waffen zu entfernen.

Doch Matt wusste, wer dafür bekannt war.

Ein Black Ops Team.

Matt erinnerte sich an Craigs Geschichte über das Schweigegebot, das die Navy über die Driftstation verhängt hatte. Konnte ihre eigene Regierung dahinterstecken? Nachdem er acht Jahre in einem Green-Beret-Eliteteam gearbeitet hatte, wusste er, dass im Dienste der nationalen Sicherheit manchmal schwierige Entscheidungen getroffen und große Opfer gebracht werden mussten.

Trotzdem weigerte sich Matt noch immer, das zu glauben. *Aber wenn nicht wir, wer dann*?

»Wohin gehen wir jetzt?«, fragte Craig und unterbrach damit Matts Grübelei.

Er seufzte, vertrieb für den Augenblick die sorgenvollen Gedanken und starrte in den verschneiten Wald hinaus. »An einen Ort, der noch gefährlicher ist.«

»Was meinen Sie denn damit?«

Matts Stimme klang gepresst. »Zur Hütte meiner Exfrau.«

KAPITEL 3

Fallen

ᓇᓂᓯᐊᖅᑐᖅᐲᑦ

8. April, 10:02 Uhr
Gates of the Arctic National Park

Mit dem Knüppel in der Hand stand Jennifer Aratuk über der Falle. Der Vielfraß glotzte sie wütend an und zischte warnend. Mit dem Hinterteil beschützte er seine Beute. Der tote Marder, ein katzengroßes Wiesel, lag gefangen in einer Falle von Jennys Vater, sein schwarzes Fell hob sich überdeutlich vom weißen Schnee ab. Es hatte den Hals gebrochen und war unter dem frisch gefallenen Schnee begraben gewesen, aber der Vielfraß hatte die erste Falle erreicht und es ausgebuddelt. Und jetzt wollte er – ein Männchen – seine gefrorene Beute um keinen Preis wieder hergeben.

»Mach, dass du wegkommst!«, schrie Jennifer ihn an und schwenkte bedrohlich ihren Erlenknüppel.

Das Tier mit der weißen Maske fauchte, ging ein kleines Stück auf sie zu und wich wieder zurück. Das alles bedeutete in seiner Sprache nichts anderes als: »Du kannst mich mal.« Die furchtlosen Vielfraße legten sich sogar mit Wölfen an, wenn es um etwas Essbares ging. Außerdem waren sie bewehrt mit klauenartigen Krallen, scharfen Zähnen und einem Kiefer, der Knochen brechen konnte.

Mit finsterer Miene, aber sehr zögerlich, überlegte sich Jenny, ob sie ihren Knüppel gegen die Kreatur einsetzen sollte. Ein ordentlicher Schlag auf den Schädel würde den

Vielfraß in die Flucht schlagen oder zumindest lange genug betäuben, dass sie das Wiesel aus der Falle holen konnte. Ihr Vater sammelte die Felle und tauschte sie gegen Seehundöl und andere Eingeborenenwaren. Die letzten zwei Tage hatte sie damit zugebracht, seine Fallen abzuklappern. Fallen abklappern bedeutete, die in den Schlingen und Fallen gefangenen Tiere mitzunehmen, die Fallen neu aufzustellen und mit neuen Ködern zu versehen. Ihr behagte diese Arbeit zwar nicht, aber die Arthritis ihres Vaters war im letzten Jahr schlimmer geworden, und sie hatte Angst um ihn, wenn er allein in den Wäldern umherzog.

»Na gut, Kleiner«, gab sie schließlich nach. »Sieht ganz so aus, als wärst du als Erster hier gewesen.« Den Knüppel benutzte sie nur, um die Schlinge von dem Ast der Pappel zu lösen, wodurch das Wiesel aus der Falle fiel. Sie stieß gegen seinen Körper.

Der Vielfraß knurrte, schnappte nach dem Wiesel und schlug die Zähne in einen gefrorenen Schenkel. Anschließend zog er sich mit seiner Beute durch den Schnee zu irgendeinem verborgenen Schlupfloch zurück, ununterbrochen zischend, bis er verschwunden war.

Jenny sah zu, wie das Tier mit seinem Fang davonwatschelte, und schüttelte nachdenklich den Kopf. Ihrem Vater würde sie nicht verraten, dass sie sich diese Chance hatte entgehen lassen, ein Wiesel- *und* ein Vielfraßfell einzuheimsen. Natürlich wäre er nicht erfreut darüber. Andererseits war sie Sheriff und kein Trapper. Er konnte froh sein, dass sie eine Woche ihres zweiwöchigen Urlaubs darauf verwendete, ihm mit seinen verdammten Fallen zu helfen.

Auf ihren Sherpa-Schneeschuhen machte sie sich auf den Rückweg zu ihrem Schlitten. Der Ausflug zum Kontrollieren der Fallen war nicht nur eine lästige Pflicht. In den letzten drei Tagen hatte ein Sturm den Nationalpark mit einer über einen halben Meter dicken Schneeschicht bedeckt, was perfekt war, um ihr Schlittenhundegespann noch ein letztes Mal vor der Frühlingsschmelze laufen zu lassen. Es war noch zu früh für Touristen, Wanderer oder Camper und so hatte sie diesen Teil des Nationalparks für sich allein. Ihre Familienhütte lag am Rand des Parklands in einem der tiefer gelegenen Täler. Ihr Vater, ein Inuk, besaß aufgrund des Alaska National Interrest Lands Conservation Act von 1980 noch immer die ausdrückliche Erlaubnis, für seinen Lebensunterhalt in bestimmten Gegenden des Parks zu jagen und Fallen aufzustellen. Daher ihr kleiner Ausflug mit den Hunden.

Bei ihrer Rückkehr wurde sie von dem üblichen Bellen und Jaulen empfangen. Rasch löste sie die Bindung der Schneeschuhe, kickte sie von den Füßen und befestigte sie oben auf dem Schlitten. Darunter befanden sich ihr Schlafsack, trockene Kleidung zum Wechseln, eine kleine Axt, eine Laterne, diverse Mittel gegen Moskitos, ein Plastikbehälter mit Trockenfutter für die Hunde, ein durchweichter Karton mit Energieriegeln, eine angebrochene und sorgfältig zugedrehte Tüte Doritos und ein kleiner Kühlbehälter mit Tab-Cola. Sie löste ihr Schulterhalfter, hängte den Dienstrevolver über einen Schlittengriff und befestigte das Halfter neben der Axt in ihrer Lederscheide.

Anschließend streifte sie die dicken Wollüberziehhandschuhe ab. Darunter trug sie dünnere Gore-Tex-Handschuhe, die etwas mehr Bewegungsfreiheit gewährten. »Okay, Jungs und Mädels, los geht's!«

Auf ihr Kommando standen die Hunde, die noch im Schnee lagerten, schwanzwedelnd auf. Das Gespann war noch an der Teamleine angeschirrt, sie brauchte also nur die Zugriemen festzuziehen. Dabei tätschelte sie die Hunde alle nacheinander: Mutley und Jeff, George und Gracie, Holmes und Watson, Cagney und Lacey. Sie waren allesamt Streuner oder Rettungshunde, ein bunter Haufen von Labradormischlingen, Malamutes und Schäferhundmischlingen. Zu Hause hatte sie noch mehr, sodass sie ein volles Sechzehnergespann zusammenstellen konnte. Damit war sie letztes Jahr auch das große Iditarod-Rennen von Anchorage nach Nome gefahren. Zwar hatte sie sich nicht einmal in der ersten Hälfte platzieren können, aber die Herausforderung und die Zeit, die sie mit ihrer Crew verbracht hatte, waren mehr als genug für sie.

Als alle bereit waren, ergriff sie die Führungsleine und schüttelte sie kurz. »Mush!«

Mit lautem Gebell setzten die Hunde sich in Bewegung, zunächst ganz gemütlich. Jenny ging hinter ihnen her und steuerte. Die von dem Vielfraß ausgeraubte Falle war die letzte gewesen, sie hatte die ganze Route hinter sich gebracht. Von hier waren es lockere drei Meilen zu der Hütte. Hoffentlich hatte ihr Vater daran gedacht, ihr eine Kanne Kaffee auf den Ofen zu stellen.

Sie führte die Hunde über eine Reihe von Serpentinen einen spärlich bewaldeten Abhang hinauf. Oben hielt sie an. Vor ihnen öffnete sich die Welt: Hügelzug um Hügelzug erstreckte sich bis zum Horizont. Schneebedeckte Fichten schimmerten smaragdgrün in der Sonne, während die Laubbäume – Erlen und Pappeln – die Landschaft mit subtileren Grün- und Gelbschattierungen schmückten. In der Ferne ergoss sich glitzernd ein silberner Fluss über mehrere Wasserfälle.

Jenny sog die zederndurftende Luft tief ein. Die Gegend besaß eine kalte, karge Schönheit. Für manche Menschen war das zu viel, für andere nicht genug. Die Sonne, die sich in den letzten Tagen rar gemacht hatte, schien ihr hell und warm ins Gesicht. Unter den Wolken segelte ein einsamer Falke am Himmel. Einen Moment folgte sie ihm mit den Augen.

Das war das Land ihres Volkes, aber ganz gleich, wie viel Zeit sie hier verbrachte, sie kam mit der Vergangenheit nicht in Berührung … nicht mehr. Es war, als hätte sie ein Gespür verloren, von dem sie nie etwas gewusst hatte. Aber das war der geringste Verlust, den sie erlitten hatte.

Schließlich wandte sie ihre Aufmerksamkeit wieder ihrem Hundeteam zu, zog ihre Schutzbrille über die Augen, stieg auf die Schlittenkufen, rief den Hunden ein lautes »Eyah!« zu und knallte mit der Leine.

Die Hunde legten sich ins Zeug und rannten den Abhang hinunter. Jenny ritt auf den Kufen, steuerte und bremste nach Bedarf. So flogen sie über den Schnee. Ein heftiger Windstoß riss ihr die Kapuze ihres Pelzparkas vom Kopf, und sie wollte sie schon wieder aufsetzen, als sie merkte, wie angenehm es war, das Brausen des Winds an den Wangen und in den Haaren zu spüren. Sie schüttelte den Kopf, sodass auch ihre langen ebenholzschwarzen Haare sich lösten und im Wind flatterten.

Auf einem langen geraden Stück nahm sie den Fuß von der Bremse und ließ dem Schlitten freien Lauf. Der Wind pfiff ihr um die Ohren, und die Bäume sausten verschwommen an ihr vorbei. Schließlich lenkte sie das Team um eine sanfte Kurve an einem breiten Bach entlang. Einen endlos scheinenden Augenblick fühlte sie sich in perfekter Harmonie mit ihren Hunden, mit dem Stahl und Holz ihres Schlittens, mit der Welt um sie herum.

Das Peitschen eines Schusses holte sie schlagartig in ihren Körper zurück.

Mit beiden Füßen sprang sie auf die Bremse, sodass der Schnee hinter dem Schlitten hoch aufwirbelte. Schlitten und Hunde wurden langsamer. Sie stand aufrecht auf den Kufen.

Wieder zerriss ein Gewehrschuss die morgendliche Stille.

Dank ihrer jahrelangen Erfahrung konnte sie genau abschätzen, aus welcher Richtung die Schüsse kamen – ihre Hütte!

Augenblicklich durchfuhr sie Angst um ihren Vater. »Eyah!«, schrie sie und knallte mit der Leine.

In ihrem Kopf spielten sich schreckliche Szenarien ab. Die Bären waren schon aus dem Winterschlaf erwacht, obwohl sie sich selten in diese tiefer gelegenen Gegenden begaben. Aber Elche waren oft genauso gefährlich, und die Hütte lag direkt am Fluss, wo die üppigen Weidensprossen eine unwiderstehliche Anziehungskraft auf die jungen Bullen ausübten. Und dann gab es natürlich auch noch die zweibeinigen Raubtiere – Wilderer und Diebe, die immer wieder abgelegene Behausungen überfielen. Als Sheriff hatte sie in der Wildnis des Backcountry von Alaska genügend Tragödien gesehen.

Die Panik machte sie verzweifelt und unbesonnen.

Sie fegte um eine scharfe Flussbiegung. Vor ihr lag ein Engpass zwischen einer Granitklippe und dem Bergbach, und ihr wurde klar, dass sie zu schnell war. Aber als sie zu bremsen versuchte, kam der Schlitten auf einem Stück Eis ins Schlingern und schlidderte bedrohlich auf die Klippe zu.

Es gab keine Möglichkeit mehr, es zu vermeiden.

Schnell sprang sie auf die von der Klippe weiter entfernte Kufe und setzte ihr ganzes Gewicht und den Schwung der zu scharf genommenen Kurve ein, um den Schlitten auf eine Kufe zu kippen. Die Unterseite des Schlittens schleifte über die eisige Felsfläche, Stahl kreischte über Stein.

So fest es ging, umklammerte sie den Lenker und betete, dass der Schlitten nicht ganz umkippte, lockerte die Snub-Leine, und die Hunde preschten so heftig los, dass sie den Schlitten einfach mitrissen.

Jenny verbiss sich einen Aufschrei – und dann war es vorbei.

Die Klippe lag hinter ihnen, der Schlitten landete hart

auf beiden Kufen, und Jenny musste zusehen, dass sie nicht abgeworfen wurde, während die Hunde ihre gnadenlose Hatz nach Hause fortsetzten. Schließlich wussten sie ja, dass die Hütte nur noch ein paar hundert Meter entfernt war.

Jenny unternahm keinen Versuch, sie zu bremsen.

Atemlos horchte sie auf weitere Schüsse, hörte aber nur das Blut in ihren Ohren brausen. Sie fürchtete sich vor dem, was sie in der Hütte vorfinden würde. Mit einer Hand löste sie das Pistolenhalfter, ließ die Waffe aber darin stecken, denn sie traute sich nicht zu, gleichzeitig den Schlitten zu lenken und zu zielen.

Der Schlitten raste den Fluss entlang, den gleichen Weg, auf dem sie gestern losgefahren war. Noch eine letzte weite Kurve, und auf einmal lag die Hütte vor ihnen, auf einer Wiese, dort, wo der Bach eine Biegung machte und sich in den angeschwollenen Fluss ergoss. Hinter der Hütte dümpelte Jennys Sheriff-Flugzeug am Ende eines stabilen Docks.

Sofort erspähte sie ihren Vater, der vor der Hüttentür stand. Er trug traditionelle Inuit-Kleidung: Pelzparka, Pelzhosen und Mukluk-Stiefel. Vor der Brust hielt er eine alte Winchester-Jagdflinte. Sogar von weiter weg erkannte sie das wütende Funkeln in seinen Augen.

»Dad!«

Erschrocken wandte er sich zu ihr um. Sie trieb die Hunde weiter und kickte jetzt sogar mit einem Bein, um den Schlitten schneller zur Hütte gleiten zu lassen.

Als sie aus dem Wald heraus war und auf die offene, sonnenbeschienene Wiese kam, riss sie die Pistole aus dem Halfter und sprang von ihrem Fahrzeug, rennend, damit der Schwung sie nicht von den Beinen holte. So schnell sie ihre Füße trugen, rannte sie zu ihrem Vater. Hinter ihr rutschte der ungelenkte Schlitten über einen Felsen und kippte um. Sie achtete nicht auf das Krachen und Splittern, sondern blickte sich eilig um. Wo lauerte die Gefahr?

Dann stürzte sich die Gefahr auch schon auf sie. Eine große schwarze Gestalt raste aus dem Schatten der Veranda auf sie zu.

Wolf!, schrie ihr Instinkt, und schon hob sie die Pistole.

»Nein!«, erscholl es gebieterisch hinter ihr.

Ihre Augen veränderten ihren Fokus, und die dunkle Gestalt verwandelte sich in etwas Vertrautes.

»Bane!«, rief sie erleichtert.

Sie senkte die Waffe, ging auf die Knie, ließ den Überschwang über sich ergehen und lieferte sich den Liebkosungen der warmen Zunge aus. Nachdem sie ordentlich voll gesabbert war, drehte sie sich um. Zehn Meter entfernt standen zwei Männer am Waldrand. Neben ihnen knabberte ein Pferd die Blätter von einem niedrig hängenden Erlenzweig.

Von der Tür her sagte ihr Vater barsch und ärgerlich: »Ich hab dem Mistkerl gesagt, er soll machen, dass er wegkommt. Er ist hier nicht willkommen.« Zur Bekräftigung hob er die Flinte.

Jenny starrte zu ihrem Exmann hinüber. Matthew Pike lächelte sie mit seinen weißen Zähnen an, aber eine Spur von Nervosität war deutlich zu erkennen. Sie warf einen Blick zurück auf den kaputten Schlitten und schaute dann wieder zu ihrem Vater.

Langsam erhob sie sich. »Na los, erschieß ihn ruhig.«

11:54 Uhr

Matthew wusste zwar, dass seine Exfrau nur Dampf abließ, blieb aber sicherheitshalber trotzdem am Waldrand stehen. Einen ausgedehnten Atemzug lang starrten die beiden sich an. Dann schüttelte Jenny ungeduldig den Kopf, ging zu ihrem Vater hinüber und sagte sanft, aber bestimmt auf Inuktitut: »Papa, du solltest es besser wissen, als einfach so in die Luft zu feuern. Selbst hier draußen.«

Matt betrachtete sie, unfähig, seinen Blick abzuwenden. Da ihre Mutter eine Französisch-Kanadierin gewesen war, war Jenny für eine Inuk sehr groß, fast einen Meter achtzig. Genau wie ihr Vater war sie gertenschlank. Ihre Haut hatte die Farbe von Milchkaffee, weich und anziehend, und sie hatte die ausdrucksvollsten Augen, die er je an einer Frau gesehen hatte. Sie konnten tanzen, Funken versprühen und glühen. In diese Augen hatte er sich damals als Erstes verliebt.

Jetzt, drei Jahre nach ihrer Scheidung, starrten sie ihn noch immer in nackter Wut an ... und etwas Tieferem, Schmerzlicherem. »Was hast du hier zu suchen, Matt?«

Da er nicht schnell genug die richtigen Worte fand, antwortete Craig an seiner Stelle: »Es tut uns Leid, Sie zu stören, Ma'am. Aber es gab einen Flugzeugabsturz.« Zur Verdeutlichung fasste er an den frischen Verband, den Matt um seine Kopfwunde gewickelt hatte. »Wir sind vor zwei Tagen von dort aufgebrochen. Matt hat mich gerettet.«

Jennys Augen wanderten wieder zu Matt.

»Es war Brent Cummings Maschine«, fügte Matt hinzu, als er endlich die Sprache wiedergefunden hatte. Er hielt inne, während Jennys Gesicht hart wurde. Brent war nicht da, und Matt beantwortete die Frage, die er in ihren Augen las. »Er ist tot.«

»O mein Gott ...!« Sie fasste sich mit der Hand an die Stirn, und ihre Schultern sackten herab. »Cheryl ... was soll ich ihr nur sagen?«

Zögernd kam Matt näher und zog Mariah am Zügel hinter sich her. »Du sagst ihr, dass es ein Unfall war.«

Der verlorene Ausdruck in ihren Augen verhärtete sich wieder. »Was meinst du damit?«

»Das ist eine lange Geschichte.« Matt sah zu dem Rauch empor, der aus dem Schornstein aufstieg. Vor zehn Jahren hatte er beim Bau der Hütte geholfen. Sie war aus ungeschälten Stämmen errichtet und hatte nach traditioneller Bauweise ein Dach aus Grassoden. Hinten gab es sogar ein kleines *Lagyaq*, ein Lagerhäuschen für Fleisch. Um das Hauptgebäude besser beheizbar zu machen, hatte er die Hütte mit einem Propantank und Fenstern aus Dreifachglas modernisiert.

Während er so dastand, legten sich alte Erinnerungen über die Gegenwart. So viele glückliche Tage hatte er hier verbracht ... und einen grässlichen Winter.

»Vielleicht sollten wir das drinnen besprechen«, sagte er. »Im Wald liegen nämlich noch zwei weitere Leichen.«

Jennys Miene verfinsterte sich, aber sie nickte.

Der Ausdruck ihres Vaters wurde nicht freundlicher. »Ich kümmere mich um das Pferd und die Hunde«, brummte John Aratuk und nahm Matt Mariahs Zügel aus der Hand. Immerhin hatte er sich so weit beruhigt, dass er mit der Hand die Nase der Stute rieb; allerdings weigerte er sich noch immer, Blickkontakt mit Matt aufzunehmen. Als Craig an ihm vorbeiging, nickte er flüchtig. Allem Anschein nach hatte er nichts gegen den Fremden, sondern nur etwas gegen die Gesellschaft, in der er sich befand.

Jenny öffnete die Tür der Hütte und stellte die Winchester von innen an den Türrahmen. »Kommt rein.«

Matt ließ Craig den Vortritt, und dieser trat rasch ein, während Matt einen Moment auf der Schwelle innehielt. *Seit drei Jahren war ich nicht mehr hier*. Er nahm sich zusammen, fuhr sich mit der Zunge über die trockenen Lippen und ging hinein. Ein Teil in ihm erwartete immer noch, Tylers winzigen Körper ausgestreckt auf dem Kiefernholztisch zu sehen, die knochigen Arme über der Brust gekreuzt. Damals war Matt in die Hütte gestolpert, die Gliedmaßen bleiern vor Schmerz, halb erfroren, das Herz ein eiskalter Stein in seiner Brust.

Aber jetzt war die Hütte nicht kalt, sondern gemütlich warm, und die Luft war erfüllt vom Duft nach altem Rauch und Holz. Auf der anderen Seite des Raums beugte sich Jenny über den gusseisernen Ofen und stocherte mit einem Schürhaken in der Glut. Auf einem Gitter stand eine Kaffeekanne und dampfte leise.

»Im Schrank stehen Becher«, sagte Jenny. »Du weißt ja, wo.«

Matt ging zum Sideboard und holte drei Keramiktassen heraus. Dann richtete er sich auf und sah sich in dem großen Raum mit den hohen Deckenbalken um. Hier hatte sich nicht viel verändert. Der Hauptraum der Hütte wurde von drei traditionellen *qullip*-Öllampen erhellt, Halbmonde aus hohlem Speckstein. Zwar verfügte die Hütte über Elektrizität, aber dafür musste man den Generator laufen lassen. In einer Ecke war ein gemauerter Kamin. Sessel und Sofa waren von einem eingeborenen Künstler aus Karibuleder und feuergealterter Fichte hergestellt worden. An der Wand hingen Fotos, die Jenny gemacht hatte. Sie war eine hervorragende Fotografin. Überall im Raum verteilte Inuit-Kunstwerke und -Artefakte vervollständigten die Dekoration: kleine Totems, eine geschnitzte Figur von Sedna, dem Meeresgott der Inuit, und eine bemalte Schamanenmaske, die bei Heilzeremonien benutzt wurde.

Jeder Gegenstand hatte seine Geschichte. Es war hart für Matt, hier zu stehen. Aus irgendeinem Grund schien er vom Pech verfolgt zu werden. In seinem ersten Studienjahr an der University of Tennessee waren seine Eltern von Einbrechern getötet worden, die ihr Haus überfallen hatten. Da er völlig mittellos war, musste er zum Militär. Dort hatte er seine Wut und seinen Schmerz in seine Karriere kanalisiert, sich schließlich einer Spezialeinheit angeschlossen und war zu den Green Berets gegangen. Aber nach den Erfahrungen in Somalia konnte er das Blutvergießen und den Tod nicht mehr ertragen. Er verließ das Militär und kehrte an die Universität zurück, wo er seinen Abschluss in Umweltwissenschaften machte. Danach war er nach Alaska gekommen, wegen der Weite des Landes und der riesigen Nationalparks.

Er war hierher gekommen, um allein zu sein.

Aber das hatte sich geändert, als er Jenny begegnet war …

Die Becher in der Hand, stand Matt reglos da, gefangen zwischen Vergangenheit und Gegenwart. Vom Hauptraum gingen zwei Schlafzimmer ab. Doch für diese intimeren Erinnerungen war er noch nicht bereit und er wandte sich rasch ab. Trotzdem tauchten ein paar davon auf.

In einem der beiden Zimmer … las er Tyler bei Lampenlicht Winnie-the-Pooh *vor, die ganze Familie in dicke wollene Pyjamas eingemummelt …*

Im anderen … unter den schweren Gänsedaunendecken mit Jenny zusammengekuschelt, ihr nackter Körper warm an seiner Haut …

»Der Kaffee ist fertig«, sagte Jenny und holte ihn in die Gegenwart zurück. Mit einem verschlissenen Topflappen hob sie den heißen Kessel hoch und winkte die beiden Männer zum Sofa.

Matt stellte die Becher auf den groben Kieferntisch.

Sie füllte die Tassen. »Dann erzählt mir mal, was passiert ist.« Ihre Stimme klang sachlich, professionell, eine Sheriff-Stimme.

Craig begann mit seiner Seite der Geschichte. Er berichtete alles, was geschehen war, nachdem er die Zeitungsredaktion in Seattle verlassen hatte, und endete mit dem Absturz des Flugzeugs.

»Sabotage?«, fragte Jenny. Sie kannte Brent genauso gut wie Matt. Wenn es mit der Maschine ein Problem gegeben hatte, musste es dafür einen anderen Grund gegeben haben als Unachtsamkeit oder einfaches Maschinenversagen. Schließlich war es Brent Cummings Flugzeug.

Matt nickte. »Ich hatte gleich den Verdacht. Dann ist dieses zweite Flugzeug aufgetaucht.« Er gab ihr alle Erkennungszeichen der Maschine, obwohl er vermutete, dass sie entweder gestohlen oder die Zeichen gefälscht waren, was er Jenny auch mitteilte. »Während das Flugzeug über uns kreiste, sind zwei Männer mit Schnee-Choppern und Gewehren abgesprungen. Sie wollten dafür sorgen, dass niemand zurückblieb, der irgendwas erzählen konnte, so viel ist klar.«

Jenny runzelte die Stirn. Sie warf einen kurzen Blick auf Craig, aber der Reporter rührte gerade sehr konzentriert Zucker in seinen Kaffee. »Was ist dann passiert?«

Matt schilderte das Schicksal der beiden Killer so unspektakulär wie möglich. Jenny breitete eine topographische Karte der Gegend vor ihnen aus, und Matt markierte darauf die Absturzstelle und den ungefähren Ort, wo man die Leichen der Männer finden würde.

»Dafür muss ich mit Fairbanks telefonieren«, sagte Jenny, als Matt fertig war.

»Und ich muss Kontakt mit meiner Zeitung aufnehmen«, fügte Craig hinzu, den Jennys starker Kaffee ein wenig munterer gemacht hatte. »Die fragen sich bestimmt schon, was los ist. Ich sollte sie auf den neuesten Stand bringen, sobald ich Prudhoe Bay erreiche.«

Jenny stand auf und klappte ihren Notizblock zu. »Das Satellitentelefon ist da drüben«, erklärte sie und deutete mit dem Block zu einem Schreibtisch. »Machen Sie schnell, ich muss mein Büro anrufen.«

Craig nahm seine Kaffeetasse mit. »Wie funktioniert das denn?«

»Wählen Sie einfach wie bei einem normalen Telefon.

Wegen der Sonnenstürme in letzter Zeit haben Sie vielleicht ein bisschen mehr Statik, die bringen nämlich zurzeit mal wieder alles durcheinander.«

Mit einem Nicken setzte sich Craig an den Schreibtisch und nahm den Hörer ab.

Jenny trat an den Kamin. »Was hältst du von der Geschichte?«, fragte sie Matt.

Er stellte sich zu ihr und stützte sich mit einer Hand auf den Kaminsims. »Jemand will ganz eindeutig die Presse von der Driftstation fern halten.«

»Um etwas zu vertuschen?«

»Keine Ahnung.«

Im Hintergrund sprach Craig ins Telefon. »Sandra, hier ist Teague. Bitte gib mir mal den Chef.« Eine Pause. »Es ist mir gleich, wenn er in einem Meeting ist. Ich hab Neuigkeiten, die nicht warten können.«

Vermutlich hatte der Reporter jetzt schon mehr Material für eine Geschichte, als er es in Seattle je erwartet hatte.

Jenny wandte Craig den Rücken zu und senkte die Stimme. »Weiß der Typ womöglich mehr, als er uns sagt?«

Nachdenklich blickte Matt zu dem Reporter hinüber. »Das bezweifle ich. Ich glaube, er ist nur hier gelandet, weil er Pech hatte.«

»Und diese Männer ... bist du sicher, dass sie Militärs waren?«

»Zumindest hatten sie eine militärische Ausbildung.« Matt spürte die Spannung, die sich in Jenny aufbaute. Sie vermied es, ihn anzusehen, ihre Worte waren auf das Nötigste beschränkt. Sie erledigte ihren Job, aber seine Anwesenheit machte sie nervös.

Natürlich konnte er ihr keinen Vorwurf daraus machen, er hatte es nicht besser verdient. Trotzdem wollte er dieses gezwungene Gespräch gerne anders führen. Er hätte ihr gern gesagt, dass er über zwei Jahre keinen Alkohol mehr angefasst hatte. Aber würde sie das überhaupt noch interessieren? Spielte es überhaupt noch eine Rolle? Der Schaden ließ sich ohnehin nicht mehr rückgängig machen.

Er betrachtete das Bild von Tyler, das als einziges in einem Rahmen auf dem Kaminsims stand: lächelnd, flachshaarig, einen Welpen im Arm. Bane, der damals gerade mal acht Wochen alt gewesen war. Matts Herz zog sich zusammen vor Freude und Kummer und er ließ die Gefühle zu. Schon lange hatte er den Versuch aufgegeben, sie zu ertränken. Der Schmerz war noch da … und in vielerlei Hinsicht war das ganz gut so.

»Ist dir sonst irgendwas aufgefallen?«, fragte Jenny.

Er holte tief Luft, um den Schmerz aus seiner Stimme herauszuhalten, und trat einen Schritt vom Kamin weg. »Ich weiß nicht.« Nachdenklich rieb er sich die Stirn. »Die beiden Killer könnten Ausländer gewesen sein.«

»Wie kommst du darauf?«

»Solange sie in Hörweite waren, haben sie kein Wort gesagt. Rückblickend kommt es mir vor, als hätten sie absichtlich geschwiegen, um ihre Herkunft zu verbergen. Genau wie mit ihren Waffen.«

»Könnten es Söldner gewesen sein?«

Matt zuckte die Achseln. Er wusste es einfach nicht.

»Bisher haben wir nicht sonderlich viel, was uns weiterhelfen könnte.« Sie überlegte. »Wir schicken die Forensiker in den Wald rauf und sehen, was die rauskriegen. Aber irgendwas sagt mir, dass die wirklichen Antworten in der Polarbasis zu finden sind. Und wenn dem so ist, müssen wir das FBI einschalten … und den militärischen Geheimdienst, falls die Navy auch irgendwie mit drinsteckt. Was für ein Schlamassel …!«

Er nickte. »Ein Schlamassel, den jemand am Ende eines Gewehrlaufs zu klären versucht hat.«

Sie sah ihn an, als wollte sie etwas sagen, überlegte es sich jedoch anders.

Matt holte tief Luft. »Jenny ... hör mal ...«

Bisher hatte sich Craig in eher leisem Ton unterhalten, aber jetzt wurde seine Stimme plötzlich laut. »Prudhoe Bay, warum das denn?«

Sofort wandten sich Jenny und Matt zu ihm um.

»Ich sehe nicht ein, warum ich ...« Eine lange Pause folgte. »Na gut, aber ich bin jetzt bei einem Sheriff. Ich kann nicht versprechen, dass ich da hinkomme.« Craig verdrehte die Augen und schüttelte den Kopf. Schließlich seufzte er resigniert. »Danach erwarte ich aber eine Gehaltserhöhung, die sich verdammt gewaschen hat!« Damit legte er auf.

»Was ist los?«, fragte Matt.

Craig polterte einen Moment vor sich hin, dann nahm er sich zusammen. »Die wollen, dass ich hier bleibe. Ist das denn zu glauben?! Ich soll mich mit der Kontaktperson der Zeitung in Prudhoe treffen und die Ereignisse weiterverfolgen. Sehen, ob eventuell eine Verbindung zu der Forschungsstation besteht.«

Während Craig sich voller Abscheu vom Schreibtisch zurückzog, nahm Jenny seinen Platz ein. »Wie dem auch sei, Sie müssen erst mal hier bleiben, bis Fairbanks Ihnen das Okay gibt. Wir sind immer noch mitten in einer Ermittlung.«

»Mir ist das nur recht«, brummte er.

Jenny nahm den Hörer ab.

Aber ehe sie wählen konnte, ging die Tür der Hütte auf. Ihr Vater kam hereingestapft und klopfte sich den Schnee von den Stiefeln. »Anscheinend kriegen wir noch mehr unerwarteten Besuch.« Grimmig blickte er zu Matt hinüber. »Sieht aus, als wollte ein Flugzeug hier landen.«

Jetzt, wo die Tür offen stand, hörte man das Dröhnen eines Motors. Im Hintergrund bellten die Hunde.

Matt sah Jenny an und sie eilten gemeinsam zur Tür.

Geschützt vom Türrahmen, studierten sie den Himmel. Langsam kam eine weiße Cessna in Sicht und scherte parallel zum Fluss ein.

»Matt?«

Er starrte zu der Maschine empor. Das Blut sackte ihm in die Beine. »Das ist die gleiche Maschine.«

»Bist du sicher?« Jenny hielt sich die Hand über die Augen und versuchte das Erkennungszeichen auf der Flügelunterseite zu erkennen.

»Ja.« Er brauchte die Buchstaben und Zahlen nicht zu lesen.

»Wissen die, dass du hier bist?«

Auf einmal sah Matt eine Bewegung an einem der Fenster des Flugzeugs. Jemand beugte sich heraus und winkte mit dem Arm. Nein, es war kein Arm ... es war ein Granatwerfer, ein raketenbetriebener Granatwerfer.

Blitzschnell schubste er Jenny ins Haus zurück, als auch schon ein Feuerstrahl aus der Waffe schoss.

»Was ...?«, schrie Jenny.

Aber die Explosion schnitt ihr das Wort ab. Ein Fenster an der Südseite der Hütte zersprang und Scherben prasselten in den Raum.

Als der Knall verhallte, stürzte Matt zu dem zerbrochenen Fenster. Davor sah er die qualmenden Überreste der winzigen *Lagyaq*-Hütte, in der Mitte ein Krater. Das Dach segelte noch in der Luft.

Am Himmel sauste die Cessna vorbei, dicht über den Bäumen, und legte sich schräg, um zu wenden und die nächste Attacke zu fliegen.

Matt fuhr herum und sah Jenny an. »Ich würde sagen, ja, sie wissen, dass wir hier sind.«

Jennys Gesicht blieb hart. Sie hatte die Winchester in der Hand und ging, gefolgt von den anderen, wieder zur Tür.

Matt rannte zu ihr. »Was hast du denn vor?«

Draußen musste Jenny schreien, um das Gebell der Hunde und das Heulen der Cessna zu übertönen. »Wir verschwinden hier!« Sie hob das Gewehr und verfolgte damit die Kurven, die das Flugzeug beschrieb. »Macht, dass ihr alle in die Twin Otter kommt!«

»Sollen wir nicht lieber zurück in den Wald?«, fragte Craig und starrte zweifelnd zu dem kleinen Sheriff-Flugzeug, das auf seinen Schwimmern im Fluss dümpelte.

»So sind wir das letzte Mal entkommen«, antwortete Matt und schob den Reporter zum Dock hinunter. »Noch mal können wir uns nicht auf unser Glück verlassen. Nicht an so einem klaren Tag. Und wir wissen auch nicht, ob sie vielleicht irgendwo noch weitere Kommandos abgesetzt haben.«

Gemeinsam floh die Gruppe durch den Garten zum Dock hinunter. Jenny half ihrem Vater, eine Hand an seinem Ellbogen. Überall sprangen die Hunde herum, hüpften und bellten aus Leibeskräften.

Plötzlich erschien Bane an Matts Seite und rannte neben ihm her, als sie das Dock erreichten. Matt hatte keine Zeit, ihn zu warnen.

Stattdessen streckte er die Hand nach Jennys Gewehr aus. Zu seiner Überraschung sah er keine Angst in ihren Augen, als sie ihm die Flinte in die Hand drückte.

Matt lief über das Dock. Bane folgte ihm.

Inzwischen hatte die Cessna gewendet und steuerte wieder auf die Hütte zu. Matt hob die Flinte und folgte ihrem Kurs. Er feuerte ein Mal, aber ohne Erfolg. Eilig bediente er den Hahn und beförderte eine neue Patrone ins Magazin.

Am Ende des Docks hustete der Motor der Twin Otter und erstarb wieder. *Komm schon, Jen ...!*

Die Cessna fuhr die Klappen aus, jagte im Sturzflug über den Fluss und zielte auf das lahmende Flugzeug.

Matt zielte auf das Cockpit und feuerte erneut. Wieder daneben. Die Cessna raste unbeirrt weiter. »Verdammt!« Wieder riss er den Hahn zurück, schulterte jetzt aber die Waffe, um besser zielen zu können.

Neben ihm sprang der Motor der Otter endlich an. Sein Rattern übertönte das Hundegebell.

»Matt!«, rief Jenny aus dem Seitenfenster. »Steig ein!«

Jetzt schwebte die Cessna keine zehn Meter über dem Fluss. Aus der offenen Seitentür beugte sich ein Mann in einem weißen Parka, auf der Schulter den Granatwerfer. Offensichtlich planten sie einen Schuss aus nächster Nähe, und für die Otter gab es keine Möglichkeit, rechtzeitig aus der Gefahrenzone zu kommen.

Ihre einzige Chance bestand darin, dass Matt den Schützen irgendwie dazu brachte, das Ziel zu verfehlen, denn dann musste die Cessna abdrehen und von neuem ansetzen, wodurch die Otter genug Zeit zum Aufsteigen gewinnen würde.

Nervös auf der Unterlippe kauend, spähte er durch das Visier, voll und ganz auf den Mann mit dem Granatwerfer konzentriert. Er hätte schwören können, dass der Kerl ihn ebenfalls anstarrte. Matt drückte ab.

Das Krachen brachte ihn zum Blinzeln. Der Mann in der Cessna duckte sich unter eine Verstrebung. Offenbar hatte Matt ihn verfehlt und nur den Flügel der Cessna gestreift. Aber immerhin hatte der Schuss den Mann abgelenkt.

Leider reichte das nicht aus. Sofort war der Granatwerfer wieder in Stellung. Die Cessna war nur noch siebzig Meter entfernt und raste wild auf die Twin Otter zu.

Erneut machte Matt die Winchester schussbereit.

»Matt!«, brüllte Jenny. »Jetzt!«

Er sah zu ihr hinüber. Ihr Vater hielt die Flugzeugtür auf und winkte. »Wir sind noch am Dock vertäut!«, rief er und deutete auf das Seil.

Leise vor sich hin fluchend, rannte Matt zu der Otter. Die Flinte in der einen Hand, löste er mit der anderen die Leine und sprang dann auf den Schwimmer des Flugzeugs.

Direkt hinter ihm machte Bane einen anmutigen Satz und landete in der Kabine. Aus ihren gemeinsamen Jahren war er mit diesem Fortbewegungsmittel immer noch vertraut.

»Los!«, schrie Matt durch die offene Tür.

Der Motor der Otter heulte auf. Die beiden Propeller, einer an jeder Tragfläche, wirbelten durch die Luft, und das Flugzeug schwang sich vom Dock.

Jennys Vater streckte die Hand aus, um Matt, der immer noch auf dem Schwimmer balancierte, hereinzuziehen. »Nein, John«, sagte Matt und sah dem älteren Mann in die Augen. Dann schlang er sich rasch die Halteleine um die Taille und warf das andere Ende dem Inuk zu. »Bind mich fest!«

John runzelte die Brauen.

»Du musst mich sichern!«, erklärte Matt und deutete auf einen Stahlpfosten bei der Tür.

Die Augen des älteren Mannes weiteten sich, als er begriff, was Matt vorhatte, und er tat, was sein Exschwiegersohn von ihm verlangte. Früher hatten sie manchmal zusammen Gletscherwanderungen unternommen.

Während die Otter über dem Fluss beschleunigte, kletterte Matt zum anderen Schwimmer hinüber, wobei er sich wie beim Abseilen an einer Felswand gegen den Strick lehnte und die Schlinge als Halterung benutzte. Jennys Vater schob Seil nach und hielt es mit Hilfe des Pfostens gespannt.

Derweil kletterte Matt aus dem Schatten des Flügels.

Die Cessna jagte in etwa dreißig Metern Entfernung hinter ihnen her und kam unaufhaltsam näher. Die Otter würde nicht rechtzeitig fliehen können.

Matt hob die Flinte und beugte sich, von der Seilschlinge gehalten, halsbrecherisch weit vor, breitbeinig auf dem Schwimmer balancierend. Ohne auf den Typen mit dem Granatwerfer zu achten, zielte er auf das Cockpitfenster.

Als er abdrückte, schoss auch aus der anderen Waffe ein Feuerstrahl. Matt schrie auf. Es war zu spät.

Aber dann begann die Cessna plötzlich zu schlingern, sackte ab und kippte über einen der beiden Flügel.

Mit einem markerschütternden *Wuuuusch* spritzte ein Geysir aus Wasser und Steinen hoch über die andere Seite der Twin Otter.

Matt reckte den Hals und duckte sich in seinem Seil, als sie die Stelle überquerten. Schutt regnete in den Fluss und aufs Ufer herab.

Die Granate hatte sie verfehlt. Der Schütze musste einen Stoß abbekommen haben.

Ohne abbremsen zu können, rauschte die Cessna über sie hinweg. Zwar fing sie sich wieder, aber Matt hatte das Spinnennetz von Rissen im Cockpitfenster gesehen.

Er hatte sein Ziel getroffen.

Vorsichtig balancierte er auf dem Schwimmer zurück. Der Fluss raste unter seinen Fersen vorbei, der Wind peitschte ihm ins Gesicht. John holte das Seil ein und zog Matt damit zurück in Richtung Tür. Im selben Augenblick, als die Schwimmer vom Wasser abhoben, erreichte er die Öffnung. Sofort hörten die heftigen Vibrationen unter seinen Fußsohlen auf.

Doch als das Flugzeug in die Querneigung ging, verlor Matt das Gleichgewicht und fiel hilflos um sich schlagend zurück. Bei seinen verzweifelten Versuchen, Halt zu finden, ließ er das Gewehr fallen und die Winchester stürzte in den Fluss.

Aber dann packte ihn eine Hand am Gürtel.

Er starrte in die schwarzen Augen seines ehemaligen

Schwiegervaters. Der Inuk, selbst sicher angeschnallt, hielt ihn fest, und ihre Blicke trafen sich, während der Wind am Flugzeug vorbeipfiff. Dann veränderte sich etwas im Gesicht des älteren Mannes und er zog Matt mit einem Ruck zu sich herein.

Matt fiel in die Kabine und drehte sich rasch um, um die Tür zu schließen, während Bane mit hängender Zunge aus der dritten Sitzreihe angelaufen kam, um ihn zu begrüßen. Matt schob ihn weg und schlug die Tür zu.

»Sie kommen zurück!«, rief Jenny von vorne.

Matt rappelte sich auf und kroch zum Kopilotensitz. Vor ihnen legte sich die Cessna scharf in die Kurve.

Als Matt sich in dem Sitz niederließ, bemerkte er seine leeren Hände und verfluchte sich im Stillen für den Verlust der Winchester. »Hast du noch ein anderes Gewehr?«

Während sie den Gashebel bediente, antwortete Jenny: »Ich hab meine Browning und an der hinteren Kabinenwand hängt meine Dienstwaffe. Aber in der Luft triffst du sowieso nichts.« Das Flugzeug kämpfte sich in die Höhe.

Matt seufzte. Jenny hatte Recht. Auf größere Entfernung war keine der beiden Waffen akkurat, vor allem bei den am Himmel herrschenden Windströmungen.

Jenny ließ das Flugzeug weiter steigen. »Wir können nur versuchen, nach Prudhoe Bay zu kommen. Das ist unsere einzige Chance.«

Matt verstand – Prudhoe war der nächste Militärstützpunkt. Was auch immer hier vorging, überstieg ihre Kapazitäten. Aber Prudhoe war vierhundert Meilen entfernt.

Jenny starrte auf die Cessna, die schon wieder Anstalten machte, sich auf sie zu stürzen. »Der Flug könnte allerdings ganz schön hässlich werden.«

14:25 Uhr
Unter der polaren Eiskappe

»Eine Nachricht für Sie, Admiral.«

Viktor Petkow ignorierte den jungen Leutnant an der Tür seiner Kajüte und las weiter in dem Buch, das vor ihm auf dem Schreibtisch lag: *Die Brüder Karamasow* von Fjodor Dostojewski. In diesem Buch des verstorbenen russischen Schriftstellers fand er oftmals Trost. Wenn seine eigene Seele manchmal nicht aus noch ein wusste, konnte er Iwan Karamasows Kampf mit sich selbst und seiner Spiritualität besonders gut nachvollziehen.

Für Viktors Vater hatte es einen solchen inneren Kampf nie gegeben. Er hatte immer dem russisch-orthodoxen Glauben angehört, und das mit großer Hingabe. Sogar nach Stalins Aufstieg, als es schwierig wurde, den Glauben zu praktizieren, hatte sich sein Vater nicht davon abgewandt. Wahrscheinlich war das der Hauptgrund dafür gewesen, dass der höchstdekorierte Wissenschaftler aller Zeiten ins Exil getrieben worden war. Mit Waffengewalt hatte man ihn seiner Familie entrissen und in eine isolierte Eisstation im Arktischen Meer verbannt.

Viktor beendete das Kapitel mit der Überschrift: »Die Legende vom Großinquisitor«, in dem Iwan sich in dramatischer Weise von Gott distanziert. Die Stelle berührte ihn tief. Iwans Zorn ähnelte den Regungen seines eigenen Herzens, seiner eigenen Enttäuschung und Frustration. Auch Viktors Vater war ermordet worden, zwar nicht durch die Hand eines seiner Söhne, aber dennoch durch Verrat.

Und damit hatte das Elend noch kein Ende gehabt. Als die Forschungsbasis im Jahr 1948 aus ungeklärten Gründen verschwunden war, verfiel seine Mutter in eine tiefe Depression, die ein volles Jahrzehnt andauerte und eines

Morgens in einer Schlinge aus einem verknoteten Betttuch endete. Viktor war achtzehn Jahre alt gewesen, als er ins Zimmer trat und seine Mutter entdeckte, die in ihrer Wohnung von einem Deckenbalken baumelte.

Da er keine Verwandten hatte, war er vom russischen Militär rekrutiert worden. Dort fand er eine neue Familie. Auf der Suche nach Antworten oder irgendeiner Art von Hinweis auf das Schicksal seines Vaters wuchs Viktors Interesse für die Arktis. Diese Obsession und ein tief sitzender Zorn trieben seine Karriere voran, führten zu seinem zielstrebigen Aufstieg in der russischen U-Boot-Flotte und schließlich in den Kommandostab des Marinestützpunkts Seweromorsk.

Doch trotz seiner Erfolge hatte er nie vergessen, wie man seiner Familie den Vater geraubt hatte. Das Bild, wie seine Mutter in ihrer selbst gemachten Schlinge hing und mit den Zehen knapp die nackten Holzdielen berührte, war auf ewig in sein Gedächtnis eingebrannt.

»Admiral?« Der Leutnant scharrte mit den Füßen auf den Deckplatten und holte Petkow unsanft in die Realität zurück. Der junge Mann stotterte, ganz offensichtlich hatte er Angst vor *Belij Prischrak,* dem Weißen Geist. »Wir ... wir haben eine kodierte Nachricht mit dem Vermerk ›dringend‹, für Sie persönlich.«

Widerwillig schlug Viktor das Buch zu, fuhr mit dem Finger über den Ledereinband und streckte dem Leutnant dann die Hand entgegen. Er hatte die Nachricht schon erwartet. Vor einer halben Stunde war die *Drakon* auf Periskoptiefe gegangen und hatte ihre Antennen durch einen Spalt im Eis gestreckt, um Berichte zu versenden und eingehende Botschaften aufzufangen.

Dankbar streckte der junge Mann ihm einen metallenen Aktendeckel hin. Viktor quittierte den Empfang und nahm ihn entgegen.

»Das wäre dann alles, Leutnant. Wenn ich Sie brauche, um eine Antwort zu senden, sage ich auf der Brücke Bescheid.«

»Jawohl, Admiral.« Der Mann drehte sich auf dem Absatz um und ging.

Viktor öffnete den Aktendeckel. Oben waren die Worte AN DEN FLOTTENKOMMANDEUR PERSÖNLICH aufgestempelt. Der Rest war verschlüsselt. Er seufzte und begann mit der Dekodierung. Die Nachricht stammte von Generaloberst Jergen Tschenko, Direktorat des FSB, des Federalnaja Sluschba Besopasnosti, der Organisation, die die Amerikaner Federal Security Service nannten. Der Föderale Sicherheitsdienst war einer der Nachfolger des KGB. *Neuer Name, altes Spiel,* dachte Viktor säuerlich. Die Nachricht kam aus dem Hauptquartier in Lubjanka.

DRINGEND DRINGEND DRINGEND DRINGEND

VON	FEDERALNAJA SLUSCHBA BESOPASNOSTI (FSB)
AN	*DRAKON*
//BT//	
REF	LUBJANKA 76-453A DATUM 8. APRIL
BETREFF	EINSATZKOORDINATEN

STRENG GEHEIM STRENG GEHEIM STRENG GEHEIM

AN DEN FLOTTENKOMMANDANTEN PERSÖNLICH
RMKS/

(1) NEUE ERKENNTNISSE BESTÄTIGEN US-GEGENSPIONAGE-OPERATION. US DELTA FORCE MOBILISIERT. OPERATIONS-CONTROLLER IDENTIFIZIERT UND BESTÄTIGT. GEGENMASSNAHMEN BESCHLEUNIGT UND MIT LEOPARD OPS KOORDINIERT.

(2) DRIFTSTATION OMEGA ALS ZIELOBJEKT EINS AUTORI-

SIERT. KOORDINATEN ALPHA VIER ZWEI KOMMA SECHS AUF DREI EINS DEZIMAL ZWEI, KARTE Z-SUBONE

(3) BEFEHL AN *DRAKON:* LAUTLOS BIS ZUR ÜBERMITTLUNG VON MOLNIJA-GO-CODE

(4) EINSATZ GO-CODE FESTGELEGT AUF 0800

(5) INFORMATIONS-UPDATE WIRD MIT GO-CODE ÜBERMITTELT

(6) ABSENDER GEN.OBERST J. TSCHENKO

BT

NNNN

Als er fertig war, runzelte Viktor die Stirn.

Der Inhalt der Botschaft war klar genug und keine Überraschung. Das Ziel und der Angriffszeitpunkt waren festgelegt und bestätigt: *Driftstation Omega, morgen früh*. Und offensichtlich war sich Washington der Gefahren bewusst, die in der alten Eisstation lauerten.

Aber wie bei Tschenko üblich, waren noch weitere Informationen zwischen den Zeilen seiner Kodierung versteckt.

U.S. Delta Forces mobilisiert.

Das war eine einfache Feststellung, die mindestens so viel unausgesprochen ließ, wie sie besagte. Die United States Delta Force war eine der geheimsten US-Spezialeinheiten und operierte, wenn sie im Einsatz war, mit Immunität vor dem Gesetz. Im Feld agierte das Delta-Force-Team fast vollständig autonom, überwacht lediglich vom so genannten »Controller« der betreffenden Operation, der entweder ein hochrangiger Militär oder jemand mit beträchtlichem Einfluss in der Regierung war.

Durch den Einsatz der U. S. Delta Forces waren die Regeln der bevorstehenden Auseinandersetzung für beide Seiten klar. Über die Kampfhandlungen würde nie etwas in der Presse erscheinen, denn es war ein versteckter Krieg.

Ganz gleich wie er ausging, würde die Welt da draußen nie erfahren, dass er überhaupt stattgefunden hatte. Beide Parteien hatten mit ihren jeweiligen Aktionen dieser Regelung stillschweigend zugestimmt.

Draußen auf der polaren Eiskappe gab es einen äußerst begehrenswerten Schatz zu gewinnen, aber auch ein Geheimnis zu begraben. Beide Regierungen waren fest entschlossen, als Sieger aus der Auseinandersetzung hervorzugehen.

Wehe denen, die ihnen in die Quere kamen und zwischen die Fronten gerieten.

Solche versteckten Konflikte waren nichts Neues. Auch wenn es von außen den Anschein hatte, dass die Vereinigten Staaten und Russland kooperierten, wurden die politischen Auseinandersetzungen hinter verschlossenen Türen genauso fanatisch und rachsüchtig geführt wie eh und je. In der heutigen neuen Welt reichte man sich zur Begrüßung die eine Hand, während man mit der anderen den Dolch umfasste.

Viktor kannte dieses Spiel nur zu gut, er war ein Experte für seine Strategien und Betrügereien. Ohne das hätte er es nicht so weit gebracht.

Er klappte den Metalldeckel zu, stand auf und ging hinüber zu den sechs an der Wand gestapelten Titanboxen. Jede Kante maß einen halben Meter. Oben waren eine Reihe kyrillischer Buchstaben eingelassen, die Initialen des Arktischen und Antarktischen Forschungsinstituts in Sankt Petersburg. Aber niemand, nicht einmal Moskau, wusste, was die Kisten enthielten.

Viktors Blick konzentrierte sich und blieb an dem unter den Initialen des Instituts dargestellten Symbol hängen: eine dreiflüglige Figur, die man überall in der Welt kannte.

Vorsicht, radioaktiv …!
Viktor berührte das Symbol.
Dieses Spiel gedachte er zu gewinnen.

KAPITEL 4

Hoch in der Luft

ᐳᑉᑕᔪᒃ ᕿᓚᖕᒥ

8. April, 14:42 Uhr
Unterwegs über der Brooks Range

Jennifer Aratuk checkte Geschwindigkeit und Kurs. Sie tat ihr Bestes, um die Cessna zu ignorieren, die vor ihnen über den Himmel auf sie zugeflogen kam. Aber das war schwer, während Matt sich in seinem Sitz nach vorn beugte und die Nase praktisch ans Cockpitfenster drückte.

»Sie kommen zurück!«, schrie er.

Ach wirklich? Jenny ließ das Flugzeug über die eine Tragfläche wegkippen und schwenkte mit der Twin Otter zur Seite. Als sie in die Kurve gingen, sah sie unter sich ihre Hütte. Das zerstörte Lagerhäuschen qualmte noch immer, und ihre Hunde rannten im Kreis herum, lautlos bellend. Auf einmal empfand sie tiefes Mitgefühl mit ihren vierbeinigen Freunden. Die Hunde würden für sich selbst sorgen müssen, bis sie zurückkam oder jemanden zu ihnen schicken konnte.

Zuerst aber musste sie zusehen, dass sie und die anderen überlebten.

Als sie die Otter knapp über die schneebedeckten Baumwipfel flog, klang es einen Moment, als wären sie in einen Hagelschauer geraten. Klingeln und Rattern erfüllte die Kabine.

Hinten fing Bane zu bellen an.

»Die schießen auf uns!«, rief Craig, der neben Jennys Vater saß.

Sie kontrollierte die rechte Tragfläche. Sie war von Löchern durchsiebt. *Verdammt*! Sie zog den Gashebel hart zurück und brachte damit die Nase des Flugzeugs nach oben. Die agile kleine Maschine schoss in den Himmel empor und gewann rasch an Höhe.

Neben ihr umklammerte Matt die Armlehnen, um nicht aus dem Sitz zu kippen.

»Schnall dich doch an!«, schimpfte sie.

Eilig ließ er den Sicherheitsgurt einschnappen, während er sich den Hals verrenkte, um den Himmel nach der Cessna abzusuchen. Das andere Flugzeug kam nach seinem Sturzflug wieder nach oben und jagte der Otter nach.

»Festhalten!«, warnte Jenny, als sie die erste Hügelkette überquerte. Sie durfte nicht zulassen, dass die andere Maschine wieder über ihnen flog, aber sie wusste auch, dass die Otter es an Schnelligkeit nicht mit der Cessna aufnehmen konnte. Sie würde ihre ganze Flugkunst einsetzen müssen.

Sie fuhr die Klappen aus und drückte das Höhenruder nach vorn, sodass die Nase des Flugzeugs sich ins nächste Tal senkte, das allerdings eher eine Schlucht mit steilen Seitenwänden war. Die Maschine sackte unvermittelt ab, denn Jenny nutzte die Schwerkraft, um Tempo zu gewinnen, und alle mussten ihren Magen festhalten. Ein breiter Fluss durchschnitt das Zentrum des Canyons, sie folgten seinem Lauf stromabwärts.

Kurz darauf tauchte die Cessna auf. Sie hielt ihre Höhe und überflog das Tal in einem Bogen. Offensichtlich hatten sie vor, die Twin Otter von oben anzugreifen.

In einer engen Kurve folgte Jenny dem Flusslauf weiter durch die Schlucht. »Komm schon, Baby!«, feuerte sie ihre Maschine flüsternd an. Seit sie Sheriff geworden war, flog sie die Twin Otter, und das Flugzeug hatte sie schon aus vielen unangenehmen Lagen gerettet.

»Die stürzen sich wieder auf uns!«, rief Matt.

»Verstanden.«

»Gut«, meinte er lakonisch.

Sie warf ihm einen Blick zu, aber er starrte aus dem Fenster.

Das Flugzeug sauste über den Fluss und flog eine scharfe Kurve, wo das Wasser über eine Reihe von Fällen stürzte. *Nah dran ...* Sie spähte nach vorn. Plötzlich waberte vor ihnen dichter Nebel und nahm ihnen die Sicht.

»Jen ...?« Jetzt blickte auch Matt nach vorn.

»Ich weiß.« Sie brachte die Maschine noch weiter nach unten, sodass die Schwimmer kaum einen Meter über dem Gewirbel von Felsbrocken und schäumendem Wasser entlangbrausten. Ein lautes Rumpeln hallte durch die Kabine.

Dann drang ein neues Geräusch auf sie ein, das wie explodierende Feuerwerkskörper klang. Kugeln peitschten über das steinige Flussufer, klatschten ins Wasser und kamen näher. Wieder flog die Cessna über und leicht hinter ihnen.

»Maschinengewehrfeuer«, brummte Matt.

Eine Kugel prallte von einem Felsbrocken im Fluss ab und traf ein Seitenfenster der Twin Otter. Risse breiteten sich aus wie ein Spinnennetz.

Craig schnappte nach Luft und duckte sich.

Jenny knirschte mit den Zähnen, aber ihre einzige Chance bestand darin, ihren Kurs zu halten. Inzwischen war die Schlucht deutlich enger geworden, die hohen Klippen zu beiden Seiten rückten wie ein Schraubstock immer näher zusammen.

Wieder schlugen Kugeln in die Tragfläche und zogen das Flugzeug auf dieser Seite nach unten. Jenny kämpfte mit den Kontrollen. Auf der getroffenen Seite berührte der

Schwimmer das Wasser, prallte aber wieder ab. Eine einsame Kugel pfiff durch die Kabine.

Dann waren sie auf einmal mitten im dichten Nebel.

Jenny stieß einen tiefen Seufzer der Erleichterung aus. Die Welt um sie herum war verschwunden, ein lautes Dröhnen erfüllte die Kabine und übertönte das Motorengeräusch. Über die Windschutzscheibe rannen Tropfen, aber sie machte sich nicht die Mühe, die Scheibenwischer zu betätigen. Für den Augenblick war sie blind. Doch das spielte keine Rolle.

Wieder drückte sie das Höhenruder nach vorn, und wieder vollführte das Flugzeug einen Sturzflug, bei dem einem speiübel werden konnte.

Craig schrie auf, weil er abzustürzen glaubte.

Aber er hätte sich keine Sorgen zu machen brauchen. Die Fluggeschwindigkeit erhöhte sich schlagartig, als sie, dem Wasserfall folgend, über den der Fluss sechzig Meter in die Tiefe stürzte, fast senkrecht nach unten flog. Plötzlich hob sich der Nebel und der Boden kam mit Höchstgeschwindigkeit auf sie zu.

Wieder ließ Jenny die Maschine über eine Tragfläche wegkippen und schoss nach rechts, an der Felswand links von ihnen entlang.

Gebannt starrte Matt auf die mächtige Wand. Auch Craig gaffte sprachlos und klammerte sich so fest an seinen Sitz, dass die Fingerknöchel weiß wurden. »Die Continental Divide«, stellte Matt fest und drehte sich zu Craig um. »Wenn Sie die Brooks Range besuchen, sollten Sie die Kontinentale Wasserscheide auf gar keinen Fall verpassen.«

Jenny musterte die Felswand. Die Continental Divide, die sich von den Rocky Mountains im Süden durch Kanada und die Brooks Range entlang bis hinauf zur Seward Peninsula zog, trennte die Wassereinzugsgebiete des Landes. In der Brooks Range teilte sie die Wasserläufe in diejenigen, die nach Norden und Osten zum Arktischen Meer abflossen, und diejenigen, die nach Süden und Westen zum Beringmeer strebten.

Momentan betete Jenny, dass sie vor allem den Kurs ihrer Maschine von dem ihrer Verfolger trennte. Sie entdeckte die Cessna, wie sie hoch über die Fälle schoss und weit darüber hinaussegelte. Ein grimmiges Lächeln umspielte ihre angespannten Lippen. Bis ihre Gegner die Twin Otter entdeckt und ihre Maschine gewendet hatten, würde sie schon weit in Führung gegangen sein.

Aber würde das ausreichen?

Jetzt war die Cessna nur ein Fleck hinter ihnen, aber Jenny sah, dass sie bereits kehrtmachte.

Rasch nahm sie eine Kurskorrektur vor, weg von der Felswand und zu einem breiten Tal, das sich zu den niedrigeren Hügeln hinunterzog. Das Alatna Valley. Bald waren sie über dem Fluss, der aus dem Gebirge nach Süden floss. Sie flogen geradeaus und ließen den Alatna River hinter sich.

»Wohin willst du eigentlich?«, fragte Matt und spähte nach hinten. »Jetzt fliegen wir plötzlich nach Westen, dabei dachte ich, du peilst Prudhoe Bay an.«

»Tu ich doch auch.«

»Warum fliegen wir dann nicht den Alatna hinauf nach Norden und über den Antigun Pass?« Er deutete zurück zum Fluss. »Das ist immer noch der sicherste Weg durch die Berge.«

»Bis dahin würden wir es niemals schaffen. Unterwegs würde die Cessna uns wieder einholen. Nach dem Antigun Pass gibt es nur noch offene Tundra. Da würden sie uns kriegen.«

»Aber …?«

Sie funkelte ihn an. »Möchtest du vielleicht selber fliegen?«

Beschwichtigend hob er die Hand. »Nein, Babe. Das hier ist ganz und gar dein Spiel.«

Jenny umfasste das Steuer fester. *Babe*? Sie musste sich beherrschen, um ihrem Exmann nicht den Ellbogen ins Gesicht zu rammen. Matt konnte fliegen, sie hatte es ihm selbst beigebracht, aber er war niemand, der ein Risiko einging. In gewisser Hinsicht war er als Pilot zu vorsichtig, um jemals ein richtiger Künstler zu werden. Manchmal musste man sich eben dem Wind überlassen, einfach der Maschine und der Kraft der Luftströmung vertrauen. Genau das brachte Matt aber nicht fertig. Stattdessen kämpfte er ständig und versuchte, jeden Aspekt zu kontrollieren. Als wollte er ein Pferd zureiten.

»Warum machst du dich nicht nützlich?«, sagte sie. »Du könntest versuchen, das Funkgerät in Gang zu bringen. Wir müssen jemanden benachrichtigen, was hier abgeht.«

Matt nickte und setzte sich Kopfhörer und Mikro auf. Dann stellte er SATCOM ein, um ihr Signal von einem über dem Pol kreisenden Kommunikationssatelliten abprallen zu lassen, die einzige Möglichkeit, hier in den Bergen zu kommunizieren. »Ich kriege bloß Statik.«

Ihr Stirnrunzeln vertiefte sich. »Das sind wieder die Sonnenstürme. Geh auf Funk. Kanal elf. Versuch, Bettles zu erreichen. Da empfängt uns vielleicht noch jemand. Die Signale kommen und gehen.«

Er tat wie geheißen. Mit knappen Worten gab er ihren Standort und ihren Kurs durch und wiederholte das Ganze gleich noch mal. Aber allem Anschein nach reagierte niemand.

»Wohin fliegen wir?«, fragte jetzt auch Craig mit zittriger Stimme. Er starrte aus dem zerbrochenen Seitenfenster auf die vorbeifliegenden Wiesen und Wälder weit unter ihnen. Jenny konnte sich seine Angst nur zu gut vorstellen.

Schließlich war er erst vor ein paar Tagen schon einmal abgestürzt.

»Kennen Sie sich hier aus?«, antwortete sie mit einer Gegenfrage und zog damit seine Aufmerksamkeit auf sich.

Er schüttelte den Kopf.

»Wenn wir unsere Verfolger abhängen wollen, dann brauchen wir Deckung. Hier sind wir zu exponiert.«

Matt hörte mit, sah erst sie und dann ihren Kurs an. Auf einmal schien ihm zu dämmern, was sie vorhatte. »Das ist nicht dein Ernst, oder?«

Ihr Vater, der das Ziel ebenfalls erraten hatte, sagte nur ein einziges Wort: »Arrigetch.«

»Herr des Himmels!«, hauchte Matt und zog seinen Sicherheitsgurt enger. »Du hast aber Fallschirme hier drin, oder?«

15:17 Uhr
Auf der polaren Eiskappe

Amanda Reynolds flog über das Eis. Für diese Art der Fortbewegung gab es keinen anderen Ausdruck. Obwohl man das, was sie tat, eigentlich Eissegeln nannte, brachte diese Bezeichnung die tatsächliche Erfahrung keineswegs auf den Punkt.

Der Wind füllte ihr Dreieinhalbmetersegel, das sich in leuchtendem Blau vor ihr bauschte. Zusammengekauert, aber bequem, saß sie in dem Fiberglassitz und bediente mit den Füßen die beiden Pedale. Eine Hand hielt sie auf der Kurbel der Klüverleine. Unter ihr raste das Boot in atemberaubendem Tempo über das Eis und durchschnitt mühelos die gefrorenen Schneewellen.

Trotz der hohen Geschwindigkeit blickte sie aufmerksam um sich. Nirgends war es so leer und öde wie hier, eine gefrorene Wüste, noch gewaltiger und abweisender als die Sahara. Doch gleichzeitig hatte die Gegend eine seltsame spirituelle Schönheit an sich: der ständige Wind, der Tanz des aufgewirbelten Schnees, die subtilen Farbschattierungen im Eis. Sogar die zerklüfteten Spitzen der Packeisrücken waren Skulpturen der Kraft.

Sie trat in die Pedale und fuhr mit einer durch jahrzehntelange Übung gewonnenen Expertise einen Bogen um eine dieser Eisformationen. Amanda stammte von einer langen Reihe von Seeleuten und Schiffsbauern ab und war hier also ganz in ihrem Element. Allerdings war sie weit entfernt von dem Familienunternehmen in Port Richardson, südlich von San Francisco.

Mit der Hilfe ihres Bruders hatte sie sich das Eisboot gebaut, mit dem sie jetzt unterwegs war. Sein fast fünf Meter langer Rumpf war aus handverlesenem Holz der Sitka-Fichte, die Kufen aus einer Titanlegierung. Auf dem Lake Ottachi in Kanada hatte sie eine Geschwindigkeit von knapp hundert Stundenkilometern gemessen, aber die Strecke war auf dreihundert Meter beschränkt gewesen.

Jetzt starrte sie in die endlose Weite und lächelte.

Eines Tages …

Aber jetzt machte sie es sich auf ihrem Sitz bequem und genoss die Zeit, die sie allein und außerhalb der engen, feuchten Driftstation verbringen konnte. Über ihr schien hell die Sonne und die Tagestemperaturen lagen immer noch deutlich unter null. Obwohl der Wind ihr unablässig ins Gesicht blies, bemerkte sie die Kälte nicht. Sie trug einen eng anliegenden Tauchertrockenanzug mit Kapuze, wie ihn auch die Taucher in den arktischen Gewässern benutzten. Ihr Gesicht war von einer maßgefertigten Propylenmaske bedeckt, die Augenöffnungen mit einer geschliffenen Sonnenbrille geschützt. Nur beim Einatmen wurde sie an die arktischen Temperaturen erinnert, und selbst dies hätte sie vermeiden können, indem sie durch einen batteriebetriebenen Lufterwärmer atmete, der an ihrem Anzug befestigt war. Doch momentan zog sie es vor, die kalte Luft zu spüren.

Und die ganze Erfahrung zu genießen.

Hier draußen war ihre Behinderung unerheblich. Sie musste den Wind und das Zischen der Kufen nicht hören, denn sie spürte die Vibrationen durch das Holz, fühlte den Druck des Windes, sah den Tanz des Schnees über der Eisoberfläche. Hier draußen sang die Welt ihr Lied für sie.

Sie konnte den Autounfall beinahe vergessen. *Ein betrunkener Fahrer ... ein Schädelbasisbruch ... auf einmal war die Welt still und leer.* Seither hatte sie gegen Mitleid gekämpft, sowohl von anderen als auch von sich selbst. Aber es war schwer. Inzwischen war der Unfall schon zehn Jahre her, und sie verlor allmählich die Fähigkeit, klar zu sprechen. Sie erkannte die Verwirrung in den Augen der anderen und immer öfter musste sie ihre Sätze wiederholen oder zur Zeichensprache Zuflucht nehmen. Ihre Frustration hatte sie in ihre Studien und Forschungsziele kanalisiert. Ein Teil in ihr wusste, dass sie sich dabei auch isolierte. Aber wo lag die Grenze zwischen Isolation und Unabhängigkeit?

Nach dem Tod ihrer Mutter hatte ihr Vater sie umsorgt und kaum aus den Augen gelassen. Sie vermutete, dass ihre Taubheit der Grund dafür war und dass er fürchtete, sie zu verlieren. Mit der Zeit wurde seine Fürsorge erdrückend. Bei ihrem Kampf um Freiheit ging es nicht so sehr darum, zu beweisen, dass sie als gehörlose Frau in der normalen Welt leben konnte, sondern schlicht darum, dass sie ihre Unabhängigkeit bewahren wollte. Punkt.

Dann war Greg ... Captain Perry ... in ihr Leben getreten. Sein Lächeln, die Tatsache, dass er sie ganz offensichtlich nicht bemitleidete, seine ungeschickten Flirtversuche – all das hatte ihren Widerstand schließlich gebrochen. Jetzt standen sie an der Schwelle zu einer tieferen Beziehung, und sie war nicht sicher, was sie davon halten sollte. Ihre Mutter war mit einem Captain verheiratet gewesen. Das war keine Welt, die von Isolation oder Unabhängigkeit bestimmt wurde, das wusste sie. Es war eine Welt der Partys, der förmlichen Dinner, der wöchentlichen sozialen Verpflichtungen mit anderen Navy-Ehefrauen. Aber wollte sie so ein Leben?

Sie schüttelte den Kopf und schob den Gedanken erst einmal beiseite. Schließlich war es nicht notwendig, diese Entscheidung ausgerechnet jetzt zu treffen. Wer konnte schon wissen, wie sich alles weiterentwickeln würde?

Die Stirn gerunzelt, bewegte sie die Pedale so, dass das Boot sich sanft in die Kurve legte, auf ihr noch etwa drei Kilometer entferntes Ziel zu – die russische Eisstation. Früher heute Morgen hatte der Chef des Biologenteams, Dr. Henry Ogden, sie angefunkt, weil angeblich eine Entdeckung in der Station zu einem unerfreulichen Zusammenstoß mit dem Geologenteam geführt hatte. Ogden hatte darauf bestanden, dass sie eigens herkam, um die Sache zu bereinigen.

Als Chefin von Omega wurde Amanda oft gerufen, um bei Disputen zwischen Vertretern der einzelnen Fachbereiche den Schiedsrichter zu spielen. Manchmal kam es ihr vor, als müsste sie sich mit einem Haufen verwöhnter Kinder herumschlagen.

Obwohl sie nicht gezwungen war, sich auf diese Weise die Zeit stehlen zu lassen, ließ sie es gern zu, bot der Anlass doch eine willkommene Gelegenheit, der Driftstation einen Tag zu entgehen. Deshalb war sie gleich nach dem Lunch aufgebrochen.

Vor sich sah sie die roten Fahnen auf den Gipfeln eines

gigantischen Systems von Packeisrücken, die sich meilenweit in alle Richtungen erstreckten. Die Flaggen wehten im Wind und markierten die Öffnung, die in die Eisbasis hinunterführte. Im Schutz der Eishügel parkten vier Ski-Doos und zwei größere Sno-Cats, alle rot lackiert. Hinter den Fahrzeugen durchschnitt eine Narbe das ebenmäßige Terrain, dort, wo die Navy ein Loch in die Eisdecke gesprengt hatte, damit die *Polar Sentinel* auftauchen konnte.

Als sie noch zu der Öffnung hinüberstarrte, durch die man zu der russischen Basis hinuntergelangte, überkam sie plötzlich eine böse Vorahnung. Aus dem Eingang des Eistunnels drangen Dampfschwaden wie aus dem Maul eines schlafenden Drachen. Erst letzte Woche war es den neuen Bewohnern der Station gelungen, die alten Generatoren wieder flottzumachen. Zweiundfünfzig Stück, allesamt gut erhalten. Überraschenderweise funktionierten Licht und Heizung. Angeblich war die Temperatur in der gut isolierten Station sogar recht mild.

Aber Amanda erinnerte sich an ihren ersten Besuch in dem eisigen Grab dort unten. Mit Metalldetektoren und tragbaren Sonargeräten hatten sie den Haupteingang aufgespürt und sich mit Schmelzgranaten und Sprengstoff einen Gang zu den Toren der Basis gebahnt. Der Eingang war sowohl mit einer Eisschicht als auch mit einem dicken Stahlriegel gesichert. Sie hatten einen Schneidbrenner einsetzen müssen, um in die tote Station eindringen zu können.

Jetzt fragte sich Amanda, ob sich die ganze Mühe überhaupt gelohnt hatte. Sie holte ihr Segel ein und begann zu bremsen, während sie sich der Bergkette aus Presseis näherte. In einem geschützten Tal zwischen zwei Eisgipfeln war eine provisorische Leichenhalle errichtet worden. Die orangefarbenen Sturmzelte verbargen die gefrorenen Leichen. Ihrem Vater zufolge war bereits eine russische Delegation von Moskau unterwegs, um die verlorenen Kameraden zurückzuholen. Sie würden nächste Woche eintreffen.

Noch immer redete niemand von dem, was sie dort unten sonst noch gefunden hatten.

Gekonnt lenkte sie ihr Eisboot um die Kurve und brachte es auf dem provisorischen Parkplatz zum Stehen.

Niemand war da, um sie zu begrüßen.

Sie sah sich um und suchte mit den Augen die umliegenden Presseisrücken ab. Sie lagen im Schatten. Das Terrain hinter ihnen war ein Labyrinth von Eisbrücken, Überhängen, Spalten und Spitzen. Wieder erinnerte sich Amanda an die seltsame Bewegung, die das DeepEye-Sonar registriert hatte. Vielleicht war es ja tatsächlich nur ein Trugbild gewesen, aber die Möglichkeit, dass es vielleicht auch irgendein Raubtier, beispielsweise ein Eisbär, gewesen sein könnte, machte sie nervös. Sie starrte wieder auf das unpassierbare Gelände jenseits des Stationseingangs und schauderte.

Rasch holte sie die Segel ein, verstaute sie und schlug mit einem Hammer einen Anker in den Schnee. Als alles so weit gesichert war, schnappte sie sich ihre Tasche aus dem Boot und machte sich auf den Weg zu dem nebligen Tunneleingang.

Die Öffnung sah aus wie bei jeder anderen Eishöhle im polaren Gletschereis. Seit Amanda das letzte Mal hier gewesen war, hatte man sie erweitert, sodass sie jetzt groß genug war, um einen Geländewagen durchzulassen. Amanda kletterte die ins Eis gehauenen Stufen hinunter zu der Stahltür, die schief in den Angeln hing, nachdem man sie gewaltsam geöffnet hatte. Hier, wo die warme Luft aus der Station hinaus in die Kälte stieg, wurde der Nebel dichter. Über dem Eingang hing das Schild, das Captain Perry beschrieben hatte. Wahrscheinlich hatte man es bei der Erweiterung des Tunneleingangs entdeckt.

Sie betrachtete es aufmerksam. Fette kyrillische Buchstaben zogen sich über die festgenietete Platte und verkündeten den Namen der Einrichtung:

ЛЕДОВАЯ СТАНЦИЯ ГРЕНДЕЛ

Eisstation Grendel.

Wie waren die Russen auf diesen seltsamen Namen gekommen? Amanda war literarisch immerhin so bewandert, dass sie die Anspielung auf das Monster der Beowulf-Legende erkannte, aber dieses Wissen half ihr nicht, den Namen als solchen besser zu verstehen.

Mit einem Kopfschütteln wandte sie ihre Aufmerksamkeit wieder der Tür zu. Sie musste sich durchzwängen, denn das Eis bildete sich um die Angeln und Ränder der Tür beständig neu. Stahl und Eis knackten, als sie über die Schwelle stolperte.

Ein Stück weiter kniete ein junger Wissenschaftler neben einem offenen Elektrokasten und blickte zu ihr auf. Es war Lee Bentley, ein Forscher von der NASA, Spezialist für Materialwissenschaft. Er trug nur Jeans und T-Shirt.

War es in der Basis wirklich so warm?

Als er Amanda sah, warf der junge Mann in gespieltem Schrecken die Arme in die Luft: »Bitte nicht schießen!«

Amanda verzog das Gesicht, dann fiel ihr ein, wie seltsam sie mit ihrer Propylenmaske aussehen musste. Rasch nahm sie das Ding ab und schnallte es an ihrem Gürtel fest.

»Willkommen in der Eissauna Grendel«, kicherte Lee und stand auf. Er war klein, lediglich einen Meter zweiundfünfzig. Einmal hatte er erzählt, dass er eigentlich immer Astronaut hatte werden wollen, aber ihm fünf Zentimeter der erforderlichen Größe fehlten – daher sein Arbeitsplatz im NASA-Labor. Er war hierher gekommen, um neue Verbundstoffe unter den extremen Temperaturen und Wetterbedingungen der Arktis zu testen.

Amanda ging zu ihm und streifte die Kapuze ab. »Ich kann gar nicht glauben, wie heiß es hier ist.«

Lee deutete auf eine Ansammlung von Werkzeugen auf dem Metallgitterboden. »Daran arbeite ich ja gerade. Alle beschweren sich wegen der Hitze. Wir haben ein paar Luftpumpen mitgebracht, um für eine bessere Zirkulation zu sorgen, aber dann dachten wir, dass es besser wäre, das Problem mit dem Thermostat zu regeln, weil uns sonst noch die ganze Station wegschmilzt.«

Amanda machte große Augen. »Besteht diese Gefahr tatsächlich?«

Wieder lachte Lee leise und klopfte auf die Stahlwände. »Nein. Hinter der physikalischen Struktur der Station befindet sich ein Meter Isolierung. Wir könnten die ganze Station in einen Backofen verwandeln und würden das Eis dahinter trotzdem nicht groß beeinflussen.« Er warf einen anerkennenden Blick in die Runde. »Wer das hier entworfen und konstruiert hat, wusste, was er tut. Die Isolierung besteht aus miteinander verbundenen Schichten von asbestimprägniertem Zement und Schwammblöcken. Das strukturelle Skelett ist eine Kombination aus Stahl, Aluminium und groben Keramik-Verbundstoffen. Leicht, strapazierfähig und seiner Zeit um Jahrzehnte voraus. Ich würde sagen …«

Aber Amanda unterbrach ihn. Das war typisch für ihre Wissenschaftskollegen. Wenn sie erst einmal anfingen, über ihr Spezialgebiet zu plaudern, kannten sie kein Halten mehr. Und es war anstrengend, von ihren Lippen abzulesen, wenn sie in ihren Fachjargon verfielen. »Lee, ich bin mit Dr. Ogden verabredet. Haben Sie eine Ahnung, wo er sein könnte?«

»Henry?« Der junge Mann kratzte sich mit einem Schraubenzieher am Kopf. »Kann ich nicht mit Sicherheit sagen, aber ich würde es mal im Kriechkeller versuchen. Er und das Geologenteam sind heute früh gewaltig aneinander geraten. Man konnte das Geschrei noch hier oben hören.«

Amanda nickte und ging weiter. Die Basis bestand aus fünf kreisförmigen Ebenen, die mit einer schmalen Wendeltreppe im Zentrum der Anlage verbunden waren. Jede Ebene hatte in etwa den gleichen Lageplan: ein zentraler Gemeinschaftsraum, von dem die anderen Räume ringförmig abzweigten. Aber jede Ebene war kleiner als die darüber liegende, wie ein riesiger, ins Eis gebohrter Brummkreisel.

Die oberste Ebene war mit einem Durchmesser von fünfzig Metern die geräumigste. Hier befanden sich die Quartiere: Schlafräume, Küche, ein paar Büros. Amanda eilte den Korridor entlang und betrat den zentralen Bereich dieser Ebene. Tische und Stühle deuteten darauf hin, dass es einmal der Speise- und Sitzungssaal gewesen war.

Amanda winkte zwei Wissenschaftlern zu, die an einem der Tische saßen, und ging dann hinüber zur Treppe. Die Stufen wanden sich um einen drei Meter weiten offenen Schaft herum, durch den schwere geölte Kabel in die Tiefe führten. Sie endeten an einem groben Gitterkäfig, eher einem Lasten- als einem Personenaufzug, den man benutzte, um Material von einer Ebene zur anderen zu transportieren.

Als Amanda die Treppe betrat, vibrierten die Metallstufen unter ihren Füßen im Rhythmus der tuckernden Generatoren und brummenden Maschinen weiter unten. Es war ein seltsames Gefühl – als wäre die Station aus einem langen Winterschlaf wieder zum Leben erwacht.

Immer rundherum stieg Amanda die Treppe hinunter, an Ebene zwei und drei vorbei. Dort befanden sich kleine Forschungslabore und die technischen Einrichtungen der Basis.

Ansonsten gab es nur noch zwei weitere Ebenen. Die

unterste war die kleinste, verschlossen von einer einzigen wasserdichten Tür. Sie enthielt die alte Anlegestelle für das russische U-Boot, das jetzt halb überflutet und gefroren war. Durchs Eis konnte man gerade noch den Kommandoturm erkennen.

Aber Amandas Ziel lag auf der vierten Ebene, die sich deutlich von den anderen unterschied. Es gab keinen gemeinsamen zentralen Arbeitsbereich. Die Treppe führte in einen langen Korridor, der die Ebene bis zum Rand durchschnitt und in einer einzelnen Tür endete. Sonst gab es keinen Zugang zu dieser Ebene.

Sie trat in den Gang und entdeckte gleich die beiden uniformierten Navy-Wachen, die ein paar Schritte weiter weg im Korridor standen. Sie trugen Gewehre über den Schultern.

Der Dienst habende Unteroffizier im Rang eines Petty Officers nickte ihr zu. »Dr. Reynolds.« Der andere, ein Seaman Second Grade, beäugte ihren engen Taucheranzug und taxierte ihre Figur von oben bis unten.

Sie wandte sich an den Unteroffizier. »Haben Sie Dr. Ogden gesehen?«

»Ja, Ma'am. Er hat schon erwähnt, dass Sie kommen würden, und uns gebeten, niemanden aus dem Kriechkeller herauszulassen, bis Sie da sind.« Die Wache deutete zum andere Ende des Korridors.

Auch dort war eine Tür, aber sie führte nicht in das auf dieser Ebene liegende Labor. Es war ein Ausgang, eine Pforte ins Herz der Eisinsel. Dahinter lag ein Labyrinth von natürlichen Höhlen und von Menschenhand ins Eis gehauenen Tunneln, ein Labyrinth, dem die Wissenschaftler den Spitznamen Kriechkeller gegeben hatten.

Diese Region zauberte auf die Gesichter sämtlicher Glaziologen und Geologen ein seliges Lächeln. Sie hatten Proben genommen, Temperaturen gemessen und noch andere, geheimnisvollere Untersuchungen angestellt. Natürlich konnte Amanda ihnen ihre Aufregung nicht vorwerfen. Wie oft bekommt man schon die Chance, das Innere eines Eisbergs zu erforschen? Sie hatte gehört, dass ein ganzes Lager von so genannten Einschlüssen gefunden worden war – so bezeichneten die Geologen Steinbrocken und andere terrestrische Fremdkörper. Aufgrund dieser Funde war das gesamte Geologenteam von Omega hierher umgezogen.

Warum aber der Zusammenstoß mit den Biologen? Es gab nur einen Weg, das herauszufinden.

»Danke«, sagte sie zu der Wache.

Während sie den Korridor durchquerte, war sie froh, den abgeschlossenen Bereich hinter sich zu lassen. Es war ihr schwer gefallen, mit den Wachen Blickkontakt zu halten. Ihr Wissen lastete schwer auf ihr. Sie hatte ein schlechtes Gewissen, was ihre Freude an den anderen Entdeckungen, die hier gemacht wurden, empfindlich dämpfte.

Unter den Forschern kursierten die wildesten Gerüchte und Spekulationen darüber, was auf Ebene vier untergebracht war: außerirdische Raumschiffe, Nuklearwaffen, Experimente zur biologischen Kriegsführung. Manchmal wurden im Flüsterton sogar Andeutungen gemacht, die der Wahrheit näher kamen.

Noch mehr Leichen.

Die Wahrheit war weit grässlicher als die wildesten Spekulationen.

Als sie das Ende des Korridors erreichte, schwang die Doppeltür vor ihr auf. Eine Gestalt in einem schweren gelben Parka kam herausgetrottet. Amanda spürte den kalten Hauch, der aus der offenen Tür drang, ein Hauch aus dem Herzen der Eisinsel.

Die Gestalt warf ihre Kapuze zurück und legte das frostige Gesicht frei. Dr. Henry Ogden, der fünfzigjährige Harvard-Biologe, sah überrascht aus, Amanda hier vorzufinden. »Dr. Reynolds!«

»Henry.« Sie nickte ihm zu.

»Guter Gott!« Mit den Zähnen zog er sich einen Handschuh aus und warf einen Blick auf seine Uhr. Dann strich er sich über die Glatze. Außer den Augenbrauen waren ein dünner brauner Schnauzbart und ein winziges Unterlippenbärtchen, ein so genannter »Soul Patch«, das Einzige, was auf seinem Kopf an Haaren gedieh. Gedankenverloren zupfte er an Letzterem herum. »Tut mir Leid. Ich hatte gehofft, Sie oben zu treffen.«

»Was hat das denn alles zu bedeuten?«

Er blickte zurück zur Tür. »Ich ... ich hab was gefunden ... etwas wirklich Erstaunliches. Sie sollten ...« Den Rest bekam Amanda nicht mehr mit, weil Ogden sich abwandte und sie seine Lippen nicht mehr lesen konnte.

»Dr. Ogden?«

Mit fragend hochgezogenen Brauen wandte er sich ihr wieder zu.

Als Antwort berührte sie mit dem Finger ihre Lippen.

»Oh, tut mir Leid.« Jetzt sprach er extra langsam, als wäre Amanda geistig behindert. Mühsam schluckte sie ihren Ärger hinunter.

»Das müssen Sie sich selbst ansehen«, fuhr er fort. »Deshalb hab ich Sie kommen lassen.« Einen Augenblick musterte er die Navy-Wachen auf dem Korridor. »Ich konnte nicht mehr auf sie zählen, dass sie die Felsenhunde noch länger fern halten. Die Proben ...« Wieder wurde er durch irgendetwas abgelenkt und er vollendete den Satz nicht. »Holen wir Ihnen schnell einen Parka, dann führe ich Sie hin.«

»Mir ist warm genug«, meinte Amanda ungeduldig und fuhr mit der Hand über ihren Anzug. »Zeigen Sie mir, was Sie gefunden haben.«

Noch immer schaute der Biologe mit gefurchter Stirn zu

den Wachen hinüber. Amanda vermutete, dass er Spekulationen anstellte wie alle anderen auch. Schließlich wanderte sein Blick wieder zu ihr zurück. »Was ich gefunden habe ... ich denke, das ist der Grund dafür, dass die Station überhaupt hier errichtet wurde.«

Es dauerte einen Augenblick, bis Amanda registriert hatte, was er da sagte. »Was? Wie meinen Sie das?«

»Sehen Sie selbst.« Er drehte sich um und ging durch die Doppeltür.

Amanda folgte ihm, aber sie blickte zurück zu den beiden Wachen. *Das ist der Grund dafür, dass die Station hier errichtet wurde.*

Sie betete zu Gott, dass der Biologe sich irrte.

15:40 Uhr
Über der Brooks Range

Matt starrte aus der Windschutzscheibe der Twin Otter und versuchte sich auf die Schönheit eines der großen Naturwunder dieser Erde zu konzentrieren. Dieser Teil des Gates of the Arctic National Park war jedes Jahr das Ziel für tausende Wanderer, Kletterer und Abenteuerlustige.

Vor ihnen erhoben sich die Arrigetch Peaks in ihrer ganzen Pracht. Ihr Name – Arrigetch – stammte aus dem Nunamiut und bedeutete »ausgestreckte Finger«. Eine angemessene Beschreibung. In der ganzen Region reihten sich Berggipfel und schroffe Granitsäulen aneinander. Es war ein Land jäh aufsteigender vertikaler Felswände, spektakulärer Überhänge und Amphitheater aus Eis. Ein natürlicher Tummelplatz für Kletterer, aber auch für Wanderer, die sich an den grünen alpinen Wiesen und eisblauen Bergseen erfreuten.

Aber durch Arrigetch zu fliegen, war der pure Wahnsinn. Nicht nur wegen der Felsen. Auch die Luftströmungen über den Gletschern waren gefährlich, wie ein Fluss mit Hochwasser, der sich über Katarakte stürzte. Der Wind war ein wütendes Mischmasch aus unerwarteten Böen und Seitenwinden.

»Macht euch auf was gefasst!«, warnte Jenny.

Das Flugzeug stieg in die wilde Berglandschaft empor. Zu beiden Seiten erhoben sich hohe Gipfel, auf deren Abhängen Gletscher und Eisschollen glitzerten. Und dazwischen Arrigetch. Es schien keinen Weg durch diese Gegend zu geben.

Matt sah sich um. Inzwischen hatten ihre Verfolger sie fast wieder eingeholt, die Cessna lag nur noch ungefähr eine Viertelmeile zurück. Würden sie es wagen, der Twin Otter in dieses Labyrinth zu folgen?

Unter ihnen stürzte sich ein Bach aus zerklüfteten Höhen. Ein spärlicher Wald aus Taiga-Fichten stieg bis zur Baumgrenze empor und verschwand. Ab jetzt gab es keine Bäume mehr.

Matt wandte sich an Jenny, um doch noch einen Versuch zu starten, sie von ihrem Vorhaben abzubringen. Aber dann sah er das entschlossene Funkeln in ihren Augen und die zusammengezogenen Brauen. Es hatte keinen Sinn – sie würde sich nicht überreden lassen.

Inzwischen hatte ihr Vater Banes Hundehalsband an einem der Sicherheitsgurte befestigt. »Wir sind bereit, es kann losgehen«, meldete er.

Neben dem Inuk saß Craig aufrecht in seinem Sitz, die Augen starr nach vorn gerichtet. Seit er Arrigetch gesehen hatte, war er noch blasser geworden. Wenn man unten auf dem Erdboden stand, konnte einen der Anblick schon mächtig einschüchtern, aber von hier oben aus der Luft war es der reinste Horror.

Die Otter raste über den letzten felsigen Hang, hoch und unpassierbar.

»Da wären wir«, sagte Jenny.

»Und unsere Freunde ebenfalls«, ergänzte Matt.

Das Rattern des Maschinengewehrs übertönte das Heulen der Motoren. Auf dem Berghang geriet der lose Schiefer unter dem Kugelhagel ins Rutschen, aber da das Flugzeug noch zu weit weg war, um akkurat zielen zu können, befand sich die Twin Otter ein gutes Stück neben der Schusslinie. Ihre Gegner hatten sich offenbar zu dieser Verzweiflungstat entschieden, bevor sie ihre Beute an Arrigetch verloren.

Doch noch während Matt die Cessna beobachtete, kam ein Feuerstrahl aus einem der Seitenfenster. Obwohl er nichts hörte, stellte er sich sofort das Pfeifen der herannahenden Granate vor. Ein Rauchstreifen kennzeichnete ihre Bahn, die zwei Meter an ihrer Flügelspitze vorbeilief und vor ihnen verschwand. Mit einem Steinregen explodierte der Sprengkörper an einer der Bergspitzen. Ein Stück der Felswand brach ab und rutschte talwärts.

Jenny steuerte von der beschädigten Felssäule weg und zog die Otter über den Flügel hoch. Als sie zwischen zwei Felsnadeln durchschossen, konnte Matt einen Augenblick den Boden unter sich sehen.

»Omeingott, omeingott!«, jammerte Craig hinter ihm.

Als sie an den Felsen vorbei waren, balancierte Jenny das Flugzeug wieder aus. Auf allen Seiten waren sie jetzt von Säulen und Türmen, Spitzen und Nadeln, Klippen und Wällen umgeben. Diese waren so hoch, dass man ihre Gipfel vom Fenster aus nicht sehen konnte.

Der Wind rüttelte und schubste die kleine Maschine gnadenlos.

Matt umklammerte die Armlehnen.

Wieder flog Jenny eine Steilkurve, diesmal über den anderen Flügel. Matt sperrte die Augen auf. Eigentlich hätte er sie lieber zugemacht, aber aus irgendeinem Grund sah er sich dazu nicht imstande. Trotzdem hätte er Jennys Flugkünste lieber nicht aus erster Hand bewundert. Auf einmal hatten die hinteren Sitze durchaus etwas Anziehendes an sich.

Die Otter schoss zwischen einer Felswand und einer schiefen Steinsäule hindurch. Neben Matt begann Jenny leise vor sich hin zu summen. Matt wusste, dass sie das tat, wenn sie sich hundertprozentig auf etwas konzentrierte, allerdings war das Objekt ihrer Konzentration normalerweise das Kreuzworträtsel aus der *New York Times*.

Das Flugzeug rauschte dicht an der Nadel vorbei und ging wieder in die Gerade – aber nur für einen Atemzug.

»Festhalten!«, brummte Jenny.

Matt starrte nur wütend vor sich hin. Seine Unterarme hatten bereits einen Krampf, weil er sich so an seinen Sitz klammerte. Was verlangte sie denn noch von ihm?

Inzwischen rollte sie die Otter erneut über einen Flügel und jagte sie um eine Bergspitze herum. Die ganzen nächsten fünf Minuten raste sie in ununterbrochenem Zickzack durch das Felsenlabyrinth. Vor und zurück, hin und her, erst über den einen, dann über den anderen Flügel.

Matts Magen rebellierte. Er suchte die Cessna am Himmel, aber es war, als wäre er von einem Steinwald umgeben. Seit sie Arrigetch erreicht hatten, war das andere Flugzeug aus seinem Blickfeld verschwunden – was wahrscheinlich von vornherein Jennys Plan gewesen war. Es gab tausend Ausgänge aus der Region: Pässe, Rinnen, Moränen, Täler, Gletscher. Und mit der sich herabsenkenden Wolkendecke musste die Cessna ihnen wohl oder übel folgen, wenn sie wissen wollte, wo die Otter das Labyrinth verlassen würde. Falls sie es wagten.

Jetzt flogen sie über ein breites Gletscherkar, geformt

wie ein natürliches Amphitheater in einer Felswand. Jenny schwenkte die Otter in einem sanften Gleitflug an der Kante der steilwandigen Mulde entlang. Die Lippe eines Gletschers hing über den Abhang und bildete einen eisigen Sims. Unter ihnen war der Boden mit Felsbrocken und Moränenschutt bedeckt, mit zermahlenem Fels und Kies, der liegen geblieben war, als das Eis sich zurückgezogen hatte.

Im Zentrum der Mulde lag ein vollkommen stiller Bergsee, die blaue Oberfläche glatt und klar wie ein Spiegel, sodass man die darüber kreisende Otter darin sehen konnte. Die Wände des Kars waren jedoch zu steil, um direkt über die Klippe hinauszufliegen. Jenny setzte zu einer langsamen Spirale an.

Matt stieß einen tiefen Seufzer der Erleichterung aus. Sie hatten Arrigetch überlebt.

Doch dann bemerkte er plötzlich eine Bewegung im Spiegel des Bergsees.

Ein anderes Flugzeug!

Die Cessna schoss aus einer völlig anderen Richtung in das Kar und schien einen Augenblick zu zögern, woraus Matt schloss, dass ihre Verfolger genauso überrascht waren, sie hier zu sehen, wie umgekehrt.

»Jen?«, sagte er.

»Ich hab noch nicht genug Höhe, um über die Klippen zu kommen.« Zum ersten Mal auf diesem Höllenflug klang ihre Stimme ängstlich.

Jetzt umkreisten beide Maschinen das steinerne Amphitheater, kletterten höher, und ihr nervöser Tanz spiegelte sich in dem blauen See unter ihnen. Wieder öffnete sich die Seitentür der Cessna. Aus siebzig Metern Entfernung entdeckte Matt die inzwischen vertraute Gestalt im Parka, die sich in Position brachte und den Granatwerfer schulterte.

Er drehte sich zu Jenny um. Zwar wusste er, dass er seine nächsten Worte irgendwann bereuen würde, aber er wusste auch, dass sie den Kamm nicht überwinden konnten, ehe ihre Gegner schussbereit waren. »Flieg zurück!«

»Wir haben nicht genug Zeit!«

»Tu's einfach.« Matt schnallte sich ab, stieg aus dem Kopilotensitz und kletterte zu dem Fenster hinüber, das dem anderen Flugzeug zugewandt war.

Jenny schwenkte zurück ins Felsenlabyrinth, zurück nach Arrigetch.

Matt entriegelte das Fenster und schob es hoch. Ein Windstoß fuhr in die Kabine. Bane bellte aufgeregt auf dem Hintersitz und wedelte wild mit dem Schwanz. Der Wolf flog für sein Leben gern.

»Was machst du denn da?«, fragte Jenny.

»Kümmere du dich um die Fliegerei!«, schrie er zurück, während er sich daranmachte, die Notfallbox neben der Tür aufzubrechen. Er brauchte eine Waffe und hatte keine Zeit, Jennys Dienstwaffe aus ihrer Verankerung zu lösen und zu laden. Also schnappte er sich die Leuchtpistole aus dem Notfallkasten, zwängte sie durch die Fensteröffnung und richtete sie auf das andere Flugzeug. Mit dem Wind, dem Propellersog und den ständig wechselnden Positionen der beiden Flugzeuge war es ein Schuss ins Blaue.

Aber er zielte, so gut er konnte, und drückte ab.

Die Funken sprühende Leuchtkugel flitzte in hohem Bogen über das Kar hinweg und spiegelte sich im Bergsee. Matt hatte auf die Gestalt im Parka gezielt, aber der Wind trug die Leuchtkugel zur Seite. Sie explodierte mit einem hellen Lichtblitz, als sie gerade an der Nase des Flugzeugs vorbeizischte.

Der Cessna-Pilot, an dem die Jagd durch die Krallen von Arrigetch ganz offensichtlich nicht spurlos vorübergegangen war, riss seine Maschine abrupt zur Seite. Die

Parka-Gestalt in der Tür verlor den Halt und torkelte aus der offenen Tür, wild mit den Armen um sich schlagend. Nach ein paar Metern blieb er hängen und schaukelte unter dem Bauch der Cessna hin und her – offenbar war er an den Türrahmen gebunden.

Die Ablenkung musste genügen.

»Nichts wie weg hier!«, schrie Matt und knallte das Fenster wieder zu. Dann kroch er zurück auf den Kopilotensitz.

Als er an Jennys Vater vorbeikam, klopfte dieser ihm anerkennend auf die Schulter. »Guter Schuss.«

Matt deutete mit dem Kopf auf Craig. »Eigentlich war es seine Idee.« Als Matt den Reporter vor ein paar Tagen aus dem abgestürzten Flugzeug hatte retten wollen und dieser geistesgegenwärtig die Leuchtpistole auf ihn gerichtet hatte, war ihm nämlich die Lektion wieder eingefallen, die ihm sein alter Sergeant auf den Weg gegeben hatte: *Benutz immer das, was du gerade bei der Hand hast ... gib den Kampf niemals auf.*

Als er sich wieder anschnallte, fühlte er sich ein bisschen besser.

Inzwischen flog Jenny schon wieder durch das Felslabyrinth. »Sie sind hinter uns«, sagte sie.

Überrascht fuhr Matt herum, gerade rechtzeitig, um zu sehen, wie der hilflos mit den Armen rudernde Mann im Parka losgeschnitten wurde, durch die Luft taumelte und in dem blauen Bergsee landete.

Sprachlos drehte Matt sich wieder nach vorn. Diese Leute hatten kaltblütig ihren eigenen Mann geopfert, weil er sie bei der Verfolgungsjagd behinderte.

Jenny ließ die Otter erneut über einen Flügel wegkippen und sauste zwischen den Felsnadeln hindurch. Aber diesmal gelang es ihr nicht, die Cessna abzuschütteln.

Außerdem wurde sie allmählich müde. Matt sah, dass

ihre Hände zitterten. Die unerschütterliche Entschlossenheit war aus ihrem Blick gewichen, hatte einem eher verzweifelten Glanz Platz gemacht. Ein einziger Fehler und sie waren alle tot.

Genau in dem Moment, als Matt dieser Gedanke durch den Kopf ging, passierte es.

Jenny lenkte die Otter scharf um eine schroffe Felssäule.

Und plötzlich war vor ihnen eine Steinwand, die die gesamte Welt ausfüllte.

Eine Sackgasse.

Sie konnten nicht rechtzeitig abbiegen. Matt machte sich darauf gefasst, dass Jenny es wenigstens versuchen würde, stattdessen gab sie Vollgas.

Matt schnürte es die Kehle zu. Plötzlich dämmerte ihm, wo sie waren und was sie vorhatte. »Nein, nein, nein …!«

»O doch«, erwiderte sie. Die Nase des Flugzeugs senkte sich so schnell, dass einem schlecht werden konnte. Jenny ging kurz in die Spirale und wieder zurück.

Am Fuß der Klippe entsprang ein Fluss. Vor Jahrtausenden hatte ein Erdbeben Arrigetch erschüttert und einen Felsgipfel gegen den anderen gekippt. So war ein Teufelspass entstanden, eine Lücke zwischen zwei umgestürzten Felsspitzen.

Das war einer der Ausgänge, durch die man Arrigetch verlassen konnte.

Jenny steuerte zum Fluss hinunter, auf die Felsöffnung zu. Aber der Winkel war zu steil, und im letzten Augenblick zog sie das Höhenruder hart zurück und nahm das Gas weg, sodass die Propeller fast blockierten. Einen halben Meter über dem Wasser fing sich die Otter wieder, dann schoss sie in den Teufelspass.

Augenblicklich wurde die Welt dunkel und das dumpfe Dröhnen der Motoren wurde dreimal so laut – doch direkt vor ihnen winkte Tageslicht. Es war ein gerader Durchgang, nicht länger als vierzig Meter, aber ziemlich eng, rechts und links ungefähr ein Meter Platz neben den Tragflächen.

Jenny summte wieder.

»Sie sind immer noch hinter uns!«, rief Craig.

Matt drehte sich um, als die Cessna sich in den Tunnel duckte. Offensichtlich war der Pilot wild entschlossen, seine Beute nicht entwischen zu lassen.

Wütend ballte Matt die Faust. Ihr letztes verzweifeltes Manöver war nutzlos gewesen, und der andere Pilot stellte bei jedem Trick unter Beweis, dass er Jennys Flugkünsten gewachsen war. Es war hoffnungslos. Hinter dem Tunnel lag offenes Bergland, in denen sie kein Versteck finden würden.

»Haltet euch fest, Leute!«, warnte Jenny, als sie sich dem Ausgang des Tunnels näherten.

»Was hast du …?«

Jenny drückte das Steuer nach vorn. Das Flugzeug kippte nach unten, die Schwimmer kamen hart auf dem Fluss auf, schlidderten über die Wasseroberfläche und hinterließen eine tiefe Spur. Als das Flugzeug wieder nach oben federte, hatten sie den Tunnel hinter sich und schwangen sich hoch in die Luft hinauf.

Während Jenny in die Kurve ging, blickte Matt sich suchend nach der Cessna um.

In diesem Moment erschien sie auch schon im Tunnelausgang, taumelnd, stolpernd, mit gebrochenen Flügeln. Einer der Propeller hatte sich gelöst und wirbelte haltlos über den verschneiten Berghang.

Matt musterte seine Exfrau ehrfürchtig. Die Bugwelle, die sich bei ihrem Aufprallmanöver auf dem Fluss gebildet hatte, war so gegen Propeller und Flügel des anderen Flugzeugs geschlagen, dass die Cessna ins Schlingern geraten und gegen eine Tunnelwand gestoßen war.

Ein tödlicher Fehler.

Mit etwas zittriger Stimme meinte Jenny: »Ich hasse es, wenn Leute so dicht auffahren.«

16:55 Uhr
Eisstation Grendel

Es war, als beträte man eine andere Welt. Der so genannte Kriechkeller außerhalb der russischen Eisstation war ein natürliches Geflecht aus Eishöhlen und Rinnen. Als Amanda über die Schwelle trat, ließ sie nicht nur die Wärme der Station hinter sich, sondern auch alle von Menschenhand erschaffenen Konstruktionen.

Direkt vor den Doppeltüren lagen rostige Stahlplatten, alte Betonsäcke, mehrere Stapel mit Rohren und große Drahtrollen. Als der Kriechkeller entdeckt wurde, hatte man zunächst angenommen, der Raum im Eis sei als Lager benutzt worden – daher auch der Spitzname.

Ein Ingenieur der NASA-Gruppe hatte die Theorie aufgestellt, dass die Station in einer natürlichen Höhle in der Eisinsel erbaut worden sein könnte, sodass weniger Grabungsarbeiten notwendig gewesen waren. Möglicherweise, so lautete seine Hypothese, war der Kriechkeller ein winziges Überbleibsel eines weit größeren Höhlensystems.

Aber neben solchen Spekulationen hatte der Kriechkeller für die meisten Omega-Wissenschaftler wenig Interessantes an sich. Für sie war es einfach der Abstellraum für den Hausmeister der Basis. Nur die Geologen und Glaziologen schienen von diesen Räumen und Eisrinnen fasziniert zu sein.

»Hier entlang«, sagte Dr. Ogden, zog den Reißverschluss

seiner Jacke bis zum Kinn hoch und die pelzgefütterte Kapuze über den kahlen Kopf. Dann nahm er eine Taschenlampe von einem Stapel neben der Tür, schaltete sie ein und richtete ihren Strahl über die voll gestellte Eingangshalle hinweg auf die dunklen Gänge dahinter. Als er daraufhin noch einen Moment länger stehen blieb, dachte Amanda schon, er würde mit ihr sprechen, aber da er ihr den Rücken zuwandte, konnte sie nicht sicher sein. Aber ehe sie ihn fragen konnte, ging er auch schon los, auf das Labyrinth der Tunnel zu.

Amanda folgte ihm. Wenigstens hatten die Geologen Sand auf den Boden gestreut, damit man nicht ausrutschte. Je weiter sie sich von dem beleuchteten Eingang entfernten, desto kühler wurde es. Aus irgendeinem Grund kam ihr die reglose Luft hier unten eisiger vor als draußen. Rasch hob sie ihre Wärmemaske vom Gürtel ihres Thermoanzugs und knipste den Schalter an.

Henry Ogden ging weiter, vorbei an anderen Höhlen, manche davon leer, andere voll gestopft mit irgendwelchen Gerätschaften. In einer Nische sah Amanda sogar Fleischpakete und Kisten mit Etiketten in kyrillischer Schrift. Vermutlich leicht verderbliche Lebensmittel. Hier brauchte man jedenfalls keine Gefriertruhe.

Während sie sich weiter in die Tiefe vorarbeiteten, bemerkte sie auch die Arbeit der Wissenschaftler: Die Wände waren voller Bohrlöcher, aus denen Proben entnommen worden waren, sie entdeckte Vermessungsstangen mit kleinen Fähnchen, Teile moderner Ausrüstung, sogar eine leere Packung Hostess Ding Dongs. Letztere kickte sie im Vorbeigehen zur Seite. Ohne Zweifel hinterließen die neuen Bewohner der Eisstation Grendel hier ihre einzigartigen Fußspuren.

Ziemlich bald hatte Amanda die Orientierung verloren. Aus allen Richtungen trafen Gänge aufeinander. An einer der Kreuzungen blieb Dr. Ogden stehen und suchte die Wand mit der Taschenlampe ab.

Jetzt erst fielen Amanda die aufs Eis gesprühten Markierungen auf. Anscheinend waren sie ziemlich frisch und unterschieden sich in Farbe und Form: rote Pfeile, blaue Kringel, orangefarbene Dreiecke. Bestimmt waren das Wegzeichen, die die Wissenschaftler angebracht hatten.

Henry berührte einen grünen Punkt, nickte und ging in die angezeigte Richtung weiter.

Inzwischen waren die Tunnel enger und niedriger geworden. Amanda musste sich bücken, während sie dem zielstrebigen Biologen immer weiter ins Herz der Eisinsel folgte. In der seltsam reglosen Luft funkelten Eiskristalle im Licht der Taschenlampe. Manche Wände waren so durchsichtig, dass Amanda im Eis gefangene Luftblasen sehen konnte, glitzernd wie Perlen.

Sie fuhr mit einem behandschuhten Finger an der Wand entlang. Glatt wie Seide. Solche Tunnel und Höhlen bildeten sich, wenn das Eis an der Oberfläche in der Sommerwärme schmolz, warmes Wasser durch Risse und Ritzen drang, nach unten floss und Schächte und Taschen bildete. Irgendwann gefror die Oberfläche dann wieder, versiegelte und konservierte das Höhlensystem in der Tiefe.

Amanda konnte die Augen nicht von den blauen Glaswänden abwenden. Ihre Schönheit erwärmte die kalte Luft. Doch vor lauter Bewunderung achtete Amanda einen Moment nicht mehr auf den Untergrund und glitt aus. Nur in letzter Sekunde konnte sie sich noch festhalten und einen Sturz verhindern.

Dr. Ogden warf einen Blick zurück. »Vorsichtig! Von hier an ist es ziemlich glitschig.«

Sagen Sie bloß!, dachte sie und rappelte sich auf. Dann merkte sie, dass der Pfeiler, der sie gerettet hatte, keineswegs aus Eis war, sondern ein Stück Fels, das aus dem Eis ragte. Während Dr. Ogden schon weiterging, starrte sie den Stein noch einen Moment lang an. Natürlich, das musste eine der vielen Inklusionen sein, von denen die Geologen so schwärmten. Fast ein wenig ehrfürchtig berührte sie den Stein noch einmal. Dieses Stück Fels war vor Jahrtausenden von wer weiß welcher Landmasse abgebrochen.

Finsternis breitete sich um sie aus, als der Biologe vor ihr mit seiner Taschenlampe um eine Kurve verschwand. Rasch eilte Amanda ihm nach und bedauerte, dass sie nicht selbst auch noch eine Lampe mitgenommen hatte. Jetzt musste sie aufpassen, wohin sie trat, denn der Gang war nicht mehr mit Sand ausgestreut. Diesen Teil des Kriechkellers hatten die Geologen anscheinend noch nicht erkundet.

Henry drehte sich um. »Wir sind gleich da.«

Amanda ließ den Blick umherschweifen. Hier weitete sich der Tunnel. In den glasigen Wänden hingen Steinbrocken – eine festgefrorene Lawine. Tiefer im Eis verhüllten dunkle Schatten die oberen Regionen. Wahrscheinlich kamen sie jetzt zu einer Ansammlung von Inklusionen.

Mit einer letzten Biegung öffnete sich der Tunnel zu einer großen Höhle. Wieder geriet Amanda ins Rutschen und schlidderte ein Stück aus dem Gang, fing sich aber, indem sie rasch die Arme ausbreitete.

Einen Augenblick stand sie still und staunte. Der Boden der Höhle hatte die Ausmaße einer olympischen Eisbahn. Aber das vergaß sie sofort wieder, als sie begriff, wie breit und hoch die Höhle war. Über und um sie herum erhob sich eine natürliche Kathedrale, halb aus Eis und halb aus *Stein!*

Wo sie stand, war Eis, aber die hintere Hälfte der Kammer war massiver Fels, sogar noch ein Stück der Decke.

Als sie eine Berührung am Ellbogen spürte, schrak sie zusammen. Aber es war nur Dr. Ogden. Seine Lippen bewegten sich.

»Es sind die Überreste einer uralten Felswand. Zumindest sagt das MacFerran«, erklärte Henry. MacFerran war der Leiter des Geologenteams. »Er meint, sie muss von der Landmasse abgebrochen sein, als der Gletscher gekalbt und diese Eisinsel gebildet hat. Aller Wahrscheinlichkeit nach stammt sie aus der letzten Eiszeit. Natürlich wollte er sofort Teile davon wegsprengen und Proben entnehmen, aber ich musste ihn aufhalten.«

Amanda war noch immer sprachlos vor Staunen.

»Nach der ersten oberflächlichen Untersuchung habe ich tote Flechten und gefrorenes Moos gefunden. Als ich die Löcher in der Klippe näher angeschaut habe, habe ich drei Vogelnester entdeckt, eines davon mit Eiern!« Vor lauter Aufregung sprach er immer schneller und Amanda konzentrierte sich angestrengt auf seine Lippen. »Außerdem waren auch noch ein paar Nager und eine Schlange im Eis eingeschlossen. Eine wahre Schatztruhe mit Beispielen aus dem Leben jener Zeit, eine ganze gefrorene Biosphäre.« Er durchquerte die Höhle und ging zu der Steinwand hinüber. »Aber das ist noch nicht alles! Kommen Sie, sehen Sie selbst!«

Amanda folgte ihm, den Blick starr nach vorn gerichtet. Die Felswand war nicht ganz so massiv, wie sie zunächst gewirkt hatte, sondern von kleinen Kammern und Nischen durchsetzt. Einige Sektionen schienen sogar abgebrochen und halb herausgefallen zu sein. An einigen Stellen war der Fels von tiefen Spalten durchzogen, aber es war zu dunkel, um zu erkennen, wie weit sie reichten.

Während sie unter dem Felsgewölbe durchschritt, blickte Amanda nervös zu den gefährlich über ihr hängenden Bruchstücken empor. Nichts davon erschien ihr jetzt noch so zuverlässig wie auf den ersten Blick.

Aber Dr. Ogden packte sie heftig am Ellbogen und hielt sie auf. »Vorsicht!«, sagte er und deutete auf den Boden.

Ein paar Schritte vor ihr war ein offenes Loch in der Eisbahn, zu perfekt oval, um natürlichen Ursprungs zu sein. Um den Rand herum war es grob eingekerbt.

»Da haben sie eins davon ausgegraben.«

»Eins wovon?«, fragte Amanda stirnrunzelnd.

Henry zog sie zur Seite. »Hier drüben.« Er holte eine Wasserflasche von seinem Gürtel und gab ihr mit Gesten zu verstehen, sie solle sich aufs Eis knien, nur wenige Meter von der bröckelnden Steinwand entfernt. So zusammengekauert hätte man denken können, man befände sich auf einem gefrorenen See, nur ein paar Schritte vom Ufer entfernt.

Der Biologe wischte mit dem Handschuh über das Eis und hielt dann die Taschenlampe nach unten, in den gefrorenen See. Das Eis darunter wurde sichtbar. Wegen des Raureifs auf der Oberfläche blieben die Details zwar verschwommen, aber Amanda konnte einen dunklen Schatten ausmachen, der sich ein paar Fuß unter dem Eis befand.

Henry setzte sich ein Stück zurück und öffnete seine Feldflasche. »Sehen Sie her«, sagte er.

Dann beugte er sich vor und goss etwas Wasser übers Eis, wodurch der Reif wegschmolz und das Eis darunter sich in Glas verwandelte. Jetzt ließ das Licht alles deutlich und in allen Einzelheiten hervortreten.

Unwillkürlich schnappte Amanda nach Luft und wich zurück.

Die Kreatur unter dem Eis sah aus, als wollte sie sich auf sie stürzen, eingefangen für einen Augenblick im Blitzlicht einer Kamera. Der Körper war fahlweiß und glatt wie bei einem Belugawal und auch von ähnlicher Größe – mindestens eine halbe Tonne. Aber anders als der Beluga hatte dieses Wesen kurze Vorderbeine, die in gekrümmten Klauen endeten, und lange Hinterbeine mit Schwimmhäuten zwischen den Zehen, die es zum Sprung spreizte. Insgesamt wirkte es geschmeidiger als ein Wal und hatte auch einen längeren Rumpf, geschwungen wie bei einem Otter. Das Tier sah aus, als wäre es auf Schnelligkeit ausgerichtet.

Aber vor allem war es sein langes, weit aufgerissenes Maul voller dolchartiger Zähne, das Amanda eine Gänsehaut über den Rücken jagte. Es war so groß, dass das Tier ein ganzes Schwein damit hätte verschlingen können. Die schwarzen Augen waren so nach hinten verdreht, dass man den weißen Augapfel sah, wie bei einem weißen Hai, der sich gerade auf sein Opfer stürzte.

Amanda setzte sich hin und atmete ein paar Mal tief durch ihren Luftwärmer. Vor Schreck und Kälte zitterte sie heftig. »Was zum Teufel ist das?«

Der Biologe ignorierte ihre Frage. »Wir haben noch mehr davon!« Auf den Knien rutschte er über das Eis und zeigte Amanda eine weitere Kreatur, die direkt an der Felswand lauerte. Dieses Tier war im Eis zusammengerollt, als schliefe es, der Körper zu einer engen Spirale gebogen, ähnlich wie bei einem schlafenden Hund.

»Und das ist noch nicht alles«, verkündete Henry und erhob sich.

Bevor Amanda eine Frage stellen konnte, ging er hinüber zu einer breiten Spalte in der Felswand. Amanda folgte ihm und dem Lichtschein, während sie erfolglos versuchte, das Bild des aufgerissenen, hungrigen Monstermauls aus ihrem Kopf zu verbannen.

Der Spalt schnitt ein paar Meter tief in die Felswand und endete in einer Höhle von der Größe einer Doppelgarage.

Amanda richtete sich auf. An der hinteren Wand standen sechs riesige Eisblöcke, und in jedem davon war ein eingefrorenes Exemplar der Monsterkreaturen zu sehen, alle in fötaler Haltung zusammengerollt. Aber es war etwas anderes, was Amanda zum Eingang der Höhle zurücktaumeln ließ.

In der Mitte der Kammer lag, wie ein Frosch im Biologielabor, eine der Kreaturen auf dem Eis ausgestreckt, die Beine auseinander gespreizt. Sein Rumpf war vom Hals bis zum Becken aufgeschlitzt, die Haut abgezogen und aufs Eis genagelt. Daran, dass das Präparat gefroren war, konnte man erkennen, dass die Sezierung vor längerer Zeit vorgenommen worden war. Aber schon nach einem flüchtigen Blick auf Knochen und Organe musste Amanda sich abwenden.

So rasch sie konnte, eilte sie hinaus auf den gefrorenen See. Dr. Ogden folgte ihr, schien ihren Schock jedoch gar nicht wahrzunehmen. Stattdessen berührte er sie am Arm, um ihr etwas zu sagen.

»Eine Entdeckung dieser Größenordnung wird das Gesicht der gesamten Biologie verändern«, schwärmte er und beugte sich in seinem Enthusiasmus dicht über Amanda. »Jetzt verstehen Sie sicher, weshalb ich verhindern musste, dass die Geologen dieses konservierte Ökosystem zerstören. Ein Fund wie dieser ... so perfekt erhalten ...«

Mit brüchiger Stimme unterbrach ihn Amanda: »Was sind das für Kreaturen?«

Henry zwinkerte ihr zu und machte eine wegwerfende Handbewegung. »Oh, natürlich! Sie sind ja Ingenieurin.«

Obwohl sie taub war, konnte sie seine Herablassung hören. Sie ärgerte sich, hielt aber den Mund.

Er winkte sie zurück zu der Felsspalte und sprach langsamer. »Ich habe das Exemplar dort hinten den ganzen Tag studiert. Zum Glück habe ich mich mit Paläobiologie beschäftigt. Fossilierte Überreste solcher Spezies sind in Pakistan und China entdeckt worden, aber noch nie so gut erhalten.«

»Überreste wovon denn, Henry?« Sie starrte den Biologen durchdringend an.

»Von *Ambulocetus natans*. Was man allgemein als ›Laufwal‹ bezeichnet. Er ist das evolutionäre Glied zwischen den an Land wohnenden Säugetieren und dem modernen Wal.«

Sie konnte ihn nur sprachlos angaffen, während er weiterredete.

»Man schätzt, dass er vor ungefähr neunundvierzig Millionen Jahren gelebt hat und vor sechsunddreißig Millionen Jahren ausgestorben ist. Aber die nach außen gebogenen Beine, das mit dem Rückgrat verschmolzene Becken, die Entwicklung der Nase – all das kennzeichnet das Tier zweifelsfrei als *Ambulocetus*.«

Amanda schüttelte den Kopf. »Sie können doch nicht ernsthaft behaupten, dass diese Exemplare so alt sind! Vierzig Millionen Jahre?«

»Nein.« Die Augen des Biologen wurden groß. »Das ist es ja gerade! MacFerran sagt, das Eis auf dieser Ebene ist höchstens fünfzigtausend Jahre alt, aus der letzten Eiszeit. Und diese Exemplare haben einige einzigartige Merkmale. Meine momentane Annahme lautet, dass eine Herde von *Ambulocetus* in die arktischen Regionen gewandert ist, wie die modernen Wale das heutzutage auch machen. Als sie hier waren, haben sie sich dann an die Bedingungen angepasst. Die weiße Haut, der Riesenwuchs, die dicke Fettschicht. Ähnlich wie bei Eisbären und Belugawalen.«

Amanda dachte daran, dass sie das Monster vorhin selbst an einen Beluga erinnert hatte. »Und diese Kreaturen haben hier bis zur letzten Eiszeit überlebt? Ohne dass jemals irgendein Hinweis darauf entdeckt wurde?«

»Ist das wirklich so überraschend? Alles, was auf der polaren Eiskappe gelebt hat und gestorben ist, wäre einfach auf den Boden der arktischen See gesunken, eine Region, auf die man kaum je einen Blick warf. Und an Land macht es der Permafrost jenseits des Polarkreises fast unmöglich, Grabungen durchzuführen. Daher ist es gar nicht so verwunderlich, wenn ein Wesen Jahrtausende hier gelebt hat und dann spurlos verschwunden ist. Sogar heute noch haben wir kaum paläologische Daten aus dieser Region.«

Amanda schüttelte den Kopf. Sie konnte das, was sie gesehen hatte, nicht so einfach ad acta legen, aber sie konnte Ogdens Argument auch nicht ignorieren. Erst im Lauf des letzten Jahrzehnts, also mit der Entwicklung der modernen Technologie und den entsprechenden Werkzeugen, war die Arktis richtig erforscht worden. Sogar Amandas eigenes Team in der Driftstation Omega bestimmte jede Woche eine neue Spezies. Bisher waren die Entdeckungen allerdings einfach neue Arten von Phytoplankton und Algen gewesen und nichts annähernd so Spektakuläres wie die Kreaturen, die sie gerade gesehen hatte.

»Die Russen müssen die Tiere beim Bau der Basis entdeckt haben«, fuhr Henry fort. »Vielleicht haben sie sie auch ihretwegen errichtet. Wer weiß?«

Amanda fiel ein, was Henry vorhin gesagt hatte: *Das ist der Grund, warum die Station hier errichtet wurde.* »Wieso glauben Sie das?« Plötzlich ging ihr durch den Kopf, was sie auf Ebene vier gefunden hatten. Diese neue Entdeckung, so erstaunlich sie auch war, schien allerdings in keiner Weise damit zusammenzuhängen.

Henry musterte sie. »Ist das nicht offensichtlich?«

Amanda runzelte die Stirn.

»*Ambulocetus*-Fossilien wurden erst in den letzten Jahren entdeckt.« Er deutete auf die Felsspalte. »Im Zweiten Weltkrieg wusste man nichts von ihnen. Daher haben sich die Russen natürlich einen eigenen Namen für das Monster ausgedacht.«

Staunend starrte Amanda ihn an.

»Sie haben ihre Basis nach der Kreatur benannt«, fügte Dr. Ogden unnötigerweise hinzu. »Eine Art Maskottchen, denke ich.«

Amanda blickte hinunter auf den gefrorenen See, zu dem Biest, das dort unter dem Eis lauerte. Jetzt wusste sie, was sie dort wirklich sah. Das Monster der alten nordischen Legende.

Grendel.

2. Akt

Feuer und Eis

ᐃᖕᓂᖅᓗ ᓯᑯᓗ

KAPITEL 5

Glitschiger Abhang

ᖁᔭᕿᓐᓇᕐᑐᖅ ᐱᖅᐅᐊᑎᒍᑦ

8. April, 21:55 Uhr
In der Luft über der North Slope, Alaska

Matt saß zusammengesunken auf seinem Sitz. Schnarchen tönte durch die Kabine der Twin Otter, aber es kam weder von dem schlafenden Reporter noch von Jennys dösendem Vater, sondern von Bane, der rücklings quer über der dritten Sitzreihe lag. Bei einem besonders lauten Schnarcher erschien ein winziges Lächeln auf Matts Gesicht.

»Ich dachte, du wolltest seine Nasenscheidewand richten lassen«, sagte Jenny.

Jetzt wuchs sich das angedeutete Lächeln zu einem echten aus. Bane hatte schon als Welpe geschnarcht, als er noch zusammengerollt auf dem Fußende ihres Betts geschlafen hatte, und sie hatten sich schon immer köstlich darüber amüsiert. Matt setzte sich auf. »Der Chirurg aus Nome meinte, dass der Eingriff für Banes Nase viel zu heftig wäre. Am Schluss würde der arme Hund aussehen wie eine Bulldogge.«

Jenny antwortete nicht, aber Matt riskierte einen kurzen Seitenblick. Zwar starrte sie geradeaus, aber er bemerkte die kleinen Fältchen in ihren Augenwinkeln. Traurig amüsiert.

Matt schlug die Arme übereinander und fragte sich, ob das die Grenze dessen war, was er bei ihr erreichen konnte. Momentan war es jedenfalls genug.

Er blickte aus dem Fenster. Der Mond war beinahe voll und warf seinen silbernen Glanz über die schneebedeckten Ebenen. Hier im hohen Norden hatte der Winter das Land noch fest im Griff, aber ein paar Frühlingsboten waren schon zu sehen – neblige Bäche, hier und da ein Schmelzwassersee. Ein paar Karibuherden sprenkelten die Tundra, bewegten sich gemächlich durch die Nacht, folgten den Wasserwegen der Schneeschmelze, taten sich an Rentierflechten und Preiselbeersprossen gütlich und futterten das Muskeg, die allgegenwärtigen Grasbüschel, die in der tauenden Sumpferde wurzelten, jedes so groß wie ein reifer Kürbis.

»Wir können von Glück sagen, dass wir Deadhorse vorhin angefunkt haben«, murmelte Jenny. Interessiert sah Matt sie an.

»Was meinst du damit?«

Nachdem sie Arrigetch verlassen hatten, war es ihnen gelungen, mit dem Behelfsflugplatz in Prudhoe Bay auf Alaskas North Slope Kontakt aufzunehmen. Dort hatten sie die Zivil- und Militärbehörden über die Jagd durch die Brooks Range informiert. Am Morgen sollten Helikopter losgeschickt werden, um nach den Trümmern der Cessna zu suchen. Bald darauf sollten sie nähere Auskünfte über ihre Verfolger erhalten. Außerdem hatte Matt noch Carol Jeffries erreicht, die Bärenforscherin drüben in Bettles. Sie kannte Jennys Hütte und wollte ein paar Leute hinüberschicken, die sich um die Hunde kümmerten. Craig hatte auch mit seinem Kontaktmann in Prudhoe gesprochen. Wenn er seine Vernehmung hinter sich hatte, würde der Reporter eine ungeheuerliche Geschichte zu erzählen haben. Nachdem sie mit der Außenwelt Kontakt gehabt und die Geschichte ihrer Strapazen bekannt gemacht hatten, war ihnen allen leichter ums Herz und sie konnten sich etwas entspannen.

Aber was war jetzt los? Matt setzte sich wieder auf.

Jenny deutete durch die Windschutzscheibe – nicht auf die unter ihnen liegende Tundra, sondern auf den klaren Himmel.

Matt beugte sich vor. Zuerst sah er nichts Außergewöhnliches. Das Sternbild des Orion funkelte hell. Direkt vor ihnen glitzerte der Polarstern. Dann erspähte er die schimmernden Streifen und Bänder, die vom Horizont aufstiegen – ein Flackern in Grün-, Rot- und Blautönen. Die Aurora borealis ging auf.

»Nach der Vorhersage kriegen wir heute Nacht ein hübsches Schauspiel zu sehen«, sagte Jenny.

Matt lehnte sich zurück und sah zu, wie sich die farbenprächtigen Fächer und tanzenden Flammen über den Nachthimmel ausbreiteten. Für dieses Naturspektakel gab es viele Namen: Aurora borealis, Nordlicht … Unter den eingeborenen Athapasca-Indianern wurde es *koyukon* oder *yoyakhyh* genannt, während die Inuit es einfach Geisterlicht nannten.

Vor seinen Augen floss die Farbwelle über den Himmelsbogen hinweg, schimmerte in einer leuchtenden Corona und breitete sich in Wolken von Azur und tiefem Karminrot aus.

»Eine Weile werden wir niemanden mehr erreichen können«, sagte Jenny.

Matt nickte. Das hinreißende Schauspiel, das entstand, wenn Sonnenwinde auf die obere Atmosphäre der Erde trafen, brachte fast jede Kommunikation zum Erliegen. Aber sie hatten es nicht mehr weit, höchstens noch eine halbe Stunde. Schon jetzt wurde der nördliche Horizont langsam hell, angestrahlt von den Lichtern der Ölfelder und des fernen Prudhoe Bay.

Schweigend flogen sie ein paar Minuten weiter und genossen stumm die Lightshow am Himmel, untermalt von

Banes Schnarchen. In diesen wenigen Augenblicken fühlten sie sich wie zu Hause. Vielleicht waren es einfach die Nachwirkungen eines anstrengenden Tages, ein vom Endorphin hervorgerufenes entspanntes, zufriedenes Gefühl. Er hatte Angst, es mit Worten zu zerstören.

Schließlich brach Jenny das Schweigen. »Matt ...« Ihre Stimme klang sanft.

»Nicht«, sagte er. Drei Jahre und der heutige Kampf auf Leben und Tod waren notwendig gewesen, um sie in einen Raum zusammenzubringen. Diesen kleinen Anfang wollte er auf keinen Fall gefährden.

Jenny seufzte. Ihm entging ihre Verzweiflung nicht.

Ihre Finger umfassten das Steuer fester, ihre Lederhandschuhe quietschten auf dem Vinylüberzug. »Schon gut«, flüsterte sie.

Der friedliche Moment war vorüber – auch ohne dass sie geredet hatten. Plötzlich erhob sich zwischen ihnen eine unsichtbare Mauer. Der Rest der Reise fand in absolutem Schweigen statt, angespannt und bitter.

Jetzt kamen die ersten Derrickkräne in Sicht, mit Lichtern geschmückt wie Weihnachtsbäume. Links durchschnitt eine zackige silberne Linie die makellose Tundra, hob und senkte sich über die Landschaft wie eine gigantische Metallschlange – die Trans-Alaska-Pipeline. Sie zog sich von Prudhoe Bay an Alaskas Nordküste bis nach Valdez am Prince William Sound, ein Fluss aus schwarzem Gold.

Sie kamen ihrem Ziel immer näher. Die Pipeline führte sie, und Jenny folgte ihr auf parallelem Kurs. Sie versuchte mit dem Flugplatz-Tower in Deadhorse Kontakt aufzunehmen. Ihr Stirnrunzeln war Antwort genug. Noch immer tanzten die Geisterlichter am Himmel.

Sie legte sich gemächlich in die Kurve. Vor ihnen glühte die Stadt Prudhoe Bay – wenn man die Ansiedlung eine Stadt nennen konnte – in der Nacht wie das Zauberland eines Ölmagnaten. Es war hauptsächlich ein Fabrikstandort, errichtet für Ölproduktion und Öltransport samt der dazugehörigen Dienstleistungsunternehmen. Die Einwohnerzahl lag im Durchschnitt unter hundert, aber die Wanderarbeiter sorgten für eine ständige Fluktuation, je nach Arbeitsmenge. Außerdem gab es hier auch einen kleinen Militärstützpunkt zum Schutz dieses Zentrums der North-Slope-Ölproduktion.

Jenseits der Stadtgrenzen gelangte man bald an die Beaufort Sea und den Arktischen Ozean, aber es war schwer zu sagen, wo das Land endete und das Meer begann. Von der Küste erstreckten sich riesige Eisplatten meilenweit in den Ozean hinaus und gingen irgendwann ins Packeis der Polarkappe über. Im Sommer schrumpfte die Kappe auf die Hälfte zusammen und zog sich von der Küste zurück, aber jetzt bestand die Welt aus massivem Eis.

Jenny flog hinaus in Richtung Meer, umkreiste Prudhoe Bay und brachte sich in Position für die Landung auf der einzigen Rollbahn. »Irgendwas geht da unten vor«, sagte sie, während sie schräg über eine Tragfläche wegkippte.

Auch Matt konnte es sehen: Am Stadtrand herrschte emsige Geschäftigkeit. Ungefähr zwanzig Fahrzeuge rasten von der Militäreinrichtung über die verschneiten Felder von der Stadt weg und in die Richtung, aus der sich die Twin Otter näherte. Eilig warf er einen Blick aus dem anderen Fenster.

Unter ihnen lag das Ende der Trans-Alaska-Pipeline. Die gigantischen Gebäude der Gathering Station 1 und der Pump Station 1 waren hinter ihrem Maschendrahtzaun hell erleuchtet. Hier wurde das North-Slope-Öl gekühlt, Wasser entfernt und Gas abgefackelt, bevor das Öl seine Sechstagereise über dreizehnhundert Kilometer zu den Tankern auf dem Prince William Sound begann.

Als sie dicht über die Pump Station 1 wegflogen, bemerkte

Matt, dass ein Stück des Zauns umgeworfen worden war. Er blickte zurück zu den Militärfahrzeugen. Eine böse Ahnung durchfuhr ihn.

»Hol uns hier raus!«, fauchte er.

»Was …?«

Alle weiteren Worte wurden von einer gewaltigen Explosion übertönt. Das Gebäude, das die Gathering Station 1 beherbergt hatte, flog in die Luft, und ein Feuerball rollte himmelwärts. Die plötzliche Hitze und die Schockwelle brachten ihr Flugzeug völlig aus dem Gleichgewicht, und Jenny hatte alle Hände voll zu tun, um sie vor dem Umkippen zu bewahren.

Von den Rücksitzen ertönten erschrockene Schreie, begleitet von Banes Bellen.

Leise vor sich hin fluchend, brachte Jenny die Otter weg von der Feuersbrunst. Glühende Trümmer regneten auf sie herab, krachten in die schneebedeckten Felder und die nahen Gebäude. Neue Feuer brachen aus. Als Nächstes flog das Dach der Pump Station 1 in die Luft und steuerte einen zweiten Feuerball bei. Das Rohr, das ins Gebäude führte und gut einen Meter Durchmesser hatte, riss auf und explodierte in seiner ganzen Länge, brennendes Öl schoss in alle Richtungen und stoppte erst kurz vor dem ersten der zweiundsechzig Absperrventile, die verhinderten, dass die Zerstörung sich über die Pipeline noch weiter ausbreitete.

Innerhalb von Sekunden verwandelte sich die winterliche Stille der schlafenden Siedlung in eine Feuerhölle. Brennende Flüsse wälzten sich dampfend zum Meer. Gebäude standen in Flammen. Menschen und Fahrzeuge rasten hierhin und dorthin.

»Herr des Himmels!«, rief Craig und presste das Gesicht ans Seitenfenster.

Über den allgemeinen Kanal kam eine neue Stimme aus

dem Funkgerät, begleitet von statischem Rauschen. »Den gesamten Luftraum sofort räumen! Bei einem Landeversuch werden wir Gewaltmittel einsetzen.«

»Die machen die Schotten dicht!«, rief Jenny, drehte von den Feuern ab und hinaus aufs gefrorene Meer.

Ihr Vater starrte auf die Küste zurück. »Was ist passiert?«

»Keine Ahnung«, murmelte Matt und blickte auf die brennende Küstenlinie hinunter. »Unfall, Sabotage ... was es auch gewesen sein mag, es schien genau auf unsere Ankunft abgestimmt zu sein.«

»Das kann doch aber nichts mit uns zu tun haben«, meinte Craig.

Matt dachte an das niedergerissene Stück Zaun, an die aus der Militäranlage rasenden Fahrzeuge. Jemand war dort eingebrochen und hatte den Alarm ausgelöst. Und nach den letzten zwei Tagen konnte er die Möglichkeit, dass es etwas mit ihnen zu tun hatte, nicht so einfach abtun. Seit das Flugzeug des Reporters abgestürzt war, schienen sie von einem Desaster ins nächste zu geraten. Irgendjemand wollte partout verhindern, dass der politische Reporter der *Seattle Times* die SCICEX-Station draußen auf dem Eis erreichte.

»Wo können wir denn jetzt hin?«, fragte Craig.

»Wir haben kaum noch Benzin«, gab Jenny zu bedenken und klopfte auf die Kontrollanzeige, als würde sich dadurch der Zeiger bewegen.

»Kaktovik«, meldete sich John mit barscher Stimme.

Jenny nickte.

»Kaktovik?«, wiederholte Craig fragend.

»Das ist ein Fischerdorf auf Barter Island, in der Nähe der kanadischen Grenze. Gut hundertneunzig Kilometer von hier«, beantwortete Matt die unausgesprochene Frage. Dann wandte er sich an Jenny, die bereits die Otter nach Westen schwenkte. »Hast du dafür noch genug Treibstoff?«

Sie zog eine Augenbraue hoch. »Vielleicht musst du die letzten paar Meilen aussteigen und schieben.«

Na toll! dachte er.

Craig sah noch blasser und erschöpfter aus. Er hatte einen Flugzeugabsturz hinter sich und allmählich machte ihn diese Art des Reisens krank.

»Keine Sorge«, beruhigte ihn Matt. »Wenn wir keinen Treibstoff mehr haben, kann die Otter mit ihren Kufen auf jedem ebenen Eisstück landen.«

»Und was dann?«, fragte Craig säuerlich und schlug die Arme übereinander.

»Dann machen wir das, was die Dame hier vorgeschlagen hat ... wir schieben!«

»Hör auf damit, Matt!«, schaltete sich Jenny warnend ein. Sie drehte sich zu dem Reporter um. »Wir werden schon nach Kaktovik kommen. Und wenn nicht, dann hab ich unten noch einen Reservetank. Damit können wir den Haupttank manuell auffüllen, falls es nötig werden sollte.«

Craig nickte dankbar und entspannte sich wieder ein bisschen.

Matt starrte auf die brennende Küste unter ihnen, die langsam zurückwich, und sah, dass Jennys Vater das Gleiche tat. Kurz trafen sich ihre Blicke und er sah den Argwohn in den Augen des älteren Mannes. Anscheinend hielt auch er die plötzlichen Explosionen nicht für Zufall.

»Was denkst du?«, fragte John.

»Sabotage.«

»Aber warum? Wofür? Nur unseretwegen?«

Matt schüttelte den Kopf. Selbst wenn jemand sie aufhalten oder ablenken wollte, wirkte die Aktion doch reichlich unverhältnismäßig – als wollte man eine Fliege mit einer Ladung TNT töten.

Craig hatte ihren kurzen Austausch mit angehört. Seine

Stimme zitterte. »Es ist ein gezielter Versuch, uns abzulenken und an der Nase herumzuführen.«

»Was meinen Sie damit?« Matt sah dem Reporter ins Gesicht, das angespannt und undurchdringlich blieb. Auf einmal machte er sich Sorgen um ihren Passagier. Leute mit posttraumatischem Stresssyndrom hatte er schon des Öfteren erlebt.

Aber Craig schluckte schwer und antwortete dann bedächtig, offensichtlich in dem Versuch, sich zu konzentrieren und das Problem anzugehen: »Wir haben Informationen über unsere Angreifer nach Prudhoe Bay durchgegeben. Jemand sollte morgen Ermittlungen anstellen. Jetzt kann man wohl davon ausgehen, dass die Nachforschungen verschoben werden. Der ohnehin begrenzte Stab an militärischem und zivilem Ermittlungspersonal wird wochenlang alle Hände voll zu tun haben. Für unsere Angreifer mehr als genug Zeit, ihre Spuren zu verwischen.«

»Dann hat man das ganze Inferno inszeniert, damit jemand ungestört die Sauerei da oben in den Bergen aufräumen kann?«

Craig machte eine wegwerfende Handbewegung. »Nein. Eine solche Aktion braucht zu ihrer Rechtfertigung einen gewichtigeren Grund. Alles andere wäre mächtig übertrieben.«

Für Matt hörten sich seine Ausführungen an wie ein Echo dessen, was er selbst vorhin gedacht hatte.

Craig begann die einzelnen Punkte abzuhaken. »Die Explosionen verzögern die Ermittlungen in den Bergen. Außerdem werden wir abgelenkt und in eine neue, noch aufregendere Geschichte gelockt. Der Brand in Prudhoe Bay wird tagelang die Schlagzeilen beherrschen. Welcher Reporter könnte so einer Geschichte widerstehen? Im entscheidenden Moment hier gewesen zu sein, alles mit eigenen Augen gesehen zu haben.« Müde schüttelte er den Kopf.

»Zuerst versuchen diese Mistkerle, mich umzubringen, jetzt wollen sie mich mit einer viel interessanteren Geschichte ködern. Sie fällt mir einfach in den Schoß.«

»Ablenkung und Irreführung«, murmelte Matt.

Craig nickte. »Und nicht nur für uns. Wir sind kleine Fische. Ich verwette meinen Arsch, dass dieser Angriff schon die ganze Zeit über geplant war. Wir sind nur ein zweitrangiges Ablenkungsmanöver. In Wirklichkeit will der Saboteur in einem viel größeren Kreis Verwirrung stiften. Nach der Feuersbrunst heute wird alles nach Prudhoe Bay glotzen, jeder wird darüber diskutieren und Nachforschungen anstellen. Morgen wird CNN seine Reporter schicken.«

»Aber warum?«

Craig sah ihn an und Matt staunte über die Härte in seinen Augen. Auf einmal fiel ihm wieder ein, wie er die Leuchtpistole gezückt hatte. Sogar unter äußerstem Stress reagierte der Reporter blitzschnell. Trotz seines oft ängstlichen Verhaltens hatte dieser Mann verborgene Tiefen. Matts Respekt vor ihm wuchs weiter.

»Warum?«, wiederholte Craig. »Wie ich schon gesagt habe: Ablenkung und Irreführung. Die ganze Welt soll hierher zu diesem Feuerwerk sehen« – er wedelte mit dem Finger in der Luft herum –, »während das wirkliche Unheil woanders angerichtet wird.« Der Reporter deutete nach Norden. »Sie wollen nicht, dass wir dorthin schauen.«

»Zur Driftstation«, sagte Matt.

Craigs Stimme sank zu einem Murmeln. »Irgendwas wird dort oben geschehen. Etwas, was die Welt nicht erfahren soll. Etwas, was es rechtfertigt, Prudhoe Bay in Brand zu setzen.«

Jetzt wusste Matt, warum Craig von seinem Chef nach Norden geschickt worden war. Zwar hatte der Reporter versucht, seine Beauftragung mit der Geschichte von dem

Rendezvous mit der Nichte seines Chefs zu erklären, als Strafe für ein Fehlverhalten. Aber Matt kaufte ihm das nicht ab. Der Mann wusste genau, was er tat. Er hatte ein schlaues Köpfchen und einen ausgeprägten Sinn für politische Manöver.

»Also, was tun wir jetzt?«, fragte Matt.

»Wir fliegen nach Kaktovik. Was sollen wir sonst tun?«

Matt runzelte die Stirn.

»Wenn Sie glauben, ich begebe mich zu dieser verdammten Driftstation, dann sind Sie verrückt!«, schnaubte Craig. »Das ist mir echt zu brenzlig.«

»Aber wenn Sie Recht haben ...«

»Mir ist mein Leben lieb und wert. Vielleicht lass ich mich von diesen Mistkerlen mit ihrem Feuerspektakel nicht für blöd verkaufen, aber das heißt noch lange nicht, dass ich einen Wink mit dem Zaunpfahl nicht verstehe.«

»Dann erzählen wir es jemandem.«

»Meinetwegen gern. Die nächsten Tage wird Ihnen sowieso niemand zuhören, da gibt's viel zu viele andere, die was zu sagen haben. Bis Sie jemanden dazu kriegen, Ihnen sein Ohr zu leihen, ist sowieso alles vorbei.«

»Dann haben wir keine Wahl. Irgendjemand muss da hin.«

Craig schüttelte entschieden den Kopf. »Man kann sich in dem kleinen Fischerdorf verstecken und warten, bis Gras über die Sache gewachsen ist.«

Matt dachte daran, wie hartnäckig ihre Verfolger gewesen waren, und rief sich die Explosion ins Gedächtnis, deren Augenzeugen sie gerade geworden waren. »Glauben Sie wirklich, die lassen uns da draußen in Ruhe? Wenn sie Zeit schinden wollen, um die Sauerei wegzumachen, könnte das auch beinhalten, dass sie uns aus dem Weg räumen. Sie kennen unser Flugzeug.«

Craigs Entschlossenheit geriet etwas ins Wanken.

»Und dann sitzen wir in Kaktovik.«

Resigniert schloss Craig die Augen. »Ich hasse Alaska ... ehrlich.«

Matt ließ sich in seinen Sitz zurücksinken. Dann sah er Jenny an. Sie hatte das Gespräch verfolgt. »Und?«, fragte er sie.

Jenny warf einen Blick auf ihre Kontrollen. »Ich muss auftanken, wenn wir so weit fliegen wollen.«

»Bei Bennie in Kaktovik.«

»In einer Stunde können wir dort sein. So oder so.«

Er nickte und starrte nach Norden. Craigs Worte gingen ihm nicht aus dem Kopf: *Irgendwas wird dort oben geschehen. Etwas, was die Welt nicht erfahren soll.*

Aber was zum Teufel könnte das sein?

23:02 Uhr
USS *Polar Sentinel*

»Wir haben Befehl, uns bereitzuhalten, aber nicht, Gefechtsformation einzunehmen.« Perry stand auf dem Periskoppodest. Die Offiziere hatten sich im Kontrollraum versammelt und seine Worte ernteten kollektives Stöhnen. Sie waren Navy-Männer, ehrgeizige U-Boot-Seeleute. Natürlich hatten sie alle von dem Angriff auf das fast sechshundertfünfzig Kilometer entfernte Prudhoe Bay gehört. Natürlich brannten alle darauf, etwas zu tun.

Vor einer halben Stunde hatte die Nachricht sie über die langsame ELF-Übertragung erreicht – Klangwellen, die mit meilenlangen Amplituden durch das Wasser des Ozeans reisten und langsam einen Buchstaben nach dem anderen übermittelten. Das Realzeit-Kommunikationsnetz der NAVSAT-Satelliten oder der Ultrahochfrequenzen befand sich gegenwärtig unter dem elektrischen Bombardement der Sonnenwinde.

Perrys Männer hatten gehofft, zur Küste von Alaska geschickt zu werden, an den Ermittlungen teilzunehmen und beim Aufräumen zu helfen. In so einer Zeit bei ein paar Wissenschaftlern Babysitter zu spielen, war unerträglich. Sie alle wünschten sich, sie könnten in dieser Krise, die sich praktisch auf ihrem Hinterhof abspielte, aktiv werden.

Die neuesten Befehle von COMSUBPAC waren vor fünf Minuten eingegangen. Perry teilte die Enttäuschung seiner Offiziere.

»Gibt es irgendwelche Verlautbarungen über die Ursache der Explosion?«, fragte Commander Bratt. Seine Worte klangen abgehackt und frustriert.

Perry schüttelte den Kopf. »Dafür ist es noch zu früh. Momentan sind sie immer noch damit beschäftigt, das Feuer zu löschen.«

Aber in seiner eigenen Crew wurden bereits die verschiedensten Theorien diskutiert: Ökoterroristen wollten verhindern, dass die Wildnis Alaskas unter weiteren Forschungen und Bohrungen zu leiden hatte. Araber wollten Alaskas Ölproduktion behindern. Texaner ebenfalls. Auch den Chinesen und Russen wurde die Schuld zugeschoben. Nüchternere Köpfe zogen die Möglichkeit eines einfachen industriellen Unglücksfalls in Erwägung – aber das war natürlich bei weitem nicht so interessant.

»Dann hocken wir also weiterhin hier rum und frieren uns den Arsch ab!«, stellte Bratt barsch fest.

Perry richtete sich auf. Auf keinen Fall wollte er zulassen, dass die Moral noch weiter sank. »Commander, bis wir etwas anderes hören, werden wir wie angeordnet unseren Pflichten nachgehen.« Seine Stimme wurde härter. »Aber wir bleiben in Alarmbereitschaft, ohne allerdings unsere gegenwärtige Aufgabe zu vernachlässigen. Die russische

Delegation soll in drei Tagen eintreffen, um die Leichen ihrer Landsleute abzuholen. Wollen Sie die Wissenschaftler mit dem russischen Admiral und seinen Leuten allein lassen?«

»Nein, Sir.« Bratt starrte auf seine Schuhe hinunter. Als einer der wenigen an Bord der *Polar Sentinel* wusste er, was sich auf Ebene vier der Eisstation Grendel verbarg.

Ihr Gespräch wurde unterbrochen, als sich der Funker in den Kommandoraum drängte, einen Klappordner in der Hand. »Captain Perry, ich habe eine wichtige Nachricht von COMSUBPAC. Flash Traffic. Für Sie persönlich.«

Perry winkte den Lieutenant zu sich und nahm ihm den Klappordner mit dem geheimen Protokoll ab. »Flash Traffic? Haben wir etwa wieder Verbindung zum NAVSAT?«

»Ja«, nickte der Lieutenant. »Wir hatten Glück, dass wir die Nachricht vollständig erhalten haben. Die müssen es permanent gesendet haben, um jede Pause in den Sonnenstürmen auszunutzen. Der Text wird noch einmal langsamer über VLF wiederholt.«

Sendung auf allen Kanälen. Was konnte so wichtig sein?

Der Funker trat zurück. »Ich konnte bereits eine Bestätigung für den Erhalt der Nachricht durchgeben.«

»Sehr gut, Lieutenant.« Damit wandte Perry den neugierigen Gesichtern seiner Offiziere den Rücken zu und öffnete den Klappordner. Die Nachricht stammte von Admiral Reynolds. Während Perry sie las, fuhr ihm das Grauen mit eisigem Finger über den Rücken.

FLASH*** FLASH *** FLASH *** FLASH *** FLASH *** FLASH

384749zAPR

VON COMSUBPAC PEARL HARBOR HI/N475//

AN *POLAR SENTINEL* SSN-777

//BT//

REF COMSUBPAC OPORD 37-6722A DATUM 8. APRIL
SUBJ GÄSTE TREFFEN FRÜHER EIN

SCI/TOP SECRET – OMEGA
PERSÖNLICH AN C.O.
RMAKS/

(1) POLARSATELLIT BESTÄTIGT AUFTAUCHEN VON RUSSISCHEM AKULA II KLASSE U-BOOT MIT AUSGEFAHRENER ANTENNE UM 14:25 AUF KOORDINATEN ALPHA FÜNF ZWEI KOMMA ACHT AUF DREI SIEBEN KOMMA EINS
(2) EINHEIT IDENTIFIZIERT ALS *DRAKON*, RUSSISCHES FLAGGEN-UNTERSEEBOOT. ADMIRAL VIKTOR PETKOW AN BORD.
(3) RUSSISCHE GÄSTE TREFFEN MÖGLICHERWEISE FRÜHER EIN. ERKENNTNISSE ÜBER GRÜNDE FÜR BESCHLEUNIGTE TERMINPLANUNG UNVOLLSTÄNDIG. NACH JÜNGSTEN EREIGNISSEN IN PRUDHOE HOHES MISSTRAUENSLEVEL. SABOTAGE BESTÄTIGT. VERDÄCHTIGE NOCH IMMER UNBEKANNT.
(4) *POLAR SENTINEL* IN ALARMBEREITSCHAFT BLEIBEN UND MIT HÖCHSTER AUFMERKSAMKEIT PATROUILLIEREN.
(5) GÄSTE ALS FREUNDLICH GESINNT BEHANDELN, BIS ANDERWEITIGE ERKENNTNISSE VORLIEGEN.
(6) SCHUTZ DER US-INTERESSEN SOWOHL IN DRIFTSTATION OMEGA ALS AUCH IN EISSTATION GRENDEL WEITERHIN HÖCHSTE PRIORITÄT FÜR *POLAR SENTINEL*.
(7) ZUR UNTERSTÜTZUNG DIESER INTERESSEN WURDEN DELTA-FORCE-EINHEITEN ORGANISIERT UND AUF DEN WEG IN DIE ARKTIS GEBRACHT. VON LR ABGESTELLTER OPERATIONS-CONTROLLER IN BEREICH VORGESCHICKT. INFORMATION FOLGT.
(8) VIEL GLÜCK, UND SORGEN SIE DAFÜR, DASS IHRE STEPPSCHUHE IMMER GLÄNZEN, GREG.
(9) GESENDET VON ADM. K. REYNOLDS

BT
NNNN

Perry klappte den Ordner wieder zu, schloss die Augen und ließ sich das Ganze noch einmal durch den Kopf gehen.

Der Admiral hatte seine eigene Nachricht in die Chiffrierung hineinkodiert. *LR* stand für »Langley Reconnaissance«, was bedeutete, dass die CIA involviert war. Also wurden die Delta-Einheiten unter Führung der CIA losgeschickt? Das klang nicht gut. Eine solche Einteilung führte immer dazu, dass die eine Hand nicht wusste, was die andere tat. Außerdem roch die Sache nach einem Black-Ops-Manöver. *Information folgt* war ein Hinweis, dass selbst der Pacific Submarine Command aus dem Kreis der Informierten ausgeschlossen worden war. Ein schlechtes Zeichen.

Und am Ende: *Sorgen Sie dafür, dass Ihre Steppschuhe immer glänzen, Greg.* Wieder war die informelle Benutzung seines Vornamens so informativ wie eine ganze Reihe von Ausrufezeichen. Auf einer der Navy-Dinnerpartys hatte Admiral Reynolds den gleichen Satz benutzt, als die Repräsentanten des Atlantic Submarine Command Staff, kurz COMSUBLANT, in die Halle getreten waren. Zwischen den Pazifischen und den Atlantischen U-Boot-Teams bestand eine unerbittliche Konkurrenz, die zu Herausforderungen, Kriegsspielchen und Rivalitäten führte, die sich manchmal über eine gesamte Laufbahn erstreckten. *Sorgen Sie dafür, dass Ihre Steppschuhe immer glänzen* hieß im Klartext: »Machen Sie sich auf einiges gefasst, denn die Kacke ist am Dampfen!«

Perry wandte sich an seinen Stellvertreter. »Commander, schicken Sie alle Zivilisten von Bord. Bringen Sie sie zurück zur Omega, und rufen Sie die Männer zusammen, die noch auf Landurlaub sind.«

»Jawohl, Sir.«

»Wenn die *Sentinel* gesichert ist, machen Sie das Schiff fertig, auf mein Kommando zu tauchen.«

Jetzt meldete sich der Wachführer von seiner Station. »Dann fahren wir also nach Prudhoe Bay?«

Nachdenklich blickte Perry in die hoffnungsvollen Gesichter seiner Brückenbesatzung. Er wusste, dass sie nicht nach Prudhoe Bay zu fahren brauchten, damit sie etwas zu tun bekamen; auch seine Männer würden das früh genug merken.

Er klopfte auf den Metallordner, der auf seinen Schenkeln lag. »Sorgt dafür, dass eure Steppschuhe glänzen, Männer. Wir müssen uns auf einen ziemlichen Tanz gefasst machen.«

23:32 Uhr
Kaktovik, Alaska

Jenny stolzierte um die geparkte Twin Otter herum und inspizierte sie mit einer Taschenlampe. Eine Tragfläche war von Kugeln durchsiebt, aber es gab keine strukturellen Schäden. Ansonsten bedurfte nichts ihrer unmittelbaren Aufmerksamkeit und die Löcher konnte sie mit Klebeband provisorisch flicken. Während sie ihren Rundgang vollendete, nippte sie an einer Tasse Kaffee.

Vor einer Stunde waren sie auf dem verschmutzten Schneestreifen des winzigen Flugplatzes von Kaktovik gelandet. Matt und die anderen waren in den Hangar gegangen, wo in einer Ecke eine Art Diner eingerichtet war. Durch ein schmutziges Fenster konnte Jenny sie sehen, wie sie, über ihre Kaffeebecher gebeugt, in eine Unterhaltung mit der jungen Inuit-Kellnerin vertieft waren.

Nur Bane war an Jennys Seite geblieben, als sie sich ans Auftanken und Inspizieren ihres Flugzeugs gemacht hatte. Der große Wolfsmischling untersuchte auf seine eigene Art den Parkplatz und hob hier und da das Bein, um den Schnee gelb zu färben. Jetzt folgte er ihr mit hängender Zunge und wedelndem Schwanz bei Fuß.

Rasch duckte sie sich unter dem Heck der Twin Otter durch und ging zurück zu Bennie Haydon. Der stämmige Mann lehnte am Rumpf der Maschine, eine Zigarre zwischen den Zähnen, eine Hand auf dem Benzinschlauch. Er war kräftig gebaut und trug eine tief über die schläfrigen Augen gezogene Kappe der Ölfilterfirma Purolator.

»Eigentlich solltest du hier lieber nicht rauchen, oder?«, meinte Jenny.

Er zuckte die Achseln und antwortete, ohne die Zigarre aus dem Mund zu nehmen: »Drinnen zu rauchen hat meine Frau mir ja verboten.« Grinsend nickte er zu der Kellnerin hinüber.

Bennie war früher beim Sheriff's Department gewesen, hatte Bootsstreife gefahren, bis er genug Geld zusammengespart hatte, um mit seiner Frau hierher zu ziehen und seine eigene Reparaturwerkstatt zu eröffnen. Außerdem führte er im gleichen Hangar auch noch ein Sightseeing-Unternehmen und flog Touristen in Ultraleichtflugzeugen über die nahe gelegene Alaskan National Wildlife Reserve. Die kleinen flinken Maschinen – kaum mehr als Hängegleiter mit einem Rasenmähermotor und einem Propeller – waren perfekt dafür, die raue Gegend aus der Luft zu erkunden, ganz nah an die Karibuherden heranzufliegen oder dicht über der Tundra zu schweben. Zuerst war nur hin und wieder ein Tourist bei ihm erschienen, aber seit die Alaskan National Wildlife Reserve plötzlich für die Ölgewinnung interessant geworden war, transportierte er auch Geologen, Reporter, Regierungsbeamten und sogar Senatoren. Mit einem einzigen Ultraleichtflieger hatte er angefangen und sich inzwischen auf eine Flotte von einem Dutzend gesteigert.

Bennie warf einen Blick auf die Benzinanzeige. »Bis oben hin voll«, stellte er fest und begann den Schlauch herauszuleiern. »Beide Tanks.«

»Danke, Bennie.«

»Kein Problem, Jen.« Inzwischen war der Schlauch frei und er begann ihn wegzuziehen. »Jetzt kannst du mir mal erzählen, wo die Einschusslöcher herkommen.«

Jenny folgte dem Mechaniker zurück zum Hangar. »Das ist eine lange Geschichte, für die es noch keine echten Erklärungen gibt.«

Bennie räusperte sich nachdenklich. »Ungefähr so wie bei dir und Matt.« Er machte eine Kopfbewegung zum Fenster hinüber. In der mitternächtlichen Dunkelheit erstrahlte das Innere des Gebäudes wie ein Leuchtturm.

Jenny seufzte und tätschelte Bane, der ihr gefolgt war.

Bennie sah sie an, während er den Schlauch aufrollte. »Du weißt, dass er aufgehört hat zu trinken.«

»Bennie, ich möchte eigentlich nicht darüber reden.«

Wieder zuckte er die Achseln und stieß eine große Wolke Zigarrenqualm aus. »Ich mein ja nur.«

»Ich weiß.«

Auf einmal wurde die kleine Hangartür aufgestoßen. Belinda, Bennies Frau, stand im Türrahmen. »Kommt ihr beiden doch mal aus der Kälte? Ich hab Eier und Karibusteaks in der Pfanne.«

»Eine Sekunde, Schatz.«

Aber Bane hatte nicht so viel Geduld. Mit der Nase in der Luft, erschnupperte er den Geruch des brutzelnden Fleischs und begab sich zielstrebig und schwanzwedelnd zur Tür.

Mit einem kleinen Klaps auf den Kopf ließ Belinda ihn vorbei und deutete dann auf Bennies glühende Zigarre. »Der Hund ist willkommen, das Ding da aber nicht.«

»Ja, Liebes.« Er warf Jenny einen Blick zu, der sagte:

Siehst du jetzt, womit ich mich rumärgern muss? Aber Jenny war auch nicht die liebevolle Verbundenheit zwischen ihnen entgangen.

Belinda schloss die Tür mit einem bedauernden Kopfschütteln. Sie war ein Jahrzehnt jünger als ihr Ehemann, aber ihre Intelligenz und ihre Lebenserfahrung überspannten diese Kluft mühelos. Sie stammte aus Kaktovik, wo ihre Familie schon seit Generationen ansässig war, aber als Teenager war sie mit ihren Eltern nach Fairbanks gezogen. Damals hatte gerade der schwarze Goldrausch begonnen – eine Flut von Öl, Geld, Jobs und Korruption. Indianer und einheimische Inuit, alle begierig auf ihren Anteil an dem Reichtum, strömten in die Städte und ließen ihre Heimat und ihre Traditionen hinter sich. Aber was sie in Fairbanks vorfanden, war eine schmutzige Stadt voller Bauarbeiter, Hundeschlittenführer, Lastwagenfahrer und Zuhälter. Ungelernte Ureinwohner gerieten rasch unter die Räder des Fortschritts. Um ihre Familie zu unterstützen, hatte sich Belinda mit sechzehn als Prostituierte betätigt. Sie und Bennie waren sich begegnet, als sie verhaftet wurde. Er nahm sie unter seine Fittiche – buchstäblich. Er zeigte ihr den Himmel über Fairbanks und ein anderes Leben. Schließlich heirateten sie und zogen mit ihren Eltern nach Kaktovik.

Bennie richtete sich auf, zog noch einmal kräftig an der Zigarre, warf den Stummel in den Schnee und trat die Glut aus. »Jen, ich weiß, wie du über Matt denkst.«

»Bennie …« Ihre Stimme klang warnend.

»Lass mich ausreden. Ich weiß, was du verloren hast … ihr beide.« Er nahm seine ölverschmutzte Kappe ab und strich sich über die schütter werdenden Haare. »Aber du darfst nicht vergessen, dass ihr beide noch jung seid. Noch ein Kind könnte …«

»Nein!« Sie stieß das Wort hervor wie ein Bellen, eine instinktive Abwehrreaktion. Sobald es heraus war, musste sie daran denken, dass Matt sie ebenso abrupt unterbrochen hatte. Aber sie konnte ihren Ärger nicht zurückhalten. Wie kam Bennie auf die absurde Idee, er wüsste, wie es war, ein Kind zu verlieren? Und dann auch noch, ein neues Kind könnte das verlorene ersetzen!

Aber Bennie starrte sie weiter an, ein Auge zusammengekniffen. Er taxierte sie. Als er weitersprach, klang seine Stimme ruhig und bedächtig. »Jen, wir haben auch ein Kind verloren ... ein Baby, ein Mädchen.«

Die knappe Erklärung verschlug ihr die Sprache. Ihr Ärger verpuffte, als hätte man eine Kerze ausgeblasen. »O mein Gott, Bennie! Wann denn?«

»Vor einem Jahr ... eine Fehlgeburt.« Er starrte hinaus auf die verschneite Ebene. In der Ferne flackerten die wenigen Lichter des Dorfs. Ein tiefer Seufzer kam aus seiner Kehle. »Belinda war am Boden zerstört.«

Jenny sah ihm an, dass das Gleiche auch für ihn galt.

Er räusperte sich. »Danach haben wir herausgefunden, dass sie nie ein Kind kriegen kann. Es hat etwas mit den Narben zu tun. Die Ärzte meinten, es wäre eine Folge von ...« Seine Stimme versagte und er schüttelte den Kopf. »Sagen wir einfach, es ist eine Folge von Komplikationen, die mit ihrem alten Job zu tun haben.«

»Bennie, das tut mir so Leid.«

Er winkte ab. »Das Leben geht weiter. So ist es eben.«

Durch das Fenster sah Jenny Belinda lachen, während sie Matts Kaffeetasse nachfüllte. Kein Laut war zu hören, außer dem Wind, der über die Tundra pfiff.

»Aber du und Matt«, fuhr Bennie fort, »ihr seid beide noch jung.«

Jenny hörte die unausgesprochenen Worte: *Ihr zwei könntet noch ein Kind haben.*

»Ihr habt euch so gut verstanden«, fuhr er fort, während

er den Schnee von den Stiefeln kickte. »Höchste Zeit, dass einer von euch sich daran erinnert.«

Sie starrte durchs Fenster. »Ich erinnere mich«, flüsterte sie, mehr zu sich selbst als zu Bennie.

Sie hatte Matt bei einer Untersuchung wegen Wilderei in der Brooks Range kennen gelernt. Einheimische und Regierung waren über die Frage in Konflikt geraten, ob es erlaubt war, im Bereich des Nationalparks für den Eigenbedarf zu jagen. Matt hatte den Staat vertreten, aber nachdem er etwas über die Lebensumstände der einheimischen Stämme erfahren hatte, die weit unter dem Existenzminimum lagen, wurde er einer ihrer beredtesten Fürsprecher. Jenny war beeindruckt gewesen von seiner Fähigkeit, nicht nur das Gesetz, sondern immer auch die Menschen zu sehen – eine Seltenheit unter den Regierungsangestellten.

Während sie zusammen daran arbeiteten, die Sache zu bereinigen und ein neues Gesetz auf den Weg zu bringen, waren sie sich näher gekommen. Anfangs hatten sie die gemeinsame Arbeit vorgeschoben, um sich regelmäßig zu sehen, aber als ihnen keine solchen Ausreden mehr einfielen, hatten sie angefangen, sich auch privat zu treffen. Ein Jahr später hatten sie geheiratet. Zwar dauerte es eine Weile, bis Jennys Familie einen Weißen in ihrer Sippe akzeptierte, aber Matts Charme, sein umgänglicher Charakter und seine Geduld nahmen sie schließlich für ihn ein. Sogar ihren Vater.

Bennie räusperte sich. »Dann ist es nicht zu spät, Jenny.«

Sie beobachtete ihren Exmann noch einen Moment länger, dann wandte sie sich ab. »Doch, manchmal ist es zu spät. Es gibt Dinge, die man nicht verzeihen kann.«

Bennie sah ihr in die Augen. »Es war ein Unfall, Jen. Irgendwo in deinem Innern weißt du das.«

Nun loderte ihre Wut auf, die immer nah unter der Oberfläche schwelte. Sie ballte die Fäuste. »Er hatte getrunken.«

»Aber er war nicht besoffen, oder?«

»Was spielt denn das für eine Rolle? Schon ein Tropfen Alkohol …« Sie begann zu zittern. »Er sollte auf Tyler aufpassen. Und er hat trotzdem getrunken! Wenn er nicht …«

Aber Bennie unterbrach sie. »Jen, ich weiß, was du von Alkohol hältst. Himmel, ich hab mit dir in Fairbanks lange genug zusammengearbeitet! Ich weiß, was er deinen Leuten angetan hat … unter anderem deinem Vater.«

Für sie waren seine Worte wie ein Schlag in den Magen. »Du überschreitest eine Grenze, Bennie.«

»Irgendjemand muss das tun. Ich war dabei, als man deinen Vater rausgeholt hat, verdammt noch mal! Ich weiß Bescheid! Deine Mutter ist bei dem Autounfall ums Leben gekommen, weil dein Vater betrunken war.«

Zwar wandte sie sich ab, aber sie konnte sich seinen Worten nicht entziehen. Sie war damals erst sechzehn gewesen. *Epidemischer Alkoholismus* lautete der dafür geprägte Begriff. Er war verheerend für die Inuit, ein Fluch, der sich durch die Generationen zog und eine Spur von Tod und Verstümmelung hinter sich ließ – durch Gewalt, Selbstmord, Ertrinken, eheliche Gewalt, Geburtsdefekte und fötales Alkoholsyndrom. Als Sheriff mit Inuitblut hatte sie miterlebt, wie ganze Dörfer allein wegen des Alkohols regelrecht entvölkert wurden. Und auch ihre eigene Familie war ihm nicht entgangen.

Zuerst ihre Mutter, dann ihr Sohn.

»Dein Vater hat ein Jahr im Gefängnis gesessen«, fuhr Bennie fort. »Er ist zu den Anonymen Alkoholikern gegangen. Er hat mit dem Trinken aufgehört, indem er zu den alten Traditionen zurückgekehrt ist.«

»Das spielt keine Rolle. Ich … ich kann ihm nicht verzeihen.«

»Wem?« Seine Stimme wurde schärfer. »Matt oder deinem Vater?«

Jenny fuhr herum, die Fäuste geballt, bereit, auf Bennie loszugehen.

Aber er rührte sich nicht von der Stelle. »Auch wenn Matt kein Tröpfchen getrunken hätte, Tyler wäre trotzdem tot.«

Seine Unverblümtheit stach in das dicke Narbengewebe, das sich in ihr gebildet hatte. Nicht nur ihr Herz war vernarbt, die Narben zogen sich wie enge Fesseln durch ihren Bauch, ihren Hals und die Beine hinunter. Ohne diesen Halt hätte sie nicht überleben können, und so verhielt sich der Körper eben, wenn er keine Chance auf eine echte Heilung hatte. Er vernarbte und wurde hart. Der Schmerz trieb ihr Tränen in die Augen.

Bennie trat auf sie zu und zog sie an sich. In seinen Armen sackte sie zusammen. Nur zu gerne hätte sie Bennies Worte einfach abgetan, ihn weggestoßen, aber tief in ihrem Herzen wusste sie es besser. Hatte sie ihrem Vater je vergeben? Wie viel von dieser Wut war zu einem Teil ihrer selbst geworden? Sie war zur Polizei gegangen in dem Versuch, in den Tragödien und sonstigen Wechselfällen des Lebens irgendeine Ordnung zu finden, sie hatte Trost in den Regeln, Vorschriften und immer gleichen Prozeduren gesucht, dort, wo Urteile in genau abgemessenen Zeitportionen verhängt wurden – ein Jahr, fünf oder zehn Jahre –, dort, wo man seine Strafe absitzen und Vergebung für seine Sünden erlangen konnte. Aber Herzensangelegenheiten ließen sich nicht so einfach quantifizieren.

»Es ist nicht zu spät«, wiederholte Bennie an ihrem Ohr.

Sie murmelte ihre Antwort an seiner Brust, die gleiche Antwort, die sie ihm schon vorher gegeben hatte: »Manchmal schon.« In ihrem Herzen wusste sie, dass es stimmte. Was sie einmal mit Matt geteilt hatte, war zerbrochen und konnte nicht wieder geflickt werden.

Wieder ging die Tür auf, und aus dem Diner strömte Wärme, der Geruch nach heißem Öl und auch ein bisschen

Lachen. Auf der Schwelle stand Matt. »Ihr zwei solltet euch wirklich ein Zimmer suchen.«

Jenny löste sich aus der Umarmung und fuhr sich mit der Hand durch die Haare. Hoffentlich sah man ihr nicht an, dass sie geweint hatte. »Das Flugzeug ist aufgetankt. Wir können losfliegen, sobald wir alle mit Essen fertig sind.«

»Und *wohin* wollt ihr fliegen?«, fragte Bennie und räusperte sich.

Matt warf ihm einen finsteren Blick zu. Im Interesse aller hatten sie beschlossen, ihren Zielort lieber geheim zu halten. »Guter Versuch, Bennie.«

Bennie zuckte die Achseln. »Okay, man kann's ja mal probieren.«

»Finde ich auch«, sagte Matt und drehte sich um. »Hey, Belinda, wusstest du, dass dein Ehemann auf der Veranda mit meiner Exfrau rummacht?«

»Sag Jenny, sie kann ihn haben!«

Matt wandte sich wieder nach draußen und hielt die Daumen nach oben. »Ihr beide seid im grünen Bereich. Viel Spaß!«, rief er und schloss die Tür wieder.

»Und da möchtest du, dass ich mich mit ihm aussöhne?«, sagte Jenny kopfschüttelnd.

Wieder antwortete Bennie mit einem Achselzucken. »Ich bin bloß Mechaniker. Was weiß ich schon?«

23:56 Uhr
An Bord der *Drakon*

Admiral Viktor Petkow ging die Videomonitore im Kontrollraum durch. Die massive Eisschicht breitete sich wie eine dicke Decke über ihnen aus, angestrahlt von den Lichtern der *Drakon*. Die vier Taucher in Thermalanzügen hatten die letzte halbe Stunde damit verbracht, eine Titankugel abzusetzen. Dabei hatten sie meterlange Ankerbolzen in die Unterseite der Eiskappe gebohrt und dann die Klemmanschlüsse der Kugel mit den Bolzen verbunden, sodass diese jetzt unter dem Eis hing.

Es war das letzte von fünf identischen Geräten. Alle Kugeln waren in einer Entfernung von hundert Kilometern von der Eisinsel angebracht worden, sodass sie die ehemalige russische Eisstation nun sternförmig umgaben. Die Positionen lagen auf zuvor genau bestimmten Koordinaten. Nun musste nur noch der Hauptauslöser installiert werden, und zwar genau in der Mitte des Sterns.

Viktor blickte hinaus in das dunkle Wasser hinter den Tauchern und stellte sich die riesige Insel und die darin liegende Station vor. Für ihn hätte es keinen besseren Platz geben können, um das Gerät auszulösen.

Moskau hatte ihn angewiesen, die Arbeit seines Vaters zurückzuholen und alles andere zu vernichten. Aber Viktor hatte größere Pläne.

Draußen im Wasser betätigte einer der Taucher den Schalter an der Unterseite des Geräts. Sofort leuchtete eine Reihe blauer Lichter am Äquator der Kugel auf und lenkte Viktors Aufmerksamkeit auf sich. Jetzt war auch das letzte Gerät aktiviert. In dem sanften blauen Schein konnte man die kyrillischen Buchstaben auf der Kugel deutlich erkennen – die Initialen des Arktischen und Antarktischen Forschungsinstituts.

»Und das sind wirklich nur wissenschaftliche Sensoren?«, fragte Kapitän Mikowsky, der neben dem Admiral stand. Seiner Stimme waren die Zweifel nur allzu deutlich anzuhören.

»Der letzte technologische Schrei der Tiefseemessung, dafür entworfen, die Veränderungen des Meeresspiegels zu registrieren. Strömungen, Salzgehalt und Eisdichte.«

Der Kapitän der *Drakon* schüttelte den Kopf. Er war kein naiver Rekrut. Als sie die Docks des Marinestützpunkts in Seweromorsk verlassen hatten, war Mikowsky über die Parameter der Mission informiert worden: den Admiral auf einer diplomatischen Mission zu der ehemaligen russischen Eisstation zu eskortieren. Aber der Kapitän ahnte garantiert, dass noch mehr dahintersteckte. Er hatte die Ausrüstung und die Waffen gesehen, die in Seweromorsk an Bord gebracht worden waren. Und er wusste sicher auch von der chiffrierten Nachricht vom FSB, wenn er nicht sogar deren Inhalt kannte.

»Diese Unterwasserapparate dienen nicht irgendwelchen militärischen Zwecken?«, hakte er weiter nach. »Beispielsweise die Amerikaner zu belauschen?«

Aber Viktor warf ihm nur einen kurzen Blick zu und zuckte die Achseln. Er ließ bewusst zu, dass der Kapitän sein Schweigen falsch interpretierte. Manchmal war es am besten, wenn man den anderen die offensichtlichsten Schlüsse ziehen ließ.

»Ah …«, nickte Mikowsky und betrachtete die Kugel mit mehr Respekt, in dem sicheren Glauben, ihr Geheimnis durchschaut zu haben.

Währenddessen wandte Viktor seine Aufmerksamkeit wieder den Monitoren zu. Im Lauf der Jahre würde der junge Kapitän vielleicht lernen, dass die Spiele der Mächtigen noch auf ganz anderen Ebenen gespielt wurden.

Vor zehn Jahren hatte Viktor ein handverlesenes Team von Wissenschaftlern aus dem Arktischen und Antarktischen Forschungsinstitut angestellt und das Geheimprojekt außerhalb des Marinestützpunkts in Seweromorsk begonnen. Solche Vorhaben waren keine Seltenheit. Viele polare Forschungsprojekte fanden außerhalb von Seweromorsk statt. Ungewöhnlich an diesem Projekt, das den Namen Schockwelle trug, war lediglich, dass es unter der Supervision des damaligen Kapitäns Viktor Petkow stand. Die Forscher waren ihm direkt unterstellt. Und im Hinterland der nördlichen Küstenregion, weit weg von neugierigen Blicken, war es leicht, ein Projekt unter vielen anderen zu verstecken. Niemand stellte Fragen, nicht einmal, als die sechs Wissenschaftler, die sich mit dem Projekt befassten, samt und sonders bei einem Flugzeugabsturz ums Leben kamen. Mit ihrem Tod war vor zwei Jahren auch das Projekt Schockwelle gestorben.

Jedenfalls dem äußeren Anschein nach.

Außer Viktor wusste niemand, dass die Forschungsarbeiten bereits abgeschlossen waren. Jetzt beobachtete er, wie die Taucher sich von der Titankugel zurückzogen.

Alles hatte im Jahr 1979 mit einem einfachen Forschungsbericht angefangen, der Kohlendioxid mit der allmählichen globalen Erwärmung in Zusammenhang brachte. Die Angst vor dem Abschmelzen der Polkappen führte zu gruseligen Szenarios von steigenden Meeresspiegeln und einer verheerenden weltweiten Flut. Natürlich war das Arktische und Antarktische Forschungsinstitut in Sankt Petersburg für Russland die zentrale Stelle zur Erforschung solcher Gefahren. Es erstellte eine der größten Datenbanken der Welt über das globale Eis. Schließlich gelangte man zu der Erkenntnis, dass das Schmelzen der Eiskappe auf Grönland und auf dem antarktischen Kontinent die Ozeane der Welt möglicherweise um dramatische sechzig Meter ansteigen lassen würde, während von der Eiskappe des Nordpols kein solches Risiko ausging, da dieses Eis ja bereits auf einem Ozean schwamm. Wenn es schmolz, würde es auch nicht mehr Wasser verdrängen als jetzt. Wie ein Eiswürfel beim Schmelzen in einem vollen Glas Wasser dieses nicht zum Überlaufen bringt, so würde auch das Schmelzen der Polkappe nicht zu einem Anstieg der Weltmeere führen. Eine solche Bedrohung existierte nicht.

Doch im Jahr 1989 fand ein Forscher des Forschungsinstituts heraus, dass eine viel schlimmere Gefahr drohte, wenn die Polkappe auf einmal von der Spitze der Welt verschwinden sollte: Sie würde nicht mehr als Isolation für den Arktischen Ozean dienen. Ohne seine Fähigkeit zur Reflexion der Sonnenstrahlen würde der Ozean schneller verdunsten, wodurch riesige Mengen Wasser in die Atmosphäre gelangten, was wiederum zu einem massiven Anstieg der Niederschlagsmenge in Form von Regen, Schnee und Schneeregen führen würde. Der Forschungsbericht kam zu dem Schluss, dass eine solche Veränderung des Weltklimas katastrophale Folgen für Wettersysteme und Meeresströmungen haben würde. Die Folge wären Überschwemmungen, die Zerstörung von Ackerland, der Verfall von Ökosystemen und ein weltweiter Kollaps der Umwelt. Ganze Nationen würden zugrunde gehen, die Weltwirtschaft würde zusammenbrechen.

Die harte Wirklichkeit dieser Vorhersage zeigte sich 1997 bei einer simplen Veränderung in den Strömungen des Pazifischen Ozeans, bekannt als El Niño. Den US-Behörden zufolge betrugen die Kosten der Katastrophe weltweit über 90 Milliarden Dollar; fünfzigtausend Todesopfer waren zu beklagen – und das, weil sich eine Strömung im Lauf eines Jahres verschoben hatte. Das Schmelzen der Nordpolkappe würde sich über Jahrzehnte hinziehen und alle Meere, nicht nur den Pazifik, betreffen. Es wäre eine Katastrophe, wie sie die Menschheit noch nie erlebt hatte.

Dieser Bericht führte natürlich zu der Erforschung möglicher militärischer Anwendungen des Phänomens. Konnte man die Polkappe zerstören? Entsprechende Studien zeigten rasch, dass die Energiemenge, die eingesetzt werden müsste, um den riesigen Eisschild zu schmelzen, die Möglichkeiten der modernen Nukleartechnologie weit überschritt. Es sah aus, als bliebe ein solches Szenario reine Theorie.

Aber einer der Wissenschaftler des Arktischen und Antarktischen Forschungsinstituts kam auf einen interessanten Gedanken. Man brauchte die Kappe ja nicht zu schmelzen, man musste sie nur destabilisieren. Wenn die Polkappe teilweise geschmolzen und der Rest der massiven Eisdecke wenigstens zerstückelt wäre, würde ein einziger arktischer Sommer den Rest erledigen. Sobald sich die Eiskappe in einen arktischen Matschhaufen verwandelt hatte, wirkte die Sonnenenergie auf eine größere Fläche des Arktischen Ozeans ein, konnte das Wasser um das fragmentierte Eis herum erwärmen und zu seinem Abschmelzen führen. Entsprechend brauchte man keine von Menschen erschaffene Nuklearenergie, um die Polkappe zu zerstören – die Sonne würde diese Arbeit ganz von selbst erledigen. Wenn die Polkappe beispielsweise im Spätfrühling in Stücke gebrochen würde, wäre sie bis zum Ende des Sommers verschwunden.

Aber wie destabilisierte man die Eiskappe? Die Antwort erfolgte 1998, als ein anderer Wissenschaftler des Petersburger Instituts, der die Kristallisierung von Eis im arktischen Packeis und den Zusammenhang zwischen Meeresströmungen und der Entstehung von Packeis untersuchte, mit seiner Schwingungstheorie aufwartete. Das Eis hatte die gleichen Eigenschaften wie jede andere kristalline Struktur. Unter extremem Druck und bei der richtigen Vibrationsstärke konnte man es zum Zerspringen bringen wie einen Kristallbecher.

Diese Studie wurde zur Grundlage des Projekts Schockwelle: Wie konnte man die richtige Reihe Schwingungswellen und Hitzesignaturen künstlich erzeugen, um die polare Eiskappe zu sprengen?

Auf dem Monitor leuchtete die Titankugel draußen im dunklen Wasser, während die Lichter des U-Boots schwächer wurden. Viktor kontrollierte seinen Handgelenksmonitor. Der Flachbildschirm zeigte einen fünfzackigen Stern, der an allen Spitzen glühte. Im Zentrum wartete der Hauptauslöser auf seinen Einsatz.

Es würde nicht mehr lange dauern.

Die toten Wissenschaftler hatten diese Konfiguration Polaris genannt, nach dem Polarstern, der Polyarnaja Schweschda. Doch der atombetriebene Hauptauslöser trug eine eher technische Bezeichnung: Es war ein *Unterschall-Sprengsatz*. Wenn er aktiviert wurde, hatte er einen doppelten Effekt. Zuerst wirkte er wie eine konventionelle Waffe und riss einen Krater mit einem Durchmesser von anderthalb Kilometern auf. Aber als Nächstes sandte er anders als normale Nuklearwaffen keinen elektromagnetischen Puls aus, sondern schickte eine Schwingungswelle durchs Eis. Die Wellenfront erreichte die fünf Kugeln gleichzeitig und brachte sie zur Explosion, wodurch die Schwingungen mit solcher Energie in alle Richtungen weitergetragen und verstärkt wurden, dass die gesamte Eiskappe zersprang.

Viktor wischte einen Schmierfleck vom Monitor. In der Ecke des Bildschirms befand sich ein kleines rotes Herz, das im Rhythmus seines Pulses schlug.

Bald …

Erst einmal würde er den Rest der Nacht damit verbringen, Diagnoseprogramme laufen zu lassen, um sicherzustellen, dass alles stimmte.

Sechzig Jahre hatte er gewartet … da machte ein Tag keinen großen Unterschied.

Sogar nach Fertigstellung von Projekt Schockwelle hatte er noch zwei Jahre gewartet, ehe er seinen Plan umsetzte. Allein die Tatsache, dass ihm Polaris zur Verfügung stand, hatte ihm einen gewissen Seelenfrieden geschenkt. Heute war er überzeugt, dass das Schicksal es war, das ihn zurückgehalten hatte. Die Eisstation Grendel war wiederentdeckt worden – das Grab seines Vaters. Das war ein Zeichen, ganz sicher. Er würde die Leiche seines Vaters und den im Herzen der Station vergrabenen Schatz bergen. Anschließend würde er Polaris zünden und die Welt für immer verändern.

Als die Außenlichter der *Drakon* gelöscht wurden, starrte Viktor noch immer nach draußen. Die Titankugel von Polaris glühte im Dunkeln wie ein echter Polarstern in der arktischen Nacht.

Es gab einen Grund, weshalb er vor einem Jahrzehnt das Projekt Schockwelle in Gang gebracht hatte, warum er gerade dieses Projekt zur Ausübung seiner Rache gewählt hatte. Es waren die letzten Worte des Berichts von 1989, eine Warnung. Der Wissenschaftler hatte eine weitere Gefahr vorhergesehen, wenn die Polkappe zerstört würde, eine Gefahr, die über den kurzfristigen Effekt der Flut und des klimatischen Chaos hinausging.

Der Langzeiteffekt war noch unheimlicher.

Wenn der Arktische Ozean verdunstete, würde sich sein Wasser in Form von Niederschlägen über die Landmassen ergießen – in den nördlichen Regionen als Schnee und Schneeregen. Im Lauf der darauf folgenden Jahre würde sich Schnee und Schneeregen in Eis verwandeln und zu riesigen Gletschern auftürmen, würde die bereits vorhandenen erweitern und neue bilden. Immer weiter würden diese Gletscher vordringen, sich in riesigen Schichten übereinander schieben, über die gesamte nördliche Region stetig nach Süden.

Fünfzigtausend Jahre später würde eine neue Eiszeit beginnen!

Viktor würdigte die Symmetrie der Ereignisse, während er hinausstarrte auf das leise Glühen von Polaris in den mitternächtlichen Wassern der Arktis.

Sein Vater war im Eis erfroren und gestorben – und nun würde der Welt das gleiche Schicksal zuteil werden.

KAPITEL 6

Unterwegs ins Eis

ᓯᑯᒥ ᐊᔪᖅᓯᑕᑐᖅ

9. April, 05:43 Uhr
In der Luft über der Polkappe

Vom Kopilotensitz der Twin Otter sah Matt zu, wie die Sonne über den Rand der Welt kletterte. Das Licht blinzelte über die leichte Wölbung der Eisdecke, so hell, als wollte es ihm die Augen versengen. Jenny trug ihre Pilotensonnenbrille, aber Matt starrte ungeschützt und völlig gebannt in die Schönheit der polaren Morgendämmerung. In diesen Breitengraden würde es noch ungefähr zehn Sonnenaufgänge geben, bevor der goldene Ball vier Monate lang ununterbrochen am Himmel blieb. Entsprechend lernte man hier jeden Auf- und Untergang der Sonne schätzen.

Heute Morgen war das Schauspiel besonders spektakulär. Ein konstanter südöstlicher Gegenwind hatte es geschafft, Nebel und Dunst wegzufegen, die normalerweise über dem Pol hingen. Unter den Reisenden erstreckte sich in alle Richtungen eine urtümliche Welt aus fein gekerbtem Eis, gezackten Kristallgipfeln und himmelblauen Schmelzteichen.

Vom Horizont strömte Sonnenlicht wie eine rosige Flut auf ihre Flugroute zu. Orangefarbene und karminrote Schattierungen kräuselten sich über den blauen Himmel.

»Da kommt ein Sturm auf«, sagte eine barsche Stimme hinter ihm. Mit einem Gähnen war Jennys Vater erwacht.

Matt drehte sich um. »Warum sagst du das, John?«

Bevor dieser antworten konnte, gab Craig, der schläfrig in seinem Sitz hing, ein leises Protestgeräusch von sich. Ganz offensichtlich hatte er kein Interesse an den meteorologischen Erkenntnissen des Inuks. Hinter Craig hob Bane seine Schnauze, streckte sich und gähnte ausgiebig. Der Wolfsmischling schien genauso wenig davon erbaut, geweckt zu werden, wie der Reporter.

Ohne auf die beiden zu achten, beugte John sich vor und deutete auf den Himmel im Norden. Dort hing noch das Zwielicht, und es sah aus, als stiege Rauch über dem Horizont auf, tanzend und wirbelnd.

»Eisnebel«, stellte der Inuk fest. »Die Temperatur sinkt, obwohl die Sonne aufgeht.«

»Ja, das Wetter ändert sich«, pflichtete Matt ihm bei.

In dieser Gegend war schlechtes Wetter fast immer heftig. Wenn es nicht klar und ruhig war wie jetzt, herrschte Schneesturm. Und obwohl selten sehr viel Schnee fiel, war der Sturm dennoch gefährlich, denn er wirbelte Eis und Schnee derart auf, dass häufig so genannte Whiteout-Bedingungen eintraten, in denen man wegen der Blendung nichts mehr sehen konnte.

»Schaffen wir es vorher zur Driftstation?«, fragte er Jenny.

»Ja, das müsste klappen.«

Es waren die ersten Worte, die sie seit dem Abflug von Kaktovik miteinander gewechselt hatten. Irgendetwas an dem, was bei Bennie passiert war, machte Jenny zu schaffen, aber sie weigerte sich, darüber zu sprechen. So hartnäckig wie ein Bagger, der sich durch einen störrischen Abhang frisst, hatte sie ihr Essen verzehrt und war dann zu einem kurzen Schläfchen im Hangar verschwunden. Nicht mehr als eine halbe Stunde. Aber als sie aus dem Hinterzimmer zurückkehrte, waren ihre Augen gerötet und sie sah alles andere als ausgeschlafen aus.

Ihr Vater sah prüfend zu Matt hinüber und ihre Blicke trafen sich. Während seiner Ehe mit Jenny war Matt seinem Schwiegervater so nahe gekommen wie einem Bruder. Regelmäßig waren sie zusammen zum Zelten, Jagen oder Fischen losgezogen. Aber nach dem Tod seines einzigen Enkels hatte sich der ältere Mann genau wie Jenny verhärtet und war auf Distanz zu Matt gegangen.

Unmittelbar nach Tylers Tod hatte Matt nicht das Gefühl gehabt, dass sein Schwiegervater ihm Vorwürfe machte. Besser als jeder andere kannte John die harten Bedingungen des Backcountry von Alaska, er wusste, wie leicht man in Lebensgefahr geraten konnte. John war in einem kleinen Dorf am Kotzebue Sound nahe der Beringstraße aufgewachsen. Sein voller Inuitname lautete Junaquaat, was zu John abgekürzt worden war, als er weiter ins Landesinnere zog. Sein Heimatdorf war der Hungersnot von 1975 anheim gefallen und innerhalb eines einzigen Winters ausgestorben. John hatte seine gesamte Verwandtschaft verloren – und dieses Schicksal war durchaus nicht ungewöhnlich bei den Inuit. Im eisigen Norden waren die Ressourcen immer knapp, das Überleben stand oft auf Messers Schneide.

Aber obwohl John seinem Schwiegersohn nicht die Schuld daran gab, dass sein Enkel ertrunken war, hatte er in der darauf folgenden Zeit doch einen beträchtlichen Groll auf ihn entwickelt, denn Schuld und Trauer hatten Matts Beziehung zu Jenny zunehmend beeinträchtigt. Matt hatte sich in den Alkohol geflüchtet und seine Frau nicht mehr an sich herangelassen, weil er unfähig war, den Vorwurf in ihren Augen zu ertragen, ihre verzweifelten Anklagen. In dieser Zeit hatten Jenny und Matt Dinge zueinander gesagt, die sie nicht mehr rückgängig machen konnten, und schließlich war das Maß voll gewesen. Tief verletzt, hoffnungslos und ungeheilt waren sie auseinander gegangen.

Jetzt legte John eine Hand auf Matts Schulter und drückte sie leicht. In dieser Geste fand Matt ein wenig Frieden und fühlte sich akzeptiert. Nicht nur den Tod hatten die Inuit zu überleben gelernt, sondern auch die Trauer. John klopfte ihm noch einmal leicht auf den Rücken und lehnte sich dann wieder zurück.

Unverwandt starrte Matt in den eisigen Glanz des Morgens und fühlte sich dabei so unsicher wie seit Jahren nicht mehr. Es war ein beunruhigendes Gefühl, so als wäre etwas Schweres in ihm verrutscht und brächte sein mühsam erreichtes inneres Gleichgewicht erneut durcheinander.

Jenny checkte Kurs und Geschwindigkeit und meinte: »In einer halben Stunde müssten wir auf den Koordinaten ankommen, die Craig uns gegeben hat.«

Ohne den Blick vom Sonnenaufgang abzuwenden, erwiderte Matt: »Sollen wir die Basis anfunken und Bescheid sagen, dass wir kommen?«

Sie schüttelte den Kopf. »Solange wir nicht genau wissen, was dort vorgeht, ist es besser, je weniger Vorwarnung sie haben. Außerdem ist der Funkverkehr immer noch ziemlich chaotisch.«

Unterwegs hatten sie immer wieder einen Schwall von Kommunikation über den offenen Kanal empfangen. Die Nachricht von den Explosionen in Prudhoe Bay hatte sich verbreitet wie ein Lauffeuer. Genau wie Craig es prophezeit hatte, herrschte bei den Nachrichtenagenturen ein Riesenwirbel, und es kursierten die wildesten Spekulationen.

Mürrisch richtete Craig sich auf. »Wenn wir einfach reinplatzen, wie sollen wir dann unser plötzliches Auftauchen erklären? Sollen wir einfach da reinstürmen? Als wären wir alle von der Polizei, oder was? Enthüllungsjournalisten? Flüchtlinge, die Asyl suchen?«

»Reinstürmen ist nicht. Das können Sie getrost vergessen«, antwortete Jenny. »Hier oben sind wir außerhalb meines Zuständigkeitsbereichs. Ich würde vorschlagen, wir erklären, was wir wissen, und warnen die Verantwortlichen. Wer immer uns angegriffen hat, ist uns womöglich schon dicht auf den Fersen.«

Nachdenklich betrachtete Craig den leeren Himmel, als suchte er dort Spuren ihrer Verfolger. »Kann man uns in der Station beschützen?«

Jetzt mischte Matt sich ein. »Sie wissen mehr über Omega als wir alle, schließlich sind Sie ja Reporter. Was für ein Navy-Kontingent ist beispielsweise dort stationiert?«

Aber Craig schüttelte abwehrend den Kopf. »Man hat mir keine Einzelheiten über meinen Zielort verraten ... man hat mir nur gesagt, ich soll meine Sachen packen, und dann hat man mich in die erste Maschine der Alaskan Airlines geschubst, die von Seattle gestartet ist.«

Matt runzelte die Stirn. Zumindest musste es ein U-Boot samt Crew geben. In der Forschungsstation selbst waren hoffentlich noch mehr Leute stationiert. »Na ja, wer immer dort auch sein mag – auf jeden Fall muss man uns Schutz gewähren, wenn der Sturm kommt«, meinte er laut. »Danach werden wir uns schon irgendwie Gehör verschaffen. Ob man uns unsere Geschichte glaubt oder nicht, ist natürlich eine andere Sache. Nach den Explosionen in Prudhoe ist man wahrscheinlich nicht besonders vertrauensselig.«

»Okay, so machen wir's«, nickte Jenny. »Zumindest bis wir die Situation besser einschätzen können.«

»Ich sehe etwas ein paar Grad nördlich von uns«, meinte John, der aus dem Fenster geschaut hatte. »Rote Gebäude.«

Jenny stimmte den Kurs darauf ab.

»Ist das die Driftstation?«, fragte Craig.

»Ich bin nicht sicher«, antwortete Jenny. »Die Gebäude da unten liegen ungefähr sechs Meilen abseits der Koordinaten, die Sie mir gegeben haben.«

»Die Daten hab ich von meinem Chef.«

»Das liegt an der Strömung«, erklärte Matt. »Es heißt ja nicht umsonst *Drift*station. Ich bin eigentlich überrascht, dass sie so nahe bei den Koordinaten ist. Schließlich muss Craigs Information inzwischen mindestens eine Woche alt sein.«

Jenny hielt auf die Ansammlung der roten Gebäude zu.

Je näher sie kamen, desto mehr Details waren zu erkennen. Gleich neben der Basis war eine breite Polynja. Stahlpoller waren um das offene Wasser herum ins Eis getrieben worden – Anlegestellen für U-Boote, erkannte Matt. Doch im Augenblick war der See leer. Hinter der Polynja lagen fünfzehn rote Gebäude, Jamesway-Hütten, die Matt aus seiner Militärzeit kannte. Sie ähnelten den alten Quonset-Hütten, nur für kaltes Wetter ausgerüstet. In der Mitte des kleinen Dorfs wehte von einem hohen Mast die amerikanische Flagge.

»Wenigstens ist es eine amerikanische Basis«, murmelte Craig, als Jenny über der Siedlung eine Kurve flog.

»Ja, sieht aus, als wären wir hier richtig«, grummelte Matt.

Auf einer Seite stand eine Reihe von Fahrzeugen und von der Polynja führte ein Weg zu den Hütten. Aber es gab noch einen Weg, der in gerader Linie von der Basis wegführte und offensichtlich häufig benutzt wurde. Wo mochte er hinführen? Aber bevor er sich genauer umschauen konnte, schlug Jenny einen Haken und machte die Maschine bereit zur Landung.

Unten kamen einige Gestalten aus den Hütten, alle in Parkas, und starrten zum Himmel hinauf. Anscheinend hatte man die Flugzeugmotoren gehört, und unerwartete Besucher waren in der abgelegenen ZCI-Zone der polaren Eiskappe garantiert eine Seltenheit. Erleichtert stellte Matt fest, dass die Parkas der Schaulustigen nicht weiß waren, sondern leuchtend grün, blau, gelb und rot. Diese Farben waren dafür gedacht, dass man einen verlorenen Kumpel im Schneesturm sehen konnte.

Gott sei Dank!

Jenny brachte die Kufen des Flugzeugs in Stellung und fuhr die Klappen aus. Dann ließ sie die Maschine sanft auf das flache Eisfeld nördlich der Hütten absinken. »Alles anschnallen!«, rief sie.

Die Twin Otter näherte sich dem Eis. Matt umfasste seine Armlehnen, das Flugzeug ging scharf in die Gerade und setzte auf dem Eis auf. Die Vibration der Kufen auf dem leicht unebenen Boden brachte jede Schraube im Flugzeug und die Metallfüllungen in Matts Backenzähnen zum Klappern.

Aber als sie unten waren, drosselte Jenny rasch die Geschwindigkeit und fuhr die Klappen ein. Die Maschine wurde langsamer und die Vibration zu einem leichten Holpern.

Craig stieß einen tiefen Seufzer der Erleichterung aus.

»Willkommen mitten auf dem Arktischen Meer«, sagte Jenny und lenkte das Flugzeug um die Kurve. Dann rollte sie zurück zur Basis, die jetzt direkt vor ihnen lag.

»Auf dem Arktischen Meer«, echote Craig und starrte misstrauisch aus dem Fenster.

Irgendwie konnte Matt seine Vorbehalte verstehen, seit drei Jahren misstraute auch er dem Eis. Selbst wenn es so aussah, als wäre es fest, traf dies oft nicht zu. Eis war nie eine Konstante. Es vermittelte eine Illusion der Zuverlässigkeit, ein falsches Gefühl der Sicherheit, die einen im Stich ließ, wenn man es am wenigsten erwartete. Man brauchte ihm nur eine Sekunde den Rücken zuzuwenden ... sich einen Moment ablenken zu lassen ...

Auf einmal merkte er, dass er seine Armlehnen noch immer fest umklammerte. Er blickte hinaus in die Welt aus

Eis, die ihn umschloss. Hier war seine persönliche Hölle. Sie bestand nicht aus Feuer, sondern aus endlosem Eis.

»Sieht ganz danach aus, als hätten wir eine Empfangsdelegation mobilisiert«, meinte Jenny, als sie den Motor abstellte und die Propeller immer langsamer wurden, bis sie schließlich stehen blieben.

Matt wandte seine Aufmerksamkeit wieder der Basis zu. Eine Gruppe von sechs Schneemobilen rumpelte auf sie zu. Sie waren mit Menschen in identischen blauen Parkas bemannt und er erkannte die Insignien der amerikanischen Navy.

Base Security. Die Sicherheitsmannschaft der Basis.

Einer der Männer erhob sich aus seinem Sitz und hielt sich ein Megaphon vor den Mund. »Steigen Sie aus! Halten Sie die Hände so, dass wir sie sehen können! Jeder Versuch, zu fliehen, und jede feindselige Handlung wird von unserer Seite mit dem Einsatz von Gewaltmitteln beantwortet.«

»Die Manieren eines Empfangskomitees sind auch nicht mehr das, was sie mal waren«, seufzte Matt.

06:34 Uhr
Eisstation Grendel

Amanda starrte auf das Chaos, erstaunt, wie viel hier in einer einzigen Nacht gearbeitet worden war. Nicht dass Tag und Nacht in der Station irgendeine Bedeutung hatten, vor allem nicht in den dunklen Eistunneln des Kriechkellers. Aus der Distanz ihrer geräuschlosen Welt sah sie zu, wie das Drama sich entfaltete.

»Seid bloß vorsichtig damit!«, kläffte Dr. Henry Ogden über den gefrorenen See hinweg. Sogar von ihrem Platz aus konnte Amanda seine Lippenbewegungen und seinen theatralischen Gesichtsausdruck erkennen. Zwei seiner Studenten bemühten sich, unter seiner Aufsicht einen Scheinwerfer aufzustellen. Es war der vierte, der die Felswand beleuchten sollte. Dicht daneben ratterte und zitterte der Generator, der die Scheinwerfer und andere Gerätschaften versorgte, schlecht gelaunt auf seinen Gummifüßen. Ein Gewirr von Kabeln und Leitungen schlängelte sich über den Eissee.

Mit Hilfe von kleinen roten Flaggen war der See in verschiedene Bereiche eingeteilt worden. Auch an der Felswand wurde gearbeitet. Mehrere Stahlleitern lehnten dort und auch die roten Fähnchen fehlten nicht.

Vermutlich markierten sie die Stellen, an denen Proben gefunden worden waren. Amanda starrte auf die mit Seil und Flaggen abgetrennten Teile des Sees. Welche Proben unter *diesen* Markierungen lagen, das wusste sie genau. Die *Grendel* ... so nannte man sie inzwischen.

Die Nachricht von ihrer Entdeckung hatte sich rasch verbreitet. Zwar war Amanda ziemlich sicher, dass Dr. Ogden die Information nicht persönlich weitergegeben hatte, aber eine solche Sensation konnte in einer isolierten Gruppe von Wissenschaftlern natürlich nicht lange geheim bleiben. Ganz ohne Zweifel hatte jemand geplaudert.

Überall in der riesigen Höhle schufteten Forschungsstudenten und Mitglieder des Biologenteams Hand in Hand. Doch Amanda entdeckte auch einige Vertreter anderer Disziplinen, unter anderem ihren Freund Dr. Oskar Willig. Der schwedische Ozeanograph war sozusagen der erfahrene ältere Staatsmann der ganzen Omega-Gruppe. Seine Leistungen und Verdienste waren unumstritten und allseits bekannt und zu seinen Auszeichnungen gehörte unter anderem der Nobelpreis von 1972. Dank seiner ebenfalls aus der Menge hervorstechenden grauen Haarmähne war er immer leicht auszumachen.

Sie ging auf ihn zu, wobei sie sich einen Weg um die überall aufgehäuften Probeflaschen und Boxen suchen musste. Zumindest hatte jemand daran gedacht, Sand zu streuen, und in den besonders frequentierten Arbeitsbereichen sogar Gummimatten ausgelegt. Auf einer dieser Matten kniete Dr. Willig und starrte ins Eis hinunter.

Als sie näher kam, blickte er auf. »Amanda.« Er lächelte und setzte sich auf die Fersen zurück. »Wollen Sie sich das Maskottchen der Station anschauen?«

Sie erwiderte sein Lächeln. »Das hab ich gestern Abend schon hinter mich gebracht.«

Mit einer Geschmeidigkeit, die sein Alter Lügen strafte, richtete er sich auf. Für einen Siebzigjährigen war er beeindruckend drahtig und fit. »Eine gigantische Entdeckung.«

»Der legendäre Grendel höchstpersönlich.«

»*Ambulocetus natans*«, verbesserte Dr. Willig. »Oder wenn man unserem angesehenen Kollegen aus Harvard glauben will, *Ambulocetus natans arctos*.«

Sie schüttelte den Kopf. Arktische Subspezies ... Anscheinend verschwendete Dr. Ogden keine Zeit, um seinen Anspruch anzumelden. »Was halten Sie denn von seinen Behauptungen?«

»Interessante Theorie. Polare Adaption der prähistorischen Spezies. Aber Henry hat noch einen langen Weg von der Theorie zum wissenschaftlichen Beweis vor sich.«

Amanda nickte. »Tja, jedenfalls hat er genügend Versuchsobjekte, mit denen er arbeiten kann.«

»Ja, allerdings. Er kann sicher welche auftauen ...« Dr. Willig fuhr zusammen und spähte über die Schulter.

Amanda folgte seinem Blick. Anscheinend hatte er etwas gehört, und es dauerte nicht lange, bis sie den Unruheherd entdeckte, der seine Aufmerksamkeit auf sich gezogen und ihr Gespräch unterbrochen hatte.

Henry Ogden und Connor MacFerran standen sich gegenüber, Nase an Nase. Der stämmige schottische Geologe überragte den kleineren Biologen, aber Henry war offensichtlich nicht geneigt, ihm das Terrain zu überlassen. Er hatte die Hände in die Hüften gestemmt und warf sich in die Brust, wie ein wütender Chihuahua vor einem Pitbull.

Dr. Willig wandte sich ihr wieder zu, damit sie seine Lippen lesen konnte. »Da geht's schon wieder rund. Schon der dritte Hahnenkampf, seit ich vor einer Stunde hergekommen bin.«

»Ich seh mal nach, was los ist«, beschloss Amanda, wenn auch widerwillig.

»Diplomatisch wie immer.«

»Nein, der Babysitter wie immer.« Damit verließ sie Dr. Willig und ging hinüber zu den Streithähnen, die sie allerdings zunächst kaum zur Kenntnis nahmen, sondern unbeirrt ihre Auseinandersetzung fortsetzten.

»... nicht bevor wir alle Proben gesammelt haben. Mit den Fotos haben wir noch nicht mal angefangen.« Inzwischen berührte Henrys Gesicht fast das des Geologen.

»Sie können sich nicht die ganze verdammte Forschungszeit hier unten unter den Nagel reißen. Die Klippe ist aus vulkanischem Basalt mit reinen kohlehaltigen Intrusionen. Ich will ja nur ein paar Kernbohrungen machen.«

»Wie viele sind ein paar?«

»Höchstens zwanzig.«

Jetzt lief das Gesicht des Biologen dunkelrot an. »Sind Sie wahnsinnig?! Damit reißen Sie ja alles nieder! Wer weiß wie viele empfindliche Daten wären einfach zerstört!«

Amanda konnte dem Disput nur mit Mühe folgen und verpasste sicher auch einen Teil des genauen Wortlauts, aber aus Gesten und Körperhaltung war genauso viel abzulesen. Die beiden Herren standen kurz vor einem Faustkampf. Man konnte das für den Territorialkrieg ausgeschüttete Testosteron beinahe riechen.

»Jungs«, unterbrach sie mit ruhiger Stimme.

Die beiden sahen sie an, ihre über der Brust gekreuzten Arme, ihr strenges Gesicht, und traten einen Schritt zurück.

»Worum geht es denn hier?«, fragte Amanda bedächtig.

Connor MacFerran antwortete als Erster. Wegen seines dichten schwarzen Bartes waren seine Lippen schwerer zu lesen. »Wir waren wirklich geduldig mit dem Biologenteam. Aber wir haben genau das gleiche Recht, Proben zu nehmen. Diese Entdeckung hier ist für uns genauso wichtig. Eine Inklusion dieser Größenordnung« – er gestikulierte zu der Felswand hinüber – »ist nicht Alleinbesitz von Dr. Ogden.«

Nun war Henry an der Reihe, seinen Standpunkt zu vertreten. »Wir hatten nur eine einzige Nacht, um das Gelände vorzubereiten. Unsere Probenentnahme ist weitaus filigraner als die der Geologen mit ihrer Bulldozer-Technik. Es geht einfach um Prioritäten. Mein Vorgehen beschädigt die geologischen Objekte in keinster Weise, während die geologischen Bohrungen meine Proben unwiderruflich zerstören.«

»Das stimmt überhaupt nicht!« Obwohl Amanda nicht hören konnte, wie Connors Stimme lauter wurde, erkannte sie es an seiner Gesichtsfarbe und an der Art, wie er sich aufplusterte. »Ein paar Bohrkerne in Bereichen, wo es keine von Ihren verdammten Schimmelpilzen und Flechten gibt, können ja wohl nichts schaden!«

»Aber schon allein der Staub ... der Lärm ... das kann für uns Biologen alles zerstören.« Jetzt wandte Henry sich an Amanda. »Ich dachte, wir hätten das gestern Abend klargestellt.«

Amanda nickte. »Connor, Henry hat Recht. Die Felswand ist seit fünfzigtausend Jahren hier. Ich denke, sie hält auch noch ein paar Tage, damit das Biologenteam seine Proben entnehmen kann.«

»Ich brauche aber mindestens zehn Tage«, warf Henry ein.

»Sie müssen sich auf drei beschränken.« Damit wandte Amanda sich wieder dem breitschultrigen Schotten zu, der ein lässig-zufriedenes Grinsen aufgesetzt hatte. »Dann können Sie mit Ihren Bohrproben anfangen – aber erst, wenn Henry sein Okay gibt.«

Das Grinsen verschwand. »Aber …«

Amanda wandte sich ab. Wenn man taub war, konnte man auf diese Weise ganz leicht jemanden abwürgen. Zu Ogden sagte sie: »Nun zu Ihnen, Henry … ich schlage vor, dass Sie einen Teil der Klippe innerhalb von drei Tagen frei machen. Denn danach autorisiere ich das Bohren hier drin.«

»Aber …«

Nun wandte sie beiden den Rücken zu und sah, dass Dr. Willig sie breit grinsend musterte. MacFerran stampfte zum Tunnelausgang. Henry schlug die andere Richtung ein, um seinen Untergebenen eine Standpauke zu halten. Hoffentlich würde die Détente für einen mindestens vierundzwanzigstündigen Frieden zwischen Biologen und Geologen sorgen.

Dr. Willig trat zu ihr. »Einen Moment hab ich schon gedacht, Sie würden den beiden eine ordentliche Tracht Prügel verpassen.«

»Das hätten sie viel zu sehr genossen.«

»Kommen Sie mit.« Der Schwede winkte. »Sie sollten sich ansehen, was für Dr. Ogden in Wahrheit so schrecklich wichtig ist.«

Wie ein Vater nahm er sie bei der Hand und führte sie zu der inzwischen bekannten Felsspalte im Vulkangestein. Sie folgte ihm nur widerstrebend. »Ich war da schon drin.«

»Ja, aber haben Sie gesehen, was unser streitlustiger Wissenschaftler dort anstellt?«

Neugier war das Einzige, was Amanda in Bewegung hielt. Heute Morgen hatte sie ihren Thermalanzug abgelegt und sich für den Ausflug in den eisigen Kriechkeller nur mit Jeans, Stiefeln, Wollpullover und einem geborgten Goretex-Anorak gerüstet. Als sie den Tunneleingang erreichten, fiel ihr endlich auf, wie warm es war. Ein ununterbrochener Strom feuchter Luft quoll aus dem Mund der Höhle.

Dr. Willig ging voraus, noch immer ihre Hand haltend. »Das ist wirklich höchst erstaunlich.«

»Was ist erstaunlich?« Die Wärme lenkte sie ab ... und auch der leicht ranzige Geruch, der die feuchte Luft durchsetzte. Kleine Wasserbäche tröpfelten unter ihren Stiefeln über den Fels. Und es tropfte auch von der Decke.

Noch sechs Schritte und sie standen in der Höhle. Wie in dem größeren Raum hinter ihnen hatte auch hier die moderne Technologie Einzug gehalten. In einer Ecke brummte ein zweiter Generator. An den Wänden standen auf die Raummitte gerichtete Heizkörper, und zwei Scheinwerfer erleuchteten den Raum für Amandas Geschmack viel zu hell.

Gestern Abend, im Licht einer Taschenlampe, war die Kammer schon unheimlich genug gewesen und hatte wie aus einem anderen Zeitalter gewirkt. Aber jetzt, unter den grellen Halogenstrahlern, hatte er etwas Klinisches an sich.

Wie gestern lag die sezierte Kreatur ausgestreckt und festgepinnt in der Mitte des Raums. Aber jetzt war sie nicht mehr von Eis überzogen, sondern glänzte und tropfte wie frisches Fleisch auf dem Schlachtblock. Die freigelegten Organe sonderten Flüssigkeit ab, und es sah aus, als hätte die Sezierung erst gestern begonnen, nicht vor sechzig Jahren.

Auch von den sechs großen Eisblöcken hinter dem toten Körper troff das Schmelzwasser und sie waren kristallklar geworden. Im Zentrum jedes Brockens sah man klar und deutlich ein zusammengerolltes bleiches Tier, in der Mitte die Nase, den dicken Schwanz um den Körper geschlungen.

»Erinnert Sie diese schlafende Gestalt an etwas?«, fragte Dr. Willig.

Amanda erforschte ihre Alpträume, aber es fiel ihr nichts Passendes ein. Also schüttelte sie den Kopf.

»Vielleicht liegt es an meinem nordischen Erbe. Mich erinnern die Biester jedenfalls an die alten norwegischen Drachen. An die großen zusammengerollten Lindwürmer. Die Nase am Schwanz. Ein Symbol des ewigen Kreislaufs.«

Amanda folgte der Logik ihres Freundes. »Sie glauben also, dass die Wikinger die eingefrorenen Bestien schon gefunden haben? Diese ... diese Grendel?«

»Die Wikinger waren die ersten Polarforscher und haben den Nordatlantik bis nach Island und ins gletscherbedeckte Grönland überquert«, erwiderte Willig achselzuckend. »Wenn hier ein Nest dieser Kreaturen existiert, wer weiß, ob es im eisigen Nordland nicht noch mehr davon gab.«

»Ich denke, das wäre durchaus möglich.«

»War bloß so eine Idee.« Er starrte auf die schmelzenden Eisblöcke. »Aber es erweckt gewisse Vorbehalte in mir. Vor allem, weil wir in dieser Station schon so häufig auf den Tod gestoßen sind.«

Sie warf ihm einen Blick zu. Dr. Willig konnte unmöglich etwas von der Entdeckung in Ebene vier wissen.

Aber er fuhr fort: »Die ganzen russischen Wissenschaftler und das technische Personal. Es ist eine Tragödie. Man fragt sich doch unwillkürlich, was da vor sechzig Jahren passiert ist. Warum die Station untergegangen ist.«

Amanda seufzte. Sie erinnerte sich noch gut an ihre ersten Schritte in das Grab. All die Leichen – manche nur noch Skelette, als wären sie verhungert; andere eindeutig Selbstmörder; wieder andere, die ein noch gewaltsameres Ende gefunden hatten. Sie konnte sich nur ausmalen, was für ein Wahnsinn sich hier abgespielt haben musste.

»Bedenken Sie, dass das in den vierziger Jahren passiert ist«, meinte sie. »Lange vor der Zeit der Satellitenkommunikation. Noch hatte kein U-Boot den Nordpol erreicht, die arktischen Strömungen waren noch nicht kartographiert worden. Es wäre nur ein schlimmer Sommersturm nötig gewesen, ein Kommunikationszusammenbruch, ein mechanischer Fehler in der Basis, ein einziges Versorgungsschiff, das nicht ankam. In den Dreißigern des letzten Jahrhunderts war die Arktis so abgelegen wie heute der Mars.«

»Trotzdem ist es eine Tragödie.«

Amanda nickte. »Vielleicht bekommen wir mehr Antworten, wenn in ein paar Tagen die russische Delegation eintrifft. Wenn die Russen sich kooperativ verhalten, erfahren wir sicher bald mehr von der Geschichte.« Aber Amanda wusste, dass es mindestens ein Detail gab, über das die Russen niemals offen sprechen würden. Wie auch? Es gab keine Erklärung, die das rechtfertigen konnte, was sie auf Ebene vier gefunden hatten.

Auf einmal merkte sie, dass die Augen des Ozeanographen noch immer auf den zusammengerollten Kreaturen ruhten und dass er seinen letzten Gedanken nicht zu Ende geführt hatte. »Sie haben was von Vorbehalten gesagt. Irgendetwas über das alte nordische Symbol zusammengerollter Drachen.«

»Ja.« Gedankenverloren rieb er sich das Kinn, was es etwas schwieriger machte, von seinen Lippen abzulesen. Als er sah, dass sie angestrengt die Augen zusammenkniff, senkte er den Kopf ein wenig. »Wie gesagt, das Symbol steht für den ewigen Kreis, aber es hat auch noch eine düsterere, unheilvollere Bedeutung. Und bei der ganzen Tragödie, auf die wir hier gestoßen sind ... das Schicksal der Basis ...« Er schüttelte den Kopf.

»Was symbolisiert der Drache denn sonst noch?«

Er wandte sich ihr direkt zu, damit sie mühelos seine Lippen lesen konnte. »Er bedeutet das Ende der Welt.«

07:05 Uhr

An einer anderen Stelle im Kriechkeller kauerte Lacy Devlin. Als Forschungsassistentin bei den Geologen begann ihre Schicht erst in zwei Stunden. Andererseits hatte sie schon den größten Teil der letzten Nacht mit Connor in seinem provisorischen Zimmer hier in der Basis verbracht – genau genommen *unter* ihm. Daheim in Kalifornien war er verheiratet, aber das bedeutete ja nicht, dass er keine Bedürfnisse hatte.

Sie lächelte bei der Erinnerung, während sie sich die Schlittschuhe zuband.

Als sie fertig war, stand sie auf und starrte den langen, leicht gekrümmten Eistunnel hinunter. Dann machte sie ein paar Streckübungen, um Schenkel und Waden zu lockern. Ihre Beine waren ihr Markenzeichen. Lang, geschmeidig und muskulös, dazu kräftige Hüften. Im Jahr 2000 hatte sie zum Olympiateam der USA gehört, doch ein Kreuzbandriss im Knie hatte ihrer Karriere als Eisschnellläuferin Einhalt geboten. Also hatte sie ihr Grundstudium zu Ende geführt und war dann nach Stanford an die Uni gegangen. Dort hatte sie auch Connor MacFerran kennen gelernt.

Lacy machte ein paar Schritte auf ihren Kurzstreckenschlittschuhen. Sie waren knöchelhoch, ein Gemisch aus Graphit und Kevlar, perfekt ihrer Fußform angepasst. Wenn sie sie anzog, wurden sie zu einem Teil ihres Körpers, genau wie ihre Finger und Zehen. Dazu trug sie einen wärmeisolierten Skinsuit – rot, weiß und blau gestreift – und

Thermounterwäsche. Natürlich auch einen Helm. In diesem Fall nicht den üblichen Rennhelm aus Plastik, sondern einen Geologenhelm mit einer Lampe.

Dann legte sie los. Sie war schon mehrmals über das Eis der Polkappe gefahren, aber die Tunnel waren eine größere Herausforderung. Durch die geschwungenen Eisgänge zu fliegen, war das reine Vergnügen.

Sie holte mit den Beinen weit aus und noch immer fühlte sie tief in ihrem Innern den Schmerz von der Nacht mit Connor. Gestern hatte er ihr zum ersten Mal gesagt, dass er sie liebte, hatte dringliche Worte an ihrem Ohr geflüstert, keuchend, während er in sie eindrang. Bei der Erinnerung daran wurde ihr jetzt noch ganz warm und sie spürte die Kälte kaum.

Am Anfang ihrer Runde führte der Tunnel leicht nach unten, sodass sie gleich Tempo aufnahm. Seit der Entdeckung des Kriechkellers lief sie jeden Morgen eine bestimmte Strecke, allerdings abseits der Wege des Geologenteams. Hier gab es keine interessanten Inklusionen, deshalb waren die Gänge auch nicht mit Sand bestreut. Vor zwei Monaten war sie die Strecke zum ersten Mal gefahren, um sich eventuelle Hindernisse einzuprägen und sich zu merken, welche Abzweigungen sie dorthin zurückführten, wo sie gestartet war.

Lacy sauste um die erste Biegung, an der gewölbten Eiswand emporschwingend, so schnell, dass der Wind ihr um die Ohren pfiff. Geduckt ging sie in die Kurve, und nun lag eine Reihe von Serpentinen vor ihr, ein S-förmiges Stück Tunnel. Ihr Lieblingsabschnitt der Route.

Sie balancierte sich aus, legte den linken Arm auf den Rücken und schwang den rechten im Rhythmus ihrer Schritte. Vor und zurück. Vor den Serpentinen holte sie mit den Beinen weit aus, beschleunigte und warf sich dann mit einem leisen Freudenschrei in die Haarnadelkurven. Bei jedem

Cutback flog sie ein ganzes Stück die Wand hinauf, doch der Schwung hielt sie in perfekter Balance.

Dann hatte sie die Serpentinen hinter sich und kam zu einer Stelle, die mehr Aufmerksamkeit erforderte. Hier kreuzten sich mehrere Gänge wie in einem Labyrinth. Lacy bremste etwas ab, um die aufs Eis gesprühten Markierungen zu sehen. Zwar hatte sie sich die Abzweigungen genau eingeprägt, aber sie wollte kein Risiko eingehen.

Sie richtete ihre Helmlampe, deren Strahl vom Eis in dem dunklen Gang mit einem schimmernden Glühen reflektiert wurde. Die Wegzeichen – orangefarbene Pfeile – waren leicht auszumachen. Sie schienen selbst zu leuchten.

So schoss sie in den ersten der mit einem Pfeil versehenen Gänge, vorbei an Sackgassen und Abzweigungen, die in gefährliche Bereiche führten. Als sie in einen dieser unmarkierten Tunnel blickte, glaubte sie einen Schatten zu sehen, der sich tief in seinem Inneren bewegte. Im Vorbeigleiten riskierte sie einen Blick zurück, aber sie war schon zu weit weg. Außerdem war es der falsche Winkel und das Licht ihrer Lampe drang nicht durch die Finsternis der rasch zurückweichenden Tunnelöffnung.

Sie wandte sich wieder nach vorn, denn bei dem hohen Tempo musste sie sich auf den Weg konzentrieren. Aber auf einmal war sie unruhig und verschreckt, als hätte jemand sie mit Eiswasser übergossen. Aus Zufriedenheit und Freude war Anspannung und Nervosität geworden.

Entschlossen versuchte sie, sich davon zu befreien. »Das waren doch bloß Schatten, pure Einbildung«, sagte sie laut und hoffte, der Klang ihrer eigenen Stimme würde sie beruhigen. Doch stattdessen gruselte sie sich noch viel mehr, als sie das Echo ihrer Worte hörte. Sie wirkten unnatürlich laut.

Auf einmal wurde ihr unangenehm bewusst, wie allein sie hier unten war.

Erneut ein Geräusch, das sie zusammenfahren ließ. Wahrscheinlich nur ein Stückchen Eis, das sich gelöst hatte und irgendwo einen Tunnel hinunterrutschte. Trotzdem bekam sie eine dicke Gänsehaut. Sie reckte den Hals und sah sich noch einmal um. Im Schein der Lampe sah sie lediglich einen leeren Gang, aber sie konnte auch nur zwanzig Meter weit sehen, da der Tunnel hinter ihr eine Biegung machte.

Sie wandte sich wieder nach vorn. Um ein Haar hätte sie eine orangefarbene Markierung verpasst; sie musste abbremsen und mit dem linken Fuß die Drehung forcieren, um noch die Kurve in den richtigen Gang zu schaffen.

Ihre Beine zitterten. Vor lauter Angst begannen ihre Muskeln vorzeitig zu ermüden. Dann merkte sie plötzlich, dass sie eigentlich schon einen Tunnel vorher hätte abbiegen sollen. Diesen hier hatte sie markiert, weil er in eine fast einen Kilometer lange Schleife führte. Der andere Gang war eine Abkürzung, die ihr für ihren normalen Sechseinhalbkilometerlauf zu kurz gewesen war. Aber heute wollte sie nur so schnell wie möglich heraus aus diesem Labyrinth, sie wollte Menschen sehen, sich wieder in Connors Arme fallen lassen.

So schnell sie konnte, raste sie die Schleife entlang. Nachdem sie eine ganze Minute allein mit ihren Gedanken gewesen war, wurde ihr klar, wie albern sie sich benahm. Es gab keine verdächtigen Schatten und Geräusche mehr, nur das Zischen ihrer Kufen über das Eis.

Sie kam aus der Schleife heraus. Nun führte der Gang leicht bergauf und die Fahrt wurde etwas anstrengender. Aber sie hatte Schwung gesammelt und das Eis war hier ausgesprochen glatt. Ihre Beine spielten sich auf einen vertrauten Rhythmus ein und so glitt sie in hohem Tempo weiter in Richtung Heimat.

Sie musste lachen. Wovor hatte sie denn eigentlich solche Angst? Was konnte da unten schon sein? Vielleicht hatte die Nacht mit Connor doch irgendwelche tief sitzenden Zweifel in ihr geweckt. Vielleicht hatte sie ein schlechtes Gewissen. Sie war Connors Frau schon bei vielen Festveranstaltungen in der Uni begegnet. Linda war nett, locker und herzlich. Sie verdiente es nicht, dass man sie so …

Da war das Geräusch wieder! Eis schlidderte über Eis.

Aber jetzt kam es von vorn.

Sie bremste. Weiter unten im Gang, ungefähr dort, wo die Schleife zu Ende war, bewegten sich Schatten. Das Licht der Lampe reichte nicht so weit. Sie verlangsamte ihre Fahrt, blieb aber nicht stehen. Sie musste herausfinden, ob es wirklich etwas gab, wovor sie sich fürchten musste. Zögernd fuhr sie weiter, die Lampe vor sich in den Tunnel gerichtet.

»Hallo!«, rief Lacy. Vielleicht war es einer der Forscher, der auf eigene Faust hier unten Erkundungen anstellte.

Keine Antwort. Die Bewegung, was auch immer es gewesen sein mochte, hatte aufgehört. Die Schatten schwiegen wie eh und je.

»Hallo!«, wiederholte sie. »Ist da jemand?«

Vorsichtig glitt sie weiter.

Jetzt sah sie vor sich das Ende der Schleife und dahinter wieder das Labyrinth der sich kreuzenden Gänge. Ihre Kehle war trocken und wie zugeschnürt von der Kälte, als würde sie jemand würgen. *Ich muss nur irgendwie durch das Labyrinth kommen … danach hab ich die Zivilisation schon fast wieder erreicht.*

Trotz ihres vorhin aufgeflammten schlechten Gewissens wollte sie im Augenblick nur eins, nämlich zu Connor. Allein schon der Gedanke an den großen, kräftigen Mann mit seinen starken Händen und breiten Schultern verlieh ihr Kraft. Wenn er sie erst wieder in seinen Armen hielt, war sie in Sicherheit.

So kam sie aus der Schleife und das Labyrinth begann. Nichts Ungewöhnliches war zu sehen. »War alles nur Einbildung«, machte sie sich flüsternd Mut. »Nur Eis und Licht und Schatten.«

Wieder folgte sie den orangefarbenen Pfeilen, wie den Strahlen eines Leuchtturms in der Nacht. Erst in die eine, dann in die andere Richtung. Dann plötzlich wurde ihr Licht von weit unten im Brunnen der Finsternis zu ihr zurückgeworfen. Zwei glühende rote Punkte.

Lacy wusste, was sie da sah.

Augen. Starr und groß – ohne jedes Gefühl.

Sie bremste so heftig ab, dass das Eis spritzte, und blieb stehen.

Angst schüttelte sie. Sie spürte, wie ihre Blase nachgab und heiße Feuchtigkeit in ihren Anzug rann.

Mit zitternden Beinen wich sie erst einen, dann noch einen Schritt zurück. Am liebsten wäre sie Hals über Kopf weggerannt, aber sie hatte Angst, den Augen den Rücken zuzuwenden, also setzte sie ihren zögernden Rückzug fort.

Dann verschwanden die Augen. Vielleicht nur, weil sich ihr Licht von ihnen entfernt hatte. Oder war das Wesen einfach verschwunden? Vom lähmenden Blick seiner starren Augen befreit, drehte sie sich um und floh, so schnell ihre Schlittschuhe sie trugen.

Getrieben von ihrer Angst, raste sie dahin. Ihre Arme schwangen vor und zurück, ihre Beine arbeiteten und wühlten in ihrer Panik das Eis auf. Blind stürzte sie sich in das Labyrinth der Gänge. Ihre Markierungen waren für eine Runde gegen den Uhrzeigersinn gedacht und die Pfeile wiesen in Richtung Sicherheit. Jetzt aber lief sie in die entgegengesetzte Richtung, und die Pfeile waren nutzlos, denn sie deuteten alle zurück auf die Kreatur, die hinter ihr lauerte.

Nach wenigen Augenblicken hatte sie die Orientierung völlig verloren.

Sie raste einen engen Gang hinunter, den sie noch nie gesehen hatte, eher ein Spalt im Eis als ein richtiger Tunnel. Ihr Atem war ein ersticktes Keuchen, das Blut dröhnte in ihren Ohren, aber ihr Herzschlag war nicht laut genug, um das schliddernde Geräusch auf dem Eis zu übertönen.

Verzweifelt mühte sie sich auf ihren Kufen vorwärts. Tränen strömten ihr übers Gesicht und froren auf ihren Wangen fest. Dann wurde der Tunnel etwas breiter und sie hatte wieder mehr Platz zum Ausholen. Sie musste fliehen … in Bewegung bleiben. Ein leises Stöhnen drang aus ihrem Mund. Es klang nicht nach ihr, trotzdem konnte sie es nicht unterdrücken.

Vorsichtig wandte sie sich um und richtete ihr Licht nach hinten. Durch den engen Tunnel hinter ihr schob sich etwas zu ihr vor. Es war riesig. Die Augen glühten in einer gigantischen, albinoweißen Masse – eine heranrollende Schneewehe.

Ein Eisbär!, kreischten ihre Gedanken.

Auf einmal fielen ihr die Gerüchte ein, die sie gehört hatte. Auf dem DeepEye-Sonar hatte man eine Bewegung gesehen, wurde geflüstert. Eine Bewegung auf dem Bildschirm.

Sie schrie auf und lief weiter.

Als sie um eine scharfe Ecke bog, verschwand ein paar Meter vor ihr plötzlich der Boden. Das helle Eis endete in Finsternis. Als Geologiestudentin kannte sie solche Spalten. Wie jeder Kristall, so konnte auch Eis, wenn es unter Druck geriet, an glatten Stellen brechen. Auf einem Gletscher entstanden so Gletscherspalten. Das gleiche Phänomen gab es auch im Innern von Gletschern … und im Innern von Eisinseln.

Lacy grub die Schlittschuhe zum Bremsen ins Eis, aber sie hatte zu viel Schwung. Haltlos flog sie über den Rand der Klippe und in den leeren Raum. Mit einem Schrei, der das Eis erschütterte, stürzte sie in die dunkle Spalte.

Sie fiel nicht tief. Nach knapp fünf Metern kam sie mit den Schlittschuhen auf dem Eisgrund auf. Doch der Aufprall war zu stark. Trotz des Kevlar-Knöchelschutzes knickte der Knöchel ab, und sie schlug mit dem anderen Knie so hart auf, dass sie es bis in die Schulter spürte. Wie ein Häufchen Elend kauerte sie auf dem Eis.

Der Schmerz vertrieb die Angst und machte sich in allen Nervenenden breit.

Sie blickte empor, zum Rand der Klippe.

Der Strahl der Lampe richtete sich nach oben.

Zögernd stand das Untier am Abgrund und blickte mit seinen toten, im Schein der Lampe rot glühenden Augen hinab. Klauen gruben sich ins Eis. Schultern hoben sich, während es sich immer weiter vorbeugte. Dampfschwaden quollen aus seinen geschlitzten Nüstern, während es ein tiefes Brummen ausstieß, das die Luft erzittern ließ.

Während Lacy zu der Bestie emporstarrte, wurde ihr klar, dass sie sich vorhin geirrt hatte. Mit dieser Erkenntnis raubte ihr die Angst fast endgültig den Verstand.

Das Wesen wog mindestens eine halbe Tonne, seine Haut war glatt und schimmerte ölig wie bei einem Delphin. Zu diesem Eindruck trug auch der schmale Kopf bei, der keine Ohren aufwies, sich aber hoch emporwölbte und in einer langen Schnauze endete, was ihm ein seltsam lang gezogenes Aussehen verlieh. Die geschlitzten Nüstern saßen viel zu weit oben in seinem Gesicht, fast über den großen Augen.

Wie betäubt glotzte Lacy es an. Das Tier war zu groß, zu muskulös, zu urtümlich für die moderne Welt. Sogar in ihrer wahnsinnigen Verzweiflung erkannte sie, was sie da vor sich hatte: *etwas Prähistorisches, einem Saurier ähnlich ... und doch ein Säugetier.*

Auch das Ungetüm musterte sie, die Lippen hoben sich leicht von seiner langen Schnauze und enthüllten rosarotes Zahnfleisch mit mehreren Reihen spitzer Zähne, hell wie zerbrochene Knochen. Rasiermesserscharfe Krallen bohrten sich tief ins Eis.

Ein primitiver Teil in ihr reagierte auf die jahrhundertealten Instinkte von Räuber und Beute. Ihrer Kehle entrang sich ein leises, jämmerliches Quäken.

Ganz langsam begann die Bestie in den Eisspalt hinunterzuklettern.

07:48 Uhr
Driftstation Omega

Matt hatte genug von den auf sie gerichteten Gewehren. Vor einer Stunde waren er und die anderen in einen großen Speisesaal getrieben worden, wo sie jetzt vor vier großen Tischen saßen. In der hinteren Hälfte des Raums befand sich eine Küchenzeile, allerdings kalt und leer. Anscheinend war das Frühstück bereits serviert worden.

Immerhin hatte man ihnen den übrig gebliebenen Kaffee angeboten – der war zwar dick wie Mississippischlamm, aber wenigstens heiß. Craig kauerte vor seinem Becher und umklammerte ihn mit beiden Händen, als wäre er alles, was zwischen ihm und einem langsamen, qualvollen Tod stand.

Jenny saß neben ihrem Vater auf der anderen Seite des Tisches. Bis jetzt hatte sich das Stirnrunzeln, das sie aufgesetzt hatte, als sie aus dem Flugzeug gescheucht worden waren, noch nicht wieder verzogen. Wenn überhaupt, waren die Furchen eher tiefer geworden. Das Sicherheitsteam der Navy hatte sich weder von ihrer Marke noch von ihren Ausweispapieren daran hindern lassen, sie mit vorgehaltener Waffe in diese provisorische Gefängniszelle hier zu führen.

Wie Matt es nicht anders erwartet hatte, wollte nach dem Angriff auf Prudhoe keiner ein Risiko eingehen. Die Befehlskette musste befolgt werden. Aus seiner Militärzeit wusste Matt das nur zu gut.

Er starrte zu den beiden Wachen hinüber, ihrer Uniform nach ein Petty Officer und ein Seaman – also ein Unteroffizier und ein Marineobergefreiter. Beide trugen ein Gewehr über der Brust und einen Revolver in einem Halfter am Gürtel. Sie hatten Jenny die Pistole abgenommen und auch die Dienstwaffe konfisziert, die hinten in der Otter verstaut war.

»Warum brauchen die denn so lange?«, flüsterte Jenny ihm schließlich mit zusammengebissenen Zähnen zu.

»Die Kommunikation ist immer noch schlecht«, antwortete Matt. Der Chef des Sicherheitsteams war vor zwanzig Minuten verschwunden, um sich ihre Identifizierung bestätigen zu lassen. Dafür musste er jemanden an der Küste erreichen, der seinerseits mit Fairbanks Kontakt aufnahm. Das konnte den ganzen Vormittag dauern.

»Also, wer zum Teufel hat hier das Kommando?«, fuhr Jenny fort.

Matt wusste, was sie meinte. Das ganze Sicherheitsteam schien aus den sechs Männern zu bestehen, die sie zur Station eskortiert hatten. Wo war das übrige Navy-Personal? Matt dachte an die leere Polynja und die ins Eis getriebenen Anlegepoller. »Die Verantwortlichen befinden sich wahrscheinlich draußen im U-Boot.«

»In welchem U-Boot denn?«, fragte Craig und wurde hinter seinem Becher etwas lebhafter.

Matt erklärte, was er aus der Luft gesehen hatte. »Die alten SCICEX-Stationen wurden von Navy-U-Booten versorgt. Diese hier ist da sicher keine Ausnahme, vor allem so tief im Packeis. Ich wette, dass die höher gestellten Navy-Ränge auf irgendeiner Mission an Bord des U-Boots sind. Vielleicht um in Prudhoe auszuhelfen.«

»Was ist mit dem Chef des Forschungsteams?«, fragte Craig. »Es muss doch auch bei den Zivilisten eine Befehlskette geben. Wenn wir jemanden dazu kriegen könnten, uns mal richtig zuzuhören ...«

Seit ihrer Ankunft waren eine Hand voll Männer und Frauen durch den Raum geschlendert, um die Neuankömmlinge zu begaffen. Ihre Gesichter verrieten eine Mischung aus wissenschaftlichem Interesse und dem dringenden Bedürfnis, Neuigkeiten aus der Welt draußen zu hören. Einer der Männer, ein Forscher mit einem NASA-Abzeichen, musste mit Gewalt von den Wachen weggeführt werden.

»Ich weiß nicht, wer bei den Forschern der Chef ist, aber ich schätze mal, dass diese Person auch nicht da ist.« Matt nickte den Wachen zu. »Ich bin sicher, der Chef der Driftstation hätte sich von den beiden hier nichts sagen lassen.«

Wie aufs Stichwort flog die Tür wieder auf – aber herein kam nicht der Chef der Basis, sondern Lieutenant Commander Paul Sewell, Chef des Sicherheitsteams. Er trat zu ihnen an den Tisch.

Bane sprang auf, aber Matt legte ihm beschwichtigend die Hand auf den Kopf. Der Hund setzte sich wieder, blieb jedoch in Alarmbereitschaft.

Der Navy-Mann legte Jennys Marke und Ausweispapiere auf den Tisch. »Ihre Papiere sind überprüft worden«, sagte er, während er die anderen beäugte. »Aber Ihre Vorgesetzten in Fairbanks schienen nicht zu wissen, was Sie hier oben zu suchen haben. Angeblich sind Sie im Urlaub.«

Dann verteilte er auch die anderen Ausweise: Matts Wildhüter-Marke, Johns Führerschein und Craigs Presseausweis.

Jenny steckte Marke und Ausweise weg. »Was ist mit dem Revolver und der Dienstwaffe?«

»Die sind unter Verschluss, bis der Captain zurückkommt.« Sein Ton duldete keinen Widerspruch. Matt respektierte Lieutenant Sewells höfliche, aber sachliche Umgangsformen.

Jenny jedoch nicht. Ihre finstere Miene wurde noch finsterer. Sie war nicht gern unbewaffnet.

»Sir«, sagte Craig, »wir sind nicht hergekommen, um Ärger zu machen. Wir haben von der Entdeckung einer verlassenen Eisbasis gehört.«

Erschrocken sah der Lieutenant Commander ihn an. »Die russische Basis?«

Um ein Haar hätte Matt seinen Kaffee ausgespuckt. *Russisch* ... Auch Jennys Augen wurden groß vor Überraschung. John setzte seinen Kaffeebecher sehr langsam auf dem Tisch ab.

Nur Craigs Gesicht blieb ruhig und ausdruckslos. Ohne Zögern fuhr er fort: »Ja, genau. Meine Zeitung hat mich losgeschickt, um über die Entdeckung zu berichten. Die Leute hier haben sich bereit erklärt, mich zu begleiten, nachdem ich ... nachdem ich in Alaska auf Probleme gestoßen bin.«

Matt gewann seine Fassung rasch wieder und nickte. »Jemand hat versucht, ihn umzubringen.«

Jetzt war es der Lieutenant Commander, der verwundert eine Braue hochzog.

»Eine Gruppe von Paramilitärs hat sein Flugzeug sabotiert und zum Absturz gebracht«, fuhr Matt fort. »Kurz danach kamen Fallschirmjäger, um die Sache endgültig zum Abschluss zu bringen. Wir konnten ihnen gerade noch entkommen und fanden Unterstützung bei ... Sheriff Aratuk.« Er deutete auf Jenny.

Sie nickte. »Seither werden wir verfolgt. Wir glauben

sogar, dass die Explosionen in Prudhoe Bay irgendetwas mit der ganzen Sache zu tun hatten … mit der Entdeckung hier.«

»Wie …?« Dicke Furchen erschienen auf Sewells Stirn. »Warten Sie! Wer hat Ihnen das mit der russischen Eisstation überhaupt erzählt?«

»Meine Quellen sind vertraulich«, antwortete Craig und sah dem strengen Lieutenant Commander fest in die Augen. »Näheres bespreche ich nur mit jemandem, der hier das Sagen hat. Mit jemandem, der über Handlungsgewalt verfügt.«

Nun wurde das Gesicht des Navy-Manns ungefähr so finster wie Jennys. Als Sicherheitschef war er Neuankömmlingen gegenüber immer misstrauisch. Matt bemerkte, dass auch Craig den Mann musterte und versuchte, aus ihm schlau zu werden.

»Sobald Captain Perry zurückkommt, muss ich mich mit ihm beraten. Erst dann kann eine endgültige Entscheidung gefällt werden«, sagte Sewell schließlich.

Er schiebt den schwarzen Peter in der Kommandokette einfach nach oben, dachte Matt.

»Und wann wird er zurückerwartet?«, fragte Craig.

Sewell starrte ihn nur an, ohne zu antworten.

»Wer hat denn in der Zwischenzeit in der Station das Sagen?«, erkundigte sich Jenny. »Wer leitet das Forschungsteam? Können wir mit dem Betreffenden reden?«

Der Lieutenant Commander stieß einen Seufzer aus. Anscheinend fiel es ihm schwer, die Grenze zwischen Höflichkeit und Autorität zu finden. »Das ist Dr. Amanda Reynolds. Sie … sie ist momentan auch nicht hier.«

»Was ist dann mit uns?«, wollte Jenny wissen. »Sie können uns doch nicht hier festhalten.«

»Ich fürchte, doch, Ma'am.« Damit wandte Sewell sich ab und ging. Die Wachen blieben an der Tür.

»Tja, das hat uns rein gar nichts gebracht«, meinte Matt nach langem, unbehaglichem Schweigen.

»Im Gegenteil.« Craig beugte sich über den Tisch und erklärte mit leiser Stimme: »Eine russische Eisbasis. Kein Wunder, dass man mich hergeschickt hat. Garantiert hat man dort irgendwas gefunden. Eine politische heiße Kartoffel.« Er fing an, die einzelnen Punkte an den Fingern abzuzählen. »Die Navy macht die Driftstation dicht. Die Wissenschaftler erhalten Redeverbot. Und irgendjemand kannte mein Reiseziel und hat versucht zu verhindern, dass ich dort ankomme.« Craig blickte in die Runde.

»Die Russen?«, fragte Jenny.

Craig nickte. »Wenn es unsere eigene Regierung gewesen wäre, hätten sie mich über tausend legale Kanäle stoppen können. Wer immer hinter uns her war, hat die Nase dicht am Boden gehalten, um unter dem Radar durchzuflitzen.«

Matt nickte. »Craig könnte Recht haben. Die Typen hatten eindeutig einen militärischen Hintergrund. Könnte ein kleines Einsatzkommando gewesen sein, das einen gezielten chirurgischen Angriff durchführen sollte.«

»Aber warum nehmen die mich aufs Korn?«, murmelte Craig. »Ich bin doch bloß Reporter.«

Matt schüttelte den Kopf. »Womöglich sind Sie der Einzige außerhalb dieser Basis oder einer interessierten Befehlskette von Regierungsleuten, die von der Entdeckung hier draußen wissen.« Im Stillen ließ er sich das Szenario durch den Kopf gehen. Irgendetwas passte hier ganz und gar nicht zusammen. Was war so wichtig, dass man derart heftig reagierte?

Wieder starrte er zu den Wachposten hinüber. Sie standen stocksteif da, nicht mit der sonst üblichen entspannten Aufmerksamkeit von Leuten, die für ein paar Zivilisten den Babysitter spielen mussten. Seiner Erfahrung nach benahmen sich manchmal Soldaten vor einem Kampf so ähnlich. Und dazu noch Sewells Schweigen auf die Frage, wann das U-Boot und sein Captain zurückkehren würden ... In Matts Kopf klingelten sämtliche Alarmglocken. Falls die Crew nach Prudhoe Bay aufgebrochen wäre, um dort bei den Rettungsarbeiten zu helfen, würden sie mehrere Tage weg sein. Aber dann hätte Sewell Zimmer für seine Gefangenen besorgt. Die Tatsache, dass sie immer noch hier waren, bedeutete, dass man den Captain bald zurückerwartete. Und wenn das stimmte, stellte sich die Frage, warum das U-Boot nicht in Prudhoe Bay eingesetzt wurde. Bei einer Katastrophe direkt vor ihrer Tür. Warum war das U-Boot dageblieben? Warum *brauchte* man es hier?

»Wir müssen herausfinden, was hier los ist«, sagte Craig und formulierte damit das Naheliegende.

»Ich bin für jede Idee offen«, erwiderte Matt.

Jenny begegnete seinem Blick. »Zuerst müssen wir eine Möglichkeit finden, zu dieser russischen Eisstation zu gelangen. Was immer diese ganze Geschichte ausgelöst hat, hat dort angefangen.«

»Aber wie?«, überlegte Matt. »Wir können wohl kaum zu Fuß losziehen. Und das Flugzeug steht unter Bewachung.«

Niemand wusste eine Antwort, aber nach den besorgten Gesichtern zu urteilen, wussten sie alle, dass die Zeit knapp wurde.

Nach Matts Gespür hatten sie es mit etwas viel Größerem zu tun, mit etwas, dem keiner von ihnen hier wirklich gewachsen war und was sich langsam über diesen eisigen Landstrich senkte. Russen ... Amerikaner ... eine ausgestorbene Basis, in der sich ein Geheimnis verbarg ...

In welchen versteckten Krieg waren sie da hineingeraten?

KAPITEL 7

Lautlose Fahrt

ᐊᖅᐸᓚᖅᑐᖅ ᓂᑉᓚᖅᓯᒪᐃᑐᒥᒃ

9. April, 08:38 Uhr
An Bord der *Drakon*

Viktor Petkow konnte die Ungeduld, die von dem jungen Kapitän ausging, förmlich riechen. Die letzte Stunde hatten sie sich nicht vorwärts bewegt, die Motoren standen still, das Schiff ruhte zwei Meter unter der Wasseroberfläche. Das Eis war sogar noch näher, ungefähr einen Meter über ihnen. Vor einer Stunde hatten sie eine kleine Rinne in der Eiskappe entdeckt, zu eng zum Auftauchen, eigentlich nicht mehr als ein Riss. Aber es reichte, um die Antenne hochzufahren.

Wie angewiesen erwarteten sie den *Molnija*-Kode, das grüne Licht von Generaloberst Tschenko vom FSB, aber die Übertragung aus Lubjanka verspätete sich. Allmählich war auch Viktors Geduld am Ende. Zum wiederholten Mal blickte er auf seine Armbanduhr.

»Ich verstehe das nicht«, sagte Kapitän Mikowsky. »Wir sollen in zwei Tagen bei der amerikanischen Forschungsstation eintreffen. Worauf warten wir? Eine weitere Übung? Um noch mehr *meteorologische* Gerätschaften abzusetzen?« Er versuchte gar nicht erst, seinen Sarkasmus zu verbergen. Aber er glaubte noch immer, dass die Polaris lediglich ein Lauschposten war, um die Amerikaner auszuspionieren.

So sei es, dachte Petkow.

Auf der Brücke herrschte allgemeine Nervosität. Natürlich hatten alle von dem Angriff der letzten Nacht auf die amerikanische Ölstation in Alaska erfahren. Zwar wusste niemand, was es damit auf sich hatte, aber jedem war klar, dass die amerikanischen Streitkräfte in der Gegend sich in erhöhter Alarmbereitschaft befanden. Das Wasser um sie herum war wesentlich wärmer geworden, selbst für eine diplomatische Mission.

Viktor sah auf seinen anderen Arm. Der Polaris-Monitor umschloss schwer sein Handgelenk, das Display zeigte weiter den fünfzackigen Stern. Jede Spitze glühte und wartete auf den Hauptauslöser.

Alles war in Ordnung.

Der Test heute Nacht war reibungslos verlaufen und hatte nur ein geringes Maß an Kalibrierung verlangt. Nachdenklich studierte er den Monitor. Die atombetriebene Anlage nutzte die neuesten Erkenntnisse der akustischen Technologie, mit der man die gesamte Polkappe sprengen konnte. Aber inaktiv funktionierte sie wie ein sensibler Empfänger. Die fünf Sternspitzen formten eine Radar-Anordnung, eine riesige Antennenschüssel mit einer Spannweite von hundert Kilometern. Wie bei den in U-Booten benutzten ELF-Systemen konnte der Monitor mit der Anordnung kommunizieren, ganz gleich wo in der Welt sich Admiral Petkow befand.

In einer Ecke des Bildschirms pulsierte das kleine rote Symbol weiter im Rhythmus seines eigenen Herzschlags.

Als der Deckoffizier aus dem Kommunikationsraum stürzte, hob er die Augen. »Wir haben eine Flash-Nachricht bekommen! Adressiert an Admiral Petkow.«

Der Klappordner wurde an Kapitän Mikowsky weitergegeben, der ihn seinerseits Viktor überreichte.

Er trat ein paar Schritte zur Seite und öffnete die Nachricht. Nachdem er die kurzen Bemerkungen gelesen hatte, erschien ein kaltes Lächeln auf seinen Zügen.

DRINGEND DRINGEND DRINGEND DRINGEND

VON FEDERALNAJA SLUSCHBA BESOPASNOSTI (FSB)
AN *DRAKON*
//BT//
REF LUBJANKA 76-454A DATUM 9. APRIL
BETREFF OPERATIONSBESTÄTIGUNG

STRENG GEHEIM STRENG GEHEIM STRENG GEHEIM
AN DEN FLOTTENKOMMANDANTEN PERSÖNLICH
RMKS/
(1) LEOPARD OPS ERFOLGREICH BEI PB. AUGEN ANDERSWO.
(2) GO-CODE AUTORISIERT FÜR ZIEL EINS, NAME OMEGA
(3) WEITER ZU ZIEL ZWEI, SOBALD SICHER, NAME GRENDEL
(4) ERSTE PRIORITÄT BLEIBT DATEN- UND MATERIALGEWINNUNG FÜR RUSSISCHE REPUBLIK
(5) ZWEITE PRIORITÄT BLEIBT SÄUBERUNG
(6) WARNUNG! DELTA FORCE TEAM WURDE AUSGESANDT, GEHEIMDIENST BERICHTET IDENTISCHE ZIELE FÜR FEINDLICHES TEAM: OPERATIONS-CONTROLLER NOCH UNBEKANNT. DELTA MISSION VON NASA ALS BLACK EINGESTUFT. WIEDERHOLE: BLACK.
(7) QUELLEN BESTÄTIGEN ABSICHT AUF BEIDEN SEITEN.
(8) DATEN DÜRFEN NICHT IN FEINDLICHE HÄNDE GELANGEN. ALLE AKTIONEN AUTORISIERT, DIE DIES VERHINDERN:
(9) SENDER GEN. OB. TSCHENKO
BT
NNNN

Viktor klappte den Ordner wieder zu und ging Tschenkos Nachricht im Kopf noch einmal durch. *Mission von NASA als Black eingestuft … Quellen bestätigen Absicht auf beiden Seiten.* Er schüttelte den Kopf. Das war die übliche Semantik für verdeckte Operationen. Hübsche Worte für die stillschweigende Übereinkunft beider Seiten hinsichtlich des privaten Kriegs, der hier draußen bald ausbrechen würde. Beide Regierungen würden daran beteiligt sein, aber keine jemals zugeben, dass er stattgefunden hatte.

Und Viktor wusste auch, warum.

Es gab ein dunkles Geheimnis, das beide Regierungen für alle Zeiten aus der Welt schaffen wollten, und eine noch dunklere Trophäe, die dem Sieger winkte. Keine Seite würde ihre Existenz jemals bestätigen, aber beide konnten sie sich nicht entgehen lassen. Das Risiko war zu hoch. Der Preis, die Früchte der Arbeit seines Vaters, war eine Entdeckung, die die Welt verändern würde.

Aber wer würde sie letzten Endes besitzen?

Nur eines wusste Viktor mit Sicherheit: Es war das Erbe *seines* Vaters. Die Amerikaner würden es nicht bekommen. Das hatte er geschworen.

Und danach … danach konnten andere Dinge geregelt werden.

Wieder warf er einen Blick auf den Polaris-Monitor. Jetzt, wo er den Go-Code in der Hand hatte, war es Zeit für seinen eigenen Schachzug. Er drückte den silbernen Knopf auf der Seite des Handgelenkmonitors und hielt ihn dreißig Sekunden lang fest. Dabei passte er gut auf, nicht den daneben liegenden *roten* Knopf zu berühren – *noch nicht.*

Er starrte auf den Monitor. Diese dreißig Sekunden blieben ihm, um sich seine Entscheidung noch einmal durch den Kopf gehen zu lassen. Wenn Polaris erst einmal aktiviert war, gab es kein Zurück mehr. Aber er hielt den Knopf gedrückt, ohne in seinem Entschluss zu wanken.

Im letzten Jahrhundert hatte Russland zahlreiche Veränderungen durchgemacht: Aus einem zaristischen Land der

Könige und Paläste war ein kommunistischer Staat geworden und aus diesem ein zerstückeltes Puzzle unabhängiger Staaten – kriegerisch, arm, stets am Rande des Ruins. Und jeder neuerliche Wechsel hatte sein Land und sein Volk geschwächt.

Im Rest der Welt sah es nicht besser aus. Jahrhundertealter Hass hielt sie in Streit und Terror gefangen: Nordirland, der Balkan, Israel und die arabischen Staaten. Immer wieder die gleichen Muster, ohne Lösung, ohne Hoffnung.

Viktor hielt den Knopf gedrückt.

Es war Zeit, dass die Welt sich erhob; dass alte Muster ein für alle Mal durchbrochen wurden; dass Nationen gezwungen wurden, zusammenzuarbeiten, um zu überleben und sich zu entfalten. Eine neue Welt würde aus Eis und Chaos geboren werden.

Das würde sein Erbe sein, im Gedenken an seinen Vater und seine Mutter.

Der Hauptauslöser blieb dunkel. Aber die kleineren Lichter an den Sternspitzen begannen zu blinken, eins nach dem anderen, dann immer rundum.

Viktor ließ den Knopf wieder los.

Es war vollbracht!

Nun war Polaris aktiviert und wartete nur noch auf den Einsatz des Hauptauslösers. Projekt Schockwelle würde aus der Theorie in die Praxis treten. Viktor starrte auf die blinkenden Lichter auf den fünf Sternspitzen, die auf sein Kommando warteten.

Danach würde es keinen Abbruchskode mehr geben.

Keine Pannensicherung.

Mikowsky trat auf ihn zu. »Admiral?«

Aber Viktor hörte ihn kaum. In diesem Augenblick kam ihm der Kapitän extrem jung vor. Und naiv. Seine Welt war bereits am Ende und er wusste es nicht einmal. Viktor seufzte. Noch nie hatte er sich so frei gefühlt.

Von der Last der Zukunft befreit, hatte Viktor nur noch ein einziges Ziel vor Augen: den Körper seines Vaters zurückzuholen und das Erbe einzufordern, das seiner Familie zustand.

Am Ende der Welt spielte alles andere keine Rolle mehr.

»Admiral?«, wiederholte Mikowsky. »Admiral?«

Viktor wandte sich ihm zu und räusperte sich. »Die *Drakon* hat neue Befehle.«

09:02 Uhr
USS *Polar Sentinel*

Perry stand in der Kontrollstation, die Augen auf Periskop eins fixiert. Vor zehn Minuten waren sie in einer offenen Rinne auf Periskoptiefe gegangen, ganz langsam zwischen den Presseisrücken. Nun starrte er durch das Rohr zum Eis empor. Der Wind hatte aufgefrischt und fegte über die Ebene. Auch der Himmel über ihnen war weiß geworden. Ein mächtiger Sturm braute sich zusammen. Doch um das zu wissen, musste Perry nicht nach draußen schauen.

Die ganze Nacht hatten sie im Wasser um die Driftstation und die russische Basis patrouilliert und wie angewiesen nach der *Drakon* Ausschau gehalten. Doch die Nacht war leer geblieben. Es gab auch keinen Sonarkontakt, ausgenommen mit einem Schwarm Belugawale, die am Rand des Einzugsbereichs vorbeischwammen. Die *Polar Sentinel* schien allein hier draußen zu sein.

Dennoch waren die Männer angespannt. Sie waren Soldaten in einem unbewaffneten Schiff, das ein Akula-II-Schnellkampf-U-Boot jagte. Perry hatte den Geheimdienstbericht über die Bewaffnung an Bord der *Drakon* gelesen. *Drakon* war das russische Wort für »Drache«. Ein passender Name. Es war nicht nur mit der üblichen Auswahl von Torpedos ausgerüstet, sondern auch mit raketenbetriebenen Waffen: mit blitzschnellen Shkval-Torpedos und SS-N-16-ASW-Raketen. Ein Furcht erregender Gegner selbst für die Besten der amerikanischen Kampfflotte ... und wenn sie der winzigen *Polar Sentinel* gegenübertrat, war es ein Kampf zwischen einer Kaulquappe und einem Seedrachen.

Der Funker trat in den Kontrollraum. »Sir, ich habe den Commander in Deadhorse erreicht. Aber ich weiß nicht, wie lange ich die Verbindung aufrechterhalten kann.«

»Sehr gut.« Perry klappte die Griffe des Periskops zurück und schob die Stange nach unten. Dann folgte er dem Ensign in den Funkraum.

»Ich konnte die UHF an der Ionosphäre abprallen lassen«, erklärte er unterwegs. »Keine Ahnung, wie lange das hält.«

Perry nickte und ging zum Funkempfänger. Sie waren auf Periskoptiefe gegangen, um die Antennen auszufahren und den Bericht über letzte Nacht zu senden, aber Perry hatte den Funkoffizier gebeten, weiter zu versuchen, Prudhoe Bay zu erreichen. Die Männer brannten darauf, auf den neuesten Stand gebracht zu werden.

Perry hob ab. »Hier Kapitän Perry.«

»Commander Tracy«, flüsterte ihm eine gespenstische Stimme ins Ohr. Es klang, als käme sie vom Mond – leise, schwankend. »Ich bin froh, dass Sie Kontakt mit uns aufnehmen konnten.«

»Wie läuft die Rettungsaktion?«

»Hier herrscht immer noch ein Mordszirkus, aber das Feuer ist inzwischen unter Kontrolle. Und vielleicht haben wir auch tatsächlich die ersten Hinweise auf die Saboteure.«

»Ach wirklich? Irgendeine Ahnung, wer es sein könnte?«

Eine lange Pause. »Ich hatte gehofft, das könnten Sie mir sagen.«

Perry runzelte die Stirn. »Ich?«

»Gerade als Sie angerufen haben, war ich dabei, zu versuchen, Omega zu kontaktieren. Vor einer Stunde hat ein anonymer Absender Aufnahmen von einem kleinen Flugzeug geschickt, das über der Gathering Station One fliegt, kurz bevor sie explodiert. Körniges Schwarzweißmaterial ... wie aus einer Nachtsichtkamera.«

»Was hat das mit Omega zu tun?«

»Ihre Basissicherheit hat das Sheriff's Department in Fairbanks kontaktiert und nach einem ihrer Flugzeuge und der Identität eines Sheriffs gefragt. Wir haben das erfahren, als wir die Rufzeichen auf dem Videomaterial zurückverfolgt und selbst mit Fairbanks Verbindung aufgenommen haben. Es ist dasselbe Flugzeug.«

»Und wo ist es jetzt?« Perry hatte einen Verdacht. Die Bestätigung kam einen Augenblick später.

»Es ist heute Morgen auf Ihrer Basis gelandet.«

Perry schloss die Augen. So etwas passierte immer, wenn man versuchte, nach einer endlosen Nacht in der Kabine ein, zwei Stündchen Schlaf nachzuholen.

»Ich habe einen Antrag an Ihre Vorgesetzten geschickt, dass die Insassen nach Deadhorse zurückgebracht und vernommen werden.«

»Glauben Sie, die Leute haben die Pumpstation in die Luft gesprengt?«

»Das wollen wir ja gerade herausfinden. Aber wer sie auch sein mögen, man muss auf sie aufpassen.«

Perry seufzte. Natürlich konnte er dagegen nichts sagen. Aber wenn es sich bei den Insassen dieses Flugzeugs tatsächlich um Saboteure handelte, was suchten sie dann in der Basis? Und wenn sie es nicht waren, war die Verkettung der Ereignisse viel zu spektakulär, als dass sie nur dem Zufall zugeschrieben werden konnte. Zuerst die Explosionen in Prudhoe Bay, dann das verdächtige Verhalten der Russen und jetzt die plötzliche Ankunft dieser geheimnisvollen Gäste. Zweifellos waren sie irgendwie in die Sache verwickelt. Aber wie?

»Ich muss mit COMSUBPAC reden, ehe ich die Leute zurücktransportieren lasse«, meinte Perry abschließend. »Bis dahin sorge ich für ihre Sicherheit.«

»Sehr gut, Captain. Viel Erfolg!«, verabschiedete sich Commander Tracy.

Perry legte den Hörer auf und wandte sich wieder an den Funkoffizier. »Sobald wir zur Omega zurückkommen, muss ich mit Admiral Reynolds sprechen.«

»Jawohl, Sir, ich werde mein Bestes tun.«

Perry verließ den Funkraum und ging zurück auf die Kommandobrücke.

Commander Bratt sah ihn fragend an. »Was hört man aus Prudhoe?«

»Anscheinend ist der Schlüssel zu dem ganzen Schlamassel in unserem Schoß gelandet.«

»Wie meinen Sie das, Sir?«

»Ich meine, wir fahren zurück zur Driftstation. Dort haben sich unerwartete Gäste eingefunden.«

»Die Russen?«

Langsam schüttelte Perry den Kopf. »Bringen Sie uns einfach zurück zur Station.«

»Aye, Captain.« Bratt machte das Boot fertig zum Tauchen.

In Gedanken versuchte Perry, das Puzzle zusammenzusetzen. Aber es fehlten noch zu viele Stücke, also gab er schließlich auf. Vielleicht konnte er doch noch ein Schläfchen machen, ehe sie die Driftstation erreichten. Er hatte das Gefühl, dass er bald hellwach sein musste.

Gerade wollte er Bratt den Befehl geben, als der Sonaroffizier der Wache verkündete: »Deckoffizier, wir haben einen Sierra-One-Kontakt!«

Sofort waren alle in Alarmbereitschaft. *Sonarkontakt.*

Commander Bratt ging hinüber zum BSY-Sonarleitsystem und gesellte sich dort zum Sonaroffizier und den Elektrotechnikern. Auch Perry stellte sich zu ihnen und beobachtete die Monitore mit ihren grünen Wasserfällen, in denen die Sonardaten über den Bildschirm strömten.

Der Sonaroffizier wandte sich an Perry. »Es ist ein U-Boot, Sir. Und zwar ein großes.«

Perry starrte weiter auf die Monitore. »Die *Drakon.*«

»Könnte gut sein, Captain«, bestätigte Bratt von der nahen Feuerleitstation, während er Kurs und Geschwindigkeit des georteten Objekts ablas. »Sie hält direkt auf Omega zu.«

09:15 Uhr
Eisstation Grendel

Amanda legte ihren Anorak ab, als sie die Eistunnel des Kriechkellers verließ und wieder in die Hauptstation trat. Nach der Kälte im Herzen der Eisinsel war die beheizte Umgebung willkommen, aber die Wärme war immer noch sehr feucht, fast drückend. Sie hängte den Anorak an einen Haken bei der Tür zum Kriechkeller.

Dr. Willig behielt seine Jacke an, aber als Zugeständnis an die Wärme öffnete er den Reißverschluss und streifte die Kapuze ab. Auch seine Handschuhe stopfte er in die Tasche und rieb sich die Hände. Der siebzigjährige Ozeanograph seufzte und genoss die Hitze. »Was machen wir jetzt?«, fragte er.

Amanda marschierte den Gang entlang. »Ein Sturm braut

sich zusammen. Wenn ich zur Driftstation zurückwill, muss ich aufbrechen, sonst sitze ich hier womöglich noch einen oder zwei Tage fest, bis das Unwetter vorbei ist.«

»Und mir ist klar, dass Sie das nicht wollen.«

Ihr entging nicht das Lächeln, das um seine Mundwinkel spielte.

»Captain Perry müsste auch bald wieder da sein«, sagte er und nickte der Wache zu, die allein an der Tür stand. Man hatte die Zahl der Navy-Leute reduziert, da ein Teil zu einer Übung aufs U-Boot zurückbeordert worden war. »Und Sie wollen ihn sich bestimmt nicht entgehen lassen.«

»Oskar!«, protestierte Amanda, aber auch sie konnte nicht umhin, zu lächeln. War sie denn so leicht zu durchschauen?

»Ist schon in Ordnung, meine Liebe. Ich vermisse meine Helena ebenfalls. Es ist schwer, allein zu sein.«

Amanda nahm die Hand ihres Mentors und drückte sie. Oskars Frau war vor zwei Jahren an Morbus Hodgkin gestorben.

»Fahren Sie zurück zur Omega«, sagte Dr. Willig. »Verschwenden Sie nicht die Zeit, die Sie zusammen verbringen können.« Inzwischen waren sie bei dem Navy-Mann, der Ebene vier bewachte. Oskar sah ihn und dann wieder Amanda an. »Wollen Sie mir immer noch nicht verraten, was da drin ist?«

»Das wollen Sie nicht wissen, ganz ehrlich.«

»Ein Wissenschaftler ist an die harte Wirklichkeit gewöhnt«, entgegnete er achselzuckend. »Vor allem einer, der so alt ist wie diese Basis.«

Gemeinsam mit Dr. Willig ging Amanda an der Tür vorbei. »Irgendwann kommt die Wahrheit sowieso ans Licht.«

»Wenn die Russen kommen ...«

Auch sie zuckte die Achseln, konnte aber einen bitteren Unterton nicht ganz unterdrücken. »Ist doch alles Politik.« Sie hasste es, vor ihren eigenen Leuten Geheimnisse zu haben; aber noch wichtiger war ihr, dass die Welt das Recht hatte, zu erfahren, was hier vor sechzig Jahren geschehen war. Jemand musste die Verantwortung übernehmen. Letztlich war das Zurückhalten der Information nur eine Verzögerungstaktik, um Zeit zu gewinnen, das Grauen zu dämpfen, vielleicht sogar zu vertuschen. In ihrem Bauch loderte der Zorn.

Sie erreichten die innere Wendeltreppe und stiegen die Stufen empor. Unter ihren Füßen vibrierten die Metallplatten. Eine Bewegung lenkte Amandas Aufmerksamkeit auf den zentralen Eisenpfeiler, um den sich die Treppe wand. Von unten stieg ein Metallkäfig an ihnen vorbei zu den oberen Ebenen. Amanda drehte sich zu Dr. Willig um. »Sie haben den Aufzug wieder zum Laufen gebracht!«

Er nickte. »Lee Bentley und sein NASA-Team sind ganz in ihrem Element mit den alten Maschinen und dem sonstigen Zeug. Jungs und ihr Spielzeug ...«

Amanda schüttelte den Kopf. Was noch bis vor kurzem still und funktionsunfähig im Eis gelegen hatte, taute auf und erwachte zu neuem Leben. Schweigend gingen sie weiter.

Als sie auf der obersten Ebene angekommen waren, verabschiedete Amanda sich von ihrem Freund und ging zu dem Zimmer, in dem sie die letzte Nacht verbracht hatte. Sie packte ihren Rucksack zusammen und zog wieder ihren Thermalanzug über. Nachdem der Disput zwischen den Biologen und den Geologen für die nächsten Tage beigelegt war, stand ihrer Rückkehr in die Driftstation Omega nichts mehr im Wege.

Als sie nach draußen ging, begegnete ihr im Gemeinschaftsbereich eine Frau in blauer Uniform, die den Arm hob, um auf sich aufmerksam zu machen. Lieutenant Serina Washburn war die einzige Frau der Navy-Truppe, die hier stationiert war, und gehörte zum Basisteam. Sie war groß, mit einer Haut wie Ebenholz und kurz geschorenen Haaren. Bei ihrem Anblick dachte man unwillkürlich an die Amazonen der alten Mythologie – starke, anmutige Kriegerinnen. Sie war ernst und ruhig. Jetzt trat sie respektvoll und in aufrechter Haltung auf Amanda zu.

»Dr. Reynolds, ich habe eine Nachricht von Omega.«

Amanda seufzte. Was war denn jetzt schon wieder los? »Ja?«

»Heute Morgen ist eine Gruppe Zivilisten bei der Driftstation gelandet und wird jetzt vom Sicherheitsteam festgehalten.«

Amanda erschrak. »Was für Leute sind das?«

»Es sind insgesamt vier, unter anderem ein Sheriff, ein Wildhüter und ein Reporter. Ihre Identität ist bereits überprüft und bestätigt worden.«

»Warum hält man sie dann fest?«

Washburn trat von einem Fuß auf den anderen. »Nach der Sabotage in Prudhoe Bay …«, meinte sie achselzuckend.

Natürlich, keiner wollte ein Risiko eingehen. »Ist bekannt, warum sie da sind?«

»Sie wissen von der Station hier.«

»Wie das?«

Lieutenant Washburn zuckte erneut die Achseln. »Es ist nichts weiter aus ihnen rauszukriegen, als dass sie meinen, irgendeine Gefahr kommt auf uns zu. Vielleicht hat es etwas mit den Explosionen auf den Ölfeldern zu tun. Mehr wollen sie nicht sagen, bis sie mit einer Autoritätsperson sprechen können. Und wir konnten Captain Perry nicht erreichen.«

Amanda nickte. Als Basisleiterin würde sie sich der Sache annehmen müssen. »Ich wollte ohnehin zurück zu Omega. Sobald ich dort bin, kümmere ich mich um die Angelegenheit.«

Sie wollte schon weitergehen, aber Serina Washburn hielt sie auf. »Da ist noch etwas.«

»Was denn?«

»Der Reporter und die anderen bestehen darauf, hierher zu kommen. Anscheinend veranstalten sie deswegen ein Mordstheater.«

Einen Moment lang spielte Amanda mit der Idee, dieses Vorhaben schlichtweg zu verbieten, aber dann dachte sie daran, dass sie sich gerade noch über die ganze Geheimnistuerei und Taktiererei aufgeregt hatte, die Ebene vier umgab. *Wenn ein Reporter da wäre, jemand, der alles dokumentiert ... und dazu noch ein Sheriff ...*

Sie erwog ihre Optionen. Wenn sie jetzt zurückging, um die Fremden zu befragen, würde der Sturm sie alle in der Driftstation festhalten. Und wenn Captain Perry wieder da war, würde er den Reporter daran hindern, zur Eisstation zu fahren. Er hätte gar keine andere Wahl, denn er stand unter dem Befehl seiner Vorgesetzten. Aber Amanda waren die Hände nicht gebunden. Sie holte tief Luft. Es war ein schmales Zeitfenster, in dem sie die politische Pattsituation durchbrechen und ein bisschen Wahrheit aufleuchten lassen konnte, ehe die schreckliche Entdeckung mit Rhetorik und glatten Lügen wieder vernebelt wurde.

Amanda sah der ernsten Navy-Frau ins Gesicht. »Lassen Sie die Zivilisten hierher bringen.«

»Wie bitte?«

»Ich werde die Leute hier befragen.«

Washburns einzige Reaktion war eine gehobene Augenbraue. »Ich glaube nicht, dass Lieutenant Sewell mit dieser Entscheidung einverstanden sein wird.«

»Die Leute können hier genauso gut überwacht werden wie in der Driftstation. Wenn der Commander sie unter Bewachung stellen will, habe ich keine Einwände. Er kann so viele Männer mitschicken, wie er möchte. Aber ich will sie hier haben, bevor der Sturm über uns hereinbricht.«

Nach einer kurzen Pause nickte Washburn. »Jawohl, Ma'am.« Sie drehte sich um und ging davon, in Richtung der Kabine, in der die Kurzwellenverbindung mit Omega untergebracht war.

Amanda sah sich um. Endlich würde jemand von draußen erfahren, was hier versteckt war; eine kleine Hoffnung, dass zumindest ein Teil der Wahrheit ans Licht kam.

Trotzdem spürte sie ein leichtes Unbehagen. Bevor sie der plötzlichen Nervosität nachgehen konnte, fiel ein großer Schatten über sie und sie zuckte heftig zusammen. Das war eins der Dinge, die sie am meisten an der Taubheit hasste. Wenn jemand sich ihr von hinten näherte, konnte sie es nicht hören.

Rasch drehte sie sich um und sah sich Connor MacFerran gegenüber, der ein verwirrtes Gesicht machte. »Haben Sie Lacy gesehen?«, fragte er.

»Miss Devlin?«

Er nickte.

Nachdenklich zog sie die Nase kraus. »Ich habe sie gesehen, als ich vorhin in den Kriechkeller gegangen bin. Sie hatte ihre Schlittschuhe dabei.« Da Amanda und die Geologiestudentin sich beide für Eisschnelllauf interessierten, hatten sie eine Weile geplaudert.

Connor sah auf seine Armbanduhr. »Sie hätte schon vor einer Stunde von ihrem Lauf zurück sein sollen. Wir wollten uns treffen ... um ... um noch ein paar Daten durchzugehen.«

»Ich hab sie nicht gesehen, seit wir uns da unten in den Eistunneln getrennt haben.«

Jetzt sah der Schotte ernsthaft besorgt aus.

»Glauben Sie, Lacy könnte sich dort unten verirrt haben?«, fragte Amanda.

»Ich geh lieber mal nachsehen. Ich kenne die Runde, die sie immer fährt.« Damit wandte er sich ab und ging davon, wie ein großer schwarzer Bär.

»Nehmen Sie ein paar Leute mit!«, rief sie ihm nach. »Und sagen Sie mir Bescheid, wenn Ihre Suche erfolglos bleibt.«

Er hob einen Arm, aber es war unmöglich zu erkennen, ob er Amandas Rat zur Kenntnis nahm oder nur abwinkte.

Sie starrte ihm nach. Auch sie fing an, sich Sorgen zu machen. Hoffentlich hatte die junge Frau sich nicht verletzt. Nach einer Weile zog sie den Reißverschluss ihres Anzugs herunter und machte sich wieder auf den Weg in ihr Zimmer. Da entdeckte sie an einem der Tische im Gemeinschaftsbereich Dr. Willig.

Er winkte sie zu sich. »Ich dachte, Sie wären schon weg«, sagte er, als sie näher kam.

»Meine Pläne haben sich geändert.«

»Nun, ich habe mich gerade mit Dr. Gustof unterhalten.« Oskar machte eine Handbewegung zu dem kanadischen Meteorologen, der mit ihm am Tisch saß. Sein norwegisches Erbe war Erik Gustof unschwer anzusehen. Jetzt wischte er sich die Sandwichkrümel aus seinem gepflegten Bart und nickte Amanda zu. »Er hat einige Daten von seinen außerhalb aufgestellten Geräten analysiert. Der bevorstehende Sturm entwickelt sich zu einem echten Blizzard. Er hat Windgeschwindigkeiten von über hundertzehn Stundenkilometern festgestellt.«

»Ein echter Dachabdecker, jawohl«, nickte Erik. »Wir werden hier eine Weile festsitzen.«

Amanda seufzte. Unwillkürlich musste sie an die Warnung der Zivilisten denken. *Irgendeine Gefahr kommt auf uns zu.* Anscheinend wussten diese Leute, wovon sie sprachen, aber sie spürte, dass sie nicht das Wetter gemeint hatten.

»Alles in Ordnung mit Ihnen?«, erkundigte sich Dr. Willig.

»Im Augenblick schon«, antwortete sie benommen. »Im Augenblick schon.«

10:05 Uhr
Driftstation Omega

Jenny zog ihren Anorak über und beäugte die Wachen. Um sie herum schlüpften auch die anderen in warme Sachen, die ihnen zum Teil vom Basispersonal zur Verfügung gestellt worden waren: Handschuhe, Schals, Pullover. Matt stülpte sich eine geborgte Wollmütze über die Ohren, denn seine geflickte grüne Armeejacke hatte keine Kapuze. Mit seiner typischen Sturheit hatte er sich geweigert, die Jacke gegen einen Navy-Parka auszutauschen. Jenny wusste, dass ihr Exmann sich nie von diesem verschlissenen Teil seiner Vergangenheit trennen würde.

»Sie werden auch Sonnenbrillen brauchen«, meinte Lieutenant Commander Sewell.

»Ich habe keine«, entgegnete Craig, während er seine Kameras und seine persönlichen Habseligkeiten schulterte. Einer der Unteroffiziere hatte die Sachen vorhin aus der Twin Otter geholt.

Vor einer halben Stunde war Sewell mit neuen Anweisungen zurückgekehrt. Er hatte endlich die Leiterin der Driftstation Omega erreicht, die Tochter des Admirals, der die hier stationierte Navy-Crew befehligte. Anscheinend ein hübsches Stückchen Vetternwirtschaft. Trotzdem hatte Jenny sich nicht beschwert. Dr. Reynolds hatte ihnen erlaubt, zur russischen Basis zu kommen.

Sewell überreichte Craig eine Sonnenbrille aus seiner

eigenen Tasche. Der Commander würde hier bleiben – zusammen mit einem Mitglied ihres eigenen Trupps.

Jenny kniete sich hin und umarmte Bane zum Abschied. Der Wolfsmischling wedelte mit dem Schwanz und knabberte an ihrem Ohr. Sewell erlaubte ihr nicht, den Hund mitzunehmen. »Sei ein guter Junge!«, ermahnte sie ihn.

Klopf … klopf … klopf …

Matt trat neben sie und kraulte Bane hinter den Ohren. »Morgen sind wir schon wieder zurück, mein Großer.«

Jenny sah ihn skeptisch an. Bane war die letzte Verbindung zwischen ihnen, ein Stück geteilte Liebe. Als Matt merkte, dass sie ihn anschaute, hielt er ihrem Blick einen Moment stand, doch dann wurde es ihm unbehaglich und er wandte sich als Erster wieder ab.

»Ich werde gut auf Ihren Hund aufpassen«, versprach einer der Unteroffiziere, als Jenny aufstand. Er hielt Banes Leine in der Hand.

»Das sollten Sie auch«, konterte Matt.

Der zwanzigjährige Knabe nickte. »Mein Dad hat zu Hause ein Husky-Gespann.«

Überrascht musterte Jenny den jungen Mann. Er hatte olivfarbene Haut und in seinen Augen leuchtete eine Mischung aus Unschuld, Jugend und Überschwang. Allem Anschein nach war er indianischer Abstammung, vielleicht von den Aleuten. Sie las den Namen, der auf sein Schildchen aufgestickt war. »Tom Pomautuk.« Ihre Augen weiteten sich. »Sie sind doch nicht zufällig Snow Eagles Sohn, oder? Jimmy Pomautuks Sohn?«

Jetzt sah auch er sie überrascht an. »Sie kennen meinen Dad?«

»Er hat neunundneunzig beim Iditarod mitgemacht. Und ist als Dritter durchs Ziel gegangen.«

»Stimmt genau«, erwiderte er mit einem stolzen Grinsen. »Ich war auch dabei. Er hat mir geholfen, als ich mich mit meinem Gespann so verheddert hatte, dass der Schlitten umgekippt ist.« Jetzt, wo sie wusste, dass Snow Eagles Sohn auf Bane aufpasste, fühlte sie sich schon viel wohler bei dem Gedanken, ihn zurücklassen zu müssen. »Wie geht es Nanook?«

Sein Lächeln wurde noch breiter, allerdings auch ein wenig traurig. »Er wird alt. Er fährt nicht mehr selbst, sondern hilft nur noch meinem Vater. Aber wir haben auf Fox Island einen seiner Welpen im Training.«

Sewell unterbrach die beiden. »Wenn Sie nicht vom Sturm erwischt werden wollen, müssen Sie dringend aufbrechen.«

Jenny tätschelte Bane noch ein letztes Mal. »Pass gut auf Tom auf!« Dann wandte sie sich ab.

»Ich lasse Bane nicht gern bei einem Fremden«, grummelte Matt neben ihr.

»Du kannst gerne bei ihm hier bleiben«, meinte Jenny, drängte sich an ihm vorbei und eilte mit den anderen zur Tür.

Matt folgte, ein mürrischer Schatten in ihrem Rücken.

Die Gruppe trat hinaus in die Frostluft, wo die Neonbeleuchtung der Hütte vom Dämmerlicht des bedeckten Himmels abgelöst wurde. Die Sonne war nur ein matter Schein in der ewigen Dämmerung, gefangen zwischen Tag und Nacht. Seit heute Morgen hatte sich der Horizont rund um die Station zusammengezogen. Eisnebel. So stellte sich Jenny immer das Fegefeuer vor: eine endlose weiße Dämmerung.

Mit dem ersten Atemzug drang ihr die Kälte bis in die Brust hinab. Eiswasser füllte ihre Lungen. Sie hustete. Schon jetzt war die Temperatur deutlich gefallen. In solcher Kälte war jedes ungeschützte Stück Haut von Frostschäden bedroht. Jedes Nasenhärchen wurde zu einer Eisborste. Sogar die Tränen froren in den Tränenkanälen. Ein unmöglicher Ort, um zu überleben.

Als sie aus dem Windschatten der Jamesway-Hütte kamen, zog und zerrte der Wind an ihrer Kleidung und suchte nach warmer Haut. In der scharfen Brise konnte Jenny den herannahenden Sturm riechen.

In der Gruppe arbeiteten sie sich geduckt zu den beiden geparkten Sno-Cats vor.

Ein fernes Donnern hallte und rollte übers Eis.

Craig blickte um sich. »Was war denn das?«

»Zerbrechende Eisschollen«, antwortete Jenny. »Der Sturm wühlt das Eis auf.« Gleich darauf krachte und knallte es erneut, wie Donner hinter dem Horizont. Jenny spürte es durch ihre Stiefel. Der herannahende Sturm würde höllisch werden.

Als sie die Fahrzeuge erreichten, führten zwei Navy-Männer Jenny und ihren Vater zu einem davon, während Craig und Matt von ihrer bewaffneten Eskorte zum anderen geleitet wurden. Trotz der Kooperationsbereitschaft, die sich daran zeigte, dass man ihnen gestattete, die russische Basis zu besuchen, war Sewell auf Nummer sicher gegangen, hatte ihre Gruppe aufgeteilt und eine ständige Wache abgestellt.

Einer der Wächter öffnete die Tür des ersten Schneemobils. »Ma'am, Sie und Ihr Vater steigen bitte hier ein.«

Jenny zog den Kopf ein und kletterte in das Fahrzeug, dankbar, dem Wind zu entkommen.

Der Fahrer, in einem blauen Uniformparka, saß bereits in seinem Sitz. Er nickte ihr zu, als sie neben ihm auf der Bank Platz nahm. »Ma'am.«

Sie sah ihn stirnrunzelnd an. Wenn sie heute noch ein einziges Mal Ma'am genannt wurde …

Ihr Vater setzte sich auf ihre andere Seite und die beiden Wachen schwangen sich auf den Rücksitz.

»Tut uns Leid, dass wir die Heizung nicht anmachen können«, erklärte der Fahrer. »Wenn wir die dreißig Meilen schaffen wollen, müssen wir Energie sparen.«

Als alle sich niedergelassen hatten, startete der Fahrer das Fahrzeug mit den lenkbaren Raupen und folgte dann den ausgefahrenen Spuren des anderen Schneemobils übers Eis. Als sie richtig in Fahrt waren, drückte der Fahrer auf einen Knopf und schon kam eine Rockabilly-Melodie aus den winzigen Lautsprechern.

Vom Rücksitz ertönte lautes, unwilliges Stöhnen. »Immer dieser Bauernmüll! Hast du keinen Hip-Hop?«

»Wer ist denn hier der Fahrer? Ich könnte auch die Backstreet Boys auflegen.« Der drohende Ton in seiner Stimme war unverkennbar.

»Nein, bloß nicht ... ist schon gut«, räumte der andere ein und ließ sich auf seinen Sitz zurücksinken.

So entfernten sie sich von der Station, jeder in seine eigenen Gedanken versunken. Unter den Raupen knirschte der Schnee, der Fahrer summte leise zur Musik.

Jenny blickte sich um. Nach einem halben Kilometer waren die roten Hütten der Basis nur noch Gespenster im Morgennebel, je nach Wind mehr oder weniger verhüllt. Inzwischen gab es auch schon einzelne Schneeböen.

Gerade wollte sie sich abwenden, als eine Bewegung ihre Aufmerksamkeit auf sich zog – nicht von der Basis, sondern weiter weg. Ein dunkler Schatten erhob sich in der weißen Welt, eine Gestalt, die sie irgendwie an einen gestrandeten Wal erinnerte. Sie starrte weiter, konnte sich aber nicht vorstellen, was es sein mochte.

Dann fegte der Wind den Nebel für einen Augenblick weg, und sie erkannte einen schwarzen Kommandoturm, der aus der gezackten Linie des Packeises emporragte. In der kalten Luft dampfte er wie eine lebendige Kreatur, an seinen Seiten schimmerten Lichter. Durch den Nebel funkelten kleinere rote Pünktchen übers Eis. Verschwommene Gestalten kletterten an den weißen Hügeln entlang.

»Ist das Ihr U-Boot?«, fragte Jenny.

Beide Navy-Männer fuhren herum. Der Musikkritiker, der die bessere Sicht hatte, sprang von seinem Sitz auf. »Scheiße!«, schrie er und riss die hintere Tür auf. »Das sind die verdammten Russen!«

Wind fegte durch die Kabine. Der Fahrer bremste, aber Jenny sah, dass die andere Sno-Cat bereits im Eisnebel verschwand. Anscheinend hatten sie das U-Boot nicht bemerkt.

Sie wandte sich an ihren Vater, der ebenfalls zur Station zurückstarrte. »Die tragen weiße Parkas«, sagte er leise.

Auch Jenny sah es jetzt.

Die Wache sprang mit gezückter Waffe aus der Tür, als ihre Sno-Cat mit einem Brummen zum Stehen kam.

»Fahren Sie weiter!«, drängte Jenny den Fahrer, aber der ignorierte sie.

Der Mann draußen hob die Waffe und beobachtete das U-Boot und die Männer, die über das Packeis rannten.

Laser-Sichtgeräte schimmerten im Nebel und bewegten sich hierhin und dorthin. Dann brach ein Feuerstrahl aus der Spitze des russischen U-Boots, eine Rakete raste in einem engen Bogen durch die Luft und krachte in eins der kleineren Gebäude am Rand der Station.

Die Explosion zerschmetterte die Hütte, ein Hagel brennender Trümmer regnete auf das Eis herab.

»Sie haben unsere Satellitengeräte erwischt«, stöhnte der Mann auf dem Rücksitz und beugte sich noch ein Stück weiter aus der offenen Tür.

Jenny sah, wie sich ein einzelner roter Laserpunkt übers Eis in ihre Richtung schlängelte. Dann hatte er die Sno-Cat gefunden. Blitzschnell drehte Jenny sich um. »Losfahren!«, schrie sie.

Als der Fahrer nicht reagierte, trat sie selbst aufs Gaspedal. Der Gang war noch eingelegt und sofort ruckte das Fahrzeug vorwärts.

»Was machen Sie denn da?«, rief der Fahrer und stieß ihr Bein weg.

»Die haben Ihre Kommunikationszentrale in die Luft gejagt!«, brüllte Jenny zurück. »Glauben Sie vielleicht, die lassen uns einfach entkommen?«

Wie um ihre Worte zu unterstreichen, begannen draußen Maschinengewehre zu knattern. Inzwischen hatte sich der Wachmann draußen auf ein Knie niedergelassen und feuerte. »Fahrt los!«, schrie er.

Einen halben Atemzug lang zögerte der Fahrer, dann trat er selbst aufs Gas. »Festhalten!«

»Komm schon, Fernandez!«, rief der Mann auf dem Rücksitz seinem Kumpel zu.

Der Mann auf dem Eis richtete sich auf. Der Lauf seines Gewehrs qualmte. Inzwischen hatten sich noch mehr Laser auf die fliehende Sno-Cat gerichtet. Endlich wandte der Navy-Soldat sich um und rannte auf das Fahrzeug zu. Aber als er nur noch ein paar Schritte entfernt war, stolperte er, rutschte auf dem rechten Bein aus, fiel aufs Eis und schlidderte noch ein Stück weiter, hinter sich eine rote Spur zurücklassend.

»Fernandez!« Der andere Mann sprang aus der Kabine, rannte zu seinem Partner, packte ihn am Kragen und schleifte ihn zur Sno-Cat.

Der Fahrer verlangsamte das Tempo, sodass die beiden das Fahrzeug einholen konnten.

Inzwischen rollte sich Jenny auf den Rücksitz und half, den Verletzten zu packen und ins Fahrzeug zu ziehen.

Als beide Männer drin waren, schrie Fernandez den Fahrer an: »Verpass diesem Stück Scheiße einen Arschtritt!« Allem Anschein nach war er weniger erschrocken als wütend, dass man auf ihn geschossen hatte. Er hieb mit der Faust auf den Sitz ein.

Doch der andere Mann drückte mit beiden behandschuhten Händen auf den Oberschenkel seines Kumpels. Zwischen seinen Fingern quoll Blut hervor.

Die Sno-Cat ratterte übers Eis. Jenny starrte nach vorn. Das Fahrzeug vor ihnen war längst im Eisnebel verschwunden. Wenn ihnen doch nur dasselbe gelingen würde …

Noch immer plärrte Rockabilly aus den Lautsprechern. Der Schnee knirschte. Dann ein schrilles Pfeifen, das alle anderen Geräusche übertönte.

»Scheiße!«, fluchte der Fahrer.

Die Explosion vor ihnen schleuderte einen Hagel von Eisbrocken auf das Schneemobil und überzog die Windschutzscheibe mit einem Spinnennetz aus Rissen. Für einen Augenblick waren alle blind.

Instinktiv riss der Fahrer das Steuer herum, das vorderlastige Schneemobil kippte mit einer Raupe in die Luft und geriet ins Schlingern. Durch den Rauch sah Jenny, was der Fahrer zu vermeiden versucht hatte.

Im Eis klaffte ein Loch. Drei Meter weiter unten wogten Wasser und Eisschlamm, Dampf stieg von den Rändern auf.

Immer näher schlidderte die Sno-Cat an die tödliche Grube heran, torkelnd, eine Raupe in der Luft. Jenny war sicher, dass sie den Absturz nicht mehr verhindern konnten. Doch der Fahrer kämpfte weiter mit dem Steuer.

Alle hielten die Luft an.

Wie durch ein Wunder blieb das störrische Fahrzeug direkt am ausgefransten Rand des Lochs stehen.

Der Fahrer fluchte vor sich hin, halb vor Erleichterung, halb in unterdrückter Panik.

Die Sno-Cat kippte auf beide Raupen zurück, so heftig, dass Jenny sich fast auf die Zunge gebissen hätte. Ein lautes Krachen ertönte.

Doch dann legte sich eine kalte Hand um ihr Herz. »Raus hier!«, stieß sie hervor und packte den Türgriff – aber es war zu spät.

Wie bei einem kalbenden Gletscher an der Küste brach ein Teil des Eises unter ihnen weg. Die Sno-Cat folgte, unter lautem Rockabilly-Geplärr, und kippte kopfüber in den eisigen Ozean.

10:38 Uhr
USS *Polar Sentinel*

Perry stand auf der Kontrollbrücke. Die ganze Crew hielt den Atem an. Alle Augen fixierten die Monitore und Anzeigegeräte. Auch Perry lehnte an einem Bildschirm, eine digitale Übertragung von einer der externen Kameras. In achthundert Metern Entfernung trieb der Schatten der *Drakon,* mitten in einer Lichtsäule, die durch eine offene Polynja hereinfiel. Nichts an dem feindlichen U-Boot wies darauf hin, dass es den kleineren Schatten, der ihn begleitete, auch nur ahnte.

»Captain«, meldete sich die flüsternde Stimme von Commander Bratt von der Feuerleitstelle. Er hatte einen Kopfhörer aufgesetzt. »Wir empfangen Gewehrfeuer auf den Hydrophonen.«

»Verdammt!«, grummelte Perry und ballte unwillkürlich die Faust.

Bratt suchte Blickkontakt. »Befehle?«

Seit dem ersten Sonarkontakt war die *Polar Sentinel* dem Akula-U-Boot gefolgt, leise und schnell. Ohne Waffen hatten sie keine Möglichkeit, sich zu verteidigen oder einen Angriff auf das größere und schwer bewaffnete Schiff zu starten. Und ohne aufzutauchen konnten sie die Driftstation nicht warnen. Also spielten sie Gespenst.

»Ich stelle einen Raketenabschuss fest!«, zischte der Sonaroffizier.

Auf dem Bildschirm brach mit einem hellen Blitz plötzlich ein Stück des Eisdachs ab und versank, als hätte oben ein Meteor eingeschlagen. Um den durchs Wasser dröhnenden Knall zu hören, brauchten sie die Hydrophone nicht.

Ein Augenblick bestürzter Stille folgte.

»Ich glaube, das war die Satellitenhütte«, flüsterte Bratt, einen Finger auf einer Vektorenkarte von Omega.

Sie isolieren die Station, dachte Perry. Die Satellitensender und -empfänger der Station waren ihre einzigen Verbindungen zur Außenwelt – abgesehen von der *Polar Sentinel.*

»Was machen wir jetzt?«, fragte Bratt.

»Wir müssen die Schnauze über Wasser kriegen«, antwortete Perry und hob die Stimme. »Commander, beordern Sie das Boot zurück zur russischen Eisstation! Während wir versuchen, die Zivilpersonen zu evakuieren, werden wir einen Bericht über die Situation senden. Aber die Eisstation ist ganz sicher das nächste Ziel der Russen.«

»Aye, Sir.«

Bratt begann mit gedämpfter Stimme Befehle an die Tauchcrew auszugeben. Helmsman und Planesman – also Rudergänger und Tiefenrudergänger – trimmten das Boot und wendeten. Leise glitt das U-Boot von dannen.

Noch immer hallten Explosionen durchs Eis. Der Lärm half ihnen bei der Flucht, obwohl sie sich auch in Totenstille hätten davonmachen können. Mit dem neuesten Antriebssystem und einer dickeren, akustischen Isolierung und Antiortungsbeschichtung war die *Sentinel* für die meisten Erkennungsmethoden so gut wie unsichtbar. Ohne ein Zeichen, dass die *Drakon* etwas von ihr bemerkt hatte, schlüpfte sie davon.

Noch immer beobachtete Perry den Bildschirm. Die Lichtsäule verschwand und schließlich herrschte wieder einförmige Dunkelheit.

Von der Tauchstation rief Bratt ihn zu sich. »Geschätzte Ankunftszeit bei der russischen Basis in zweiunddreißig Minuten.«

Perry nickte und sah sich auf der Brücke um. Überall blickten ihm grimmige, wütende Gesichter entgegen. Sie liefen vor einer Auseinandersetzung weg, denn sie konnten diesen Kampf nicht gewinnen. Nur mit der *Polar Sentinel* gab es eine Möglichkeit, die Station zu evakuieren.

Doch wie er so auf der Kontrollbrücke stand, durchfuhr ihn plötzlich eine überwältigende Angst, die ihm das Blut in den Adern gefrieren ließ. *Amanda* ... Sie war gestern zur Eisstation aufgebrochen, um irgendeinen Disput zwischen den Geologen und Biologen zu schlichten, aber sie hätte heute Morgen zur Omega zurückkehren sollen. Ob sie schon da war? Oder noch in der Eisstation?

Bratt trat zu ihm. »Die Russen werden nicht lange brauchen, um Omega stillzulegen, vor allem wenn man daran denkt, wie wenig Verteidigung dort ist. Danach werden sie zusehen, dass sie zu ihrer Eisstation kommen.«

Sein zweiter Offizier hatte Recht. Das Zeitfenster, in dem sie die Zivilpersonen evakuieren konnten, war äußerst knapp bemessen. Perry räusperte sich. »Commander, stellen Sie ein Einsatzteam zusammen. Unter Ihrer Führung. Die Männer sollen sich fertig machen zum Aussteigen, sobald wir auftauchen. Wir müssen die Leute so schnell wie möglich aus der Station holen.«

»Alles klar, Captain. Haben Sie schon einen Zeitplan für die Evakuierung?«

Perry ließ sich die Frage durch den Kopf gehen, überschlug die Geschwindigkeit des anderen U-Boots und die magere Verteidigung der Omega. Er brauchte so viel Zeit wie möglich, aber er konnte nicht riskieren, dass sein Schiff an der Oberfläche überrascht wurde.

»Fünfzehn Minuten«, antwortete er schließlich. »Ich

möchte, dass wir in genau fünfzehn Minuten wieder tauchen.«

»Das ist nicht viel Zeit.«

»Es ist mir gleich, wenn Sie die Leute nackt unter der Dusche hervorzerren müssen. Sie sollen nur machen, dass sie in die *Sentinel* kommen. Halten Sie sich nicht mit Ausrüstung, Vorräten oder sonst was auf. Bringen Sie einfach nur alle Menschen an Bord.«

»Wird erledigt«, antwortete Bratt und wandte sich abrupt ab, während er schon begann, Befehle zu rufen.

Gedankenverloren sah Perry ihm nach. Überall auf der Brücke beschäftigten sich die Männer an ihren Stationen. Allein mit seinen Gedanken wuchs seine Sorge um Amanda. *Wo war sie?*

10:44 Uhr
Eisstation Grendel

Tief unten im Kriechkeller der Station folgte Amanda Connor MacFerrans breitem Rücken. Nachdem sie den Transfer des Reporters und seiner Gruppe zur Station arrangiert hatte, wusste Amanda mit ihrer nervösen Energie nichts anzufangen. Natürlich war ihr bewusst, dass sie gegen die Absicht der von der Navy erlassenen Schweigepflicht verstieß, indem sie die Leute herkommen ließ – wenn nicht sogar gegen den Inhalt der Verordnung. Nichts von der Entdeckung auf Ebene vier sollte an die Öffentlichkeit dringen – aber das bedeutete nicht, dass sie die Leute, die bereits hier waren, nicht informieren durfte. Der Sheriff, der Reporter und die anderen ... solange sie in der Station waren, standen sie ebenfalls unter Schweigepflicht.

Trotzdem wusste Amanda, dass sie auf sprichwörtlich

dünnem Eis agierte. Greg ... Captain Perry ... würde nicht erfreut sein über ihren Entschluss. Er gehörte zur Navy, genau wie Amandas Vater. Regelverstöße tolerierte man bei der Navy nur äußerst ungern. Aber Amanda musste sich selbst treu bleiben. Die Fakten mussten nach außen gelangen. Eine unparteiische Seite musste alles dokumentieren, zum Beispiel dieser Reporter.

Aber nachdem sie ihre Entscheidung getroffen hatte, war sie viel zu unruhig, um die zwei Stunden, die es ungefähr bis zur Ankunft der Gäste zu überbrücken galt, untätig herumzusitzen. Deshalb war sie, nachdem sie von Washburn die Bestätigung erhalten hatte, in den Kriechkeller hinuntergestiegen, um zu sehen, ob es Neuigkeiten von Lacy Devlin gab.

Ein Glück, dass sie nach ihm sah!

Sie fand Connor MacFerran, wie er sich gerade Steigeisen unter den Stiefeln befestigte. Sie hatten Spikes wie Golfschuhe und sollten auf glitschigem Untergrund für sicheren Halt sorgen. Offensichtlich hatte er vorgehabt, allein loszuziehen und den Befehl, den sie ihm vorhin nachgerufen hatte, einfach zu ignorieren. »Alle sind viel zu beschäftigt«, war seine Begründung. Dann klopfte er sich auf seine Daunenweste. »Ich hab aber ein Walkie-Talkie dabei.«

Selbstverständlich weigerte sich Amanda, ihn allein gehen zu lassen, und da sie noch ihren Thermalanzug trug, musste sie sich nur noch selbst Spikes anschnallen.

An einer Kreuzung mehrerer Eistunnel blieb Connor stehen. Er trug einen Grubenhelm und ließ das Licht erst in einen, dann in den nächsten Gang scheinen. Dabei hielt er die Hand als Schalltrichter an den Mund, und seine Brust hob und senkte sich krampfhaft. Amanda konnte seine Lippen nicht sehen, aber sie wusste, dass er Lacys Namen rief.

Da sie keine Antwort hören konnte, wartete Amanda einfach ab. In einer Hand trug sie eine Taschenlampe, über der Schulter eine Rolle Poly-Seil. Sie befanden sich in einem Teil des Kriechkellers, der noch nicht kartographisch erfasst worden war. Ein Labyrinth von Tunneln, Spalten und Höhlen.

Connor berührte einen orangefarbenen Pfeil, der hier an die Wand gesprüht war. Inzwischen wusste Amanda, dass diese Pfeile Lacys übliche Runde markierten, aber sie brauchte die Markierungen nicht, um der Spur der jungen Frau zu folgen. Der Boden war voller Schlittschuhspuren, eine kryptische Schrift, mit Stahl ins Eis geritzt.

Connor ging weiter in einen der markierten Tunnel, hob die Hand immer wieder an den Mund und rief. Aber er hielt das Tempo, woraus Amanda schloss, dass er keine Antwort bekam.

Zwanzig weitere Minuten bewegten sie sich so fort, einen langen, geschwungenen Gang hinunter, dann zurück in das Labyrinth von Spalten und Gängen. Connor rief und folgte den orangefarbenen Markierungen.

Aber er konzentrierte sich so auf das Horchen und den nächsten Pfeil, dass er nicht merkte, dass die Kufenspur vom Hauptweg abzweigte und in eine lange Spalte führte.

»Connor!«, rief Amanda.

Er zuckte zusammen. Vielleicht war sie zu laut gewesen.

»Was?«, fragte er und fuhr herum.

Sie deutete auf die einzelne Spur, die abgebogen war. »Lacy ist da langgefahren.« Sie bückte sich und rieb über das angeritzte Eis. Schwer zu sagen, wie alt die Spuren waren. Aber es lohnte sich in jedem Fall, der Sache nachzugehen. Sie blickte zu dem Geologen empor.

Er nickte und betrat den schmalen Gang.

Sie folgte ihm mit ihrer Taschenlampe.

So gingen sie die Rinne hinunter, ihre Spikes tief ins Eis schlagend, um den Halt nicht zu verlieren. Der Tunnel wurde noch schmaler, aber die Kufenspur ging weiter.

Connor blieb stehen und warf einen Blick zurück – nicht zu Amanda, sondern den Tunnel entlang. Er runzelte die Stirn.

»Was ist los?«, fragte Amanda.

»Ich dachte, ich hätte etwas gehört.« Ein paar Atemzüge lang blieb er lauschend stehen, dann zuckte er die Achseln, wandte sich ab und ging weiter in den Tunnel.

Zehn Schritte weiter stürzte sich der Pfad über eine Eisklippe.

Connor erreichte die Stelle zuerst und beugte sich über den Rand des Spalts, um sein Helmlicht hinunterscheinen zu lassen. Plötzlich erstarrte er und fiel auf die Knie.

Amanda drängte sich neben ihn. Die Grube war eng und ungefähr viereinhalb Meter tief. Der rote Fleck wirkte wie ins Eis gemeißelt. Mittendrin lag ein Stiefel. Und ein Grubenhelm mit zerschmetterter Lampe.

Connor wandte sich Amanda zu. »Das gehört Lacy.«

Von einer Leiche war nichts zu sehen, aber eine Blutspur führte zur Seite, außer Sichtweite.

»Ich muss da runter«, drängte Connor. »Vielleicht gibt es noch einen anderen Weg hinaus, den man von hier aus nicht sieht. Wenn Lacy versucht hat, sich ...«

Amanda starrte auf das viele Blut. Es erschien ihr hoffnungslos, trotzdem ließ sie das Poly-Seil von der Schulter auf den Boden rutschen. »Ich bin leichter. Sie können mich halten, also geh ich da runter und sehe mich um.«

Zwar machte Connor den Eindruck, als würde er am liebsten einfach so über die Klippe springen, aber er nickte wortlos.

Amanda warf eine Länge Seil in die Grube. Connor setzte sich ein Stück vom Rand entfernt, die Beine gespreizt, die Spikes in den Boden gerammt. Dann schlang er das Seil um seinen Rücken, unter den Achseln hindurch. Zur Probe zog er noch kräftig daran.

»Alles klar?«, fragte Amanda.

»Eine halbe Portion wie Sie werde ich schon nicht fallen lassen«, brummte er. »Bitte finden Sie Lacy.«

Amanda nickte. Sie steckte die Taschenlampe ein, packte das Seil und begann sich in die Grube hinunterzulassen, Hand über Hand, die Füße mit den Spikes an die Wand gedrückt. Kurz darauf hatte sie den Grund der Spalte erreicht.

»Leinen los!«, rief sie hinauf, als ihre Zehen den Boden berührten.

Das Seil tanzte, als der große Mann an den Rand gekrochen kam, das Tauende noch immer um den Brustkorb geschlungen. Nervös starrte er auf sie herunter und sagte etwas, aber mit seinem dicken Bart und im Gegenlicht seiner Grubenlampe konnte Amanda ihn nicht verstehen.

Doch statt das zuzugeben, winkte sie ihm einfach nur zu und zog ihre Taschenlampe heraus.

Während sie das Licht über ihre Umgebung wandern ließ, stieg ihr auf einmal ein ranziger Geruch in die Nase. Er schien auf dem Boden der Grube zu hängen wie schlechte Luft in einer Höhle – schwer, dick, erstickend. Amanda schluckte mühsam. In Stanford hatte sie einmal im Sommer im Zwinger einer Tierforschungseinrichtung gearbeitet. Der Gestank hier erinnerte sie lebhaft daran: Blut, Exkremente, Urin. Ein Geruch, den sie sofort mit Angst assoziierte.

Vorsichtig folgte sie der Blutspur mit der Taschenlampe. Sie führte zu einer Öffnung in der Eiswand, einem horizontalen Schlitz, auf gleicher Höhe wie der Grubenboden, ähnlich wie ein Gully, der ins unterirdische Abwassersystem einer Stadt führte. Der Schlitz war nicht höher als ihr Knie, aber fast so lang wie ihr Körper.

Ein ziemlich großer Gully.

Sie ging darauf zu und rief: »Lacy!«

Da sie ja taub war, sah sie zu Connor hinauf, ob er eine

Reaktion hörte. Er kniete noch immer am Rand der Klippe, aber er starrte in den Tunnel und nicht zu ihr in die Grube.

Ihr Zeh stieß gegen etwas Hartes und unwillkürlich senkte sie ihren Blick zu Boden. Es war Lacys Stiefel, der sich von ihrem Tritt drehte wie ein Kreisel. Instinktiv folgte sie ihm mit dem Licht der Taschenlampe. Schließlich traf er die Wand und blieb liegen. Aus diesem Winkel fiel der Schein der Lampe in sein Inneres.

Er war nicht leer. Aus dem Stiefel ragte ein heller Knochen, am Ende gesplittert.

Sie schrie auf, aber es kam kein Laut heraus. Oder vielleicht doch, sie wusste es nicht. Sie rutschte rückwärts auf dem Eis, dabei funktionierten ihre Steigeisen wie Schlittschuhe.

Sie reckte den Hals zum Rand der Grube hinauf.

Doch da war niemand.

»Connor!«

Sie sah Licht dort oben, tiefer im Tunnel. Aber es flackerte und flimmerte in der Gegend herum wie bei einem schottischen Volkstanz. Sogar das Seil, das sich über die Klippenwand schlängelte, hüpfte wild hin und her.

»Connor!«

Dann hörte das Licht auf einmal zu wackeln auf, als hätte es Amandas Rufen gehört. Es kam zur Ruhe und leuchtete zur Tunneldecke hinauf. Auch das hüpfende Seil erschlaffte.

Amanda ging ein Stück zurück und versuchte, aus größerer Entfernung weiter in den Tunnel hineinzuspähen. Sie richtete die Taschenlampe nach oben. Aber ihre Kehle war wie zugeschnürt und das Blut pochte in ihren nutzlosen Ohren. Sie machte sich nicht die Mühe, noch einmal zu rufen.

Etwas bewegte sich über die Grubenlampe des Geologen und warf einen Schatten an die Decke. Etwas Großes, Buckliges …

Jetzt hielt sie die Taschenlampe in beiden Händen vor sich ausgestreckt, wie eine Waffe. Es war bestimmt nur Connor. Aber weil sie taub war, konnte sie es nicht mit Sicherheit wissen. Vielleicht rief er nach ihr.

Angst krampfte ihren Magen zusammen.

Der Schatten kam näher.

Amanda wartete nicht auf ihn.

Sie floh übers Eis, auf Lacys blutiger Spur, auf ihre einzige Rettung zu. Sie stolperte und landete auf dem Bauch, aber das war ihr egal. Wenig elegant schlidderte sie auf den dunklen Gully zu, die Taschenlampe mit den ausgestreckten Händen umklammernd.

Dann war sie weg.

Der Schlitz hatte sie verschluckt.

Der Schwung trug sie einige Meter den Gully entlang. Im Schein der Taschenlampe wurde die niedrige Decke höher. Amanda rappelte sich auf und kam schlingernd auf die Knie.

Der abschüssige Boden führte sie in eine Höhle. Hier war die Decke hoch genug, dass sie stehen konnte, wenn sie den Kopf etwas einzog, aber sie blieb lieber sitzen und ließ das Licht der Taschenlampe umherwandern.

Es war eine Sackgasse.

Überall auf dem Höhlenboden lagen Knochen: zerbrochen, gesplittert, einige weiß gebleicht, andere vergilbt. Leere Schädel von Menschen und Tieren. Oberschenkelknochen, Rippen, Schulterblätter.

Ein Wort hallte in ihrem Kopf wider.

Nest …

In einer Ecke lag eine Gestalt, zusammengekrümmt und reglos, in einem rot-weiß-blauen Thinsulate-Anzug, umgeben von einer gefrorenen Blutlache.

Sie hatte Lacy gefunden.

10:47 Uhr
Auf dem Eis …

Matt versuchte verzweifelt, die beiden Wachen abzuschütteln, die neben ihm in der Sno-Cat saßen. »Wir müssen zurück!«, schrie er.

Ein Ellbogen traf ihn aufs Nasenbein. Er sah Sterne, der Schmerz machte ihn blind und warf ihn in den Sitz zurück.

»Bleiben Sie sitzen, sonst legen wir Ihnen Handschellen an.« Lieutenant Mitchell Greer zog eine Grimasse und rieb sich den Ellbogen.

Die andere Wache, ein stiernackiger Marineobergefreiter namens Doug Pearlson, hatte seinen Revolver gezogen. Momentan richtete er ihn noch an die Decke der Sno-Cat, aber die Drohung war unmissverständlich.

»Beruhigen Sie sich, Matt«, sagte Craig vom Vordersitz.

»Wir haben unsere Befehle«, ergänzte der Fahrer, ein Petty Officer.

Eine Minute zuvor hatte Lieutenant Commander Sewell ihr Fahrzeug angefunkt und angeordnet, dass sie unverzüglich zur Eisstation weiterfahren sollten. Der Commander konnte die Station selbst nicht erreichen und sie musste dringend vor dem russischen Hinterhalt gewarnt werden.

Dann hatte eine Explosion die Kommunikation unterbrochen. Der Treffer schlug ganz in ihrer Nähe ein und das Eis bebte unter den Raupen der Sno-Cat. Alle Augen wandten sich suchend nach hinten. In der Ferne hörte man Maschinengewehrfeuer.

Aber der drohende Sturm war früher als erwartet hereingebrochen und wirbelte den Schnee blizzardartig auf. Alle Versuche, die andere Sno-Cat zu erreichen, scheiterten. Aus Angst um Jenny und ihren Vater hätte Matt gern das Fahrzeug beschlagnahmt, aber die anderen waren in der Überzahl und außerdem bewaffnet.

Noch immer keine Spur von der Sno-Cat hinter ihnen.

»Dann versuchen Sie gefälligst noch mal, mit ihnen Kontakt aufzunehmen!«, fauchte Matt, während er die Tränen wegblinzelte, die ihm wegen seiner Nase in die Augen stiegen. Er schmeckte Blut.

Kopfschüttelnd hakte der Fahrer das Funkgerät los. »Cat Two, hier ist Cat One. Bitte kommen. Over.« Er hielt den Empfänger hoch.

Keine Antwort.

»Es könnte auch nur ein lokaler blinder Fleck sein«, meinte der Fahrer. »Hier kommt es manchmal vor, dass man zwar mit jemandem auf der anderen Seite des Globus kommunizieren kann, aber nicht mit jemandem im eigenen Hinterhof.« Er zuckte die Achseln und wurde in seinem Sitz durchgerüttelt, als die Cat über eine Reihe von Eiswellen fuhr.

Matt glaubte keine Sekunde an diese Theorie. Jenny war in Schwierigkeiten, das spürte er bis in die Fußsohlen. Aber jetzt waren sie schon ein paar Meilen vor der anderen Sno-Cat. Selbst wenn es ihm gelang, aus dem Fahrzeug auszubrechen, konnte er nicht sicher sein, dass er rechtzeitig zu ihr gelangte, um einzugreifen.

»Ich bin sicher, dass sie okay ist«, sagte Craig und versuchte, Matt in die Augen zu sehen.

Matt musste sich eine unfreundliche Antwort verkneifen.

So rollte die Sno-Cat durch den Blizzard und führte Matt immer weiter weg von der Frau, die er einmal geliebt hatte. Und die er vielleicht noch immer liebte.

10:48 Uhr

Wahrscheinlich hatte sie das Bewusstsein verloren. Die Sno-Cat war umgekippt, dann drang plötzlich Eiswasser durch ihre Jeans, und sie erschrak so heftig, dass sie sofort hellwach war. So schnell sie konnte, rappelte sie sich auf und blickte sich um.

Die Cat lag auf dem Dach. In der Kabine stand Wasser. Der Motor brummte noch und das umgekippte Fahrzeug vibrierte heftig. Das Warnlicht, das auf dem Dach befestigt war, glühte im Wasser unter ihr und überzog die Szenerie mit einem unheimlichen Schimmer.

Auch ihr Vater rappelte sich auf und hielt sich das Handgelenk.

»Papa?« Sie schob sich über das Dach zu ihm.

»Mmm, einigermaßen okay«, murmelte er. »Hab mir nur die Hand gestoßen.«

Er sah zu dem Fahrer hinüber, der mit dem Gesicht nach unten im Wasser lag. Sein Kopf war unnatürlich nach hinten verdreht. »Er hat sich den Hals gebrochen«, sagte Jennys Vater.

Die anderen beiden Wachen kämpften mit der Tür.

Fernandez schlug die Schulter gegen den Türgriff, aber der rührte sich nicht. Der Wasserdruck, der von außen auf die halb überflutete Cat einwirkte, hielt die Tür geschlossen. »Scheiße!«, schimpfte er und hinkte auf einem Fuß zurück. Um ihn herum war das Wasser rot von dem Blut, das aus seiner Schusswunde ins Wasser strömte.

»Wir müssen etwas finden, mit dem wir die Scheibe einschlagen können!«, rief er. Im wässrigen Licht leuchtete das Weiße in seinen Augen.

Jenny trat auf ihn zu. »Wie wäre es damit?« Sie griff hinter den Rücken des zweiten Wachmanns und zog dessen Revolver aus dem Halfter. Dann drehte sie sich um und feuerte kurz entschlossen auf die Windschutzscheibe. Das arktische Sicherheitsglas zerschellte und brach teilweise weg.

»Jawohl!«, sagte Fernandez und nickte. »Das reicht.«

Der andere Mann steckte seine Waffe wieder ein und sah Jenny böse an.

»Nehmen Sie es Kowalski nicht krumm«, meinte Fernandez und winkte sie vorwärts. »Joe mag es nicht, wenn man seine Sachen anfasst.«

Sie duckten sich unter die Sitze.

Kowalski trat das restliche Glas der Scheibe weg.

Das offene Wasser wirbelte und schäumte. Eisschollen hüpften um sie herum.

»Vom Regen in die Traufe«, murmelte Fernandez.

»Halten wir auf den Spalt da drüben zu«, schlug Jenny vor und deutete auf eine Stelle in der Eiswand, die aussah, als könnte man an ihr hinaufklettern.

»Ladies first«, sagte Kowalski.

Inzwischen standen sie bis zu den Oberschenkeln im Wasser. Jenny stieß sich mit von der Kälte schon ganz tauben Beinen ab und schwamm durch das Loch im Fenster nach draußen. Sofort durchfuhr sie ein sengender Schmerz, und sie musste gegen den natürlichen Reflex ankämpfen, sich schützend zusammenzukauern. Meerwasser gefror bei 1,9 Grad Celsius, aber es fühlte sich eine Million Grad kälter an, so kalt, dass es brannte. Sie kickte und schob Eisbrocken aus dem Weg, brachte langsam die wenigen Meter zu der Eiswand hinter sich und hievte sich dort aus dem Wasser, wobei sie mit den Fingern, die inzwischen ebenfalls jedes Gefühl verloren hatten, verzweifelt nach Halt suchte.

Als sie aus dem Wasser war, blickte sie zurück. Die anderen folgten ihr. Kowalski versuchte Fernandez zu helfen, doch der schob ihn weg.

Hinter ihnen kippte die Sno-Cat mit brummendem Motor kopfüber ins Wasser und versank blubbernd in der blauen Tiefe. Die Lichter verglommen in der Finsternis. Einen Augenblick sah Jenny noch das bleiche Gesicht des Fahrers, das sich ans Glas presste. Dann war die Sno-Cat samt ihrem einsamen Insassen verschwunden.

Jenny half ihrem Vater aus dem Wasser. Der Riss in der Eiswand war mit messerscharfen Vorsprüngen bedeckt, die zum Glück eine natürliche Leiter bildeten, über die sie auf die Eisfläche klettern konnten.

Gemeinsam kämpften sie sich nach oben, eiskalt und durchnässt. Ihre Kleider waren im Handumdrehen hart gefroren. Ihre Haare froren an der Haut fest. Ihre Gliedmaßen bebten krampfhaft in dem vergeblichen Versuch, warm zu bleiben.

Einer nach dem anderen erreichte die Eisoberfläche, wie ein gestrandeter Wal. Nicht die Erschöpfung machte jede Bewegung schwer, sondern die Kälte, die sie alle wie ein Schraubstock im Griff hatte. Es gab kein Entkommen.

Der Wind hatte weiter zugenommen. Schnee und Eis wirbelten um sie herum.

Jennys Vater kroch zu ihr und nahm sie in die Arme. Seit ewigen Zeiten hatte er sie nicht mehr so gehalten. Sie war erst sechzehn gewesen, als sie ihre Mutter verloren hatte, und sie hatte die darauf folgenden zwei Jahre bei Onkel und Tante gelebt, während ihr Vater im Gefängnis saß, bis er auf Bewährung entlassen wurde. Danach hatte sie kaum ein Wort mit ihm gesprochen. Aber das Leben der Inuit rankte sich unweigerlich um soziale Anlässe: Geburtstagsfeste, Feiern bei der Geburt eines Babys, Hochzeiten, Beerdigungen. So war Jenny gezwungen gewesen, einen, wenn auch unbehaglichen, Frieden mit ihrem Vater zu schließen. Aber sie waren sich nie mehr wirklich nahe gewesen.

Schon gar nicht so nahe wie jetzt.

Tränen strömten aus ihren Augen und froren auf ihren

Wangen fest. Irgendetwas in ihr brach endlich auf. »Papa … es tut mir so Leid.«

Seine Arme schlossen sich fester um sie. »Schon gut, schon gut, spar dir deine Energie.«

»Wofür?«, murmelte sie, aber sie war nicht sicher, ob sie tatsächlich etwas gesagt hatte.

KAPITEL 8

Hunter/Killer

ᖅᐊᖕᒍᓇᓱᐊᖅᑎᔭᐃᓄᐊᖅᑎ

9. April, 11:12 Uhr
USS *Polar Sentinel*

»Skylight voraus!«, rief der Wachführer. »Vierzig Grad backbord!«

»Gott sei Dank«, flüsterte Perry ins Okular des Periskops und drehte es in die entsprechende Position. Fünf Minuten hatten sie nach der künstlichen Polynja nahe der Eisinsel gesucht. Durch den Sturm hatte sich das Oberflächeneis um einige Grad verschoben. Hier ist nichts konstant, dachte er. *Nur die Gefahr*.

Durch das Periskop war das Dach der Welt schwarzes Eis, aber auf Backbord entdeckte er dort, wo der Wachführer es angedeutet hatte, eine unnatürlich viereckige Öffnung. Sie schimmerte in leuchtendem Aquamarin und ließ das Wasser darunter im Hellblau eines tropischen Ozeans erstrahlen. Mit einem verbissenen Lächeln blickte er auf sein Ziel. »Da ist die Polynja! Backbordmaschine ein Drittel voraus, Steuerbordmaschine ein Drittel zurück, rechts volles Ruder! Machen wir, dass wir unter das Skylight kommen!«

Den Begriff *Skylight* benutzten die U-Boot-Fahrer, seit sich die ersten von ihnen unter die Polkappe gewagt hatten. Damit wurde eine Öffnung im Eis bezeichnet. Eine Stelle, an der man auftauchen konnte. Momentan, vor allem bei dem Zeitdruck, unter dem sie standen, hätte es für sie keinen erfreulicheren Anblick geben können.

Perrys Befehle wurden weitergegeben, und ein leichtes Vibrieren ging durch die Deckplatten, als das U-Boot beidrehte und auf das neue Ziel zuhielt. Perry beobachtete alles durch das Sehrohr. »Alles langsam voraus!«

Als sie sich der Öffnung im dicken Eis näherten, sagte er, ohne die Augen vom Periskop zu nehmen: »Chief, wie sieht das Eis da oben aus?«

»Gut. Die Öffnung ist ein bisschen überfroren.« Der Wachführer sah sich den Monitor des oberen Sonars genauer an. »Ich sehe über dem Skylight nicht mehr als fünfzehn Zentimeter Eis, aber nirgends weniger als siebeneinhalb.«

Erleichtert seufzte Perry auf. Das reichte, um aufzutauchen. Wieder musterte er das dunkle Eis, das den aquamarinfarbenen See umgab, zackig und drohend wie eine Reihe von Haifischzähnen.

»Wir sind unter dem Skylight«, verkündete Bratt von der Tauchstation.

»Alles halt! Ruder mittschiffs!« Während seinen Befehlen Folge geleistet wurde, schwenkte er das Periskop herum, um sich zu vergewissern, dass das U-Boot tatsächlich genug Platz zum Auftauchen hatte, ohne mit den Drachenzähnen an der Wand des Schlunds in Berührung zu kommen. Als er sich davon überzeugt hatte, klappte er die Griffe des Periskops zurück und der Stahlstab fuhr nach unten. »Standby zum Auftauchen!« Er drehte sich zu Bratt um. »Bringen Sie sie langsam hoch.«

Das leise Tickern einer Pumpe war zu hören, als Seewasserballast aus den Tanks gepresst wurde. Gemächlich begann das Boot aufzusteigen.

Bratt wandte sich an Perry. »Das russische Schiff wird uns bestimmt hören, wenn wir Ballast anblasen.«

»Das lässt sich leider nicht ändern.« Perry trat vom Periskoppodest zurück. »Ist das Evakuierungsteam bereit, von Bord zu gehen?«

»Aye, Sir. Alles bereit. Wir werden die Station in weniger als zehn Minuten leer räumen.«

»Sorgen Sie dafür, dass Sie auch wirklich alle mitnehmen.« Zum hundertsten Mal dachte er dabei an Amanda.

Bratt musterte ihn durchdringend, als hätte er seine Gedanken gelesen. »Wir vergessen keinen. So viel ist sicher.«

Perry nickte.

»Fertig fürs Eis!«, bellte der Wachführer.

Über ihnen krachte die verstärkte Brücke durch die Eiskruste und ließ das Boot erzittern. Einen Augenblick später folgte die Hauptmasse des U-Boots. Überall wurden Ventile geöffnet oder geschlossen und die entsprechenden Anzeigen kontrolliert. Überall im Schiff wurden die entsprechenden Meldungen gemacht.

»Öffnet die Luken!«, rief Bratt. »Landteam bereit zum Aussteigen!«

Die Sperrriegel wurden geöffnet, Männer in Parkas versammelten sich, die Gewehre geschultert. Einer hielt Bratt einen blauen Parka hin.

Bratt streifte ihn über. »Wir sind gleich zurück.«

Perry warf einen schnellen Blick auf seine Uhr. Inzwischen waren die Russen mit Sicherheit unterwegs. »Fünfzehn Minuten. Nicht länger.«

»Reichlich Zeit.« Bratt führte seine Männer hinaus.

Perry starrte ihnen nach. Von oben wehte ihn kalte Luft an, frisch und feucht. Als der letzte Mann verschwunden war, knallte die Luke zu. Perry wanderte übers Periskopdeck, hin und her. Am liebsten wäre er mit Bratt draußen gewesen, aber er wusste, dass sein Platz auf dem Schiff war.

Schließlich hielt er es nicht mehr aus. »Chief, Sie haben

das Kommando. Ich werde von Cyclops aus zusehen. Schicken Sie eventuelle Nachrichten vom Landungsteam dorthin.«

»Aye, Sir.«

Perry verließ die Brücke und ging zum vorderen Teil des Boots, kletterte durch die Luken und passierte die leeren Forschungsstationen. Schließlich öffnete er die letzte Luke und betrat den von natürlichem Licht erhellten Raum dahinter.

Das Wasser, das über die glasklare Lexankuppel strömte, formte zackige Eislinien, die sich vor Perrys Augen in Fraktalmustern ausbreiteten. Leider war die Sicht schlecht. Von der Kohlenstoffstahlhülle des U-Boots stieg Dampf auf, Schnee wirbelte in gefrorenen Schüben von den Kämmen der riesigen Presseisrücken.

Perry starrte zu der gähnenden Öffnung, die in die russische Station hinunterführte. Vage konnte er menschliche Gestalten ausmachen, die, mit gekrümmtem Rücken gegen den Wind ankämpfend, darauf zustapften. Bratts Team. Dann verschwanden die Männer im Tunneleingang.

Die Gegensprechanlage summte und eine blecherne Stimme ertönte. »Captain, hier Brücke.«

Er ging zur Anlage und drückte auf den Knopf. »Was gibt's, Chief?«

»Der wachhabende Funkoffizier meldet keinen Empfang von NAVSAT. Wir haben wieder einen Sonnensturm über uns und sind momentan taub und stumm.«

Perry fluchte leise. Nach dem Bombardement der Kommunikationshütte *mussten* sie die Welt da draußen unbedingt erreichen. Er drückte wieder auf den Knopf. »Können Sie irgendeine Schätzung abgeben, wie lange wir ohne Satellitenkommunikation sein werden?«

»Das würden wir alle gern wissen. Der Funkoffizier meint, dass es wahrscheinlich zwischendurch immer wieder kurze Phasen geben wird, in denen er durchkommt. Die beste Schätzung ist, dass der gegenwärtige Schwarm von Sonnenstürmen irgendwann nach Sonnenuntergang abflauen wird.« Wieder eine lange Pause. »Der Funker wird es mit UHF und der Ionosphäre versuchen; trotzdem gibt es keine Garantie, dass uns bei diesem Wetter jemand hört. Mit ein bisschen Glück erreichen wir vielleicht Prudhoe Bay.«

»Roger, Brücke. Er soll es weiter versuchen, solange wir aufgetaucht sind. Aber ich will, dass zusätzlich ein SLOT konfiguriert und draußen auf dem Eis abgesetzt wird.« Ein SLOT – die Kurzform für »Submarine-Launched One-Way Transmitter« – war eine Kommunikationsboje, die darauf eingestellt werden konnte, eine Satellitenmeldung mit Zeitverzögerung loszuschicken. »Stellen Sie den SLOT so ein, dass er nach Sonnenuntergang loslegt.« Auf diese Weise würde die Nachricht vielleicht ihr Ziel erreichen, wenn der Sonnensturm vorbei war und die Satellitenkommunikation wieder funktionierte.

»Aye, Sir.«

Perry blickte auf die Uhr. Fünf Minuten waren verstrichen. Er trat wieder unter die Lexankuppel. Inzwischen konnte man nur noch ein paar Meter weit sehen. Die Linie der Packeisrücken waren gerade noch auszumachen, allerdings ohne Einzelheiten. Trotzdem hielt Perry weiter Wache. Nach einer weiteren endlosen Minute entdeckte er mehrere gespenstische Gestalten, die sich durch den Schnee kämpften. Die ersten Evakuierten.

Das Klirren der sich öffnenden äußeren Luke hallte durchs Boot. Perry malte sich aus, wie der Wind draußen heulte. Immer mehr Gestalten erschienen aus dem Schneegewirbel. Er versuchte sie zu zählen, aber der Schnee machte es unmöglich.

Ihm tat der Kiefer weh, so heftig biss er die Zähne zusammen.

Wieder summte die Gegensprechanlage. »Captain, noch mal Brücke hier. Ich stelle Commander Bratt durch.«

Die nächsten Worte waren durchsetzt von statischem Rauschen. »Captain? Wir haben alle Ebenen abgeklappert. Gerade lasse ich zwei Männer mit Megaphonen durch die benutzten Teile des Kriechkellers laufen.«

Nur mit Mühe konnte Perry sich zurückhalten, sofort nach Amanda zu fragen.

Aber er bekam seine Antwort auch so. »Wir haben erfahren, dass Dr. Reynolds noch in der Eisstation ist.«

Ein Seufzer der Erleichterung. Sie war also nicht zur Omega zurückgekehrt und in den Angriff geraten. Sie war in Sicherheit. Vielleicht war sie sogar schon hier.

Doch die nächsten Worte waren beunruhigend. »In der letzten Stunde hat niemand sie gesehen, Sir. Sie und einer von den Geologen haben in den Eistunneln nach einer vermissten Studentin gesucht.«

Perry drückte den Knopf. »Commander, ich möchte nicht, dass irgendjemand zurückbleibt.«

»Roger, Sir.«

Nach einem Blick auf die Uhr ergänzte Perry: »Sie haben sieben Minuten.«

Ehe Bratt die Zeitangabe zur Kenntnis nehmen konnte, wurden sie vom Kontrollturm unterbrochen. »Brücke an Captain. In den letzten Minuten haben wir von den Hydrophonen keinen Hinweis auf Schüsse erhalten. Sonar meldet verdächtige Echos, die von einem tauchenden U-Boot stammen könnten. Anblasgeräusche, mechanische ...«

Das konnte nur die *Drakon* sein. Der russische Hunter/Killer, wie man diese Art von U-Booten gerne nannte, war unterwegs. Keine Zeit mehr; Perry konnte das Leben der Leute hier nicht aufs Spiel setzen. »Verbinden Sie mich wieder mit Bratt«, sagte er ins Intercom.

»Aye, Captain.«

Einen Augenblick später kam wieder die kratzige Stimme seines Ersten Offiziers aus dem Lautsprecher. »Hier Bratt.«

»Commander, Sie kriegen bald Gesellschaft. Holen Sie sofort alle raus.«

»Sir, wir haben noch nicht den ganzen Kriechkeller abgeklappert.«

»Sie haben noch genau drei Minuten, um ihn zu räumen.«

»Roger. Ende.«

Perry schloss die Augen und holte tief Luft. Über die Schulter warf er einen letzten Blick aus der Cyclops und verließ dann die Kuppel. So rasch er konnte, eilte er durch das Boot zurück und übernahm wieder das Brückenkommando.

Männer wuselten in organisiertem Chaos umeinander herum, halfen staunenden Zivilisten die Leitern hinunter und führten sie in die Wohnbereiche hinter dem Kontrollturm. Schon jetzt lag das Innere des U-Boots gut zwanzig Grad tiefer und durch die offene Luke fegte oben der Schneesturm herein.

Dr. Willig trat zu Perry. »Ich weiß, Sie sind beschäftigt, Captain«, meinte der schwedische Ozeanograph atemlos. In seinen Haaren hingen schmelzende Schneeflocken.

»Was gibt es, Sir?«

»Amanda ... sie ist noch unten im Kriechkeller.«

»Ja, das wissen wir schon«, antwortete Perry betont knapp und sachlich. Er durfte seine Panik auf keinen Fall zeigen. Schließlich war er hier der Hauptverantwortliche.

»Es werden doch bestimmt alle rausgeholt, ehe wir wegfahren?«

»Wir tun unser Bestes.«

Seine Antwort änderte nichts an der Angst in den Augen des älteren Mannes. Für ihn war Amanda wie eine Tochter.

Der Wachführer winkte Perry zu sich. »Wir haben wieder Commander Perry in der Leitung, Captain.«

Perry kontrollierte seine Uhr und warf einen Blick zur offenen Luke hinauf. Die Leiter war inzwischen leer. Wo blieb sein Stellvertreter? Er ging zur Funkstation. »Commander, wir haben keine Zeit mehr. Schaffen Sie Ihren Hintern umgehend hierher!«

Die Antwort war leise, aber auf der Brücke herrschte gespannte Stille. »Wir vermissen noch eine Hand voll Zivilisten. Bin jetzt mit Lieutenant Washburn im Kriechkeller. Erbitte Erlaubnis, zurückzubleiben. Zum Schutz derer, die noch hier sind. Wir werden sie finden ... und dann ein gutes Versteck für uns alle.«

Perry ballte die Faust. Neben ihm erhob sich eine neue Stimme. Es war Lee Bentley von der NASA-Crew. »Ich habe dem Commander meine ausführliche Schemazeichnung der Station hinterlassen. Mit den Zugangstunneln und alten Konstruktionsschäften.«

Alle sahen Perry an und warteten auf seine Entscheidung. Dr. Willig war blass wie ein Leintuch.

Perry drückte auf den Übertragungsknopf. »Commander ...« Er hielt den Knopf gedrückt. Die Angst um Amanda höhlte sein Herz aus, aber er hatte eine Schiffsladung Besatzung und Zivilisten zu beschützen. »Commander, wir können nicht mehr warten.«

»Verstanden.«

»Finden Sie die anderen ... sorgen Sie für ihre Sicherheit.«

»Roger. Ende.«

Perry schloss die Augen.

»Sie wollen sie tatsächlich zurücklassen?«, fragte Dr. Willig in die schwere Stille hinein, seine Stimme voller Unglaube.

Mit einem tiefen Seufzer wandte sich Perry um und sagte zu seinem Wachführer: »Bringen Sie uns runter.«

11:22 Uhr
Eisstation Grendel

Amanda kauerte sich in dem Knochennest zusammen. Das Blut pochte laut in ihren Ohren, der Gestank nach Exkrementen und Blut war in dem kleinen Raum geradezu unerträglich. Lacys Leiche sah aus wie eine kaputte Puppe, seltsam unwirklich. Etwas hatte sie zerfleischt. Etwas Großes.

Amanda keuchte leise durch zusammengebissene Zähne.

Der Körper des Mädchens lag auf dem Rücken, die Glieder gebrochen, das Gesicht zerstört, als wäre sie mehrmals mit dem Kopf aufs Eis geschlagen worden.

Den Bauch sah Amanda sich lieber nicht an, denn er war aufgerissen und die Wunde von gefrorenem Blut umgeben. Draußen in der Wildnis machten sich die Wölfe als Erstes über die weichen Bauchorgane ihrer Opfer her, die ihnen ein reichhaltiges Festmahl boten.

Zweifelsohne gab es hier unten ein Raubtier. Aber was für eines? *Ganz sicher keinen Wolf ... nicht so weit im Norden.* Aber sie sah auch keine Spuren des Königs der arktischen Wildnis, des Eisbären. Keinen Kot, keine weißen Haarbüschel.

Was zum Teufel hauste hier unten?

Amanda bezog Posten am einzigen Ausgang der Höhle und versuchte, die ihr verfügbaren Informationen so rasch wie möglich zusammenzusetzen. Sie erinnerte sich an die Bewegung auf dem DeepEye-Sonar. Jetzt wusste sie mit Sicherheit, dass es kein Sonargespenst gewesen war.

In ihrer Panik schlugen Amandas Gedanken die unmöglichsten Wege ein. Was immer hier unten sein mochte, hatte das Vorüberziehen des Echolots bemerkt und war davor geflohen, zurück in sein Nest im Herzen der Eisinsel. Welche Tiere konnten ein Sonar spüren? Da sie das Sonar für ihre Forschung mit dem DeepEye ausgiebig studiert hatte, kannte sie die übliche Antwort: Fledermäuse, Delphine ... und *Wale*.

Sie ließ den Blick noch einmal über die ausgeweidete Leiche schweifen. Unwillkürlich musste sie dabei an einen anderen Körper denken, der aufs Eis gestreckt und aufgeschnitten worden war.

Dr. Ogdens seziertes *Ambulocetus*-Exemplar.

Dem Biologen zufolge war der *Ambulocetus* der Vorfahr der modernen Wale. Ihr wurde noch kälter bei dem Gedanken.

War das möglich? Gab es hier unten nicht nur eingefrorene, sondern auch lebende Exemplare dieser Gattung?

Ein Schauder des Entsetzens durchlief sie. Die Vorstellung war absurd, aber nichts sonst ergab einen Sinn. Kein Wolf, kein Eisbär. Und hier, allein, wie sie war, wurden ihre Alpträume zu Fleisch und Blut. Das Unmögliche schien möglich.

Sie deckte ihre Hand über die Taschenlampe. Hinten im Tunnel leuchtete immer noch Connors Helmlampe. So gut sie konnte, spähte sie ihren einzigen Fluchtweg aus. Alles war still. Nirgends eine Bewegung, kein Hinweis darauf, ob das Raubtier noch da draußen war oder schon auf dem Weg zurück in sein Nest.

Sie saß in der Falle – nicht nur in der Höhle, sondern auch in einem Kokon der Stille. Sie würde es nicht hören, wenn das Biest sich näherte. Kein Knurren, kein Klauenkratzen auf dem Eis, keinen zischenden Atem.

Sie hatte Angst, wieder nach draußen zu gehen.

Aber wie konnte sie hier bleiben?

Mit einem Blick zurück suchte sie ein Versteck innerhalb des Nests. Die Wände hatten ein paar Spalten, und es lagen auch einige Eisbrocken herum, die irgendwann einmal abgebrochen waren. Aber keine Spalte war tief und kein

Brocken groß genug, um sich darin oder dahinter zu verbergen.

Wieder wandte sie sich dem Tunnel zu.

Ein schwerer Schatten schob sich vor die Reflexion ihrer Lampe.

Erschrocken rollte sie sich zwischen den Knochen zurück und knipste die Taschenlampe aus. Jetzt kam das einzige Licht aus dem Tunnel. Irgendetwas kroch da draußen am Eingang herum, wie ein Felsen in einem Fluss aus Licht.

Dann kam es langsam auf sie zu.

Sie floh zu einer Ritze in der Wand. Ihre Gedanken rasten und kämpften verzweifelt gegen die Panik an. Rasch knipste sie die Taschenlampe wieder an und warf sie zu Lacys Leiche, in der Hoffnung, dass die Helligkeit die Aufmerksamkeit des Tiers auf sich lenken würde. Dieser Gedanke zog einen weiteren nach sich: Wie konnte das Tier in der Dunkelheit sehen? Körperwärme? Schwingungen? Echoortung?

Sie musste mit allem rechnen.

So weit es ging, zog sie sich die Kapuze über den Kopf und quetschte sich seitlich in den Spalt. Mit einer Hand rieb sie dabei über die Eiswand und fuhr sich dann damit übers Gesicht. Wenn das Tier sich an der Körperwärme orientierte, dann würde ihr isolierter Anzug sie vor ihm verstecken; nur das Gesicht war ungeschützt. Also musste sie es kühlen, so gut es eben ging.

In den Spalt gekauert, hoffte sie, keine direkte Silhouette für eine Echoortung zu präsentieren. Sie deckte sich die Hand über den Mund und hielt die Luft an, denn sie fürchtete, die von ihr ausgeatmete angewärmte Luft könnte sie verraten.

Unter Aufbietung aller Willenskraft zwang sie sich, völlig reglos zu verharren, und wartete.

Es dauerte nicht lange.

Ungläubig starrte Amanda auf die Kreatur, die jetzt in die Höhle kroch und zusammengekauert ihr gegenüber sitzen blieb.

Ein lebendiger Grendel.

Zuerst steckte das Biest den Kopf in die Höhle. Aus zwei geschlitzten Nüstern weit oben an seinem hoch gewölbten Kopf quoll heißer Atem. Von seiner langen weißen Schnauze troff Blut.

Connor ...

Die zurückgezogenen Lefzen entblößten messerscharfe Zähne, es hob die Nase und witterte.

Wachsam, geschmeidig wie ein Otter, aber weißhäutig, haarlos, glatt, wie ein Wesen, das leicht durchs Wasser oder durch enge Tunnel gleiten konnte, trottete es an der Höhlenwand entlang. Dann zogen sich die schwarzen Augen zusammen und es scheute vor dem hellen Licht der Taschenlampe zurück.

Ganz auf den Lichtfleck konzentriert, ging es an Amandas Versteck vorbei, blieb jedoch dicht daneben stehen und starrte in die Helligkeit. Gewaltige Muskelpakete zeichneten sich an den Schultern ab, die Hüften hoben sich, die Hinterklauen gruben sich in den Eisboden, während der Schwanz heftig hin und her schlug und alte Knochen wegfegte.

Plötzlich machte es einen Sprung nach vorn, behände wie ein Löwe, und stürzte sich auf das Licht. Die Taschenlampe flog durch die Luft, das Tier landete auf Lacys Körper, riss und fetzte mit Zähnen und Klauen, atemberaubend schnell. Dann sauste es der Lampe nach und schoss das metallene Ding quer durch die Höhle. Endlich knallte die Lampe gegen einen Eisblock und erlosch.

Amanda hielt noch immer die Luft an.

Während der ganzen Attacke war es totenstill gewesen.

Einen Herzschlag lang war Amanda in der plötzlichen

Finsternis so gut wie blind. Dann sickerte langsam etwas von dem Lichtschimmer aus dem Tunnel herein. Im Dämmerlicht wirkte der Grendel wie ein gespenstischer Schatten.

Er tappte in der Höhle umher. *Einmal, zweimal.* Noch schien er Amanda nicht bemerkt zu haben, und nun konzentrierte er sich aufs Zentrum des Nests, mit gerecktem Hals, alle Wände mit den Augen überprüfend. Ob aus Angst oder als Wirkung irgendeines Ultraschall-Sonars spürte Amanda plötzlich, wie die winzigen Härchen in ihrem Nacken zitterten.

Ein Schweißtropfen rollte ihr über die Stirn.

Blitzschnell wandte der Grendel sich in ihre Richtung, witternd und schnüffelnd. Er schien Amanda direkt anzustarren.

Sie konnte gerade noch einen Schrei unterdrücken.

Aber das spielte ohnehin keine Rolle.

Denn der Grendel stand auf, fletschte die Zähne und kroch auf ihr Versteck zu.

11:35 Uhr
Auf dem Eis …

Jenny lebte noch, irgendwie jedenfalls …

Sie lag auf dem Eis, dicht an ihren Vater geschmiegt, aber er reagierte schon lange nicht mehr, obwohl seine Arme sie nicht losließen. Sie hatte nicht die Kraft, sich zu rühren und nachzusehen, wie es ihm ging. Ihre Kleider waren zusammengefroren und verbanden Vater und Tochter noch fester miteinander. Der Blizzard heulte um sie herum. Von den beiden Navy-Männern – Fernandez und Kowalski – war nichts zu sehen.

Sie versuchte, sich auf die Seite zu rollen, aber sie fühlte ihre Gliedmaßen nicht mehr. Das Zittern hatte aufgehört, denn ihr Körper hatte den Versuch aufgegeben, Blut in ihre Extremitäten zu schicken. Alle Systeme liefen nur noch im Überlebensmodus und nutzten alle Ressourcen, um das Nötigste funktionsfähig zu halten.

Sogar die Kälte war verschwunden und einer tödlichen Ruhe gewichen. Sie hatte Schwierigkeiten, wach zu bleiben, aber im Schlaf lauerte der Tod.

Papa … Sie brachte kein Wort heraus. Ihre Lippen bewegten sich einfach nicht. Noch ein Name tauchte auf, ungebeten, unwillkommen: *Matt* …

Ihr Herz tat weh und pochte dumpf und bleischwer.

Wären ihre Tränenkanäle nicht gefroren gewesen, hätte sie geweint. So wollte sie nicht sterben. Die letzten drei Jahre hatte sie sich durchs Leben geschleppt, hatte mechanisch die Dinge erledigt, die sie erledigen musste. Aber jetzt wollte sie leben. Sie verfluchte die verlorene Zeit, das Halbleben, das sie geführt hatte. Aber die Natur war immun gegen Wünsche und Träume. Sie tötete mit der Entschlossenheit eines jeden Raubtiers.

Ihre Lider schlossen sich. Es war viel zu schmerzhaft, sie offen zu halten.

Während die Welt verblasste, bahnten sich plötzlich Leuchtkugeln einen Weg durch den wirbelnden Schnee. *Eine, zwei, drei, vier* … Verschwommenes Glühen durch den Blizzard, hin und her, so segelten sie durch die Luft. *Schneeengel* …

Sie kniff die Augen zusammen und bemühte sich, sie offen zu lassen. Die Lichter wurden heller, und nach ein paar Atemzügen hörte sie auch noch ein Brummen, das zornig das Heulen des Windes durchschnitt.

Keine Engel …

Aus dem Schnee erschienen seltsame Fahrzeuge. Sie sahen aus wie Schneemobile, aber sie bewegten sich zu schnell, sausten übers Eis mit einer Anmut und einer Schnelligkeit, die gewöhnliche Ski-Doos nicht besaßen. Stattdessen erinnerten sie an Jetski, die übers Eis flogen.

Aber es waren weder Schneemobile noch Jetski. Als sie sich aus einem Trugbild in handfeste Realität verwandelten, glitten die Maschinen übers Eis, ohne die Oberfläche der Welt zu berühren. Jenny hatte so etwas schon gesehen: experimentelle Modelle.

Hovercrafts.

Aber diese hier waren klein, nicht größer als ein Zweipersonenjetski, oben offen, zu bedienen wie ein Motorrad. Die Windschutzscheibe war nach hinten gewölbt, um Fahrer und Mitfahrer zu schützen. Und wie bei einem Jetski hatten sie an der Unterseite Skikufen, die sie allerdings nur zu benötigen schienen, wenn sie in die Kurve gingen und langsamer wurden. Anmutig landeten sie auf dem Eis und blieben ein paar Meter weiter stehen.

Männer stiegen ab. Allesamt in weißen Parkas. Gewehre wurden angelegt.

Jenny hörte russische Worte, aber die Welt blieb verschwommen, nur von den Scheinwerfern der Hovercrafts erhellt.

Die Soldaten trugen Gesichtsmasken. Sie näherten sich erst vorsichtig, dann immer kühner. Ein paar untersuchten das gesprengte Eisloch. Andere kamen auf Jenny zu, einer kniete sich vor sie und sagte etwas auf Russisch.

Als Antwort brachte sie nur ein Stöhnen zustande.

Der Mann streckte die Hand aus. Einen Augenblick verlor Jenny die Besinnung. Es hatte sie all ihre Kraft gekostet, auch nur das kleinste Geräusch hervorzubringen. Als sie das nächste Mal zu Bewusstsein kam, fand sie sich in einem Schalensitz, ordentlich mit Schulter- und Hüftgurt festgeschnallt. Die Welt sauste an ihr vorüber. Sie flog.

Irgendwann kam genug Bewusstsein durch den Nebel, um sie merken zu lassen, dass sie hinter einem Soldaten saß. Er trug keinen Parka, sondern nur einen dicken grauen Pulli. Dann merkte sie, dass sie seinen Parka anhatte. Die pelzgefütterte Kapuze war fast ganz über ihren Kopf gezogen.

Sie waren unterwegs zurück zur Driftstation. Die Ruinen eines Außengebäudes brannten.

Das alles ergab keinen Sinn, also verlor sie wieder das Bewusstsein.

Das nächste Mal erwachte sie in einer Welt voller Schmerzen. Jeder Zentimeter ihres Körpers tat weh. Es war, als würde sie ausgepeitscht, als hätte man Säure über sie gegossen, die jetzt qualvoll ihre Haut wegätzte. Sie schrie auf, aber kein Laut kam heraus. Sie wehrte sich gegen die Arme, die sie festhielten.

»Schon gut, Miss Aratuk«, sagte eine barsche Stimme hinter ihr. »Sie sind in Sicherheit.« Die gleiche Stimme sprach auch mit jemand anderem, der sie festhielt. »Stellen Sie das Wasser etwas wärmer.«

Jennys Bewusstsein wurde ein wenig klarer. Sie war nackt unter der Dusche und jemand hielt sie fest. Immerhin funktionierte ihre Zunge inzwischen wieder so weit, dass sie sagen konnte: »Es ... es brennt.«

»Das Wasser ist nur lauwarm. Das Blut kommt in die Haut zurück und an ein paar Stellen haben Sie Erfrierungen.« Etwas stach sie in den Arm. »Wir haben Ihnen ein bisschen Morphium gegeben, um den Schmerz zu lindern.«

Endlich sah sie sich den Mann an, der da mit ihr sprach. Es war Lieutenant Commander Sewell. Sie saß auf dem Fiberglasboden einer Gemeinschaftsdusche. Eine Hand voll Navy-Männer befanden sich ebenfalls im Raum. Sie waren mit irgendetwas beschäftigt. Aus ein paar anderen Duschen stieg ebenfalls Dampf auf.

Ein paar Augenblicke später wurde die Höllenqual zu einer einfachen Folter. Tränen strömten ihr übers Gesicht und mischten sich mit dem Wasser der Dusche. Ganz langsam stieg ihre Temperatur. Ihr Körper begann unkontrollierbar zu zittern.

»M... mm... mein Vater«, stieß sie zwischen klappernden Zähnen hervor.

»Wir kümmern uns um ihn«, sagte Sewell. »Ihm geht's besser als Ihnen. Zäher alter Kerl, so viel ist sicher. Nur ein bisschen die Nase abgefroren. Er muss aus Eis sein oder so.«

Unwillkürlich musste sie lächeln. *Papa ...*

Sie ließ das Zittern und Beben einfach zu. Die Kerntemperatur ihres Körpers kämpfte sich zurück zur Normalität. Das sensorische Nervensystem erwachte mit einer Million Nadelstichen in Händen und Füßen. Es war wie eine langsame Kreuzigung.

Endlich durfte sie sich aufrichten. Sie wurde sogar so warm, dass sie sich ein wenig ihrer Nacktheit schämte. Überall um sie herum waren uniformierte Männer. Schließlich wurde sie aus der Dusche geführt und kam an Kowalski vorbei, der mit nacktem Hintern und zitternd unter einer anderen Dusche stand.

Während man sie in warme Handtücher wickelte, fragte sie: »Fernandez?«

Sewell schüttelte den Kopf. »Er war schon tot, als die Russen Sie gefunden haben.«

Ihr Herz wurde schwer. Man führte sie zu einer Reihe von Stühlen, vor denen mehrere Heizlüfter standen. Ihr Vater war bereits da und schlürfte einen Becher heißen Kaffee. Vom Morphium waren ihre Knie etwas weich, aber sie schaffte es bis zu dem Stuhl neben ihm.

»Jen«, sagte ihr Vater. »Willkommen unter den Lebenden.«

»Das nennst du Leben?«, meinte sie traurig. Nachdem

sie sich gesetzt hatte, stellte sie sich Fernandez' munteres Grinsen vor. Schwer zu glauben, dass jemand so Lebendiges jetzt auf einmal tot war. Trotzdem breitete sich in ihr ganz langsam ein Gefühl von Erleichterung aus, vielleicht zum Teil vom Morphium verursacht, aber größtenteils aus ihrem eigenen Herzen.

Sie war am Leben.

Der Heizlüfter blies ihr feuchte Luft ins Gesicht und jemand drückte ihr einen Becher heißen Kaffee in ihre zitternden Hände.

»Trinken Sie das«, sagte Sewell. »Wir müssen Sie von innen genauso aufwärmen wie von außen. Und Koffein ist immer ein gutes Aufputschmittel.«

»Keine Sorge, Kaffee müssen Sie mir nicht aufschwatzen, Commander.« Sie trank einen Schluck des heißen Gebräus und spürte, wie die Wärme sie durchdrang. Ein Schauder – halb Vergnügen, halb Schmerz – schüttelte sie.

Hände und Bauch vom Kaffee gewärmt, sah sie sich um. Sie befand sich in einem großen Schlafraum. An beiden Wänden standen Pritschen. Die meisten Anwesenden waren Zivilisten, offenbar Wissenschaftler, aber es gab auch ein paar Navy-Leute.

Sie wandte sich wieder an Sewell. »Erzählen Sie mir, was passiert ist.«

Er musterte sie. »Die Russen haben die Basis requiriert.«

»Das habe ich mir auch schon gedacht. Aber warum?«

Er schüttelte den Kopf. »Es hat etwas mit der Eisstation zu tun, die wir gefunden haben. Irgendwas muss da drüben versteckt sein. Die Russen haben die höheren Ränge des Basispersonals systematisch befragt, um herauszufinden, was wir wissen. Deshalb sind Sie auch gerettet worden. Die Russen dachten, Sie wären vielleicht mit etwas oder jemandem geflohen, also haben sie Sie zurückgeholt. Ich habe sie über Ihren Status informiert.«

»Wonach suchen die Russen?«

»Das weiß ich nicht. Was immer in der anderen Basis sein mag, wird unter Verschluss gehalten. Nur für NTK.«

»NTK?«

»Need-to-know. Für diejenigen in der Befehlskette, die Bescheid wissen müssen.« Seine Stimme wurde hart. »Und anscheinend gehöre ich nicht dazu.«

»Was tun wir jetzt?«

»Wir haben nicht viele Möglichkeiten. Wir hatten nur ein kleines Sicherheitsteam.« Er machte eine ausladende Handbewegung. »Die Mistkerle haben fünf unserer Männer getötet. Wir Restlichen wurden schnell besiegt und hierher gebracht. Das zivile Personal ebenfalls. Wir werden alle bewacht. Aber man hat uns gesagt, wenn wir keinen Ärger machen, sind wir in achtundvierzig Stunden wieder frei.«

Jetzt meldete sich Jennys Vater aus seiner Deckenhülle zu Wort. »Was ist mit der anderen Sno-Cat? Der mit Matt und Craig?«

Jenny merkte, wie sich alles in ihr anspannte; sie befürchtete das Schlimmste.

»Soweit ich weiß, ist mit ihnen alles okay. Ich konnte mit ihnen Kontakt aufnehmen, bevor wir hier gefangen worden sind. Ich hab ihnen gesagt, sie sollen Alarm auslösen, wenn sie die Eisstation erreichen.«

Jenny nippte an ihrem Kaffee. Ihre Hände zitterten auf einmal wieder schlimmer und aus irgendeinem Grund war sie den Tränen nahe. »Sonst sind alle hier?«

»Alle, die noch am Leben sind, ja.«

Sie schaute sich im Zimmer um, denn sie suchte ein bestimmtes Gesicht. »Wo ist Ensign Pomautuk?«

Sewell schüttelte den Kopf. »Nicht hier. Er gehört zu den Vermissten, zusammen mit einer Hand voll Zivilisten. Aber ich kann nichts mit Sicherheit sagen. Die Russen haben ein paar Schwerverletzte in die Krankenstation mitgenommen. Vielleicht ist er da. Wir wissen noch längst nicht alle Einzelheiten.«

Jenny starrte zu ihrem Vater hinüber. Seine Nasenspitze war aschfahl – eine Erfrierung. Aber als er ihre Angst sah, streckte er eine Hand unter der Decke hervor und suchte ihre. Jenny fühlte seine Finger – voller alter Schwielen, aber immer noch kräftig. Er hatte so viel durchgemacht und überlebt! Als würde sie seine Stärke aufnehmen, konnte sie Sewell jetzt die nächste Frage stellen. »Was ist mit diesen achtundvierzig Stunden? Glauben Sie, dass die uns dann wirklich gehen lassen?«

»Ich weiß es nicht.«

»Mit anderen Worten: *Nein*«, seufzte Jenny.

Sewell zuckte die Achseln. »Momentan spielt es keine Rolle, ob wir ihnen glauben oder nicht. Die sind zwei zu eins in der Überzahl. Und sie haben sämtliche Waffen.«

»Was ist mit Ihrem Captain und Ihrem U-Boot?«

»Die *Polar Sentinel* könnte irgendwo da draußen sein, aber sie hat keine Waffen. Hoffentlich machen sie sich aus dem Staub und holen Hilfe. Wenn wir bis dahin am Leben bleiben.«

»Was jetzt? Warten wir einfach ab? Vertrauen den Russen, dass wir in Sicherheit sind?«

Inzwischen hatte Kowalski sich zu ihnen gesellt, von Kopf bis Fuß in Handtücher gehüllt. Er ließ sich schwer auf einen Stuhl fallen. »Scheiße, nein!«, beantwortete er Jennys Frage.

Schweigen folgte seiner Feststellung. Niemand protestierte.

»Dann brauchen wir einen Plan«, sagte Jenny schließlich.

11:45 Uhr
Eisstation Grendel

Waren sie hier nicht schon einmal gewesen?

Lieutenant Commander Roberto Bratt hatte die Orientierung verloren, was seine Laune nicht verbesserte. Sein ungezügeltes Temperament schob er gern auf seine Herkunft, denn seine Mutter war Mexikanerin und sein Vater Kubaner. Beide waren laut und explosiv gewesen. Aber diese verdammten Tunnel hätten selbst Gandhis Geduld auf eine harte Probe gestellt. Alles sah gleich aus: Eis und noch mehr Eis.

Vor ihm rannte Serina Washburn einen anderen Tunnel entlang. Er folgte ihr, dass seine Stiefel nur so auf dem sandbestreuten Boden knirschten. »Washburn!«, rief er. »Wissen Sie denn überhaupt, wo wir hinlaufen?«

Lieutenant Washburn verlangsamte ihre Schritte und richtete die Taschenlampe auf eine purpurrote Flamme, die auf die Wand gesprüht war. »Sir, das sind die einzigen Markierungen, bei denen wir noch nicht gesucht haben. Danach brauchen wir eine Farbdose, mit der wir unseren eigenen Weg in unmarkierte Gegenden kennzeichnen können.«

Er bedeutete ihr weiterzugehen. *Großartig … einfach großartig …!*

Im Chaos der Evakuierung hatte Bratts Team Megaphone eingesetzt, um den Aufruf zur Evakuierung in den Tunneln zu verbreiten. Die Warnung hatte sich rasch herumgesprochen und die Menschen waren aus den Eistunneln geströmt. Aber mit den Russen im Nacken hatten sie keine Zeit, den ganzen Kriechkeller zu Fuß abzuklappern.

So hatte sich denn auch, als der Staub sich senkte, herausgestellt, dass Leute fehlten – unter ihnen die Chefin der Driftstation Omega, Dr. Amanda Reynolds.

Da Leute vermisst wurden, hatte sich Bratt entschlossen zu bleiben, aber er war überrascht gewesen, als Lieutenant Washburn darauf bestanden hatte, ihn zu begleiten. Die Station hatte unter ihrer Obhut gestanden. Sie wollte nicht weg, ehe nicht alle ihre Schutzbefohlenen draußen waren.

Während sie immer tiefer hinunterstiegen, taxierte Bratt seine Partnerin. Washburn war ein ganzes Stück größer als er, eher ungewöhnlich für eine Frau, aber schlank und muskulös. Sie sah aus wie eine Profiläuferin. Die Haare trug sie in einem kurzen Igelschnitt, was ihrer Weiblichkeit aber durchaus keinen Abbruch tat; ihre Haut war glatt und kaffeebraun, die Augen groß und tiefgründig. Doch im Augenblick war sie absolut sachlich.

Bratt ebenfalls. Er konzentrierte sich auf die Eistunnel. Schließlich hatte er eine Mission: alle hier noch umherirrenden Zivilisten zu finden und in Sicherheit zu bringen.

Wieder hob er das Megaphon an die Lippen und drückte auf den Knopf. Seine Worte hallten durch die Tunnel. »Hier spricht Lieutenant Commander Bratt! Wenn jemand mich hört, soll er sich bitte melden!«

Dann senkte er das Megaphon wieder. Seine Ohren dröhnten. Einen Moment lauschte er, erwartete jedoch nicht wirklich eine Reaktion. Sie suchten und riefen schon seit einer halben Stunde, ohne auch nur den Hauch einer Reaktion erhalten zu haben. Als nun wirklich jemand rief, war er erst nicht sicher, ob es stimmte.

Washburn schaute zu ihm zurück und zog eine Braue hoch.

Doch der Ruf wurde wiederholt. Schwach, aber unmissverständlich hallte es durch die Eistunnel: »Hier drüben!«

Es kam von vor ihnen.

Sie eilten weiter. Bratt schob sich das Gewehr höher auf die Schulter. Seine Armeejacke und sein Parka waren schwer von der darin verstauten Munition, die er von seinen eigenen Leuten eingesammelt hatte, als sie auf dem Weg zurück zum U-Boot gewesen waren. Washburn, obwohl ähnlich beladen, lief voraus.

Der Tunnel mündete in eine große Eishöhle voller brummender Generatoren, Scheinwerfer und anderer Geräte. Die Luft war hier deutlich wärmer und sehr feucht. Die hintere Wand der Höhle bestand aus fleckigem Vulkangestein.

»Herr des Himmels!«, fluchte Bratt leise vor sich hin.

Ein kleiner kahler Mann mit offenem Parka kam über den Eissee geschliddert, der den Boden des Raums bedeckte. Er war einer der Wissenschaftler, die in der Station arbeiteten, flankiert von zwei jüngeren Männern.

»Dr. Ogden?«, fragte Washburn und identifizierte damit den kleinen Mann. »Was machen Sie denn noch hier? Haben Sie den Aufruf zur Evakuierung nicht gehört?«

»Doch, doch«, antwortete er atemlos, als er bei ihnen anlangte, »aber meine Arbeit hat mit Politik nichts zu tun. Hier geht es um reine Wissenschaft. Mir ist es egal, wer die Station kontrolliert, solange nur meinen Proben nichts passiert. Gefahr hin oder her, ich kann sie nicht hier lassen. Vor allem nicht an diesem kritischen Punkt meiner Arbeit. Der Auftauprozess ist so gut wie abgeschlossen.«

»Proben?«, fragte Bratt. »Auftauprozess? Wovon zum Teufel reden Sie da?«

»Es darf ihnen nichts geschehen«, beharrte der Wissenschaftler. »Das müssen Sie verstehen. Ich kann nicht riskieren, dass die Daten zerstört werden.«

Bratt bemerkte, dass die jüngeren Begleiter des Wissenschaftlers von einem Fuß auf den anderen traten und nervös die Hände aneinander pressten – wahrscheinlich waren es Studenten, wissenschaftliche Hilfskräfte, die von dem, was Ogden vorbrachte, nicht ganz überzeugt waren.

»Sie müssen sich das ansehen!«, schwärmte Dr. Ogden weiter. »Wir können eine EEG-Aktivität ableiten!« Damit eilte er auf dem Weg, den er gekommen war, zurück zu der vulkanischen Felswand.

Washburn folgte ihm. »Ist Dr. Reynolds denn auch hier?«

Gespannt trabte Bratt hinterher. *Wenn alle Vermissten hier wären …*

Aber die Antwort des Wissenschaftlers zerstörte seine Hoffnungen rasch. »Amanda? Nein, ich weiß nicht, wo sie ist.« Mit zusammengezogenen Brauen sah er sich um. »Warum?«

»Sie muss hier irgendwo sein«, erklärte Washburn. »Angeblich war sie zusammen mit Dr. MacFerran unterwegs und hat eine vermisste Kollegin gesucht.«

Ogden rieb seinen vereisten Schnurrbart. »Davon weiß ich nichts. Ich war die ganze Nacht mit dem Biologenteam hier.«

Als sie die Wand erreichten, merkte Bratt, dass Wasser unter seinen Füßen spritzte, das aus einer Spalte in der Felswand rann. Der Biologe ging voran in die Höhle. Aber nach ein paar Schritten kam ihnen eine andere Gestalt entgegen.

Es war ebenfalls eine Studentin, eine junge Frau Anfang zwanzig. *Wie viele Idioten waren denn noch hier unten?*

»Professor! D-da passiert irgendwas!«, stammelte sie.

»Was denn?«

Sie deutete in die Höhle, versuchte etwas zu sagen, sah sich aber nur mit völlig verängstigten Augen um.

Ogden rannte los. »Stimmt was nicht?«

Alle folgten ihm. Nach zehn Schritten befanden sie sich in einer Höhle von der Größe einer Zweiergarage, einer großen Blase im Felsen. Hier brannten noch mehr Scheinwerfer. Überall standen Geräte herum.

Der Anblick und der Geruch verschlugen Bratt schlichtweg den Atem. Früher hatte er einmal einen Sommerjob in einer Fischfabrik in Monterey gehabt. Die Hitze, der Gestank nach verrottenden Fischinnereien und Blut – hier war es das Gleiche, nur dass es keine Fische waren, die ihn verursachten.

Auf einer Seite lag der gehäutete und ausgenommene Körper einer fahlweißen Kreatur, die aussah wie ein Belugawal, nur dass sie Beine hatte. Und es war nicht die einzige ihrer Art. Weitere sechs Exemplare, frischer und noch intakt, lagen zusammengerollt auf dem Boden. Eiskrusten klebten noch auf ihrer blassen Haut. Zwei davon waren an farbige Kabel angeschlossen, die zu Maschinen mit Videobildschirmen führten. Kleine Sinuswellen bewegten sich über die winzigen Monitore.

Ogden sah sich suchend um. »Das verstehe ich nicht.« Er wandte sich an die panische Studentin. »Was ist denn los?«

Sie deutete auf eines der zusammengerollten Tiere. »Es … es hat sich bewegt …«

Ogden warf ihr einen wütenden Blick zu und wedelte wegwerfend mit den Händen. »Absurd! Das sind bloß die Schatten hier drin. Wahrscheinlich ist einer von den Scheinwerfern verrutscht.«

Die junge Frau schlang die Arme um sich, keineswegs überzeugt. Offensichtlich hatte sie einen gehörigen Schreck gekriegt.

Ogden wandte sich wieder Bratt und Washburn zu. »Das sind die EEG-Ableitungen. Die haben ein paar von unseren weniger erfahrenen Teammitgliedern richtig Angst eingejagt.«

»EEG? Hirnströme?«, erkundigte sich Bratt, der immer noch auf die elektronischen Wellen auf den Monitoren starrte.

»Ja«, antwortete Ogden. »Wir haben bei den auftauenden Exemplaren Hirnaktivität festgestellt.«

»Sie machen Scherze! Diese Dinger hier sind lebendig?«

»Nein, natürlich nicht. Sie sind fünfzigtausend Jahre alt.

Aber solche Phänomene gibt es des Öfteren, wenn lebendige Proben rasch gefroren und langsam wieder aufgetaut werden. Obwohl das Versuchsobjekt tot ist, beginnen die Chemikalien im Gehirn zu tauen und zu fließen. Und Chemie ist Chemie. Bestimmte neurochemische Funktionen setzen wieder ein. Aber ohne Zirkulation verschwinden diese Effekte nach einiger Zeit wieder. Deshalb ist es ja so wichtig, dass ich hier bleibe und die Daten sammle, bevor sie wieder verloren gehen. Wir sehen hier Aktivitäten vor uns, die es seit fünfzigtausend Jahren nicht mehr gegeben hat!«

»Wie auch immer«, meinte Bratt. »Solange diese Dinger nur wirklich tot bleiben.«

Plötzlich durchzuckte ein Krampf einen der Körper, als hätte er Bratts Worte gehört. Ein Schwanz löste sich aus der zusammengerollten Position, traf einen Scheinwerfer und warf ihn krachend um.

Alle sprangen zurück – ausgenommen Dr. Ogden, der das Tier nur verblüfft und ungläubig anstarrte.

Der Körper rollte sich weiter auf und wand sich in wilden schlängelnden Bewegungen. Dann begann er auf dem Boden zu zappeln und zu zucken wie ein Fisch an Land. Heftige Konvulsionen durchliefen ihn in rasch aufeinander folgenden Wellen.

Der Biologe trat näher und streckte staunend einen Arm aus, als müsste er das Tier berühren, um sich davon zu überzeugen, dass es real war. »Es erwacht zu neuem Leben.«

»Doktor ...!«, warnte Bratt.

Das Biest warf sich in Ogdens Richtung, riss das Maul weit auf und entblößte spitze Haifischzähne. Blind schnappte es nach dem Biologen und verfehlte dessen Finger nur um wenige Zentimeter. Ogden machte ein paar Schritte zurück und legte schützend die andere Hand über seine Finger, als wäre er tatsächlich gebissen worden.

Aber jetzt hatte Bratt endgültig genug. Er riss Ogden zurück und schubste dann auch die anderen hinter sich, während er nach seinem Gewehr griff.

Aber der Biologe ließ nicht locker und stolperte wieder neben ihn. »Das ist wirklich unglaublich!«

Bratt machte den Mund auf, aber plötzlich verspürte er hinter den Ohren ein scharfes Summen. Sein Kiefer vibrierte wie eine Stimmgabel. Das Gefühl war ihm vom U-Boot-Sonar absolut vertraut. Er wusste, was er da fühlte.

Auch die anderen bemerkten es und rieben sich die Ohren.

Ultraschall ...

»Seht doch!«, rief einer der Studenten und deutete auf die EEG-Geräte.

Bratt blickte zu ihnen hinüber. Die langsamen Sinuswellen hatten sich verändert und waren schnell und spitz geworden. Die beiden Exemplare mit den Kabeln begannen zu zittern. Der nächste Schwanz rollte sich auf.

Die Menschen flohen zum Höhlenausgang.

»Ich kann es nicht fassen«, sagte Ogden und steckte sich einen Finger ins Ohr. »Ich glaube, das erste Tier ruft die anderen.«

»Ja, mit Sonar«, sagte Bratt, dessen Kiefer immer noch vibrierte.

»Frühzeitlicher Walgesang«, korrigierte ihn Ogden. »Der *Ambulocetus* ist ein Vorfahr der modernen Walfamilie. Der Ultraschall funktioniert anscheinend als biologischer Auslöser und weckt die Mitglieder des Schwarms. Vielleicht ruft er auch noch andere Tiere herbei. Ein Verteidigungsmechanismus. Zum besseren gegenseitigen Schutz.«

Das Zappeln wurde immer heftiger. Geräte fielen krachend zu Boden. Die Ultraschall-Rufe wurden stärker.

Auf der einen Seite des Raums lag die erste Kreatur, keuchend und durch das offene Maul heftig nach Luft schnappend. Dann rollte sie sich auf den Bauch – unsicher, zitternd, fröstelnd.

»Kann bitte jemand das Ding erschießen, ja?«, flehte die junge Frau mit hoher Stimme.

Bratt hob die Waffe.

Der Biologe starrte von dem Gewehr zu der zittrigen Kreatur. »Sind Sie verrückt?! Das ist die Entdeckung des Jahrhunderts – und Sie wollen diese Tiere einfach erschießen? Wir müssen sie schützen!«

Bratt versuchte, gleichermaßen höflich und entschlossen zu bleiben. »Sir, wir sind hier nicht bei *Free Willy*. Momentan mache ich mir mehr Sorgen darüber, wie wir uns selbst schützen können.« Damit packte er den schmächtigen Biologen am Ellbogen und schubste ihn in den Höhlengang. »Und falls es Ihnen noch nicht aufgefallen ist: Diese Viecher erinnern eher an einen weißen Hai als an einen friedlichen, Plankton fressenden Buckelwal. Ich glaube, die können sich ganz gut selbst schützen.«

Ogden wollte protestieren, aber Bratt wandte sich abrupt von ihm ab und sagte zu Washburn: »Führen Sie die Leute nach draußen, Lieutenant.«

Sie nickte, ein Auge noch immer auf den zappelnden Monstern.

Bratt scheuchte alle in den Gang, hinaus zur Klippe und über den Eissee.

»Die Russen müssen davon gewusst haben«, meinte Ogden. »Deshalb wollen sie die Station übernehmen. Um die ganzen Lorbeeren selbst einzuheimsen.«

Aber Bratt wusste, dass der Mann völlig falsch lag, denn er gehörte zu den wenigen, die wussten, was auf Ebene vier versteckt war. Den Russen ging es nicht um Ruhm und Ehre, sondern um Stillschweigen und Vertuschung.

Als sie die andere Seite des Sees erreicht hatten, rief Washburn, die ein paar Schritte zurückgeblieben war: »Commander! Wir sind nicht allein!«

Er fuhr herum.

Eine der Kreaturen trat aus dem Felsspalt und schlidderte aufs Eis. Eine weitere folgte ... und noch eine ...

Sie schwankten auf den Füßen, wacklig, aber wild entschlossen. Und nach fünfzigtausend Jahren waren sie wahrscheinlich zudem verdammt hungrig.

»Sie wachen aber schnell auf«, stellte Ogden anerkennend fest.

Bratt winkte zum Ausgang. »Raus!«, schrie er. »Bewegung!«

Auf der anderen Seite des Sees wandten sich drei Köpfe dem Klang seiner Stimme zu. Wieder spürte er, wie erneut ein Ultraschallsignal über ihn hinwegschwirrte. Die gottverdammten Dinger suchten ihn mit ihrem Sonar!

»Scheiße!«, fluchte er und hob im Laufen das Gewehr. Sie wurden gejagt!

Zwei weitere Kreaturen erschienen aus dem Spalt.

»Washburn, laufen Sie mit den Leuten den Tunnel entlang. *Sofort!* Sie kennen ja den Weg. Ich werde dafür sorgen, dass uns keines von den Biestern zu nahe kommt.«

Er hob das Gewehr.

»Bitte nicht!«, bettelte Ogden.

»Professor, das ist nicht der richtige Zeitpunkt für Diskussionen.«

11:58 Uhr
Draußen auf dem Eis ...

Matts Rückgrat fühlte sich an wie Gelee. Seit weit über einer Stunde jagte der Fahrer der Sno-Cat, ein Unteroffizier namens Frank O'Donnell, das Raupenfahrzeug mit Höchstgeschwindigkeit übers Eis, ohne auf Unebenheiten zu achten. Es war ein Gefühl, als säße man auf einem Farbmischer. Jeder Knochen in Matts Körper war durchgerüttelt und angeschlagen.

Er starrte hinaus in den wirbelnden Schnee. Der Wind beutelte das Fahrzeug. Schon lange hatte er die Hoffnung aufgegeben, den Navy-Männern die Fahrt zur russischen Eisstation auszureden. Als einziges Zugeständnis hatte der Fahrer sich bereit erklärt, alle fünf Minuten die andere Sno-Cat anzufunken.

Aber niemand antwortete.

Außerdem hatten sie auch versucht, auf dem Kurzwellenband jemanden in der Basis zu erreichen, aber dort hatten sie auch nicht mehr Glück. Man konnte fast meinen, sie wären hier draußen ganz allein.

Die Angst um Jenny hatte die Form eines grapefruitgroßen Steins in Matts Magen angenommen. Daher fand er es enorm schwer, sich auf seine eigene Lage zu konzentrieren.

»Da ist die Station!«, rief O'Donnell ihnen zu und deutete nach vorn. Seine Stimme klang erleichtert. »Sieht aus, als hätten sie wenigstens das verdammte Licht angelassen.«

Matt beugte sich vor, froh über die Ablenkung. Mit aufmerksamen Augen sah Craig ihn an.

Vor ihnen erhob sich eine Wand aus riesigen Presseishügeln. Horizontal fegte der Schnee übers Land und verhüllte alle Einzelheiten. Aber am Fuß eines der Hügel drang ein Glimmen durchs mittägliche Halbdunkel.

»Ich sehe aber keine Station«, meinte Craig.

»Alles unterirdisch«, erklärte der Fahrer. »Die gesamte Einrichtung.«

Die Sno-Cat hielt auf den Lichtstrahl zu und hüpfte über die übereinander geschobenen Eisschollen. Jetzt entdeckte Matt noch zwei weitere Fahrzeuge, halb mit Schnee bedeckt, im Schutz kleiner Schluchten zwischen den Hügeln.

Sogar ein Segelboot ankerte dort mit eingeholten Segeln. Die Cat fuhr an ihnen allen vorbei, direkt auf die erleuchtete Öffnung zu.

»Verflucht!« Lieutenant Greers Aufschrei ließ sie zusammenzucken.

Unwillkürlich schauten alle in die Richtung, in der er sein Gesicht ans Fenster presste. Draußen im Schneesturm sah Matt etwas völlig Absurdes. Ein U-Boot-Kommandoturm stieß aus der Tiefe krachend durchs Eis, dampfend und Wasser verspritzend.

»Die Russen!«, zischte Pearlson. »Sie haben uns überholt!«

Aber Matt betrachtete die Polynja, durch die das U-Boot aufstieg. Sie war klein, zu klein für das große russische U-Boot. Gerade mal der Kommandoturm hatte Platz.

»Was sollen wir tun?«, fragte Matt.

»Ich habe fast kein Benzin mehr«, bemerkte O'Donnell.

Als ranghöchster Offizier zögerte Greer nicht lange, sondern überlegte kurz und sagte dann: »Sehen wir zu, dass wir in die Station kommen.«

Matt nickte und gab ihm im Stillen Recht. Sie brauchten Deckung. Hier draußen zu bleiben, war ihr sicherer Tod. Garantiert hatten die Hydrophone des U-Boots ihre Cat übers Eis rumpeln hören. Die Russen würden wissen, dass sie hier waren.

O'Donnell gab wieder Vollgas. Als das Fahrzeug über eine besonders große Unebenheit bretterte, knallte Matt mit dem Kopf gegen die Decke.

»Festhalten!«, schrie O'Donnell.

Matt rieb sich den Schädel und lehnte sich zurück. *Das hätte der Typ auch früher sagen können.*

Greer packte die Lehne vor sich. »O'Donnell ...«

»Ich sehe sie, Sir!«

Matt spähte zu dem U-Boot hinüber. Männer in weißen

Parkas kletterten aus dem Kommandoturm des Schiffes. Waffen wurden auf sie gerichtet.

Die Sno-Cat fuhr eine scharfe Kurve und raste auf den Eingang der Basis zu.

»Langsam!«, brüllte Craig vom Beifahrersitz, die Arme aufs Armaturenbrett gestützt.

Matts Augen weiteten sich, als ihm klar wurde, was der Fahrer vorhatte. »Das soll doch wohl ein Scherz sein …«

Aber O'Donnell trat aufs Gaspedal und die Sno-Cat flog direkt auf den Tunnel zu.

Auf einmal knatterten Gewehre. Kugeln bohrten sich in die Hinterseite der Cat, als hätte jemand ein brennendes Bündel Feuerwerkskörper in ihren Kofferraum geworfen. Der Lärm war ohrenbetäubend. Krachend zersprang das Glas der rückwärtigen Scheibe.

Möglicherweise stieß Matt einen Schrei aus, aber er konnte seine eigene Stimme nicht hören.

Dann war die Cat im Tunnel.

O'Donnell schaltete zurück und trat auf die Bremse, doch die Cat war so in Schwung, dass sich nichts veränderte. Sie schoss die Stufen hinunter, das Hinterteil in die Höhe gereckt, sodass es gegen die Decke aus Eis stieß und der hintere Teil der Kabine eingedrückt wurde. Dann setzte das Fahrzeug mit kreischenden Raupen wieder auf der Treppe auf.

Mit einem wilden Getümmel von Armen und Beinen flogen die Passagiere durcheinander. Noch mehr Glas regnete auf sie herab.

Im Licht der Scheinwerfer sah Matt vor ihnen eine Stahltür.

Dann donnerten sie auch schon mit einer Wucht dagegen, dass alle nach vorn geschleudert wurden. Matt flog über den Vordersitz und knallte mit der Schulter gegen die Windschutzscheibe. Das Fenster sprang aus dem Rahmen und er rollte in einem Scherbenregen über die Kühlerhaube.

Von dort rutschte er weiter auf den Boden, wo er wenig anmutig landete.

Aber wenigstens hatten sie angehalten.

»Alles in Ordnung?«, fragte Craig, als Matt sich mühsam aufrappelte. Der Reporter lehnte sich aus der Kabine. Seine Kopfwunde war wieder aufgeplatzt und das Blut lief ihm übers Gesicht.

»Besser als bei Ihnen jedenfalls«, antwortete Matt und untersuchte seine Glieder, um sicherzugehen, dass er nicht log.

O'Donnell stöhnte und hielt sich die Seite. Offensichtlich war er aufs Lenkrad geprallt und hatte sich ein paar Rippen lädiert. Auf dem Rücksitz hatten sich Greer und Pearlson bereits wieder aufgerappelt und hielten durch das zerbrochene Rückfenster Ausschau nach den Russen.

Matt prüfte den Zustand ihres Fahrzeugs. Die Sno-Cat steckte im Eingang fest, wie ein Stöpsel in einem Abfluss. »Es geht doch nichts über eine Lieferung frei Haus.«

»Alles raus hier!«, befahl Greer vom Rücksitz, während er sein Gewehr vom Boden aufhob. Er deutete auf Matt und machte eine Handbewegung zur Station.

Die Türen waren völlig eingeklemmt, aber da die Windschutzscheibe herausgebrochen war, hatten sie ja einen vorgefertigten Ausgang. Matt half den anderen, über die Kühlerhaube zu klettern.

»Machen wir, dass wir weiter nach unten kommen!«, rief Greer, der als Letzter durchkrabbelte. »Das Wrack hier wird die Russen ein bisschen aufhalten, aber wer weiß, wie lange.«

Zusammen hasteten sie den Gang hinunter. Greer holte Matt ein und streckte ihm eine 9 mm Beretta hin. »Können Sie damit umgehen?«

»Ich war bei den Green Berets.«

Greer betrachtete ihn mit neu erwachtem Interesse und

drückte ihm die Waffe in die Hand. »Gut, dann werden Sie sich ja wenigstens nicht in den Fuß schießen.«

Matt wog den Revolver in der Hand. »Nur wenn ich mich damit aus diesem Schlamassel hier befreien könnte.«

Nach ein paar Metern mündete der Gang in einen großen runden Raum, von dem mehrere andere abzweigten. Um eine zentrale Treppe waren Tische und Stühle angeordnet. Halb aufgegessene Mahlzeiten standen herum. Die Waffen im Anschlag, durchquerten sie den Raum.

Er war leer.

»Wo sind die denn alle?«, fragte Matt.

Im Laufschritt führte Greer sie die Treppe hinunter. Die zweite Ebene war genauso leer.

»Alle weg«, sagte Pearlson schockiert.

»Evakuiert«, korrigierte Greer. »Die *Polar Sentinel* muss Wind von dem Angriff bekommen haben und direkt hergekommen sein. Sie haben die Basis geräumt.«

»Großartig«, meinte Matt. »Da sind wir den ganzen weiten Weg hergefahren und die haben den Laden schon längst dichtgemacht.«

»Was tun wir jetzt?«, fragte Craig. Eine Hälfte seines Gesichts war blutverschmiert, die andere aschfahl.

Greer führte sie weiter nach unten. »Auf der dritten Ebene ist eine alte Waffenkammer. Granaten, Gewehre. Wir nehmen so viele davon mit, wie wir tragen können.«

»Und dann?«

»Verstecken wir uns. Und überleben.«

»Der letzte Teil des Plans gefällt mir besonders gut«, kommentierte Matt.

Als sie die dritte Ebene erreichten, hörten sie plötzlich Schüsse. Doch der Hall kam nicht von oben, sondern von unten!

»Jemand ist doch noch hier«, stellte Craig mit großen Augen fest.

»Klingt, als käme der Krach von der Ebene unter uns«, meinte Pearlson.

»Dann mal los!« Greer ging voraus.

In diesem Moment ertönte von oben das Krachen einer Explosion und sie blieben alle wieder stehen.

Man hörte Stimmen, russische Befehle, eilige Schritte.

Craig und Matt flohen hinter Greer die Stufen hinunter. Pearlson und O'Donnell bildeten die Nachhut. So kamen sie zur vierten Ebene. Statt in einen offenen Gemeinschaftsraum führte die Treppe hier in einen lang gezogenen Korridor.

Auch er war leer. Aber am anderen Ende gab es eine Stahltür.

»Der Kriechkeller«, stellte Pearlson von hinten fest.

»Da kann man sich gut verstecken«, meinte Greer. »Ein verfluchtes Labyrinth. Kommen Sie!«

»Aber wer hat da geschossen?«, fragte Craig, als sie bereits losrannten.

Das hätte auch Matt gern gewusst.

Stirnrunzelnd antwortete Greer: »Beten wir, dass es *unsere* Jungs sind.«

Matt nahm sich seinen Vorschlag zu Herzen. Sie brauchten Verstärkung. Aber das führte natürlich zu einer ganz anderen Frage.

Wenn es tatsächlich die Guten waren, worauf schossen sie dann?

KAPITEL 9

Ausweglos

ᐅᒥᒃᓯᒪᔪᖅ ᓄᖕᒍᐊᓂ

9. April, 12:02 Uhr
Eisstation Grendel

Im Halbdunkel des Knochennests kroch die gewaltige Kreatur auf Amandas Versteck zu – zusammengekrümmt, argwöhnisch, unsicher. Das Maul des Untiers stand offen, die Zähne schimmerten blutig. An den Klauen hingen noch Fetzen von Lacys Anzug.

Amanda drückte sich noch tiefer in den Eisspalt, als sie wieder ein Ultraschallsignal spürte, das von dem Grendel ausging und in ihrem Kiefer, ihren Zahnwurzeln und in ihren Nackenhaaren vibrierte. Sie erstarrte wie ein Kaninchen im Scheinwerferlicht.

Geh weg!, betete sie aus tiefstem Herzen. Inzwischen hielt sie schon so lange die Luft an, dass sie Sterne sah. Aber sie traute sich nicht, auszuatmen. Kleine Bäche kalten Schweißes rannen über ihr ungeschütztes Gesicht.

Bitte ...!

Der Grendel näherte sich ihrer Nische bis auf einen halben Meter. Gegen den Lichtschein, der von draußen hereindrang, war das Biest im Schatten nur als Silhouette zu erkennen. Lediglich die beiden Augen fingen ein wenig von dem Licht ein, das von der Eiswand reflektiert wurde.

Blutrot ... gefühllos und kalt wie das Packeis über ihnen.

Amanda begegnete seinem Blick und wusste, dass sie sterben würde.

Dann warf das Tier plötzlich den Kopf zurück und wandte sich dem Höhlenausgang zu. Die Bewegung war so unvermittelt, dass Amanda unwillkürlich ausatmete. Sie konnte nicht anders. Sofort erstarrte sie wieder, voller Angst, dass sie sich verraten hatte.

Aber das Tier ignorierte sie und wandte sich dem Ausgang zu. Erst legte es den Kopf auf die eine, dann auf die andere Seite. Kein Zweifel – es lauschte.

Natürlich konnte Amanda nicht wissen, was es hörte. Kam da jemand? War Connor doch noch am Leben und schrie um Hilfe?

Was immer es sein mochte, der Grendel schlug ein paar Mal mit dem Schwanz und rannte auf den Tunnel zu, auf und davon.

Einen langen, zittrigen Moment blieb Amanda in ihrer Nische, dann taumelte sie hinaus und stolperte mit weichen Knien zu dem Tunnel. Noch immer tanzten Sterne vor ihren Augen, aber mehr aus Angst als aus Sauerstoffmangel. Als sie vorsichtig aus dem Tunnel spähte, sah sie die dunkle massige Gestalt gerade noch mit großen Sprüngen zur Klippe verschwinden.

Da Amanda mehr Angst vor der unbekannten Stille hatte als vor der Bestie, stieg sie mit Hilfe ihrer Steigeisen den Tunnel hinauf. Der Boden war glitschig, und sie musste sich ducken, als der Gang immer niedriger wurde. Am Ende angekommen, streckte sie den Kopf durch die Öffnung.

Seitlich von ihr erklomm der Grendel gerade die Eisklippe, flink wie ein Gecko an einer Gipswand.

Schon war er über der Kante und verschwand eilig. Zweifelsohne befand er sich auf der Pirsch.

Amanda sah zu dem blauen Seil, das über die Klippe herabhing.

Sie starrte es an.

Es war ihre einzige Hoffnung.

Entschlossen rollte sie sich aus dem Gully und rappelte sich auf. Dann rannte sie zu der Klippe. Hoffentlich war das Seil immer noch fest. Zuletzt war es um seinen Brustkorb geschlungen gewesen, aber sie hatte ja keine Ahnung, in welchem Zustand sie den Geologen vorfinden würde.

Als sie die Klippe erreichte, legte sie vorsichtig ihre behandschuhten Finger um das Seil.

Bitte, Gott …!

Sie zog. Das Seil schien zu halten. Sie lehnte sich zurück und prüfte die Belastbarkeit. Es hielt immer noch.

Tränen traten ihr in die Augen, während sie Hand über Hand, die Steigeisen tief ins Eis gegraben, die Klippe erklomm. Angst beflügelte ihre Muskeln. Müdigkeit war keine Option. So krallte und stieß sie sich bis zur Kante hinauf.

Dort angekommen, hievte sie sich hinüber und landete direkt neben dem übel zugerichteten Körper von Connor MacFerran. Seine Helmlampe leuchtete zur Decke – ein Signalfeuer im dunklen Tunnel.

Amanda drehte sich weg und versuchte, den geplünderten Leichnam nicht allzu genau zu betrachten. Wie bei Lacy war auch sein Bauch ausgeweidet. Eine Blutlache umgab den Körper, ein gefrorener roter Fleck auf dem Eis. Nur dank der unerbittlichen Kälte hatte Amanda den Aufstieg geschafft, denn während der Stunde, die sie unten in der Höhle verbracht hatte, waren die Überreste von Connors Körper am Eis festgefroren und so zu einem blutigen Anker für ihre Flucht geworden.

Die Hand vor den Mund gepresst, bat sie Gott im Stillen um Vergebung, bückte sich und machte den Helm des Geologen los. Sie brauchte sein Licht. Während sie am Kinnriemen herumnestelte, konnte sie den Blick nicht von Connor abwenden. Sein linkes Auge und seine Nase waren von einer Klaue weggerissen worden. Direkt über dem Schlüsselbein klaffte ein Loch, dort, wo die Kehle gewesen war, und in seinem Bart klebte gefrorenes Blut.

Endlich war der Helm frei. Amanda schluchzte laut.

Aber schließlich erhob sie sich und probierte den Helm auf. Natürlich war er zu groß und saß schief auf ihrem Kopf, aber sie verknotete den Kinnriemen, bis er einigermaßen fest war. In dem langen Tunnel war keine Spur von dem Grendel mehr zu sehen.

Als sie sich schon abwenden wollte, glitzerte plötzlich etwas in ihrem Augenwinkel. Rasch drehte sie sich wieder um. Auf dem Boden lag ein kleiner Eispickel. Connor hatte ihn am Gürtel getragen. Wahrscheinlich hatte er sich damit zu verteidigen versucht.

Eilig hob Amanda den Eispickel auf. Obwohl er nur so klein war, empfand sie doch eine gewisse Erleichterung, ihn bei sich zu haben.

Dann wandte sie sich wieder dem Tunnel zu und wappnete sich für den schrecklichen Weg, der vor ihr lag. Aber während ihre Finger noch den Stiel des Eispickels betasteten, tauchte eine andere Erinnerung in ihr auf. Als sie Connor davor gewarnt hatte, allein auf die Suche nach Lacy zu gehen, hatte er ihre Sorge als unbegründet abgetan. Alle seien zu beschäftigt, hatte er gemeint. Aber dann hatte er noch etwas gesagt und dieser Satz kam ihr jetzt ins Gedächtnis zurück.

Ich hab aber ein Walkie-Talkie dabei.

Amanda fuhr herum.

Noch einmal kniete sie sich neben Connors Leiche, durchsuchte seine zerrissene Daunenweste, aus der Federn und Füllstoff herausquollen, und fand schließlich das kleine Funkgerät.

Noch auf den Knien, drehte sie den Schalter. Ein kleines rotes Batterielicht glühte auf und sie presste das Walkie-

Talkie an die Lippen. »Hier ist Amanda Reynolds.« Sie versuchte, ihre Stimme zu dämpfen, zu flüstern, aber sie fürchtete auch, dass niemand sie hören würde, wenn sie nicht laut genug sprach. »Wenn jemand mich hören kann – ich sitze im Kriechkeller fest. Ein großes Raubtier lauert in den Tunneln, es hat Lacy Devlin und Connor MacFerran getötet. Jetzt läuft es frei herum, ich weiß nicht genau, wo. Ich werde versuchen, die oberen Ebenen zu erreichen. Bitte … bitte, wenn Sie mich hören, kommen Sie und bringen Sie Waffen mit. Ich werde meinen Standort durchgeben, sobald ich in einen der markierten Tunnel komme.«

Sie legte die Finger über den Lautsprecher des Geräts. *Bitte mach, dass jemand mich hört!* Sie wartete und versuchte eine Vibration zu fühlen, irgendein Zeichen, dass jemand mit ihr kommunizierte, aber nichts dergleichen geschah.

Schließlich stand sie wieder auf und bot dem dunklen Tunnel die Stirn. Der Lichtstrahl ihrer Helmlampe durchdrang die Finsternis vor ihr. Das Funkgerät hielt sie in der einen, den Eispickel in der anderen Hand.

Sie musste aus dem Kriechkeller herauskommen.

Dann war sie in Sicherheit.

12:15 Uhr
An Bord der *Drakon*

Seine Männer hatten eine perfekte Leistung abgeliefert.

Kapitän Anton Mikowsky stand Wache auf dem Periskoppodest, die Hände auf dem Rücken verschränkt. Er trug seine Reiseuniform: grüne Tunika und Hose, die Aufschläge in die Stiefel gesteckt. Von den Kampfstationen trafen laufend Meldungen ein.

Alles im grünen Bereich.

Er ging kein Risiko ein. Nachrichten vom Küstenteam bestätigten, dass die Eisstation Grendel gesichert worden war. Nur die Amerikaner, die mit der Sno-Cat durch die Tür in die Station eingebrochen waren, wurden noch vermisst. Die fünf Männer waren davongeflitzt wie gescheuchte Hühner und in den Tiefen der Station verschwunden. Aber man würde sie finden – es war nur eine Frage der Zeit. Der Rest der Station war leer, ausgeräumt von dem U-Boot, das sie vor nicht mal einer Stunde Ballast aufnehmen gehört hatten.

Mikowsky kannte seinen Gegner. Ein amerikanisches Forschungs-U-Boot. Die USS *Polar Sentinel*. Das unbewaffnete Versuchsmodell stellte keine Bedrohung dar. Inzwischen war es mit den Evakuierten sicher bereits auf der Flucht. Er hatte den Befehl, sie nicht zu verfolgen.

Seine Hauptmission bestand darin, die Basis zu besetzen, zu sichern, eine Kommunikationsstation einzurichten und dann auf Tauchstation zu gehen, um nach der wirklichen Bedrohung Ausschau zu halten. In der Arktis waren die Feinde die schnellen Angriffs-U-Boote, die ständig unter der Eiskappe patrouillierten.

Das Zeitfenster für diese Mission betrug genau zwölf Stunden. *Wodi, widi.* Rein und wieder raus. Die Verwirrung drüben in Prudhoe Bay würde den Gegner aufhalten.

»Kapitän.« Der Dienst habende Funker trat auf ihn zu. »Ich habe Omega erreicht.«

»Sehr gut.« Er verließ das Periskoppodest und ging in den Funkraum. Der Funker reichte ihm das Headset. »Hier Kapitän Mikowsky. Ich muss mit Admiral Petkow sprechen.«

Durch das statische Rauschen kamen und gingen die Worte. »Sofort, Kapitän. Der Admiral hat Ihren Anruf bereits erwartet.«

Mikowsky überlegte, was er sagen sollte. Admiral Petkow war in der Driftstation geblieben, um die Gefangenen zu befragen und die US-Basis zu durchsuchen. Petkow wollte sichergehen, dass das, was die russische Regierung in der Eisstation Grendel suchte, nicht bereits in die amerikanischen Forschungslabors von Omega gelangt war.

Noch nie hatte Mikowsky einen so gleichermaßen getriebenen und ruhigen Mann kennen gelernt. In ihm schlummerten Dinge, die kälter waren als alles, was man hier in der Arktis finden konnte. Petkows Spitzname – *Belij Prischrak,* der Weiße Geist – passte beunruhigend gut zu ihm. Vor einer Woche, als man Mikowsky die Mission übertragen hatte, neben einem Admiral ein Flaggschiff der Nordflotte zu befehligen, war er begeistert gewesen und hatte sich geehrt gefühlt. Er hatte den Neid seiner gleichrangigen Kollegen gespürt und genossen. Aber jetzt ... jetzt war er froh, dass der Admiral nicht auf seinem Schiff weilte.

Als hätte er seine Gedanken von weitem gehört, kam Petkows Stimme über die Leitung – gelassen und nüchtern. »Kapitän, wie lautet Ihr Status?«

Mikowsky schluckte schwer, denn der Admiral hatte ihn überrascht. »Grendel ist gesichert, Admiral. Die Station wurde evakuiert, genau wie Sie es vermutet hatten, aber fünf Feinde werden noch vermisst.« In knappen Worten erzählte er, wie die Sno-Cat in die Station gerast war. »Ich habe das Einsatzteam auf zwanzig Mann verdoppelt. Sie werden eine Ebene nach der anderen durchkämmen. Ich werde grünes Licht für Ihre Ankunft geben, sobald wir so weit sind.«

»Ich mache mich jetzt sofort auf den Weg. Ist der Nuklearsprengkopf in der Station abgeladen worden?«

»J-ja, Admiral.« Mikowsky rief sich die Titankugel ins Gedächtnis. Wie befohlen war sie auf der tiefsten Ebene der Station auf den Boden geschraubt worden. »Aber, Admiral, es besteht keine Notwendigkeit, dass Sie kommen, bevor wir hier ganz sicher sind. Der Vorgang …«

»Es ist mir einerlei, ob Sie diese Amerikaner finden oder nicht. Schließen Sie die Basis, vor allem Ebene vier. Ich mache mich mit den Hovercraft-Teams auf den Weg. Bringen Sie Ihr Schiff umgehend auf Tauchstation. Bleiben Sie auf Tiefenpatrouille. Treffen in Grendel um sechzehn hundert.«

»Jawohl, Admiral.« Er warf einen Blick auf seine Uhr. *Weniger als drei Stunden.* »Die *Drakon* wird genau um sechzehn hundert hier wieder auftauchen.«

»Sehr gut.« Die Statik verstummte und der Geist zog sich in den Äther zurück.

Mikowsky wandte sich an den Funkoffizier. »Geben Sie mir den Leiter der Einsatztruppe.«

»Ja, Kapitän.«

In diesem Augenblick zog eine hörbare Unruhe beim Sonarteam seine Aufmerksamkeit auf sich. Die Männer beugten sich über verschiedene Geräte und diskutierten.

Mikowsky ging zu ihnen hinüber. »Was ist los?«

Der Erste Sonaroffizier antwortete: »Wir haben eine Abnormalität aufgefangen. Aber sie ergibt keinen Sinn.«

»Was denn für eine Abnormalität?«

»Mehrere aktive Sonarsignale. Ganz schwach.«

»Und woher kommen sie?« Sofort ging Mikowsky im Kopf die verschiedenen Möglichkeiten durch: das amerikanische Forschungs-U-Boot, ein Angriffs-U-Boot, vielleicht sogar ein gewöhnliches Schiff jenseits der Polkappe. Doch die Antwort fiel wesentlich beunruhigender aus.

Der Offizier sah ihn an: »Die Signale kommen aus dem *Innern* der Station.«

12:22 Uhr
Eisstation Grendel

Mit gezückter Pistole folgte Matt Lieutenant Greer durch die Doppeltüren. Jetzt ließen sie die organisierten Strukturen der Eisstation hinter sich und begaben sich in das Chaos von Eistunneln, Rinnen, Klippen und Höhlen. Craig hielt sich dicht hinter ihm, dann kam Pearlson mit versteinertem Gesicht und nach ihm ein eher widerwilliger O'Donnell. So rannten sie in die Tiefe des Labyrinths.

Greer hatte als Einziger eine Taschenlampe, die er in der Nähe des Eingangs gefunden hatte. Das Licht tanzte über die Wände und verwandelte das dunkle Eis in schimmerndes Blau. Es war, als liefen sie durch die Eingeweide einer Eisskulptur.

»Wissen Sie, wohin Sie gehen?«, fragte Craig.

»Irgendjemand ist hier unten«, antwortete Greer. »Und wir müssen mit ihm – oder ihnen – Kontakt aufnehmen.«

»Wie groß ist denn dieser Kriechkeller?«, erkundigte sich Matt.

»Groß« war die einzige Erklärung, die er bekam.

Sie liefen weiter, in dem Bewusstsein, dass die Russen nicht mehr fern sein konnten. Distanz war wichtiger als eine bestimmte Richtung.

Im Zickzack folgten sie den Tunneln, immer tiefer ins Herz der Eisinsel hinein. Als sie an eine Kreuzung gelangten, hörten sie abermals Schüsse – Maschinengewehrfeuer von vorn. Aber in welchem Tunnel?

Sie blieben stehen.

»Wohin jetzt?«, fragte Pearlson.

Einen Augenblick später kam die Antwort. Rechts von ihnen zeigte sich ein Lichtschein. Hektisch und schwankend. Wieder Schüsse. Laut und ohrenbetäubend in den engen Gängen.

»Da gibt's wohl Ärger«, sagte Matt und richtete seine Beretta in den Tunnel.

Inzwischen hörte man auch Rufe.

Die Navy-Patrouille hob die Waffen.

Das Licht kam um die Ecke, wurde heller und zeigte eine rennende Gestalt. Ein junger Mann stolperte auf sie zu, trotz des sandigen Bodens rutschend und schliddernd. Mit seinen ausgestreckten Armen sah er aus, als wollte er nach einem Rettungsring greifen. Er war eindeutig Zivilist, an den schulterlangen braunen Haaren, dem North-Face-Parka und den Thinsulate-Hosen unschwer zu erkennen.

Als er näher kam, erwartete Matt, dass er sie um Hilfe bitten würde. Aber stattdessen machte er Anstalten, an ihnen vorbeizulaufen. »Macht, dass ihr hier wegkommt!«, schrie er.

Jetzt erschienen weitere Gestalten und alle rannten aus Leibeskräften – ein älterer kahler Mann, eine junge Frau um die zwanzig, noch ein junger Mann. Eine große, hinreißende schwarze Frau in militärischem Blau führte die Gruppe an.

»Washburn!«, rief O'Donnell, als er seine Kollegin erkannte.

»Nehmt die Beine in die Hand!«, gab sie zurück.

Hinter der Gruppe ertönten erneut Schüsse. Im Licht des Mündungsfeuers erkannte man einen weiteren Navy-Angehörigen. Er ging gerade auf ein Knie und feuerte eine Salve ab. Vom Licht der Taschenlampe erhellt, schimmerte der ferne Tunnel wie eine blaue Schlange, die sich tief ins Eis wand.

»Was ist denn hier los?«, fragte Greer.

Hinter dem knienden Schützen sah Matt, wie sich dunkle Schatten den Tunnel entlangbewegten.

Was zum Teufel war das?

Washburn führte ihre Schutzbefohlenen zu ihnen. »Wir

müssen aus diesen Tunneln raus ... *sofort*!«, schrie sie, um das Geknatter zu übertönen.

»Das geht nicht«, widersprach Greer, während Washburn auf ihn zutrabte. »Die Russen ...«

»Scheiß auf die Russen!«, erwiderte Washburn keuchend. »Uns ist was viel Schlimmeres auf den Fersen!« Sie winkte die anderen zu sich und drängte sie zum Weiterlaufen.

Das Gewehrfeuer verstummte. Der andere Navy-Mann war wieder auf den Beinen und sprintete auf sie zu, während er versuchte, das leere Magazin seines Gewehrs zu ersetzen. »Los, los, los!«

Greer deutete mit dem Finger auf O'Donnell und Pearlson. »Sie und Sie, führen Sie die Zivilisten zurück!«

O'Donnell nickte. Er packte Craig am Ellbogen und machte sich mit den anderen auf den Weg. Aber Matt schüttelte Pearlson ab, als er mit ihm das Gleiche machen wollte.

Der Mann zuckte die Achseln und ging allein weiter, rief seinem Lieutenant allerdings noch über die Schulter zu: »Was ist mit den Russen, Sir?«

Scheiß auf die Russen! Matt staunte immer noch über die krasse Antwort der Frau.

Greers Erwiderung war brauchbarer. »Gehen Sie bis zum Ausgang des Kriechkellers und warten Sie dort auf uns!«

Die einzige Bestätigung war eine schnelle Kehrtwendung und schon floh die Gruppe weiter den Gang hinauf.

Nun hatte auch der letzte Navy-Mann sie erreicht.

»Commander Bratt!«, rief Greer überrascht.

»Machen Sie sich bereit, mir Deckung zu geben!« Energisch ging Bratt wieder auf ein Knie, riss ein frisches Magazin aus seiner Jacke und stieß es ins Gewehr.

Greer stellte sich hinter seinen Vorgesetzten und zielte über Bratts Schulter hinweg. Die Taschenlampe drückte er Matt in die Hand.

Matt blickte zwischen der sich zurückziehenden Gruppe

und den beiden Schützen hin und her. Er überlegte, was er selbst tun sollte – bleiben oder gehen. Die einzige andere Möglichkeit bestand darin, blind in irgendeinen Seitentunnel zu fliehen und zu verschwinden. Da keine Option klüger als die anderen zu sein schien, blieb er einfach, wo er war.

Er trat hinter Bratts andere Schulter.

Bratt blickte kurz zu ihm auf und sah wieder weg. »Wer zum Teufel sind Sie denn?«

Matt hob den Revolver und zielte ebenfalls über Bratts Schulter. »Im Moment bin ich der Kerl, der auf Ihren Arsch aufpasst.«

»Dann heiße ich Sie hiermit herzlich willkommen«, grummelte Bratt.

»Was ist da eigentlich hinter Ihnen her?«, fragte Greer auf der anderen Seite.

»Der gottverdammt schlimmste Alptraum, den man sich vorstellen kann.«

Jenseits des Scheins der Taschenlampe glühten rote Augen. In Matts Kopf begann ein seltsames Schwirren, als sausten Moskitos darin herum.

»Da kommen sie schon!«, sagte Bratt und sog die Luft ein.

Eine massige weißhäutige Kreatur mit roten Streifen erschien ... nein, sie war mit Blut beschmiert ... Sie füllte die gesamte Breite des Tunnels aus und blutete aus zahlreichen Schusswunden. Auf den Flanken waren tiefe Wunden, eine Seite ihres Gesichts bestand nur noch aus rohem Fleisch. Aber sie lief weiter.

Was zum Teufel war das?

Hinter der Bestie erhaschten sie kurz einen Blick auf weitere Schatten.

Der Anführer stürzte sich auf sie. Klauen kratzten übers Eis.

Das Surren in Matts Schädel wurde lauter.

Dann knatterte die nächste Salve, und Matt zielte mit seiner 9-mm-Pistole, obwohl er wusste, dass sie nutzlos war. So eine schwache Waffe würde weder einen Grizzly noch diese Kreatur hier niederstrecken, niemals! Einige der frischen Wunden waren offenbar auf direkte Schüsse zwischen die Augen des Monsters zurückzuführen.

Trotzdem raste es weiter auf sie zu, den gewölbten Schädel gesenkt, wie ein wilder Stier. Mit seiner gummiartigen Haut und der dicken isolierenden Fettschicht hatte es eine Art kugelsicheren Schild, der es in einen natürlichen Rammbock verwandelte.

Matt drückte ab, eher aus blinder Angst als mit echter Hoffnung auf einen Todesschuss.

»Diese verdammten Dinger wollen einfach nicht verrecken!«, bestätigte Bratt seinen Eindruck.

Matt feuerte weiter, eine Salve nach der anderen, bis der Verschluss beim Rücklauf in der hintersten Position stehen blieb.

Keine Kugel mehr.

Greer bemerkte es. »Laufen Sie weg!«, befahl er und deutete mit einer schnellen Kopfbewegung zu der inzwischen verschwundenen Gruppe der Fliehenden. Seine Stimme vibrierte von dem Rückschlag seiner Flinte, als er Matt sein Funkgerät gab. »Kanal vier.«

Matt nahm das Gerät, bereit zur Flucht.

Doch dann krachte das vorderste Tier plötzlich aufs Eis, als wäre es ausgerutscht, und seine Beine wurden schlaff. Mit gesenkter Nase schlidderte es noch ein Stück weiter und blieb schließlich liegen. Seine Augen starrten sie immer noch an und reflektierten rot das Licht der Lampen. Aber es war kein Leben mehr in ihnen.

Das Monster war tot.

Das Surren in Matts Kopf war zu einem Jucken hinter den Ohren abgeflaut.

Bratt kam wieder auf die Beine. »Bloß fort hier!«

Der massige Körper der Bestie blockierte den Weg für die anderen Kreaturen, aber man sah trotzdem noch, dass sich hinter dem Berg aus zerrissenem Fleisch etwas bewegte.

Matt und die beiden Navy-Männer zogen sich zur nächsten Kreuzung zurück, die Gewehre noch immer im Anschlag und auf das tote Tier gerichtet, das den Tunnel versperrte.

»Das müsste sie eine Weile aufhalten«, meinte Greer.

Auf einmal aber machte der Körper einen Ruck nach vorn und glitt auf sie zu, wobei er leicht zur Seite kippte. Dann blieb er wieder liegen.

»Warum haben Sie das gesagt?«, brummte Matt.

Greer grinste höhnisch. »Na und?«

Wieder begann der Fleischberg zu rutschen.

»Die anderen schieben ihn von hinten!«, rief Bratt, mehr staunend als erschrocken. »Scheiße!«

Das Surren in Matts Kopf, das gerade schwächer geworden war, begann sich wieder zu verstärken. Aber er fühlte, dass es aus einer anderen Richtung kam, so als schaute ihm jemand über die Schulter. Blitzschnell drehte er sich zum Nachbartunnel um.

Als das Licht seiner Taschenlampe herumschwenkte, glühten ihm rote Augen entgegen.

Nur zehn Meter von ihm entfernt.

Als die Kreatur zum Sprung ansetzte, riss Matt reflexartig die Pistole hoch.

Aus dem Augenwinkel sah er den immer noch offenen Schlitten der Waffe.

Nein, immer noch keine Kugel.

12:49 Uhr

Da Amanda nicht wusste, was den Grendel von ihr weggelockt hatte, konnte sie auch nicht auf seinen jetzigen Aufenthaltsort schließen. Connors Helm hing ihr schief auf dem Kopf, und die Lampe warf einen schrägen Strahl, der auf eine orangefarbene Markierung an der Tunnelwand traf.

Lacy Devlins Routenmarkierung.

Amanda suchte weiter. *Bitte ...!*

Eine weitere Markierung tauchte auf dem blauen Eis auf: eine grüne Raute. Lacys Weg hatte endlich einen anderen gekreuzt. Ein Schluchzen drang aus Amandas Kehle. Sie hatte den gekennzeichneten Bereich des Kriechkellers erreicht.

Wieder hob sie das Funkgerät an den Mund und drückte auf den Sendeknopf. »Falls mich jemand hört: Ich habe einen anderen Weg gefunden. Grüne Raute. Ich folge der Markierung. Seit einer Stunde habe ich keine Spur mehr von der Bestie gesehen. Aber bitte helft mir.«

Dann schaltete sie das Gerät wieder aus, denn sie wollte die Batterie nicht unnötig strapazieren. Sie betete. Wenn sie doch nur jemand hören würde ...!

In der sie umgebenden Totenstille beschleunigte sie ihre Schritte.

Während sie sich so von einer Raute zur nächsten vorarbeitete, war sie ziemlich sicher, dass sie inzwischen ganz in der Nähe der bewohnten Bereiche des Eistunnelsystems war. Sie beschloss, das Risiko auf sich zu nehmen, drehte an ihrer Helmlampe und löschte ihre einzige Lichtquelle.

Finsternis umfing sie, dicht und eng.

Jetzt war sie taub *und* blind.

Nach einer halben Minute gewöhnten sich ihre Augen an das dunkle Eis um sie herum. Langsam untersuchte sie mit den Augen die Umgebung, dann wandte sie auch den Kopf.

Und fand, was sie gesucht hatte.

Über ihr, tief im Eis, schimmerte schwach ein Stern, ein kleiner Teich aus Licht. Jemand war dort mit einer Taschenlampe unterwegs.

Während sie dastand und auf das Licht starrte, teilte es sich plötzlich in zwei kleinere Sterne, schwächer, aber immer noch deutlich zu erkennen. Sie entfernten sich rasch voneinander.

Einer stieg höher, ein verblassender Stern, der immer schwächer schimmerte und schließlich verschwand.

Der andere jedoch bewegte sich in ihre Richtung. Wurde heller, bewegte sich schnell.

Ein Suchtrupp … bestimmt hatte jemand sie gehört.

Sie hatte Angst, laut zu rufen, weil sie wusste, was in den dunklen Tunneln lauerte. Ihre beste Chance bestand darin, auf das Licht zuzugehen. Sie drehte die Helmlampe wieder an.

Im Schein ihrer kleinen Glühbirne verschwand das andere Licht. Nur schrecklich ungern löschte sie den einzigen Hoffnungsschimmer, aber es war zu gefährlich, das Eislabyrinth im Dunkeln zu durchqueren – und sie wollte auf keinen Fall riskieren, dass sie den mit den grünen Rauten markierten Pfad wieder verlor. Wenn ihre Retter sie gehört hatten, dann würden sie auf diesem Weg nach ihr suchen.

Sie eilte vorwärts, hielt aber alle paar Minuten an, um ihre Lampe zu löschen und ihre Position im Verhältnis zum Rettungstrupp zu überprüfen.

Und sie tat noch etwas anderes, wenn sie stehen blieb.

12:52 Uhr

»Ich folge immer noch dem Weg mit den grünen Rauten. Aber seien Sie bitte vorsichtig. Das Raubtier, das Lacy und Connor getötet hat, treibt nach wie vor in den Tunneln sein Unwesen.«

In Matts Tasche übertrug das Funkgerät, das Greer ihm gegeben hatte, weiterhin die Saga der verirrten Frau. Er hatte schon versucht, mit ihr Kontakt aufzunehmen, aber entweder kam das Signal nicht bei ihr an oder ihr Gerät funktionierte nicht richtig. Was immer der Grund sein mochte, Matt musste sich ohnehin um seine eigenen Probleme kümmern.

Er floh weiter den Eistunnel entlang, die leere Pistole in der einen, die Taschenlampe in der anderen Hand.

Vor fünf Minuten hatte das einsame Raubtier sie auf der Kreuzung überrascht und Matt von den beiden Navy-Männern getrennt. Die beiden hatten das Feuer eröffnet, um Matt Zeit zur Flucht zu verschaffen.

Leider hatte das nicht funktioniert.

Nach einem Augenblick des Zögerns hatte die Bestie ihm nachgesetzt – eine Löwin, die eine Gazelle jagt.

Mit nichts in der Hand als einer leer geschossenen Pistole, stürmte Matt den Tunnel hinunter, schlidderte über steile Quergänge und konnte sich oft nur mit Mühe aufrecht halten. Immer wieder knallte er mit den Schultern heftig gegen eine Eiswand oder gegen einen unerwarteten Vorsprung. Aber er wurde nicht langsamer. Er hatte gesehen, wie schnell sich selbst ein von Kugeln durchbohrtes Monster bewegte. Vor dem Tempo eines gesunden, unverletzten Exemplars war ihm angst und bange.

Dann sah er einige lange Minuten nichts von dem Untier. Vielleicht war es in eine andere Richtung abgebogen. Sogar das Surren in seinem Kopf hatte nachgelassen. Es war, als ginge etwas von den Bestien aus, was außerhalb der Wellenlänge des normalen Gehörs lag.

Aber jetzt war es weg.

Konnte er hoffen, dass das Untier ebenfalls verschwunden war?

Wieder knisterte das Funkgerät. »*Bitte ... wenn Sie mich hören können, bringen Sie Hilfe. Und Waffen! Ich bin immer noch auf dem Weg mit den grünen Rauten.*«

Was zum Teufel bedeutete das? Der *Weg mit den grünen Rauten*. Das klang wie eine Werbung für ein neues gesundes Frühstücksmüsli.

»*Die letzten fünfundvierzig Minuten habe ich keine Spur von dem Grendel gesehen. Anscheinend ist es verschwunden. Vielleicht ist es geflohen.*«

Matt runzelte die Stirn. *Grendel*? War das der Name der Bestie, die sie vorhin angegriffen hatte? Falls ja, wusste diese Frau besser Bescheid über das, was hier unten lauerte, als alle anderen.

Er rannte um eine Kurve, wobei er auf den Fersen rutschte und sich drehte, um die Biegung zu bewältigen. Vor ihm teilte sich der Tunnel in zwei Gänge. Das Licht seiner Taschenlampe fing einen seltsam gefärbten Fleck auf dem Eis ein. Am Eingang des rechten Tunnels war ein blauer Kreis aufgesprüht, am linken eine grüne Raute.

Wegmarkierungen!

Allmählich dämmerte es ihm. Er nahm den linken Gang und rannte weiter. Hin und wieder blickte er noch einmal über die Schulter, behielt aber auch stets die grüne Raute im Auge.

Himmel, wenn ich schon renne, dann kann ich auch zu einer Person rennen, die weiß, was zum Teufel hier vorgeht!

So lief Matt weiter, eine Kurve nach der anderen. Die Schwerkraft und der glitschige Tunnel führten ihn tiefer und immer tiefer – ohne dass er eine Spur von der Frau mit dem Funkgerät entdeckte. Nur endloses dunkles Eis, das sich im Licht seiner Taschenlampe in eine schimmernde blaue Grotte verwandelte.

»*Hallo!*« Der Ruf kam nicht aus dem Funkgerät. Sondern von direkt vor ihm.

Matt schlidderte um die nächste Kurve, eine Hand an der Wand, um sich im Gleichgewicht zu halten. Als der Strahl der Taschenlampe um die Biegung glitt, fiel das Licht auf eine große, wohlgeformte Frau – nackt, blau angemalt, wie eine Göttin der Inuit.

Während er auf sie zurutschte, bemerkte er, dass die Frau keineswegs nackt war, sondern eine Art hautengen Gymnastikanzug mit Kapuze trug. Außerdem hatte sie einen Grubenhelm schief auf dem Kopf. Die daran angebrachte Lampe leuchtete Matt ins Gesicht.

»Gott sei Dank!«, rief sie und eilte auf ihn zu.

Als sie die Lampe ausschaltete, wurden ihre Gesichtszüge deutlicher. Sie sah verwirrt aus.

»Wer sind Sie?«, fragte sie und versuchte, an ihm vorbeizuspähen. »Wo sind die anderen?«

»Falls sie den Rettungstrupp meinen, muss ich Sie enttäuschen. Sie müssen sich leider mit mir zufrieden geben.« Er hob die nutzlose Pistole hoch. »Obwohl ich nicht sicher bin, ob ich viel nütze.«

»Und wer sind Sie?«, fragte sie noch einmal. Ihre Worte klangen etwas verschwommen und sie sprach unnatürlich laut. War sie etwa betrunken?

»Matthew Pike, Fisch- und Wildhüter aus Alaska.«

»Fisch und Wild?« Ihre Verwirrung nahm zu. »Könnten Sie die Taschenlampe bitte etwas niedriger halten? Ich … ich bin taub und kann im Gegenlicht schlecht Ihre Lippen lesen.«

Er senkte die Taschenlampe. »Tut mir Leid. Ich gehöre

zu der Gruppe, die von Omega hierher gebracht worden ist.«

Sie nickte, als hätte sie verstanden. Aber gleichzeitig erkannte er den Argwohn in ihren Augen. »Was ist denn los? Wo sind all die anderen?«

»Man hat die Station evakuiert. Die Russen haben Omega angegriffen.«

»Mein Gott ...! Das verstehe ich nicht.«

»Und jetzt sind sie dabei, die Einrichtung hier zu übernehmen. Aber was ist mit Ihnen? Wer sind Sie? Warum sind Sie allein hier unten?«

Sie kam näher, aber ihr Blick flackerte hin und her zwischen Matt und dem Tunnel, aus dem er gekommen war. »Ich bin Dr. Amanda Reynolds. Leiterin der Driftstation Omega.« Dann erzählte sie ihm eilig und in groben Zügen eine Geschichte von vermissten Wissenschaftlern und der plötzlichen Attacke des riesenhaften Eisraubtiers.

»Sie haben die Tiere auf dem Walkie-Talkie als Grendel bezeichnet«, sagte Matt, als sie mit ihrer blutigen Erzählung fertig war. »Das klang so, als würden Sie die Bestien kennen.«

»Wir haben hier gefrorene Überreste von ihnen gefunden. Unten in einer Eishöhle. Angeblich sind sie fünfzigtausend Jahre alt und stammen aus der letzten Eiszeit. Irgendeine ausgestorbene Spezies.«

Von wegen ausgestorben!, dachte Matt und erzählte nun seine eigenen Erlebnisse seit dem Angriff der Russen, während er den Tunnel mit Hilfe seiner Taschenlampe im Auge behielt.

»Dann gibt es also mehr als einen Grendel ...«, murmelte sie. »Natürlich, das muss ja so sein. Aber wie konnten sie so lange unentdeckt bleiben?«

»Jetzt verstecken sie sich jedenfalls nicht mehr. Kennen Sie noch einen anderen Weg nach oben? Angesichts dessen, was da hinter mir her war, sollten wir den Weg mit den grünen Rauten vielleicht lieber verlassen und uns einen anderen suchen.«

Sie deutete nach vorn. »Dieser Weg müsste in andere Tunnel einmünden. Hier im Kriechkeller kenne ich mich auch nicht so besonders gut aus, aber ich vermute, dass alle Wege irgendwann beim Ausgang enden.«

»Hoffen wir's. Kommen Sie.« Matt machte kehrt und ging langsam und bedächtig den Weg zurück, auf dem er gekommen war. »Wir müssen nach Anzeichen der Grendel Ausschau halten: Fußabdrücke, Kratzspuren im Eis. Diese Bereiche sollten wir meiden.«

Amanda nickte. Matt bekam Respekt vor dieser Frau. Sie hatte einem dieser Tiere allein gegenübergestanden und überlebt. Und jetzt suchte sie mit nichts als einem Walkie-Talkie und einem kleinen Eispickel einen Weg nach draußen. Und die ganze Zeit hörte sie nichts von dem, was um sie herum vorging.

»Wenn wir Glück haben«, sagte sie, »dann treffen wir keinen mehr.«

Matt wandte sich ab, aber in diesem Moment begann wieder das Surren in seinem Kopf und brachte die winzigen Knochen in seinen Ohren zum Vibrieren.

Dann fühlte er, wie Amanda seinen Ellbogen umklammerte. Obwohl sie taub war, hatte sie die Schwingungen ebenfalls bemerkt. Und aus der Art, wie sich ihre Finger in seinen Arm gruben, schloss er auch, dass sie wusste, was sie bedeuteten.

Offenbar hatten sie kein Glück.

KAPITEL 10

Blut auf dem Eis

ᖕᒍᐅᕐᑲᑕᑐᖅ ᓯᑯᒥ

9. April, 13:02 Uhr
Driftstation Omega

Nachdem Jenny eine Stunde vor dem Heizgerät verbracht hatte, fühlte sie sich beinahe aufgetaut – und seltsam energetisiert. Vielleicht war es der Kaffee, vielleicht auch ihr verrückter Plan.

Vor wenigen Augenblicken hatten sie erfahren, dass das russische U-Boot fort war. Die Information kam von einem Navy-Mann, der von den Russen in einer der Forschungshütten entdeckt und nun zum Rest der Gefangenen in die Baracke gebracht worden war. Er hatte die Abfahrt des U-Boots beobachtet.

»Können Sie schätzen, wie viele Russen jetzt noch hier sind?«, fragte Lieutenant Sewell, der neben dem Neuankömmling kniete.

Der Mann saß zitternd auf seinem Stuhl. Seine Hände steckten in einer Schüssel mit warmem Wasser, aber er klapperte immer noch mit den Zähnen, als er antwortete: »Nicht mit Sicherheit, Sir. Ich hab ungefähr zehn Männer gesehen, aber es sind bestimmt mehr.«

»Also über zehn«, fasste Sewell zusammen, und seine Lippen waren vor Sorge nur noch ein dünner Strich.

Mit großen Augen blickte der Mann seinen Vorgesetzten an. »D-die haben Jenkins erschossen. Er hat versucht, übers

Eis zu fliehen. Er wollte zur NASA-Station. Ihre Raupe benutzen, um wegzukommen. Sie haben ihn in den Rücken geschossen.«

Sewell klopfte dem Mann beruhigend auf die Schulter. Sie hatten alle schon ähnliche Berichte gehört. Es war klar, dass die Russen strikte Order hatten, die Station dichtzumachen. Mit vorgehaltener Waffe waren die Offiziere und auch ein paar Wissenschaftler nacheinander abgeführt worden. Aber sie kamen unversehrt zurück, abgesehen von einem Lieutenant mit gebrochener Nase.

Verhöre, hatte Sewell Jenny erklärt. Die Russen suchten irgendetwas, und zwar etwas, was einmal in der Eisstation versteckt gewesen war. Anscheinend hatten sie es nicht gefunden. Noch nicht.

Jenny hatte den Verhörführer kurz gesehen, als er unter der Tür gestanden hatte: ein großer, stattlicher Mann mit weißem Haarschopf und bleichem Gesicht.

Sewell wollte aufstehen, aber der fröstelnde Mann hielt ihn wieder auf und zog eine nasse Hand aus dem Wasser. »Sir, ich hab auch noch gesehen, wie zwei Russen einen Kanister in ein Eisloch runtergelassen haben. Und es wurden noch mehr Löcher gebohrt.«

»Beschreiben Sie die Kanister.«

»Ungefähr so groß wie ein Partyfässchen.« Er zeigte die Form mit tropfenden Händen. »Schwarz mit orangefarbenem Deckel.«

»Scheiße!«

Jenny, die sich gerade trockene Stiefel anzog, richtete sich auf. »Was sind das für Fässer?«

»Russische Brandbomben. V-Klasse-Sprengstoff.« Sewell schloss die Augen, während er sich erhob. »Die haben anscheinend vor, die ganze Basis zum Schmelzen zu bringen.«

Inzwischen war Kowalski mit dem Anziehen fertig und stand vor einem der Heizgeräte und wärmte sich die Hände darüber. Noch immer hatten seine Fingernägel eine leicht bläuliche Farbe. »Dann setzen wir unseren Plan also in die Tat um?«

»Wir haben keine andere Wahl. Es wird immer klarer, dass es sich hier um eine Plünderungs- und Säuberungsaktion handelt. Sie wollen mitnehmen, so viel sie können, und dann alles verbrennen. Was immer drüben in der Grendel-Basis sein mag – auf alle Fälle sind sie entschlossen, es sich zu holen und niemanden am Leben zu lassen, der davon erzählen kann.«

Kowalski seufzte. »Dann bleiben wir also am Leben, solange sie es nicht finden, und wenn sie es gefunden haben, müssen wir sterben.«

Sewell machte sich nicht die Mühe, zu antworten. Stattdessen wandte er sich an Jenny. »Unser Plan. Meinen Sie, dass Sie Ihren Anteil bewältigen?«

Jennys Vater legte ihr die Hand auf die Schulter und Jenny nahm sie in ihre. Er wollte nicht, dass sie ging. »Ich schaff das.«

Einen Augenblick starrte Sewell sie an, als wollte er ihre Entschlossenheit taxieren. Aber sie hielt seinem Blick stand. Schließlich nickte er. »Dann los!«

Kowalski trat neben Jenny. Er überragte sie bei weitem – ein Gorilla, allerdings mit ein bisschen weniger Körperbehaarung. »Sie müssen sich aber mit mir arrangieren.«

Jenny verdrehte die Augen.

Sewell führte sie zu der Stelle, wo zwei Marinesoldaten ein Stück Decke weggezogen und die Isolierung der Jamesway-Hütte mit Plastikmessern durchgeschnitten hatten. Von der Tür, wo die Wachen standen, war die Stelle nicht direkt einsehbar. Zum Glück hielten sich die Russen ohnehin kaum im Zimmer auf, denn sie vertrauten darauf, dass sie die Gefangenen sicher in Verwahrung hatten – und das völlig zu Recht. Wohin sollten sie fliehen, selbst wenn sie aus den Baracken herauskamen? Die Gefängnishütte wurde gut patrouilliert und jenseits des Camps wartete nichts anderes als ein langsamer Tod durch Erfrieren.

Ihre Parkas waren konfisziert worden, und nur ein Idiot würde es riskieren, sich mit nichts als dem Hemd, das er am Leib trug, in den Sturm hinauszuwagen.

Von hier zu fliehen, bedeutete den sicheren Tod.

Dieser grimmige Gedanke plagte auch Jenny, während sie den schwitzenden Männern zusah, wie sie da oben schufteten. Sie arbeiteten in dem Schlitz in der Fiberglasisolierung und schraubten eine Außenplatte des Hüttendachs ab. Natürlich war das schwer, wenn man nur Werkzeug aus Plastik hatte, aber sie kamen gut voran.

Eine Schraube fiel zu Boden.

Sewell deutete nach oben. »Normalerweise ist das ein Oberlicht. Eines von dreien. Aber in der Arktis, wo es die eine Hälfte des Jahres dunkel und die andere ständig hell ist, fand man die Fenster eher störend, vor allem auch wegen des Wärmeverlusts. Also hat man stattdessen Platten genommen.«

»Noch eine«, brummte einer der Männer.

»Macht das Licht aus!«, signalisierte Sewell. Sofort wurden alle Lampen in der unmittelbaren Umgebung gelöscht.

Jenny legte sich eine Decke über die Schulter und verknotete sie so, dass sie eine Art notdürftigen Kapuzenponcho bildete. Zwar war er viel zu groß für ihren zierlichen Körper, aber immer noch besser als nichts. Hauptsache, das Ding hielt ein wenig Wind ab.

Dann fiel die letzte Schraube. Als Nächstes hielt einer der Arbeiter eine Dachplatte in den Händen. Ein kalter Windstoß fuhr in die Hütte.

Der Sturm war zu laut. Sewell deutete auf einen Petty Officer, der sofort seinen CD-Player aufdrehte, und schon übertönten U2 den Blizzard.

»Sie müssen sich beeilen«, sagte Sewell zu Kowalski und Jenny. »Wenn zufällig jemand reinkommt, fliegen wir auf. Wir müssen die Öffnung so schnell wie möglich wieder zumachen.«

Jenny nickte. Inzwischen war ein Doppelstockbett als provisorische Leiter unter das Loch geschoben worden und sie kletterte hinauf. Einen kurzen Moment traf ihr Blick den ihres Vaters und sie sah die Sorge in seinen Augen. Aber er sagte nichts. Sie hatten keine andere Wahl. Sie war die beste Pilotin hier.

Vom oberen Bett aus streckte Jenny die Hände in die Öffnung und packte die eisige Dachkante. Ohne Handschuhe froren ihre Fingerspitzen sofort an dem Metall fest und begannen zu brennen. Aber sie ignorierte es.

Zwei Navy-Männer schoben sie von unten an den Hüften und sie zog sich hoch und steckte den Kopf in den Blizzard. Wind und Eis nahmen ihr sofort die Sicht.

Rasch streifte sie die Schutzbrille über, legte sich bäuchlings auf das schräge Hüttendach und rutschte hinunter, vorsichtig, die Nase möglichst weit über dem gewellten Dach. Der Wind drohte sie herunterzufegen. Das Dach fiel nach beiden Seiten zum verschneiten Boden hin ab, wie bei den alten Quonset-Hütten.

Jenny setzte sich rittlings auf den First und hielt sich, so gut es ging, an der eisbedeckten Oberfläche fest. Behutsam wandte sie sich um, gerade rechtzeitig, als Kowalski wundersamerweise seinen massigen Körper durch das schwach erleuchtete Loch quetschte, wie Jona aus dem Blasloch eines metallenen Wals.

Er brummelte irgendwas und deutete dann mit dem Finger zur Windseite der Hütte. So wackelte und rutschte das Paar auf dem Hinterteil zu der Stelle, wo das schräge Dach direkt hinunter zum Boden ging. Immer wieder drohte das Eis sie abzuwerfen.

Auf dieser Seite der Hütte hatte sich der Schnee zu einer hohen Bank aufgetürmt, wie eine gefrorene Welle, die sich an der Hütte brechen wollte und fast bis zum Dach reichte. Kowalski suchte die Umgebung mit den Augen nach russischen Wachen ab. Jenny folgte seinem Beispiel. Im Moment hatte es den Anschein, als wäre die Luft rein, aber wegen des Blizzards sah man nicht besonders weit.

Kowalski warf Jenny einen Blick zu.

Sie nickte.

Er machte den Anfang. Mit den Füßen voraus rodelte er über den Rand des Dachs, fiel hinunter auf die Schneebank, ließ sich gewandt über ihre eisige Flanke rollen und war verschwunden.

Jenny machte sich bereit und warf noch einen letzten Blick zur Dachöffnung, doch die war bereits wieder geschlossen. Es gab kein Zurück. Auf ihrem kalten Hintern rutschte sie über die eisige Dachschräge und landete ebenfalls in der Schneebank.

Von hier ließ sie sich einfach weiterrollen, verlor aber die Kontrolle und landete unsanft auf Kowalski. Es war, als wäre sie auf einem versteckten Felsklotz aufgeschlagen, und der Zusammenstoß raubte ihr den Atem.

Lautlos schnappte sie nach Luft.

Statt ihr zu helfen, drückte Kowalski sie noch tiefer in den Schnee und deutete mit der Hand stumm zur Ecke der Nachbarhütte.

Dort kauerte eine Gruppe dunkler Gestalten, geduckt im Wind. Man sah sie nur dank des Scheinwerferlichts der neben ihnen stehenden Hovercraft-Bikes, die im Leerlauf vor sich hin brummten.

Jenny und Kowalski kauerten sich tiefer in ihr Versteck.

Endlich bestieg die finstere Gruppe ihre Maschinen. Sofort hoben sich die Scheinwerfer ein Stück, schwankten im Wind und wandten sich dann ab. Das Heulen des Sturms übertönte das Motorengeräusch und verlieh der Szene etwas Gespenstisches.

Die Fahrzeuge verschwanden über die leere Eisebene. Die beiden zurückgebliebenen Wachen stapften davon und verschwanden im nächsten Gebäude.

Jenny sah dem Licht der letzten Hovercraft nach, das langsam verglühte. Sie konnten nur ein einziges Ziel haben – die russische Eisstation. Ihre Gedanken wanderten zu der anderen Sno-Cat, die in der gleichen Richtung verschwunden war, zusammen mit Matt und dem Reporter aus Seattle.

Zum ersten Mal seit Jahren betete Jenny für Matts Sicherheit. Und sie wünschte sich, sie hätte die Worte ausgesprochen, die sie die ganze Zeit in sich verschlossen hatte. Jetzt erschien ihr das alles so sinnlos, so viele Jahre verschwendet mit Bitterkeit, Wut und Verzweiflung.

Leise flüsterte sie sanfte Worte in den Wind.

Es tut mir Leid … Matt, es tut mir so Leid …

Hinter ihnen brach Gewehrfeuer los, laut und nah.

»Auf geht's!«, schrie ihr Kowalski ins Ohr und riss sie auf die Füße. »Nichts wie weg hier!«

13:12 Uhr
Eisstation Grendel

Amanda lief neben dem großen Fremden her. Noch immer blieb der Grendel im Labyrinth der Gänge verborgen, aber das Summen seiner Echoortung füllte ihren Hinterkopf mit einem verschwommenen, kratzigen Gefühl.

Das Biest verfolgte sie und trieb sie tiefer in die Eisinsel hinein.

»Worauf wartet es nur?«, fragte Matt.

»Darauf, dass unser Glück irgendwann verbraucht ist«, antwortete sie und dachte plötzlich an Lacy Devlin. »Irgendwann werden wir in eine Sackgasse geraten. In einen blockierten Gang, an eine Klippe. Dann sitzen wir in der Falle.«

»Tödlich und klug ... eine tolle Kombination.«

Gemeinsam bogen sie um eine Kurve in dem glatten Tunnel. Die Steigeisen an Amandas Stiefeln gaben ihr Halt, aber Matt glitt aus und rutschte auf dem Eis. Sie packte ihn am Arm.

Matt drehte sich ihr zu. »So können wir nicht weitermachen. Wir kommen immer weiter nach unten, dabei wollen wir genau in die entgegengesetzte Richtung.«

»Was sollen wir sonst tun?« Sie hielt den kleinen Eispickel in die Höhe, den sie Connor abgenommen hatte. »Dem Monster damit entgegentreten?«

»Keine Chance.«

»Tja, Sie beschäftigen sich mit Fisch und Wild. Ich mit Geophysik. Also ist es Ihre Domäne.«

Matt zog die Brauen zusammen. »Wir brauchen etwas, um das Ding von unserer Fährte wegzulocken. Wenn wir uns an ihm vorbeischleichen könnten, sodass wir oberhalb von ihm sind, wären wir beim Wegrennen zumindest auf dem Weg zum Ausgang.«

Amanda durchforschte ihr Gehirn nach einer Lösung, dabei schalteten ihre Gedanken unwillkürlich in einen sachlichen Modus. Sie betrachtete noch einmal genau, was sie über die Bestie wusste. Wenig bis gar nichts, lautete die Antwort, aber das hinderte sie nicht daran, Hypothesen anzustellen. Die Grendel jagten mit Hilfe von Echoortung, aber sie waren auch sensibel für Licht und vielleicht sogar Wärme. Sie rief sich ihre Erfahrungen im Nest des Monsters ins Gedächtnis. Es hatte Amandas Versteck nicht bemerkt, bis es die Taschenlampe zerstört hatte und Amanda zu schwitzen begann.

Licht und Hitze. Sie spürte, dass hier die Antwort lag; aber wie genau lautete sie?

Sie rannten über eine weitere Kreuzung – und plötzlich fiel es ihr ein!

»Warten Sie!«, rief sie und blieb stehen.

Auch Matt verlangsamte das Tempo und bremste mit den Fersen, eine Hand an der Eiswand. Dann drehte er sich zu ihr um.

Amanda ging zurück zu der Kreuzung. *Licht und Hitze.* Sie zog sich den Helm vom Kopf. Dann drehte sie die Lampe auf die hellste Einstellung, griff an ihren Gürtel, wo die Maske zum Erwärmen der Atemluft samt ihrem Heizgerät hing, hakte beides los und stellte das Heizgerät auf volle Touren. Rasch wurde es in ihrer Hand warm.

»Was haben Sie vor?«, fragte Matt.

Amanda blickte sich nach einem Zeichen des Raubtiers um. »Diese Kreaturen reagieren auf Licht- und Hitzesignaturen.« Sie drehte den Helm um und legte Maske samt Heizgerät hinein.

Dann hielt sie beides demonstrativ in die Höhe.

Matt trat zu ihr und nickte. »Ein Köder, der den Grendel auf eine falsche Fährte locken soll.«

»Hoffen wir, dass es funktioniert.« Sie schlüpfte an ihm vorbei, duckte sich und schleuderte den Helm in den Haupttunnel. Die gelbe Kopfbedeckung schlidderte und drehte sich ein paar Mal, das Licht tanzte und blinkte wie auf einem Notarztwagen. Schließlich stieß die Attrappe gegen eine Wand und verschwand samt Heizgerät um die nächste Biegung.

Amanda richtete sich auf und sah Matt an. »Licht und Hitze. Hoffentlich folgt der Grendel dem Köder und rennt tiefer ins Eis. Wenn er hier vorbei ist, können wir hinter seinem Rücken nach oben laufen.«

»Als würde man Stöckchen für einen Hund werfen«,

nickte Matt und betrachtete Amanda mit weiter wachsendem Respekt. Er knipste die Taschenlampe aus. Jetzt kam das einzige Licht von dem unsichtbaren Helm.

Im Dunkeln zogen sie sich in einen Seitentunnel zurück und versteckten sich hinter ein paar abgestürzten Eisblöcken. Zusammengekauert starrten sie zurück in den Hauptgang. Das Licht, das von dem Helm ausging, war schwach, aber stabil. Anscheinend war er wohl ein Stück weiter unten liegen geblieben. Amanda hoffte, dass die Entfernung reichte, um ihnen einen guten Vorsprung zu verschaffen.

Jetzt konnten sie nur noch abwarten, ob der Grendel dem Köder folgte.

13:18 Uhr

Matt stützte sich auf ein Knie, spähte mit weit aufgerissenen Augen angestrengt durch ein Guckloch zwischen den Blöcken und spitzte die Ohren nach Geräuschen der herannahenden Bestie. Bisher spürte er die Vibrationen der Sonarortung nur recht vage, aber sie wurden merklich stärker.

Auf einmal umklammerten Amandas Finger seine Hand fester.

Jetzt sah es auch Matt. Ein Schatten, der sich bewegte.

Eine dunkle Masse blockierte das schwache Glühen des verlassenen Helms, füllte den ganzen Gang aus und arbeitete sich langsam zur Kreuzung vor. In der Finsternis wirkte sie schwarz wie Öl, aber Matt wusste, dass sie in Wirklichkeit blass war, von der Farbe ausgebleichter Knochen.

Dann blieb die Kreatur stehen.

Die Lefzen hoben sich und entblößten gelblich glänzende

Zähne. Der breite Kopf schwankte von einer Seite auf die andere, während das Tier seine Beute mit Hilfe des Sonars ausfindig zu machen suchte. Die Dunkelheit selbst schien zu vibrieren.

Matt verharrte vollkommen regungslos. Obwohl sie hinter den Eisblöcken gut versteckt waren, hatte er Angst, dass jede Bewegung die Aufmerksamkeit des Tiers auf sich ziehen könnte. Ob es ihre Körperwärme womöglich auch durch die Eisblöcke spürte?

Der Blick der Bestie schien auf ihm zu ruhen.

Er traute sich nicht einmal, zu blinzeln. *Nimm endlich den Köder, verdammt!*

Misstrauisch äugte der Grendel im Tunnel herum. Anscheinend spürte er irgendetwas. Dann stieß er ein kehliges Schnauben aus – und wandte sich ab.

Langsam, aber stetig kroch er weiter den Gang hinunter, angezogen von Licht und Wärme. Was immer er von den beiden Menschen wahrgenommen haben mochte, ignorierte er, um dem stärkeren Anreiz zu folgen.

Dann war er verschwunden.

Matt wartete eine volle Minute, sodass die Bestie Zeit hatte, sich zu entfernen und hinter der nächsten Kurve zu verschwinden. Dann stand er vorsichtig auf und schlich zurück zum Hauptgang. Zu lange durften sie nicht warten, denn bald würde der Grendel ihre List durchschaut haben und bestimmt als Erstes hierher zurückkommen. Bis dahin mussten sie so viel Distanz wie möglich zwischen sich und das Monster bringen.

Amanda hielt sich dicht neben ihm. Er spähte in den Gang und konnte gerade noch sehen, wie der Schatten des Grendels um die Biegung verschwand, auf der Jagd nach der falschen Beute.

Er gab Amanda ein Zeichen.

Sie erreichten den Hauptgang und machten sich unverzüglich auf den Weg in die Dunkelheit. Als das ferne Licht des Helms endgültig verblasst war, tasteten sie sich zunächst mit den Händen vorwärts.

Erst nachdem eine weitere Minute verstrichen war, wagte Matt die Taschenlampe anzustellen. Sie konnten nur beten, dass das Licht den Grendel nicht anlockte, vorsichtshalber legte er die Hand darüber. Nun strömte nur ein schwacher Strahl zwischen seinen Fingern hindurch, aber die Helligkeit reichte aus, um ihnen ein höheres Tempo zu ermöglichen.

Keiner sagte ein Wort.

Während sie sich so, halb rennend, halb schliddernd, den Gang entlangquälten, begann Matt sich plötzlich Sorgen darüber zu machen, dass noch ein weiterer Grendel hier unten sein könnte. Bis jetzt war zum Glück noch kein verräterisches Sonarprickeln zu merken.

Nach einer Weile nahm er doch das Risiko auf sich und holte sein eigenes Walkie-Talkie hervor, drückte Amanda die Taschenlampe in die Hand und hielt das Funkgerät dicht an den Mund. Aus Angst, dass man seine Stimme zu weit hören könnte, flüsterte er nur. »Lieutenant Greer? Hören Sie mich? Over.«

Er rannte weiter, einen Schritt vor Amanda, und lauschte angestrengt.

Schwach, aber hörbar kam die Antwort: »Hier Lieutenant Commander Bratt. Wo sind Sie?«

»Himmel, wenn ich das mal so genau wüsste!«, antwortete Matt. »Wo sind Sie?«

»Wir haben uns mit den anderen am Ausgang des Kriechkellers getroffen. Können Sie zu uns kommen?«

»Ich habe Dr. Reynolds gefunden. Wir werden unser Möglichstes tun.«

Matt wandte sich an Amanda. Auf einmal hallte lautes Gebrüll durch die Gänge.

Amanda sah den Schrecken in Matts Gesicht. »Was ist los?«

»Ich glaube, Little Willy hat gemerkt, dass wir ihn reingelegt haben.«

Amanda spähte über die Schulter. »Er macht Jagd auf uns. Ziehen Sie Ihre Stiefel aus.«

»Was?«

»Dann haben Sie einen besseren Halt auf dem Eis.«

Nickend bückte er sich, band seine Mokassinstiefel auf und riss die Wollsocken herunter. Das Eis war kalt, aber Amanda hatte Recht – so konnte er besser laufen. Rasch stopfte er die Mokassins in die Tasche und rannte los.

Im Laufen griff er noch einmal zum Funkgerät. »Hier Matthew Pike. Dr. Reynolds und ich sind unterwegs nach oben. Aber wir haben einen Verfolger.«

Die Antwort kam umgehend. »Dann sehen Sie zu, dass sie herkommen. Wir tun, was wir können, aber wir haben keine Ahnung, wo Sie sind.«

Plötzlich sah Matt im Vorbeilaufen einen Farbklecks an der Wand. *Natürlich!* Er nahm das Funkgerät. »Wir folgen dem Tunnel mit der grünen Raute! Sagt Ihnen das etwas?«

Eine lange Pause trat ein, dann quäkte das Funkgerät wieder. »Roger. Grüne Raute. Ende.«

Matt steckte das Gerät in seine geflickte Armeejacke und betete, dass die anderen ihnen helfen würden. Sonst waren er und Amanda auf sich selbst gestellt. Sie flohen den Tunnel hinauf, eine Reihe verschlungener Gänge entlang.

Dann fühlte Matt es wieder: das Surren des Grendel-Sonars.

Das Mistvieh hatte sie gefunden!

Am Ende einer besonders langen, geraden Rinne sah Matt sich um. Rote Augen funkelten aus der Dunkelheit hinter ihm. Über eine Entfernung von zwanzig Metern fixierten sie einander: Jäger und Beute.

Ein Knurren kam aus der Kehle des Grendels.

Er forderte sie heraus.

Jetzt ging die Jagd in ihre entscheidende Phase.

13:22 Uhr
Driftstation Omega

Jenny rannte mit Kowalski über den Schnee, tief geduckt, um möglichst wenig Angriffsfläche zu bieten. Der Gegenwind war so stark, als wollte er sie zurückjagen. Die Ränder von Jennys Poncho flatterten. Mit einer Hand hielt sie ihre provisorische Kapuze fest, zog die Ecken über Mund und Nase, sodass nur die Schutzbrille hervorschaute.

Sie trotteten weiter. Wind, Schnee, Eis ... ihre Flucht war langsam und quälend. Die nicht bedeckten Hautstellen brannten. Aber sie konnten es sich nicht leisten, nachzulassen.

Hinter ihnen hallte Gewehrfeuer durch den Blizzard, aber die Schüsse galten nicht ihnen. Wie geplant hatten Sewell und die anderen einen Frontalangriff fingiert, eine Attacke auf die Türen ihres Gefängnisses, um die Aufmerksamkeit von den Flüchtenden abzulenken und die Russen zu zwingen, Verstärkung zu den Kasernen zu rufen.

Jenny betete, dass niemand getötet würde, aber ganz vorn in ihren Gedanken stand natürlich die Angst um ihren Vater.

Vor allem weil ihr Rettungsplan auf absolut schwachen Füßen stand: in die Luft gelangen, Hilfe rufen und zur Küste fliegen.

Sie umrundeten das nächste Gebäude. Vor ihnen tauchte der Parkplatz der Basis auf. Hinter dem Eisfeld zeigten dunklere Erhebungen die Abstellplätze verschiedener Schneemaschinen – ein winterlicher Friedhof ausrangierter Fahrzeuge.

Aber nirgends eine Spur ihres Flugzeugs. Da die Sichtweite nach wie vor nur ein paar Meter betrug, musste es wohl noch ein Stück weiter draußen im Schneesturm liegen.

Im Windschatten der Hütte kauernd, versuchte Jenny sich zu orientieren. Wegen der schlechten Sicht konnte es ihnen passieren, dass sie direkt an der Otter vorbeigingen, ohne sie zu bemerken. Aber sie hatten keine Zeit zu verschwenden. Selbst wenn die Russen sie nicht erwischten, würde ihnen irgendwann das Wetter den Garaus machen.

Jetzt, wo sie sich nicht mehr bewegten, drang die Kälte durch die Schichten von Jennys Kleidung bis in ihre Knochen. Ihre Wangen fühlten sich an, als hätte jemand sie mit einer Drahtbürste bearbeitet. Sie rubbelte sie mit den Händen, um die Durchblutung in Gang zu halten. Auch ihre Finger waren geschwollen und taub.

Sie warteten darauf, dass der Wind sich wenigstens einen Atemzug lang legen und ihnen einen Blick auf das Flugzeug freigeben würde. Aber die Elemente kooperierten nicht. Der Sturm hielt an, stark und stetig, so unerbittlich wie die Meeresströmung.

Schließlich war Kowalskis Geduld am Ende. »Gehen wir!«, zischte er Jenny ins Ohr. »Wir können nicht länger warten.«

Die Schüsse hinter ihnen waren inzwischen verstummt, Sewells Pseudoaufstand bereits niedergeschlagen. Falls die Russen ihre Gefangenen durchzählten, würden sie rasch merken, dass zwei fehlten, und die Suche nach ihnen würde beginnen. Sie mussten weg sein, bevor es so weit war.

Kowalski kämpfte sich zurück in den Wind. Jenny folgte ihm und benutzte dabei seinen breiten Rücken als Windschutz. Mühsam überquerten sie den Parkplatz und kamen hinaus auf das Eisfeld.

Nach zehn weiteren Schritten warf Jenny einen Blick über die Schulter zurück.

Die Basis war bereits im Schneegestöber verschwunden, selbst die Lichter sahen aus wie ein Trugbild.

Sie arbeiteten sich weiter vor. Jenny hielt unablässig Ausschau nach dem Flugzeug, aber sie bewegten sich wie in einer weißen Seifenblase, einer ständig geschüttelten Schneekugel. Sie kamen nur langsam voran, setzten einen Fuß vor den anderen, so gut es ging, eine gerade Linie einhaltend.

Minuten verstrichen. Allmählich machte Jenny sich Sorgen. *Inzwischen müssten wir wirklich bei der Otter sein.*

Dann erschien ein flackerndes Licht. Kowalski fluchte. Das musste eine der Lampen sein, die am Rand der Basis standen und von den Generatoren gespeist wurden. Offensichtlich hatten sie völlig die Orientierung verloren und waren im Kreis gelaufen. Aber das war eigentlich nicht möglich, da der Wind ihnen immer noch ins Gesicht fegte.

Plötzlich sahen sie, wie ein Schatten durch das schwache Licht auf sie zuschoss. Er näherte sich – dunkel und dicht am Boden.

Jenny und Kowalski erstarrten.

Der Schatten bewegte sich zu schnell, als dass sie Einzelheiten erkennen konnten.

Und dann stürzte sich das dunkle Tier aus dem Sturm auf sie.

Kowalski duckte sich, um die schlimmste Wucht des Aufpralls abzuwehren – ein Bär, der sich dem Löwen stellte.

Doch dann verwandelte das Schneegewirbel die dunkle Bestie im Bruchteil einer Sekunde in einen Herzensfreund.

»Bane!« Blitzschnell kam Jenny hinter Kowalski hervor und stürzte dem Wolfsmischling entgegen. Der Zusammenstoß war so heftig, dass Jenny auf dem Hinterteil landete. Eine warme Zunge fuhr über ihre kalte Haut.

Bane drückte sich an sie, als wollte er mit ihr verschmelzen, zappelte und winselte vor lauter Freude.

Das Licht kam näher. Es war kein Lampenmast, sondern eine Gestalt in einem dicken Parka, die mit einer brennenden Fackel in der erhobenen Hand auf sie zukam.

Ein Detail fiel Jenny sofort auf: Es war ein blauer Parka – kein weißer.

U. S. Navy.

»Ich wusste, dass es entweder Sie oder Ihr Mann sein würde«, sagte der Neuankömmling, und man hörte seiner Stimme die Erleichterung an. Es war Tom Pomautuk, in dessen Obhut sie Bane zurückgelassen hatten. »Bane hat angefangen zu winseln und sich dann plötzlich von der Leine losgerissen.«

Kowalski richtete sich auf. »Wo haben Sie sich versteckt?«

Der junge Ensign deutete mit seiner Fackel. »In Sheriff Aratuks Flugzeug. Als die erste Explosion losging, ist Bane hierher gelaufen.«

Er hat bei etwas Vertrautem Zuflucht gesucht, dachte Jenny. *Und das einzige Stückchen Heimat gefunden, das es hier draußen für ihn gab.*

»Ich musste ihm nachlaufen«, fuhr Tom fort. »Schließlich hatte ich die Verantwortung für ihn übernommen. Und als mir klar wurde, was los war, dachte ich, ich könnte das Funkgerät benutzen, um einen Notruf durchzugeben.«

»Haben Sie jemanden erreicht?«

Tom schüttelte den Kopf. »Ich hatte aber auch nicht viel Zeit, weil ich mich vor der Patrouille verstecken und mich zusammen mit dem Hund in die Ladeluke zwängen musste. Aber als der Schneesturm einsetzte, dachte ich, es würde sich wahrscheinlich sowieso keiner mehr hier rauswagen. Also hab ich es noch mal probiert. Gerade wollte ich mit der Fackel das Eis von den Antennen schmelzen, da hat Bane angefangen zu winseln und an seiner Leine zu zerren.«

Jenny gab Bane einen letzten liebevollen Klaps. »Machen wir, dass wir aus dem Wind kommen.«

»Ganz meine Meinung«, erwiderte Kowalski, und ein Frösteln schüttelte seinen breiten Körper.

»Wie lautet der Plan?«, erkundigte sich Tom, während er die beiden übers Eis führte. Kurz darauf erschien gespenstisch die Form der Twin Otter vor dem weißen Hintergrund.

»Zuerst beten wir, dass die Motoren nicht eingefroren sind«, antwortete Jenny. »Im Schutz des Sturms müssten wir eigentlich in der Lage sein, sie anzulassen, ohne dass jemand es hört, trotzdem wird es ein paar Minuten dauern, bis die Maschinen warm sind.«

»Ihr wollt fliegen?«, fragte Tom und drehte sich zu ihr um. »Bei diesem Wetter?«

»Ich bin schon des Öfteren unter Whiteout-Bedingungen geflogen«, beruhigte ihn Jenny. *Aber das hier ist kein Eisnebel,* fügte sie im Stillen hinzu. Der Blizzard würde all ihre Flugkünste erfordern.

Sie erreichten das Flugzeug, banden die Sturmleinen los, rissen die gefrorenen Bremsklötze weg und kletterten hinein. In der Kabine schien es fünfzig Grad wärmer zu sein, da sie endlich aus dem Sturm heraus waren. Jenny setzte sich auf den Pilotensitz, Kowalski nahm den Platz des Kopiloten ein. Tom und Bane teilten sich die Sitzreihe dahinter.

Die Schlüssel waren noch dort, wo Jenny sie gelassen hatte. Sie schaltete die Hauptversorgung an und machte einen raschen Systemcheck. Alles schien in Ordnung zu sein. Mit ein paar Handgriffen schaltete sie die Motorblockheizung von der Hilfsbatterie frei.

»Na, dann versuchen wir's mal«, sagte Jenny und ließ die beiden Zwillingsmotoren an. Sofort spürte sie das vertraute Vibrato durch das Sitzpolster.

Das Motorengeräusch verlor sich im Wind, aber Jenny

hörte das Heulen der Zwillingsmaschinen trotzdem. Wie weit würde der Sturm es tragen? Waren die Russen womöglich schon unterwegs zu ihnen?

Sie warf einen Blick zu Kowalski hinüber. Er zuckte die Achseln, als hätte er ihre Gedanken gelesen. *Was spielt das jetzt noch für eine Rolle?*

Langsam gab sie Gas, um den Motoren Gelegenheit zu geben, sich warmzulaufen. Durch die Fenster konnte sie vage die Propeller sehen, die sich in einem Schwall aufgewirbelten Schnees zu drehen begannen.

Nach einer vollen Minute fragte sie: »Alles klar?«

Niemand antwortete.

»Dann mal los!«, sagte sie, kaum hörbar. Selbst in ihren eigenen Ohren klang es eher wie ein Stoßgebet. Sie gab Gas, die Propeller durchschnitten den Wind und dann setzte sich die Twin Otter langsam auf ihren Kufen in Bewegung.

Jenny bediente die Kontrollen, um sie möglichst rasch von der Basis wegzulenken. Ihr Plan war es, in den Wind zu rollen und dann seine Kraft auszunutzen, um abzuheben. Trotzdem würde es aller Wahrscheinlichkeit nach ein Höllenflug werden.

Gerade wollte sie die anderen auffordern, sich festzuhalten, da wurde sie unterbrochen.

»Wir haben Gesellschaft«, sagte Kowalski. Er hatte sich umgedreht und starrte nach hinten.

Jenny folgte seinem Blick. Zwei Lichtpunkte, wie die Scheinwerfer eines Autos, leuchteten hinter ihnen auf, trennten sich und entfernten sich voneinander, um beide in einem Bogen auf die Otter zuzurasen.

Hovercrafts.

Jenny gab Gas, dass die Propeller dröhnten. Wegen des Gegenwinds kam das Flugzeug nur recht langsam vorwärts. Normalerweise war ein starker Gegenwind gut für einen schnellen Takeoff, aber der Wind war böig und rüttelte das Flugzeug erbarmungslos durch. »Anscheinend haben die Russen uns doch gehört.«

»Oder sie haben Infrarotfernrohre aufgestellt und die Motorenwärme registriert.«

Auf einmal durchschnitt Gewehrfeuer den Motorenlärm, durch den Sturm gedämpft und wie aus großer Ferne. Ein paar Kugeln schlugen in das fliehende Flugzeug ein, doch zum Glück war die Kabine durch Heckaufbau und Laderaum einigermaßen geschützt.

Jenny mühte sich, trotz Gegenwind das Tempo zu forcieren.

»Sie kommen!«, rief Tom von hinten.

Jenny sah nach rechts und links. Die beiden Lichter näherten sich und versuchten in eine gute Schussposition zu gelangen.

Verdammt, waren diese Dinger schnell!

Jenny starrte in den Sturm, der sich gegen die Windschutzscheibe presste und das Flugzeug bremste. So würde das nie funktionieren. Sie hatten nicht genug Zeit, um gegen den Wind anzukämpfen. Sie brauchte einen neuen Angriffswinkel – und dafür gab es nur eine einzige andere Option.

»Festhalten!«, rief sie wieder.

Sie nahm das Gas vom Backbordmotor weg, während sie steuerbord voll aufheizte. Gleichzeitig bediente sie die Klappen, fuhr eine aus und die andere ein. Die Otter schlidderte auf ihren Kufen wie ein Auto beim Aquaplaning. So schlingerte sie übers Eis und machte eine 180-Grad-Drehung, bis sie jetzt wieder in die Richtung deutete, aus der sie gekommen waren.

»Was machen Sie denn?«, fragte Kowalski und drückte sich vom Fenster ab, gegen das er bei der abrupten Wendung gepresst worden war.

Ohne zu antworten, gab Jenny auf beiden Motoren Vollgas. Die Propeller wirbelten zusätzlichen Schnee in das ohnehin dichte Gewirbel. Die Otter ruckte nach vorn, kam in Fahrt und raste übers Eis.

Auf einmal begriff Kowalski, dass sie direkt auf die Basis zuschossen. »Wir haben nicht genug Platz, so kriegen Sie nie den Auftrieb, den Sie brauchen.«

»Ich weiß.«

Die beiden Hovercrafts wendeten ebenfalls, um ihnen nachzujagen. Eine einzelne Kugel schlug in den Schwanz der Otter ein.

»Das schaffen wir nie«, flüsterte Tom.

Jenny ignorierte ihre beiden Mitreisenden, ließ die Otter weiterrasen und behielt dabei die Anzeigen im Auge, vor allem die Geschwindigkeit. *Komm ...!*

Aus dem Augenwinkel sah sie die Lichter das Basis vor sich auftauchen. Dunklere Schatten markierten das Dorf der Jamesway-Hütten.

Die Otter sauste unaufhaltsam darauf zu.

Die Vibrationen der Kufen auf dem Eis ließen schlagartig nach, als das Flugzeug sich vom Boden hob. Aber sie hatten noch nicht genug Tempo. Der Auftrieb kam nur vom Sturm. Jenny hatte sich nicht geirrt. Die Kufen setzten wieder auf, und das Flugzeug zitterte, als sie erneut über ein unebenes Eisfeld holperten.

»Kehren Sie um!«, rief Kowalski. »Das schaffen wir nicht!«

Aber Jenny summte leise vor sich hin und hielt direkt auf eins der dunklen Gebäude zu – ein Schatten im trüben Schein der Lichtmasten. Sie betete leise, dass die Hütte genauso ausgelegt war wie die, aus der sie und Kowalski vorhin geflohen waren.

Das Flugzeug raste darauf zu. Ein winziges Restchen Energie hielt Jenny noch immer zurück, denn das würde sie gleich brauchen.

»Was haben Sie …?«, begann Kowalski, unterbrach sich aber dann mit einem lauten: *»Ach du Scheiße!«*

Wie bei den Kasernen lag auch auf der Windseite der Jamesway-Hütte, die Jenny anpeilte, eine gefrorene Schneewehe, fast so hoch wie die Hütte selbst.

Die Otter berührte den eisigen Hang, und ihre Nase ging nach oben. Nun gab Jenny den Maschinen das letzte bisschen Gas. Die Kufen rauschten die Schneebank hinauf und hoben sich himmelwärts.

Mit einem hässlichen metallischen Kratzen berührten die Kufen das gewellte Dach der Hütte – dann war die Maschine in der Luft, in den Klauen des Sturms.

Die nächsten Minuten hätten einem den Magen umdrehen können. Jenny kämpfte um die Kontrolle über ihr Flugzeug, das schwankte wie ein Papierdrachen im Wind. Zum Glück war der Sturm zwar kräftig, aber gleichmäßig, also drehte sie sich ihm entgegen und nutzte den Wind, der über ihre Flügel brauste, um sich emportragen zu lassen. Schließlich hatte sie die Otter stabilisiert.

Seufzend kontrollierte sie die Anzeigen: Flughöhe, Geschwindigkeit, Kompass. Unter den momentanen Bedingungen konnte sie nur nach den Instrumenten fliegen, denn jenseits der Windschutzscheibe konnte man Himmel und Eis nicht voneinander unterscheiden.

»Sie sind echt toll!«, meinte Kowalski mit einem bewundernden Grinsen.

Jenny hätte seine Begeisterung gern geteilt, aber beim Kontrollieren der Anzeigen zogen sich plötzlich ihre Eingeweide zusammen: Die Anzeige für den Reservetank sank, und zwar ziemlich schnell. Von voll ging der Zeiger im Handumdrehen auf halb, dann auf ein Viertel. Eine der herumfliegenden Kugeln musste vorhin eine Leitung zerschlagen haben. Sie bliesen Treibstoff in die Luft. Schnell checkte sie den Haupttank.

Er hielt sich erfreulich gut – vorausgesetzt, man empfand einen nur zu einem Achtel gefüllten Tank als erfreulich.

»Was ist los?«, fragte Tom.

»Wir haben fast keinen Treibstoff mehr.«

»Was?«, mischte sich jetzt Kowalski ein. »Wie kann das sein?«

Jenny deutete auf die Kontrollen und erklärte, was ihrer Meinung nach passiert war.

Kowalski begann fürchterlich zu fluchen.

»Wie weit kommen wir damit, bevor wir landen müssen?«, wollte Tom wissen.

Jenny wiegte den Kopf. »Nicht weit. Vielleicht fünfzig Meilen.«

»Na toll ...!«, stöhnte Kowalski. »Gerade weit genug, um mitten im verdammten Nirgendwo zu landen.«

Jenny konnte seine Wut nachvollziehen. Hier draußen, orientierungslos, würden sie ohne Lebensmittel und warme Kleidung in der Eiseskälte nicht lange überleben.

»Was machen wir jetzt?«, fragte Tom.

Niemand antwortete.

Jenny flog weiter. Mehr konnte sie momentan nicht tun.

13:29 Uhr
Eisstation Grendel

Da sie keine Tricks mehr auf Lager hatten, blieb Matt nur eine Möglichkeit. Die grundlegendste Form der Verteidigung. »Laufen Sie!«, schrie Matt und gab Amanda einen heftigen Schubs.

Sie schnappte nach Luft und sprang dann davon wie ein erschrockenes Reh.

Matt tat sein Bestes, um mit ihr Schritt zu halten, aber

ohne Schuhe war das Rennen ein Gefühl, als hätte er zwei Steaks mit Gefrierbrand an den Füßen.

So flohen sie die Tunnel hinauf, aber Matt verlor immer mehr an Boden.

»Ich kenne ... ich kenne die Stelle hier!«, rief Amanda plötzlich. »Wir haben den Ausgang gleich erreicht!«

Matt warf einen Blick über die Schulter.

Der Grendel war nur noch zehn Meter hinter ihm. Geschmeidig und tödlich entschlossen setzte die Bestie ihnen nach. Unter ihren Klauen wirbelten kleine Eisstückchen auf. Wahrscheinlich spürte sie, dass ihre Beute im Begriff war, ihr zu entkommen, und vergaß alle Vorsicht.

»*Runter*!« Der Ruf kam aus dem Tunnel vor ihnen und durchbrach das ständige Surren der Ultraschallortung.

Plötzlich sah Matt den Gang vor sich vor Waffen starren.

Das Navy-Team!

Amanda verschwand bereits in der Gruppe, aber Matt war zu weit zurückgefallen. Er konnte es nicht mehr rechtzeitig schaffen. Also warf er sich mit ausgestreckten Armen auf den Bauch und umklammerte den Eispickel mit beiden Händen.

Gewehrfeuer hallte durch den Gang, Kugeln pfiffen über Matts Kopf hinweg. Eis splitterte unter Querschlägern und Fehlschüssen von den Wänden und rieselte auf ihn herab.

Blitzschnell rollte er sich auf den Rücken und starrte zwischen den Beinen hindurch nach hinten.

Kaum einen Meter von ihm entfernt kauerte mit gesenktem Kopf der Grendel. Fest entschlossen, sich seine Beute nicht durch die Lappen gehen zu lassen, krallte er nach Matt. Aus seiner Kehle drang ein tiefes Knurren, Dampf quoll aus seinen tief liegenden Nasenlöchern, Blut strömte über sein öliges, von zahlreichen Kugeln verletztes Gesicht.

Wie ein Wilder stieß Matt sich mit seinen bloßen Füßen vom Eis ab und versuchte zurückzurutschen.

Aber die Bestie gab sich auch gegen drei vollautomatische Waffen nicht geschlagen. Eine Klaue fuhr nach vorn, erwischte Matts Hosenbein und presste es aufs Eis. Matt zerrte daran, bekam das Bein aber nicht mehr von der Stelle. Einen Herzschlag lang sah er dem Raubtier in die Augen.

Und erblickte das Feuer in ihnen.

Die Lefzen des Untiers zogen sich zurück. Wenn es schon sterben musste, würde es Matt mit in den Tod nehmen.

Matt schwang seinen Eispickel – nicht gegen die Bestie, sondern über den Kopf, so weit sein Arm reichte, und hieb den Pickel dann tief ins Eis. Mit der anderen Hand löste er die Gürtelschnalle seiner Hose und riss den oberen Knopf auf. Den Eispickel als Anker benutzend, wand er sich aus der Hose und rollte sich blitzschnell aus der Reichweite des Grendels.

Nur noch mit seiner Thermounterhose bekleidet, kroch er davon. Die Bestie brüllte hinter ihm her – ein gespenstischer Laut über alle Tonspektren hinweg, unheimlich, verloren.

Aber Matt erreichte unversehrt die Reihe der anderen Männer.

Hände wurden ihm entgegengestreckt und zogen ihn auf die Füße.

Jetzt schaute er sich nach der Bestie um. Auch sie hatte kehrtgemacht, wobei sie wegen ihrer Masse halb an der Wand hochklettern musste. Dann ergriff sie die Flucht vor den Schüssen und verschwand um die nächste Biegung.

Matt gesellte sich zu Amanda und zusammen mischten sie sich unter die Wissenschaftler und das Navy-Personal.

Craig starrte ihn entgeistert an und meinte zur Begrüßung: »Ich dachte, Sie wären tot.«

»Wir sind auch noch lange nicht in Sicherheit.«

Bratt organisierte seine kleine Truppe: Greer, O'Donnell und Washburn. Dann erklärte er die Situation.

Amanda beobachtete konzentriert seine Lippen. »Die *Polar Sentinel* ist weg?«

»Ja, Captain Perry hatte keine andere Wahl.«

Erschüttert sank Amanda in sich zusammen. »Was machen wir jetzt?«

»Hier unten können wir nicht bleiben«, antwortete Bratt. »Wir haben bald keine Munition mehr. Wir werden wohl oder übel das Risiko mit den Russen eingehen müssen.«

»Sir, ich kenne ein paar Stellen auf Ebene drei, die sich gut als Verstecke eignen«, sagte die große schwarze Navy-Frau mit einer Kopfbewegung nach oben. »Da gibt es Serviceschächte und Lagerräume. Und eine alte Waffenkammer. Wenn wir es dahin schaffen, ohne dass jemand uns sieht ...«

»Alles ist besser als diese verdammten Tunnel hier unten«, sagte Greer.

Bratt nickte. »Aber wir müssen vorsichtig sein.«

Matt war ebenfalls froh, aus dem Eislabyrinth zu kommen. Das ständige Surren verursachte ihm allmählich Ohrenschmerzen.

Auf einmal fuhr er heftig zusammen.

O Gott ...!

Er wirbelte herum. Vom Knattern der Maschinengewehre aus nächster Nähe hatten ihm die Ohren geklungen, und erst jetzt, wo es etwas nachließ, fühlte er es wieder. Die Kreatur war geflohen – aber das Surren hörte nicht auf.

In Amandas Augen sah er, dass sie verstanden hatte, was los war.

»Wir sind nicht allein!«, rief Matt.

Taschenlampen wurden angeschaltet und in andere Tunnelöffnungen gehalten. Ein Paar roter Augen nach dem anderen erschien.

»Das ist das aufgetaute Rudel aus der Höhle!«, rief Bratt und winkte alle weiter. »Anscheinend haben sie sich doch an der Leiche ihres Bruders vorbeigedrängt.«

»Das Gewehrfeuer hat sie wahrscheinlich angelockt!«, schrie der Biologe voller Angst und wich zurück.

»Raus hier!«, kommandierte Bratt. »Wir haben nicht genug Waffen, um so viele von den Biestern abzuhalten.«

Wie verrückt rannte alles los, den Tunnel hinauf.

Doch die plötzliche Bewegung zog die Bestien an, wie Katzen, die einer fliehenden Maus nachlaufen.

»Hier entlang!«, brüllte Amanda.

Vor ihnen erschienen die Türen, die in die Station führten.

Als sie sie erreicht hatten, hielt Matt sie auf und winkte die Zivilisten durch. »Beeilung!«

Das Navy-Personal übernahm die Nachhut und folgte ihnen rasch.

Als die Türen zufielen, hallte vor ihnen ein Schuss. Matt duckte sich vor einem Querschläger, der die Metallwand getroffen hatte.

Anscheinend hatte die Schießerei nicht nur die Grendel angezogen.

»Halt!«, bellte ein Soldat in weißem Parka. Er sprach Englisch mit einem starken Akzent. Zusammen mit vier anderen hatte er mit angelegtem Gewehr am Ende der Halle Posten bezogen. »Waffen fallen lassen! Sofort!«

Einen Atemzug lang rührte sich niemand.

Nur Amanda wollte weitergehen, da sie den Befehl ja nicht hören konnte, aber Matt packte sie gerade noch rechtzeitig am Ellbogen. Sie sah ihn an.

Er schüttelte den Kopf. »Bleiben Sie bei mir«, sagte er nur.

»Tun Sie, was die Leute sagen!«, befahl Bratt unterdessen und warf als Erster seine Waffe weg. Andere Waffen fielen krachend zu Boden. »Gehen wir weiter. Weg von den Türen.«

»Hände hoch!«, brüllte der Russe wieder. »Im Gänsemarsch herkommen!«

Da Bratt nickte, folgten die anderen dem Befehl.

Rasch reihten sich alle ein und eilten den langen Gang entlang. Sie waren noch keine zehn Schritte weit gekommen, als sich etwas Riesiges gegen die Doppeltür hinter ihnen warf. Das Metall beulte sich nach außen.

Alle erstarrten.

»Runter!«, kommandierte Bratt.

Sie fielen auf Hände und Knie. Matt zog Amanda mit sich. Ein einzelner Schuss löste sich, vielleicht als reflexartige Reaktion auf den Schreck. Aber der Schütze hatte gut gezielt. O'Donnell war einen Moment zu spät auf alle viere gegangen. Sein Hinterkopf explodierte, Knochensplitter und Blut spritzten durch die Gegend. Dann stürzte sein Körper mit ausgebreiteten Armen nach hinten.

Ein Schwall russischer Kommandos folgte, die Soldaten schrien sich an.

»Verdammt noch mal!«, fluchte Bratt, und sein Gesicht war knallrot vor Wut.

Matt sah zwischen den schießwütigen Russen und der verbeulten Tür hin und her. Keine der Alternativen hatte etwas für sich.

Der Russe, der offensichtlich das Kommando hatte, trat vor. »Was soll das ...?«

Wieder warf sich etwas gegen die Tür und krachte dagegen wie ein Zug ohne Bremsen. Die Angeln brachen heraus und beide Türen flogen in die Halle.

Mit den Türen brach ein Grendel herein. Andere folgten.

Chaos brach aus, alle warfen sich auf dem Boden nach vorn.

Schüsse krachten in panischer Angst.

»Unten bleiben!«, brüllte Bratt. »Kriecht weiter!«

Wie sollten sie so fliehen? Wenn sie nicht wie O'Donnell von einer verirrten Kugel getroffen wurden, dann würden die Grendel sie zerreißen.

»Hierher!«, rief Amanda. Sie hatte sich zur Wand gerollt und griff nach einem Türhebel über ihrem Kopf. Um ein Haar hätte eine Kugel ihr den Finger abgerissen, aber sie schaffte es, den Hebel herunterzuziehen. Mit der anderen Hand stieß sie die Tür auf und nun funktionierte die dicke Stahlluke als Schild gegen die russischen Schüsse. »Hier rein!«

Alle hasteten ihr nach.

Greer war der Letzte, einer der Grendel war ihm dicht auf den Fersen.

Amanda knallte die Tür hinter ihm zu, gerade als das Tier lossprang. Die Wucht des Aufpralls war so stark, dass sie gegen Matt geschleudert wurde. Er hielt sie fest, aber sie schob ihn weg und kroch hastig zurück zur Tür.

Im Dunkeln hörte Matt, wie sie einen Metallriegel vor die Luke schob.

Der Widerhall der Schüsse drang gedämpft durch das dicke Metall der Luke. Immer wieder donnerten schwere Körper gegen Wand und Tür.

Während in der Halle draußen der Kampf tobte, lagen sie hinter der Tür keuchend auf dem Boden. Matt nutzte die Zeit, um seine Elchlederstiefel wieder aus der Tasche zu holen und über seine schmerzenden, erfrorenen Füße zu ziehen.

»Für den Augenblick müssten wir eigentlich in Sicherheit sein«, ertönte Amandas Stimme aus der Dunkelheit. »Die Tür ist aus solidem gehärtetem Stahl.«

»Wo sind wir?«, fragte Matt, während er sich die Schuhe zuband.

»Im Herzen der Station«, antwortete Bratt. »Im Hauptlabor.«

Ein Lichtschalter wurde betätigt und ließ nackte Glühbirnen aufleuchten.

Matt sah, dass sie sich in einem sauberen, ordentlichen

Labor befanden. Mit militärischer Präzision aufgestellte Stahltische. Glasschränke mit Bechern und polierten Instrumenten. An einer Wand eine Reihe von Kühleinheiten. Vom Hauptlabor zweigten mehrere kleinere Räume ab, aber dort war es so dunkel, dass man nichts erkennen konnte.

Während Matt seine Blicke umherwandern ließ, flackerten weitere Lampen auf, eine Glühbirne nach der anderen, und erleuchteten einen gebogenen Gang, der in der Ferne um eine Biegung verschwand. Der Korridor schien der äußeren Wand der Station zu folgen und umgab vermutlich die gesamte Ebene.

Und dann erkannte Matt auch, was die Glühbirnen beleuchteten. »O mein Gott ...!«

3. Akt

Blutrausch

ᐊᒥᖕᒐᒃᓱᕐᑐᓂ ᑯᑯᓕᑦᑐᖅ

KAPITEL 11
Zeitlos

ᓄᖕᒍᓚᐃᑦᑐᖅ

9. April, 13:42 Uhr
Auf dem Eis

Eingehüllt in einen weißen Parka, durchquerte Viktor Petkow das Herz eines Blizzards. Seine Hände steckten in beheizten Fäustlingen; der Pelzrand seiner Kapuze, ein dicker Wollschal und eine polarisierte Schutzbrille schützten sein Gesicht vor dem Wind.

Aber alle Schutzkleidung der Welt konnte die Kälte nicht aus seinem Herzen vertreiben. Er war unterwegs zur Ruhestätte seines Vaters, in eine gefrorene Krypta, vergraben im Eis.

Er saß angeschnallt auf dem Rücksitz des Hovercraft-Bikes. Der Fahrer, ein junger Offizier, der unter Mikowsky diente, bediente das Fahrzeug gekonnt und mit dem rücksichtslosen Selbstvertrauen der Jugend. Sie flogen übers Eis, nicht mehr als eine Handbreit über dem Boden – eine Rakete im Wind.

Der Sturm versuchte sie von ihrem Kurs abzubringen, doch der Fahrer hielt sie mit Hilfe des gyroskopischen Führungssystems auf der geraden Route zu der verlassenen Station.

Nachdenklich starrte Viktor hinaus über die schneegepeitschte Ebene, um ihn herum nichts als weiße Öde. Eine Wüste aus Eis. Da die Sonne von Wolken und Schnee verdeckt war, hatte die Welt sich in fahlem Zwielicht aufgelöst, das an seiner Willenskraft und seiner Energie zehrte. Hoffnungslosigkeit und Verzweiflung nahmen eine physische Dimension an. Mit dem Wind, der in seinen Ohren heulte, sickerte die ewige Mutlosigkeit bis tief in seine Knochen.

Hier hat mein Vater die letzten Tage seines Lebens verbracht, allein, im Exil, vergessen.

Das Fahrzeug vollführte einen langsamen Bogen, folgte dem Schatten eines Packeisrückens, dem Rückgrat eines schlafenden Drachens. Dahinter wuchs aus der endlosen Dämmerung ein nebliges Licht.

»Ziel direkt vor uns, Admiral!«, rief ihm der Fahrer über die Schulter zu.

Die Hovercraft passte sich dem Kurs an. Seitlich der führenden Maschine vollführten die anderen beiden Fahrzeuge ein paralleles Manöver, wie eine Schwadron von MiG-Kampfjets in Formation. Dann raste das Trio auf das Licht zu.

Durch den wirbelnden Schnee tauchten Einzelheiten auf. Eine Bergkette aus Eis, ein schwarzer Tümpel, viereckig, von Menschenhand geschaffen, und am Fuß des Berges ein Lichtschein, der wie der Strahl eines Leuchtturms den Sturm durchschnitt.

Sie umrundeten die Polynja und hielten auf den Eingang der Basis zu. Die Maschinen wurden abgebremst, die Hovercrafts senkten sich auf ihre Titanskier, nahmen Bodenkontakt auf und glitten über das Eis. Neben dem Eingang kamen sie zum Stillstand und parkten im Windschatten der Packeiskette, um die Fahrzeuge zumindest ein wenig vor dem Sturm zu schützen.

Während Viktor noch mit der Schnalle seines Sicherheitsgurts kämpfte, stieg der Fahrer bereits ab. Die Fäustlinge beeinträchtigten stark die Fingerfertigkeit, aber selbst mit bloßen Händen hätte der Admiral wahrscheinlich Schwierigkeiten gehabt, denn er zitterte heftig. Seine Augen fixierten den groben Eingangsschacht, durch den man sich so brutal Zugang zu dem Grab dort unten verschafft – gesprengt, gehackt, geschmolzen – hatte. Er hatte gesehen, wie alte Grabstätten von Grabräubern in Ägypten auf ähnliche Weise geschändet worden waren. Und nichts anderes waren sie doch, Amerikaner wie Russen: dreckige Grabräuber, die sich um Knochen und funkelnde Artefakte stritten.

Mit unbewegten Lidern starrte er auf das Loch im Eis.

Ich bin der Einzige, der hier etwas verloren hat.

»Admiral?« Der Fahrer wollte ihm helfen und griff nach dem Gurt.

Ruckartig kam Viktor in die Gegenwart zurück, schnallte sich endlich aus eigener Kraft ab und stieg von seinem Sitz. Als er wieder auf den Füßen stand, riss er sich die beheizten Fäustlinge von den Händen und stopfte sie in die Tasche. Sofort spürte er, wie die Kälte auf der ungeschützten Haut brannte – der Willkommensgruß des Todes, der ihn in der Krypta seines Vaters willkommen hieß.

Er stapfte an dem jungen Mann vorbei auf den Eingang zu. Im Gang dahinter traf er auf einen einsamen Wachmann, der fröstelnd und zusammengekauert dasaß, sich aber respektvoll aufrichtete, als er Viktor erkannte.

»Admiral!«, sagte er.

Viktor seinerseits erkannte den Mann als einen der hochrangigen Offiziere der *Drakon*. Warum schob er hier Wache? Sofort war er auf der Hut. »Was ist los, Leutnant?«

Der Mann zögerte, als müsste er nach den richtigen Worten suchen. »Admiral, wir hatten ein paar Probleme. Eins hier, eins drüben in Omega. Kapitän Mikowsky erwartet dringend Ihren Anruf auf dem UQC.«

Stirnrunzelnd wandte sich Viktor zu der leeren Polynja

um. Ein schwarzes, fast im Schnee vergrabenes Kabel führte vom See und verschwand dann im Schacht. Es war eine UQC-Leitung, ein Unterwassertelefon, eine Art aktives Sonar, das anstelle von Echolot-Pings menschliche Stimmen übermittelte. Allerdings war diese Form der Kommunikation nur über kurze Entfernungen möglich, also musste sich die *Drakon* noch in der Nähe aufhalten.

Er winkte dem Wachmann, mit ihnen zu kommen.

Während sie weitergingen und sich an der zerstörten Sno-Cat vorbeidrängten, sprach die Wache hektisch weiter: »Das Problem hier, Admiral, besteht darin, dass sich eine Hand voll amerikanischer Militärangehöriger und Zivilisten auf Ebene vier verbarrikadiert haben. Wir sind nicht an sie herangekommen, weil unsere Männer von diesen seltsamen Bestien angegriffen wurden.«

»Bestien?«

»Weiße Haut. Riesig. So groß wie Stiere. Ich hab sie selbst nicht gesehen. Als die Verstärkung eintraf, sind die Kreaturen wieder in den Eishöhlen verschwunden. Einen Mann haben wir verloren, die Biester haben ihn mitgeschleppt. Jetzt steht die Halle unter Bewachung.«

Bei der Beschreibung des Mannes bekam Viktor weiche Knie. Ehe er von Moskau aufgebrochen war, hatte er die Geheimberichte seines Vaters gelesen.

Grendel ... konnten sie das sein? War es möglich, dass ein paar überlebt hatten?

Nach kurzer Zeit waren sie in der Hauptstation. Die schwarze vulkanisierte Leitung führte zu einem kleinen Funkgerät. Als der Funker den Admiral bemerkte, stand er hastig auf.

»Admiral! Kapitän Mikowsky wartet auf ...«

»Ich habe es bereits gehört«, unterbrach ihn Petkow, ging zum UQC-Telefon, nahm das Handgerät und sagte in den Hörer: »Hier Admiral Petkow.«

»Admiral, ich habe einen dringenden Bericht von unseren Einheiten in Omega.« Die Worte klangen hohl, als spräche jemand durch ein langes Rohr. Aber es war ganz eindeutig Kapitän Mikowskys Stimme. »Ich wollte Sie unverzüglich darüber in Kenntnis setzen.«

»Fahren Sie fort.«

»Es hat einen Sicherheitsvorfall gegeben. Eine weibliche Gefangene und ein amerikanischer Marinesoldat sind aus der Baracke ausgebrochen und haben sich zu einem kleinen Flugzeug durchgeschlagen.«

Unwillkürlich ballte er die Faust. Wie konnte das passieren?

»Sie sind geflohen, Admiral. Wegen des Sturms hatten wir keine Möglichkeit, sie zu verfolgen. Höchstwahrscheinlich sind sie unterwegs zur Küste von Alaska, um dort Alarm zu schlagen.«

Zorn wallte in Viktors Brust auf. So ein Fehler hätte niemals passieren dürfen. Bei dieser Mission durften keine Augenzeugen zurückbleiben. Alles war sorgfältig vorbereitet. Unter dem Schutz des Sturms und der Sonnenwinde hätten die amerikanischen Spionagesatelliten bestenfalls vage Infrarotsignaturen erkennen können. Und selbst wenn das Echo der vorhergegangenen Gefechte von patrouillierenden U-Booten registriert werden würde, konnte die russische Regierung einfach alles leugnen. Plausible Bestreitbarkeit. Ohne Augenzeugen würde nie jemand etwas nachweisen können. Schließlich hatten sie sogar das amerikanische Forschungsschiff, die *Polar Sentinel,* mit ihren Evakuierten unbehelligt ziehen lassen. Das U-Boot hatte die *Drakon* möglicherweise in diesen Gewässern gesehen, aber woher wollten sie wissen, was oben auf dem Eis geschah?

Plausible Bestreitbarkeit. Das war das neue Schlagwort moderner Kriegsführung.

Aber jetzt waren zwei Gefangene entkommen, zwei Augenzeugen, die wussten, dass er, ein russischer Admiral, an Ort und Stelle gewesen war.

Viktor zwang sich, tief durchzuatmen. Er rang seinen Zorn nieder. Seine erste Reaktion war ein Reflex gewesen, rein militärischer Natur. Letztlich spielte das alles keine Rolle. Er legte eine Hand über den Polaris-Monitor an seinem Handgelenk und rief sich den größeren Zusammenhang ins Gedächtnis.

Schon bald spürte er, wie er ruhiger wurde. Außerdem hatten ja beide Regierungen den geheimen Krieg autorisiert, der in politischen Kreisen bescheiden als ein »Scharmützel« bezeichnet wurde. Solche heimlichen Gefechte fanden regelmäßig zwischen fremden Mächten statt, die Vereinigten Staaten bildeten da keine Ausnahme. Sie wurden in den abgelegenen Ecken der Welt ausgefochten: in den Gewässern vor der nordkoreanischen Küste, in der irakischen Wüste, im chinesischen Hinterland – und schon mehrmals war auch die einsame Wildnis des Polarmeers Schauplatz einer Auseinandersetzung gewesen. Die jeweiligen Befehlsketten wussten über die Scharmützel Bescheid, aber es drangen niemals Informationen darüber an die Öffentlichkeit.

Aus den Augen, aus dem Sinn.

»Admiral«, fuhr Mikowsky fort, »wie lauten Ihre Befehle?«

Rasch ließ Viktor sich die gegenwärtige Situation noch einmal durch den Kopf gehen. Sie war unerfreulich, aber durchaus noch zu retten – allerdings durfte er keine weiteren Risiken eingehen. Omega und die Gefangenen dort waren kein Aktivposten mehr. Die Eisstation war wesentlich wichtiger. Mit ruhiger, fester Stimme befahl er: »Kapitän, fahren Sie mit der *Drakon* zur Omega!«

»Admiral?«

»Wenn Sie dort sind, holen Sie unsere Männer aus der Basis und ziehen sich zurück.«

»Und Omega ... die Gefangenen?«

»Wenn unsere Leute draußen sind, zünden Sie die vergrabenen Raketen. Bringen Sie die Basis zum Schmelzen.«

Am anderen Ende der Leitung entstand eine lange Pause. Das war das Todesurteil für all die unschuldigen Menschen, die sich noch in der Driftstation befanden. »Jawohl, Sir«, antwortete der Kapitän mit schwacher Stimme.

»Danach kehren Sie hierher zurück. Unsere Mission ist so gut wie beendet.« Viktor legte den Hörer auf. Dann sah er die um ihn versammelten Männer an. »Jetzt zu dem anderen Problem.«

13:55 Uhr
Eisstation Grendel

Wie alle anderen starrte auch Matt voller Entsetzen in den langen, gebogenen Korridor, der vom Hauptlabor abzweigte. Von nackten Glühbirnen erhellt, folgte der Gang der Außenwand dieser Ebene und verschwand ein Stück weiter um die Biegung. Im Abstand von gut einem halben Meter waren Stahltanks in die Wand eingelassen, aufrecht, etwa dreißig Zentimeter höher als Matt. Dicke Gummischläuche und verschlungene Leitungen liefen über Fußboden und Decke und verbanden einen Tank mit dem nächsten. Obgleich die Vorderfront der Tanks aus Glas war, blieben die Einzelheiten in ihrem Innern verschwommen, weil sich über der klaren Oberfläche eine dicke Reifschicht gebildet hatte.

Von einem Dutzend der am nächsten liegenden Tanks war der Reif offenbar vor kurzem entfernt worden und dort war der Inhalt im Schein der Glühbirnen deutlich zu erkennen. Das Innere eines jeden Tanks war mit festem Eis gefüllt, klar und blau.

Und wie ein in Bernstein gefangenes Insekt ruhte im Herzen jedes Tanks eine Gestalt. Nackt. Menschlich. Das Gesicht in Todesqualen verzerrt. Die Handflächen ans Glas gepresst, die Finger blau und verzweifelt nach draußen gekrallt. Männer. Frauen. Sogar Kinder.

Matt starrte den langen Gang hinunter. Tank um Tank. Wie viele waren es? Er drehte dem makabren Anblick den Rücken zu und sah sich umgeben von den schockierten Gesichtern der anderen.

Zwei Angehörige der Gruppe jedoch machten eher einen verlegenen als einen entsetzten Eindruck.

Er ging in den Hauptraum zurück und trat ihnen gegenüber: Lieutenant Bratt und Amanda Reynolds. »Was soll das alles?«, fragte er mit einer Handbewegung zu den Tanks.

Craig tauchte an seiner Seite auf. Washburn und die zivilen Wissenschaftler gesellten sich zu ihnen.

»Das ist es, was die Russen vertuschen wollen«, erklärte Amanda. »Ein geheimes Labor aus der Zeit um den Zweiten Weltkrieg. Benutzt für Menschenexperimente.«

Matt betrachtete die verriegelte Tür, Greer und Pearlson standen davor Wache. Für den Augenblick hatten die Russen von dem Versuch abgelassen, sie aufzubrechen. Wahrscheinlich waren sie auf der Hut vor den Monstern, die sie mit ihren Schüssen in den Kriechkeller zurückgejagt hatten. Aber diese Angst würde sie nicht für immer zurückhalten.

»Was für Versuche haben diese Mistkerle denn hier angestellt?«, fragte Washburn, die von allen am betroffensten wirkte. Ihre typische Gelassenheit schien tief erschüttert.

Amanda schüttelte den Kopf. »Wir wissen es nicht. Wir

haben das Labor abgeschlossen, sobald wir entdeckt hatten, was hier drin versteckt ist.« Sie deutete auf einen Glasschrank, der über zwei Fächer verteilt eine ordentliche Reihe Kladden enthielt. »Vermutlich stehen die Antworten da drin. Aber die Aufzeichnungen sind alle in einem höchst seltsamen Kode chiffriert. Bisher konnten wir sie nicht entziffern.«

Craig trat näher, öffnete die Tür des Schränkchens und studierte die Einbände. »Hier sind Zahlen. Daten, wie es aussieht.« Er strich mit dem Finger über die Heftrücken. »Wenn ich richtig sehe, von Januar 1933 ... bis Mai 1945.« Er zog den letzten Band heraus und blätterte ihn durch.

»Zwölf Jahre«, meinte Bratt. »Schwer zu glauben, dass diese Experimente so lange liefen, ohne dass jemand davon erfahren hat.«

»Damals gab es hier oben kaum Verbindungen zur Außenwelt«, antwortete Amanda. »So gut wie niemand kam in diese Gegend. Da war es nicht schwer, so ein Labor vor den Augen der Öffentlichkeit zu verbergen.«

Dr. Ogden, der Biologe, meldete sich aus dem Korridor zu Wort. »Ich habe da vielleicht eine Idee«, meinte er und richtete sich auf.

Alle wandten sich ihm zu.

»Was?«, fragte Bratt barsch.

»Die Grendel«, erklärte Ogden. »Sie haben alle gesehen, was mit ihnen passiert ist. Die Tiere sind wieder lebendig geworden, nachdem sie jahrhundertelang eingefroren waren.«

Amandas Augen weiteten sich vor Staunen. »Das ist doch nicht möglich!«

Bratt drehte sich zu ihr um. »Nein, Ma'am. Dr. Ogden hat Recht. Ich habe es mit eigenen Augen gesehen.«

Ogden fuhr fort: »Von solchen erstaunlichen Wiedergeburten hat man in der Natur durchaus schon gehört. Bestimmte Schildkröten überleben den ganzen Winter hindurch in gefrorenem Schlamm und kommen mit dem Tauwetter wieder zum Vorschein.«

»Aber frieren sie selbst auch richtig ein?«, fragte Amanda ungläubig.

»Ja. Arktische Waldfrösche gefrieren im Winter hart wie Stein. Ihr Herz hört auf zu schlagen. In diesem Zustand kann man sie durchschneiden, ohne dass sie bluten. Die gesamte EEG-Aktivität kommt zum Stillstand. Genau genommen gibt es überhaupt keine Zellaktivität. Im Grunde sind sie tot. Aber wenn der Frühling kommt, tauen sie auf, und innerhalb einer Viertelstunde schlägt ihr Herz wieder, das Blut wird durch den Körper gepumpt und sie hüpfen herum.«

Matt nickte, als Amanda ihn ansah. »Das stimmt. Ich habe auch schon über diese Frösche gelesen.«

»Aber wie ist so was möglich?«, wandte Amanda ein. »Wenn ein Körper einfriert, dehnt sich das Eis in den Zellen aus und zerstört sie. Wie bei Frostschäden. Wie überleben die Frösche das?«

»Die Antwort ist ganz einfach«, antwortete Ogden.

Amanda zog skeptisch eine Braue hoch.

»Zucker.«

»Wie bitte?«

»Genauer gesagt Glukose. Ein kanadischer Forscher, Dr. Ken Storey, hat sich in den letzten zehn Jahren mit den arktischen Waldfröschen befasst und herausgefunden, dass der Körper des Frosches jede Zelle mit zuckriger Glukose füllt, sobald sich Eis auf seiner gummiartigen Haut bildet. Er steigert die Konzentration osmotisch wirksamer Teilchen der Zelle so weit, dass sich darin kein lebensbedrohliches Eis bilden kann.«

»Aber Sie haben gesagt, dass die Frösche tatsächlich einfrieren?«

»Genau. Doch nur das Wasser *außerhalb* der Zellen wird zu Eis. Die Glukose *in* der Zelle fungiert als Kryoprotektor, als eine Art Gefrierschutzmittel, das die Zelle konserviert, bis sie wieder auftaut. Dr. Storey kam zu dem Schluss, dass dieser evolutionäre Prozess von einem aus zwanzig Genen bestehenden Set beherrscht wird, das Glykogen in Glukose verwandelt. Der Auslöser, der diese spezifischen Gene plötzlich an- oder ausschaltet, ist noch nicht bekannt, jedoch spricht das meiste für eine Art Hormon, etwas, was die Drüsenhaut des Frosches absondert. Das Seltsame an der Sache aber ist, dass diese zwanzig Gene bei *allen* Wirbeltieren vorkommen.«

Amanda holte tief Luft. »Einschließlich des *Ambulocetus* … des Grendels.«

Er nickte. »Vielleicht erinnern Sie sich, dass ich Ihnen gesagt habe, ich würde diese neue Spezies als *Ambulocetus natans arctos* klassifizieren. Eine arktisch angepasste Subspezies des ursprünglichen amphibischen Wals. Der Gigantismus, die Depigmentierung … das alles sind häufige Anpassungsformen an das Leben hier in der Arktis. Warum nicht auch beim *Ambulocetus*? Das Tier hat sich hier niedergelassen – in einem *nicht* von der Sonne, sondern von Frier- und Tauzyklen beherrschten Land –, also hat sich sein Körper an die hiesigen Bedingungen angepasst.«

»Außerdem haben wir ja mit eigenen Augen gesehen, was mit den eingefrorenen Monstern passiert ist«, ergänzte Bratt. »Wir wissen, dass sie wieder zum Leben erwachen können.«

Mit einem Nicken fuhr Ogden fort: »Es ist eine Form auf Zeit ausgesetzten Lebens, eine Art Scheintod. Können Sie sich die potenziellen Verwendungsmöglichkeiten eines solchen Vorgangs vorstellen? Schon jetzt benutzen Forscher die arktischen Frösche als Modell für das Einfrieren menschlicher Organe. Es wäre ein Segen für die Welt. Gespendete

Organe könnten einfach konserviert werden, bis man sie braucht.«

Matts Blick wanderte wieder zu den Tanks. »Aber was ist mit den Menschen hier? Glauben Sie, das ist es, was wir hier vor uns haben? Eine Art perverse Organbank? Ein riesiges Ersatzteillager?«

Ogden wandte sich ihm zu. »O nein, das glaube ich nicht.«

»Was dann?«, fragte Matt und wandte sich ihm wieder zu.

»Ich denke, die Russen hatten größere Pläne. Denken Sie daran, ich habe bereits darauf hingewiesen, dass die zwanzig Gene, die den Scheintod bei den Fröschen bewirken, bei *allen* Wirbeltieren gefunden werden. Nun, das schließt natürlich auch den Menschen mit ein.«

Matts Augen wurden groß.

»Ich glaube, diese Menschen waren Versuchskaninchen. Meiner Meinung nach haben die Russen versucht, die Fähigkeit des Grendels, Einfrieren und Auftauen zu überleben, auf Menschen zu übertragen, das heißt, ein Mittel zu finden, wie man die Prozedur gezielt in die Praxis umsetzen kann. Sie haben sozusagen den Heiligen Gral aller Wissenschaften gesucht.« Ogden blickte in die Runde der fragenden Gesichter um ihn herum. »Die *Unsterblichkeit*.«

Wieder fuhr Matt zu den verzerrten, gequälten Gestalten im Eis herum. »Wollen Sie damit andeuten, dass diese Leute möglicherweise noch leben?«

Bevor jemand antworten konnte, hörte man ein heftiges Krachen an der Luke. Alle verstummten.

Dann erscholl eine barsche Stimme: »Machen Sie die Tür auf, und zwar augenblicklich ... wenn wir das Metall durchschneiden müssen, werden Sie für unsere Mühe bezahlen.«

Der eiskalten Gelassenheit der Stimme nach handelte es sich nicht um eine leere Drohung.

Dem, der da vor der Tür stand, war jedes Mittel recht.

14:04 Uhr
In der Luft über der Polarkappe

Jenny kämpfte mit dem Sturm, der beständig gegen ihre Windschutzscheibe drückte, die Hände an den Armaturen, die Augen auf die Instrumente fixiert, um auf plötzliche Böen und Turbulenzen angemessen reagieren zu können. Die letzten zehn Minuten hatte sie sich nicht einmal die Mühe gemacht, nach draußen zu blicken. Was nützte das schon?

Obwohl sie nichts sehen konnte, trug sie immer noch ihre Schutzbrille. Trotz des Blizzards war das Mittagslicht, das durch die Scheibe drang, so grell, dass sie die Augen am liebsten geschlossen hätte. Wie lange war es eigentlich her, dass sie das letzte Mal geschlafen hatte?

Entschlossen schob sie den Gedanken beiseite und lenkte ihre Aufmerksamkeit wieder auf die Geschwindigkeit. *Zu langsam*. Der Gegenwind tat seine Wirkung. Sie versuchte die Treibstoffanzeige zu ignorieren. Die Nadel deutete auf ein großes rotes E. Ein gelbes Warnlicht glühte. *Empty* – leer. Mit einem kläglichen Rest Treibstoff flogen sie durch den Blizzard.

»Sind wir uns da ganz sicher?«, fragte Kowalski. Inzwischen hatte er den Versuch aufgegeben, per Funk jemanden zu erreichen.

»Ich fürchte, wir haben gar keine andere Wahl«, erwiderte Jenny. »Der Treibstoff reicht nicht bis zur Küste, also müssen wir sowieso landen. Dann doch wenigstens dort, wo wir eine Chance haben, zu überleben.«

»Wie weit sind wir?«, fragte Tom vom Rücksitz. Bane lag zusammengerollt auf dem Platz neben ihm, den Schwanz ordentlich um den Körper gelegt.

»Wenn die Koordinaten stimmen, die Sie mir gegeben haben, sind's noch sechzehn Kilometer.«

Kowalski starrte aus dem Fenster. »Ich kann nicht glauben, dass wir das tun.«

Jenny ignorierte ihn. Sie hatten das Thema bereits durchdiskutiert. Es war wirklich ihre einzige Option. Sie versuchte, noch ein bisschen mehr Tempo herauszuholen, und nutzte jedes Nachlassen des Winds, sodass sie sich in kleinen Zwischenspurts auf ihr Ziel zubewegten. Die Armaturen reagierten nur noch langsam, da sich auf den Flügeln und der Windschutzscheibe Eis gebildet hatte. Ganz allmählich verwandelten sie sich in einen fliegenden Eiswürfel.

Fünf Minuten vergingen, ohne dass jemand ein Wort sagte. Jenny wagte kaum zu atmen, weil sie jeden Augenblick damit rechnete, dass die Propeller ihre Drehbewegung einstellten, weil die gierigen Motoren das letzte bisschen Benzin aufgefressen hatten.

»Da!«, platzte Tom plötzlich heraus und streckte den Arm zwischen Jenny und Kowalski nach vorn. Bane hob den Kopf.

Jenny versuchte, der Richtung zu folgen, in die der junge Mann deutete. »Ich seh nicht ...«

»Zehn Grad steuerbord! Warten Sie, bis der Wind nachlässt!«

Jenny konzentrierte sich auf den Punkt. Dann, als der Schnee in einer Bö auseinander wirbelte, entdeckte sie ein Licht, das schwach zu ihnen heraufblinkte. »Sind Sie sicher, dass es das ist?«

Tom nickte.

»Die Eisstation Grendel!«, stöhnte Kowalski.

Jenny begann den Landeanflug, ohne den Höhenmesser aus den Augen zu lassen. Sie mussten zurück auf den Boden. Omega kam nicht in Frage, und irgendwo in der Einöde der Polkappe zu landen, bedeutete den sicheren Tod. Nur *ein* Ort bot angemessenen Schutz: die Eisstation.

Es war riskant, aber nicht aussichtslos. Wenn sie etwas außerhalb der Sichtweite landeten, konnte Tom Pomautuk, der die Anlage gut kannte, sie möglicherweise zu einem der äußeren Ventilationsschächte führen, die die unterirdische Station mit Frischluft versorgten. Dort konnten sie sich hoffentlich verstecken, bis die Russen sich zurückzogen.

Der Backbordpropeller begann zu husten, die Otter schwankte. Der Propeller setzte einen Schlag aus, flatterte, und im nächsten Moment war aus der Twin Otter eine Single Otter geworden. Mit nur einer Maschine flog Jenny weiter, kämpfte um eine einigermaßen stabile Lage und fuhr die Klappen aus. Steil gingen sie nach unten. »Festhalten!«

Kowalski klammerte sich an seine Armlehnen. »Schon erledigt.«

Es gab keine direkte Sicht auf die Eisfelder unter ihnen, also überwachte Jenny ihren Sinkflug am Höhenmesser. Gleichzeitig musste sie weiter gegen den Wind ankämpfen, der das Flugzeug noch immer durchschüttelte.

Konzentriert kaute sie auf der Unterlippe und versuchte, die Position des Lichtsignals der Station vor ihrem inneren Auge zu behalten. In ihrem Kopf entstand eine Karte, gespeist von den Daten ihrer Instrumente und ihrem Instinkt.

Als der Höhenmesser unter zweihundert Fuß fiel, widmete sie sich voll und ganz der Trimmung, um die Maschine trotz Wind und ausgefallenem Triebwerk so gerade wie möglich zu halten. Der Schnee wurde dichter, denn nun kam er nicht nur vom Himmel, sondern wurde auch von der Eisebene zu ihnen hochgewirbelt.

Es gab nur *eine* Möglichkeit, eine Blindlandung einigermaßen unbeschadet über die Bühne zu bekommen: Man musste so langsam wie möglich herunterkommen. Langsam und gleichmäßig ... solange nur das zweite Triebwerk durchhielt. Sie sah den Höhenmesser auf unter hundert Fuß sinken ... siebzig ... und dann ...

»Vorsicht!«, rief Tom von hinten.

Jenny blickte von den Instrumenten auf. Der Sturm hatte den Schnee an ein paar Stellen so weit aufgerissen, dass sie vor sich eine Eiswand sehen konnte, spitz und unregelmäßig wie gezackte Zähne, verhangen vom wirbelnden Schnee, aber keine hundert Meter vor ihnen. Blitzschnell wog sie ihre Optionen ab. Auf gar keinen Fall war noch genug Kraft in ihrem Motor, um darüber hinwegzufliegen.

Neben ihr fluchte Kowalski ununterbrochen – seine Version eines Stoßgebets.

Jenny knirschte mit den Zähnen und knallte das Höhenruder nach vorn, sodass sie schneller nach unten abtauchten. *Verdammt,* dachte sie, *ich krieg das hin!* So brachte sie die Maschine die letzten fünfzig Fuß nach unten und rauschte auf die Spitzen der Eiswand zu.

Boden war nirgends in Sicht.

Jetzt kam Kowalskis Gebet noch mehr von Herzen und endete innig mit: »Ich hasse Sie und Ihre Fliegerei, ganz ehrlich.«

Aber Jenny ignorierte ihn weiterhin. Sie vertraute ihren Instrumenten, und die sagten ihr, dass irgendwo dort unten fester Boden war. Sie fuhr die Klappen vollständig aus und das Flugzeug kippte heftig nach vorn.

Das war für das zweite Triebwerk zu viel. Der Motor japste, würgte ein paar Mal und gab endgültig den Geist auf. In einem einzigen Augenblick verwandelten sie sich in einen Eisklotz mit Flügeln, der unaufhaltsam zur Erde stürzte.

»Scheeeeeeeiiiiiße!«, rief Kowalski und presste die Hände fest gegen Seitenfenster und Armaturenbrett.

Jenny summte. Der Schwung des Gleitflugs hielt gerade

noch an. Die Nadel auf dem Höhenmesser rutschte immer weiter nach unten und blieb schließlich auf null stehen. Noch immer war der Boden nicht zu sehen.

Aber dann setzten die Kufen auf dem Eis auf, sanft und gleichmäßig.

Sie fuhr die Klappen ein, um das Tempo zu drosseln. Sie waren mit einer viel höheren Geschwindigkeit gelandet, als ihr recht war.

Denn während die Otter weiter über die glatte Eisoberfläche sauste, bestand immer die Gefahr, dass Seitenwinde sie über einen Flügel kippten und zum Überschlagen brachten. Aber Jenny bediente gekonnt die Klappen und passte den Kurs immer gerade so an, dass die Flügel oben blieben.

»Eis!«, rief Tom vom Rücksitz.

Die Presseisrücken näherten sich rasch, denn das Flugzeug raste mit fast unverminderter Geschwindigkeit auf sie zu. Da es mit Skiern als Landegerät ausgestattet war, besaß es keine hydraulischen Bremsen – der Vorgang funktionierte mit Hilfe der Klappen und der Reibung. Jetzt waren Erstere zwar voll im Einsatz, doch auf dem Eis war von Reibung wenig zu spüren.

Allerdings hatte Jenny nicht umsonst zehn Jahre Erfahrung mit dem Hundeschlitten – sie wusste Bescheid, was das heikle physikalische Zusammenwirken von Eis und Stahlkufen betraf.

So schlidderte die Otter auf die hoch aufragenden Eisrücken und damit auf die unausweichliche Kollision zu. Jenny hatte es längst erkannt.

Sie würde ihr Flugzeug verlieren.

»Das wird wehtun«, murmelte sie.

Jetzt konnte sie nur beten, dass das Eis glatt blieb. Alles hing nun von den Klappen ab – und vom richtigen Timing.

Sie sah zu, wie die Eisklippen vor ihnen immer höher wurden. Sie zählte leise. Im letzten Moment fuhr sie die Steuerbordklappen aus und bremste auf der anderen Seite weiter. Das wendige kleine Flugzeug schlingerte und drehte sich wie ein olympischer Eiskunstläufer.

Der Heckaufbau schwang nach hinten und krachte gegen die Klippe, fing einen Großteil des Aufpralls auf und riss ab. Jenny ruckte in ihrem Sicherheitsgurt nach vorn, das Flugzeug zuckte und bebte. Als Nächstes stieß der Flügel gegen die Klippe, wurde zusammengedrückt und knickte ab. Dann war die Kabine an der Reihe. Sie knallte mit der Breitseite gegen die Klippe – aber da die schlimmste Wucht inzwischen von Heck und Flügel aufgefangen worden war, hatte der Zusammenstoß nur noch die Kraft zu einem kleinen Blechschaden.

Alle waren durchgerüttelt, aber einigermaßen unversehrt und am Leben.

Bane kletterte wieder auf seinen Sitz, von dem er abgestürzt war, sah jedoch nicht sehr zufrieden aus. Jenny wandte sich zu Kowalski. Der streckte beide Arme aus, nahm ihr Gesicht zwischen die Hände und küsste sie mitten auf den Mund.

»Lass uns nie wieder streiten!«, rief er.

An dem eingedrückten Flügel brach das Triebwerk ab und knallte draußen aufs Eis.

»Machen wir lieber, dass wir hier rauskommen«, schlug Tom vor.

Sie kletterten aus dem Flugzeug. Unterwegs holte Jenny noch ein paar Dinge aus dem Notvorrat: eine Taschenlampe, zwei Parkas und zwei Paar Handschuhe, eine dicke Rolle Seil, eine Leuchtpistole und eine Hand voll Leuchtkugeln. Als sie den leeren Haken sah, an dem normalerweise ihre Dienstwaffe hing, verfluchte sie Sewell im Stillen, weil er sie konfisziert hatte.

Dann verließ auch sie das ramponierte Flugzeug und warf Kowalski den einen Parka zu.

»Sieht aus, als wäre Weihnachten dieses Jahr ein bisschen früher als sonst«, grummelte er, während er sich hineinzwängte. Die Ärmel ließen zehn Zentimeter von seinen Unterarmen frei, aber er beklagte sich nicht.

Jenny zitterte im Wind, doch zumindest fingen die Eisklippen den schlimmsten Wind ab. Rasch schlüpfte auch sie in ihren Parka.

Bane trottete um das Wrack herum und hob dann das Bein. Der gelbe Urinstrahl dampfte in der eisigen Luft.

Kowalski starrte den Hund an. »Verdammt kluges Tier. Wenn ich gerade müsste, würde ich dasselbe tun. Aber erinnert mich bitte daran, dass ich nie wieder in eine Maschine steige, die kleiner ist als eine 747.«

»Du solltest der Twin Otter ein bisschen Respekt erweisen. Immerhin hat sie alles gegeben, was sie hatte, um dich sicher hier abzusetzen.« Jenny starrte auf das Wrack und wunderte sich, dass ihr der Verlust des Flugzeugs so viel ausmachte.

Tom zog seinen Anorak fester um seine knabenhaften Schultern. »Wohin jetzt?«

»Dorthin, wo wir ganz sicher nicht willkommen sind«, antwortete Kowalski. Er deutete auf die Eisklippen. »Sehen wir mal, ob sie uns durch die Hintertür reinlassen.«

Während sie sich auf den Weg machten, fragte Jenny: »Wohin führt dieser angebliche Luftschacht eigentlich?«

Tom erklärte ihr das Zirkulationssystem der Basis. Man hatte einfach Schächte von der Oberfläche zu den untersten Ebenen der Station getrieben. Die kalte Oberflächenluft, die schwerer war als die wärmere Luft darunter, sank durch die Schächte und verdrängte die stagnierende warme Luft. »So entsteht ein passives Zirkulationssystem«, beendete Tom seine Erläuterungen. »Die frische Luft sammelt sich in einem Höhlensystem, das die Station umgibt. Sozusagen ein Frischluftreservoir. Sie wird erwärmt und in der Station verwendet.«

»Dann führen die Lüftungsschächte also in dieses Höhlensystem?«, fragte Jenny.

Kowalski nickte. »Und wenn es uns gelingt, da reinzukommen, müssten wir eigentlich in Sicherheit sein.«

»Das Höhlensystem nennen wir übrigens den Kriechkeller«, ergänzte Tom.

14:13 Uhr
Eisstation Grendel

Matt floh mit den anderen den ringförmigen Korridor entlang, der die Forschungsebene umschloss. Auf der rechten Seite passierten sie einen grausigen Tank nach dem anderen, und auf einmal merkte Matt, dass er sie zählte. Inzwischen war er schon bei zweiundzwanzig.

Er zwang sich aufzuhören. Die Tanks erstreckten sich weiter um die nächste Biegung. Insgesamt mussten es mindestens fünfzig sein. Er wandte sich zur anderen Stahlwand. Sie hatte Fenster, durch die man in kleinere Büros sehen konnte. Ein paar verschlossene Türen, ein paar offene Luken. Durch eine davon entdeckte er eine Reihe kleiner vergitterter Zellen. Durch eine andere, eine größere Kaserne.

Hier waren wohl die Gefangenen untergebracht, überlegte er und konnte sich die Angst dieser Menschen nur allzu gut vorstellen. *Wussten sie von dem Schicksal, das ihnen bevorstand*?

Dr. Ogden lief hinter Matt, Amanda vor ihm. Gelegentlich rieb der Biologe mit dem Ärmel über eine der mit Reif überzogenen Vorderfronten der Tanks, spähte hinein und brummelte etwas vor sich hin.

Matt schüttelte den Kopf. Er war absolut nicht in Stimmung für noch mehr wissenschaftliche Neugier, er wollte nur hier raus, zurück ins Backcountry von Alaska, wo er sich vor weiter nichts zu fürchten brauchte als vor hungrigen Grizzlybären.

Auf einmal hörte man lautes Krachen und Klirren aus dem Hauptlabor hinter ihnen. Offensichtlich hatten die Russen ihre Drohung wahr gemacht und brachen durch, während Matts Gruppe tiefer ins Innere der Ebene floh.

Bratt führte sie an. »Es müssten noch ungefähr zehn Meter sein«, verkündete er, in der Hand eine Reihe zusammengefalteter Stationspläne.

Immer wieder spähte Craig dem Commander über die Schulter, um ebenfalls einen Blick auf die Pläne zu werfen. Die Schemazeichnung stammte von einem Materialwissenschaftler aus der NASA-Gruppe. Der Mann hatte einen Gesamtplan der Station erstellt, und Matt konnte nur hoffen, dass er sein Handwerk verstand.

Auf einmal rief Greer, der ein Stück weiter vorn lief: »Kommt mal alle hierher!« Der Lieutenant war auf ein Knie gegangen und betrachtete eine Luke, die sich zwischen zwei Tanks befand. Leitungen und Rohre führten heraus und verteilten sich zu beiden Seiten, zogen sich an Bodenplatten und an der Decke entlang, um die grausigen Experimentiertanks zu versorgen.

Pearlson deutete auf ein Diagramm über der Luke, das den Grundriss der Ebene darstellte, und tippte auf ein großes rotes X. »Unser Standort«, murmelte er.

Auch Matt studierte die Zeichnung und blickte vor und zurück. Sie waren am Halbierungspunkt des Korridors, hatten also die Hälfte der Ebene umrundet.

Pearlson und Greer machten sich daran, mit Stahlskal-

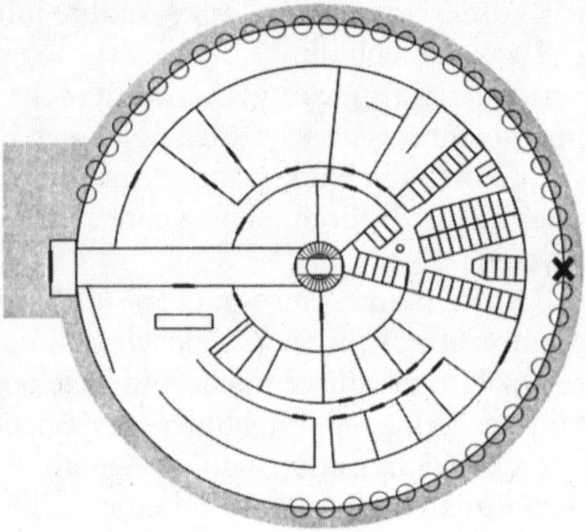

pellen die Platte mit der Zeichnung abzuschrauben. Alle trugen irgendwelche Gegenstände bei sich, die sie aus dem Labor mitgenommen hatten und als Waffen benutzen konnten: weitere Skalpelle, Knochensägen, Stahlhämmer. Washburn hatte sich sogar ein paar Fleischerhaken angeeignet, deren Verwendungszweck Matt sich gar nicht so genau vorstellen mochte. Er selbst schleppte ein ein Meter langes Metallrohr mit sich.

Während die Navy-Leute an der Luke zugange waren, betrachtete Matt die ganze Gruppe etwas eingehender. Sie hatten sich alle in steinzeitliche Jäger und Sammler verwandelt ... allerdings mit modernsten chirurgischen Edelstahlwaffen ausgerüstet. Ein seltsamer Anblick.

Ogden rubbelte schon wieder an einem der Tanks herum – das Quietschen seines wollenen Ärmels auf dem Glas war nicht zu überhören. Am liebsten hätte Matt dem Mann sein Stahlrohr über den Schädel geschlagen. *Lass sie doch in Ruhe!*, wollte er den Mann anschreien.

Als hätte er seine Gedanken gelesen, wandte Ogden sich

in diesem Augenblick mit zusammengekniffenen Augen zu ihm um. »Das sind Einheimische«, erklärte er mit mühsam ruhiger Stimme. Erst jetzt wurde Matt klar, unter welcher Anspannung auch der Biologe stand; dass er sich nur beschäftigte, um nicht ganz die Fassung zu verlieren. »Allesamt.«

Trotz seiner Vorbehalte trat Matt mit gerunzelter Stirn näher. »Einheimische?«

»Inuit. Aleuten. Eskimos. Wie auch immer Sie sie nennen möchten.« Mit einer Handbewegung deutete Ogden auf die Masse der Tanks. »Alles dieselben. Vielleicht sogar Leute vom gleichen Stamm.«

Langsam ging Matt auf den letzten Tank zu, den der Biologe abgewischt hatte. Auf den ersten Blick schien er leer zu sein. Doch dann sah Matt nach unten.

Auf dem Grund des Tanks saß ein kleiner Junge.

Dr. Ogden hatte Recht mit seiner Einschätzung, der Junge war eindeutig ein Inuk. Die schwarzen Haare, die mandelförmigen Augen, die runden Wangenknochen, selbst die Hautfarbe – obgleich sie jetzt bläulich verfärbt war –, alles deutete auf seine Herkunft hin.

Inuit. Jennys Volk.

Auch Matt ging auf ein Knie.

Die Augen des Jungen waren geschlossen, als schliefe er, aber er drückte mit seinen winzigen Händen gegen die Wand seines Gefängnisses.

Matt legte die Handfläche auf das Glas, über die des Jungen. Seine andere schloss sich krampfhaft um das Rohr, das er mitgenommen hatte. Welche Monster konnten einem Kind so etwas antun? Der Kleine war nicht älter als acht Jahre.

Wie ein Blitz durchzuckte ihn die Erkenntnis.

Der kleine Inuk war genauso alt, wie Tyler bei seinem Tod gewesen war.

Matt starrte auf das reglose Gesicht, aber ein Geist aus seiner Vergangenheit schob sich dazwischen: Tyler, der auf dem Kieferntisch in der Familienhütte lag. Auch sein Sohn war im Eis gestorben. Mit blauen Lippen und geschlossenen Augen.

Als schliefe er.

Der Schmerz jenes Augenblicks durchfuhr ihn von neuem. Zum Glück war Jenny nicht hier. Hoffentlich war sie in Sicherheit, das hier jedenfalls sollte sie nie sehen – nichts davon.

»Es tut mir Leid«, flüsterte er, als wollte er sich bei beiden Jungen entschuldigen. Tränen traten ihm in die Augen.

Da berührte eine Hand seine Schulter. Es war Amanda. »Die ganze Welt wird das erfahren«, sagte sie mit belegter Stimme, und die Traurigkeit machte ihre Aussprache noch verschwommener als sonst.

»Wie konnte das ... er war doch noch ein kleiner Junge. Wer hat sich um ihn gekümmert?«

Matt konnte die Augen nicht von dem Glas abwenden. Amanda drückte seine Hand.

Auch Ogden stand immer noch vor dem Tank und beugte sich über eine Schalttafel mit mehreren Knöpfen und Schaltern. Ein Finger strich über die Schrift. »Seltsam.«

»Was?«, fragte Matt.

Ogden ergriff einen Hebel und legte ihn mit ein wenig Anstrengung um. Mit einem lauten Klicken rastete er ein und augenblicklich leuchteten alle Knöpfe der Schalttafel auf. Das Glas des Tanks vibrierte, als ein alter Motor ansprang, stotterte und dann gleichmäßig zu surren begann.

»Was machen Sie denn da?«, platzte Matt heraus, während seine Wut wieder aufflammte.

Ogden trat zurück und blickte zwischen Amanda und Matt hin und her. »Mein Gott, es funktioniert noch! Ich hätte nie gedacht ...«

Ein lautes Krachen erschütterte die Halle.

»Die Russen«, stellte Bratt fest. »Sie sind drin.«

»Wir auch«, meinte Greer mit einer Grimasse. »Fast jedenfalls.« Pearlson kämpfte mit der letzten Schraube.

Craig stand hinter ihnen und starrte mit großen Augen mal auf die hart arbeitenden Männer, mal zurück in den Korridor. Der Reporter hielt einen dreißig Zentimeter langen Stahlnagel in der Hand, einen chirurgischen Eispickel, den er fest an die Brust drückte. »Macht voran, bitte!«, stöhnte er.

Nun hörte man auch Schreie und zögernde Schritte auf den Stahlplatten.

»Wir haben es geschafft!«, stieß Greer hervor. Er und Pearlson öffneten die Serviceluke.

»Dann mal los!«, befahl Bratt.

Craig hechtete als Erster hinein. Die anderen folgten ihm.

Nur Matt kniete immer noch bei dem Jungen im Eis. Auf einmal fühlte er sich schwach und müde und seine Hand auf dem Glas schmerzte von der Kälte. Er spürte die Vibrationen im Glas, die von der versteckten Maschine ausgelöst wurden.

Amanda wandte sich ab. »Beeilen Sie sich, Matt!«

Noch einmal sah er auf den Jungen hinab. Als er endlich aufstand, hatte er das Gefühl, das Kind im Stich zu lassen. Einen Augenblick noch verharrten seine Finger, dann wandte er sich ab.

Greer half Amanda durch die Luke und winkte Matt.

Er setzte sich in Bewegung und duckte sich in die Luke.

Auf der anderen Seite kauerte Washburn. Wie eine amazonenhafte Piratin deutete sie mit einem ihrer Haken den engen Gang entlang.

Matt folgte Amanda auf Händen und Knien, das Stahlrohr unter dem einen Arm. Bratt führte die Gruppe an, gefolgt von Craig und der Biologengruppe. Matt beeilte sich, um Platz für die ihm Folgenden zu machen: Pearlson, Greer und Washburn.

Der Tunnel war ein einfacher, durchs Eis gebohrter Schacht, auf dem Boden mit Gummimatten ausgelegt, die das Vorwärtskommen erleichterten. Außerdem mussten sie sich den spärlichen Platz mit den Leitungen teilen, die an beiden Wänden entlangliefen.

Nach fünf Metern wurde es auf einmal dunkel. Matt spähte über die Schulter. Greer hatte die Luke zugezogen, was ihre Flucht verbergen oder zumindest deren Entdeckung hinauszögern würde. Die vierte Ebene war geräumig und in viele Abschnitte eingeteilt. Die Durchsuchung würde Zeit kosten, und es würde hoffentlich eine ganze Weile dauern, bis die Russen die lose Luke entdeckten.

Es wurde noch dunkler – und kälter.

Schließlich führte die Rinne in eine alte Servicekammer, ein aus dem Eis geschnittenes würfelförmiges Kabuff. In dem engen Raum standen ein paar Holzmöbel, ein paar Rollen mit Leitungen und Kupferdraht, Stapel mit Metallplatten, ein dicker Gummischlauch und ein Werkzeugkasten.

Eine Leiter, bestehend aus ins Eis gehauenen Holzsprossen, führte zu einem weiteren Schacht ungefähr sechs Meter weiter oben.

Bratt deutete mit dem zusammengerollten Lageplan darauf und erklärte mit gedämpfter Stimme: »Hier müssten wir eigentlich auf die dritte Ebene gelangen. Die Leitern führen nach oben, von Ebene zu Ebene.«

Washburn betrachtete den nächsten Tunnel. »Möglicherweise könnten wir es auf der dritten Ebene zu der alten Waffenkammer schaffen. Sie liegt zwar in der Hauptsektion der Station, aber wenn die Russen für einen Moment abgelenkt sind, könnte es ein kleines Team vielleicht schaffen, sich ungesehen reinzuschleichen.«

Bratt nickte. »Dann mal rauf mit uns!«, befahl er.

Die chirurgischen Instrumente verschwanden vorübergehend in den Taschen, damit ihre Besitzer die Hände frei hatten. Matt folgte Amanda und hievte sich, oben angekommen, in den nächsten Schacht.

Hinter ihm ertönte ein Schrei. Auf Russisch. Er kam aus dem Tunnel, der zum Labor auf Ebene vier führte.

»Verdammt!«, knurrte Greer.

Anscheinend hatte man ihr Mauseloch schon gefunden.

Ein Schuss krachte. Von den Wänden abprallend, landete die Kugel irgendwo in der Servicekammer. Eis splitterte, als sie nur wenige Zentimeter neben Washburn, die gerade auf die Leiter kletterte, in die Wand einschlug.

Matt drehte sich um und half ihr hoch. Flink wie eine Katze schlüpfte Washburn an ihm vorbei. »Sorgen Sie dafür, dass die anderen schon mal vorgehen, und zwar schnell!«, drängte er sie.

Aber sie hätte keine Aufforderung gebraucht. Bei dem Schuss waren für einen Moment alle erstarrt, doch jetzt eilten sie weiter, Bratt vorneweg.

Dann hörten sie wieder Lärm. Russische Befehle, allerdings schwer zu unterscheiden. Matts Ohren dröhnten immer noch, aber der hektisch gedämpfte Ton der neuen Anweisungen gefiel ihm ganz und gar nicht.

Er beugte sich über den Tunnelrand. »Macht, dass ihr raufkommt!«, zischte er den letzten beiden Männern zu. Sie drückten sich auf beiden Seiten gegen die Wand, auf der Hut vor weiteren Kugeln.

Als Erster hechtete Greer zur Leiter und kraxelte behände wie ein Äffchen empor. Pearlson folgte so dicht hinter ihm, dass er seinem Partner praktisch die Beine hinaufkroch.

Kurz entschlossen packte Matt die Kapuze von Greers Parka, zerrte den Mann zu sich empor und schob ihn in den Tunnel, den anderen hinterher.

Auch Pearlson hatte schon eine Hand auf der Kante des höheren Serviceschachts. Matt drehte sich um und wollte auch ihm helfen, als er etwas Schwarzes in die unter ihnen liegende Kammer rollen sah.

Seine Augen weiteten sich vor Entsetzen. Das Ding sah aus wie eine mattschwarze Ananas.

Offenbar hatte Pearlson genau in diesem Moment in Matts Gesicht gesehen. »Was …?«, fragte er und warf einen Blick über die Schulter.

Das schwarze Ding tanzte auf dem Eis und traf die Wand direkt unterhalb der Leiter.

»Scheiße!«, sagte Pearlson und starrte zu Matt empor.

Matt stürzte zu ihm und packte ihn an der Kapuze.

Aber Pearlson schlug seinen Arm weg und sprang nach oben, sodass sein Körper den Eingang des Schachts ausfüllte. »Weg hier!«, brüllte er in grimmiger Angst.

Die Explosion warf Matt zurück, die Erschütterung noch ein Stück weiter. Ein greller Blitz blendete ihn, und er spürte einen Hitzeschwall, der sich über sein Gesicht und seinen Nacken ausbreitete. Er schrie laut auf, hörte sich jedoch selbst nicht.

Im nächsten Moment war der Blitz erloschen, aber die Hitze blieb – sie wurde sogar noch intensiver.

Als Matt wieder nach hinten sehen konnte, wurde ihm klar, warum.

Noch immer blockierte Pearlson den Eingang, aber seine Kleidung brannte lichterloh. Nein, nicht nur seine Kleidung – sein ganzer Körper.

Es war also keine gewöhnliche Granate gewesen, sondern eine Brandbombe, die mit flüssigem Feuer explodierte.

Als das Ende des Schachts zu schmelzen begann, taumelte Pearlsons Körper nach hinten. Die Gummimatten schlugen Blasen. So schnell er konnte, kroch Matt davon. Sein Gesicht und sein Hals fühlten sich an, als hätte er einen Sonnenbrand. Hätte Pearlson den Gang nicht mit seinem Körper geschützt, wären sie alle bei lebendigem Leib gekocht worden. Noch immer fühlte sich die Resthitze an wie ein offener Ofen. Überall um ihn herum tropfte das Eis.

Anscheinend hatten die Russen gewusst, dass die Chance, die Flüchtlinge im Gewirr der Servicetunnel und -schächte zu verlieren, recht groß war, und entsprechend brutal und schnell zugeschlagen. Der Plan war, die Gruppe mit der Granate entweder zu töten oder herauszuspülen.

Eine Hand packte Matt an der Schulter.

Es war Greer. Mit starrem Blick betrachtete er die geschmolzenen Trümmer. »Kommen Sie, los jetzt!«

In Matts Ohren dröhnte es noch immer. Obwohl er den Mann kaum gehört hatte, nickte er.

Zusammen krochen sie den anderen nach.

Aber wohin wollten sie überhaupt? Der Tod lauerte auf beiden Seiten. Die einzige Frage war, wie sie ihm begegneten. Matt starrte nach vorn und dann nach hinten.

Eis oder Feuer.

KAPITEL 12

Stoßtrupps

ᓂᖕᒐᕈᒻᒪᕐᑐᑦ ᓴᕚᓴᖅᑲᐊᑐᑦ

9. April, 14:15 Uhr
USS *Polar Sentinel*

Die Gruppe von Männern und Frauen wartete auf Captain Perrys Anordnungen. Die *Polar Sentinel* trieb auf Sehrohrtiefe unter einer offenen Rinne zwischen zwei Eisschollen. Nicht weit über ihnen fegte der Wind mit um die hundert Stundenkilometern über die offenen Eisebenen, aber hier, unter Wasser, herrschte tödliche Stille.

Perry wandte sich an den Funkoffizier, einen sommersprossigen jungen Mann, dessen Gesicht so weiß war wie die Papiere, die er in der Hand hielt. »Und es besteht überhaupt keine Aussicht auf Satellitenkontakt?«, fragte Perry.

Der achtundzwanzigjährige Funkoffizier schluckte, hielt aber den auf ihn gerichteten Blicken stand. »Nein, Sir. Der Magnetsturm ist schlimmer als der Blizzard da oben. Ich hab es mit jedem Trick versucht, den ich kenne.«

Perry nickte. Sie waren immer noch allein. Aber die Entscheidung konnte nicht länger aufgeschoben werden. Vor einer halben Stunde war der Funkoffizier in den Kommandoraum gestürzt, weil er über den UQC eine russische Nachricht abgefangen hatte. Das Unterwassertelefon war zwar für kurze Entfernungen recht praktisch, garantierte aber keinerlei Privatsphäre, vor allem gegenüber einem Boot wie der *Sentinel*. Sie war klein und nicht nur schnell und leise, sondern hatte auch die besten Ohren aller Schiffe auf dem Meer.

Aus gut dreißig Kilometern Entfernung hatten sie die Sonarkommunikation zwischen dem Anführer des russischen Teams und dem Kapitän der *Drakon* aufgenommen. Ihr Bordübersetzer hatte nicht viel Arbeit mit dem kurzen Austausch gehabt. Perry hatte sich die Aufnahme selbst vorspielen lassen und gehört, wie die kalte, hohle Stimme den Befehl aussprach.

Zünden Sie die vergrabenen Raketen! Bringen Sie die Basis zum Schmelzen!

Die Russen wollten kurzen Prozess machen. Die Zivilisten, die zurückgebliebenen Soldaten ... alle wurden geopfert, einfach von der Polkappe weggebrannt.

Perry hatte sofort den Auftrag gegeben, eine Stelle zu finden, wo sie die Antenne ausfahren konnten. Auch wenn es zweifelhaft war, ob jemand rechtzeitig reagieren konnte, musste doch ein Mayday-Notruf abgesetzt werden.

Aber selbst dieser Versuch war fehlgeschlagen. Vor fünfzehn Minuten waren sie in einer kleinen Rinne aufgetaucht, auf beiden Seiten von Schneebänken eingekeilt. Sie hatten die Antennen ausgefahren, mitten in den Blizzard, und der Funkoffizier hatte sich an die Arbeit gemacht. Aber es hatte nichts gebracht. Noch immer war keine Kommunikation möglich.

Jetzt trat Dr. Willig vor. Der schwedische Ozeanograph war zum Sprecher der an Bord befindlichen Zivilisten geworden. »Wir verstehen das Risiko, das Sie eingehen, aber da drüben sind unsere Leute – Freunde, teilweise sogar Familien.«

Perry studierte die Gesichter um ihn herum. Seine Crew auf den jeweiligen Stationen sah genauso entschlossen drein. Er drehte sich um und stieg die Stufe zum Periskoppodest empor. Einen Moment dachte er über seine eigenen Motive nach. *Amanda war auch da draußen ... irgendwo.*

Wie stark beeinflussten Gefühle seine Urteilskraft? Was würde er aufs Spiel setzen: die Crew, die Zivilisten in seiner Obhut, selbst das Schiff?

Er las die Entschlossenheit in den Augen der anderen, doch die Verantwortung lag letztlich bei ihm. Entweder konnte er die Flucht zur Küste von Alaska fortsetzen oder zur Omega zurückkehren und sein Möglichstes tun, um das Personal dort zu befreien.

Aber was hatte die *Sentinel* dem weit größeren und bewaffneten russischen Kriegsschiff entgegenzusetzen? Im Grunde nur dreierlei: Geschwindigkeit, Lautlosigkeit und Schlauheit.

Perry holte tief Luft und wandte sich an den wartenden Funkoffizier. »Wir können nicht mehr warten. Setzen Sie einen SLOT in der Rinne hier ab. Stellen Sie ihn auf ununterbrochene Ausstrahlung an NAVSAT und hängen Sie die russische Meldung dran.«

»Aye, Sir.« Der Mann rannte zurück zur Funkstation.

Perry sah zu Dr. Willig und sagte dann zu seinem Tauchoffizier: »Diving Officer, bringen Sie uns auf acht-fünf Fuß Tiefe, dreißig Grad vorlastig ...«

Alle hielten den Atem an und warteten auf seine Entscheidung. Wohin würden sie sich jetzt wenden: nach vorn oder zurück?

Sein nächster Befehl beantwortete die Frage: »Und gehen sie auf ›Ultralautlos‹!«

14:35 Uhr
An Bord der *Drakon*

Kapitän Mikowsky wachte über den Rudergänger und den Tiefenrudergänger, während die beiden Männer das an die Oberfläche steigende U-Boot in die Polynja manövrierten. Sein Tauchoffizier Gregor Janowitsch behielt die Tiefenanzeige im Auge und verkündete die Etappen des Aufstiegs.

Alles lief glatt.

Gregor wandte sich ihm zu. Die Augen des Offiziers blickten besorgt. Fast ein ganzes Jahr schon war er Mikowskys Erster Offizier gewesen, längst konnten beide Männer einander ihre Stimmung von den Augen ablesen und die Gedanken des anderen erraten. Auch jetzt durchschaute Mikowsky, welchen inneren Kampf sein direkter Untergebener ausfocht: *Sollen wir das wirklich tun?*

»Alle Ventile geschlossen!«, rief der Wachführer und warf einen Blick zu seinem Kapitän hinüber. »Bereit zum Auftauchen.«

»Auftauchen!«, befahl Mikowsky. »Haltet sie getrimmt und stabil.«

Schalter wurden umgelegt, Pumpen summten, die *Drakon* stieg auf und kam rasch und sanft an die Oberfläche. Überall aus dem U-Boot hallten die erwünschten Bestätigungen. *Alles klar.*

»Öffnet die Ausstiegsschleuse!«, rief er.

Gregor gab den Befehl mit einer Handbewegung weiter an den bei den Türen stationierten Seemann. Während der sich ans Werk machte, trat der Erste Offizier zu Mikowsky. »Das Landteam ist bereit, von Bord zu gehen.« Er sprach gestelzt und steif – gezwungene Professionalität angesichts des vor ihm liegenden Auftrags. »Befehle?«

Mikowsky blickte auf seine Uhr. »Sichern Sie die Gefangenen! Kontrollieren Sie, ob die Brandbomben nach Anweisung angebracht sind! In fünfzehn Minuten möchte ich alle Männer zurück an Bord haben. Sobald der letzte an Bord ist, fluten wir augenblicklich und gehen wieder runter.«

Gregor blieb noch stehen, aber ohne Mikowsky anzusehen. Vielmehr schweifte sein Blick in eine imaginäre Ferne, wo das, was sie tun würden, ergründet und vergeben werden konnte. Aber niemand hatte den dafür notwendigen Weitblick.

Dann gab Mikowsky den letzten Befehl. »Sobald das Deck geflutet ist, V-Klasse-Serie zünden! Es darf keine Spur von der Driftstation zurückbleiben.«

14:50 Uhr
Eisstation Grendel

Als Jenny mühsam den nächsten Eisrücken erkletterte, wobei sie sich mit den Händen festkrallte, war sie froh, dass ihr Vater in Omega geblieben war. Das Terrain hier war brutal. Schon jetzt wiesen ihre Fäustlinge Schnitte von den messerscharfen Eiskanten auf. Ihre Finger schmerzten, ihre Waden brannten. Der Rest ihres Körpers war einfach nur kalt, durch und durch.

Mit einem Keuchen, das eher einem Stöhnen ähnelte, zog sie sich vollends auf den Grat hinauf.

Kowalski, der bereits rittlings auf dem Kamm saß, half ihr hinüber, dann rutschten sie nebeneinander auf Hinterteil und Händen die andere Seite hinunter. »Alles klar?«, fragte er unten und zog sie auf die Füße.

Sie nickte, atmete die kalte Luft tief ein und drehte sich um, als Bane und Ensign Pomautuk als Nächste über den Eisrücken kamen. Der junge Mann musste den Hund schieben, damit der es über den Grat schaffte. Schließlich schlidderten und rutschten auch sie hinunter.

»Wie weit ist es noch?«, fragte Jenny.

Tom sah auf seine Uhr mit dem eingebauten Kompass

und streckte den Arm aus. »Noch ungefähr hundert Meter in diese Richtung.«

Jenny starrte zu der Stelle, auf die er gedeutet hatte. Die Entfernung schien ihr unüberwindlich. Sie waren schon eine Stunde unterwegs und hatten es kaum bis zum äußeren Rand der hohen Presseisrücken geschafft, die über der Station aufragten. Das Gelände vor ihnen war voller Rillen und Risse, zusammengeschoben, zerschmettert. Es war, als wollten sie durch einen Scherbenhaufen wandern.

Aber sie hatten keine andere Wahl.

So trotteten sie weiter. Der Wind heulte und hörte sich an wie Wellen, die gegen eine Felsenküste schlugen. Der Schnee wirbelte und schäumte in Strudeln und Strömungen.

Jenny nutzte Kowalskis Umfang auch weiterhin als Windschutz. Der stämmige Mann erinnerte sie an einen Golem aus Lehm, wie er da unbeirrt durch Schnee und Eis stapfte. Sie konzentrierte sich auf seine Schultern und seinen Rücken und machte ihm jeden Schritt einfach nach.

Plötzlich kippte er zur Seite, fiel auf ein Knie und ruderte heftig mit den Armen. »Verdammt!«

Sein Stiefel war durch eine Tasche mit dünnem Eis gebrochen und hatte einen kleinen Tümpel geöffnet, nicht größer als ein Gullydeckel. Ehe er sich am Rand festhalten konnte, war er bereits bis zum Schenkel eingesunken. So schnell er konnte, rollte er sich weg und fluchte eine ganze Litanei, während er sein patschnasses Bein aus dem eiskalten Wasser zerrte. »Ist ja toll! Anscheinend bin ich zu nichts nütze, außer ins Wasser zu fallen!«

Trotz seiner zur Schau gestellten Gelassenheit bemerkte Jenny in seinen Augen das Schimmern echter Angst. Zusammen mit Tom half sie ihm ganz aus dem Tümpel heraus. »Bleib in Bewegung«, sagte sie. »Körperwärme und Bewegung verhindern, dass du einfrierst.«

Er schüttelte ihren Arm ab. »Wo ist dieser gottverdammte Lüftungsschacht?«

»Nicht mehr weit.« Von nun an ging Tom voraus, Bane an seiner Seite. Kowalski folgte, leise vor sich hin grummelnd.

Auf einmal hörte Jenny, die ein paar Schritte zurückgeblieben war, ein leises spritzendes Geräusch und blickte sich um. Die zerbrochenen Eisstücke schaukelten auf und ab. *Das sind bloß die Strömungen.*

Sie ging weiter, hinter den anderen her.

Nach weiteren fünf Minuten zeigte sich, dass Tom Pomautuks Einschätzung korrekt gewesen war. Sie bogen um eine Eissäule und fanden den Weg versperrt von einem riesigen Eishügel.

»Wir sind am Rand der Eisinsel«, erklärte Tom.

Jenny starrte auf den Boden. Schwer vorstellbar, dass sie auf einem umgekehrten Eisberg entlangspazierte, einem anderthalb Kilometer in die Tiefe ragenden Monster.

»Wo ist der Lüftungsschacht?«, wiederholte Kowalski mit klappernden Zähnen.

»Da drüben«, sagte Tom und deutete auf eine schwarze Tunnelöffnung am Fuß des Berges. Er war zu eckig, um natürlichen Ursprungs zu sein, ungefähr einen Meter breit und hoch. Früher hatte ein Messingtor die Öffnung verschlossen, doch es war weggebogen worden und halb unter dem Schnee vergraben.

Eisbären, dachte Jenny, *Eisbären auf der Suche nach einem Bau.* Sie näherte sich dem Eingang mit äußerster Vorsicht.

Tom dagegen schritt furchtlos darauf zu und ging auf Händen und Knien. »Wir müssen Obacht geben, der Gang ist ziemlich steil. Fünfundvierzig Grad. Zur Sicherheit sollten wir uns anseilen.«

Jenny gab Tom die Taschenlampe, der sie einschaltete und in den Tunnel leuchtete.

»Sieht aus, als würde der Gang nach ungefähr zehn Metern eine scharfe Rechtskurve machen«, stellte er fest und ließ die Seilrolle von der Schulter gleiten. »Wie einer von den Eingängen in unsere Schneehäuser.«

Jenny kam näher. Für die Inuit-Architektur war es typisch, dass in den Eingangsschacht eines Iglus ein oder zwei scharfe Biegungen eingebaut wurden. So konnte der Wind nicht ständig Schnee ins Haus wehen.

»Scheiß drauf! Sehen wir zu, dass wir reinkommen.« Kowalski zitterte vor Kälte.

Als Jenny sich aufrichtete, merkte sie, wie sich ihr plötzlich die Nackenhaare sträubten. Als Sheriff war sie auf ihre Sinne angewiesen, um zu überleben, deshalb hatte sie sie gut trainiert. *Sie waren nicht allein.* Blitzschnell fuhr sie herum. Kowalski erschrak.

»Was …?«, begann er und drehte sich in die gleiche Richtung.

Hinter der Säule war eine Gestalt aufgetaucht, massig, mit spitz zulaufendem Kopf, schwarzen Augen und langen Klauen, die sich tief ins Eis gruben. Witternd hob sie die Schnauze in ihre Richtung.

Wie gebannt starrte Jenny die Kreatur an. Was zum Teufel war das?

Bane stemmte sich auf die Vorderläufe und stieß ein warnendes Bellen aus. Auch sein Nackenfell sträubte sich und er schob angriffslustig den Kopf vor.

Die Kreatur duckte sich. Schwabbelige Lefzen hoben sich und entblößten Zähne wie die eines weißen Hais.

Jetzt hatte Jenny genug gesehen. Da sie in Alaska aufgewachsen war, hatte sie eins gelernt: Was Zähne hatte, versuchte einen zu fressen.

»Macht, dass ihr in den Gang kommt!«, schrie sie und packte Bane am Genick. »Los!«

Das ließ sich Tom nicht zweimal sagen. Er war es gewohnt, Befehlen prompt zu gehorchen, und stellte seine Fähigkeit unter Beweis. Bäuchlings hechtete er in den Schacht und rutschte auf dem glatten Eis nach unten.

Bane hinter sich herzerrend, wich auch Jenny zur Öffnung des Tunnels zurück.

Kowalski winkte sie hinein, und als sie sich umwandte, ließ sie Bane los. Der Wolfsmischling trottete ein paar Schritte zurück und bellte wieder. Jenny streckte den Arm nach ihm aus und wollte ihn zurückholen. Aber Kowalski hinderte sie daran.

»Lass den Hund!«, knurrte er und drängelte sie mit Gewalt in den Gang. Er selbst folgte ihr auf den Fersen und ließ ihr keine Wahl.

Schon schlidderte auch sie die steile Eisrinne hinunter.

»Bane!«, schrie sie zurück. »*Bei Fuß*!«

Sie versuchte, einen Blick über die Schulter zu werfen, aber Kowalskis stämmiger Körper blockierte die Sicht. Als sie sich der Biegung näherten, verloren sie etwas an Schwung.

»Kriech weiter! Los!«, drängte Kowalski.

Plötzlich verdunkelte sich der Schacht hinter ihnen.

»Scheiße, es verfolgt uns!«

Jenny erreichte die Biegung und sah sich um. Mit ausgefahrenen Krallen rutschte die Kreatur auf dem Bauch den Gang hinunter – leider ziemlich schnell.

Nur wenige Schritte vor ihm war Bane, der versuchte, der Bestie zu entkommen.

»Bewegung!«, brüllte Kowalski und versuchte, Jenny um die Ecke zu schubsen.

Aber diesmal hielt sie ihre Stellung und wühlte angestrengt in den Taschen ihres Parkas. Endlich hatte sie die Leuchtpistole in der Hand. »Runter!« Sie richtete die Waffe in den Schacht.

Kowalski duckte sich.

Jenny zielte direkt am Ohr des Wolfshundes vorbei. Die

flammende Leuchtkugel raste los, ließ Bane erschrocken aufjaulen und explodierte vor der Schnauze des Monsters.

Es stieß ein lautes Brüllen aus, als Feuerwerk und sprühende Funken ihm die Sinne raubten. Verzweifelt schlug es sich mit den Krallen ins brennende Gesicht.

Als Bane endlich an ihrer Seite war, rollte Jenny sich weg. Halb kriechend, halb gleitend folgte sie dem inzwischen verschwundenen Ensign und dem Schein seiner Taschenlampe.

Kowalski hielt hinter ihnen Wache, bis sie die Biegung umrundet hatten. »Anscheinend zieht es sich zurück.« Er sah Jenny an. »Du warst für seinen Geschmack wohl etwas scharf gewürzt.«

Der Weg wurde rasch steiler. Bald rutschten sie Hals über Kopf die Rinne hinunter. Jenny versuchte zwar, die Rutschpartie mit Stiefeln und Händen abzubremsen, doch auch die Wände waren ziemlich glatt.

Etwa eine Minute später rief Tom plötzlich: »Ich bin am Ende angekommen! Ist nicht mehr weit!« Seine Stimme hallte dumpf.

Er hatte Recht.

Das Licht wurde heller; im nächsten Moment rutschte Jenny plötzlich aus dem Schacht in einen großen Eistunnel. Fast wären erst Kowalski und dann Bane auf ihr gelandet. Schnell rollte sie sich aus dem Weg, stand auf und rieb sich die Hände. Sie sah sich um. Wie tief waren sie in die Eisinsel vorgedrungen?

Tom stand an einer Wand und fuhr mit dem Finger über eine grüne Raute, die auf die Wand gemalt war. »Ich glaube, ich weiß, wo wir sind ... aber ...« Er richtete die Taschenlampe auf den Boden. Jemand hatte rote Farbe verschüttet.

Mit noch immer gesträubtem Nackenfell schnupperte Bane an der Pfütze herum.

Jenny stand auf. Das war keine Farbe ... das war *Blut*.

Und noch ganz frisch.

Kowalski schüttelte den Kopf. »Wir hätten die verdammte Driftstation niemals verlassen sollen.«

Keiner widersprach ihm.

14:53 Uhr
Vor der Driftstation Omega

Master Sergeant Ted Kanter lag halb vergraben in einer Schneewehe, bekleidet mit einem polarweißen Sturmanzug, der ihn von Kopf bis Fuß bedeckte. Durch sein Infrarotfernglas starrte er hinüber zu der amerikanischen Forschungsstation. Vor fünfzehn Minuten hatte er das russische U-Boot auftauchen sehen, dampfend mitten im Schneesturm.

Er lag nur etwa hundert Meter von der Station entfernt. Seine einzige Kommunikationsmöglichkeit mit der Außenwelt bestand in einer an seinem Ohr befestigten General-Dynamic-Hörkapsel. Direkt am Kehlkopf trug er ein subvokales Mikro.

Er hatte den Befehl, in Alarmbereitschaft zu bleiben, sich aber nicht von der Stelle zu rühren.

So lauteten seine Anweisungen seit seiner Ankunft.

Etwa vierhundert Meter von ihm entfernt beherbergten zwei weiße Zelte den Rest der Vorhut des Delta-Force-Teams. Nur Teds Partner lag ein paar Meter neben ihm ebenfalls in einer Schneeverwehung verborgen. Das Sechsmannteam war seit sechzehn Stunden hier stationiert; sie waren mitten in der Nacht eingeflogen und abgesetzt worden.

Sein Teamführer, Command Sergeant Major Wilson, für die Mission als Delta One designiert, befand sich mit dem Rest der Einsatztruppe am Rally Point Alpha, sechseinhalb Kilometer von hier. Ihre beiden Helikopter waren unter arktischer Camouflage versteckt, bis der Befehl zum Losschlagen gegeben wurde.

Aus seiner Position hatte Kanters Team heute Morgen aus nächster Nähe beobachtet, wie das russische U-Boot in der Morgendämmerung eingetroffen war, wie die Soldaten die Driftstation überrannt und requiriert hatten. Er hatte zugesehen, wie Männer getötet wurden, einer davon keine vierzig Meter von ihm entfernt. Aber er konnte nicht reagieren. Er hatte seine Befehle: beobachten, überwachen, registrieren.

Nicht *handeln* – jedenfalls noch nicht.

Der Operations-Controller hatte den Dauerbefehl gegeben, erst dann einzugreifen, wenn der Einsatzkode übermittelt wurde. Sowohl auf politischer als auch auf strategischer Ebene mussten die Angelegenheiten geordnet werden. Außerdem musste das Ziel der Mission, das den Spitznamen »Football« trug, noch gefunden und gesichert werden. Erst dann konnten sie loslegen. Bis zu diesem Augenblick befolgte Kanter einfach nur seine Order.

Vor fünfzehn Minuten hatte er beobachtet, wie die Russen das Boot verließen. Er hatte die Landmannschaft gezählt und die Anzahl zu der feindlichen Stärke addiert, die hier stationiert war. So wusste er, mit wie vielen Russen sie es zu tun hatten.

Jetzt kamen einige Männer zurück. Mit zusammengekniffenen Augen spähte Ted durch das Fernglas und begann wieder zu zählen, während die Männer zum U-Boot gingen und einer nach dem anderen in den Luken verschwanden. Seine Lippen wurden schmal.

Das Muster war eindeutig.

Er drückte mit einem Finger auf den Sender. »Delta One, bitte kommen.«

Die Antwort erfolgte umgehend, ein Flüstern in seinem Ohr. »Melden, Delta Four.«

»Sir, ich glaube, dass die Russen die Basis verlassen.« Kanter subtrahierte weiter, während noch mehr Männer über den nahen Packeishügel kletterten und sich zu dem U-Boot begaben.

»Verstanden. Wir haben neue Befehle, Delta Four.«

Kanter wartete gespannt.

»Der Controller hat den Go-Code aktiviert. Machen Sie Ihre Männer bereit, auf meine Order auszuschwärmen.«

»Roger, Delta One.«

Kanter rollte ein Stück aus seinem Versteck zurück.

Jetzt begann also der wirkliche Kampf.

14:54 Uhr
USS *Polar Sentinel*

Perry wanderte auf der Brücke seines U-Bootes hin und her, das unter dem Eis entlangflog. Niemand sprach ein Wort. Die Crew kannte die Dringlichkeit wie die Risiken ihrer Mission. Der Plan war fast unmöglich auszuloten. Perry wusste, dass seine Entscheidung ihn seine Kapitänsstreifen kosten konnte, selbst im Erfolgsfall. Aber das war ihm gleich. Er konnte Richtig von Falsch unterscheiden, blinden Gehorsam von Verantwortung. Doch es nagte noch eine weitere Frage an ihm: Kannte er auch den Unterschied zwischen Tapferkeit und Dummheit?

Unterwegs zur Omega war er hundertmal kurz davor gewesen, die *Polar Sentinel* umkehren zu lassen und den Befehl zu geben, sich stattdessen in die Sicherheit der fernen Küste von Alaska zurückzuziehen. Aber er hatte es nicht getan. Stattdessen sah er zu, wie die Entfernung zu ihrem

Ziel immer geringer wurde. Ob andere Captains in der Vergangenheit wohl auch von solchen Zweifeln geplagt worden waren? Noch nie hatte er sich so ungeeignet für seinen Job gefühlt.

Aber es gab sonst niemanden, der ihn hätte machen können.

»Captain«, flüsterte sein Wachführer. Die *Polar Sentinel* hatte eine akustische Isolierung und Antiortungsbeschichtung, trotzdem wagte niemand laut zu sprechen, aus Angst, der im Wasser lauernde Drachen könnte sie hören. »Position bestätigt. Die *Drakon* ist bereits bei Omega aufgetaucht.«

Perry ging zu dem Mann hinüber und kontrollierte ihre Entfernung zur Omega. Immer noch fünf Seemeilen. »Wie lange sind sie schon dort?«

Der Wachführer schüttelte den Kopf. Bis jetzt waren die Details noch zu bruchstückhaft. Solange das Sonar passiv bleiben musste, war der genaue Aufenthaltsort der *Drakon* nicht feststellbar. Wenigstens hatten sie das andere U-Boot gefunden. Doch das schränkte ihr eigenes Zeitfenster ziemlich ein. Bestimmt waren die Russen bereits dabei, die Station zu evakuieren. Der aufgefangenen UQC-Kommunikation zufolge würde der Kapitän der *Drakon* die Basis sprengen, sobald sein U-Boot wieder tauchte. Er würde sicher nicht riskieren, dass die Brandbomben sein Schiff beschädigten.

Aber in welchem Zeitrahmen würde sich das alles abspielen?

Perrys Tauchoffizier, Lieutenant Liang, trat zu ihm. Sein Gesicht wirkte angespannt und besorgt. »Sir, ich bin mit der Steuercrew das vorgeschlagene Szenario durchgegangen. Wir haben mehrere Optionen in Erwägung gezogen.«

»Und wie viel Zeit wird das Manöver schätzungsweise in Anspruch nehmen?«

»Ich kann uns in weniger als drei Minuten in die gewünschte Stellung bringen, aber wir brauchen noch mal zwei, um gefahrlos aufzutauchen.«

»Fünf Minuten also …« *Und wir sind noch nicht mal dort.*

Perry warf einen Blick auf die Geschwindigkeitsanzeige. *Zweiundvierzig Knoten.* Das war mörderisch für ein lautlos fahrendes U-Boot, aber genau darin bestand ja der Vorteil der *Sentinel*. Sie wagten es nicht, das Tempo noch mehr zu forcieren, denn wenn die *Drakon* die Kavitation ihrer Schrauben oder sonst ein Zeichen ihrer Annäherung bemerkte, waren sie verloren.

Im Kopf überschlug Perry, wie lange es dauern würde, Omega zu erreichen, Position einzunehmen, das Rettungsmanöver durchzuführen … und zu fliehen. Sie hatten nicht genügend Zeit. Er starrte seinen Wachführer an. Wenn die *Drakon* nur nicht schon an Ort und Stelle wäre, wenn die Russen nur nicht schon mit der Evakuierung begonnen hätten …

Liang stand schweigend neben ihm. Auch er wusste es. Alle wussten es. Einmal mehr spürte Perry den Impuls, umzukehren. Sie hatten sich bemüht, aber es war hoffnungslos. Die Russen hatten sie geschlagen.

Doch dann stellte er sich Amandas Lächeln vor, die Lachfältchen in ihren Augenwinkeln, wie sich ihre Lippen unter seinen öffneten, sanft und weich …

»Chief«, sagte er schließlich, »wir müssen die *Drakon* aufhalten.«

»Jawohl, Sir.«

»Ich möchte, dass sie das aktive Sonar einsetzen.«

»Sir?«

Perry wandte sich an seine Männer. »Wir müssen die *Drakon* wissen lassen, dass jemand in der Nähe ist und sie beobachtet.« Während er seinen Plan formulierte, begann er wieder auf und ab zu gehen. »Sie gehen davon aus, dass wir längst weg sind; dass niemand mit ansieht, was hier geschieht. Wenn wir das aktive Sonar einsetzen, ist der Kapitän gezwungen, sich mit seinem Kommandanten zu beraten und noch ein bisschen zu warten. Vielleicht bringt uns das die Zeit, die wir brauchen.«

»Aber dann sind sie in Alarmbereitschaft und spitzen die Ohren«, wandte Liang ein. »Schon jetzt hätten wir Schwierigkeiten, uns unter ihrer Nase vorbeizuschleichen und das geplante Rettungsmanöver durchzuführen.«

»Das ist mir bewusst. Aber wir sind schließlich nach Norden geschickt worden, um die *Polar Sentinel* auf Herz und Nieren zu prüfen. Um ihre Fähigkeiten hinsichtlich Tempo und Lautlosigkeit unter Beweis zu stellen. Genau das habe ich jetzt vor.«

Liang holte tief Atem. »Aye, Sir.«

Perry nickte seinem Wachführer zu. »Ein Ping ... und dann sind wir totenstill.«

»Aye, Sir.« Der Wachführer ging hinüber in den Sonarraum.

Perry kehrte zu seinem Tauchoffizier zurück. »Sobald wir den Ping abgesetzt haben, möchte ich, dass das Steuer auf neuen Kurs geht, fünfundvierzig Grad vom jetzigen abweichend. Man soll uns nicht fixieren können. Wir fahren leise und schnell.«

»Wie ein Geist, Sir.« Liang machte auf dem Absatz kehrt und zog sich zurück in seine Station.

Plötzlich sprang einer der Sonartechniker auf die Füße. »Sir, ich fange Druckkörpergeräusche auf! Sie kommen von der *Drakon*!«

Perry fluchte. Das russische U-Boot bereitete sich also schon aufs Eintauchen vor und nahm Ballast auf, indem mit Pressluft Wasser in die Tanks geblasen wurde. Sie kamen zu spät. Die Evakuierung war beendet.

Der Wachführer starrte Perry an. Die Frage war ihm ins Gesicht geschrieben: *Weitermachen wie geplant oder abbrechen?*

Perry begegnete seinem Blick. »Läuten Sie an ihrer Türklingel.«

Der Wachführer drehte sich um und legte dem Sonaroffizier eine Hand auf die Schulter. Schalter wurden umgelegt und Knöpfe gedrückt.

Der Wachführer nickte Perry zu.

Es war so weit. Soeben hatten sie sich verraten. Nun galt es, die Reaktion zu beobachten. Die Zeit dehnte sich. Die *Sentinel* schwang sich unter ihren Füßen herum, die Deckplatten neigten sich, das Boot nahm den neuen Kurs auf.

Unwillkürlich ballte Captain Perry die Fäuste.

»Das Geräusch ist weg, Sir«, meldete sich flüsternd der Techniker.

Ihr Signal war also nicht ungehört verhallt.

»Sir!«, zischte plötzlich ein anderer Sonartechniker und sprang auf. Er trug Kopfhörer. »Ich habe einen anderen Kontakt aufgefangen. Geräusche auf den Hydrophonen.« Er deutete auf seinen Kopfhörer.

Einen anderen Kontakt? Perry eilte zu dem Techniker. »Woher kommt er?«

Der Techniker blickte nach oben. »Von direkt über uns, Sir.«

Perry ließ sich den Kopfhörer geben und drückte ihn lauschend ans Ohr. Er hörte etwas, was klang wie langsame Trommelschläge ... von mehreren Trommeln ... und der Rhythmus beschleunigte sich rasch.

Auch Perry hatte früher als Sonartechniker gearbeitet. Er wusste, was da von oben durchs Eis trommelte. »Rotoren«, flüsterte er.

Der Techniker nickte. »Da sind zwei Vögel in der Luft.«

14:56 Uhr
An Bord der *Drakon*

Mikowsky erhielt von seinem Sonarteam die gleiche Information. Einen Moment zuvor war ihr Boot angepingt worden, absichtlich und äußerst präzise. Ohne Zweifel war jemand da unten im Wasser – und jetzt befand sich auch noch jemand am Himmel über ihnen.

Die *Drakon* saß in der Falle.

Wenn das andere U-Boot sie angepingt hatte, war es garantiert auch bewaffnet. Mikowsky konnte den Torpedo förmlich spüren, der auf sein Boot gerichtet war. Die Tatsache, dass die Rakete noch nicht im Wasser war, deutete darauf hin, dass der Ping eine Warnung sein sollte.

Keine Bewegung, sonst lassen wir euer Boot hochgehen!

Und er konnte nicht mal protestieren. Er hatte keine Verteidigungsmöglichkeit. In der Polynja war die *Drakon* praktisch manövrierunfähig und konnte nicht vor einem feindlichen Angriff fliehen. Das Eis, von dem sie auf allen Seiten umgeben waren, ließ nicht einmal eine anständige Sonarpeilung zu. Während sie hier an der Oberfläche weilten, war Mikowsky halb blind.

Doch das war nicht die größte Gefahr.

Er starrte über die Schulter zu seinem Ersten Offizier und studierte den Radarschirm. Der Schneesturm und die wechselhaften magnetischen Strömungen in der Region brachten die Anzeigen durcheinander. Zwei Helikopter rasten dicht über dem Eis auf ihn zu, machten eine Feindberührung schwierig und eine Zielfixierung praktisch unmöglich – vor allem unter den Whiteout-Bedingungen, die draußen herrschten.

»Sie kommen flach rein, direkt über der Hügellinie«, warnte Gregor.

»Ich habe einen Raketenabschuss registriert!«, schrie ein anderer Sonartechniker.

»Verdammt!« Mikowsky blickte auf die Monitore der Außenkameras. Er konnte vage die Umrisse der Packeisrücken ausmachen, die den See umgaben. Der Rest der Welt war monotones Weiß. »Gegenmaßnahmen aus der Luft. Täuschkörperausstoß!«

Für ein U-Boot gab es keine schwächere Position als an der Oberfläche. Lieber hätte der Kapitän tief unten in einem Ozeangraben gelegen. Und er hatte auch vor, sich genau dorthin zurückzuziehen ... zum Teufel mit dem Boot, das sie angepingt hatte! Er würde sein Glück lieber unter Wasser versuchen.

»Tanks fluten!«, rief er Gregor zu. »Signal zum Nottauchen!«

»Tanks werden geflutet.« Eine Sirene plärrte quer durchs Schiff. Das U-Boot rumpelte, die Ballasttanks liefen voll.

»Weiter Täuschkörper ausstoßen, bis der Turm unter Wasser ist!« Mikowsky wandte sich der Feuerleitcrew zu. »Ich möchte wissen, wer da unten ist. Waffenoffizier, ich brauche Zielerfassung und eine Feuerleitlösung, sobald wir aus dem Eis heraus sind.«

Überall wurde genickt.

Mikowsky wandte sich wieder dem Videomonitor zu. Vom Deck wirbelte eine Wolke von Stanniolstreifen empor, die das Geschoss von seinem wahren Ziel ablenken sollten. Aber der Sturm riss sie fast augenblicklich weg, sodass das Boot im Handumdrehen wieder ungeschützt dalag.

Mit dem Füllen der Ballasttanks sank die *Drakon* wie ein Stein – aber in diesem Moment entdeckte Mikowsky eine Bewegung auf dem Monitor.

Es sah aus wie eine Spirale aus Schnee ... die direkt auf sie zuwirbelte.

Eine Sidewinder-Rakete.

Und sie konnten nicht fliehen.

Dann schwappte das Wasser über die externen Kameras hinweg und raubte Mikowsky die Sicht.

Als Nächstes war eine ohrenbetäubende Explosion zu hören. Die *Drakon* ruckte, als wäre sie von einem Riesenhammer getroffen worden, wobei sie die Videokamera zurück an die Oberfläche bugsierte. Auf dem Monitor erschien der hintere Teil der Polynja, aber an ihrem Rand gähnte ein Krater, eine abgesprengte Bucht. Die Anlegepoller flogen durch die Luft. Ein Feuerteppich breitete sich über Eis und Wasser.

Die Rakete hatte ihr Ziel verfehlt! Zwar nur knapp, aber immerhin. Anscheinend war der Tauschkörperausstoß doch nicht ganz umsonst gewesen.

Durch die Erschütterung war die *Drakon* ein Stück zur Seite und nach oben getragen worden, sodass sie nun wieder exponiert dalag. Aber nicht lange. Das Boot schaukelte sich ein, wurde wieder stabil und begann von neuem zu tauchen. Schon verschwanden die äußeren Decks unter Wasser.

Mikowsky dankte allen Göttern des Meeres und der Menschen und wandte sich ab.

Doch dann lenkte plötzlich etwas anderes seine Aufmerksamkeit auf sich. Die Kamera befand sich jetzt ungefähr einen Meter unter der Wasseroberfläche und war nach oben gerichtet. Das Bild auf dem Monitor war etwas verschwommen, aber durch das blaue klare Polarmeer blieb es trotzdem seltsam lebendig, noch immer erhellt vom Flammenmeer, das die Sidewinder hinterlassen hatte.

Auf dem Bildschirm war ein Soldat in Polarcamouflage zu sehen, der gerade den gegenüberliegenden Presseisgrat erkletterte. Auf der Schulter trug er ein langes schwarzes Rohr, das direkt in die Kamera zielte.

Ein Raketenwerfer.

Aus dem Ende der Waffe schoss ein Feuerstrahl.

Mikowsky schrie: »Bereitmachen für Treffer!«

Die Worte waren noch nicht aus seinem Mund, als die *Drakon* schon unter dem Schlag erzitterte. Und diesmal war es wirklich ein Treffer.

Mikowskys Ohren dröhnten, als die Rakete achtern einschlug und ein Loch in die Panzerung riss. *Eine Panzersprenggranate.*

Sie hatten ein Leck. Rauch quoll in den Kommandoturm. Die *Drakon*, deren Ballasttanks bereits voll waren, gierte, als das Seewasser ins Heck eindrang und die Nase des Schiffs anhob. Der Tiefenrudergänger kämpfte mit den Armaturen, um sie stabil zu halten. Gregor beugte sich über ihn und brüllte irgendetwas.

Mikowsky konnte seine eigenen Worte nicht hören.

Das U-Boot kippte weiter. Ein lauter metallischer Ton durchdrang die temporäre Taubheit des Kapitäns. Manuell und elektronisch wurden Luken geschlossen, die Flutsektionen des Bootes isoliert.

Instinktiv lehnte Mikowsky sich gegen die Dreißiggradschieflage.

Auf dem Videomonitor sah er den Bug der *Drakon* durch die Wasseroberfläche brechen wie ein strandender Wal, während das überflutete Heck nach unten zog.

Wieder lagen sie ungeschützt an der Oberfläche.

Mikowsky suchte den Soldaten, der die Rakete abgeschossen hatte – und entdeckte ihn rasch. Der Mann im Parka rannte auf der anderen Seite den Presseishügel hinunter, so schnell ihn seine Füße trugen.

Wovor floh er denn?

Einen Augenblick später erschien die Antwort. Aus dem Schneegewirbel tauchten zwei Helikopter auf, beide so weiß wie der Blizzard: ein Sikorsky Seahawk und ein Sikorsky H-92 Helibus. Der Helibus wurde langsamer, und aus den offenen Türen wurden Seile geworfen, an denen sich gleich darauf Männer mit über den Rücken geschlungenen Waffen herunterließen. Dann vollführte der Hubschrauber einen weiten Bogen, ließ die Soldaten hinter sich zu Boden gleiten und flog weiter in Richtung Driftstation.

Mikowsky konnte die Identität der Neuankömmlinge erraten. Er war vom Weißen Geist entsprechend informiert worden.

United States Delta Force.

Der andere Helikopter, der Seahawk, surrte über das angeschlagene Schiff hinweg wie eine Fliege um die Nase eines sterbenden Bullen. Mikowsky starrte nach oben und ahnte, dass das Verhängnis nahte. Unter ihm sank die *Drakon* mit dem Heck nach unten ins Meer. Das Beste, worauf der Kapitän hoffen konnte, war Nachsicht für seine Crew, ein mildes Urteil von denen, die ihn gefangen nehmen würden.

Während er sich darauf vorbereitete, den Befehl zum Verlassen des Schiffs zu geben, flog der Seahawk direkt über die externe Kamera. Mit zusammengekniffenen Augen spähte Mikowsky auf den Monitor. Etwas am Fahrgestell der Maschine war seltsam. Es dauerte einen vollen Atemzug, bis Mikowsky registrierte, was es war.

Trommeln ... eine Reihe grauer Trommeln hingen am Bauch des Seahawk, ein Gelege stählerner Eier.

Dann wusste er plötzlich, was es war. Alle U-Boot-Kommandanten kannten diesen Anblick.

Wasserbomben.

Er beobachtete, wie sich die erste Trommel vom Fahrgestell des Seahawk löste und auf das sinkende Schiff zutaumelte.

Nun kannte Mikowsky auch die Antwort auf die Frage nach dem Schicksal seiner Crew.

Es würde keine Gnade geben.

15:02 Uhr
USS *Polar Sentinel*

Perry stand in der Cyclops-Kuppel, umgeben vom Arktischen Ozean. Die *Sentinel* hatte sich auf sichere Distanz von dem Gefecht zurückgezogen und verharrte lautlos im Wasser. Sogar die Motoren waren still.

Beim ersten Raketeneinschlag auf der Oberfläche hatte Perry der *Sentinel* den Befehl zum Tauchen gegeben. Die *Drakon* wurde von oben angegriffen, so viel war klar. Einen Augenblick später wurde diese Einschätzung bestätigt, denn der Sonarchef berichtete von einem Raketentreffer. Noch aus knapp einem Kilometer Entfernung hatten sie die Explosion gehört und das darauf folgende *Blubbern* eines zerstörten U-Boots.

»Sieht aus, als wäre endlich die Kavallerie eingetroffen«, hatte Lieutenant Liang mit grimmiger Erleichterung festgestellt und damit in Worte gefasst, was alle dachten.

Wahrscheinlich hatte der Erste Offizier Recht. Die Angreifer gehörten sicher zu dem Delta-Force-Team, das Admiral Reynolds in seiner letzten Nachricht erwähnt hatte.

Trotzdem wollte Perry eine Bestätigung, ehe er die Anwesenheit der *Polar Sentinel* im Wasser verriet. Das Timing der Attacke war zu perfekt. Wie hatte das Delta-Force-Team den Blizzard so schnell durchquert; wie hatten sie es geschafft, ausgerechnet zu diesem günstigen Zeitpunkt einzutreffen? Warum hatte man die beiden Helikopter nicht schon früher hören können? Waren sie so hoch geflogen, dass die Hydrophone sie erst registriert hatten, als sie zum Bombenabwurf herabgestoßen waren?

Perry mochte keine Fragen, auf die er keine Antwort hatte – und in einem U-Boot gehörte Paranoia zur Überlebensstrategie.

So stand er nun vorn in seinem Schiff und beobachtete

den Kampf durch das Kuppelauge der *Sentinel*. Er wollte selbst sehen, was passierte. Er hatte versucht, die Außenkameras der Kontrollbrücke zu nutzen, aber die verfügten nicht über den notwendigen Zoom, um die Entfernung auszugleichen.

Also musste er improvisieren und hatte zu diesem Zweck ein gewöhnliches Fernrohr in die Cyclops-Kuppel mitgenommen.

Einen knappen Kilometer entfernt hing die *Drakon* mit der Nase nach oben im Wasser – eine Silhouette gegen das Sturmlicht, das durch den offenen See von oben herabsickerte. Inzwischen lag sie mit einem Neigungswinkel von annähernd sechzig Grad fast vertikal im Wasser.

Perry wusste, dass sein Gegenpart auf dem russischen Schiff jetzt den Evakuierungsalarm geben musste. Der Kampf war vorüber. Für die Crew gab es nur noch eine Chance: Sie musste das sinkende Schiff verlassen.

Dann sah er durch das Fernglas einen grellen Blitz, der das Wasser aufflammen ließ und das Bild auf Perrys Netzhaut brannte, ehe er für einen Augenblick blind wurde. Während das dumpfe Grollen der Explosion sich ausbreitete wie Donner, blinzelte er heftig. Dann begannen die Deckplatten heftig zu rasseln.

Schließlich klärte sich Perrys Blick wieder. Jetzt hing die *Drakon* völlig aufrecht im Wasser, umgeben von einem dichten Blasenwirbel. Eisstücke, die von oben herabgeschleudert worden waren, stiegen aus der Tiefe wieder nach oben.

Die Gegensprechanlage summte. »Captain, hier ist das Steuer. Wir haben eine Wasserbombe registriert!«

Perry eilte davon und rief im Vorbeigehen in den Lautsprecher: »Holt uns hier raus!«, ehe er durch die Luke schlüpfte und zurück zur Brücke rannte.

Eine weitere Explosion ließ das Boot erzittern.

Die eisigen Gewässer wurden allmählich verdammt heiß.

15:03 Uhr
Driftstation Omega

John Aratuk akzeptierte den Tod. Er hatte erlebt, wie ganze Dörfer, einschließlich seines eigenen, ein brutales Ende nahmen. Er hatte die Hand seiner Frau gehalten, als sie nach dem von ihm verschuldeten Unfall eingekeilt zwischen den Trümmern seines Autos im Sterben gelegen hatte. Der Tod war eine Konstante in seinem Leben. Während andere um ihn herum schrien oder weinten, saß er still da, die Hände mit Plastikseil auf den Rücken gefesselt.

Eine weitere Explosion erschütterte das Kasernengebäude und brachte die Hängelampen zum Schaukeln. Das Eis unter den Gebäuden wölbte sich und rasselte unter der Wucht der Explosionen, die das gesamte Areal zu zerstören drohten.

Die Russen hatten sie gefesselt, nachdem Jenny und Kowalski abgehauen waren, jetzt wurden sie ständig von einem bewaffneten Soldaten bewacht. Vor ein paar Minuten waren die Russen geflohen. Aus ihrem überstürzten Aufbruch und dem hektischen Zusammenraffen von Proviant konnte man schließen, dass sie sich vollständig aus der Basis zurückzogen.

Aber warum? Hatten sie gefunden, was sie gesucht hatten? Und welches Schicksal erwartete sie, die Gefangenen? Diese Fragen wurden vor allem unter den zivilen Wissenschaftlern eifrig diskutiert. Aber John sah die Antwort in Lieutenant Commander Sewells Augen. Er hatte das Gespräch über die V-Klasse-Brandbomben gehört, die überall in der Driftstation vergraben worden waren. Für John bestand kein Zweifel daran, was geschehen würde und was die Russen vorhatten.

Dann hatten die Explosionen angefangen, die das Eis zum Erbeben brachten und sogar lauter waren als der Sturm.

»Bleibt ruhig!«, rief Sewell mit fester Stimme. Sein Versuch, ermutigend zu wirken, wurde dadurch etwas beeinträchtigt, dass das Eis wieder heftig zu zittern begann und ihn fast von den Füßen riss. Aber er hielt sich gerade noch rechtzeitig an einem Bettgestell fest. »Panik hilft uns nicht, hier rauszukommen!«

John blieb sitzen, als ginge ihn das alles nichts an. Jenny war entkommen. Er hatte die Twin Otter über sie hinwegbrummen gehört. Er streckte die Füße näher ans Heizgerät.

Wenigstens würde er nicht frieren, wenn er sterben musste.

15:04 Uhr
Vor der Driftstation Omega

Master Sergeant Kanter lag auf der anderen Seite eines steilen Packeishügels. Der Raketenwerfer, den er benutzt hatte, um das U-Boot zu durchlöchern, stand neben ihm, aber er wurde nicht mehr benötigt. Seine Ohren schmerzten vom Krachen der Wasserbomben. Obwohl er von dem Hügel ein bisschen geschützt war, fühlten sich die Explosionen für ihn an wie ein Schlag in den Solarplexus. Jede Explosion ein neuerlicher Schlag.

Er sah zu, wie eine Trommel nach der anderen im Wasser landete, die vorher einprogrammierten drei Meter sank und dann explodierte. Das Wasser wölbte sich auf und spritzte gen Himmel, ein Trichter aus Wasser und Eis. Unter Kanter bockte die Eisdecke mit jedem neuen Einschlag.

Die Polynja hatte sich in einen brodelnden Höllenpfuhl verwandelt. Überall am Ufer brannte es. Die Ränder des Sees waren zerschmettert. Dampf stieg in den Blizzard auf, maskierte und vernebelte die massige Form des sinkenden U-Bootes. Es versank im See, vertikal im Wasser, sodass nur noch die Nase sichtbar war, und auch sie sank rasch immer tiefer.

Kanter entdeckte zwei russische Soldaten, die aus dem See auftauchten und versuchten, den Kopf über Wasser zu halten. Sie trugen orangefarbene Rettungswesten. Evakuierte, die zu entkommen suchten. Aber es nutzte ihnen nichts. Einen Meter neben ihnen landete eine Wasserbombe, explodierte und warf ihre zerfetzten Überreste in die Luft, bis sie auf dem Eis und ihrem versinkenden Schiff niederprasselten.

Es würde keine Flüchtlinge geben.

Weiter draußen umkreiste der Sikorsky Helibus den Seahawk. Er hatte die restlichen Teammitglieder abgesetzt und wartete auf weitere Anweisungen. Irgendwo organisierte Delta One die Bodentruppen, um die amerikanische Forschungsbasis zurückzuerobern.

Aber Kanters Aufmerksamkeit blieb weiter bei der Polynja.

Das Schauspiel war atemberaubend, eine Sinfonie aus Eis, Feuer, Wasser und Rauch. Kanter spürte die Explosionen bis in die Knochen und fühlte sich plötzlich als Teil des Ganzen.

Nie war er so stolz gewesen wie in diesem Augenblick.

Dann entdeckte er eine Bewegung auf der Flanke des sterbenden U-Bootes.

15:06 Uhr
An Bord der *Drakon*

Mikowsky war auf seinem Sitz angeschnallt wie die meisten der Brückenbesatzung und versuchte, zumindest den Schein von Ordnung zu wahren. Ihr Boot war tot: ganze

Abteilungen zerstört, überall Wasser, die Motoren so gut wie funktionsunfähig. Rauch wallte durch die Brücke und machte es schwer, klar zu denken und zu sehen. Die Explosionen waren ohrenbetäubend. Zwar hatten die Crewmitglieder Atemmasken übergestülpt, aber diese spärlichen Sicherheitsgeräte würden sie nicht retten können – sie gaben ihnen höchstens Gelegenheit zu einem letzten Racheakt.

»Nachricht über digitale Kurzwelle!«, rief der Funkoffizier aus dem benachbarten Kommunikationsraum; sein Gesicht hatte starke Verbrennungen von einem Elektrobrand, den er jedoch hatte löschen können. Seine Worte klangen, als kämen sie aus einem langen Tunnel: hohl und hauchig.

Mikowsky sah zu seinem Waffenoffizier hinüber und bekam von ihm das gewünschte Nicken. Sie konnten das richtige Protokoll nicht durchführen, aber die Kommunikation war noch intakt. Der Waffenoffizier bestätigte die Feuerleitlösung und die Zielerfassung – eine Lösung, wie sie nie zuvor berechnet worden war.

Vielleicht stand ihr Schiff vor dem Untergang, aber sie waren noch nicht tot.

Die *Drakon* verfügte über ein volles Kontingent von 200-Knoten-Shkval-Torpedos, SS-N-16 Anti-Unterseeboot-Raketen und ein Paar UGST Raketen-Torpedos. Letztere waren das Neueste an russischem Design, angetrieben von einem flüssigen Monotreibstoff mit eigenem Oxidationsmittel. Sie waren in speziellen Flankenrohren angebracht und schoben sich beim Abschuss aus der Seite des Bootes heraus. Im Jahr 2000 hatte ein Unfall bei ihrem Einsatz zur Tragödie der *Kursk* geführt – unsachgemäße Handhabung hatte den Tod aller an Bord befindlichen Seeleute nach sich gezogen.

Aber heute würde nichts falsch gehandhabt werden.

Ein Nicken bestätigte ihm, dass das UGST Raketenrohr an Steuerbord bewässert und das Ziel erfasst war. Jetzt bedurfte es nur noch eines Wortes von ihm.

Des letzten Wortes, das er je sprechen würde.

»Feuer!«

15:07 Uhr
USS *Polar Sentinel*

»Ich registriere einen Raketenabschuss!«, rief der Sonarchef und sprang auf die Füße. »Torpedo im Wasser!«

Perry trat auf ihn zu. »Ziel?«

Die *Polar Sentinel* befand sich auf dem Rückzug aus der Gefechtszone. Die Wasserbomben stellten eine Bedrohung für Perrys eigenes Boot dar. Die Eiskappe über ihnen speicherte die Erschütterungswellen der Explosionen und strahlte sie unter dem Eis nach außen ab – ungefähr so, als würde man einen Knallfrosch in die Toilette werfen.

Aber während die *Sentinel* floh, behielt Perry das russische U-Boot im Auge. Er ging keine Risiken ein.

»Anscheinend sind nicht wir das Ziel«, sagte der Sonarchef.

»Wer dann?«

15:07 Uhr
Vor der Driftstation Omega

Fieberhaft versuchte Master Sergeant Kanter mit Delta One Kontakt aufzunehmen. Er musste eine Warnung durchgeben.

»Hier Delta One.«

Noch immer trug Kanter das Subvokal-Mikro – durch das auch das leiseste Flüstern zu hören war –, aber jetzt brüllte er: »Sir, Sie müssen dem Seahawk sagen …!«

Aber es war schon zu spät. Von seinem Standort auf dem Packeishügel sah Kanter eine Feuerwelle unter der brodelnden Wasserlinie des sinkenden U-Bootes aufleuchten. Eine Lanze aus grauem Metall schoss von der Flanke seines versunkenen Hauptteils aus dem Wasser empor.

Die Rakete raste himmelwärts, direkt auf den darüber schwebenden Seahawk-Helikopter. Die Maschine hatte keine Chance mehr, rechtzeitig auszuweichen.

»Herr des Himmels!«, schrie Delta One in Kanters Ohr, als er die Gefahr entdeckte.

Der Torpedo traf den Helikopter. Wie ein Pfeil, der sein Ziel durchbohrt, schien er den Seahawk komplett zu durchdringen.

Kanter hielt den Atem an.

Dann schnitten die Rotoren in die Spitze der Torpedorakete. Die Explosion – verstärkt durch die beiden verbliebenen Wasserbomben, die noch am Fahrgestell des Helikopters hingen – breitete sich in einem Ball aus Metall und Flammen aus.

Kanter hechtete hinter den Grat des Eishügels, suchte dort Schutz vor dem Regen aus Öl und Stahl und bedeckte zusätzlich den Kopf mit den Armen. Durch den Lärm der Explosion hindurch hörte er das *wup-wup* eines anderen Hubschraubers.

Rasch schaute Kanter sich um.

Der verbliebene Helikopter, der Sikorsky Helibus, rauschte über ihn hinweg. Kanter sah, wie sich ein Hagel flammender Trümmer über ihn ergoss und in sein Gehäuse einschlug. Ein Teil des zerstörten Rotors des Seahawk schoss auf den Helibus zu und knallte in die vordere Crewkabine.

Der Helibus kippte zur Seite, die Propellerblätter durchschnitten vertikal die Luft.

Kanter kam mühsam auf die Beine, aber das glitschige Eis und der Sturm brachten ihn zu Fall. Noch einmal rappelte er sich auf, seine Finger gruben sich in das scharfe Eis, die Stiefelspitzen suchten verzweifelt nach Halt.

Er warf einen Blick nach oben. Der Helibus stürzte wild umherwirbelnd auf ihn zu.

Keine Chance, ihm rechtzeitig auszuweichen.

Kanter rollte sich auf den Rücken, starrte in den Himmel und bot seinem Tod die Stirn. »*Scheiße ...!*« Etwas Bedeutsameres hatte er nicht zu sagen und das machte ihm mehr zu schaffen als alles andere.

15:14 Uhr
USS *Polar Sentinel*

Perry lauschte, während die verschiedenen Stationen ihren Status durchgaben.

Aber er hörte nur mit einem Ohr zu, denn in Gedanken war er noch mit dem beschäftigt, was gerade geschehen war.

Vor wenigen Augenblicken war die *Drakon* endgültig gesunken und tief im Ozeangraben verschwunden. Perry hatte das Blubbern gehört, den letzten Atemzug des russischen U-Bootes.

Aber es war nicht allein gestorben.

Das Treibeis war wie eine große Trommel, das die Geräusche ins Wasser darunter übertrug. Perry hatte alles mit angehört. Dann war ein Helikopter auf die Eiskappe geknallt und durchgebrochen. Durch das Periskop konnte man es sehen. Eine Weile hing er fest, beleuchtet von seinem brennenden Öl und Benzin. In der Hitze war das umgebende Eis geschmolzen und hatte seinen Griff um den Hubschrauber gelockert, bis das Wrack ins Meer gesunken und der *Drakon* hinunter in die Tiefe gefolgt war.

Jetzt herrschte Totenstille.

Perry ließ sein Schiff lautlos weiterfahren und die Umgebung patrouillieren.

Was zum Teufel ging hier eigentlich vor? Da er keinen Kontakt zur Außenwelt hatte, war er unsicher, was er tun sollte. An die Oberfläche aufsteigen und versuchen, mit den Leuten Kontakt aufzunehmen, die gerade die Russen außer Gefecht gesetzt hatten? Handelte es sich dabei tatsächlich um ein Delta-Force-Team oder war womöglich eine dritte Partei beteiligt? Und was war mit der russischen Eisstation? Befand sie sich immer noch in den Händen russischer Bodentruppen?

»Sir?« Lieutenant Liang starrte Perry an. »Bereiten wir ein Auftauchmanöver vor?«

Das war der logische nächste Schritt – doch Perry konnte sich noch nicht dazu durchringen.

Ein U-Boot war am effektivsten, wenn niemand wusste, dass es da war, und er war noch nicht bereit, diesen Vorteil aufzugeben. Langsam schüttelte er den Kopf. »Noch nicht, Lieutenant, noch nicht …«

15:22 Uhr
Pacific Submarine Command
Pearl Harbor, Hawaii

Admiral Kent Reynolds schritt durch die Feuertüren aus dreißig Zentimeter dickem Stahl, die zum Beratungsraum führte. In dem höhlenartigen Saal hatte sich bereits ein handverlesenes Expertenteam eingefunden. Die meisten waren aus dem Bett geklingelt worden, um sich hier sofort an die Arbeit zu machen.

Die schwere Tür fiel hinter ihm ins Schloss.

Im Zentrum des Raums stand ein langer Konferenztisch aus wertvollem poliertem Koaholz in vollen, dunklen Schattierungen, einem echten hawaiischen Naturschatz. Allerdings sah man von der Oberfläche des Tisches unter den Bergen von Papieren, Büchern, Akten, Schaubildern und Laptops kaum etwas.

Um den Tisch herum arbeiteten die Experten einzeln oder in kleinen Gruppen. Sie unterhielten sich nur gedämpft, damit keiner mithören konnte, denn sie weihten sich nur ungern gegenseitig in ihre Geheimnisse ein.

Ein großer, schlaksiger Mann stand bei einer der von hinten beleuchteten Wandkarten. Er trug einen Armani-Anzug, allerdings hatte er das Jackett abgelegt und die Hemdärmel aufgerollt. Charles Landley gehörte zum NRO, dem National Reconnaissance Office, und war ein guter Freund der Familie Reynolds, verheiratet mit einer Nichte des Admirals. Er hatte über einer Karte der arktischen Region gebrütet, die den Nordpol von oben zeigte.

Jetzt trat er mit müdem Gesicht und ohne ein Begrüßungslächeln auf Reynolds zu. »Admiral Reynolds, danke, dass Sie so rasch gekommen sind.«

»Worum geht es, Charlie?«

Vor fünf Minuten war Admiral Reynolds bei einer Konferenzschaltung mit COMSUBLANT – dem Gegenstück des COMSUBPAC an der Atlantikküste – gestört worden, aber er wusste, dass Charles Landley ihn nicht gerufen hätte, wenn es sich nicht um einen Notfall handeln würde.

»SOSUS hat eine Reihe von Explosionen registriert.«

»Wo?« SOSUS war ein Lauschsystem von miteinander verbundenen Hydrophonen im Ozean. Es konnte überall in den sieben Weltmeeren einen Wal furzen hören.

Charlie trat wieder zu der Karte und tippte auf eine bestimmte Stelle. »Mit fünfundachtzigprozentiger Wahrscheinlichkeit auf den Koordinaten der Driftstation Omega.«

Admiral Reynolds musste tief durchatmen. Die in den letzten Stunden ohnehin stets präsente Angst um seine Tochter flammte auf und verursachte ihm einen stechenden Schmerz in der Brust. »Analyse?«

»Wir glauben, dass es sich um eine Serie von Wasserbomben gehandelt hat. Außerdem haben wir auch noch die Signatur eines implodierenden U-Bootes aufgezeichnet.« Charlie zog eine Augenbraue hoch. »Vor diesen Zeichen gab es noch etwas, was klang wie Helikopter-Geräusche … aber sie waren zu schwach, um es mit Sicherheit sagen zu können.«

»Ein Strike Team?«

Charlie nickte. »Das ist die momentane Einschätzung des Geheimdienstes. Aber ohne Bilder vom Aufklärungssatelliten Big Bird wissen wir nicht, was da vor sich geht.«

»Wie lange wird es noch dauern, bis er aus den Sonnenstürmen raus ist?«

»Mindestens zwei Stunden. Ich glaube, das ist auch der Grund, warum die Russen erst mal zwei Wochen gewartet haben, nachdem die Nachricht von der arktischen Entdeckung zu ihnen durchgesickert ist. Sie haben erst gehandelt, als dieses Blackout-Fenster aufging, damit ihnen niemand über die Schulter blicken konnte.«

»Und das Team, das das U-Boot versenkt hat?«

»An den Daten arbeiten wir noch. Es könnte sich entweder um ein *zweites* russisches Strike Team handeln – in dem Fall wäre es die *Polar Sentinel*, die gesunken ist. Oder es ist unser Delta-Force-Team, dann war es die *Drakon*, die dran glauben musste.«

Der Admiral schöpfte zaghaft Hoffnung. »Es muss das

Delta-Force-Team sein. Nach dem, was ich von den Special Forces in Erfahrung bringen konnte, wurden die Delta-Teams schon vor dem russischen Angriff eingesetzt.«

Mit zusammengekniffenen Augen und gequältem Gesicht starrte Charlie ihn an. Der Admiral wappnete sich für das, was sein Freund ihm als Nächstes sagen würde. Irgendetwas stimmte nicht.

»Ich habe noch etwas anderes gehört.« Charlie sprach mit gedämpfter Stimme.

Admiral Reynolds' Blick wanderte einen Moment zu seinen Experten, die eifrig Daten sammelten und auswerteten. Keinem von ihnen hatte Charlie bisher mitgeteilt, was er entdeckt hatte. Bestimmt war das auch der wahre Grund, warum Reynolds so eilig hatte kommen sollen. Der Schmerz hinter seinen Rippen wurde immer stechender.

Charlie führte ihn zu einem Seitentisch unter einer Karte. Auf dem Tisch stand ein Titanlaptop, über dessen Flachbildmonitor das NRO-Icon lief. Charlie fuhr den Computer hoch und tippte seinen Sicherheitskode ein. Als alles so weit war, öffnete er eine Datei, für die er seinen Daumen über einen Fingerprint Reader halten musste.

Dann trat er einen Schritt zurück und winkte den Admiral zu sich.

Reynolds beugte sich über den Bildschirm. Es war ein Memo des Pentagons, mit dem Siegel *Top Secret*. Laut Datum war es schon über eine Woche alt. Die fette Überschrift lautete: GRENDEL OP.

Charlie hätte eigentlich keinen Zugriff auf die Datei haben dürfen, aber das NRO bewegte sich auf seinen eigenen Pfaden und hatte seine Augen und Ohren überall. Jetzt konzentrierte Charlie sich demonstrativ auf die Wandkarte von Asien, die rein gar nichts mit der gegenwärtigen Situation zu tun hatte.

Nachdem Admiral Reynolds eine Lesebrille aus der Jackentasche gefischt hatte, beugte er sich näher zum Bildschirm und las die Nachricht. Sie umfasste drei Seiten. Im ersten Teil wurden die bisherigen Erkenntnisse über die Geschichte der russischen Eisstation erklärt. Beim Lesen verschwamm Reynolds der Text immer wieder vor den Augen, als weigerte sich sein Körper, das aufzunehmen, was er da sah. Aber es gab keinen Zweifel. Daten, Namen – alles war da.

Sein Blick blieb an den Worten *Experimente mit Menschen* haften. Das brachte ihm die Kriegsgeschichten seines Vaters in Erinnerung: von der Befreiung der Konzentrationslager, von den Gräueln, die sich in den dunklen Gängen abgespielt hatten.

Wie konnten sie ...!

Mit einem flauen Gefühl im Magen las er weiter. Der letzte Teil des Berichts erläuterte die Reaktion des amerikanischen Militärs: Zweck, Ziele, Szenarien für die Schlussphase der Aktion. Er las auch, was in der Eisstation versteckt war, und erfuhr den endgültigen Missionsauftrag der Operation Grendel.

Als er sich aufrichtete, legte Charlie ihm die Hand auf die Schulter und stützte ihn. Ihm war klar, dass Reynolds das jetzt brauchte. »Ich fand, Sie haben es verdient, darüber Bescheid zu wissen.«

Auf einmal hatte Admiral Reynolds Schwierigkeiten, zu atmen. *Amanda* ... Der Schmerz hinter seinem Brustbein schoss nach außen und hinunter in seinen linken Arm. Stahlbänder legten sich um seinen Brustkorb und zogen sich zusammen, immer enger.

»Admiral ...?«

Die Hand auf seiner Schulter packte stärker zu und fing ihn auf, als seine Beine unter ihm nachzugeben drohten. Wie durch einen Nebel sah er, wie sich die anderen im Raum zu ihnen umwandten.

Dann kniete er plötzlich am Boden.

»Holen Sie Hilfe!«, rief Charlie, der ihn immer noch festhielt.

Der Admiral klammerte sich an Charlies Arm. »Ich … ich muss Captain Perry erreichen.«

Charlie blickte auf ihn herab, die Augen voller Sorge und Kummer. »Es ist zu spät.«

KAPITEL 13

Quer durch die Station

ᐊᐅᓪᓚᕐᑎᔪᑦ ᐃᒃᐋᓂ

9. April, 15:23 Uhr
Eisstation Grendel

Matt schauderte, während er sich über den Lageplan der Station beugte. Die Karte war aufgeklappt und auf dem Boden der engen Kammer ausgebreitet, ein weiterer alter Serviceraum. Er kniete auf der einen Seite des Papiers, flankiert von Craig und Amanda. Auf der anderen Seite kauerten Washburn, Greer und Lieutenant Commander Bratt.

Die Biologengruppe hielt sich etwas abseits. Dr. Ogden lehnte mit glasigen Augen an der Wand und bewegte leise die Lippen, als redete er mit sich selbst, um seine Gedanken zu ordnen. Seine drei Studenten – Magdalene, Antony und Zane – hockten eng beieinander, und man sah ihnen an, dass sie sich fürchteten.

Eine volle halbe Stunde war seit dem Feuertod von Petty Officer Pearlson verstrichen und die Gruppe hatte es inzwischen in eine der Servicekammern auf Ebene drei geschafft.

Verschiedene Strategien wurden gegeneinander abgewogen: Sollten sie Deckung suchen und sich verstecken? Oder sich aufteilen und in verschiedene Gänge flüchten, um das Risiko zu verringern, dass die ganze Gruppe auf einmal gefangen wurde? Oder war es womöglich gescheiter, sich zur Oberfläche vorzuarbeiten und zu versuchen, die dort geparkten Sno-Cats zu erreichen? Aber während sie die Vor- und Nachteile jeder einzelnen Möglichkeit durchgingen, wurde eines klar: Auf jeden Fall würde es ihre Überlebenschancen erhöhen, wenn sie sich zusätzliche Schusswaffen besorgten.

Bevor sie weitere Entscheidungen fällen konnten, mussten sie also erst einmal das Waffenarsenal erreichen. Washburn hatte ein Inventar der Waffen erstellt, die allesamt aus dem Zweiten Weltkrieg stammten. Es gab mehrere Kisten mit russischen Granaten, drei deutsche Flammenwerfer und eine ganze Reihe geölte und in Seehundfell gewickelte russische Gewehre.

»Sie funktionieren noch«, sagte Washburn. »Erst letzte Woche habe ich ein paar Testschüsse abgefeuert. Die Munition ist in strohgefüllten Kisten verpackt. Hier und hier.« Mit der Spitze ihrer Metallhaken deutete sie auf zwei Ecken in der auf dem Plan eingezeichneten Waffenkammer.

Matt beugte sich näher über den Grundriss. Im Knien musste er immer wieder das Gewicht verlagern, denn seit er seine Hose an Little Willy verloren hatte, steckten seine Beine nur noch in langer Unterwäsche. Und wenn er auf dem Eis kniete, war die Grenze ihrer isolierenden Wirkung recht schnell erreicht.

»Wir müssten es schaffen, in einer Minute drin und wieder draußen zu sein«, fuhr Washburn fort. »Die Frage ist nur, wie wir da hinkommen.«

Bratt nickte. Gerade eben war Greer von einer Erkundung des Servicetunnels zurückgekehrt, der zurück zur Stationsbasis führte. Auf dieser Ebene öffnete sich die Serviceluke in den Raum mit den Generatoren und Batterien. Leider lag das Waffenarsenal genau auf der anderen Seite, sodass man den offenen Zentralraum durchqueren musste.

Matt kniff die Augen zusammen und versuchte, sein Gehirn zum Auftauen und Nachdenken zu zwingen. *Es muss einen Weg geben* ... Zusammen mit den anderen brütete er über der Karte.

Der Generatorenraum hatte eine Seitentür, die in den benachbarten Elektroraum führte, aber spätestens von dort musste man den freien, zweifellos bewachten Raum überwinden. Da sie nur mit den gestohlenen medizinischen Gerätschaften bewaffnet waren, würde es schwierig werden, die Wachen zu überwältigen, ohne den Rest der Basis aufzuscheuchen.

Matt setzte sich zurück und rieb sich die Knie. »Und es gibt wirklich keinen anderen Zugang zu dieser Ebene? Wir müssen durch den Generatoren- und den Elektroraum?«

»Soweit wir wissen, ja«, erwiderte Bratt achselzuckend. »Wir haben nur diese Pläne hier, nach denen wir uns richten können.«

»Aber es wäre doch eine nahe liegende Ablenkung, die Generatoren abzuschalten. Dann geht überall in der Station das Licht aus und wir können im Schutz der Dunkelheit ins Waffenarsenal rennen«, meldete Craig sich zu Wort.

Greer schüttelte den Kopf. »Wir müssen davon ausgehen, dass die Russen wissen, wo sich die Hauptgeneratoren befinden. Wenn wir die Energie abschalten, dann schwärmen sie genau dorthin aus, wo wir sie nicht haben wollen.« Er tippte mit dem Finger auf die Karte. »Auf Ebene drei.«

Amanda hatte den Lieutenant angesehen und seine Lippen gelesen. »Außerdem«, fügte sie jetzt hinzu, »selbst wenn wir die Generatoren abschalten, werden die Batterien noch genug Power haben, dass die meisten Lichter anbleiben. Sie haben sich aufgeladen, seit die Generatoren zum ersten Mal vom materialwissenschaftlichen Team überholt wurden.«

Matt ging alle Seiten der Diskussion noch einmal im Kopf durch. »Was wäre, wenn wir die Generatoren laufen lassen« – er legte den Finger auf den genannten Raum und schob ihn dann zum daneben liegenden Elektroraum –, »aber nur die Verbindungen zur obersten Ebene kappen? Wenn Lieutenant Greer Recht hat, dann würde ein Blackout dort die Aufmerksamkeit der Russen auf diese Ebene ziehen, also weg von uns.«

Greer nickte Bratt zu. »Er hat Recht, Sir. Ich denke, die Russen haben die meisten Leute schon da oben. Sie befinden sich in erhöhter Alarmbereitschaft, weil sie glauben, dass wir vielleicht versuchen, ins Freie zu gelangen. Wenn wir die Energie nur für diese Ebene kappen, dann rennt die ganze Besatzungsmacht da rauf.«

»Na ja, wir können nur hoffen, dass das auch die auf unserer Ebene stationierten Wachen betrifft«, brummte Bratt. Mit starrem Blick auf die Karte ließ er sich diese neue Option durch den Kopf gehen.

»Was wir auch tun«, meinte Amanda, »wir sollten uns beeilen. Irgendwann werden die Russen anfangen, Suchtrupps in die Servicetunnel zu schicken.«

»Oder einfach noch ein paar Brandbomben reinschmeißen«, entgegnete Craig mürrisch. Der Reporter hockte auf den Fersen und hatte die Arme um die Brust geschlungen. Sein Blick wanderte immer wieder zu den drei Tunneln, die aus dem kleinen Raum herausführten; offensichtlich vergewisserte er sich, dass nicht schon das nächste russische Kommando zu ihnen unterwegs war, um sie alle mit einer weiteren schwarzen Ananas in Flammen aufgehen zu lassen.

Bratt nickte und richtete sich auf. »Okay. Dann erforschen wir mal den Elektroraum. Sehen wir nach, ob es überhaupt möglich ist, unseren Plan zu verwirklichen, und zählen wir die Russen auf dieser Ebene.« Nachdenklich betrachtete er die Gruppe. »Greer und Washburn kommen mit mir.«

»Ich auch«, sagte Matt. Er hatte keine Lust, zurückzubleiben.

Greer unterstützte ihn. »Er war bei den Green Berets, Sir. Und wir können garantiert einen weiteren Mann brauchen, wenn wir die Wachen aus dem Weg schaffen müssen.«

Bratt musterte Matt von oben bis unten und nickte schließlich. »Aber der Rest bleibt hier.«

Matt hob die Hand. »Jemand sollte im Generatorenraum aufpassen, während wir die Waffenkammer plündern. Falls wir in Schwierigkeiten geraten, kann er schnell hierher zurücklaufen und die anderen nach oben führen.«

»Sehr gut«, meinte Bratt anerkennend.

»Ich mach das«, meldete sich Craig, zog aber ein Gesicht, als hätte ihn jemand dazu gezwungen.

»Bringen wir es also hinter uns.« Bratt faltete den Plan zusammen und gab ihn Amanda. Dabei umriss er noch einmal kurz ihr Vorhaben. »Wir kappen das Licht und nutzen die Ablenkung, um die Soldaten auszuschalten, die sich womöglich noch hier auf dieser Ebene befinden. Dann schnappen wir uns alles aus der Waffenkammer, was wir tragen können.«

Matt hob sein Rohr vom Boden auf. Als er Amandas besorgten Blick sah, schenkte er ihr ein Lächeln, von dem er hoffte, dass es ermutigend wirkte.

»Seien Sie vorsichtig«, sagte sie.

Er nickte und folgte dem Navy-Trio in den Servicegang. Craig kroch auf allen vieren hinter ihm her. Der Generatorenraum lag keine zwanzig Meter den Tunnel hinunter. An seinem Ende öffnete Washburn mit ihren Fleischerhaken die Luke zur Station.

Sie krochen in den Generatorenraum. Der Gestank nach Dieselöl und Abgasen hing schwer in der feuchten, warmen Luft. Die Generatoren ratterten in ihren Gestellen und machten mehr als genug Lärm, um das Eindringen der kleinen Gruppe zu übertönen.

An der linken Wand waren die Batterien, jede davon so groß wie eine Standardklimaanlage. Während Matt die Energiespeichereinheiten betrachtete, sah er aus dem Augenwinkel an der benachbarten Wand ein Glänzen, und seine Mundwinkel hoben sich vor Freude, als er erkannte, was es war.

Sofort ließ er sein Rohr fallen, ging hinüber und holte die schwere Feueraxt von ihrem Haken.

»Ach Mann!«, maulte Greer und hielt die langen Stahlnägel hoch, die er dabeihatte. »Wenn ich das doch als Erster gesehen hätte!«

»Wer zuerst kommt, mahlt zuerst«, erwiderte Matt und legte sich die Axt über die Schulter.

Bratt führte sie in den Nebenraum. Alle vier Wände waren mit elektrischen Schalttafeln bedeckt. Aber als sie die für Ebene eins zu suchen begannen, erkannte Matt sofort die Schwierigkeit. Alles war auf Russisch beschriftet, mit kyrillischen Buchstaben.

»Hier«, flüsterte Washburn. Sie deutete auf ein Paar würstchengroße Glas-und-Blei-Sicherungen. »Das sind die Relais für Ebene eins.«

»Sind Sie sicher?«, fragte Matt.

»Mein Vater war Elektriker bei der Pacific Gas and Electric Company in Oakland«, erwiderte sie.

»Und sie kann Russisch«, fügte Greer hinzu. »Eine Frau nach meinem Geschmack.«

»Aber der Hauptschalter ist angerostet«, sagte sie. »Ich muss die Sicherungen rausholen.«

»Warten Sie.« Bratt ging zur Tür, die in den Hauptraum führte, und bezog dort Posten. Durch das kleine Fenster in der Tür konnte er hinausspähen. Er deutete mit zwei Fingern auf seine Augen und streckte dann vier Finger in die Höhe.

Er hatte vier Wachen entdeckt.

»Mr Teague«, flüsterte Bratt und deutete auf Craig. »Schließen Sie die Generatorentür. Wir wollen nicht, dass der Lärm die Wachen alarmiert, wenn wir die Haupttür öffnen.«

Der Reporter nickte, schloss die Tür und stellte sich davor in Position.

Jetzt wandte Bratt sich an die Übrigen. »Auf mein Kommando«, flüsterte er. »Raus mit den Sicherungen und dann bereit machen zum Losrennen.« Er hob die Hand und begann den Countdown, wobei er einen Finger nach dem anderen umklappte.

Fünf ... vier ... drei ...

15:28 Uhr

Admiral Viktor Petkow stand im Vorraum der Forschungslabors auf Ebene vier. Die Stahltür lag hinter ihm auf dem Boden, ihre Angeln und der Riegel waren weggeschnitten worden. Über der Tür stand in kyrillischen Buchstaben:

ГРЕНДЕЛ

Der Name des Labors, der Name der Basis, der Name der Monster, die in den benachbarten Eishöhlen nisteten.

Grendel.

Das Projekt seines Vaters.

Viktor stand vor einem offenen Schrank. Er enthielt ordentlich datierte und kodierte Aufzeichnungen in der Handschrift seines Vaters. Viktor berührte nichts, er nahm nur die fehlenden Bände zur Kenntnis. Drei waren es. Wer immer sie mitgenommen hatte, hatte gewusst, was er tat. Er ballte die Faust. Er konnte auch die Identität des Diebes erraten – vor allem angesichts der Neuigkeiten, die er soeben erhalten hatte.

Der junge Leutnant, der ihn auf den neuesten Stand gebracht hatte, stand noch steif neben ihm und wartete auf eine Antwort. Viktor musste den eiligen Bericht des Mannes noch quittieren.

Einen Augenblick zuvor war er hereingestürzt und hatte darauf bestanden, sofort mit dem Admiral zu sprechen. Der Funktechniker am UQC-Unterwassertelefon hatte über die Hydrophone beunruhigende Geräusche aufgefangen. Er berichtete, mehrmals ein Krachen durchs Eis hallen gehört zu haben – mit Sicherheit Explosionen.

»Wasserbomben«, hatte der Leutnant erläutert. »Der Funkoffizier glaubt, dass es Wasserbomben waren.«

Aber das war noch nicht das Schlimmste. Mitten in den Explosionen kam über Kurzwelle auch noch eine von statischem Rauschen durchzogene Botschaft. Ein Notruf von der *Drakon*. Ihr U-Boot wurde angegriffen. Es musste das amerikanische Delta-Force-Team sein, das endlich auf dem Spielfeld eingetroffen war. Und es machte seine Verspätung mit tödlicher Effizienz wett.

Mit nur mühsam unterdrückter Panik hatte der Leutnant seinen Bericht dann beendet: »Der Funkoffizier hat auch Blubbergeräusche gehört, wie von einem implodierenden U-Boot.«

Viktor fixierte die Lücken in der ordentlichen Reihe der Hefte. Für ihn bestand kein Zweifel, wer die drei Bände gestohlen hatte: Es musste die gleiche Person sein, die auch den Angriff auf die *Drakon* befohlen hatte, der Controller der Delta Force, der Anführer, der vorgeschickt worden war, um sich heimlich die Forschungsarbeit seines Vaters anzueignen und sie vor dem Eintreffen der Säuberungstruppe in Sicherheit zu bringen. Jetzt hielt er den Siegespreis in der Hand und hatte die Delta Forces mobilisiert.

»Admiral?«, murmelte der Leutnant fragend.

Viktor wandte sich ihm zu. »Niemand darf vom Schicksal der *Drakon* erfahren.«

»Admiral ...?« Eine lange Pause entstand, in der der Admiral den jungen Mann mit seinen stahlgrauen Augen durchdringend musterte. Dann kam die gezwungene Antwort: »Jawohl, Admiral.«

»Wir werden diese Station halten, Leutnant. Wir werden die Amerikaner finden, die uns zuvorgekommen sind.« Wieder ballte er die Faust. »Wir werden diese Mission erfolgreich zu Ende bringen.«

»Jawohl, Admiral.«

»Ich habe neue Befehle, die Sie an die Männer weitergeben können.«

Der Leutnant stellte sich aufrechter, bereit, seine neue Aufgabe zu erfüllen. Das Polaris-Gerät war ausgepackt und auf dem Boden von Ebene fünf festgeschraubt worden. Inzwischen war die gesamte Crew über die Mission informiert: Sie sollten die Forschungsarbeit der Eisstation sichern und dann alle Spuren der Basis ausradieren. Und obgleich die Mannschaft wusste, dass es sich bei dem Gerät auf Ebene fünf um eine Art Bombe handelte – sie hielten es für einen nuklearen Brandsatz der Z-Klasse –, kannte doch niemand seinen wahren Verwendungszweck.

Der Leutnant erbleichte, als Viktor ihm den Kode gab, mit dem er die Polaris scharf machen sollte. »Wir werden nicht zulassen, dass die Amerikaner stehlen, was uns zusteht«, beendete er seine Anweisungen. »Selbst wenn wir dafür alle unser Leben lassen müssen.«

»Jawohl, Admiral ... nein, Admiral«, stammelte der junge Mann. »Meine Männer werden die Amerikaner finden, Admiral.«

»Enttäuschen Sie mich nicht, Leutnant. Wegtreten!«

Der Leutnant machte auf dem Absatz kehrt und sah zu,

dass er wegkam. Nichts motivierte eine Truppe so wie eine Todesdrohung. Die Amerikaner würden gefunden werden, der Schatz zurückerobert, und wenn nicht, dann würde keiner die Basis lebend verlassen – weder die Amerikaner noch die Russen – und auch Viktor selbst nicht.

Während er den sich immer weiter entfernenden Schritten des Leutnants lauschte, kontrollierte er seinen Handgelenkmonitor. Der Polarisstern leuchtete und zeigte damit seinen Kontakt zu den fünf unter dem Eis verteilten Titankugeln an. Der zentrale Auslöser war noch dunkel.

Viktor wartete.

Eigentlich hatte er gehofft, mit der Forschung seines Vaters in Händen nach Russland zurückzukehren und seinen Familiennamen reinzuwaschen, ehe er die Polaris zur Detonation brachte. Aber nun hatte sich die Situation verändert.

Viktor war innerhalb der militärischen Ränge bis zum Admiral der Nordflotte aufgestiegen, weil er die Fähigkeit besaß, seine Strategien den jeweiligen Umständen anzupassen und dabei immer das größere Ganze im Auge zu behalten. Das tat er auch jetzt, während er auf das winzige herzförmige Symbol in der unteren Ecke des Handgelenkmonitors starrte und in eine andere Zeit zurückglitt.

Er war achtzehn Jahre alt gewesen und hatte voller Stolz seine Wohnung betreten, in der Hand die Zulassungspapiere für die russische Marineakademie. Zuerst hatte er den Urin gerochen. Dann hatte die durch die offene Tür strömende Zugluft den Körper seiner Mutter an ihrem gebrochenen Hals zum Schwingen gebracht. Er war zu ihr gestürzt, die Papiere waren zu Boden geflattert und unter den baumelnden Fersen seiner Mutter liegen geblieben.

Er schloss die Augen. In seinen Gedanken schloss sich der Kreis – von der Leiche seiner Mutter zur Gruft seines Vaters.

Von einem Tod zum anderen.

Nun war es an der Zeit, den Kreis zu vollenden.

Rache lastete weit schwerer auf seinem Herzen als Ehre.

Das war das größere Ganze.

Er öffnete die Augen wieder und sah, dass der Monitor sich verändert hatte – eine kleine, aber äußerst wichtige Veränderung. Die fünf Spitzen des Sterns blitzten noch immer reihum auf dem Zifferblatt, und das kleine rote Herzsymbol blinkte mit jedem Pulsschlag in seinem Handgelenk. Aber jetzt erleuchtete ein neuer Schein den Monitor, ein purpurroter Diamant in der Mitte des Sterns.

Der Leutnant hatte seinen Befehl ausgeführt.

Die Polaris war scharf.

Alles war bereit, nur noch eine letzte Tat war nötig.

Viktor berührte den einen Knopf, den er sich bisher noch aufgespart hatte, legte seinen Finger auf die rote Schrägfläche an der Seite des Monitors und hielt sie die erforderliche Minute lang gedrückt.

Die Sekunden verstrichen – dann begann das Licht des zentralen Auslösers auf dem Handgelenkmonitor zu blinken. *Aktiviert.*

Er beobachtete den Monitor genau. Der Marker blinkte im gleichen Rhythmus wie das Herzsymbol in der Ecke des Bildschirms. Erst jetzt nahm Viktor seinen Finger von dem Knopf.

Es war vollbracht!

Die Detonation der Polaris war jetzt an seinen Herzschlag gebunden, seinen Puls. Sobald sein Herz eine ganze Minute lang nicht mehr schlug, würde die Vorrichtung automatisch detonieren. Das war eine Extraversicherung, ein Notfallplan, falls alles sich gegen ihn wenden sollte.

Viktor senkte den Arm.

Nun war er ein lebender Auslöser. Einen Abbruchskode

gab es nicht, keinerlei Pannensicherung. Wenn die Polaris erst einmal in Gang gesetzt war, konnte sie nichts mehr stoppen.

Mit ihrer Detonation würde die alte Welt enden, und eine neue Welt würde beginnen, geschmiedet in Eis und Blut. Viktors Rache würde alle treffen: die Russen, die Amerikaner, die ganze Welt. Leider würde niemand mehr da sein, der es beobachten konnte – das war das Einzige, was er bedauerte.

Aber er wusste, wie er mit Bedauern umgehen konnte ... das hatte er sein Leben lang geübt.

Als er sich abwenden wollte, kam ein Soldat auf ihn zugerannt, aus dem langen kreisförmigen Korridor, in dem die Gefriertanks untergebracht waren. »Admiral Petkow! Admiral!«

Er blieb stehen. »Was gibt es denn?«

»I-irgendwas ...« Er gestikulierte in Richtung Halle. »Irgendwas passiert da unten.«

»Was denn? Sind es die Amerikaner?« Viktor hatte eine Gruppe Wachen an der Öffnung des Servicetunnels aufgestellt. Sie sollten warten, bis die heiße Druckwelle der Brandgranate abgekühlt war, und dann den Überlebenden nachjagen.

»Nein, nicht die Amerikaner!« Der Mann war völlig außer Atem und seine Augen waren vor Entsetzen weit aufgerissen. »Das müssen Sie sich selbst ansehen!«

15:29 Uhr

... zwei ... eins ...

Von seinem Posten neben der elektrischen Schalttafel beobachtete Matt, wie Bratt seinen stummen, an den Fingern abgezählten Countdown zu Ende brachte und zum Schluss die geballte Faust in die Luft streckte.

... null ... los!

Washburn begann an der Sicherung zu zerren, die Ebene eins mit Energie versorgte, aber die alten Glasröhrchen waren hartnäckig und fest angerostet. Es dauerte zu lange.

Matt winkte sie zur Seite und zerschlug die Sicherungen kurzerhand mit der stumpfen Seite seiner Feueraxt. Eine klirrende Scherbenkaskade sprühte nach außen, gefolgt von einem Streifen elektrischen Rauchs, der sich in die Luft emporkräuselte.

Die Wirkung zeigte sich umgehend. Aus der Ferne hörte man aufgeregte Rufe.

Bratt winkte alle zur Tür. Durch das Fenster sah Matt eine Hand voll Männer in weißen Parkas zur zentralen Wendeltreppe laufen, das Gewehr im Anschlag. Noch mehr Geschrei ertönte, unterbrochen von lauten Befehlen.

Zwei von den vier Männern rannten die Treppe nach oben. Zwei blieben.

»Ein Vogelpärchen will das Nest nicht verlassen«, brummte Greer.

»Dann müssen wir eben nachhelfen«, sagte Bratt. »Wir haben keine andere Wahl. Unsere Karten liegen auf dem Tisch.«

Die Soldaten, beide in offenem Parka, blieben auf ihrem Posten, doch ihre Aufmerksamkeit galt den Vorgängen auf der Treppe. Dem Elektroraum wandten sie den Rücken zu.

Bratt zeigte auf Washburn und Matt. »Sie übernehmen den Linken. Wir den anderen.« Er nickte Greer zu.

Matt machte seine Axt fertig. Noch nie hatte er einen Menschen mit einer solchen Waffe getötet. Bei den Green Berets hatte er Männer erschossen und einen sogar mit einem Bajonett erstochen, aber noch nie hatte er jemanden mit einer Axt erschlagen. Er warf einen kurzen Blick zu Craig hinüber.

Der Reporter starrte mit weit aufgerissenen Augen zu ihnen herüber und drückte sich Schutz suchend an die Tür zum Generatorenraum.

»Beobachten Sie die Lage durchs Fenster«, sagte Matt zu ihm. »Wenn irgendwas schief geht, dann machen Sie, dass Sie zu den anderen zurückkommen, und laufen mit ihnen so schnell wie möglich davon.«

Craig machte den Mund auf, schloss ihn aber wieder, nickte und lief zur Tür. Etwas fiel aus seinem Mantel und landete mit einem Poltern auf dem Boden.

Bratt verzog das Gesicht, aber die ratternden Generatoren übertönten zum Glück das Geräusch. Matt hob den Gegenstand auf. Ein Buch. Er erkannte eines der kodierten Hefte aus dem Labor, zog eine Braue hoch und reichte es Craig zurück.

»Für meinen Artikel«, erklärte der Reporter hastig und steckte das Buch wieder weg. »Falls ich aus diesem Schlamassel je wieder rauskomme ...«

Das musste Matt dem Kerl lassen – er blieb seiner Sache treu.

»Fertig!«, zischte Bratt.

Alle nickten.

Bratt legte die Hand auf den Türgriff. Dann wartete er, bis das Geschrei von den oberen Ebenen wieder einmal besonders laut wurde, und riss die Tür auf. Die vier rannten hinaus, teilten sich in Zweiergruppen und liefen auf die Wachen zu, die ihnen immer noch den Rücken zuwandten.

Matt rannte, ohne auf den Schmerz in seinen Füßen zu achten. Die Axt hielt er in beiden Händen. Neben ihm legte Washburn ein ganz anderes Tempo vor und hatte ihn nach fünf Schritten schon hinter sich gelassen.

Doch leider entging ihr dabei das achtlos auf dem Boden liegen gelassene Essenstablett.

Sie stieß mit dem Fuß dagegen und rutschte aus, sodass ihr effizienter Sprint sich in einen wenig eleganten Sturz verwandelte. Sie versuchte sich an einem Tisch festzuhalten, riss ihn aber mit sich und landete direkt hinter den beiden Wachen.

Beide Männer fuhren mit gezückter Waffe zu ihnen herum.

Bratt und Greer waren schon nahe genug bei ihnen, und Bratt warf sein Skalpell, dass die Klinge im Dämmerlicht silbern aufblitzte. Mit erschreckender Präzision sauste es auf den Mann zu und durchbohrte sein linkes Auge. Er riss den Mund auf und stürzte nach hinten, aber bevor er schreien konnte, war Greer schon über ihm.

Matt nahm sein eigenes Ziel aufs Korn und sprang mit einem Satz über Washburn hinweg, die sich aufzurappeln versuchte. »Unten bleiben!«

Noch halb im Sprung, schwang er in hohem Bogen seine Axt – aber er war zu langsam, zu weit weg.

Feuer zischte aus dem Lauf der russischen AK-47. Der Schuss ging über seine Schulter hinweg und schlug seltsamerweise hoch in der Decke ein.

Erst jetzt bemerkte Matt, dass Washburn unter ihm mit einem ihrer Fleischerhaken ausgeholt, die Wade des Soldaten durchbohrt und ihn so zu Boden gerissen hatte.

Im gleichen Moment, als die Wache stürzte, landete Matt hart auf dem Eis. Mit der Abgebrühtheit, die ausschließlich seinem jahrelangen Training bei den Special Forces zuzuschreiben war, ließ er die Axt auf den Kopf des Russen niedersausen. Der Schädel gab nach wie eine reife Wassermelone.

Rasch ließ er den Griff los und rollte auf den Knien weg, während sein Opfer sich zuckend zusammenkrampfte.

Matts Hände zitterten. Seit seiner Soldatenzeit war zu viel Zeit vergangen, und er hatte den Fehler gemacht, dem Mann, den er getötet hatte, ins Gesicht zu schauen. Sein Opfer war nicht älter als neunzehn, fast noch ein Kind. Und Matt hatte den Schmerz und die Angst in seinen Augen gesehen.

Aber schon war Bratt neben ihnen. »Gehen wir! Bestimmt hat jemand die Schüsse gehört, und wir können nicht darauf zählen, dass die Verwirrung uns sehr viel Zeit verschafft.«

So gut es ging, schluckte Matt die Galle hinunter, die in seiner Kehle aufgestiegen war, und richtete sich auf. Kummer hin oder her, es musste weitergehen. Auf einmal dachte er daran, wie Jennys Sno-Cat im Halbdunkel des Blizzards verschwunden war, unter Gewehrfeuer und Explosionen.

Aber sie hatten diesen Krieg nicht angefangen!

Einen Schritt von ihm entfernt zog Greer seinem Opfer die Tarnkleidung vom Leib: Parka und Schneehosen. »Bei dem ganzen Lärm muss jemand den Späher spielen.« Er rieb den Blutfleck von dem wasserdichten Anorak und schlüpfte hinein, bereit, den gefallenen Soldaten zu ersetzen.

»Lassen Sie mich das machen«, sagte Matt. »Sie wissen besser, was für Waffen wir brauchen.«

Greer nickte und warf Matt die Sachen zu.

Auf einem Stuhl sitzend, zerrte Matt die Hose über seine Stiefel. Zum Glück war der Mann groß und breit gewesen, was die Sache wesentlich erleichterte. Dann zog er den ebenfalls viel zu großen Parka über seine Armeejacke und hob die AK-47 vom Boden auf.

Unterdessen hatten Washburn und Bratt die Leichen hinter zwei umgekippte Tische gezerrt, während Greer mit der stumpfen Seite der Feueraxt ein paar Glühbirnen zerschlug, damit es etwas dunkler wurde.

»Okay, weiter!«, sagte Bratt. Er, Washburn und Greer rannten zum Waffenarsenal und waren gleich darauf verschwunden.

Jetzt allein, zog Matt sich die Kapuze des Parkas über den Kopf, um sein Gesicht zu verstecken. Er starrte an sich herunter.

Wenn ich schon sterbe, dann wenigstens nicht ohne Hose.

Er trat näher zur Treppe, sodass er zwischen ihr und den verschmierten Blutlachen stand. Bisher war noch niemand aufgetaucht, um nach der Ursache für die kurze Gewehrsalve zu forschen – aber irgendwann würde es passieren. Bratt hatte Recht. Das Chaos würde nicht ewig anhalten.

Matt betete nur, dass es für ihre Zwecke reichen würde.

Doch sein Gebet wurde nicht erhört. Auf einmal erklangen Schritte auf der Treppe und näherten sich von oben lautstark dieser Ebene.

Verdammt ...!

Matt ging noch ein Stück näher zur Treppe, hielt den Kopf jedoch gesenkt, damit man möglichst wenig von seinem Gesicht sah. Eine Reihe Soldaten erschien, bis an die Zähne bewaffnet, kampfbereit. Sie kläfften ihm irgendetwas auf Russisch zu.

Nur schade, dass er kein Wort davon verstand.

Kurz entschlossen rannte er auf sie zu und tat so, als wäre er in Panik. Seine Waffe hielt er gesenkt, ließ den Finger aber vorsichtshalber am Drücker. Mit dem anderen Arm deutete er nach unten und gestikulierte wild zu den unteren Ebenen. Bei dem ganzen Geschrei und Lärm konnten die Soldaten wahrscheinlich nicht wirklich beurteilen, woher das Gewehrfeuer gekommen war, und er gab sich alle Mühe, ihnen zu vermitteln, dass sie weitersuchen sollten.

Um seine Pantomime zu unterstützen, machte er sogar

noch einen Schritt auf die Treppe zu, als wollte er den anderen nach unten folgen.

Doch der Anführer des Trupps bedeutete ihm, seine Stellung zu halten, und winkte seine Leute tatsächlich die Treppe hinunter. Eilig liefen sie weiter in die Tiefen der Station.

Als der letzte Mann auf der Wendeltreppe verschwunden war, trat Matt zurück und stieß einen lauten Seufzer der Erleichterung aus. Natürlich würde diese List nicht lange wirken – aber das würde glücklicherweise auch nicht nötig sein.

Denn schon erschien Bratt an der Tür der Waffenkammer, beide Schultern hoch beladen. »Ganz schön geistesgegenwärtig«, meinte er mit einem Kopfnicken zur Treppe. Anscheinend hatte er die Szene von der Tür aus beobachtet.

Hinter Bratt erschienen jetzt auch Washburn und Greer, beide ähnlich bepackt, zwischen sich eine große Holzkiste.

»Granaten«, meinte Greer grimmig, als er an Matt vorbeiging. »Jetzt können die sich auch auf die eine oder andere Überraschung gefasst machen.«

Gemeinsam floh die Gruppe zurück in den Elektroraum und von dort zu den Generatoren. Aber Craig war nicht mehr da. Bestimmt hatte er sich bereits zu den anderen zurückgezogen.

Mit ein bisschen Schieben und Drücken krochen sie mit ihrem Arsenal und der Kiste Granaten durch die Luke in den Servicegang.

Matt führte sie an, auf dem Rücken die AK-47, die er vorhin mitgenommen hatte, und zwei zusätzliche Gewehre.

Am Ende angekommen, rollte er aus dem Gang und in die Servicekammer. Dort stand er auf und blickte sich um.

Der Raum war leer. Die anderen waren weg.

Als Nächste erschien Washburn. Ärgerlich nahm sie zur

Kenntnis, was los war. »Wahrscheinlich haben die Schüsse dem Reporter zu viel Angst eingejagt. Da ist er lieber mit den anderen abgehauen.«

Kopfschüttelnd stand Matt da, während nun auch die anderen in der Kammer eintrafen.

Auch Greer verzog das Gesicht, als er den leeren Raum sah. »Ich hasse das. Wir machen uns die ganze Mühe und bringen alles für die Party mit und alle anderen sind einfach schon weg.«

»Aber wo sind sie hin?«, fragte Matt.

Inzwischen hatte Bratt den Boden abgesucht. »Ich weiß es nicht, aber auf jeden Fall haben sie den Stationsplan mitgenommen. Und das war unsere einzige Karte von diesem verdammten Bau hier.«

15:38 Uhr

Admiral Petkow folgte dem jungen Leutnant den Gang hinunter. Dabei vermied er gezielt den Anblick der bereiften Tanks mit ihren tiefgefrorenen Insassen. Dennoch fühlte er die Augen der Toten auf sich ruhen, spürte die stummen Vorwürfe dieser unfreiwilligen Versuchspersonen für die Experimente seines Vaters.

Aber dies waren nicht die einzigen Gespenster, die einen Anspruch auf die Basis erhoben. Alle hier stationierten Forscher, einschließlich seines Vaters, waren gestorben – lebendig im Eis begraben, genau wie die armen Unglücklichen in ihren Tanks.

Bei so vielen Geistern war es nur angemessen, dass nun auch der *Belij Prischrak*, der Weiße Geist der Nordflotte, durch diese Hallen wanderte.

Leutnant zur See Lausewitsch führte ihn weiter, immer

wieder stolpernd, weil er es eilig hatte, seinen Vorgesetzten aber nicht drängen wollte. »Ich bin nicht sicher, was das alles zu bedeuten hat, deshalb dachten wir, Sie sollten es sich selbst ansehen.«

Viktor winkte den Mann weiter. »Nun zeigen Sie es mir schon!«

Die kreisförmige Halle folgte der Außenwand dieser Ebene, und sie hatten fast die Hälfte hinter sich gebracht, als Viktor von vorn Gelächter hörte. Als sie um die Kurve kamen, entdeckten sie ein Grüppchen von fünf Soldaten. Sie waren es, die gelacht hatten, und einer von ihnen rauchte sogar.

Sobald sie den Admiral sahen, rissen sich die Männer allerdings am Riemen und nahmen Haltung an. Auch die Zigarette wurde hastig ausgetreten.

Die Gruppe teilte sich, um den Admiral durchzulassen. Sie standen um einen Tank herum, der anders als die anderen, mit Reif überzogenen Behälter von innen heraus glühte. Der Reifbelag war geschmolzen, Tropfen rannen über die Glasfront.

Viktor trat näher. Er spürte die Wärme, die von der Oberfläche des Tanks ausging. Dahinter hörte man einen kleinen Motor tuckern und brummen und gelegentlich ein leises Gurgeln.

»Wir wussten nicht, was wir tun sollen«, erklärte Lausewitsch und fuhr sich mit der Hand durch die schwarzen Haare.

In dem Tank hatte sich das ehemals festgefrorene Eis inzwischen in ein warmes Wasserbad verwandelt, das leise blubberte. Ein dreilagiges Heizgitter bedeckte die gesamte hintere Hälfte der Kammer. Die äußeren Schichten glühten rötlich, die tieferen etwas stärker und heller.

»Warum hat man mir nicht schon früher Bescheid gesagt?«, fragte Viktor.

»Wir dachten, es wäre ein Trick der Amerikaner, um uns abzulenken«, antwortete einer der Soldaten. »Der Tank liegt gleich neben dem Gang, durch den sie geflohen sind.« Er deutete auf eine Luke ganz in der Nähe. Durch die Öffnung wehte immer noch ein Rest Rauch von der Brandgranate.

»Wir waren nicht sicher, ob es überhaupt wichtig ist«, fügte Lausewitsch hinzu.

Nicht wichtig? Das hier? Viktor starrte den Tank an. Er konnte die Augen nicht davon abwenden.

In dem blubbernden Wasser schwamm ein kleiner Junge, mit geschlossenen Augen, als würde er schlafen. Sein Gesicht wirkte so friedvoll, so glatt, die Haut oliv, eingerahmt von einem Heiligenschein aus schulterlangen, schwarzen Haaren. Die Glieder waren ausgestreckt und trieben neben ihm, engelsgleich und vollkommen.

Dann zuckte plötzlich sein linker Arm, als würde er von einem unsichtbaren Marionettenspieler gezogen.

Der junge Leutnant deutete darauf. »Das passiert jetzt schon seit ein paar Minuten. Anfangs hat sich nur ein Finger bewegt.«

Auf einmal schlug das Bein des Jungen aus und krampfte sich zusammen.

Viktor trat noch näher. *War es möglich, dass der Junge noch lebte?* Ihm fielen die fehlenden Aufzeichnungen ein. Das war seine Mission hier. Die Notizen seines Vaters zu holen. Zu sehen, ob der letzte Bericht seines Vaters der Wahrheit entsprach. Viktor hatte ihn selbst gelesen und im Kopf dabei die Stimme seines Vaters gehört, als spräche er direkt zu ihm, seinem Sohn.

Er erinnerte sich an den letzten Satz: *Heute haben wir den Tod besiegt.*

Er beobachtete den Jungen. *Konnte es wahr sein?* Wenn ja, spielten die gestohlenen Aufzeichnungen keine Rolle, denn dann war hier der Beweis für den Erfolg seines Vaters. Viktor warf den neben ihm stehenden Soldaten einen Blick zu. Er hatte Augenzeugen. Obgleich das genaue Verfahren noch in den kodierten Notizen seines Vaters verschlossen blieb, war dieser Junge ein Beweis, ein lebendiger Beweis.

»Kann man den Tank öffnen?«, fragte Viktor.

Leutnant zur See Lausewitsch deutete auf einen großen Hebel außen am Tank. Er war oben eingerastet, daneben stand auf Russisch: ZU. Auf dem unteren Ende des Hebelschlitzes jedoch stand in kyrillischen Buchstaben: AUF.

Viktor nickte dem Leutnant zu.

Der junge Mann trat vor, packte den Hebel mit beiden Händen und zog. Einen Augenblick widerstand der Hebel seinen Bemühungen, doch dann sprang er mit einem lauten Knacken aus der Raste. Mit ein wenig Schulterkraft beförderte Lausewitsch ihn nach unten und ließ ihn dort einrasten.

Augenblicklich hörte man Wasser rauschen, ähnlich wie die Spülung einer Toilette. Von dort, wo er stand, konnte Viktor sehen, wie sich der Gitterboden des Tanks öffnete. Das Wasser gluckerte durch einen Abfluss davon.

Im Sog des ablaufenden Wassers drehte sich der Körper des Jungen und die Arme wurden nach außen getragen. Er schien knochenlos, schlaff. Wiederholt stieß er gegen das Glas und gegen das schwarze Gitter. Als das Wasser endlich ganz abgeflossen war, blieb er zusammengesunken auf dem Boden des Tanks liegen, leblos wie ein an Land gespülter Bewohner der Tiefsee.

Mit einem leisen, feuchten *plopp* löste sich die Verschlusssicherung der Glasfront. Die gesamte Vorderseite des Tanks öffnete sich wie eine Tür, und von innen wurde Pressluft herausgeblasen, die einen leichten Ammoniakgeruch verbreitete.

Lausewitsch klappte die Tür für den Admiral ganz auf.

Wie in Trance trat Viktor vor, fiel neben dem nackten Jungen auf die Knie und berührte seinen Arm, der halb aus der Tür hing.

Er war warm, erhitzt von dem blubbernden Wasser.

Aber sonst gab es keinerlei Anzeichen von Leben.

Viktors Hand glitt vom Handgelenk zu den kleinen Fingern des Jungen. Mit purer Willenskraft versuchte er ihn ins Leben zurückzuholen. Was für Geschichten konnte der Junge erzählen? Hatte er Viktors Vater gekannt? Wusste er, was hier geschehen war? Warum es in der Basis auf einmal totenstill geworden war?

Es waren die letzten Jahre des Zweiten Weltkriegs gewesen. Die Deutschen marschierten in Russland ein und belagerten eine Stadt nach der anderen. Zur gleichen Zeit verspäteten sich die Berichte aus der abgelegenen Forschungsstation in der Arktis immer mehr ... zuerst um einen Monat, dann um zwei. Aber da der Krieg zu Hause immer schlimmer wurde, hatte niemand Zeit, Nachforschungen anzustellen. Die Kommunikation war noch nicht weit entwickelt, und Reisen in die Gegend waren so schwierig, dass es keine Ressourcen gab, um der Sache auf den Grund zu gehen.

Ein weiteres Jahr verstrich. Bomben fielen auf Nagasaki und Hiroshima. Atomwaffen galten als großartige technologische Errungenschaft und jeder wollte sie haben. Auf einmal waren die Eisstation Grendel und ihr Forschungsprojekt veraltet, es lohnten sich weder die Kosten noch die Arbeitskräfte, um ihr Schicksal zu untersuchen. Wer wusste, wohin die Strömung sie inzwischen getragen hatte? Womöglich war die Eisinsel, die sie beherbergte, längst zerschellt und versunken – bei solchen schwimmenden Riesen durchaus keine Seltenheit.

So gingen die Jahre ins Land.

Der letzte Bericht von Viktors Vater, mit seinen wilden Behauptungen, er habe die Grenze zwischen Leben und Tod überwunden, wurde als maßlos übertriebenes Gefasel abgetan und auf die Regale verbannt. Der einzige Beweis war angeblich in seinen wissenschaftlichen Aufzeichnungen zu finden, die mit der Basis und dem Hauptforscher untergegangen waren.

Das Geheimnis von Leben und Tod.

Viktor starrte in das schlaffe Gesicht des Jungen, das im Schlaf so friedlich wirkte. Die Lippen bläulich, das Gesicht grau und nass. Viktor wischte es mit einer Hand trocken.

Dann plötzlich gruben sich kleine Finger in seine andere Handfläche, härter und stärker, als Viktor es sich je hätte träumen lassen.

Er schnappte hörbar nach Luft, als der Körper des Jungen sich in dem Tank plötzlich zusammenzog. Das Kind trat mit den Beinen um sich, warf den Kopf zurück und krümmte den Rücken nach oben.

Wasser lief aus dem geöffneten Mund und versickerte durch das Gitter.

»Helft mir, ihn da rauszukriegen!«, brüllte Viktor und zog den Jungen zu sich.

Leutnant Lausewitsch zwängte sich neben ihn und packte die wild ausschlagenden Beine, wobei er sich einen kräftigen Tritt gegen die Schläfe einhandelte.

Gemeinsam schleiften sie den Jungen hinaus in die Halle. Sein Körper zuckte und zappelte. Viktor nahm seinen Kopf, damit er nicht auf den harten Boden schlug. Die Augen des Jungen zuckten unter den Lidern.

»Er lebt!«, rief einer der anderen Soldaten und trat einen Schritt zurück.

Er ist nicht lebendig, aber auch nicht tot, korrigierte ihn Viktor im Stillen, *sondern irgendwo dazwischen.*

Die Krämpfe gingen weiter, die Haut des Jungen wurde

heiß und Schweiß brach aus allen Poren. Viktor wusste, dass bei einem heftigen oder besonders langen Anfall eine der Hauptgefahren für Epileptiker in einer Hyperthermie bestand – dem Ansteigen der Körpertemperatur aufgrund der starken Muskelkontraktionen –, die zu Gehirnschädigungen führte. Starb der Junge oder kämpfte sein Körper darum, sich seine Lebenswärme zurückzuholen, indem er die letzten Spuren der Kälte vertrieb?

Langsam verebbten die Krämpfe und machten einem heftigen Zittern Platz. Viktor hielt den Jungen fest, so gut er konnte. Dann wölbte sich plötzlich die Brust des Kindes und dehnte sich, als wollte etwas aus seinem Brustkorb hervorbrechen. Sein Rücken wölbte sich vom Boden empor und verharrte in dieser Stellung. Die blauen Lippen waren rosarot geworden, die Haut war von den Krämpfen gerötet.

Schließlich sackte der Junge in sich zusammen und aus seiner Kehle drang ein ersticktes Würgen. Kurz darauf lag er still da, als wäre er wieder eingeschlafen oder tot.

Ein Stich des Bedauerns, unerklärlicherweise mit Trauer vermischt, breitete sich in Viktor aus.

Vielleicht war dies das Beste, was sein Vater erreicht hatte – bedeutsam, aber letztlich nicht erfolgreich.

Er musterte das Gesicht des Jungen, im Tod nun wieder ganz friedlich.

Doch dann öffneten sich die Augen des Jungen und starrten benommen zu ihm empor. Der kleine Brustkorb hob und senkte sich. Eine Hand wollte sich vom Boden lösen und fiel matt wieder zurück.

Er lebt …

Die Lippen bewegten sich. Ein Wort wurde geformt, schwach und noch atemlos. »*Otjets.*«

Er sprach Russisch!

Viktor starrte die anderen an, aber als er wieder auf den

Jungen herunterblickte, waren dessen Augen noch immer auf ihn gerichtet.

Wieder bewegten sich die Lippen und wiederholten das Wort von vorhin. »*Otjets ... Papa.*«

Ehe Viktor etwas erwidern konnte, hörte er plötzlich laute Stiefelschritte. Eine Gruppe bewaffneter Soldaten erschien. »Admiral!«, rief der Leutnant, der sie anführte.

Viktor blieb auf den Knien. »Was ist?«

Die Augen des Mannes wanderten zwischen dem nackten Kind auf dem Boden und dem Admiral hin und her. »Sir, die Amerikaner ... auf der obersten Ebene gibt es einen Energieausfall. Wir glauben, dass sie versuchen, aus der Station zu fliehen.«

Viktors Augen wurden schmal, aber er blieb, wo er war. »Unsinn!«

»Admiral?« Man sah dem Leutnant seine Verwirrung nur allzu deutlich an.

»Die Amerikaner gehen nirgendwohin. Sie sind noch da.«

»Was ... was sollen wir tun?«

»An Ihren Befehlen hat sich nichts geändert«, entgegnete Viktor und blickte unablässig weiter in die Augen des Jungen. Er wusste, dass in ihnen die Antwort auf alles lag. Nichts mehr sonst spielte eine Rolle. »Findet sie. Tötet sie.«

15:42 Uhr

Eine Ebene darunter kroch Craig durch den Servicetunnel, in der Hand die zerknitterte Karte. Die Kammer musste ganz in der Nähe sein. Ein Stück hinter ihm folgten die anderen.

An einer Kreuzung hielt er inne. Überall verliefen Leitungen und Rohre. Er bahnte sich einen Weg hindurch und wandte sich nach links. »Hier entlang«, murmelte er nach hinten, dem Rest der Gruppe zu.

»Wie weit noch?«, fragte Dr. Ogden, der die Nachhut bildete.

In diesem Augenblick tauchte vor ihnen die Antwort auf. Ein gedämpfter Lichtschein schimmerte durch eine vergitterte Öffnung im Boden des Eisschachts.

Craig eilte weiter. Als er nahe genug heran war, legte er sich auf den Bauch und spähte durch das Gitter in den darunter liegenden Raum. Von oben und im Licht einer einzigen nackten Glühbirne schien er in etwa quadratisch zu sein und wie die ganze Station mit Stahlplatten ausgelegt. Aber dieser Raum war leer, vor langer Zeit verlassen und seither unberührt.

Ein besseres Versteck fiel Craig nicht ein.

Fernab und isoliert.

Er ruckelte herum, um mit den Beinen das Gitter wegzukicken. Zunächst wollten die Schrauben nicht nachgeben, aber die Verzweiflung war stärker als verrosteter Stahl und Eis. Schließlich sprang die Luke auf und schwang nach unten.

Craig streckte den Kopf hindurch, um sich zu vergewissern, dass die Luft rein war, und ließ sich dann mit den Füßen zuerst in die Kammer hinunter.

Es war nicht sehr tief. Vor langer Zeit war Wasser in den Raum gelaufen, ungefähr einen Meter hoch, und dann gefroren. Ein paar Kisten und Treibstofffässer waren zu sehen, halb im Eis begraben. Aus dem Eisteich erhob sich zudem ein Regal mit Werkzeug, die drei unteren Etagen steckten im Eis.

Doch der erstaunlichste Anblick waren die beiden riesigen Zahnräder aus Messing, eins an der rechten, das andere an der linken Wand. Sie waren etwa drei Meter hoch, mit dicken hexagonalen Achsen an mächtigen Motoren befestigt und im Eisboden eingebettet. Die Zähne fügten sich genau in die Vertiefungen einer monströsen Messingwand, die eine ganze Seite des Raums einnahm.

Das rechte Rad lag schief, vermutlich hatte es sich vor langer Zeit bei einer Explosion losgerissen. Auf der Messingoberfläche waren sogar noch Feuerspuren zu sehen. Das losgelöste Rad war durch die Stahlwand daneben und das Eis dahinter durchgebrochen. Vielleicht war dies sogar der Grund für die Überflutung.

Craig spähte durch den Spalt, aber es war zu dunkel, um etwas zu erkennen.

»Was ist das denn hier?«, fragte Amanda, die gerade in den Raum gesprungen und in der Hocke gelandet war. Sie stand auf und betrachtete verwundert die gigantische Maschinerie.

Craig wandte sich ihr zu, damit sie seine Lippen lesen konnte. »Laut Lageplan ist es der Kontrollraum für das Flut- und Sicherheitstor der Station.« Er deutete auf die Vertiefungen in den Messingwänden. »Von hier konnte man das Tor heben oder senken, wenn ein russisches U-Boot in der Seehöhle darunter anlegte.«

Inzwischen waren auch die anderen – Dr. Ogden und seine drei Studenten – in der Kammer angekommen. Nervös blickten sie um sich.

»Sind wir hier in Sicherheit?«, fragte Magdalene.

»Jedenfalls sicherer als vorher«, antwortete Craig. »Wir mussten raus aus den Servicegängen. Garantiert wird es dort bald von Russen wimmeln, die uns ausräuchern wollen. Da verstecken wir uns lieber hier. Der Raum ist vom Hauptkomplex gut isoliert, und es besteht die Chance, dass die Russen gar nichts von ihm wissen.«

Craig ging zu der einzigen Tür, die gegenüber vom Fluttor lag. Auch hier gab es ein kleines Fenster. Dahinter konnte er den schmalen Gang sehen, der zurück zur Station führte.

Er war fast bis zur Decke überflutet und vereist – aus dieser Richtung würde jedenfalls kein Russe kommen.

Amanda beugte sich zu ihm, um nichts von seiner Antwort zu verpassen. »Was ist mit Matt und der Navy-Crew?«

Craig biss sich auf die Lippen. Es fiel ihm schwer, ihr in die Augen zu sehen. »Ich weiß es nicht. Sie müssen sich jetzt wohl um sich selbst kümmern.«

Als er vorhin im Elektroraum Wache gehalten hatte, war er Zeuge gewesen, wie Washburn ausgerutscht und gefallen war und damit die beiden russischen Wachen alarmiert hatte. Der darauf folgende Schusswechsel hatte ihn in die Flucht getrieben, zurück zur Gruppe der Zivilisten. Bestimmt waren Matt und die anderen tot oder gefangen. Und in beiden Fällen konnte er es nicht riskieren, in der Nähe zu bleiben. Deshalb hatte er die anderen hierher geführt – lieber nach unten als nach oben. Der Kontrollraum schien ihm das perfekte Versteck zu sein.

Nun traten auch Dr. Ogden und seine Studenten zu ihnen, vorsichtig, um auf dem eisigen Boden nicht auszurutschen. »Sollen wir uns jetzt einfach hier verstecken und warten, bis die Russen wieder verschwinden?«, fragte der Biologe.

Craig schob eine Holzkiste mit leeren Wodkaflaschen beiseite. Die letzten Überlebenden der Eisstation hatten anscheinend noch eine deftige Party gefeiert. Die Flaschen klirrten laut. »Inzwischen muss draußen irgendjemand erfahren haben, was hier vorgeht. Garantiert ist schon Hilfe unterwegs. Wir brauchen nur noch zu überleben, bis sie eintrifft.«

Amanda starrte ihn durchdringend an. Craig spürte ihre Wut. Sie hatte vorhin nicht fliehen wollen, ohne Genaueres über das Schicksal von Matt und der Navy-Crew zu wissen, war jedoch von den anderen überstimmt worden.

Craig wandte den Blick ab, unfähig, ihrer stummen Anklage die Stirn zu bieten. Er brauchte etwas, womit er seine Gedanken beschäftigen konnte, etwas, was sie alle von ihrer momentanen Situation ablenkte. Also griff er in seine Jacke und holte eins der drei Hefte heraus, die er aus dem Forschungslabor hatte mitgehen lassen. Hier war ein Rätsel, das ihnen die Zeit vertreiben würde. Vielleicht hatte einer von den Wissenschaftlern sogar einen Tipp auf Lager, wie man es lösen konnte.

Als Amanda das Buch erkannte, wurden ihre Augen groß. »Haben Sie das gestohlen?«

»Ich hab den ersten und die beiden letzten Bände mitgenommen«, erwiderte Craig achselzuckend. Er holte auch die beiden anderen Bücher aus der Jacke, gab eines davon Amanda und das andere Ogden. »Ich hab gedacht, das sind sicher die besten. Der Anfang und das Ende. Wen interessiert schon die Mitte?«

Amanda und Dr. Ogden schlugen ihr jeweiliges Heft auf. Die Studenten lugten ihrem Professor über die Schulter.

»Da steht ja bloß Quatsch«, stellte Zane, der jüngste der Studenten, mit verkniffenem Gesicht fest.

»Nein, das ist ein Kode«, widersprach Amanda, während sie die Seiten überflog.

Craig klappte den dritten Band auf, der auf seinem Schoß lag, und starrte auf die erste Zeile.

ᓴᐅᑎᓕᑭᓂᓯᖑ ᓗᕐᑭᕐᑯᓯᖑᓴᓕᓂ
ᐅᑎᖑᓴᑎᐅᓂᓂ ᑕᕐᑭᓴᕐᑯᕐᑭᓗ

»Aber was ist das für eine Schrift?«, fragte Craig. »Ganz sicher kein Kyrillisch.«

Amanda klappte ihren Band wieder zu. »So sehen alle diese Aufzeichnungen aus. Es wäre wahrscheinlich ein ganzes Kryptologenteam nötig, um sie zu entziffern.«

»Aber warum ist das Zeug überhaupt kodiert?«, fragte Craig. »Was hatten die Wissenschaftler hier zu verstecken?«

Amanda zuckte die Achseln. »Vielleicht lesen Sie zu viel in den Kode hinein. Seit Jahrhunderten werden Wissenschaftler paranoid, wenn es um ihre Entdeckungen geht, und verstecken ihre Aufzeichnungen auf seltsamste Weise. Sogar Leonardo da Vinci hat seine Journale so geschrieben, dass man sie nur in einem Spiegel lesen konnte.«

Craig starrte unverwandt auf die seltsame Schrift und versuchte, aus den Kringeln und Zeichen schlau zu werden, fand jedoch keine Antwort. Er hatte das Gefühl, dass irgendetwas fehlte.

Als er sich aufsetzte, hörte er plötzlich ein Geräusch. Zuerst dachte er, er hätte es sich nur eingebildet, aber es wurde immer lauter.

»Was ist das?«, fragte Magdalene.

Craig stand auf.

Verwirrt starrte Amanda die anderen an.

Craig folgte dem Geräusch bis zu seinem Ursprung. Es kam aus dem Spalt, wo das kaputte Rad die Wand beschädigt hatte. Mit gespitzten Ohren kauerte er sich davor nieder.

»Ich ... ich glaube, es ist ein Bellen«, sagte Zane, während sich die anderen um Craig scharten.

»Ja, das ist eindeutig ein Hund«, meinte Dr. Ogden.

Craig korrigierte den Biologen. »Kein gewöhnlicher Hund ... das ist ein Wolf!« In den letzten Tagen hatte er dieses charakteristische Gebell oft genug gehört und jetzt erkannte er es sofort. Aber es ergab irgendwie keinen Sinn. »Es ist Bane!«, rief er, und man hörte ihm sein Erstaunen an.

KAPITEL 14

Drei blinde Mäuse

ᐱᖕᒍᓱᐃᑦ ᖅᑲᐲᑐᑦ ᐊᕕᓐᒐᐊᐃᑦ

9. April, 16:04 Uhr
Eisstation Grendel

Auf einer Tunnelkreuzung kauernd, gab Jenny ihrem Hund mit gehobener Faust das Zeichen, still zu sein. Der Wolfsmischling knurrte tief in der Kehle und drückte sich eng an sie. Er wollte sie beschützen. Matt hatte ihm beigebracht, auf Handzeichen zu gehorchen, was besonders nützlich war, wenn man in den Wäldern auf Jagd ging.

Aber in diesem Falle waren sie leider selbst die Beute, die gejagt wurde.

Tom Pomautuk stand hinter Jenny, neben ihm Kowalski. Er deutete auf die grüne aufgesprayte Raute, die den Tunnel links markierte. »Hier entlang«, flüsterte er, atemlos vor Angst.

Jenny gab Bane zu verstehen, dass er die Führung übernehmen sollte. Gehorsam trottete der Hund vorneweg, mit gesträubtem Nackenfell, wachsam und in Alarmbereitschaft. Die drei Menschen folgten.

Die letzte halbe Stunde hatten sie immer wieder einen Blick auf die Bestien erhascht – mächtige, geschmeidige, muskulöse Kreaturen. Aber wie bei ihrem Zusammenstoß mit dem ersten Exemplar hatten sie es bisher geschafft, die Tiere in Schach zu halten.

Jenny umklammerte ihre Leuchtpistole. Licht und Hitze

einer explodierenden Leuchtkugel hatten ausgereicht, um die Kreaturen aus der Fassung zu bringen und fürs Erste in die Flucht zu schlagen – aber nach einer Weile hatten sie die Verfolgung wieder aufgenommen. Und jetzt waren nur noch zwei Geschosse übrig, die bereits in der doppelläufigen Pistole steckten. Danach hatten sie keine Munition mehr.

Auf einmal flackerte das Licht der Taschenlampe und einen gedehnten Augenblick lang war es stockdunkel. Tom fluchte und versuchte, die Lampe wieder zum Funktionieren zu bringen, indem er sie an die Wand schlug. Tatsächlich ging das Licht wieder an.

Kowalski ächzte. »Das darf doch nicht wahr sein!«

Die Taschenlampe, die sie aus dem Notfallkoffer in der Twin Otter geholt hatten, gehörte zur Grundausrüstung des Flugzeugs und war entsprechend betagt. Jenny hatte die Batterien nie gewechselt. Sie verfluchte gerade ihre Schlampigkeit, als die Taschenlampe das nächste Mal flackerte.

»Komm schon, Baby!«, stöhnte Kowalski.

Tom schüttelte die Lampe mit beiden Händen. Aber er konnte rappeln, so viel er wollte, sie erwachte nicht wieder zum Leben. Dunkelheit senkte sich auf sie herab, legte sich wie eine schwere Last auf ihre Schultern. Unwillkürlich rückten sie näher zusammen.

»Bane«, flüsterte Jenny.

Sie spürte das vertraute Rubbeln an ihrem Bein. Ihre Finger berührten sein Fell. Tief in seinem Innern vibrierte ein Knurren, fast lautlos, aber durch die Rippen gut fühlbar.

»Was jetzt?«, fragte Tom.

»Die Leuchtkugeln«, antwortete Kowalski. »Wir könnten eine anzünden und als Fackel benutzen. Vielleicht reicht sie, bis wir ein sicheres Plätzchen finden, wo wir uns vor den Monstern verstecken können.«

Jenny umfasste ihre Pistole. »Ich hab nur noch zwei davon. Womit sollen wir die Biester denn dann verjagen?«

»Im Augenblick ist es wichtiger, dass wir sie *sehen*, wenn wir hier unten überleben wollen.«

Das ließ sich nicht bestreiten. Jenny klappte die Waffe auf und fingerte einen der beiden Leuchtkörper heraus.

»Warte«, flüsterte Tom. »Schaut mal nach rechts rüber. Ist das ein Licht?«

Jenny starrte in die genannte Richtung. In der Dunkelheit war ein vager hellerer Fleck zu erkennen. Etwas leuchtete durchs Eis. »Ist das die Station?«

»Das kann eigentlich nicht sein«, antwortete Tom. »Wir sind weit weg vom Eingang.«

»Na ja, es ist aber irgendeine Lichtquelle.« Kowalski regte sich neben Jenny. »Sehen wir nach. Zünd eine von den Leuchtkugeln an.«

»Nein«, entgegnete Jenny, ohne die Augen von dem gespenstischen Licht zu nehmen. »Die Helligkeit würde uns nur blenden, dann sehen wir überhaupt nicht mehr, wo der Schein herkommt.«

»Was redest du denn da?!«, schimpfte Kowalski.

»Wir müssen den Weg im Dunkeln finden.« Jenny steckte ihre Pistole ein und streckte eine Hand in Kowalskis Richtung aus. »Wir fassen uns an den Händen.«

Kowalski nahm ihre Hand, während Jenny nach der von Tom griff.

»Bei Fuß, Bane!«, flüsterte sie, und so zogen sie los, Kowalski vorneweg.

Wie drei blinde Mäuse krochen sie den Tunnel hinunter und nahmen die nächste Abzweigung in Richtung der Lichtquelle. Sie kamen nur langsam voran. Jenny spürte eine seltsame Anspannung im Kiefer, so als würde sie die Zähne zusammenbeißen. Eine ganz leichte Vibration hinter den Backenzähnen. Das Gefühl war schon die ganze Zeit da, seit sie das Tunnelsystem betreten hatten. Vielleicht waren es ja die Schwingungen von den Generatoren oder Motoren, die die Station mit Energie versorgten.

Aber so ganz leuchtete ihr diese Erklärung nicht ein. Wenn sie so weit von der Station entfernt waren, warum wurde das Kribbeln dann immer stärker?

Sie gingen noch um ein paar Biegungen, immer auf das Licht zu.

»Ich hab das Gefühl, wir gehen wieder tiefer rein«, meinte Kowalski.

In der rabenschwarzen Finsternis war schwer zu beurteilen, ob er Recht hatte.

»Bestimmt sind wir schon ein gutes Stück von dem markierten Weg entfernt, dem wir vorhin gefolgt sind«, sagte Tom. »Vielleicht verlaufen wir uns einfach.«

»Aber das Licht ist stärker«, entgegnete Jenny, obwohl sie selbst nicht ganz sicher war. Vielleicht gewöhnten sich nur ihre Augen an die Dunkelheit. Das Innere ihres Kopfes juckte. *Was war das nur?*

»Das erinnert mich irgendwie an die Geschichten, die mein Großvater immer von Sedna erzählt hat«, flüsterte Tom.

»Sedna?«, wiederholte Kowalski fragend.

»Das ist eine unserer Gottheiten«, antwortete Jenny. Ihr war zwar bewusst, dass sie lieber nicht so viel sprechen sollten, aber es war tröstlich, in der Dunkelheit vertraute Stimmen zu hören. »Ein Inuit-Geist. Eine Art Sirene. Sie lockt angeblich mit ihrer schimmernden Gestalt die Fischer ins Meer, und sie folgen ihr, bis sie irgendwann ertrinken.«

»Zuerst Monster, dann Geister ... ich hasse die Arktis, ganz ehrlich.« Kowalski drückte Jennys Hand fester.

Sie gingen weiter und jeder hing den eigenen Gedanken und Ängsten nach.

Jenny hörte Bane neben sich tapsen und hecheln.

Eine Minute später kamen sie wieder um eine Kurve und auf einmal tauchte die Quelle des Lichts vor ihnen auf. Es kam aus einer Eishöhle – oder genauer gesagt: aus dem eingestürzten Teil ihrer hinteren Wand. Die Eiswand schimmerte in einem saphirfarbenen Licht, das nach so viel Dunkelheit fast grell wirkte.

Sie ließen einander los und gingen zögernd darauf zu.

Kowalski betrat die Höhle als Erster und blickte sich um. »Eine Sackgasse.«

Tom und Jenny gesellten sich zu ihm und betrachteten die eingestürzte Wand. »Woher kommt dieses Licht?«, fragte Jenny.

Und anscheinend hörte sie jemand.

»*Hallo?*«, sagte eine Frauenstimme hinter der Wand.

Bane bellte.

»Sag mir bitte, dass das nicht Sedna ist!«, zischte Kowalski.

»Nein, das ist nicht Sedna – es sei denn, sie hat Englisch gelernt«, erwiderte Tom.

Jenny beruhigte Bane und rief zurück: »Hallo?«

»*Wer ist da?*«, fragte eine andere Stimme. Diesmal war es ein Mann.

Jenny erkannte die Stimme. »Craig?«, fragte sie verblüfft.

Eine Pause. »*Jenny?*«

Jetzt gab es kein Halten mehr und sie eilte zu der Wand. Dort, wo sie beschädigt war, lief ein vertikaler Riss über die Oberfläche, durch den das Licht hereindrang. Der Spalt war etwa fünf Zentimeter breit, und nun sah sie, dass Gesichter hindurchspähten, nur etwa einen Meter von ihnen entfernt. Jennys Augen füllten sich mit Tränen.

Wenn Craig da war, dann war sicher auch Matt …

»Wie … was macht ihr denn hier?«, fragte Craig.

Bevor sie antworten konnte, begann Bane wieder zu bellen. Jenny drehte sich um und wollte ihn beruhigen, aber der Wolfsmischling hatte sich dem Gang zugewandt, aus dem sie gekommen waren.

Vom Tunneleingang starrten rote Augen zu ihnen herüber und reflektierten das schwache Licht.

»Scheiße!«, sagte Kowalski.

Zögernd betrat die Kreatur die Höhle, schnaubte und kam näher. Es war das größte Monster, das sie bis jetzt zu Gesicht bekommen hatten.

Jenny zog die Leuchtpistole heraus, zielte und feuerte. Eine Flammenspur schoss durch die Höhle und explodierte zwischen den Vorderbeinen der Bestie. Einen Moment waren alle von dem Lichtblitz geblendet.

Das Monster bäumte sich auf und kam mit einem dumpfen Schlag wieder auf die Füße. Dann schob es den mächtigen Körper rückwärts in den Gang zurück, um dem Feuerball auszuweichen.

Tom und Kowalski traten neben Jenny. »Wir müssen damit rechnen, dass das Biest bald wieder auftaucht«, meinte Kowalski.

Jenny hielt immer noch die Pistole in der Hand. »Ich hab nur noch eine Leuchtkugel«, stellte sie fest und fügte, zu den Gesichtern hinter dem Spalt gewandt, hinzu: »Dann haben wir nichts mehr, um die Viecher zu vertreiben.«

Craig hatte sie gehört. »Das sind Grendel. Sie haben hier unten jahrtausendelang ihren Winterschlaf gehalten.«

Jenny schob dieses Thema einen Moment beiseite und stellte die Frage, die ihr am meisten auf der Seele brannte. »Wo ist Matt?«

Craig seufzte, und es dauerte einen Augenblick zu lange, ehe er antwortete. »Wir sind getrennt worden. Er ist irgendwo in der Station, aber ich weiß nicht genau, wo.«

Jenny spürte etwas Unausgesprochenes in seinen Worten, doch jetzt war nicht der richtige Zeitpunkt, um nachzuhaken. »Wir müssen einen anderen Weg hier raus finden«, fuhr sie fort. »Unsere Taschenlampe ist kaputt, und wir haben nur noch eine Leuchtkugel, um uns zu verteidigen.«

»Wie seid ihr denn überhaupt hierher gekommen?«, fragte Craig.

Jenny machte eine vage Handbewegung nach hinten. »Durch einen Luftschacht. Er führt hinauf zur Oberfläche.«

»Tja, da draußen ist es nirgends sicher. Wir haben Metallwerkzeuge hier, vielleicht können wir den Spalt verbreitern. Zum Durchkriechen.« Aber man hörte seiner Stimme einen gewissen Zweifel an.

Das Eis war einen Meter dick. Das würden sie nie schaffen.

Hinter Craig meldete sich eine andere Stimme zu Wort. Eine Frau, die gleiche, die vorhin Hallo gerufen hatte. »Was ist mit dem Treibstoff für die Motoren? Vielleicht könnten wie einen riesigen Molotow-Cocktail basteln. Und einen Weg freisprengen.«

Craigs Gesicht entfernte sich von dem Spalt. »Warten Sie mal bitte einen Moment, Jen.«

Dann hörte sie, wie die Gruppe mit gedämpften Stimmen beriet. Unter anderem wurde auch argumentiert, dass der Lärm die Aufmerksamkeit der Russen auf sich ziehen könnte. Jenny blickte auf die Leuchtkugel, die allmählich abbrannte. Persönlich wäre sie lieber das Risiko mit den Russen eingegangen.

Schließlich erschien Craig wieder an dem Spalt. »Wir möchten gern mal was versuchen. Ihr solltet aber besser ein Stück zurücktreten.«

Dann wurde etwas in den Spalt gestopft. Es sah aus wie eine Schlauchtülle und roch nach Kerosin und Öl.

Jenny machte, dass sie von der Wand wegkam, während Tom und Kowalski zusammen mit Bane weiter den Höhleneingang bewachten.

In der Ritze erschien eine flackernde Flamme, im nächsten Moment schlug ein Feuerstrahl daraus hervor. Jenny taumelte zurück, und ein Feuerball rollte knapp an ihrem Gesicht vorbei, so dicht, dass er ihr die Augenbrauen versengte.

»Alles in Ordnung mit dir?«, fragte Kowalski und trat zu ihr.

Sie winkte ab und rappelte sich sofort wieder auf. »Jedenfalls muss ich mir jetzt wegen der kleinen Frostbeule an meiner Nase keine Gedanken mehr machen«, meinte sie ironisch.

»Du kannst von Glück sagen, dass du überhaupt noch eine Nase hast.«

Inzwischen herrschte in der Spalte ein regelrechtes Inferno. Flammen züngelten in die Höhle. Es zischte und dampfte und die Feuchtigkeit kondensierte sofort auf Wänden, Boden und Körpern. Rinnsale aus brennendem Öl sickerten in die Höhle.

Es war ein surrealer Anblick, die Flammen auf dem Eis tanzen zu sehen.

»Sie versuchen, uns einen Durchgang freizuschmelzen«, stellte Jenny fest.

Die feurigen Kanäle breiteten sich über den Boden aus und kamen näher, sodass sie zurückweichen mussten.

Kowalski runzelte die Stirn. »Hoffen wir, dass sie nicht zuerst uns in Brand setzen.«

16:12 Uhr

Amanda hielt die Schlauchtülle fest, während Zane, einer der Biologiestudenten, die Handpumpe bediente. »Halten Sie den Druck!«, befahl sie, während sie den Hebel umlegte und den Brennstoff auf das Feuer in der Spalte sprühte, dabei aber sorgfältig darauf achtete, dass die Flammen dem Schlauch nicht zu nahe kamen. Vorsicht war geboten. Sie mussten einen starken Außendruck erhalten, und was sie da taten, war so ähnlich, als würde man Benzin auf einen bereits brennenden Grill schütten.

Auf der anderen Seite des Spalts stand Craig und hielt sich die Hand schützend vors Gesicht. Dampf stieg auf, gelegentlich auch Rauch. Am Boden hatten sich kleine Bäche gebildet. An mehreren Stellen brannten Ölpfützen und wurden vom Schmelzwasser weitergetragen. Das Biologenteam erstickte sie mit den Feuerdecken, die sie in den Regalen gefunden hatten.

Craig wandte sich an Amanda. »Wir sind halb durch.«

»Wie breit?«, fragte sie.

»Fast einen halben Meter. Schmal, aber breit genug, um sich durchzuquetschen, denke ich.«

Amanda nickte und setzte die Benzinzufuhr für die zweite Hälfte fort. Es würde reichen müssen, und sie wollten den Durchgang ja auch nicht so groß machen, dass die Grendel dem Grüppchen in ihr Versteck folgen konnten.

Aber die Grendel waren nicht die einzige Gefahr.

Magdalene winkte von ihrem Posten an der Tür, um Amandas Aufmerksamkeit auf sich zu lenken. »Stopp!«, rief sie.

Amanda stellte den Schlauch ab.

Die Biologiestudentin hielt an der Wand neben der Tür Wache und deutete jetzt aufgeregt nach draußen. »Soldaten!«

Craig ging zu ihr hinüber und spähte durch das Fenster. Dann duckte er sich rasch und wandte sein Gesicht Amanda zu. »Sie haben die Tür auf der anderen Seite aufgestemmt. Der Gang draußen ist überflutet und gefroren, aber sie haben wahrscheinlich das Feuer durchs Fenster gesehen.«

»Aber sie können doch nicht wissen, dass wir es sind«, gab Ogden zu bedenken, seine Feuerdecke umklammernd.

Craig schüttelte den Kopf. »Trotzdem müssen sie einem Feuer nachgehen. Schließlich wollen sie ja nicht, dass ihnen die Basis unterm Hintern explodiert.«

Amanda gab sich Mühe, einen Flüsterton zu treffen. »Was sollen wir machen?«

Craig beäugte den Spalt. »Uns einen neuen Plan ausdenken, weil der hier soeben gestorben ist.«

»Was ...?«

Craig schüttelte den Kopf, und sein Gesicht wurde untypisch hart. Dann zog er die Kapuzenkordel seines Parkas ein Stück heraus und presste sie ans Ohr, klappte den Kragen hoch und drückte ihn an die Kehle.

Amanda beobachtete seine Lippen.

»Delta One, hier Fischadler. Können Sie mich hören?«

16:16 Uhr

»Delta One, bitte kommen!«, wiederholte Craig dringlicher.

Er horchte. Der Mini-UHF-Transmitter im Futter seines Parkas konnte starke Signale senden und auch Eis durchdringen. Doch zum Auffangen des Signals war eine spezielle Empfängerschüssel notwendig, die genau auf seine Koordinaten ausgerichtet war. Diese befand sich im Sammellager des Delta-Teams, ungefähr sechzig Kilometer von der Eisstation entfernt. Die Einheit hatte ihn bereits ausfindig zu machen versucht, nachdem er letzte Nacht eingeflogen war.

Um mit dem Delta-Team unter seinem Kommando in Kontakt zu treten, bedurfte es zwar nur eines Flüsterns, aber der *Empfang* seines Geräts war ein Problem. Der eloxierte Draht, der als Antenne in seinen Parka eingenäht war, funktionierte durch so viel Eis ziemlich schlecht. Wenn er ordentlich kommunizieren wollte, musste Craig endlich aus dieser gefrorenen Höhle kommen.

Immerhin erreichten ihn jetzt trotzdem ein paar Worte, wenn auch nur schwach und bruchstückhaft. *»Delta ... Empfang.«*

»Was ist Ihr Status?«

»Ziel ... gesunken. Omega gesichert. Erwarten weitere Befehle.«

Das war zumindest keine ganz schlechte Meldung. Die *Drakon* war also vom Schachbrett verschwunden. Perfekt. Craig drückte das Kehlkopfmikrofon fester an. »Delta One, die Sicherheit von Football ist nicht hundertprozentig gewährleistet. Es gibt Komplikationen durch russische Präsenz. Direkte feindselige Handlungen von Ihrer Seite könnten Defensivreaktionen nach sich ziehen und letztlich dazu führen, dass die Daten zusammen mit der Station zerstört werden. Ich werde versuchen, hier rauszukommen. Wenn ich so weit bin, gebe ich Bescheid wegen Evakuierung. Weitere Aktionen nur auf meinen ausdrücklichen Befehl.«

Als Antwort kam statisches Rauschen, dann ein Schauer vereinzelter Wörter: *»... Komplikation ... zwei Helikopter verloren ... Männer am Boden ... nur ein Vogel noch in der Luft.«*

Scheiße! Craig musste den Versuch aufgeben, Einzelheiten herauszufinden, es gab zu viele Störungen. Aber das russische U-Boot hatte offensichtlich nicht kampflos aufgegeben. »Sind die Truppen noch mobil?«

»Jawohl, Sir.«

»Gut. Sorgen Sie dafür, dass Omega sicher bleibt. Aber mobilisieren Sie das Evakuierungsteam nur auf meine Anweisung. Ich werde versuchen, baldmöglichst wieder Kontakt aufzunehmen.«

»*... One ... Roger.*«

»Fischadler out.« Craig zog an dem Kordelempfänger und befestigte ihn wieder in der Kapuze. Die Gruppe starrte ihn mit weit aufgerissenen Augen an.

»Wer sind Sie?«, fragte Amanda.

»Mein wirklicher Name ist nicht wichtig. Craig reicht momentan.«

»*Was* sind Sie dann?«

Er kniff die Lippen zusammen. Was für einen Sinn hatte es jetzt, irgendwelche Ausflüchte vorzubringen? Wenn er die Daten in Sicherheit bringen wollte, brauchte er die Kooperation von allen Leuten hier. Also beantwortete er die Frage ehrlich. »Ich bin von der CIA, Verbindungsmann zu den Special Forces. Derzeit habe ich das Kommando über die Delta-Force-Einheit, die Omega zurückerobert hat.«

»Omega ist also frei?«, fragte Amanda.

»Im Augenblick ja.« Er machte eine Handbewegung zu der Spalte im Eis. »Aber das nutzt uns hier herzlich wenig. Wir müssen irgendwie aus der Station herauskommen.«

»Aber wie?«, wollte Dr. Ogden wissen.

Craig deutete wieder auf die Eisspalte. »Die Leute da draußen sind irgendwie reingekommen, also werden wir auf dem gleichen Weg rausgehen.«

»Aber die Grendel ...?«, gab Magdalene zu bedenken.

Craig ging zu der Kiste mit den leeren Wodkaflaschen, die er vorhin herumgeschoben hatte, und blickte dann in die Runde. »Wenn wir überleben wollen, müssen wir alle zusammenarbeiten.«

16:17 Uhr

Jenny sah zu, wie die Flammen in der Ritze wieder aufloderten, und trat ein Stück zurück.

Gott sei Dank …!

Als das Feuer vorhin erloschen war, hatte sie sich vorsichtig der Spalte genähert und hineingespäht. Dreißig Zentimeter weiter war der Riss inzwischen ein richtiger Durchgang geworden – eng, aber passierbar.

Sie hatten es fast geschafft.

Doch dann hatte sie kurz befürchtet, dass die anderen kein Benzin mehr hatten. Nervöses Flüstern war zu hören gewesen – bis der Schlauch wieder erschien, und Jenny machte, dass sie aus dem Weg kam.

Jetzt züngelten wieder gierige Flammen aus dem Tunnel und fraßen sich durch den Rest Eis. Sie würden es schaffen. Trotzdem hielt Jenny die Luft an. Sie wandte sich zu Tom und Kowalski um.

Das Paar bewachte zusammen mit Bane noch immer den Höhleneingang, für den Fall, dass sich ein Monster näherte.

Tom bemerkte ihren Blick. »Das Biest ist immer noch da unten. Ich sehe Schatten, die sich bewegen.«

»Das Mistvieh hat die Hoffnung auf seine Mahlzeit jedenfalls noch nicht aufgegeben«, stimmte Kowalski ihm zu.

»Aber solange das Feuer hier brennt, bleibt es weg«, meinte Jenny und fügte im Stillen ein *Hoffentlich* hinzu.

»Wenn es so ist«, brummelte Kowalski, »dann wünsche ich mir zum nächsten Geburtstag einen verdammten Flammenwerfer.«

Jenny spähte in den dunklen Tunnel und versuchte zu verstehen, was da draußen eigentlich lauerte. Sie erinnerte sich an den Namen, den Craig dem Tier gegeben hatte:

Grendel. Aber was war das? Bei ihrem Volk gab es Mythen von Walgeistern, die junge Männer und Frauen verschleppten. Bisher hatte sie solche Geschichten für abergläubische Märchen gehalten. Aber jetzt war sie da nicht mehr so sicher.

Wieder wurde die Flamme schwächer und lenkte Jennys Aufmerksamkeit erneut zu der Eisspalte. *Was machen die denn da drüben?*

Jenny wartete. Das Feuer verglühte zu einem müden Flackern. Sie trat wieder näher und wollte gerade etwas hinüberrufen, als eine dunkle Gestalt erschien und sich durch den schmalen Durchgang drängte. Eine Gestalt, die zur Sicherheit in eine nasse Decke gehüllt war.

Die Decke wurde zurückgeschlagen, man sah ein Licht und eine große, schlanke Frau in einem blauen Wärmeanzug. Das Licht stammte von einer Grubenlaterne, die sie in einer Hand hielt und jetzt hochhob.

»Amanda ... Dr. Reynolds!«, rief Tom.

Jenny erkannte den Namen – die Leiterin der Driftstation Omega.

»Was haben Sie denn vor?«, fragte Kowalski und wedelte mit der Hand zu dem Spalt. Eine weitere Gestalt zwängte sich gerade durch den freigeschmolzenen Gang. »Ich dachte, wir kommen zu Ihnen rüber!«

»Der Plan hat sich geändert«, erwiderte sie und blickte in die Runde. »Sieht aus, als wäre es hier sicherer als da drin.«

Wie um ihre Bemerkung zu bestätigen, hallte in diesem Moment von der anderen Seite eine Gewehrsalve herüber, und man hörte, wie die Kugeln vom Metall abprallten.

Die nächste Gestalt schüttelte ihre Decke ab. Es war Craig, der gleich der nächsten Person half. »Ich möchte ja nicht abgedroschen klingen, aber die Russen kommen!«

Vier weitere Leute drängelten sich in die Höhle: drei Männer und eine Frau. Alle mit ängstlichen Gesichtern.

Bane wuselte zwischen ihren Beinen herum und beschnüffelte sie.

Der Älteste der neuen Gruppe sagte zu Craig: »Die Russen schießen auf die Tür.«

»Wahrscheinlich wollen sie uns dort festnageln, bis Nachschub eintrifft, und der ist sicher schon unterwegs«, erwiderte Craig.

Kowalski deutete auf den Spalt. »Angesichts dessen, was hier draußen ist, würde ich sagen, wir gehen lieber da rein und schwenken die weiße Fahne.«

»Der Tod lauert auf beiden Seiten«, antwortete Craig mit einem Kopfschütteln. »Und hier haben wir wenigstens genug Feuerkraft, um den Grendeln zu begegnen.« Damit zog er etwas aus der Tasche – eine mit einer dunkelgelben Flüssigkeit gefüllte Wodkaflasche. Im Hals steckte ein zusammengeknülltes Stück Stoff. »Wir haben zehn davon. Wenn eure Leuchtkugeln die Grendel abgehalten haben, dann müssten es unsere selbst gemachten Molotow-Cocktails eigentlich auch schaffen.«

»Und dann?«, fragte Jenny.

»Machen wir, dass wir hier rauskommen«, antwortete Craig. »Durch den Lüftungsschacht.«

»Und ich hatte es mir gerade so richtig gemütlich gemacht«, beklagte sich Kowalski.

Aber Jenny schüttelte energisch den Kopf. Der Plan war ihr zu verwegen. »Wenn wir uns da draußen verstecken, erfrieren wir. Der Blizzard hat noch nicht aufgehört.«

»Wir werden uns nicht verstecken«, entgegnete Craig. »Wir schlagen uns zu den geparkten Fahrzeugen durch und sehen zu, dass wir Omega erreichen.«

»Aber die Russen …«

»Omega ist von einem Delta-Force-Team befreit worden«, unterbrach Amanda. »Wir versuchen, einen Evakuierungspunkt zu erreichen.«

Kowalski verdrehte die Augen. »Ist ja toll! Wir fliehen aus der verdammten Station, kurz bevor sie sowieso von den Special Forces befreit wird. An unserem Timing müssen wir echt noch arbeiten.«

Endlich fand auch Jenny die Sprache wieder. »Woher wissen Sie das alles?«

Amanda deutete mit dem Daumen auf Craig. »Ihr Freund hier gehört zur CIA. Er ist der Controller des Delta-Force-Teams.«

»Was?« Überrascht drehte sich Jenny zu Craig um.

Ihre Blicke trafen sich, als schon wieder Schüsse von jenseits des Durchgangs zu hören waren. »Wir müssen los«, sagte Craig. »Finden wir diesen Lüftungsschacht.«

Aber Jenny blieb wie angewurzelt stehen. Sie musste die ganzen neuen Informationen erst einmal verdauen. »Was geht hier eigentlich vor?«

»Das erkläre ich Ihnen später. Jetzt haben wir keine Zeit dafür.« Craig berührte ihren Arm und fügte etwas sanfter hinzu: »Es tut mir wirklich Leid. Ich wollte Sie nicht in all das mit hineinziehen.«

Doch dann schlüpfte er rasch an ihr vorbei, zündete den ersten Molotow-Cocktail mit einem Feuerzeug an und ging zum Höhleneingang. Von dort schleuderte er die Flasche in hohem Bogen in den Tunnel hinunter.

Eine heftige Explosion folgte, die sich im Gang ausbreitete. Jenny erhaschte einen kurzen Blick auf das mächtige Tier von vorhin, wie es um eine Tunnelbiegung verschwand.

»Gehen wir«, sagte Craig und machte sich auf den Weg in das Inferno. »Wir haben nicht viel Zeit.«

16:28 Uhr

Beladen mit der aus dem Waffenarsenal geklauten Ausrüstung, kletterte Matt auf die Wandleiter und stieg hinter Greer hinauf. Am oberen Ende kauerte bereits Commander Bratt im Licht einer Militär-Stablampe, die ihm um den Hals hing. Der Commander half Greer von der Leiter und in den Tunnel hinein.

Im Hochklettern warf Matt einen Blick zurück. Washburn stand mit gehobener Waffe Wache an den beiden Tunneln, die in die Servicekammer mündeten. Die große Frau überließ nichts dem Zufall. Inzwischen hatte die Gruppe Ebene zwei erreicht und war unterwegs zu Ebene eins.

Matt kletterte die letzten in die Eiswand eingeschlagenen Stufen empor. Von oben langte ein Arm herunter, packte die Kapuze seines weißen Parkas und hievte ihn in den Gang.

»Irgendein Zeichen von der Zivilistengruppe?«, fragte Matt, unter der Last der Waffen keuchend. In jeder seiner Taschen steckte eine Granate.

»Nein. Aber sie können überall sein. Wir müssen einfach darauf zählen, dass sie ein sicheres Versteck gefunden haben.«

Matt folgte Greer in den Tunnel und machte Platz für Washburn. Bald darauf krochen sie alle die Eisrinne entlang, Greer vorneweg, Bratt als Nachhut.

Keiner sagte ein Wort. Ihr Plan war simpel. Weiter nach oben, eine schwache Stelle in der Verteidigung der Russen finden und versuchen, sich einen Weg aus der Station freizuschießen. Die *Polar Sentinel* hatte eine SLOT-Boje auf dem Eis abgesetzt, einen Einwegtransmitter. Bratt wusste, wo er versteckt war. Sie wollten die Boje erreichen, von Hand Mayday funken und dann in den Eishügeln und Höhlen Zuflucht suchen. Im Schutz des Blizzards konnten sie mit den Russen vielleicht lange genug Katz und Maus spielen, bis Hilfe eintraf.

In der Zwischenzeit dienten sie als Lockvogel für die Russen und lenkten die Aufmerksamkeit von den noch in der Station versteckten Zivilisten ab.

Zwischen Ebene eins und Ebene zwei erreichten sie eine weitere Servicekammer. Vorsichtig betraten sie den Raum. Bestimmt durchsuchten die Russen diese oberen Ebenen, schließlich glaubten sie ja, dass die Flüchtlinge die Station verlassen wollten.

Greer ging zuerst hinein und leuchtete den Boden mit seiner Lampe nach frischen Fußspuren ab. Dann bedeutete er den anderen mit hochgestrecktem Daumen, dass die Luft rein war.

Matt ging als Nächster hinein und streckte sich erst einmal ausgiebig.

Doch dann bebte plötzlich der Boden unter ihnen. Das Krachen einer Explosion hallte zu ihnen empor – gedämpft, aber immer noch laut genug. Matt kauerte sich hin. Eine Salve ratternder Gewehrschüsse folgte, ungleichmäßig wie Knallfrösche.

»Was zur Hölle …?«, grummelte er leise.

Eiskristalle tanzten in der Luft, von der Erschütterung aufgewirbelt. Matt sah zu den anderen, die jetzt ebenfalls in der Kammer auftauchten. Sie lächelten. Genau wie Greer.

»Dann weiht mich doch mal ein, was hier so amüsant ist«, meinte Matt.

Greer deutete mit dem Daumen über die Schulter. »Sieht aus, als hätten die Russen endlich ihre toten Kumpel auf Ebene drei gefunden.«

»Wir haben in der Waffenkammer eine Sprengladung hinterlassen«, fügte Washburn mit einem kalten, zufriedenen Lächeln hinzu. »Wir dachten, da schauen sie als Erstes nach, wenn sie die Leichen finden.«

»Rache für Pearlson und all die anderen«, meinte Bratt abschließend und wurde wieder sachlich. »Und die Ablenkung da unten müsste die Russen eigentlich eine Weile aufhalten und ihnen ein bisschen Angst machen. Jetzt wissen sie wenigstens, dass wir bewaffnet sind.«

Matt nickte, immer noch bestürzt. So viel Blutvergießen! Tief und schaudernd holte er Luft. Zum hundertsten Mal, seit sie aus dem Waffenarsenal zurückgekehrt waren, fragte er sich, wie es Jenny und ihrem Vater ergangen war. Die Sorge um sie vertrieb sein Mitgefühl für die Todesopfer hier. Er musste weitermachen. Nie mehr würde er jemanden zwischen sich und Jenny kommen lassen. Seine Entschlossenheit machte ihm Angst und tat ihm gleichzeitig auch gut. Die letzten drei Jahre hatte er zugelassen, dass Kummer und alter Schmerz eine Wand zwischen ihnen aufgerichtet hatten. Jetzt erschienen solche Gefühle so dünn und flüchtig wie die kalte Luft um ihn herum.

Sie gingen weiter, arbeiteten sich nach oben, immer auf den Ausgang zu.

Nach zwei weiteren Leitern und noch mehr gebücktem Kriechen durch die Eisgänge drangen plötzlich gedämpfte Stimmen und Rufe zu ihnen. Wachsam, leise, sich nur mit Handzeichen verständigend, gingen sie in diese Richtung weiter, löschten aber ihre Taschenlampen.

Vor ihnen sickerte schwaches Licht in den Tunnel. Sie hielten auf die Quelle zu: ein Gitter in der Tunnelwand. Mit äußerster Vorsicht näherten sie sich.

Als Anführer erreichte Bratt die Luke zuerst und spähte hinaus. Schließlich ging er hindurch, drehte sich um und winkte Matt, ihm zu folgen.

Mit angehaltenem Atem kroch Matt zu dem Gitter und streckte den Kopf hinaus. Die Luke öffnete sich in eine Küche – die Großküche der Station. Herde und Backöfen säumten eine Wand, Tische und Regale füllten den größten Teil des restlichen Raums. Eine Doppeltür führte hinaus in den Hauptraum.

Ein russischer Soldat hielt eine der beiden Türen auf, eine Taschenlampe in der Hand. Er wandte ihnen den Rücken zu und unterhielt sich mit einem anderen Soldaten.

In dem dunklen Hauptraum hinter den beiden sah man das schwankende Licht von Taschenlampen. Soldaten rannten die Wendeltreppe hinauf und hinunter, rufend und schimpfend. Gerade kam von unten ein über und über mit Blut besudelter Mann. Das Kreuz auf der Schulter seines Parkas wies ihn als Sanitäter aus. Er brüllte etwas, mehrere Männer schlossen sich ihm an und zusammen lief der Trupp wieder hinunter.

Schließlich entfernten sich auch die beiden Soldaten und die Schwingtür fiel hinter ihnen zu. Durch das quadratische Fenster in der Tür sah man immer noch schwankendes Lampenlicht im Nebenraum.

Matt starrte zu Bratt hinüber.

Der Commander schlich näher heran und flüsterte ihm ins Ohr: »Können Sie noch mal den Russen spielen?«

»Wie meinen Sie das?« Aber noch während er die Frage stellte, wusste Matt die Antwort. Er trug ja noch immer den gestohlenen weißen Parka.

»Wir haben ein schmales Zeitfenster, in dem es noch dunkel ist und alle ziemlich durcheinander sind. Wenn Sie die Kapuze aufbehalten, können Sie vielleicht da rausgehen, ohne dass jemand was merkt.«

»Und was soll ich tun?«

Bratt deutete auf die geschlossene Tür. »Die Lage für uns sondieren.«

Matt hörte zu, während Bratt rasch seinen Plan umriss. Das Herz klopfte ihm bis zum Hals, aber er nickte.

»In dem ganzen Durcheinander, das von der Sprengfalle

ausgelöst wurde, haben wir wahrscheinlich die besten Chancen.«

»Gut, so machen wir's«, stimmte Matt ihm zu.

Washburn war schon dabei, mit einem ihrer praktischen Fleischerhaken das Gitter zu lösen.

Als die Luke offen war, berührte Bratt noch einmal Matts Arm. »Unser Plan hängt ganz von Ihrer Schauspielkunst ab.«

»Ich weiß.« Matt holte tief Luft. »Dann muss ich mir nur noch eine geeignete Motivation für diese Szene suchen.«

»Wie wäre es mit Überleben?«, brummte Greer hinter ihm.

»Ja, keine schlechte Idee.« Matt kroch durch die Luke und stand auf, das Gesicht der Schwingtür zugewandt.

Die anderen folgten ihm und bezogen in der Küche Posten. Sie bewegten sich schnell. Jetzt kam alles auf das richtige Timing an.

Bratt warf Matt einen fragenden Blick zu. *Sind Sie bereit?*

16:48 Uhr

Jenny ließ Bane bei Fuß gehen, während sie neben Craig weitermarschierte. Vor ihnen schleuderte Kowalski gerade einen weiteren Molotow in den langen Gang. Die Sprengladung explodierte mit lautem Glasgeklirr und schickte einen Flammenschwall über Boden und Wände.

Der Weg war frei.

In den letzten zwanzig Minuten hatten sie keinen Grendel gesehen.

Dr. Ogden, der Biologe, hatte auch dafür eine Erklärung

bereit. »Diese Kreaturen leben in Dunkelheit und Eis. Und obwohl Hitze und Licht sie anzieht, führen diese Bomben zu einer Reizüberflutung. Das ist schmerzhaft und verwirrend für sie, deshalb ergreifen sie die Flucht.«

Bisher hatte sich seine Einschätzung als zutreffend erwiesen. Ohne weitere Belästigung erreichten sie den markierten Weg und schlängelten sich hinunter in die Tiefen der Eisinsel, zum Luftschacht. Die einzige Störung war das Krachen einer fernen Explosion weit über ihnen gewesen. Der Tunnel hatte gebebt, alle waren stehen geblieben. Aber nun schritten sie ungehindert weiter.

Hinter Jenny führte Amanda flüsternd eine Diskussion mit dem Biologenteam. Tom, bewaffnet mit einigen Molotow-Cocktails, bildete die Nachhut.

Unterdessen fuhr Craig mit seinen Erläuterungen fort: »Als Einsatzleiter der Mission wurde ich vorgeschickt. Ich sollte die Daten auffinden und sichern. Anscheinend haben die Russen jedoch Wind von meiner Tarnung und meiner Mission bekommen und versucht, mir in Alaska einen Hinterhalt zu legen. Wenn Matt nicht gewesen wäre, hätten sie damit auch Erfolg gehabt.«

»Sie hätten uns wenigstens informieren können.«

»Ich hatte meine Befehle«, seufzte Craig. »Informationen nur für Befugte, auf so genannter Need-to-know-Basis. Das kommt von ganz oben. Vor allem nach der Attacke auf Prudhoe Bay. Es stand zu viel auf dem Spiel. Ich *musste* irgendwie hierher kommen.«

»Und das alles wegen irgendwelcher Ergebnisse in der Tieftemperaturforschung.« Jenny versuchte sich die Tanks mit den gefrorenen Körpern vorzustellen. Es erschien ihr unmöglich, zu monströs, um wahr zu sein.

»Ich hatte meine Befehle«, wiederholte Craig achselzuckend.

»Aber Sie haben uns benutzt.« Jenny dachte wieder an

die Diskussion, die sie in der Twin Otter geführt hatten, und an Craigs Argumente. Er hatte sie gezielt manipuliert. »Sie haben mit uns gespielt.«

Mit einem entschuldigenden Lächeln erwiderte er: »Was soll ich dazu sagen? Ich bin gut in meinem Job.« Dann verblasste sein Lächeln und er seufzte wieder. »Ich musste das nutzen, was mir zur Verfügung stand. Sie waren für mich die einzige Möglichkeit, unter dem Radar der Russen durchzuschlüpfen. Noch einmal: Es tut mir Leid. Ich habe nicht damit gerechnet, dass es so schwierig werden würde.«

Jenny sah nach vorn, während die Gruppe sich an einem explodierten Molotow-Cocktail vorbeidrängte. Ihre nächste Frage behielt sie für sich. Nutzte dieser Mann sie immer noch aus?

Craig fuhr fort, doch nun klang es eher, als spräche er mit sich selbst: »Jetzt müssen wir vor allem raus aus dieser Station. Dann kann das Delta-Team mit voller Kraft einrücken und auch diese Basis sichern. Und alles wäre erledigt.«

Jenny nickte. *Erledigt ... wenn das nur so einfach wäre.* Mit einer Hand berührte sie Banes Fell. Sie brauchte jetzt den Kontakt mit dieser einfachen, unkomplizierten Loyalität an ihrer Seite. Aber das war nicht alles. Zum ersten Mal gestand sie sich ein, dass Bane eine körperliche Verbindung zu Matt darstellte. Ihre Finger gruben sich ins Nackenfell des Hundes und fühlten seine Körperwärme. Craig hatte ihr erzählt, wie Matt und eine Gruppe von Navy-Männern versucht hatten, das alte Waffenarsenal der Station zu plündern.

Was danach passiert war, wusste niemand.

Bane lehnte sich gegen ihr Bein. Er schien ihre Angst zu spüren.

»Ich sehe den Luftschacht!«

Die Gruppe beschleunigte das Tempo und folgte dem großen Mann. Jenny führte Bane an den Flammen des explodierten Molotows vorbei. Die Hitze war erstickend und es stank nach verbranntem Kohlenwasserstoff. Am Boden schmolz das Eis und wurde glitschig und heimtückisch, es bildeten sich kleine Kanäle.

Als sie die Stelle passiert hatten, wurde es wieder dunkel. Kowalski ging voraus, die Lampe hoch über den Kopf gestreckt.

Dann öffnete sich vor ihnen an der linken Wand eine Rinne. Das Ende des Luftschachts.

Die Gruppe blieb stehen. Jenny drängte sich nach vorn. Jetzt musste sie die Führung übernehmen. Der Tunnel war zu steil, um ihn nur mit Stiefeln und Händen zu erklimmen. Tom gab ihr einen Eispickel, den sie im Kontrollraum am Sicherheitstor gefunden hatten. Jenny kontrollierte Balance, Gewicht und vor allem Schärfe des Werkzeugs.

Unterdessen hatte Dr. Reynolds sich auf den Boden gesetzt und ihre Steigeisen abgeschnallt. »Eigentlich sollte ich das machen«, meinte sie.

»Mir passen sie auch«, entgegnete Jenny. »Und ich bin schon oft in Alaska geklettert.« Die Argumente aus ihrer gemeinsamen Diskussion wiederholte sie nicht: Die Steigeisen waren zu klein für einen der Männer, und Amandas Taubheit stellte ein Handicap dar, sollte sie im Schacht auf irgendwelche Schwierigkeiten stoßen.

Dr. Reynolds gab ihr die Steigeisen.

Rasch befestigte Jenny sie an ihren Stiefeln. Mit Hilfe der Spikes an Spitze und Sohlen würde sie durch den Schacht nach oben klettern können. Der Eispickel würde sie dabei unterstützen und ihr gleichzeitig als Schutz dienen.

Als sie fertig war, gab Tom ihr zwei von den verbliebenen Molotows. »Ich hab das Seil direkt am Eingang fallen lassen, als wir ... als wir angegriffen wurden. Wenn du es an das Gitter oben bindest, müsste es eigentlich bis hier runter reichen.«

Jenny nickte und stopfte die gebastelten Brandbomben in die Taschen ihres Parkas. »Kein Problem. Passt gut auf Bane auf. Die Grendel machen ihn nervös. Lasst ihn bloß nicht weglaufen!«

»Ich sorge dafür, dass er hier bleibt, und steige direkt hinter ihm den Schacht hinauf.«

»Danke, Tom.«

Kowalski beugte ein Knie und verschränkte die Hände, damit Jenny hinaufklettern konnte. Sie erklomm ihn wie eine Leiter, duckte sich dann in den Schacht und zog die Füße hoch, um die Steigeisen ins Eis zu schlagen. Sie gruben sich tief ein, denn die Spitzen waren offensichtlich gut gepflegt.

»Sei vorsichtig«, sagte Kowalski.

Ihr fehlte die Stimme, um noch etwas Beruhigendes für ihn oder für sich selbst zu sagen. So begann sie den Schacht hinaufzusteigen. Dabei hielt sie sich genau an das, was ihr Vater ihr beim Gletscherwandern und -klettern beigebracht hatte: *Sorg dafür, dass du immer zwei Kontaktpunkte hast.*

Beide Füße von den Spikes gesichert, schwang sie den Eispickel nach oben und schlug ihn fest ins Eis. Sobald sie sich oben abgesichert hatte, zog sie ein Bein hoch, stieß die Spikes in die Wand und zog dann das andere Bein nach.

Natürlich kam sie nur langsam voran. *Langsam, aber sicher,* flüsterte die Stimme ihres Vaters in ihrem Ohr.

Einen Schritt nach dem anderen arbeitete sie sich nach oben. Der Gedanke an ihren Vater tat ihr gut. *Wenigstens ist er in Sicherheit. Commander Sewell hat versprochen, nach ihm zu sehen, und jetzt sind auch noch die Delta-Einheiten eingetroffen.*

Sie musste es nur noch schaffen, zu ihm zu kommen.

Aber was war mit Matt?

Ihr linker Fuß rutschte ab und riss ein Stück Eis mit sich. Jenny knallte mit dem Bauch gegen die Schachtwand. Jetzt hing sie mit ihrem ganzen Gewicht an dem Eispickel, so lange, bis sie ihre Füße wieder gesichert hatte. Als sie es endlich geschafft hatte, musste sie einen Moment innehalten und Luft holen.

Zwei Kontaktpunkte – immer!

Entschlossen schob sie ihre Angst um Matt beiseite. Solche Gedanken waren im Augenblick nicht gut für sie. Sie musste sich konzentrieren, sie musste überleben. Danach konnte sie sich immer noch Sorgen machen. Bei dem Gedanken lächelte sie unwillkürlich. Matt hatte einmal zu ihr gesagt, mit ihren Sorgen könnte sie eine Stahlplatte durchbohren.

Wenn sie doch nur ein Zehntel von Matts Kaltschnäuzigkeit besessen hätte! Entschlossen schlug sie ihre Axt ein Stück höher ins Eis und stieg weiter. Vor ihr kam die Biegung in Sicht. *Fast oben!* Sie bewältigte die Kurve und sah das helle Tageslicht am Ende des Schachts. Offen, unverstellt.

Das Ziel vor Augen, eilte sie weiter – aber nicht so schnell, dass sie unvorsichtig wurde. Die Stimmen der beiden wichtigsten Männer in ihrem Leben flüsterten ihr leise ins Ohr.

Langsam, aber sicher.

Mach dir keine Sorgen.

Ganz zuletzt tauchten noch andere Worte aus ihrer Vergangenheit auf, tief aus ihrem Innern, wo sie lange unter Verschluss gewesen waren. Sie erinnerte sich an weiche Lippen, die ihren Nacken streiften, an warmen Atem, an Worte, heiser vor Leidenschaft: *Ich liebe dich … ich liebe dich so sehr, Jen.*

Sie hielt diese Worte in ihrem Herzen fest. Auf einmal erinnerte sie sich an das, was sie vergessen hatte, und wusste, dass es die Wahrheit war. »Ich liebe dich auch, Matt«, sagte sie laut.

16:50 Uhr

Mit dem russischen Parka verkleidet, drückte Matt die Küchentüren nach außen und betrat den zentralen Bereich der Station. Obgleich die Ebene noch immer dunkel war, hielt er einen Arm erhoben, um sein Gesicht zu verdecken, und zog den pelzbesetzten Rand seiner weißen Kapuze weit über die Stirn. Über einer Schulter trug er die AK-47.

Ohne auf sein Erscheinen zu achten, wuselten die Männer weiter um ihn herum. Er hielt sich möglichst am äußeren Rand der Ebene und ging im Schatten an der Peripherie entlang. Das dichteste Gewimmel herrschte in der Mitte des Bereichs, wo die Soldaten sich in kleinen Gruppen versammelten, um gemeinsam die Wendeltreppe hinunterzugehen. Von unten stiegen von der Explosion in der Waffenkammer immer noch Rauchschwaden empor.

Ein paar Männer schleppten etwas Schweres in einem schwarzen Plastiksack herauf.

Ein Leichensack.

Zwei weitere Soldaten folgten, ebenso beladen wie die vorigen. Mit finsteren Gesichtern beobachteten ihre Kameraden die Prozession. Von unten schallten laute Rufe herauf. Überall um Matt herum wurde hitzig debattiert. Taschenlampen kreisten und suchten.

Ein Strahl glitt über ihn hinweg und er wandte schnell den Kopf ab. Als er sich um die Tische herumschlängelte, stieß er gegen einen Stuhl und warf ihn um. Klappernd ging das Möbelstück zu Boden, aber Matt eilte weiter. Jemand schrie ihn an. Es klang wie ein Fluch.

Aber er gestikulierte nur vage und ging weiter. Schließlich erreichte er einen Punkt, von dem er den Gang überblicken konnte, der hinaus in den Schneesturm führte. Zwei Männer standen wie angewurzelt neben der demolierten Sno-Cat, aber dahinter konnte er Bewegung sehen.

Aus dem Augenwinkel spähte er weiter in die Richtung. Das war seine Aufgabe: die Ebene auszukundschaften und festzustellen, wie viele Feinde zwischen ihnen und der Freiheit standen. Wenn ihm die Flucht durchführbar erschien, sollte er dies den anderen signalisieren und dann die in seiner Tasche versteckte Granate in den zentralen Schacht hinunterschleudern. Der Tumult würde die Russen hoffentlich von den Männern ablenken, die auf den Ausgang zuliefen. Außerdem sollte Matt ihnen noch mit seinem Gewehr Feuerschutz geben. Doch zuerst einmal musste er entscheiden, ob es überhaupt möglich war, durch diesen Gang zu fliehen.

Mit zusammengekniffenen Augen spähte er weiter in Richtung Ausgang – und fuhr hoch, als jemand direkt an seiner Schulter zu brüllen anfing. Matt hatte den Mann überhaupt nicht kommen hören.

Rasch wandte er sich ihm halb zu. Der Mann trug einen offenen Parka und war riesengroß, garantiert über zwei Meter. Matt warf einen schnellen Blick auf sein Rangabzeichen. Obwohl sein Gesicht rau und wettergegerbt war, sah er jung aus. Zu jung für einen hochrangigen Offizier.

Während der Mann auf Russisch weiterpolterte und dabei mit dem Gewehr immer wieder auf die beiden Leichensäcke deutete, die jetzt auf einem der Tische lagen, richtete Matt sich etwas auf. Die Wangen des Russen waren gerötet, Spucke sammelte sich in seinen Mundwinkeln. Endlich war er fertig mit seiner Tirade und plusterte sich ein wenig auf.

Da Matt nur zwei russische Worte kannte, tat er das,

was in seiner Situation wahrscheinlich jeder getan hätte. Er nickte. »*Da*«, murmelte er grimmig. Zusammen mit dem Wort *njet* war das sein gesamter russischer Wortschatz. Es war eine Lotterie: *da* oder *njet*.

Ja oder nein.

Da die Rede des Manns recht eindrucksvoll gewesen war, erschien Matt eine Zustimmung angebracht. Außerdem hatte er wirklich nicht die Absicht, diesem Riesen zu *widersprechen*.

»*Da!*«, wiederholte er mit Nachdruck. Er konnte sich doch ruhig ein bisschen ins Zeug legen.

Und die Rechnung schien aufzugehen.

Eine Hand von der Größe eines Steaks klopfte ihm auf die Schulter und hätte ihn beinahe in die Knie gezwungen. Im letzten Moment fing er sich und blieb stehen, während der Typ schon weiterzugehen begann.

Der Trick hatte funktioniert!

Aber dann rutschte ihm plötzlich die Granate aus der Jackentasche und fiel polternd zu Boden. Zum Glück war die Sicherung noch intakt, also bestand nicht wirklich die Gefahr, dass sie explodierte.

Trotzdem zuckte Matt so heftig zusammen, als wäre sie schon losgegangen.

Die Granate rollte dem Riesen direkt vor die Füße.

Er bückte sich und wollte sie aufheben, hielt dann jedoch inne. Bestimmt hatte er erkannt, dass das Ding aus grauer Vorzeit stammte. Halb gebückt blickte er zu Matt hinüber, die buschigen Augenbrauen zusammengezogen. Langsam kam sein Gehirn in Gang.

Doch Matt war bereits in Bewegung. Blitzschnell schwang er das Gewehr von der Schulter und hieb dem Mann den Schaft über die Nasenwurzel. Er spürte, wie die Knochen brachen; der Kopf des Soldaten fiel nach hinten und dann wieder nach vorn. Der Körper folgte.

Ohne innezuhalten ging Matt neben dem Mann auf die Knie und tat so, als wollte er ihm beim Aufstehen helfen. Von allen Seiten richteten sich neugierige Blicke auf ihn. Er lachte heiser, als wäre der Mann ungeschickt gestolpert.

Ehe jemand die Situation durchschauen konnte, holte Matt mit einem raschen Handgriff die Granate unter dem Körper des Mannes hervor, entsicherte sie und ließ sie unter die Tische bei der Treppe rollen. Zwar hatte er sie ursprünglich weiter werfen wollen, aber es musste reichen.

Doch leider prallte sie gegen einen Stuhl, den gleichen, den er gerade umgeworfen hatte, und rollte zu ihm zurück.

Mist …!

Matt duckte sich und versteckte sich hinter dem Körper des Riesen. Der stöhnte benommen und fuchtelte blind mit den Armen.

Scheiß drauf … sie werden die Botschaft schon verstehen!

Die Granate explodierte.

Ein Tisch flog in die Luft und drehte sich um sich selbst. Aber Matt sah es kaum. Die Wucht fegte ihn und seinen unfreiwilligen Partner quer über den Boden. Schrapnellsplitter bohrten sich in den breiten Hals des russischen Soldaten und Blut spritzte in einem heißen Strahl über Matts Gesicht.

Mit klingenden Ohren rollte er sich weg. Im Augenblick war er taub, aber er sah, wie die Männer sich vom Boden aufrappelten. Taschenlampen suchten den Raum ab, der jetzt voller Qualm war.

Eine Bewegung erweckte seine Aufmerksamkeit.

Durch die Doppeltüren der Küche rannten drei Gestalten auf ihn zu, angeführt von Bratt.

Benommen fragte Matt sich, warum sie nicht auf den Ausgang zuhielten. Unbeholfen drehte er sich um.

Oh, das war der Grund …!

Er lag direkt am Anfang des Gangs, der in die Freiheit führte.

Die Sno-Cat stand nur ein paar Meter vor ihm.

Noch näher, nur ein paar Schritte von ihm entfernt, standen zwei Soldaten mit erhobenen Waffen. Sie riefen etwas … das nahm Matt zumindest an, da sie ihre Lippen bewegten. Aber das Dröhnen in seinen Ohren war viel zu laut. Er hörte nichts, und selbst wenn, hätte er nichts verstanden.

Sie kamen auf ihn zu, das Gewehr an die Schulter gedrückt, auf Matts Kopf zielend.

Matt probierte seinen Trick von vorhin noch einmal und hob die Arme. »*Njet!*« Die Chancen standen wieder fifty-fifty. *Da* oder *njet*.

Doch diesmal hatte er auf das Falsche gesetzt.

Der Mann, der näher bei ihm war, hob die Waffe und feuerte.

KAPITEL 15

Sturmwarnung

ᐱᖅᓯᖅᑐᒃ ᐳᖅᑲᐅᑎᔪᑦ

9. April, 16:55 Uhr
Eisstation Grendel

Aus ein paar Schritten Entfernung starrte Amanda zum Luftschacht. Jenny war inzwischen so hoch oben, dass das Licht der Taschenlampe sie nicht mehr erreichte. Die anderen Mitglieder ihrer Gruppe hatten sich um die Öffnung geschart und blickten nervös um sich.

Amanda fühlte sich isoliert. Eigentlich hatte sie gedacht, sie hätte sich an den Mangel akustischer Reize längst gewöhnt. Er schottete einen sogar noch gründlicher von allem ab als Blindheit. Das Gehör schuf eine umfassende Verbindung zu der Umgebung, in der man sich befand. Und obwohl sie sehen konnte, war es immer, als würde sie das Geschehen von fern beobachten, als wäre eine Mauer zwischen ihr und dem Rest der Welt.

Das einzige Mal, dass sie sich in den letzten Jahren wirklich voll und ganz mit allem verbunden gefühlt hatte, waren die Augenblicke in Gregs Armen gewesen. Die Wärme seines Körpers, die sanfte Berührung, der Geschmack seiner Lippen, der Geruch seiner Haut ... das alles durchbrach die Isolierung.

Aber jetzt war er fort. Sie konnte ja verstehen, dass er in erster Linie Captain war und erst in zweiter ein Mann. Deshalb musste er die anderen Zivilisten in Sicherheit bringen und so viele von ihnen retten, wie er konnte. Trotzdem tat es weh. Sie wollte ihn … sie brauchte ihn.

Sie schlang die Arme um sich und versuchte, die Angst zu vertreiben. Der Mut, der in ihr aufgelodert war, als sie zum ersten Mal einen Grendel gesehen hatte, war inzwischen auf einen schlichten Überlebenswillen zusammengeschrumpft.

Neben ihr regte sich Tom und kraulte Bane, der mit ihm Wache hielt. Kowalski stand auf der anderen Seite des Ganges. Die Anspannung verlieh ihren Gesichtern einen stoischen Ausdruck, die Augen blickten starr geradeaus.

Vermutlich gab sie nach außen das gleiche Bild ab.

Aber das Warten setzte ihnen allen zu. In jeder Sekunde erwarteten sie einen Angriff. *Die Russen … die Grendel …*

Amanda folgte Toms ausdruckslosem Blick den Gang hinunter und dachte dabei an ihre Diskussion mit Dr. Ogden.

Der Biologe hatte eine Theorie über die soziale Struktur der Grendel entwickelt. Er stellte sich vor, dass die Spezies einen guten Teil ihrer Lebensspanne gefroren im Winterschlaf verbrachten. Eine gute Möglichkeit, in einer Umgebung, die nur so wenig Lebensgrundlage bereithielt, Energie zu sparen. Aber um das eingefrorene Rudel zu bewachen und das Territorium zu verteidigen, blieben immer ein oder zwei Tiere wach. Diese wenigen Exemplare gelangten durch Seehöhlen aus dem Kriechkeller in umliegende Gewässer oder durch natürliche und von Menschen geschaffene Ausgänge zur Eisoberfläche, wo sie auf Jagd gingen. Bei seinen Erkundungen im Kriechkeller hatte Ogden ein paar Stellen gefunden, die aussahen, als hätte ein Grendel einen anderen mit den Krallen aus seiner eisigen Schlafstätte gegraben. »Die Wächter wechseln alle paar Jahre«, meinte er. »Dann schlafen sie ein, um sich auszuruhen, und ein anderes Tier übernimmt ihre Aufgabe. Vermutlich sind sie so lange unentdeckt geblieben, weil immer nur ein oder zwei von ihnen aktiv sind, während der Rest die Jahrhunderte verschläft. Wir können nicht sagen, wie lange es diese Tiere schon gibt. Wahrscheinlich sind sie gelegentlich mit den Menschen in Kontakt gekommen, was alle möglichen Mythen von Drachen und Schneemonstern heraufbeschworen hat.«

»Zum Beispiel Beowulfs Grendel«, hatte Amanda hinzugefügt. »Aber warum sind sie so lange hier auf der Insel geblieben?«

Auch darauf hatte Ogden eine Antwort parat. »Die Insel ist ihr Nest. Ich habe ein paar der kleineren Höhlen in der Klippe untersucht und gefrorene Junge entdeckt, nur ein paar, aber angesichts der Langlebigkeit der Kreaturen denke ich, dass nur wenige Nachkommen notwendig sind, um den Fortpflanzungspool zu erhalten. Und wie bei den meisten Arten, die sich nur spärlich fortpflanzen, verteidigt die ganze soziale Gruppe ihr Nest mit Klauen und Zähnen.«

Aber wo sind sie jetzt?, fragte sich Amanda. Das Feuer würde sie nicht ewig in Schach halten, vor allem nicht, wenn sie tatsächlich ihr Nest verteidigten.

Tom fuhr herum, offensichtlich hatte er ein Geräusch gehört.

Amanda wandte sich um und sah nach. Die Gruppe vor dem Luftschacht wurde unruhig, und es war sofort ersichtlich, warum. Aus der Schachtöffnung erschien ein rotes Seil und baumelte auf den Boden herab. Jenny hatte es geschafft!

Die Gruppe scharte sich enger darum.

Craig hob die Hand. Das Licht der Lampe fiel auf seine Lippen. »Um das Gewicht auf das Seil zu minimieren, sollten wir in Dreiergruppen nach oben steigen. Ich gehe mit den beiden Frauen.« Er deutete auf Amanda und Magdalene. »Dann kommt Dr. Ogden mit seinen beiden Studenten. Und zuletzt die beiden Navy-Männer mit dem Hund.«

Er blickte in die Runde, um zu sehen, ob jemand Widerspruch einlegte.

Amanda schaute sich um. Offenbar hatte niemand etwas einzuwenden. Und sie würde es bestimmt auch nicht tun. Ohne weitere Diskussion half Craig Magdalene hinauf und streckte dann Amanda die Hand hin.

Sie bedeutete ihm vorzugehen. »Ich klettere schon mein Leben lang.«

Er nickte und zog sich an dem Seil hoch.

Amanda folgte ihm. Der Aufstieg war anstrengend, aber die Angst trieb sie voran. Nur weg von den Schrecken, die dort unten lauerten. Noch nie war Amanda so glücklich gewesen, das Tageslicht zu sehen. Als Letzte ihrer Gruppe zog sie sich empor und rollte hinaus in die freie Luft.

Der Wind zerrte an ihr, als sie aufstand.

Jenny half ihr. »Der Blizzard lässt allmählich nach«, erklärte sie, die Augen zum Himmel gerichtet.

Amanda runzelte die Stirn. In dem Schneegewirbel konnte sie nur ein paar Meter weit sehen. Schon jetzt biss die Kälte in ihre ungeschützten Wangen. Wenn dieser Sturm hier nachgelassen hatte, wie war er dann erst vorher gewesen?

Craig bückte sich in das Loch, um die anderen zu rufen, richtete sich dann wieder auf und sagte: »Wir müssen uns beeilen. Wenn der Sturm sich tatsächlich legt, haben wir weniger Schutz.«

Sie warteten auf die nächste Gruppe – die Biologen. Es dauerte nicht lange und schon rollten drei Gestalten aus dem Luftschacht. Wieder bückte sich Craig.

Auf einmal spürte Amanda, wie ihre Nackenhaare zu vibrieren anfingen. Da sie den Sturm und das Geplapper um sie herum nicht hörte, merkte sie es als Erste. Sie fuhr herum.

Sonar …

»Stopp!«, rief sie. »Grendel …!«

Alle erschraken und blickten hektisch um sich.

Craig war noch am Luftschacht und suchte in den Taschen seines Parkas nach einem Molotow. Amanda sah, wie seine Lippen sich bewegten »... Schreie im Schacht. Die Kreaturen greifen auch von unten an.«

Henry Ogden kämpfte ebenfalls mit einem Molotow, aber der Wind blies sein Feuerzeug immer wieder aus. »... eine koordinierte Attacke. Sie benutzen ein Sonar, um miteinander zu kommunizieren.«

Amanda starrte in den Whiteout hinaus. Der perfekte Hinterhalt.

Aus dem tiefen Schnee krochen schattenhafte Gestalten auf sie zu, riesige Phantome aus dem Herzen des Sturms.

Endlich bekam Henry den ölgetränkten Lappen zum Brennen und warf seine Flasche nach draußen, den herannahenden Tieren entgegen. Sie segelte durch den Schnee, landete in einer Schneewehe und verglühte jämmerlich. Unbeeindruckt krochen die Bestien weiter auf sie zu.

Amanda bemerkte eine Bewegung ganz rechts, um einen anderen Eishügel herum. Noch ein Grendel ... und noch einer.

Sie kamen von allen Seiten!

Jetzt trat Craig vor, ebenfalls einen brennenden Molotow in der erhobenen Hand.

»Werfen Sie ihn nicht direkt in den Schnee!«, warnte Amanda. »Er ist frisch und nass.«

Craig nickte. Dann schleuderte er die brennende Flasche in hohem Bogen durch den wirbelnden Schnee und traf die schmale Kante eines Presseisrückens. Flammen explodierten über den Pfad der größten Grendelgruppe.

Die Bestien zuckten zurück und blieben stehen.

Lauft weg!, beschwor Amanda sie.

Als Antwort spürte sie den Sonar stärker werden, ein frustriertes Grendelbrüllen. Hier draußen im Freien ließen sie sich von dem ganzen Feuerspektakel viel weniger beeindrucken.

Craig wandte sich ihr und den anderen zu und hob den Arm. »Zurück in den Luftschacht!«

Amanda wirbelte herum und sah gerade noch Bane aus dem Schacht kommen, knurrend und bellend, ein echter Wolf. Aber Jenny hielt ihren Hund fest und versuchte ihn daran zu hindern, auf die Grendel zuzulaufen.

Um sie herum wurde geschrien und gerufen, doch Amanda verstand natürlich nichts davon. Die Leute waren viel zu panisch, um daran zu denken, dass sie von ihren Lippen ablesen musste. Warum tauchte keiner hinunter in den Schacht?

Schlagartig wurde ihr die Antwort klar.

Kowalski kroch aus der Höhle, schreiend, mit rotem Gesicht. »Zurück!« Jetzt konnte sie erkennen, was er sagte. »Sie sind uns dicht auf den Fersen!«

Als Nächster erschien Tom. Sein linker Parkaärmel war angesengt und qualmte. Er rollte ins Freie und drückte seinen Arm in den Schnee. Rauch quoll aus dem Schacht. »Der Gang ist bei unserem letzten Molotow eingebrochen. Jetzt ist er blockiert.«

Kowalski starrte auf die Flammen draußen im Sturm und sein Gesicht wurde immer länger. »Scheiße …!«

Amanda drehte sich um. Das Feuer von Craigs Molotow verlosch langsam im schmelzenden Schnee. Einem Sonarsignal gehorchend, begannen die Bestien wieder auf die Menschengruppe zuzugehen, trampelten und stampften die letzten Flämmchen nieder.

Amanda wich zurück, alle rückten näher zusammen.

Es gab kein Entrinnen.

17:03 Uhr

Aus etwa einem Meter Entfernung feuerte der Russe mit seiner AK-47 auf Matts Kopf. Ein Blitz schoss aus der Gewehrmündung. Noch taub von der Granatenexplosion, hörte Matt den Schuss gar nicht – *und auch nicht den, der den Schützen erledigte.*

Matt fiel zurück, sein Ohr brannte. Verwirrt sah er zu, wie die rechte Kopfseite des Russen explodierte, dass Knochen und Gehirnmasse nur so in die Gegend spritzten. Alles geschah vollkommen lautlos. Matt stürzte zu Boden und landete auf der Schulter. Blut tröpfelte seinen Hals hinunter; offensichtlich hatte der Schuss sein Ohr gestreift. Jetzt sah er Bratt, Greer und Washburn auf sich zulaufen. Bratts Gewehr rauchte noch.

Inzwischen schwang auch der zweite Russe, der den Gang versperrte, seine Waffe, aber Greer und Washburn feuerten gleichzeitig. Eine Kugel traf den Soldaten in der Schulter und ließ ihn im Kreis torkeln wie ein erlahmender Brummkreisel. Dann durchschlug eine weitere Kugel den Hals des Mannes und Blut spritzte auf die Wand.

Allmählich begann Matts Gehör zurückzukehren. Hauptsächlich waren es laute Geräusche. Plötzlich schossen die Doppeltüren der Küche nach außen, wurden aus den Angeln gerissen und flogen durch den Raum, gefolgt von Feuer und Qualm.

Mitten im Chaos versuchte Matt aufzustehen. Bratt packte ihn an der Kapuze, riss ihn hoch und brüllte ihm in sein funktionierendes Ohr: »Das nächste Mal klebe ich die verdammte Granate in Ihrer Tasche fest!«

Dann rannte die Gruppe auf die Sno-Cat zu.

»Soldaten …!«, japste Matt und deutete mit der Hand, in dem Versuch, die anderen zu warnen.

Von jenseits der Sno-Cat wurde auf sie geschossen. Sie

warfen sich auf den Boden und benutzten das Wrack als Schutzschild. Der Kugelhagel brachte das demolierte Fahrzeug zum Beben.

Matt kauerte mit dem Rücken an der Sno-Cat und starrte in den Hauptraum, der jetzt voller Rauchschwaden war. Hier hatten sie immer noch viel zu wenig Deckung, sie mussten machen, dass sie wegkamen.

Der Rauch waberte und auf einmal zog eine Bewegung im Zentrum des Raums Matts Aufmerksamkeit auf sich. Ein Mann schien von der Wendeltreppe emporzuschweben, angestrahlt von mehreren Taschenlampen. Er war groß, weißhaarig und trug einen offenen Mantel. Auf dem Arm hielt er einen in eine Decke gehüllten Jungen. Der Junge weinte und hielt sich die Ohren zu.

Irgendwie ergab das keinen Sinn.

»Runter!«, brüllte Bratt und drückte Matts Kopf nach unten.

Greer warf eine Granate über das Fahrzeug hinweg auf die dahinter versteckten Schützen. Washburn rollte eine weitere in den Hauptbereich.

»Nein!«, schrie Matt.

Die Doppelexplosion raubte Matt wieder völlig das Hörvermögen. Die Sno-Cat bewegte sich fast einen halben Meter auf sie zu. Eissplitter regneten herab, dampfender Rauch erfüllte die Halle.

Bratt streckte den Arm aus und winkte. Sie hatten keine andere Wahl, als blind darauf loszurennen. Gemeinsam sprangen sie über das Wrack und konnten dabei nur hoffen, dass die Granate alle Feinde vor ihnen ausgelöscht hatte.

Der Commander übernahm die Führung, gefolgt von Washburn und Matt. Greer lief hinter ihnen und feuerte auf gut Glück hinter sich in den Hauptraum. Die Schüsse klangen weit entfernt, wie aus einer Zündplättchenpistole für Kinder.

Dann rammte Greer Matt mit der Schulter, um ihn zur Eile anzutreiben, hätte ihn damit aber fast aus dem Gleichgewicht gebracht. Ärgerlich sah Matt sich um.

Greer kauerte auf einem Knie. Er hatte Matt nicht gestoßen, er war gestürzt.

Matt blieb stehen, wobei er auf dem mit Eisbrocken bestreuten Boden ins Rutschen geriet. Er wollte Greer helfen, dessen Gesicht von Wut und Schmerz verzerrt war, doch der winkte ab und rief Matt lautlos etwas zu.

Endlich begriff Matt, was los war. Unter Greer hatte sich eine Blutlache gebildet; hell und rot floss das Blut aus seinem Bein. *Arteriell.* Langsam sank er zu Boden, das Gewehr über den Knien.

Washburn, die mit einem Blick die Situation erfasst hatte, packte Matt am Arm, riss ihn hoch und zerrte ihn mit sich.

Greer begegnete Matts Blick und dann tat er etwas höchst Seltsames. Er zuckte die Achseln, als hätte er eine Wette verloren, hob die Waffe und begann wieder in die Station zu feuern.

Pop ... pop ... pop ...

Matt ließ sich von Washburn weiterziehen. Sie flohen an der Sno-Cat vorbei und auf das demolierte Tor zu. Niemand stellte sich ihnen entgegen, überall lagen zusammengesackte, leblose Körper.

Auf einmal entdeckte Matt in einer abgetrennten Hand ein vertrautes Objekt, bückte sich im Laufen und stopfte es in seine Tasche. Vielleicht konnte man es irgendwann einmal brauchen.

So flüchtete das Trio an die Oberfläche, hinaus in den Schneesturm.

Als Matt ins Freie trat, schien der Wind seine Taubheit wegzublasen und er hörte plötzlich das Heulen des Sturms.

»Hier entlang!«, brüllte Bratt und steuerte auf die geparkten Schneefahrzeuge zu. Sie hatten vor, sich einen Ski-

Doo zu schnappen und damit zu dem zwischen den Eishügeln versteckten SLOT-Transmitter zu fahren.

Aber das war leichter gesagt als getan.

Von ihrem Ziel trennten sie gut hundert Meter.

Sie sprinteten über die offene Ebene zu den halb im Schnee vergrabenen Fahrzeugen.

Eigentlich war es unvernünftig, zu hoffen, dass sie nicht bewacht wurden.

Erneut krachten Schüsse. Eis spritzte aus den Einschlaglöchern und pikte in ihre ungeschützte Haut.

Bratt und Washburn warfen sich auf den Bauch und gingen hinter einem flachen Eisrücken in Deckung. Matt folgte ihrem Beispiel. Die Scharfschützen versteckten sich offenbar in einem Tal zwischen zwei Presseishügeln, gut geschützt. Matt entdeckte ein paar orangefarbene Zelte.

»Dort werden die Leichen aufbewahrt, die man in der Station gefunden hat«, zischte Washburn. »Ich weiß, wie man von hinten reinkommt, und ich hab noch eine Granate. Gebt mir Deckung.« Schon machte sie sich daran, wegzukriechen, zurück in Richtung Stationseingang.

Bratt feuerte auf die Zelte. Matt rollte herum und hob seine AK-47, zielte und suchte nach Schatten im Schnee. Sobald er eine Bewegung wahrnahm, drückte er ab.

Inzwischen hatte Washburn eine schmale Spalte erreicht und wollte sich den Scharfschützen von hinten nähern.

Doch dann ging, wie es für diesen Tag so typisch war, alles schief.

17:11 Uhr

Am Schachteingang machte Jenny sich zusammen mit den anderen bereit und hielt Bane am Genick fest. Um sie herum heulte der Sturm, aber abgesehen von einzelnen Wirbeln und Böen hatte es aufgehört zu schneien.

»Auf mein Kommando!«, rief Kowalski ein paar Schritte neben ihr. Er und Tom standen in vorderster Front, flammende Molotows in den hocherhobenen Händen.

Vor ihnen hatten sich fünf Grendel zusammengerottet. Seit man hinter einem der benachbarten Hügel ständig Explosionen hörte, rückten die Bestien etwas langsamer vor. Offensichtlich waren die für Vibrationen äußerst empfindlichen Tiere von den Erschütterungen irritiert.

»Das kommt aus der Station«, hatte Tom gemeint. »Hört sich an, als hätte jemand sie angegriffen.«

Kowalski hatte ihm zugestimmt: »Klingt wie Granatfeuer.«

Die momentane Verwirrung der Biester hatte ihnen Zeit gegeben, ein paar Molotows anzuzünden und eilig einen Plan zu entwerfen.

Er war nicht sonderlich ausgeklügelt, eher schlicht und brutal.

Kowalski übernahm die Führung, ging auf den nächsten Grendel zu und fuchtelte mit seiner Fackel vor ihm herum.

Das Tier fletschte die Zähne wie ein Hund. Die anderen Grendel zogen sich einen Schritt zurück, nervös und wachsam. Nur der Leitbulle behauptete seinen Platz und ließ sich vom Feuer nicht beeindrucken.

»Der ist ja gut im Futter«, flüsterte Ogden an Jennys Seite. »Bestimmt einer der Wächter des Geheges. Sein Territorialanspruch wird am stärksten sein.«

Genau darin bestand ihre Hoffnung. Wenn sie es schafften, dem Rudel den Führer zu nehmen, würden die anderen sich vielleicht verziehen.

Kowalski machte noch einen Schritt. Tom folgte ihm.

Auf einmal stürzte der Grendel brüllend auf sie los.

»Scheiße!«, schrie Kowalski und schleuderte den Molotow auf das offene Maul des Monsters. Im Zurückweichen stieß er gegen Tom und beide fielen in den Schnee.

Doch Kowalski hatte gut gezielt. Die brennende Flasche traf genau ins Maul der Kreatur. Das Ergebnis war spektakulär.

Eine Explosion aus brennendem Öl brach aus den Kiefern des großen Tiers hervor, als wäre es ein Feuer speiender Drache. Es heulte auf, spie flammendes Öl, würgte und drehte sich in Todesqualen und blinder Wut um sich selbst. Die anderen Grendel flohen und stoben in alle Richtungen davon.

Der Gestank von brennendem Fleisch erfüllte das kleine Tal.

»Jetzt!«, schrie Kowalski und sprang zusammen mit Tom wieder auf die Füße.

Glücklicherweise war der Molotow beim Sturz des jungen Ensign nicht in den nassen Schnee gefallen, jetzt schleuderte Tom ihn mit der Kraft eines professionellen Baseballspielers von sich. Der Brandsatz flog über das sich windende Monster hinweg. Ein Stück hinter ihm ging er in Flammen auf, setzte den Weg in Brand und verjagte die restlichen Grendel endgültig.

»Los geht's!«, rief Kowalski und übernahm die Führung.

Das verwundete Tier brach mit verbrannten Lungen auf dem Eis zusammen. Noch immer tanzten Flammen um seine Lefzen und die beiden hoch am Kopf sitzenden Nasenlöcher, aber es rührte sich nicht mehr.

Trotzdem hielt Kowalski einen Sicherheitsabstand ein. Tom winkte den anderen, ihnen zu folgen, und Jenny setzte sich neben Craig und Dr. Reynolds in Bewegung. Bane überholte sie und gesellte sich zu Kowalski. Den Abschluss bildeten die Biologen mit Tom.

So schnell ihre Füße sie trugen, rannten sie über Feuer und Eis.

An der Spitze ihres Zuges schwenkte Kowalski den letzten Molotow wie eine brennende Fackel.

Doch dann erscholl ein Schrei …

Jenny drehte sich um und sah, dass Antony gestürzt war und mit einem Bein in einem Eisloch steckte. Tom und Zane zogen den panischen Jungen heraus.

Kowalski war stehen geblieben und wartete auf sie. »Das ist beschissen, stimmt's?« Sie würden alle mehr auf die Löcher im Eis Acht geben müssen. Man konnte sich nur allzu leicht ein Bein brechen … oder den Hals.

Zane half seinem Freund wieder auf die Füße.

»Scheiße, ist das kalt!«, stöhnte Antony.

Hinter ihnen krachte das Eis. Aus dem Loch brach ein Grendel hervor, schnappte nach dem Bein des Jungen und biss zu. Der Rand des Eislochs splitterte, Zane und Tom wurden nach hinten geworfen. So schnell, wie es gekommen war, verschwand das Biest wieder in dem Loch und riss Antony mit sich.

Er hatte nicht einmal Zeit, zu schreien.

Stockend liefen sie weiter. Da Schnee das Eis bedeckte, war es nahezu unmöglich, die dünneren Stellen rechtzeitig zu erkennen.

»Sie verfolgen uns«, keuchte Ogden. »Sie spüren unsere Schritte unter dem Eis.«

»Wir dürfen nicht stehen bleiben«, sagte Kowalski.

Das wollte auch niemand, trotzdem drosselten sie das Tempo. Mutig übernahm Kowalski wieder die Spitze. Alle konzentrierten sich ganz auf ihre Schritte, um jedes unnötige Risiko auszuschließen.

Jenny hatte schon gesehen, wie Eisbären auf diese Weise Seehunde gejagt und sich von unten auf ihre arglose Beute gestürzt hatten. Die Gegend musste voller überfrorener Luftlöcher sein, voller permanenter Spalten im Eis, die von den Presseisrücken geschützt wurden.

Äußerste Vorsicht war geboten.

Dann sah sie, wie sich der Schnee hochwölbte, als drückte von unten etwas Schweres dagegen. Knirschend brach das Eis. Die Grendel folgten ihnen immer noch.

»Um den nächsten Hügel herum!«, rief Tom von hinten. »Der Parkplatz liegt direkt vor uns!«

Behutsam beschleunigten sie ihre Schritte.

Als Jenny um die Kurve bog, sah sie, dass er Recht hatte. Hier flachte das Wirrwarr von übereinander geschobenen Packeisspitzen ab und ging in eine einigermaßen flache Eisdecke über. Sie hatten die heimtückischen Eishügel fast hinter sich.

Im Heulen des Windes hörten sie erneut Gewehrfeuer, während sie auf die Lichtung zuhielten. Kowalski erreichte sie als Erster und hielt die Hand hoch, während er das Gebiet mit den Augen absuchte. Wieder krachten Schüsse, diesmal ganz in der Nähe. Offensichtlich war ein Gefecht im Gange.

Inzwischen hatte auch Tom zu den anderen aufgeschlossen. »Jemand greift die Russen an, ganz eindeutig.«

»Könnte es das Delta-Team sein?«, erkundigte sich Amanda bei Craig.

Er schüttelte den Kopf.

Auf Kowalskis Kommando rückten alle zusammen vor. Gerade zehn Meter vor ihrem Versteck stand eine Sno-Cat, dahinter konnte man mehrere Schneemobile und andere Fahrzeuge erkennen.

Auf der anderen Seite des Parkplatzes erspähte Jenny zwei Gestalten auf dem Eis, die in Richtung der Hügel links von ihnen feuerten. Als Antwort prasselten Kugeln in den kleinen Kamm, der die beiden schützte.

Es war unmöglich, zu sagen, um wen es sich handelte. Obwohl es nicht mehr schneite, wirbelte der Wind nach wie vor den gefallenen Schnee empor und erschwerte so die Sicht.

Plötzlich rannte Bane los, ließ die Gruppe hinter sich und sauste zwischen den geparkten Fahrzeugen hindurch, hinaus auf die offene Ebene.

Jenny machte Anstalten, im nachzujagen, aber Kowalski packte sie am Ellbogen und deutete mit dem Arm nach vorn.

Aus dem stürmischen Halbdunkel leuchtete hell der Eingang der Basis. Dunkle Silhouetten strömten daraus hervor. Eine Schlacht würde beginnen.

Als Jenny wieder nach Bane sah, war er längst zwischen den geparkten Schneefahrzeugen verschwunden.

Der Schusswechsel wurde heftiger.

»Was machen wir jetzt?«, fragte Tom.

17:14 Uhr

Aus seinem Versteck hinter dem Presseisrücken beobachtete Matt, wie Washburn von drei Männern gepackt und zu Boden gerissen wurde. Sie stieß um sich und wehrte sich, hatte aber keine Chance. Noch mehr Soldaten kamen aus der Station und flankierten den Eingang. Im Schutz der Halle gingen Scharfschützen in Stellung.

Es würde nicht lange dauern, bis sie Matt und Bratt umfasst und erschossen hatten. Matt hielt die Männer am Eingang in Schach und versuchte zu verhindern, dass sie in eine gute Schussposition kamen. Bratt tat dasselbe mit den Angreifern, die sich zwischen den Zelten versteckten.

Doch allmählich wurde ihre Munition knapp.

»Ich lenke sie ab«, sagte Bratt. »Versuchen Sie, sich zu den Fahrzeugen durchzuschlagen und mit einem davon zu fliehen.«

»Und was ist mit Ihnen?«

Bratt wich einer direkten Antwort aus. »Ich tue, was ich kann, um sie Ihnen so lange wie möglich vom Hals zu halten.«

Matt zögerte.

Aber Bratt wandte sich mit funkelnden Augen zu ihm um. »Das hier ist nicht Ihr Krieg!«

Und Ihrer auch nicht, wollte Matt ergänzen, aber jetzt war nicht der richtige Zeitpunkt für Debatten. Also nickte er einfach und gab nach.

Bratt verlagerte seine Aufmerksamkeit und zog eine Granate aus der Tasche. Er zielte und machte klar, was er vorhatte. »Fertig.«

Matt holte tief Luft und hievte sich aus der Bauchlage hoch, blieb aber geduckt. »Los!«

Bratt schleuderte die Granate. Leider reichte der Schwung wegen des Gegenwinds, der von den Eisgipfeln blies, nicht aus, um die Gruppe bei den Zelten zu erreichen. Aber er machte seine Sache trotzdem gut. Eine mächtige Eisexplosion verwischte die Sicht.

Das war Matts Stichwort. So schnell er konnte, rannte er los. Hinter ihm drehte Bratt sich um und feuerte auf die Männer am Eingang der Station.

Der Plan hätte funktionieren können, wenn die Russen bei den Zelten inzwischen nicht die Gelegenheit ergriffen hätten, ihren Raketenwerfer zu laden. Matt hörte das Zischen, gefolgt von dem verräterischen Pfeifen.

Blitzschnell warf er sich zu Boden und drehte sich dabei auf die Seite, sodass er ein paar Meter auf der Schulter schlitterte. Das scharfe Eis zerschnitt seinen Parka. Er sah, wie Bratt sich umwandte und in Deckung gehen wollte, doch die Entfernung war zu kurz, die Rakete zu schnell.

Matt bedeckte das Gesicht mit den Händen – um sich zu schützen, aber auch, um nicht zusehen zu müssen.

Mit einem dröhnenden Knall schlug die Rakete ein. Das

Eis bebte. Matt senkte den Arm und stemmte sich hoch. An der Stelle, wo er und Bratt für kurze Zeit Zuflucht gesucht hatten, gähnte jetzt ein qualmendes Loch.

Von Bratt keine Spur.

Dann landete mit einem dumpfen Aufprall ein Stiefel neben Matt im Schnee und zischte einen Augenblick auf dem Eis.

Voller Entsetzen rollte Matt sich weg. Doch dann rappelte er sich auf. Bratts Opfer durfte nicht umsonst gewesen sein. Er rannte weiter zu den Fahrzeugen.

17:16 Uhr

Jenny starrte auf die einsame Gestalt, die übers Eis lief. Sie trug einen weißen Parka ... einer von den Russen. Dann nahm ein Schneewirbel ihr die Sicht.

»Wir müssen hier weg«, sagte Craig neben ihr und holte sie aus ihrer Grübelei. »Solange die abgelenkt sind, schnappen wir uns so viele Fahrzeuge wie möglich.«

»Wer kann eine Cat fahren?«, fragte Kowalski und deutete auf das kräftige Raupenfahrzeug. Es stand nur noch zehn Meter entfernt. *So nah ...*

Ogden hob die Hand: »Ich.«

Kowalski nickte. »Tom und ich nehmen jeder eins von den Schneemobilen für die Flanken und als Lockvogel. Der Rest passt in die Cat. Ich hab hier noch zwei Molotows.« Er warf Tom einen davon zu. »Wir werden alles dafür tun, um euch die Russen vom Hals zu halten.«

»Dann mal los!«, sagte Craig.

Die Gruppe rannte zu der nahen Cat. Tom und Kowalski trennten sich und jeder peilte ein Ski-Doo an.

Henry Ogden erreichte die Sno-Cat als Erster und riss

die Tür auf. Zane und Magdalene kletterten auf den Vordersitz, während Henry den Motor ausprobierte. Der stotterte, sprang dann aber an. Das Geräusch wirkte furchtbar laut und würde jetzt, da der Schusswechsel aufgehört hatte, garantiert bald die Aufmerksamkeit der Russen auf sich ziehen. Hoffentlich waren die Soldaten noch taub von der Raketenexplosion. Wenn nicht, gab es ja immer noch den ständig heulenden Wind.

Jenny hielt Ausschau nach Anzeichen dafür, dass man sie schon gehört hatte. Aber die Rauchwolke, die nach dem Raketenangriff aufgestiegen war, behinderte die Sicht noch immer. Der Wind trieb den Qualm auf den Eingang der Station zu. Lange konnten sie sich jedoch nicht mehr darauf verlassen.

Ein Ski-Doo-Motor heulte auf, dann der zweite. Offensichtlich hatten Tom und Kowalski ihre Fahrzeuge bestiegen.

»Rein hier!«, drängte Craig und öffnete die hintere Tür für Amanda und Jenny.

Als Amanda nach dem Türrahmen griff, übertönte ein Bellen den Motorenlärm.

Jenny trat hinter der Cat hervor. *Bane ...*

Sie spähte ins Halbdunkel und entdeckte eine Bewegung. Ungefähr fünfzig Meter von ihnen entfernt löste sich eine Gestalt aus dem Schnee. Der Russe im weißen Parka! Jenny zischte Craig eine Warnung zu.

Er trat zu ihr. Auch Amanda hielt in der offenen Tür inne.

Jenny deutete auf die bewaffnete Gestalt, die ihrerseits nichts von ihnen zu bemerken schien. Wahrscheinlich war er zu nahe bei der Explosion gewesen und noch benommen und taub.

»Wir müssen ihn töten«, sagte Craig.

Aber dann bemerkte Jenny eine weitere Gestalt, dunkel und nah am Boden. Es war Bane. Der Wolfsmischling sprang den Mann an und warf ihn um.

Auch Craig hatte es gesehen. »Sieht aus, als müssten wir uns um das Problem keine Sorgen mehr machen. Das ist mir ja ein Tierchen! Ein echter Killer.«

Mit gerunzelter Stirn sah Jenny ihn an. Bane war alles andere als ein Killer.

Sie beobachtete, wie der Mann den Hund niederrang, dann auf die Knie ging, ihn umarmte und eng an sich drückte. Sie machte zwei Schritte vorwärts. »Matt!«

17:18 Uhr

Ein Schluchzen kam aus Matts Kehle, als er Bane umarmte. *Wie war der Hund hierher gelangt? Den ganzen Weg von Omega?* Es war ein Wunder.

Dann hörte er einen leisen Schrei im Wind, konnte aber nicht sagen, woher er kam. Er blickte auf. Jemand rief seinen Namen.

Bane rannte ein paar Schritte, drehte sich dann aber wieder zu Matt um. Offenbar wollte er, dass Matt ihm folgte.

Benommen stolperte er vorwärts. Er konnte sein Glück nicht fassen.

Und hätte es auch nicht tun sollen.

Denn schon wieder durchdrang das charakteristische Pfeifen den Wind.

Die nächste Rakete.

Anscheinend hatten die Russen sein Ziel erraten und wollten jetzt den Parkplatz zerstören, um ihm auch noch die letzte Fluchtchance zu vereiteln.

Matt stolperte weiter, hinter Bane her, um ihn einzufangen und sich mit ihm auf den Boden zu werfen, doch der Wolfshund war schneller. Schon war er bei den ersten Fahrzeugen angekommen.

»Bane! Nein!«

Gehorsam, wie er war, blieb Bane stehen, drehte sich um und sah Matt fragend an.

Dann schlug die Rakete ein und die Druckwelle warf Matt zurück. Er landete auf dem Rücken und es verschlug ihm den Atem. Er spürte, wie die Hitze der Explosion über ihn hinwegrollte.

»Nein!«, schrie er, in seinem Herzen und auch tatsächlich.

Als er sich aufsetzte, war der Parkplatz vor ihm verschwunden, nur noch eine Ruine aus Eis und zerfetzten Fahrzeugen. In der Mitte klaffte ein Loch, durch das man zum Ozean hinuntersehen konnte.

Voller Verzweiflung schlug Matt die Hände vors Gesicht.

17:19 Uhr

Für den Bruchteil einer Sekunde musste Jenny das Bewusstsein verloren haben. Gerade noch hatte sie neben der Sno-Cat gestanden und nach Matt gerufen – und im nächsten Moment lag sie platt auf dem Rücken. Sie setzte sich auf und die Welt um sie herum drehte sich.

Ihre Ohren dröhnten. Ungefähr fünf Meter vor ihr lag die Sno-Cat. Jenny erinnerte sich an den Ruck, als das Eis sich unter ihr gewölbt und sie hochgeworfen hatte. Die Wucht der Explosion hatte das große Pistenfahrzeug auf die Seite gekippt.

Matt …

Direkt vor der Explosion hatte sie ihn gesehen. Die Angst vertrieb ihre Benommenheit.

Mühsam rappelte sie sich auf. Ein Stück rechts von ihr

tat Craig gerade das Gleiche. Erstaunlicherweise stand Amanda bereits auf den Beinen, neben der Sno-Cat, als wäre nichts geschehen.

Das Eisfeld hinter ihnen war ausradiert. Dicke Dampfschwaden stiegen davon auf. In der Mitte klaffte ein riesiges Loch, durch das man den Ozean sehen konnte. Überall lagen Fahrzeugtrümmer herum wie kaputtes Spielzeug. Jenny konnte weder Matt noch Bane entdecken, aber der Dampf hüllte auch alles in einen dichten Nebel.

Als sie näher kam, sah Jenny Tom unter seinem Schneemobil liegen. Der junge Mann rührte sich nicht und unter ihm quoll ein rotes Rinnsal hervor.

O Gott ...!

Halb auf dem nächsten Presseishügel entdeckte sie Kowalskis Fahrzeug, mit noch tuckerndem Motor. Aber von Kowalski selbst keine Spur.

»Wir müssen ihnen helfen«, sagte Amanda.

Jenny stolperte zurück zu ihr.

Amanda drehte sich um. Ihre Worte klangen noch verschwommener als sonst. »Die Explosion ...« Sie schüttelte den Kopf. »Das Ding hier hätte mich fast unter sich begraben.«

Jenny legte ihr die Hand auf die Schulter. Es musste schrecklich sein, so etwas mit anzusehen, ohne dabei den geringsten Laut zu hören.

Craig trat zu ihnen.

Durch die Windschutzscheibe der Cat sah man eine Bewegung. Ogden hatte eine Platzwunde an der Stirn. Zusammen mit Magdalene versuchte er, Zane zu beruhigen, der um sich schlug und nur halb bei Besinnung war.

»Wir müssen sie rausholen«, sagte Jenny.

»Die Tür klemmt«, erwiderte Amanda. »Ich hab's versucht ... ich konnte nicht ... vielleicht schaffen wir es gemeinsam.«

Craig trat ein Stück von der umgekippten Snow-Cat zurück. »Ich fürchte, dafür haben wir keine Zeit.« Er starrte zu dem Loch im Eis.

Der Wind blies den Dampf von der Explosionszone weg, und nun sah man, wie eine Reihe von Gestalten in weißen Parkas mit gezückten Waffen langsam auf sie zukam.

Craig wandte sich um. »Das Reinigungskommando. Wir müssen hier weg, bevor sie uns entdecken.«

Jenny starrte auf die Fahrzeugtrümmer. »Wohin?« Sie deutete auf die Presseishügel. »Zurück ins Reich der Grendel?«

Craig schüttelte den Kopf und suchte angestrengt nach einer Alternative. »Das Delta-Team könnte schon in zwanzig Minuten hier sein ... wenn wir uns bis dahin verstecken ...«

Amanda hatte ihr Gespräch verfolgt. »Ich weiß vielleicht etwas Besseres. Aber wir müssen uns beeilen. Folgt mir.« Damit wandte sie sich ab und kehrte dem zerstörten Parkplatz den Rücken zu.

Jenny blickte von den Gestalten in der Sno-Cat auf Toms schlaffen Körper. Sie hasste es, sie alle im Stich zu lassen. Aber sie hatte keine Wahl, vor allem ohne Waffen. Ihre Hand umfasste das leere Halfter. Frustriert und mit unendlich schlechtem Gewissen wandte auch sie sich ab.

In diesem Moment heulten hinter ihnen Motoren auf. Jenny blickte sich um und sah durch Nebel und Dampfschwaden ein Paar Scheinwerfer aufleuchten. Hintereinander bogen sie seitlich ab, um den Ort des Raketenangriffs zu umrunden.

Hover Cycles.

Jenny beschleunigte ihr Tempo.

Dreißig Meter vor ihr verschwand Amanda gerade um einen Vorsprung. Craig folgte ihr. Als Jenny den Kamm erreichte, blieb sie schliddernd stehen und schaute sich ein letztes Mal nach denen um, die sie zurückließen. Auf einmal sah sie eine Bewegung: Tom, der noch immer unter seinem Fahrzeug lag, hob schwach den Arm.

»Tom lebt!«, rief sie den anderen atemlos zu.

»Wir haben keine Zeit, um zurückzugehen!«, antwortete Craig. Er stand mit Amanda in einer Nische, einer natürlichen Schutzhöhle im Eis. »Die Russen können jede Sekunde hier sein!«

Nun entdeckte Jenny auch ihr Fluchtfahrzeug. In der Nische stand ein kleines, einmastiges Segelboot, ein Eisboot auf langen Titankufen. Amanda stand am Bug und hielt eine kleine Axt in der Hand. Damit trennte sie die Seile durch, die das Boot sicherten.

Jenny blieb am Eingang der Nische stehen und blickte noch einmal zu Tom zurück. Jetzt fiel sein Arm in den Schnee zurück und blieb reglos liegen.

Zähneknirschend traf sie eine harte Entscheidung. Sie durften es nicht riskieren, gefangen zu werden. Also wandte sie Tom und den anderen den Rücken zu und ging auf das Eisboot zu.

»Einer auf jeder Seite!«, ordnete Amanda an, während sie mit der Axt um das Boot herumlief. »Wir müssen das Boot erst mal ein Stückchen rausschieben.«

Jenny beeilte sich, um der Aufforderung nachzukommen, als sie das Heulen der Hovercraft-Fahrzeuge übers Eis hallen hörte. Craig sah sie viel sagend an. Es war wirklich höchste Zeit. Sie arbeiteten schneller.

Als das Boot frei war, warf Amanda die Axt hinein und half vom Bug aus beim Schieben. »Drei Meter zurück, dann kann ich das Segel hissen.«

Alle legten sich ins Zeug, aber das Boot war verdammt schwer und wollte sich nicht von der Stelle rühren. Sie würden es niemals rechtzeitig schaffen.

»Kommt schon!«, murmelte Craig von Steuerbord.

Dann war das Boot auf einmal frei. Es hatte nicht am Gewicht gelegen, sondern die Kufen waren am Boden festgefroren gewesen. So rasch sie konnten, beförderten sie es aus der Nische, hinaus in den stärkeren Wind.

»Alles an Bord, möglichst nach vorn!«, rief Amanda, während sie zum Heck lief. »Einer auf jeder Seite für das Gleichgewicht.«

Jenny und Craig kletterten hinein.

Vom Heck aus hakte Amanda mit geübten Handgriffen das Segel los. Wenige Augenblicke später fing sich die steife Brise im Segeltuch, dass sich das Segel blähte und ausbreitete.

Sofort schoss das Boot rückwärts los, weg von den Presseishügeln, getrieben vom Wind.

Jenny entdeckte die beiden Hover Cycles hinter dem Bug des Bootes. Sie fuhren direkt auf die Sno-Cat zu. Auf jedem Fahrzeug konnte sie zwei Gestalten ausmachen.

Leider hatten die Russen ihr Boot auch gesehen.

Schon wandten die Fahrzeuge sich in ihre Richtung.

»Verdammt!«, fluchte Craig auf der anderen Seite.

Die beiden Beifahrer schossen auf sie, das Eis um das Boot herum spritzte hoch empor. Ein paar Kugeln durchschlugen das Segel, ohne jedoch größeren Schaden anzurichten.

»Legt euch hin! Köpfe runter!«, rief Amanda vom Bug.

Jenny hatte sich bereits auf den Boden geworfen, aber Craig duckte sich.

Über ihnen schwang der Mast herum, mit einer Geschwindigkeit, die einem den Schädel zertrümmert hätte. Kurz darauf folgte das Boot der Bewegung, schlidderte auf dem Eis und hob sich auf eine Kufe.

Jenny hielt die Luft an und war fast sicher, dass sie umkippen würden, doch dann landete das Boot ruckartig wieder auf dem Eis. Die Segel knallten, als hätten sie die Schallgrenze durchbrochen – und dann waren sie unterwegs.

Der Wind sauste an ihnen vorbei. Vorsichtig wagte Jenny einen Blick nach vorn und zurück. Jetzt, da das Boot richtig gewendet war, rasten sie den Hovercraft-Fahrzeugen mühelos davon, und ihr Tempo nahm noch zu. Ihre Feinde fielen immer weiter zurück. Bei diesen Windverhältnissen kamen sie gegen ein Eisboot in voller Fahrt nicht an.

Jenny gestattete sich einen Funken Hoffnung, der sie von innen erwärmte.

Dann sah sie einen Feuerblitz, der von dem führenden Hover Cycle ausging.

Miniraketen!

17:22 Uhr

Matt rannte geduckt übers Eis, während ihm Kugeln um die Ohren pfiffen und vom Eis abprallten. Von seiner Wut getrieben, schlängelte er sich zwischen den umgekippten Fahrzeugen und Trümmern hindurch, suchte Schutz, wo er konnte, während sich die Reihe der russischen Soldaten entschlossen auf ihn zubewegte.

Vor ihm blockierte der Krater im Eis den Weg. Er würde um ihn herumgehen müssen, wodurch er Zeit verlor, doch wenigstens war der Dampf, der von dem schartigen Loch aufstieg, am Rand deutlich dicker.

Er ging auf die Windseite zu, wo der Nebel am dichtesten war. Aber was dann? Schließlich konnte er sich nicht ewig im Nebel verstecken. Er musste die Russen abschütteln, sie von seiner Spur abbringen.

Eine Bewegung lenkte seinen Blick auf die offenen Eisfelder. Ein blaues geblähtes Segel schoss übers Eis – ein Eisboot, gejagt von zwei Hovercraft-Maschinen. Plötzlich gab es in der Nähe des Bootes eine heftige Explosion, die

Eis und Wasser in die Höhe schleuderte. Im letzten Augenblick rettete sich das Boot mit einer raschen Wendung, aber ein Eishagel ging darauf nieder. Die Verfolger kamen immer näher.

Eine Kugel bohrte sich neben Matts Ferse ins Eis. Er wich aus und widmete sich wieder seiner eigenen Notlage. Noch mehr Kugeln schlugen ein. Aber als er den Blick von dem Eisboot abwandte, erweckte etwas anderes seine Aufmerksamkeit.

Vielleicht …

Er versuchte, die Entfernung abzuschätzen, dachte dann aber: *Ach, was soll's!* Er wollte lieber bei dem Versuch sterben, sich selbst zu retten, als dass ihm die Russen einfach in den Kopf schossen.

Er änderte seinen Kurs und rannte jetzt direkt auf die Einschlagstelle der Rakete zu, auf das dampfende Loch im Eis. So blieb er für die Russen deutlich zu sehen. Kugeln verfolgten ihn, nun schon viel näher an ihrem Ziel.

Als er den Rand des Kraters erreichte, sprang er mit ausgestreckten Armen hinein.

Überall im Wasser trieben Eisschollen und er musste beim Eintauchen höllisch aufpassen. Die Kälte drang ihm sofort durch Mark und Bein, eher ein Brennen als ein Frieren. Er kämpfte gegen den Impuls, sich wie ein Fötus dagegen zusammenzurollen. Seine Lungen protestierten, er keuchte und würgte.

Aber diesen Reflexen nachzugeben, wäre sein sicherer Tod gewesen.

Stattdessen spannte er die Brust an, ruderte mit den Beinen und zog sich mit den Armen unters Eis. Die Anstrengung half – ebenso wie sein dreilagiger Goretex-Parka. Er schwamm in den dunklen Ozean hinein.

Das Wasser war schwarz wie Tinte, aber er konzentrierte sich auf das Ziel, das er von der Oberfläche aus gesehen hatte. Sechzig Meter entfernt strahlte ein vages Sturmlicht in die Tiefen des Ozeans.

Es war der von Menschenhand erschaffene See, durch den vor einiger Zeit das russische U-Boot aufgetaucht war. Matt schwamm darauf zu, immer direkt unter dem Eis. Er kämpfte gegen die Kälte, gegen das Gewicht seiner Kleidung. Aber er musste es schaffen.

Nach seinem selbstmörderischen Sprung in den Eiskrater würden die Russen ihn für tot halten und die Jagd auf ihn beenden. Sobald er sein Ziel erreicht hatte, würde er aus der Polynja klettern und sich in den Presseishügeln eine Höhle suchen. In einer Innentasche des gestohlenen Parkas steckten ein Päckchen russischer Zigaretten und ein Feuerzeug. Irgendwie würde er ein Feuer anzünden und sich wärmen, bis die Russen sich endlich aus dem Staub machten.

Es war nicht der beste Plan ... genau genommen hatte er so viele Schwachstellen, dass er sie lieber nicht aufzählte.

Aber alles war besser als ein Schuss in den Rücken.

Matt arbeitete sich weiter vor, immer in Richtung Licht. *Nur noch ein bisschen ...*

Aber der Lichtstrahl, der ihm das Leben retten sollte, kam einfach nicht näher. Er kraulte und paddelte durchs Wasser und stieß sich von den gelegentlichen Eiskämmen ab, um schneller ins offene Wasser zu gelangen.

Seine Lungen schmerzten, Lichtpunkte schwirrten ihm vor den Augen. Seine Glieder zitterten vor Kälte.

Vielleicht war es doch eine Fehlentscheidung gewesen ...

Matt wehrte sich gegen die aufsteigende Panik. Bei den Green Berets hatte er alle möglichen Trainings durchgemacht, auf jedem erdenklichen Terrain. Er stieß sich einfach weiter mit den Beinen vorwärts und zog mit den Armen. Solange sein Herz noch schlug, war er am Leben.

Plötzlich erwachte eine tiefere Angst in seinem Innern.

So *war Tyler gestorben ... ertrunken unter Eis.*

Aber er schob den Gedanken beiseite und setzte sein entschlossenes Kraulen hin zum Licht hartnäckig fort. Doch Angst und Schuld ließen ihn nicht los.

Wie der Vater, so der Sohn.

Ein kleiner Strom von Luftblasen kam aus seinem Mund, als seine Lungen sich verkrampften. Der Lichtstrahl wurde schwächer.

Vielleicht habe ich genau das verdient ... ich habe Tyler im Stich gelassen.

Doch ein Teil seiner selbst weigerte sich, daran zu glauben. Seine Beine stießen weiter kräftig nach hinten. Er krallte sich zum Licht. Jetzt schien es näher zu sein. Eine endlose Zeit kämpfte er sich zu seiner Rettung voran – sowohl jetzt als auch in der Vergangenheit. Er würde nicht sterben. Er würde sich nicht von seiner Schuld umbringen lassen, nicht mehr, er würde nicht weiter diesen langsamen Tod sterben, wie er es in den letzten drei Jahren getan hatte.

Matt stieß sich vor ins Licht und der Schwung trug ihn hinaus unter den See. Licht umströmte ihn.

Er würde leben.

Mit dem letzten bisschen Atem in der Lunge kroch er hinauf, zum Licht, zur Rettung. Eine zitternde, gefrorene Hand griff an die Oberfläche – und berührte klares Eis.

Die Oberfläche des Sees war während des Sturms zugefroren.

Der Auftrieb trug ihn nach oben und sein Kopf stieß gegen ein Dach aus Eis. Er tastete zur Seite und nach oben und schlug mit der Faust gegen das Eis. Es war dick, mindestens neun Zentimeter. Zu fest, um es von unten zu durchbrechen.

Er starrte hinauf zum Licht. Zu der Rettung, von der ihn nur neun Zentimeter trennten.

Wie der Vater ... so der Sohn ...

Verzweiflung bemächtigte sich seiner. Sein Blick senkte sich, folgte dem Licht in die eisigen Tiefen unter ihm.

Tief unten sah er eine Bewegung. Gestalten erschienen. Zuerst eine, dann noch eine … und noch eine. Groß, anmutig trotz ihrer Masse, perfekt an die höllische Umgebung angepasst. Die weißen Körper bewegten sich in Spiralen nach oben auf ihre Beute zu, die in der Falle saß, hin zum Licht.

Grendel.

Matts Rücken presste sich gegen das Eisdach über ihm, während seine Augen nach unten starrten.

Wenigstens würde er nicht sterben wie Tyler.

17:23 Uhr

Amanda neigte das Segel nach vorn und bemühte sich, ihr Boot an dem Hagel aus Eissplittern vorbeizulenken. Eine blaue Eisscholle von der Größe einer Kuh landete einen Meter vor dem Bug, sprang hoch und rollte ein Stück weiter.

Amanda lehnte sich mit der Hüfte gegen den Kiel, um abzubiegen. So sausten sie seitlich an dem rollenden Eisklotz vorbei, als dieser gerade an Schwung verlor und liegen blieb.

Sie drehte sich um und sah noch mehr Eishagel lautlos auf sie herniederprasseln. Hinter ihnen war ein riesiges Stück aus der Eisoberfläche herausgerissen worden. Die beiden Hover Cycles umrundeten es zu beiden Seiten und setzten die Jagd fort.

In unregelmäßigen Intervallen stieg Amanda in die Pedale. Damit verlangsamte sie zwar das Tempo, aber sie konnten sich ohnehin nicht ausschließlich auf die Geschwindigkeit verlassen, um den Miniraketen und den Hover-Rädern zu entkommen. Ihre beste Chance bestand darin, Haken zu schlagen, um ein möglichst unsicheres Ziel abzugeben.

Amanda konzentrierte sich auf die Landschaft vor ihnen. Jenny und Craig hatten sich auf den Bauch gerollt und spähten nach hinten. Beide wandten Amanda das Gesicht zu, damit sie von ihren Lippen lesen konnte.

»Sie sind ja verdammt geschickt«, sagte Jenny.

Amanda erlaubte sich ein grimmiges Lächeln, aber sie waren noch lange nicht in Sicherheit.

Craig rollte sich herum, kramte seinen versteckten Ohrhörer hervor, schob ihn an seinen Platz und zog den Kragen seines Parkas hoch. Seine Lippen waren nicht zu sehen, während er sprach.

Obwohl Amanda nicht wusste, was er sagte, konnte sie sich doch vorstellen, dass er die Delta-Force-Einheiten zu Hilfe rief. Sie hatten die Station weit genug hinter sich gelassen. Der »Football«, den Craig bei sich trug, war im Moment sicher vor den Russen. Aber er wollte keine Panne riskieren, schon gar nicht so kurz vor dem Ziel.

Jenny winkte Amanda und deutete nach hinten. *Ärger*.

Amanda schwenkte auf ihrem Sitz herum. Die Hovercraft-Maschine rechts von ihnen kam näher, kurvte auf sie zu, brauste über die flache Schneeebene.

Rasch richtete Amanda das Boot wieder auf einen geraden Kurs aus und nahm Tempo auf, wobei sie eine heftigere Windbö nutzte. Sie setzte alles daran, mehr Entfernung zwischen das Boot und das Hovercraft-Fahrzeug zu bringen.

Jennys Lippen bewegten sich. »Sie gehen wieder in Schussposition.«

Amanda warf einen Blick über die Schulter. Der Fahrer hinter ihnen beugte sich tief über den Lenker, ebenso sein Beifahrer. Allem Anschein nach reizten sie die Geschwindigkeit ihres Fahrzeugs voll aus.

Amanda würde das Gleiche tun müssen.

Sie warf einen Blick auf ihren Lasertacho. Der Zeiger näherte sich schnell der Hundertstundenkilometermarke.

Die höchste Geschwindigkeit, die sie dem Boot je abverlangt hatte.

Sie versuchte, die Gefahr zu ignorieren und sich stattdessen ganz auf das Boot unter ihr zu konzentrieren: Finger auf den Leinen, Füße auf den Pedalen, Handfläche auf dem Kielholm. Sie spürte, wie der Wind an den Segeln und am Boot zerrte. Sie passte sich ganz und gar dem Boot an, ließ ihre Sinne nach außen wandern und lauschte mit dem Boot, wie es nur jemand konnte, der taub war. Durch diese Verbindung konnte sie das Pfeifen der Kufen, das Heulen des Windes tatsächlich *hören*. Ihre Behinderung wurde zu ihrer größten Begabung.

Sie holte immer mehr Tempo heraus und sah zu, wie der Tacho an der Hundertermarke vorbeiglitt … *hundertfünf* …

»Sie schießen wieder auf uns!«, rief Jenny ihr lautlos zu.

… *hundertzehn … hundertzwanzig* …

Rechts schlug ein Feuerstrahl ein, Eis stob in den Himmel. Amanda drehte das Boot so, dass die Segel von der Wucht der Explosion profitierten.

… *hundertdreißig* …

Sie stießen gegen eine vorstehende Eiskante. Wie ein Windsurfer auf einer perfekten Welle sprang das Boot in die Luft. Unter ihnen ließ eine erneute Explosion das Eis splittern, aber das Boot flog darüber hinweg. Amanda erhob sich von ihrem Sitz, trimmte jedoch die Segel, um sie gerade zu halten. Mit einer geradezu unglaublichen Geschwindigkeit setzten die Kufen wieder auf.

… *hundertfünfundvierzig … hundertfünfzig* …

Wieder prasselte Eis auf sie herab, aber sie waren schon über die schlimmste Einschlagstelle hinaus. Das Boot flog übers Eis, eins mit dem Sturm, eins mit seiner Pilotin.

Craig streckte den Arm aus. »Herr des Himmels, sie drehen ab! Wir haben sie abgehängt!«

Doch Amanda machte sich nicht einmal die Mühe, sich

umzudrehen. Sie wusste, dass sie es geschafft hatte. Das Eisboot berührte kaum noch den Boden, und sie ließ es dahinfliegen, getragen vom Sturm. Erst als die Geschwindigkeit von selbst nachzulassen begann, trat sie vorsichtig auf die Bremse.

An der schlaffen Reaktion erkannte sie sofort die Gefahr. Der letzte Sprung hatte die Eisbremse zerrissen.

Sie probierte es weiter, aber der Hebel reagierte nicht. Da der Wind die Segel fest im Griff hatte, konnte Amanda sie auch nicht raffen. Die Leinen waren hart und gespannt wie Stahlseile und rührten sich nicht in ihren Halterungen. Für solche Geschwindigkeiten war das Boot einfach nicht gebaut.

Mit großen Augen beobachteten die anderen Amandas Bemühungen.

Der Wind wurde stärker. Die Nadel auf dem Tacho begann wieder hochzuklettern.

… hundertfünfzig … hundertsechzig …

Dann war das Ende der Skala erreicht.

Sie schossen über die gefrorene Ebene, den Sturmwinden auf Gnade und Barmherzigkeit ausgeliefert, flogen übers Eis, in einem Tempo, bei dem der kleinste Fehler tödlich sein konnte.

Jetzt blieb ihnen nur noch eins.

Etwas, was Amanda äußerst ungern tat.

»Wir brauchen eine Axt!«, rief sie den beiden anderen zu.

17:26 Uhr

Der Ohnmacht nahe, bot Matt der aufsteigenden Grendelherde die Stirn. Langsam und geduldig kreisten sie empor. Sie hatten es nicht eilig, denn genau wie Matt wussten sie, dass er nicht entkommen konnte. Er saß in der Falle – über sich das Eis, unter sich gierige Raubtierzähne.

Er erinnerte sich an Amandas Trick mit dem Helm und der Wärmemaske. Wenn ihm doch nur eine Möglichkeit einfallen würde, die Tiere von sich wegzulocken ... mit etwas Heißem ... Hellem ...!

Dann kam ihm eine Idee. Ihm fiel etwas ein, was er völlig vergessen hatte.

Eilig griff er in die Tasche seines Parkas. Hoffentlich war es nicht herausgefallen, das Ding, das er dem toten russischen Soldaten aus der abgetrennten Hand genommen hatte, als er aus der Eisstation geflohen war. Tatsächlich, es war noch an Ort und Stelle.

Er zog die schwarze Ananas heraus, eine der russischen Brandgranaten, von der gleichen Art, die Pearlson getötet hatte.

Allmählich engte der Sauerstoffmangel seine Wahrnehmung ein, aber er löste die Sicherung der Granate und drückte den Knopf, der darunter leuchtete. Dann fixierte er den nächsten Grendel, ein weißer, spiralförmig aufsteigender Schatten, und ließ die Granate in seine Richtung fallen, wobei er darauf vertraute, dass das Gewicht des Sprengkörpers ihn in die Tiefe tragen würde.

Die Granate sank rasch, hinunter zu der wartenden Herde.

Da er die Zeit bis zur Detonation nicht kannte, rollte Matt sich zusammen, hielt sich die Ohren zu, stieß alle verbrauchte Luft aus den Lungen und öffnete den Mund. Meerwasser strömte ihm in die Kehle. Mit einem Auge beobachtete er das aufsteigende Seemonster.

Der Grendel beschnüffelte die Granate, als sie an ihm vorbeirollte, und stupste sie ein wenig an.

Matt schloss die Augen. *Bitte ...!*

Dann verwandelte sich die Welt unter ihm in ein blendendes Feuermeer. Durch geschlossene Augenlider sah Matt das Licht, gleichzeitig erreichte ihn die Druckwelle wie ein riesiger Lastwagen, trieb ihn aufwärts, drückte seine Brust zusammen, packte seinen Schädel wie ein Schraubstock. Er spürte einen Schwall feuriger Hitze, die seine gefrorenen Gliedmaßen versengte.

Dann wurde sein Körper nach oben geschleudert. Die Explosion durchbrach die Eisschicht und er flog mit wild wedelnden Gliedmaßen hinaus ins Freie. Tief und schaudernd holte er Luft, erhaschte einen Blick auf die Eisfelder der Umgebung und fiel dann zurück ins Meer, das jetzt mit Eistrümmern übersät war. In öligen Flecken tanzte Feuer übers Wasser.

Nach dem Aufprall sank Matt ein Stück, stieg prustend wieder nach oben, benommen, mit dröhnendem Kopf. Bleiern paddelte er in dem Eisbrei herum.

Vor ihm tauchte eine große Gestalt aus der Tiefe auf, ihr Rücken sprühte Eis und Flammen. Sie war fahlweiß. Schwarze Augen starrten Matt an.

So schnell er konnte, schwamm Matt weg.

Dann drehte sich die Gestalt … und versank im Meer.

Tot.

Vor Kälte und Angst schlotternd, starrte Matt auf die Dampfsäule, die in die Luft stieg. So viel zum Thema heimliche Flucht. Während er noch nach einer Stelle zum Herausklettern suchte, erschienen auch schon Menschen am Rand des Teichs.

Russen.

Gewehre richteten sich auf ihn.

Matt klammerte sich an einen Eisbrocken. Jetzt hatte er wirklich keine Tricks mehr auf Lager.

KAPITEL 16

Väter und Söhne

ᐊᐹᐸᐃᑦ ᐃᕐᓂᑦᓗ

9. April, 17:30 Uhr
Auf dem Eis …

Geduckt zog Jenny die Eisaxt unter sich hervor. Im Hochkommen spähte sie über die Reling auf die vorbeifliegende Landschaft. Sie segelten mit der vollen Kraft des Sturms dahin. Der Wind heulte. Unter dem Kiel zischten die Kufen wie ein Nest wütender Schlangen. Die Vibrationen des Rumpfs brachten ihre Haut zum Kribbeln.

Sie hielt die Axt in der einen Hand und klammerte sich mit der anderen am Handlauf fest. Sie hatte das Gefühl, jeden Augenblick von dem flachen Deck geweht zu werden. »Was soll ich tun?«, rief sie in den Wind.

Amanda deutete mit dem Arm auf den Mastbaum. »Wir müssen das Segel abschneiden! Die Leine klemmt! Das ist unsere einzige Möglichkeit, langsamer zu werden!«

Jenny starrte zu dem geblähten Segel hinauf, dann wieder zu Amanda, damit sie ihre Lippen lesen konnte. »Sagen Sie mir, was ich tun soll!«

Amanda gestikulierte und lehnte sich vor, um besser gehört zu werden. »Das Segel muss runter, darf aber nicht wegreißen. Wir brauchen immer noch Antrieb für das Boot. Sie müssen ein paar von den Befestigungen kappen, damit das Segel flattert. Wenn es etwas gelockert ist, kann ich wieder mit den Leinen arbeiten. Hoffe ich jedenfalls.« Dann zeigte sie Jenny, welche von den Bindungen gekappt werden sollten.

Als erste diejenigen, mit denen das Segel am Baum befestigt war. Dafür musste Jenny einfach auf dem Rücken liegen und die Bindungen durchhacken. Die durchschnittenen Seile schnappten weg. Das Segel bebte, hielt aber fest.

Die nächsten waren schon schwieriger. Jenny ging auf die Knie und lehnte sich in den Wind. Mit einer Hand umklammerte sie den Mast, dann schwang sie die Axt. So arbeitete sie sich mit angehaltenem Atem an der Stange hinauf. Auf einmal sprang ein Tauende so plötzlich auf, dass es ihr ins Gesicht peitschte.

Sie fiel zurück, verlor den Halt und wäre um ein Haar über Bord gegangen.

Craig konnte sie gerade noch am Hosenbund packen und zum Mast zurückziehen.

Jenny klammerte sich wieder fest. Blut rann von ihrer Wange übers Kinn.

Doch statt ihrer Angst nachzugeben, wurde sie wütend. Wild entschlossen hackte sie weiter.

»Vorsicht!«, rief Amanda ihr zu.

Das Segel flatterte, als sich seine Ausrichtung plötzlich änderte. Der Mastbaum zitterte.

Amanda kämpfte mit einer Leine. Doch schließlich löste sich das Spill und Taue peitschten durch die Luft. »Runter!«, brüllte sie.

Jenny drehte sich und wollte der Aufforderung nachkommen, aber es war zu spät. Der Baum sprang um, in einem tödlichen Bogen. Sie konnte nicht mehr rechtzeitig ausweichen. Statt sich hinzuwerfen, sprang sie hoch.

Der Baum raste an ihr vorbei, doch das lose Segel erwischte sie voll. Geistesgegenwärtig packte sie es an einer Ecke und hielt sich fest, so gut sie konnte. In der Nähe des Masts fanden ihre Finger ein paar abgeschnittene Tauenden, an die sie sich klammern konnte, während der Baum sie über den Rumpf des Bootes hinaustrug.

Sie hing in der Takelung, das Eis raste unter ihren Füßen hindurch.

Dann kam wieder Wind in das Segel, es schwoll an und versetzte Jenny einen regelrechten Boxhieb. Sie konnte sich nicht mehr halten und flog durch die Luft. Der Wind trug den Schrei von ihren Lippen.

Dann schlug sie auf – aber nicht auf dem Eis, sondern im Boot.

Gekonnt hatte Amanda den Rumpf unter Jenny manövriert und sie buchstäblich aufgefangen.

»Alles klar, Jenny?«, fragte Craig.

Sie konnte nicht sprechen und war auch unsicher, was sie antworten sollte. Also blieb sie erst einmal keuchend liegen. Ihr war klar, dass sie dem Tod nur um Haaresbreite entgangen war.

»Ich hab das Segel unter Kontrolle!«, rief Amanda ihr zu. »Ich bremse uns ab.«

Gott sei Dank!

Während sie einfach blieb, wo sie war, spürte Jenny, wie das Tempo geringer wurde. Der Wind erschien ihr nicht mehr so heftig, das Zischen der Kufen sanfter.

Sie seufzte vor Erleichterung.

Aber dann hörte sie ein neues Geräusch, ein tiefes, sonores *wusch-wusch*.

Sie rollte sich herum und spähte übers Heck. Aus den niedrigen Sturmwolken tauchte ein Helikopter auf. Dann entdeckte sie die amerikanische Flagge auf seinem Rumpf.

»Das Delta-Force-Team«, sagte Craig, der ihr gegenübersaß.

Erst jetzt konnte Jenny zulassen, dass ihr Tränen in die Augen stiegen.

Sie hatten es tatsächlich geschafft!

Craig sprach in sein Kehlkopfmikrofon. »Hier Fischadler. Wir sind in Sicherheit. Unterwegs zur Basis. Jemand soll einen großen Pott Kaffee für uns machen.«

18:04 Uhr
Eisstation Grendel

Matt saß in einer Zelle, vollkommen erledigt, in einer Garnitur russischer Klamotten: Hosen, ein grünes Kapuzensweatshirt, Stiefel, die ihm eine Nummer zu groß waren. Noch immer zitterte er von seinem kalten Bad im Arktischen Ozean. Seine nassen Sachen lagen in einem Stapel in der Ecke des Wachraums vor der Zelle. Jedes Stück, jede Tasche war ausgiebig untersucht worden.

Eine Wache stand am Ausgang. Die beiden Männer, die ihn ausgezogen, ziemlich grob durchsucht und ihm trockene Sachen hingeworfen hatten, waren mitsamt seinen Ausweispapieren verschwunden. Aber ehe sie gegangen waren, hatten sie noch schnell Matts Brieftasche geleert und die durchweichten Geldscheine selbst eingesteckt. So weit war es also mit ihren alten kommunistischen Idealen her.

Er starrte hinüber zu den Nachbarzellen. Obwohl er ziemlich benommen gewesen war, als man ihn hergebracht hatte, wusste er doch, wo er sich befand. Er hatte die Zellenreihe gesehen, als er das erste Mal vor den Russen geflüchtet war. Er war wieder auf Ebene vier, in einer von den Zellen, die früher einmal die armen Leute in den Gefriertanks beherbergt hatten.

Eigentlich waren es eher Käfige als Zellen, mit einer einzigen festen Wand im Rücken. Keinerlei Privatsphäre. Keine Toilette. Nur ein rostiger Eimer in einer Ecke. Das einzige andere Möbelstück war ein Feldbett aus Metall. Ohne Matratze.

Jetzt saß er auf dem Bett und hielt den Kopf in den Händen. Seine Ohren dröhnten noch von der Granatenexplosion. Sein Kiefer schmerzte, weil er sich einen Schlag mit dem Gewehrkolben eingefangen hatte. Aus seiner Nase tropfte noch Blut, allerdings war er nicht sicher, ob das von der Explosion oder ebenfalls von dem Schlag kam.

»Alles in Ordnung mit Ihnen?«, erkundigte sich sein Zellennachbar.

Er versuchte sich an den Namen des Jungen zu erinnern. Es war einer von den Biologen. Aber er konnte noch nicht wieder richtig denken. »Mmm, so weit schon«, murmelte er.

In der Zelle des Jungen waren auch die beiden anderen Biologen: Dr. Ogden und das Mädchen. Verschwommen fragte Matt sich, wo der andere Student wohl geblieben war. Es hatte doch einen dritten gegeben? Er stöhnte. *Was machte das schon*?

»Pike«, sagte eine feste Stimme hinter ihm. Er drehte sich um.

In der anderen Zelle stand Washburn vorn am Gitter. Ihre Unterlippe war aufgeplatzt, das linke Auge zugeschwollen.

»Was ist mit Commander Bratt passiert?«, fragte sie.

Er schüttelte nur den Kopf. Schlechte Idee – sein Gehirn fing regelrecht an zu rappeln und Übelkeit überflutete ihn. Er schluckte die Galle hinunter.

»Scheiße …!«, murmelte Washburn.

Sie waren die einzigen Überlebenden.

Ogden trat an die Gitterstäbe, die ihre beiden Zellen trennten. »Mr Pike … Matt … es gibt da etwas, was Sie wissen sollten. Ihre Frau …«

Er fuhr hoch. »Was … was ist mir ihr?«

»Sie war bei uns«, antwortete Ogden. »Ich hab sie, den Knaben von der CIA und Dr. Reynolds gesehen, wie sie mit einem Boot geflohen sind.«

Matt hörte die Bitterkeit in der Stimme des Biologen, kapierte jedoch nicht, was er sagte. Zu viele Dinge ergaben keinen Sinn. Er erinnerte sich, ein Eisboot gesehen zu haben, das von zwei Hovercraft-Maschinen gejagt wurde. »Jenny ...«

Ogden erzählte ihm seine Geschichte.

Zuerst wollte Matt dem Mann nicht glauben, doch dann fiel ihm ein, wie Bane plötzlich aufgetaucht war. Und dann hatte es ihn erwischt ... Wieder schlug er die Hände vors Gesicht, um seinen Kummer zu verbergen. *Jenny ... sie war so nah gewesen. Was war mit ihr geschehen?*

Ogden fuhr fort, die Stimme zu einem Flüstern gesenkt: »Ich spreche ein wenig Russisch und habe gehört, was die Wachen geredet haben, als sie uns durchsuchten. Sie sind hinter irgendwelchen Büchern her. Anscheinend hat der CIA-Typ sie mitgenommen.«

»Das hab ich auch gehört«, bestätigte Washburn, ebenfalls mit gedämpfter Stimme, und kam näher.

Matt runzelte die Stirn. »Was für ein CIA-Typ denn?«

Einer der Studenten antwortete. Endlich fiel Matt sein Name wieder ein: Zane. »Er hat gesagt, er heißt Craig Teague.«

Vor Verblüffung wurde Matt plötzlich ganz heiß. Einen Augenblick grummelte er und versuchte, seine Sprache wiederzufinden. »Craig ... Teague ist von der CIA?«

»Er soll die russischen Daten über den Einfrierprozess sichern und sich damit davonmachen«, nickte Ogden.

Matt dachte an all das, was er mit dem angeblichen Reporter erlebt hatte. Die ganze Zeit hatte er eine tiefere Kraft in dem Mann gespürt, einen versteckten Einfallsreichtum, der gelegentlich durchschien. Aber er hätte nie vermutet ...

Matt ballte die Faust. Er hatte dem Typen das Leben gerettet und so zeigte er sich nun also erkenntlich. »Dieser gottverdammte Mistkerl ...!«

»Was machen wir jetzt?«, fragte Washburn.

Matt hatte Schwierigkeiten, sich zu konzentrieren, hin- und hergerissen zwischen Wut und Angst um Jenny.

»Warum hält man uns hier fest?«, fuhr Washburn fort.

Ehe jemand antworten konnte, schwang die Tür des Wachraums auf, und herein kamen die beiden Männer, die vorhin mit den Ausweispapieren verschwunden waren. Sie gestikulierten und sprachen mit dem einzelnen Bewaffneten an der Tür. Dann traten alle drei an Matts Zelle. »Sie kommen mit uns«, sagte einer in gebrochenem Englisch.

Die Wache gab die Tastenkombination zum Öffnen des Schlosses ein und riss die Tür weit auf. Die anderen beiden trugen Pistolen in der Hand. Matt versuchte abzuschätzen, ob er eine Chance hatte, eine davon zu ergattern. Er stand auf. Seine Knie fühlten sich an wie Wackelpudding. Fast wäre er umgefallen. So viel zu den Chancen für einen Frontalangriff.

Mit vorgehaltener Pistole wurde er hinauskomplimentiert.

Vermutlich beantwortet das Washburns Frage. Sie wurden vernommen. Und danach? Matt beäugte die Pistole. Die Nützlichkeit der Gefangenen war irgendwann erschöpft. Sie hatten zu viel gesehen. Auf gar keinen Fall konnte man sie am Leben lassen.

Von den beiden Wachen flankiert, wurde Matt weiter ins Zentrum von Ebene vier geleitet. Statt hinaus auf den kreisförmigen Gang mit den entsetzlichen Tanks führten sie ihn in eine Halle im Zentrum. Vor einem einzelnen Raum endete der Korridor.

Er wurde hereingewunken.

Matt trat in ein kleines Büro, ausgestattet mit exquisiten Mahagonimöbeln: ein breiter Schreibtisch, offene Regale, Schränke. Sogar ein Bärenfell lag auf dem Boden. Ein Eisbär. Mit Kopf.

Als Erstes fiel sein Blick auf einen kleinen Jungen in einem viel zu großen Hemd, das ihm fast bis an die Knöchel ging. Er kniete auf dem Bärenfell, tätschelte den Kopf des Eisbären und flüsterte ihm etwas ins Ohr.

Der Junge blickte auf.

Matt schnappte nach Luft und stolperte über den Rand des Fells, sodass er auf ein Knie fiel. Das Gesicht war unverkennbar.

Einer der Wachen schnauzte ihn auf Russisch an und packte ihn am Genick.

Matt war zu bestürzt, um sich zu wehren.

Dann erklang eine neue Stimme, kalt und gebieterisch. Matt hob die Augen. Der Mann, der am Schreibtisch gesessen hatte, erhob sich aus seinem Ledersessel und winkte die Wachen weg.

Er war groß, einen Meter neunzig, breitschultrig und trug eine schwarze Uniform. Aber das Auffallendste waren seine schneeweißen Haare und die sturmgrauen Augen, die Matt jetzt durchdringend musterten.

»Bitte setzen Sie sich«, sagte der Mann in perfektem Englisch.

Instinktiv stand Matt auf, wollte sich aber nicht wieder setzen. Er wusste, wer hinter dem Schreibtisch stand. Der Führer der russischen Truppen.

Die Tür schloss sich mit einem leisen Klicken, doch eine Wache blieb im Raum. Außerdem entdeckte Matt auch die Pistole, die an der Hüfte des Weißhaarigen in einem Halfter steckte.

Harte graue Augen starrten ihn an. »Mein Name ist Admiral Viktor Petkow. Und wer sind Sie?«

Matt sah seine Brieftasche auf dem Schreibtisch liegen.

Er hatte keinen Grund, zu lügen, es würde ohnehin zu nichts führen. »Matthew Pike.«

»Fisch und Wild?« Man hörte, dass er stark daran zweifelte.

»Wie es in meinen Papieren steht, richtig«, entgegnete Matt mit fester Stimme.

Ein Auge zuckte. Anscheinend bekam der Admiral nicht oft eine freche Antwort. Seine Stimme wurde wie Stahl. »Mr Pike, wir können das hier zivilisiert regeln oder …«

»Was wollen Sie von mir?« Er war zu müde, um den aufrichtigen Gegner zu spielen. Er war kein James Bond.

Das Gesicht des Admirals bekam Farbe, seine Lippen wurden schmal.

Ehe noch jemand etwas sagen konnte, stand das Kind von dem Bärenfell auf und wanderte zu dem älteren Mann hinüber. Die Augen des Admirals verfolgten jede Bewegung des Inuit-Jungen. Der Kleine berührte seine Hand.

»Das ist das Kind aus dem Eistank«, sagte Matt, unfähig, sein Erstaunen zu verbergen.

Die Hand des Admirals legte sich beschützend um die winzigen Finger. »Das Wunder der Forschung, die mein Vater hier durchgeführt hat.«

»Ihr Vater?«

Petkow nickte. »Er war ein großer Mann, einer der führenden russischen Arktis-Wissenschaftler. Als Leiter dieser Forschungsstation hat er sich mit den Möglichkeiten kryonischer Verfahren beschäftigt.«

»Und dabei mit menschlichen Versuchspersonen experimentiert«, kommentierte Matt.

Petkow blickte auf den Jungen hinunter. »Es ist leicht, aus heutiger Sicht darüber zu urteilen. Damals war alles anders. Was man jetzt für *myersost* oder eine Abscheulichkeit hält, war damals Wissenschaft.« Seine Worte wurden sanfter, halb verlegen, halb stolz. »Zur Zeit meines Vaters, zwischen den beiden Weltkriegen, herrschte in der Welt eine andere Dynamik. Jedes Land versuchte, die nächste Innovation zu entdecken, das nächste bisschen Technologie, um die Ökonomie zu revolutionieren. Krieg drohte, die Weltlage war angespannt, und die Fähigkeit, Leben auf dem Schlachtfeld zu erhalten, konnte zwischen Sieg und Niederlage entscheiden. Soldaten konnten eingefroren werden, bis man Zeit hatte, sich um ihre Wunden zu kümmern, Organe konnten erhalten werden, ganze Armeen konnten im Kühlraum landen. Die Möglichkeiten für medizinische Zwecke und militärische Neuerungen waren endlos.«

»Ihre Regierung hat also einen Teil ihrer eigenen eingeborenen Bevölkerung hier in die Sklaverei gezwungen. Um als Versuchskaninchen zu dienen.«

Petkows Augen verengten sich erneut. »Sie wissen wirklich nicht, was hier vorgeht, oder?«

»Ich habe überhaupt keine Ahnung«, gestand Matt sofort ein.

»Dann wissen Sie wahrscheinlich auch nicht, wo die gestohlenen Aufzeichnungen meines Vaters sind? Wer sie mitgenommen hat?«

Matt überlegte, ob er lügen sollte, aber er fühlte sich Craig Teague gegenüber nicht in Beschützerlaune. »Sie sind weg.«

»In dem Eisboot, das entkommen ist.«

Entkommen? Durfte er es wagen, zu hoffen? Angeblich war auch Jenny in diesem Boot. Er bemühte sich, sachlich zu klingen. »Sie sind entkommen?«

Petkow starrte ihn durchdringend an, als würde auch er abwägen, was er riskierte, wenn er die Wahrheit sagte. Vielleicht hörte er den flehenden Unterton in Matts Stimme, vielleicht hielt er ihn auch einfach nicht für eine Bedrohung. Wie dem auch gewesen sein mag, beantwortete er die Frage. »Sie sind meinen Männern entkommen und haben Omega erreicht.«

Matt trat zurück und sank auf den Stuhl, den er einen Moment zuvor verweigert hatte. Erleichterung breitete sich in ihm aus. »Gott sei Dank! Jen ... meine Exfrau war auf dem Boot.«

»Dann ist sie in größerer Gefahr als Sie.«

Matts Brauen zogen sich zusammen. »Was meinen Sie denn damit?«

»Es ist nicht vorbei. Für keinen von uns.« Petkows Blick streifte den Jungen. »Diese Eisstation. Sie ist keine russische Forschungseinrichtung.«

Matt spürte, wie sich eine schwere Last auf seine Schultern senkte.

Petkows Augen kehrten zu ihm zurück. »Sie gehört den Amerikanern.«

18:16 Uhr
Driftstation Omega

Jenny kletterte aus dem Boot, setzte vorsichtig die Füße aufs Eis und starrte auf die zerstörte Polynja. Die zerschlagenen Ränder waren mit Ruß und Ölflecken beschmiert. In den Wracks zweier auf dem Eis zerschellter Hubschrauber brannte noch Feuer. Es stank erbärmlich nach Rauch und Benzin.

Das Donnern des einzigen übrig gebliebenen Helikopters dröhnte über das gefrorene Land, während er über dem Eisboot kreiste und dann zur Landung ansetzte. Amanda sicherte das Boot, machte die Segel fest und fand ein Paar Holzklötze, um die Kufen abzustützen. Als der Sikorsky Seahawk aus dem Wind herunterkam und auf dem Eis stehen blieb, schaute sie über die Schulter.

Craig ging auf den Helikopter zu, gebückt gegen den

Sog der Rotoren. Über sein Kehlkopfmikrofon sprach er mit dem Delta-Force-Führer in der Maschine.

Aus einer Gruppe Jamesway-Hütten kamen ein paar bewaffnete Soldaten in weißem Schneezeug auf sie zu. Da die Russen in der Nähe waren, gingen sie lieber kein Risiko ein.

Einer wandte sich an die beiden Frauen. »Ma'am, wenn Sie mir bitte folgen wollen, bringe ich Sie jetzt nach drinnen zu den anderen. Die Russen haben überall in der Basis Brandbomben ausgelegt. Wir wissen nicht, ob auch welche davon mit Sprengfallen versehen sind.«

Jenny nickte. Zwar war sie froh, hier wegzukommen, aber sie hatte auch Angst, ihrem Vater könnte etwas zugestoßen sein.

Sie schlängelten sich zwischen den Gebäuden hindurch. Inzwischen hatte es aufgehört zu schneien, doch der Wind blies nach wie vor in heftigen Böen. Einmal wäre Jenny fast ausgerutscht und hingefallen, so nervös war sie. Gleich waren sie da. Sie wusste, wo sie hingingen. Zur gleichen Kaserne, aus der sie und Kowalski geflohen waren.

Der Gedanke trieb ihr die Tränen in die Augen. Eigentlich hatte sie gedacht, sie hätte auf der Fahrt hierher schon genug geweint, vor Erleichterung, aber auch vor Trauer. Kowalski war verschwunden, Tom höchstwahrscheinlich tot. Bane ebenfalls. Und Matt ...

Sie waren alle weg.

Wenn doch wenigstens ihr Vater noch am Leben war!

Als die Wache die Hüttentür öffnete, beeilte sie sich und trat, gefolgt von Amanda, rasch ein. Der Soldat begleitete sie den Gang hinunter zur Kaserne.

Auch vor der Doppeltür standen zwei bewaffnete Soldaten.

»Zu Ihrem Schutz«, erklärte ihre Eskorte. »Wir versuchen, alle möglichst an einem Ort zu versammeln, bis wir uns vergewissert haben, dass keine Gefahr mehr besteht. Und da sich die Russen keine fünfzig Kilometer von hier verschanzt haben, ist es sonst nirgends sicher.«

Jenny hatte nicht vor, gegen die Schutzhaft Protest einzulegen. Nach allem, was sie durchgemacht hatte, war ihr das gerade recht – je länger, desto lieber.

Die Wärme in der Kaserne schlug ihr ins Gesicht wie eine nasse Decke. Heizgeräte und menschliche Körper machten die Luft stickig. Rasch sah Jenny sich um.

Auf Anhieb entdeckte sie Commander Sewell. Er saß ganz vorn, die Hälfte seines Gesichts unter einer Bandage, den Arm in einer Schlinge. Mit großen Augen trat Jenny auf ihn zu.

Er starrte sie unter dem Verband hervor an. »Sie haben es einfach nicht ausgehalten, von hier weg zu sein, wie?«

»Was ist denn passiert?« Ihr Blick glitt über seine Verletzungen.

»Sie haben mir befohlen, auf Ihren Vater aufzupassen.« Er zuckte die Achseln. »Ich nehme meine Befehle immer sehr ernst.«

Auf einmal teilte sich die Menge und eine vertraute Gestalt drängte sich zu ihr durch. Mit müden Augen, aber ansonsten wohlbehalten.

Sie warf sich in seine Arme. »Papa!«

Er drückte sie an sich. »Jen … Schätzchen!«

Eine Weile brachte sie kein Wort mehr heraus. Irgendein Damm in ihr brach und sie begann haltlos zu schluchzen. Nicht nur Tränen, wilder Schmerz schüttelte sie und machte ihr das Atmen schwer. Unkontrollierbar stieg es in ihr auf, wie aus einem tiefen Brunnen. Und es tat unglaublich weh. Sie hatte überlebt, aber so viele andere nicht. »M-Matt«, stieß sie unter Schluchzen hervor.

Die Arme ihres Vaters schlossen sich fester um sie.

Schließlich zog er sie zu einem Bett, wo sie neben ihm

weiterweinte. Er versuchte nicht, sie mit Worten zu trösten. Das würde erst später kommen. Jetzt brauchte sie jemanden zum Festhalten und Festgehaltenwerden.

Ihr Vater wiegte sie sanft.

Nach einer Weile nahm sie ihre Umgebung wieder wahr, leer und wie betäubt. Langsam hob sie das Gesicht. Irgendwann war auch Craig hereingekommen und saß jetzt neben Amanda, Commander Sewell und einem Mann in einem Sturmanzug.

Letzterer trug einen Helm unter dem Arm. Seine Haare waren schwarz, kurz und glatt nach hinten gekämmt. Er war schätzungsweise Mitte dreißig und offensichtlich ein harter Typ. Vom Ohr bis zum Nacken zog sich eine fiese Narbe, an der er herumfingerte, während er neben Craig lehnte und etwas auf einem Tisch studierte, den sie sich herangezogen hatten. »Ich glaube nicht, dass irgendwas davon eine Rolle spielt«, sagte der Soldat. »Wir sollten jetzt sofort zuschlagen, ehe die Russen sich noch weiter verschanzen.«

Jenny machte sich aus der Umarmung frei. Worüber sprachen diese Leute? Sie tätschelte die Hand ihres Vaters.

»Jen …?«

»Mir geht's schon besser.« *Jedenfalls für den Augenblick,* fügte sie im Stillen hinzu. Kurz entschlossen stand sie auf und ging zu der Gruppe hinüber. Ihr Vater folgte ihr.

Craig blickte auf. »Alles in Ordnung?«, fragte er.

»Den Umständen entsprechend.«

Er wandte sich wieder dem Gespräch zu. »Das sind die Aufzeichnungen, die ich an mich nehmen sollte. Aber sie sind kodiert. Mit dem Dechiffrieren bin ich noch nicht wirklich vorangekommen.«

Amanda blickte zu Jenny hinüber. »Womöglich sind es nicht die richtigen.«

»Was spielt das für eine Rolle?«, fragte der Neuankömmling im Sturmanzug. »Mein Team kann die Station in weniger als zwei Stunden einnehmen. Dann können Sie so viele Expertenteams reinschicken, wie Sie nur wollen.«

Jenny musterte den Mann. Bestimmt war er der Anführer des Delta-Force-Teams.

»Der russische Admiral ist kein Dummkopf«, antwortete Craig. »Er sprengt lieber alles in die Luft, als uns die Station zu überlassen. Bevor wir blind da reinstürmen, brauchen wir mehr Erkenntnisse.«

Jenny stimmte ihm in Gedanken zu. Erkenntnisse waren hier eindeutig Mangelware. Sie starrte auf das offene Buch, das oben auf den beiden anderen lag. Die gestohlenen Aufzeichnungshefte. Sie blickte auf die Reihen von Symbolen, und ihre Augen fielen auf die Überschrift:

ᓭᐅᑎᓕᑭᓂᓯᖕᒍ ᓗᖅᑭᖅᑯᓯᖕᒍᓴᓕᓂ
ᐅᑎᖕᒍᓴᑎᐅᓂᓂ ᑲᖅᑭᓴᖅᑯᖅᑭᓗ

Sie beugte sich vor und nahm das Buch in die Hand. Craig betrachtete sie mit gerunzelter Stirn. Sie fuhr mit einem Finger über die Zeilen und sagte: »Das letzte Wort ist *Grendel.*«

Craig fuhr auf seinem Stuhl herum. »Sie können den Kode lesen?«

Jenny schüttelte den Kopf. »Nein. Das Ganze ergibt für mich überhaupt keinen Sinn.« Sie drehte sich um und zeigte ihrem Vater das Heft.

Aber auch er antwortete kopfschüttelnd: »Verstehe ich nicht.«

»Ich auch nicht«, sagte Jenny und blätterte in dem Buch. »Das ist alles in Inuktikut geschrieben – oder jedenfalls in der Inuit-Schrift. Aber nicht in der Inuit-Sprache. Das letzte Wort, *Grendel,* kann ich nur lesen, weil es ein Name ist, phonetisch mit den Inuit-Symbolen geschrieben.«

Neugierig stellte Craig sich neben sie. »Phonetisch?«

Sie nickte.

»Können Sie die erste Zeile vorlesen? Wie es sich anhören würde, wenn man es ausspricht.«

Achselzuckend meinte Jenny: »Ich kann es gern versuchen.« Sie fuhr mit dem Finger über die Überschrift und las sie langsam und stockend vor: »›Ii-stor-iija-led-jan-noj-stan-zie Grendel.‹«

Craig richtete sich auf und spitzte die Ohren. »Das ist Russisch! Sie sprechen Russisch.« Er wiederholte Jennys Worte noch einmal deutlicher. »Istorija ledjanoi stanzii Grendel. Das heißt: ›Die Geschichte der Eisstation Grendel.‹«

Jenny starrte ihn mit großen Augen an.

Craig schlug sich mit der flachen Hand gegen die Stirn. »Natürlich konnte der Mann, der die Station leitete, Inuktitut! Sie waren ja seine Versuchspersonen. Er musste mit ihnen kommunizieren. Deshalb benutzte er ihren Symbolkode, um seine russischen Notizen aufzuzeichnen.« Er wandte sich an Jenny. »Sie müssen die Bücher für mich übersetzen.«

»Alle?«, fragte sie erschrocken.

»Nur die Schlüsselstellen. Ich muss wissen, ob wir die richtigen haben.«

Amanda war der Diskussion aufmerksam gefolgt. »Um die Forschungsdaten sicherzustellen.«

Craig nickte, hörte sie aber kaum, während er auf das Buch in Jennys Händen hinabblickte.

Jenny, die nach den vergangenen Ereignissen ohnehin nervös war, warf Amanda einen fragenden Blick zu, denn sie war nicht sicher, ob sie verstand, was hier vorging. Über Craigs Schulter hinweg formte sie mit den Lippen lautlos die Worte: *Vertrauen Sie ihm?*

Amanda erwiderte ihren Blick und schüttelte dann fast unmerklich den Kopf.

Nein.

18:35 Uhr
Eisstation Grendel

Viktor Petkow genoss den Ausdruck der Überraschung auf dem Gesicht seines Gefangenen. Er war es so leid, dass die Amerikaner ihre eigene Vergangenheit ganz unbekümmert ignorierten, während sie die gleichen Dinge bei anderen Regierungen anprangerten. Ihre Heuchelei machte ihn krank.

»Unsinn! Das ist auf gar keinen Fall eine amerikanische Basis«, beharrte der Mann. »Ich bin überall gewesen und alles ist russisch beschriftet.«

»Das liegt daran, dass die Entdeckung hier in der Arktis unsere eigene war, Mr Pike. Die russische Regierung weigerte sich, den Amerikanern zu erlauben, dass sie das stehlen, was wir gefunden haben. Dass sie einfach die Lorbeeren einheimsen.« Er wedelte mit der Hand. »Aber wir haben den Vereinigten Staaten erlaubt, die Forschungsarbeit finanziell zu unterstützen und zu überwachen.«

»Es war also ein gemeinsames Projekt?«

Ein Nicken.

»Wir haben die Kohle zur Verfügung gestellt und ihr habt sie ausgegeben?«

»Ihre Regierung hat mehr beigesteuert als nur Geld.« Viktor zog den kleinen Jungen auf seine Knie. Schläfrig lehnte sich der Kleine an ihn und suchte Trost in dem, was ihm vertraut war. Viktor starrte sein Gegenüber an. »Die Amerikaner haben die Versuchspersonen zur Verfügung gestellt.«

Ein Ausdruck des Entsetzens breitete sich über das Gesicht des Mannes aus, als ihm allmählich die Wahrheit dämmerte. Er sah den Jungen auf Viktors Schoß an. »Unmöglich! So etwas würden wir niemals tun! Das widerspricht allem, wofür die Vereinigten Staaten sich stark machen.«

Aber Viktor belehrte ihn: »1936 wurde eine Eliteeinheit

der amerikanischen Armee in der Nähe von Lake Anjikuni abgesetzt. Sie holten sich die Einwohner eines abgelegenen Dorfs. Jeden Mann, jede Frau, jedes Kind nahmen sie mit.« Er strich dem Jungen über die Haare. »Sie sammelten sogar die Leichen ein, die in den gefrorenen Gräbern erhalten geblieben waren, als Vergleichsgruppe für ihr Projekt. Wer würde schon ein paar isolierte Eskimos vermissen?«

»Das glaube ich nicht. Wir würden nie an Menschenexperimenten teilnehmen.«

»Glauben Sie das allen Ernstes?«

Pike starrte ihn wütend und trotzig an.

»Ihre Regierung hat in der Vergangenheit häufig die Bürger als Versuchspersonen benutzt, die sie als *weniger erwünscht* einstufte. Sicher sind Sie mit der Tuskegee-Syphilis-Studie vertraut. Zweihundert schwarze, an Syphilis erkrankte Männer wurden ohne ihr Wissen als Forschungsobjekte missbraucht. Man hat ihnen nichts von ihrer Krankheit gesagt und ihnen eine angemessene Behandlung vorenthalten, damit die amerikanischen Forscher das qualvolle Ende dieser Männer dokumentieren konnten.«

Der Gefangene hatte so viel Anstand, die Augen zu senken. »Das war in den dreißiger Jahren. Vor langer Zeit.«

»Da hat es aber nicht aufgehört«, korrigierte ihn Viktor. »Neunzehnhundertvierzig, in Chicago. Vierhundert Gefangene wurden gezielt mit Malaria infiziert, um experimentelle Medikamente zu erproben. Es war übrigens genau dieses Experiment, mit dem die Nazis später versuchten, ihre eigenen Gräueltaten während des Holocaust zu rechtfertigen.«

»Aber man kann so etwas doch nicht mit dem vergleichen, was die Nazis gemacht haben. Wir haben die Taten der Nazis verurteilt und die Täter allesamt verfolgt.«

»Wie rechtfertigen Sie dann das Projekt Paperclip?«

Der Gefangene runzelte die Stirn.

»Ihr Geheimdienst rekrutierte Nazi-Wissenschaftler, bot ihnen Asyl und eine neue Identität, falls sie sich bereit erklärten, bei bestimmten Geheimprojekten mitzuwirken. Und es waren auch nicht nur deutsche Wissenschaftler. 1995 gab Ihre Regierung zu, das Gleiche mit japanischen Kriegsgefangenen gemacht zu haben, mit denen, die ihrerseits an Menschenexperimenten mit amerikanischen Soldaten beteiligt waren.«

Inzwischen war alle Farbe aus Pikes Gesicht gewichen. Er starrte den Inuit-Jungen an und langsam begann er die Wahrheit zu begreifen. Es war immer schmerzhaft, die Unschuld auf so brutale Weise zu verlieren. »Das ist lange her«, murmelte er und versuchte immer noch zu rechtfertigen, was er nicht akzeptieren konnte. »Zweiter Weltkrieg.«

»Genau.« Viktor hob die Hände. »Was glauben Sie denn, wann die Basis hier erbaut wurde?«

Pike schüttelte nur den Kopf.

»Und machen Sie sich nicht vor, solche Geheimexperimente wären Schnee von gestern. Es gibt gut dokumentierte Quellen, nach denen CIA und Verteidigungsministerium in den fünfziger und sechziger Jahren biologische und chemische Substanzen über amerikanische Großstädte haben spritzen lassen. Man hat mit Gelbfieber infizierte Moskitos über Städte in Georgia und Florida verbreitet und die unwissenden Opfer dann von Armeewissenschaftlern untersuchen lassen, die sich als staatliche Gesundheitsbeamte ausgaben. Die Liste ist endlos: LSD-Experimente, Strahlentests, Entwicklung von Nervengas, biologische Forschung. Es passiert noch heute auf Ihrem Hinterhof … mit Ihren eigenen Leuten. Überrascht es Sie immer noch, was hier passiert ist?«

Der Gefangene wusste keine Antwort. Er starrte Viktor

und das Kind an. Ob er zitterte, weil er vor kurzem fast im Arktischen Ozean ertrunken war oder weil er die Wahrheit über das erfahren hatte, was hier vorgefallen war, spielte eigentlich keine Rolle.

Viktors Stimme wurde tiefer. »Und Sie erlauben sich ein Urteil über meinen Vater. Über jemanden, der mit vorgehaltener Waffe in die Armee gezwungen und von seiner Familie weggerissen wurde …« Viktor musste Wut und Galle hinunterschlucken. Es hatte ihn Jahre gekostet, bis er seinem Vater vergeben hatte – nicht etwa wegen der in der Station begangenen Abscheulichkeiten, sondern weil er seine Familie verlassen hatte. Erst viel später hatte er es verstanden. Er konnte von dem Mann, der da vor ihm saß, nicht das Gleiche erwarten. Er wusste eigentlich nicht mal, warum er es versuchte. Wollte er immer noch rechtfertigen, was hier geschehen war? Hatte er seinem Vater wirklich vergeben?

Er sah dem Jungen ins Gesicht. Dann winkte er der Wache, deutete auf den Amerikaner und befahl mit müder Stimme: »Bringt ihn weg, ich habe keine weitere Verwendung für ihn.«

Die Bewegung erschreckte den kleinen Jungen. Eine winzige Hand berührte seine Wange. »Papa«, sagte er auf Russisch. Anscheinend war das Kind auf ihn geprägt wie ein gerade ausgeschlüpftes Gänschen.

Doch Viktor wusste, dass noch mehr dahintersteckte. Er wusste, was der Kleine dachte. Auf den abgegriffenen Fotos seines Vaters, die er immer noch aufbewahrte, sah Viktor ihm sehr ähnlich. Die gleichen weißen Haare. Die gleichen eisgrauen Augen. Er trug sogar die Haare genauso wie sein Vater auf dem letzten Bild. Für den Jungen, der gerade aus dem Gefrierschlaf erwacht war, war keine Zeit vergangen. Für ihn war einfach der Sohn zum Vater geworden. Für den Jungen bestand kein Unterschied.

Viktor berührte das Gesicht des Kindes. *Diese Augen haben meinen Vater gesehen. Diese Hände haben ihn berührt.* Viktor fühlte eine tiefe Verbindung zu diesem Jungen. Sein Vater musste den Kleinen gemocht haben, wenn dieser eine solche Zuneigung zu ihm gefasst hatte. Wie konnte er ihm da nachstehen? Er strich mit dem Finger über seine Wange. Nachdem er seine ganze Familie verloren hatte, war er nun endlich auf eine Verbindung zu seiner Vergangenheit gestoßen.

Der Junge lächelte unbeholfen und redete leise auf ihn ein. Aber nicht auf Russisch. Viktor verstand ihn nicht.

Der Amerikaner jedoch wusste Bescheid. »Er spricht Inuit.« Pike war an der Tür stehen geblieben und starrte zurück. Die Wache zielte mit der Waffe auf ihn.

Viktor runzelte die Stirn. »Was … was hat er gesagt?«

Pike trat zurück in den Raum und beugte sich zu dem Jungen hinab. »*Kinauvit*?«

Das Gesicht des Jungen leuchtete auf, er setzte sich aufrechter und drehte sich zu Pike um. »Makivik … *Maki*!«

Der Gefangene warf Viktor einen Blick zu. »Ich habe ihn gefragt, wie er heißt. Sein Name ist Makivik. Aber alle nennen ihn Maki.«

Viktor strich ihm eine Haarsträhne aus der Stirn. »Maki«, probierte er den Namen, und er gefiel ihm. Er passte zu dem Jungen.

Dann griff der Kleine in Viktors Haar und zog ein bisschen daran. »*Nanuq*«, sagte er und kicherte.

»*Eisbär*«, übersetzte der Gefangene. »Wegen Ihrer Haarfarbe.«

»Wie mein Vater«, sagte Viktor.

Pike sah zwischen ihnen hin und her. »Er hält Sie also für Ihren Vater?«

Viktor nickte. »Ich glaube nicht, dass er weiß, wie viel Zeit inzwischen vergangen ist.«

Maki plapperte weiter, er schien die Aufmerksamkeit zu genießen. Dann rieb er sich die Augen.

Pike verzog das Gesicht.

»Was hat er gesagt?«, fragte Viktor.

»Er meint, Sie sollten eigentlich noch schlafen.«

»Schlafen?«

Die beiden Männer starrten einander an und allmählich dämmerte bei beiden die Erkenntnis.

Konnte das sein?

Viktors Blick flackerte in Richtung der äußeren Halle, zu dem Kreis der Gefriertanks. »*Njet*. Das ist unmöglich.« Seine Stimme zitterte – was sie sonst niemals tat. »F-fragen Sie ihn. *Wo?*«

Schweigend sah Pike ihn an. Er wusste, was Petkow wollte. Dann konzentrierte er sich auf das Kind. »Maki«, sagte er und lenkte die Aufmerksamkeit des Jungen wieder auf sich. »*Nau taima*?«

Der Austausch ging weiter und endete schließlich damit, dass der Junge von Viktors Schoß krabbelte.

»*Qujannamiik«,* flüsterte Pike dem Kleinen zu und fügte auf Englisch hinzu: »Danke.«

Viktor erhob sich. »Weiß er, wo mein Vater sein könnte?«

Als Antwort winkte Maki ihm zu. »*Malinnga*!«

»Folge mir!«, übersetzte Pike.

19:18 Uhr
Driftstation Omega

Amanda saß mit am Tisch, während das Dekodieren der Aufzeichnungen seinen Lauf nahm. Jenny las die Inuktitut-Symbole laut vor, ganz langsam, damit Craig das gesprochene Russisch verstehen und entziffern konnte.

So überflogen sie das erste Buch. Es war die Geschichte von der Gründung der Station, die auf die berüchtigte Tragödie der *Jeanette* im Jahr 1879 zurückging.

Der amerikanische Arktis-Dampfer *Jeanette* war unter der Führung von Lieutenant George W. DeLong ausgesandt worden, um eine neue Route zwischen den Vereinigten Staaten und Russland zu erforschen, doch das Schiff blieb im Eis der Polarkappe stecken und fror fest. Zwei Winter lang verharrte der Dampfer im Eis, bis er 1881 von den Schollen zerquetscht wurde. Die Überlebenden entkamen in drei Rettungsbooten, die sie übers Eis zogen, bis sie offenes Wasser erreichten. Aber nur zwei Boote erreichten in Sibirien das Land.

Das Schicksal des dritten Bootes hatte immer als unbekannt gegolten, aber die Russen schienen Bescheid zu wissen. »Samstag, 1. Oktober im Jahr des Herrn 1881.« Jenny und Craig übersetzten ein Stück eines Tagebucheintrags. »Welch ein Segen wurde uns zuteil! Unsere Gebete sind erhört worden. Nach einer Nacht der Stürme, die wir zusammengekauert unter einer Plane verbrachten und unser Boot stündlich ausschöpften, dämmerte der Tag ruhig und hell herauf. Am Horizont entdeckten wir eine Insel. Kein Land. So freundlich ist Gott den Seefahrern nicht gesinnt. Es war ein Eisberg, durchsetzt von Höhlen, aber fest genug, um eine Weile den Stürmen und dem Wasser den Rücken zu kehren. Dort suchten wir uns, so gut es eben ging, einen Unterschlupf und entdeckten die Kadaver von seltsamen Meerestieren, die sich im Eis gut erhalten hatten. Da wir halb verhungert waren, konnten wir nicht wählerisch sein, und tatsächlich war das Fleisch ausgesprochen schmackhaft. Es schmeckte süß. Gott sei gepriesen!«

Jenny sah sich im Raum um. Jeder in der Kaserne wusste, was für »Tiere« auf dem einsamen Eisberg entdeckt worden waren. *Grendel*. Selbst die Beobachtung, dass das

Fleisch bemerkenswert süß war, war konsistent mit Dr. Ogdens Vergleich zwischen der Physiologie der Grendel und der des arktischen Waldfrosches. Wie bei den Fröschen war auch in den Zellen der Grendel Glukose oder Zucker eingelagert, der als Kryoprotektor fungierte. Aber Amanda sagte nichts dazu, während Jenny und Craig fortfuhren:

»2. Oktober ... jetzt sind wir nur noch zu dritt. Ich weiß nicht, welchen Frevel wir uns der See gegenüber haben zuschulden kommen lassen, aber sie hat ihn uns hundertfach zurückgezahlt. In der Nacht sind die Toten erwacht und haben unsere Gruppe im Schlaf angegriffen. Die Kreaturen, die unsere Mahlzeit gewesen waren, haben in dieser Nacht den Spieß umgedreht. Nur wir drei haben es geschafft, mit dem Rettungsboot zu fliehen. Und wir wurden trotzdem gejagt. Nur ein glücklicher Harpunenstoß half uns. Wir schleppten das erlegte Tier hinter unserem Boot her, bis wir ganz sicher waren, dass es tot war, und nahmen dann seinen Kopf als Trophäe mit. Ein Beweis für Gottes Zorn, den wir der Welt zeigen können.«

Diese letzte Entscheidung erwies sich als nicht sehr klug. Nach drei weiteren Tagen auf See waren die Überlebenden in einem Dorf an der sibirischen Küste an Land gegangen, mitsamt ihrer Trophäe und ihrer Geschichte. Doch die Dorfbewohner waren abergläubisch. Sie fürchteten, wenn man den Kopf des Monsters ins Dorf brächte, würde das noch mehr von den Bestien anziehen. Die verbliebenen Seeleute wurden erschlagen und der Kopf des Ungetüms vom Dorfpriester gesegnet und unter der Kirche begraben, um ihn von Sünden zu reinigen.

Erst drei Jahrzehnte später erreichte die Geschichte einen Historiker und Naturkundler. Er folgte der Geschichte zurück zu ihrer Quelle, grub den Kopf des Ungetüms aus und kehrte damit nach Sankt Petersburg zurück. Er wurde in die größte Bibliothek der Arktisforschung gebracht: das

Arktische und Antarktische Forschungsinstitut. Von dort wurde die Suche nach der berüchtigten Eisinsel eingeleitet. Aber selbst mit Hilfe der Karten der erschlagenen Seeleute dauerte es weitere zwei Jahrzehnte, bis der Eisberg wieder entdeckt wurde – jetzt im Packeis eingefroren und eingegliedert. Doch die Suche hatte sich gelohnt.

Die Geschichten der Seeleute erwiesen sich als wahr. Die Grendel wurden wiedergefunden.

Bei diesem Teil der Geschichte wurde Craig ungeduldig, ließ Jenny mit dem Vorlesen aufhören und zu den letzten beiden Büchern springen, den Forschungsnotizen von Wladimir Petkow, dem Vater des Admirals, der Omega und die Eisstation angegriffen hatte.

»Das ist es, was wir wirklich wissen müssen«, erklärte Craig.

Als die Übersetzungen von neuem begannen, betrat der Anführer der Delta Force – der seinen Namen immer nur als Delta One angab – die Kaserne durch die Doppeltür, flankiert von zweien seiner Männer.

Er marschierte gleich zu Craig. Amanda las seine Lippen, während er berichtete. »Der Vogel ist bereit, auf Ihr Wort loszufliegen. Wir brauchen nur grünes Licht von Ihnen, um zur Eisstation Grendel vorzurücken.«

Craig hob die Hand. »Noch nicht. Erst wenn ich sicher bin, dass wir alles haben, was wir brauchen.«

Da die Zeit knapp war, überflogen sie die nächsten Abschnitte nur, um zu sehen, ob sie die letzten Forschungsergebnisse enthielten. Aber es wurde schnell klar, dass Dr. Wladimir Petkow kein Dummkopf war. Selbst in dem kodierten Text hatte der Forscher längst nicht alles offenbart.

Seine Wissenschaftler hatten eine Substanz aus den Hautdrüsen der Grendel isoliert, ein Hormon, das die Fähigkeit kontrollierte, auf Zeit die Lebensfunktionen außer Kraft zu setzen. Anscheinend reagierten diese Drüsen darauf, dass sich Eis auf der Haut bildete, und setzten dann einen Hormonstoß frei, der die Kryokonservierung auslöste.

Doch alle Versuche, das Hormon Testtieren einzuimpfen, schlugen fehl. Nach dem Einfrieren gab es keine erfolgreiche Wiederbelebung.

Craig rezitierte weiter, bei einigen Wörtern zögernd: »›Dann machte ich einen intuitiven Gedankensprung. Ein ... ein Kofaktor, der das Hormon aktivierte. Das führte zu der ersten erfolgreichen Reanimation und zu dem erhofften Durchbruch.‹«

Das Versuchsopfer war ein sechzehnjähriges Inuit-Mädchen. Es lebte nicht lange, sondern starb schon nach wenigen Minuten unter furchtbaren Krämpfen. Für Dr. Petkow jedoch war es ein Fortschritt.

Jenny wurde blass, als sie das hörte. Amanda konnte verstehen, warum. Schließlich waren es Jennys eigene Leute, die man für diese grausamen Experimente benutzt hatte.

Den Daten zufolge hatte Dr. Petkow weitere drei Jahre damit verbracht, seine Technik zu verfeinern, und dabei einige weitere Versuchspersonen verschlissen. Craig und Jenny überflogen diese Teile, bei denen es sich zumeist um untergeordnete Forschungsprojekte über Beruhigungs- und Schlafmittel handelte. Schlafrezepte, die für den Hauptzweig der Forschung scheinbar nichts brachten.

Doch kurz vor dem Ende fand Craig, wonach er gesucht hatte. Wladimir stieß endlich auf die richtige Kombination. »Eine unmögliche Mischung, eher ein Zufallsprodukt als eine wissenschaftliche Erkenntnis, schwer nachzuvollziehen.« Aber er hatte es geschafft und eine Portion des endgültigen Serums synthetisiert.

Dann endeten die Aufzeichnungen abrupt. Was aus den Proben geworden war und wie die Station ihr Ende gefunden hatte, blieb weiterhin ein Rätsel.

Jenny klappte das letzte Buch zu. »Das ist alles.«

»Aber es muss doch noch mehr geben«, sagte Craig und nahm das Buch wieder an sich.

Amanda, die Erfahrung mit Wissenschaftlern hatte, meinte: »Sieht aus, als wäre Dr. Petkow immer paranoider geworden, je größer sein Erfolg war. Vermutlich hat er seine Entdeckung aufgeteilt – hier die Notizen, dort die Proben.«

Craig verzog das Gesicht.

Delta One richtete sich auf. »Sir, wie lauten Ihre Befehle?«

»Wir müssen zurück«, murmelte Craig. »Uns liegt hier nur die Hälfte des Puzzles vor. Ich habe die Notizen, aber die Russen haben die Kontrollproben. An die müssen wir unbedingt rankommen, ehe Admiral Petkow sie zerstört.«

»Wir sind bereit zum Ausrücken, sobald Sie die Order geben«, erwiderte Delta One barsch.

»Bringen wir's hinter uns«, sagte Craig. »Wir dürfen den Russen nicht die Zeit lassen, die Proben ausfindig zu machen.«

Delta One bellte seinen beiden Begleitern Befehle zu und entfernte sich.

»Ich werde mich dem Team gleich anschließen!«, rief Craig ihm zu. »Machen Sie den Vogel startklar!« Er studierte weiter die Bücher und wandte sich schließlich mit gequältem Gesicht Jenny zu. »Ich kann die Aufzeichnungen nicht unbewacht hier lassen, aber ich muss sie mir noch genauer ansehen. Falls wir irgendwelche Hinweise übersehen haben.«

»Was wollen Sie damit sagen?«, fragte Jenny.

»Jemand, der Inuktitut lesen kann, muss mitkommen.« Sein Blick wanderte zwischen Jenny und ihrem Vater hin und her. »Wir müssen wissen, ob es in den Büchern irgendwelche Hinweise oder Andeutungen gibt.«

»Sie wollen also, dass einer von uns mit Ihnen kommt?« Jenny trat vor. »Meinen Sie nicht, dass wir uns in dieser

Angelegenheit schon genug engagiert, dass wir schon genug geopfert haben?«

»Ihr Wissen könnte viele Leben retten. Dr. Ogden, seine Studenten, wer sonst noch da drüben steckt. Ich werde Sie nicht zwingen, aber ich brauche Sie.«

Jenny sah ihren Vater und dann wieder Craig an. Ihr Gesicht war argwöhnisch, doch sie war ohne Frage eine starke Frau. »Ich gehe mit Ihnen, aber nur unter einer Bedingung.«

Man sah Craig die Erleichterung an.

Jenny klopfte auf ihr leeres Pistolenhalfter. »Ich will meine verdammte Pistole zurück.«

Craig nickte. »Keine Sorge. Diesmal sind wir bewaffnet.«

Eine kleine Erleichterung.

Amanda beobachtete die letzten Vorbereitungen. Durchs Fenster sah sie, wie sich Craig draußen im Schnee neben Delta One kauerte. Der Sturm hatte wieder zugelegt, trotzdem konnte sie fast die Lippen der zwei Männer lesen. Sie drehte sich zu Lieutenant Sewell um. Er kümmerte sich um seine Männer, die für die Verteidigung der Basis zuständig waren, bis das Delta-Team zurückkehrte, das vollständig an dieser letzten Mission teilnahm.

»Commander Sewell«, sagte sie. »Könnten Sie mir freundlicherweise Ihr Fernglas leihen?«

Er runzelte die Stirn, nahm aber den Feldstecher aus der Tasche seines Parkas und reichte ihn ihr.

Amanda konzentrierte sich auf Craig und Delta One, die unter einem der Laternenpfosten berieten.

»Ist hier alles bereit?«, fragte Craig.

Ein kurzes Nicken. Amanda sah die Anspannung in den Augenwinkeln von Delta One. Und sie las von seinen Lippen ab, was er sagte. »Alles ist bereit. Man wird den Russen die Schuld geben.«

In diesem Moment trat jemand neben sie. Erschrocken drehte sie sich um. Es war John Aratuk.

»Was sehen Sie sich da an?«, fragte er.

Amanda wollte gerade antworten und ihm von ihrer Angst und ihrem Misstrauen erzählen. Doch dann spürte sie plötzlich etwas – etwas, was sie kannte.

Nein ... das war doch nicht möglich!

Auf ihrem Arm vibrierten die Härchen. Dazu kam das typische Kribbeln hinter ihren Ohren. Jetzt klang es für sie wie Alarmglocken.

Konnten die Grendel bis hierher vorgedrungen sein?

»Was ist los?«, fragte John, der ihre Panik fühlte.

Sie rieb sich die kribbelnden Haare auf ihren Armen. »Sonar ...«

19:31 Uhr
Eisstation Grendel

Matt hielt die Hand des Jungen und folgte ihm den Gang hinunter, durch den Gefängnistrakt und in den äußeren kreisförmigen Korridor.

»*Malinnga!*«, wiederholte der Junge. *Folge mir!*

Hinter Matt schritt der russische Admiral, begleitet von zwei bewaffneten Wachen. Keine gute Ausgangslage für eine schnelle Flucht. Außerdem fürchtete Matt um die Sicherheit des kleinen Maki. Er würde den Jungen nicht im Stich lassen.

Als sie an den Zellen vorbeikamen, warfen seine Mitgefangenen ihm fragende Blicke zu. Dr. Ogden betrachtete den Jungen, und Matt sah den Schock und die Überraschung auf seinem Gesicht.

Matt umfasste die winzigen Finger, die warm in seiner

Hand lagen. Kaum vorstellbar, dass dieses Kind vor wenigen Stunden noch komplett eingefroren gewesen war. Er dachte an seinen eigenen Sohn, an Tyler, wie er mit ihm Hand in Hand gegangen war. Beide Jungen waren im Eis gestorben, aber Maki war zurückgekehrt.

Als sie zu der gewölbten Wand mit den Tanks kamen, starrte der Junge die verschwommenen Gestalten an. Wusste er, wer sie waren? Ruhten womöglich auch seine Eltern in einem dieser Tanks?

Maki steckte den Daumen in den Mund, und seine Augen wurden groß und rund. Offensichtlich war ihm der Anblick unbehaglich und er eilte weiter.

Hinter ihnen fragte Petkow: »Weiß er überhaupt, wo er hingeht?«

Matt übersetzte die Frage in Inuktitut.

»*Ii*«, antwortete Maki, ohne den Daumen aus dem Mund zu nehmen, und nickte.

Am Ende der Halle kamen sie an eine Wand. Sie hatten die Ebene umrundet. Aber es ging nicht mehr weiter. Es gab keine Tür.

Der Junge ging bis ans Ende des Ganges. Rechts der letzte Tank. Die Wand vor ihnen schien nahtlos und solide, aber die kleinen Finger des Jungen fanden eine versteckte Bedienplatte. Sie schwang nach innen und gab ein dreißig Zentimeter weites Kontrollrad aus Messing frei.

Maki schob die Platte vor und zurück. Dazu sagte er etwas auf Inuktitut, was Matt für Petkow übersetzte: »Er sagt, dahinter ist Ihr Geheimzimmer.«

Sanft schob der Admiral den Arm des Jungen weg und starrte das Messingrad an. Dann trat er zurück und winkte Matt. »Öffnen Sie es.«

Matt beugte sich in den Spalt und packte das Rad. Aber es war festgefroren und rührte sich nicht. »Ich brauche ein Brecheisen«, keuchte er.

Aber der Junge griff unter das Rad, legte einen Schalter um, und sofort drehte sich das Rad in Matts Händen, gut geölt, gut erhalten.

Als der Mechanismus wieder zum Stillstand kam, sprangen mit einem leisen Zischen mehrere Riegel auf und ein Teil der Wand öffnete sich. Eine Geheimtür.

Mit vorgehaltener Waffe führte einer der Wachsoldaten Matt ein Stück zurück, während der andere vortrat und die Tür vollends aufzog.

Kälte quoll aus der Öffnung wie aus einem Kühlschrank. Flackernd sprangen Lichter an, und jetzt sah man, dass es sich tatsächlich um einen Kühlraum handelte. Ähnlich wie die Servicekammern war auch dieser Raum direkt ins Eis gehauen. Doch dies war kein Wartungskabuff, sondern ein dem blauen Eis abgerungenes Labor.

An drei Wänden hatte man Werkbänke aus dem Eis geschnitten, darüber Regale aus Eisplatten, bedeckt mit einer Auswahl von Instrumenten aus rostfreiem Stahl: grobe Zentrifugen, Messpipetten, Messzylinder. In die Regale an der hinteren Wand, die von einer Reihe nackter Glühbirnen beleuchtet wurden, waren Löcher gebohrt. In jedem davon steckte eine Glasspritze mit hochstehendem Kolben. Das Eis war transparent, sodass man die bernsteinfarbene Flüssigkeit sehen konnte, mit der die Spritzen gefüllt waren. Es waren bestimmt weit über fünfzig Stück.

Matt blickte um sich, als er in das Eislabor trat. Wer hier gearbeitet hatte, musste schrecklich gefroren haben.

Auch der Junge kam herein, immer noch am Daumen lutschend. Seine Augen wurden groß. Er sah sich um, dann wieder zu dem russischen Admiral.

Matt verstand seine Verwirrung.

»Papa«, sagte der Junge auf Inuktitut und wiederholte das Wort auf Russisch.

Auf dem Boden saß eine zusammengesunkene Gestalt,

mit ausgestreckten Beinen und schlaff herunterhängendem Kopf. Selbst durch den Frost, der auf seinen Zügen lag, war der Mann zweifelsfrei zu erkennen. Das schneeweiße Haar ließ keinen Irrtum zu.

Ein hörbares Keuchen von Petkow bestätigte die Identität des Mannes. Er schob sich an den anderen vorbei, fiel vor der Gestalt auf die Knie und streckte die Arme aus.

Das Gesicht des älteren Petkow war bläulich verfärbt, die Kleider mit Reif und Frost bedeckt. Ein Ärmel war aufgerollt. Auf dem Boden lag eine zerbrochene Spritze und neben dem Einstich auf der Innenseite des Arms verlief eine kleine Blutspur.

Matt ging zu der Wand mit den Spritzen und zog eine davon heraus. Die Flüssigkeit war nicht gefroren, offensichtlich unempfindlich für Temperaturen unter null Grad. Nachdenklich blickte er auf die Gestalt am Boden hinunter. »Er hat sich selbst eine Dosis verabreicht«, murmelte er.

Petkow blickte zwischen dem Jungen und seinem Vater hin und her. Schließlich sah er Matt an. Sein Gesicht verriet, was er dachte. *Könnte mein Vater auch noch am Leben sein wie der kleine Junge?*

Auf dem Tisch unter den Regalen entdeckte Matt ein Heft, von der gleichen Art wie all die anderen. Er schlug den brüchigen Einband zurück und sah, dass die Seiten Zeile um Zeile mit Inuktitut-Schrift bedeckt waren – bis die Aufzeichnungen irgendwann aufhörten. Da Jenny und ihr Vater ihm die Sprache beigebracht hatten, konnte Matt die Symbole entziffern, aber sie ergaben keinen Sinn. Während er aus ihnen schlau zu werden versuchte, murmelte er die Worte vor sich hin.

Petkow blickte zu ihm hoch. »Sie sprechen Russisch?«

Matt runzelte die Stirn und deutete auf das Buch. »Ich lese nur, was hier geschrieben steht.«

Ohne sich von der Seite seines Vaters zu erheben, ließ Petkow sich das Buch geben. Er blätterte das Heft durch, das offensichtlich das letzte der Reihe war, und reichte es Matt wieder zurück. »Lesen Sie es …« Seine Stimme versagte. »Bitte!«

Maki ging zu dem Admiral und schmiegte sich an ihn, müde und anlehnungsbedürftig. Petkow legte den Arm um ihn.

Mit zwei auf ihn gerichteten Pistolen konnte Matt die Bitte kaum abschlagen. Außerdem war er selbst neugierig. Also las er und Petkow übersetzte. Hier und da hielt der Admiral inne, um eine Frage zu stellen oder Matt zu bitten, einen Abschnitt zu wiederholen.

Langsam, aber sicher kam die Wahrheit ans Licht.

Das Heft enthielt das Testament von Wladimir Petkow. Anscheinend war in Viktors Vater während des Jahrzehnts, das er hier verbracht hatte, ein Gewissen erwacht. Verantwortlich dafür war in erster Linie der kleine Junge, Maki. Das Kind war hier geboren und zur Waise geworden, als seine Eltern während der Tests starben. Wladimir, der seinen eigenen, in Russland zurückgebliebenen Sohn vermisste, entwickelte eine Zuneigung zu dem Jungen, was für einen Forscher natürlich ein Fehler war. Gib deinen Versuchstieren niemals einen Namen! Durch diesen Fehler hatte Wladimir seine professionelle Distanz verloren und völlig unbeabsichtigt seine Menschlichkeit wiedergefunden.

Dies geschah ungefähr zur selben Zeit, als er auch das Rätsel löste, wie man die Grendel-Hormone aktivieren konnte. Das Hormon musste von lebenden Exemplaren stammen. Wenn man es von toten oder eingefrorenen Tieren entnahm, war es inaktiv. Außerdem musste das Hormon, nachdem es mit einer Spritze direkt von einem lebenden Grendel entnommen worden war, sorgfältig behandelt und auf einer konstanten Temperatur gehalten werden.

Auf der Temperatur der Eishöhlen.

Matt sah sich in dem Speziallabor um. Jetzt verstand er, wozu es nötig gewesen war.

Des Rätsels Lösung waren einmal mehr Feuer und Eis: Das *Feuer* eines lebendigen Grendels und das *Eis* der Insel. Nirgendwo sonst hätte diese Entdeckung gemacht werden können.

An dieser Erkenntnis war Wladimir Petkow letztendlich zerbrochen. Angewidert von seiner Beteiligung an den Vorgängen in der Station, davon, dass er so viele Menschenleben auf dem Gewissen hatte, war er entschlossen, zu verhindern, dass seine Entdeckung an die Außenwelt drang, vor allem nachdem er vom Holocaust in Deutschland erfahren hatte.

»Wir haben russische Juden in unserer Familie«, fügte Viktor leise hinzu.

Matt verstand. Oft wurden einem Menschen die Augen für die Unmenschlichkeit der eigenen Handlungen geöffnet, wenn das eigene Volk verfolgt wurde. Aber das Verstehen reichte nicht aus. Wladimir musste noch einen letzten Akt der Buße vollbringen. Die Welt durfte nicht von dem profitieren, was hier getan worden war. So brachten er und eine Hand voll anderer Stationsangehöriger das letzte Opfer. Sie sabotierten ihre eigene Basis, zerstörten Funkgeräte und versenkten das Transport-U-Boot. Abgeschnitten von der Außenwelt und den Strömungen ausgeliefert, würden sie irgendwann von der lautlosen Arktis verschluckt werden. Einige Basisangehörige versuchten, über Land zu entfliehen, hatten es aber offensichtlich nicht geschafft.

Um die unschuldigen Gefangenen zu schützen, hatte Wladimir sie in einen Gefrierschlaf versetzt.

Matt blickte hinaus in die Halle und überlegte, ob es eher ein Akt der Barmherzigkeit oder ein weiterer Missbrauch gewesen war. Doch die Spritze, die im Arm des Wissenschaftlers steckte, zeigte unmissverständlich, dass er das Gleiche mit sich selbst getan hatte. Aber hatte es funktioniert?

Bestürzt murmelte Petkow: »Mein Vater hat die Station selbst zerstört. Er ist nicht verraten worden.«

»Er hatte keine andere Wahl, wenn er sich selbst noch ins Gesicht sehen wollte«, antwortete Matt. »Er musste das, was er sich auf diese schreckliche Weise erarbeitet hatte, für immer unzugänglich machen.«

Petkow starrte auf seinen Vater hinunter. »Was habe ich getan?«, murmelte er und legte unwillkürlich die Finger auf die große Armbanduhr an seinem rechten Arm. Auf dem Zifferblatt blinkten winzige Lichter. Wahrscheinlich war es irgendeine Art Funkgerät. »Ich habe alle hierher gebracht, ich habe mich bemüht, das Opfer meines Vaters zunichte zu machen. Um seine Entdeckung wieder ans Tageslicht zu bringen.«

Eine Unruhe an der Tür lenkte ihre Aufmerksamkeit ab. Ein russischer Soldat drängte sich herein und stellte sich steif aufgerichtet vor den Admiral. Offenbar war er aufgeregt, denn er sprach sehr schnell.

Der Admiral antwortete und stand dann auf. Der Soldat rannte davon.

Nun wandte Petkow sich an Matt. »Wir haben soeben die Bestätigung bekommen, dass die UQC-Hydrophone einen Hubschrauber registriert haben, der gerade in der Nähe der Driftstation Omega aufgestiegen ist.«

Vermutlich das Delta-Force-Team, ergänzte Matt im Stillen. Endlich war die Kavallerie im Anmarsch. Aber bedeutete das auch, dass Jenny in Sicherheit war? Er konnte es nur hoffen.

Petkow winkte den Wachen, Matt hinauszubringen. »Mein Vater hat sein Leben gegeben, um seine Entdeckung nicht aus dieser Station hinausdringen zu lassen. Ich werde nicht erlauben, dass sie jetzt gestohlen wird. Ich werde zu Ende bringen, was mein Vater begonnen hat.« Er schob den Ärmel seines Mantels wieder über die seltsame Funkuhr. »Es ist noch nicht vorbei.«

19:48 Uhr
Unterwegs über dem Eis ...

Jenny saß hinten im Sikorsky Seahawk und starrte aus dem Fenster. Nicht dass es viel zu sehen gab. Die Rotorströmung wirbelte den Schnee um die aufsteigende Maschine auf, während sie sich in einer Whiteout-Wolke vom Eis emporhoben.

Rasch ließen sie den Schnee hinter sich. Der Wind rüttelte den Seahawk durch, aber der Pilot war ein Profi und hielt die Maschine im Gleichgewicht.

Jenny konnte Craig auf dem Sitz des Kopiloten nicht sehen, aber seine Stimme erreichte sie über das in ihren schalldämpfenden Kopfhörern eingebaute Funkgerät. »In zwanzig Minuten müssten wir in der Station sein. Es wäre schön, wenn Sie weiter aus dem letzten Heft vorlesen könnten. Ich habe das Mikro auf Aufnahme gestellt und höre Ihnen zu. Jeder Hinweis kann zwischen Erfolg und Misserfolg unserer Mission entscheiden.«

Jenny legte die Hand auf das Buch, das auf ihrem Schoß lag, und blickte sich in der Crew-Kabine um. Delta One saß angeschnallt im Notsitz, bereit, jederzeit mit dem Rest seines Zwölfmannteams auf einen Befehl zu reagieren. Mit ausdruckslosem Gesicht starrte er auf die Schneefelder hinaus.

Jenny folgte seinem Blick. Die roten Gebäude von Omega

waren nur noch ein verschwommener Fleck auf dem Eis. Die Sonne stand kurz über dem Horizont. Die Tage wurden länger, es ging auf die Zeit der Mitternachtssonne zu.

Würde dieser Tag je zu Ende gehen?

Seufzend wandte sie sich den Aufzeichnungen zu und wollte gerade weiterlesen, als ein Feuerblitz ihren Blick zum Fenster zurücklenkte.

Der ganze Horizont erstrahlte in einer vom Schnee umwirbelten Flammenrose.

Dann hatte die Explosion sie erreicht. Selbst durch ihre Kopfhörer hörte sie das dumpfe Krachen und spürte es körperlich, als hätte ein Maultier sie gegen die Brust getreten.

Gott ... nein ... nein ...!

Jenny lehnte sich in ihrem Sicherheitsgurt zum Fenster hinüber, die Augen weit vor Schock und Entsetzen. Das war zu schrecklich, sie konnte es nicht glauben. Hohl drangen die Geräusche an ihre strapazierten Ohren. Etwas in ihr schrie auf.

Der Helikopter legte sich schräg und drehte ab.

Einen Augenblick konnte sie nicht nach draußen sehen, und sie schickte ein Stoßgebet zum Himmel, dass sie sich getäuscht hatte. Doch dann erschien wieder der feurige Tornado draußen auf den Eisfeldern, eine wirbelnde Flammensäule, die in der Thermik schwankte. Wo früher die Driftstation gewesen war, loderte jetzt ein Feuer, so hoch, dass es fast den davonfliegenden Helikopter erreichte.

Langsam fiel die Flammenkaskade in sich zusammen, verzehrt von Wind und Schnee.

Jennys Gehör kehrte zurück. Überraschungs- und Entsetzensschreie hallten durch die Kabine. Die Männer reckten sich, um besser sehen zu können, und auf ihren Gesichtern spiegelten sich Wut und Schmerz.

Auf der gefrorenen Ödnis unter ihnen klaffte, erleuchtet von den langsam ersterbenden Flammen, ein riesiges Loch, qualmend wie ein arktischer Vulkan.

Von Omega war nichts mehr übrig. Die Driftstation war ausgelöscht, weggeblasen von der Erdoberfläche.

Jenny konnte kaum atmen. *Ihr Vater ... all die anderen ...*

Über das Funkgerät schrie Craig in die Kabine: »Verdammt noch mal! Ich dachte, ihr hättet alle Sprengfallen der Russen entschärft!«

»Das haben wir, Sir!«, antwortete ein Sergeant. »Es sei denn ... es sei denn, ich habe eine übersehen ...«

Jenny bekam immer noch keine Luft. Ihre Augen waren voller Tränen, die sie krampfhaft mit den Wimpern zurückzuhalten versuchte. In allen Gesichtern sah sie ehrliche Überraschung und Bestürzung – in allen, bis auf eines.

Der Anführer des Delta-Force-Teams starrte immer noch auf die brennende Landschaft hinaus. Sein Gesichtsausdruck hatte sich nicht verändert, er wirkte noch immer stoisch, ungerührt ... und kein bisschen überrascht.

Ihre Blicke trafen sich.

Und da dämmerte Jenny voller Entsetzen, was wirklich geschehen war.

Sie hörte zu, wie Craig den Sergeant herunterputzte. Und sie hörte auch die Lüge in seiner Stimme. Es war eine abgekartete Sache gewesen. Die amerikanischen Teamführer handelten nach der gleichen Devise wie die Russen: Greift euch die Trophäe und hinterlasst keine Mitwisser! Es war eine Säuberungsaktion.

Keine Augenzeugen.

Jenny behielt den Ausdruck schockierten Entsetzens auf ihrem Gesicht und ließ sich nicht anmerken, was sie gerade begriffen hatte. Sie starrte zu Delta One hinüber. Er erwiderte ihren Blick und versuchte, in ihren Augen zu lesen. Solange sie nützlich war, würde sie überleben. Dass sie die

Inuktitut-Schrift kannte, war alles, was zwischen ihr und einer Kugel in den Kopf stand.

Craig heuchelte durch das Funkgerät Beileidsbezeugungen in ihr Ohr. Aber sie stellte sich taub und starrte in ihr Buch.

Aus den Augenwinkeln sah sie den Tanz der Flammen. Tränen rollten ihr über die Wangen – Tränen der Trauer und der Wut. *Papa …*

Ihre Hand bewegte sich zu ihrem Pistolenhalfter. Noch ein nicht eingehaltenes Versprechen.

Das Halfter war leer.

KAPITEL 17

Feuerprobe

ᐅᒃᑐᐃᓂᖅ ᐃᑯᐊᓚᔪᖅ

9. April, 19:55 Uhr
Eisstation Grendel

Nachdem man ihn mit vorgehaltener Waffe zurückgebracht hatte, saß Matt nun wieder in seiner Zelle. Seltsamerweise hatte man den Jungen bei ihm gelassen.

Maki lag zusammengerollt auf dem Bett, eingehüllt in einen Kokon von Decken. Vielleicht wollte der Admiral beide, den Jungen und seinen Dolmetscher, in seiner Nähe haben. Matt jedenfalls hatte nichts gegen seine Rolle als Babysitter einzuwenden. Jetzt kauerte er am Fuß des Bettes und wachte über den Jungen, sah, wie er schlief, die winzigen Finger wie im Gebet neben den Lippen gefaltet.

Makis Gesicht ließ keinen Zweifel an seiner Inuit-Herkunft: die olivfarbene Haut, die ebenholzschwarzen Haare, die braunen Mandelaugen. Während Matt ihn anblickte, wurde er von Erinnerungen an Tyler überwältigt. Die gleichen dunklen Haare und Augen – das Erbe seiner Mutter. Matts Herz tat weh; noch mehr als Angst verspürte er ein tief sitzendes Verlustgefühl.

»Schwer zu glauben …«, murmelte Dr. Ogden aus der Nachbarzelle und schaute die beiden an. Matt hatte erzählt, was sie in Wladimir Petkows Aufzeichnungen gefunden hatten.

Matt nickte nur. Er konnte die Augen nicht von dem Jungen abwenden.

»Was ich nicht darum geben würde, den Jungen zu untersuchen ... wenigstens eine kleine Blutprobe.«

Matt seufzte und schloss die Augen. *Wissenschaftler*. Sie blickten nie über den Tellerrand ihrer Forschung hinaus, sie merkten nicht einmal, was sie anrichteten.

»Ein *Hormon* der Grendel«, fuhr Ogden fort. »Das ergibt jedenfalls einen Sinn. Um die Kryosubstanz herzustellen, brauchte man eine unmittelbare Enzymkaskade der Gensequenz. Hautdrüsen wären die perfekten Vehikel, um das gewünschte Ergebnis herbeizuführen. Die Haut vereist, das ruft eine Ausschüttung der Hormone hervor, die Gene werden aktiviert, Glukose strömt in die Zellen, um sie zu konservieren, dann friert der Körper ein. Und da die Grendel Säugetiere sind, wäre die chemische Zusammensetzung ihrer Hormone mit der anderer Säugetierrassen kompatibel. Wie man beispielsweise auch Insulin von Kühen und Schweinen benutzt hat, um Diabetes beim Menschen zu behandeln. Die Arbeit hier war ihrer Zeit weit voraus. Einfach brillant.«

Matt hatte genug. »*Brillant*?«, blaffte er Ogden an. »Sind Sie total übergeschnappt? Wie wäre es mit *monströs*? Haben Sie überhaupt die geringste Ahnung, was man diesen Menschen angetan hat? Wie viele getötet wurden? Verdammt!« Er deutete auf Maki, der sich leise rührte. »Sieht er etwa aus wie eine Laborratte?«

Ogden trat von den Gitterstäben zurück. »Ich wollte damit ja nicht andeuten ...«

Matt bemerkte die Augenringe im Gesicht des Biologen. Seine Hände zitterten, als er das Gitter losließ. Eigentlich wusste Matt ja, dass der Mann ebenso müde und verängstigt war wie sie alle. Er hatte es nicht wirklich verdient, so angebrüllt zu werden. Deutlich sanfter fuhr Matt fort: »Jemand muss die Verantwortung übernehmen; es muss eine Grenze geben. Die Wissenschaft kann in ihrem Wunsch nach Fortschritt nicht einfach die Moral ignorieren. Sonst haben wir am Ende alle verloren.«

»Da wir gerade vom Verlieren sprechen«, mischte sich Washburn ein. »Was ist eigentlich mit dem Delta-Force-Team? Ist es in der Lage, die Station hier einzunehmen?«

Matt sah, wie bei ihrer Frage Leben in die beiden Biologiestudenten kam. *Befreit zu werden,* das war ihre einzige Hoffnung. Aber er erinnerte sich auch an Admiral Petkows Entschlossenheit. Der russische Kommandant würde nicht kapitulieren, auch nicht gegen eine Übermacht. Außerdem hatte Matt ein Glitzern in seinen Augen bemerkt, eine kühle Sachlichkeit, die ihm fast noch mehr Angst einjagte als Waffen und Grendel.

Nur der kleine Junge schien diese Kühle durchdringen zu können. Matt warf einen Blick auf Maki. Vielleicht war dieses Kind nicht nur der Schlüssel zur Rettung von Wladimir Petkow gewesen, sondern auch für die seines Sohnes. Aber eine so tiefgreifende Veränderung brauchte Zeit … Zeit, die sie nicht hatten. Petkow war wie ein russischer Bär, der in seinem Bau in die Enge getrieben wurde. Etwas Gefährlicheres gab es kaum – und nichts Unberechenbareres.

Matt wandte sich an Washburn. »Ich habe mindestens zwölf Soldaten gezählt. Zudem sind die Russen noch im Vorteil, weil sie sich hier drin verschanzt haben. Es wäre ein voller Frontalangriff nötig, um eine Bresche hier hereinzuschlagen, gefolgt von einem blutigen, brutalen Kampf, bei dem eine Ebene nach der anderen gesäubert werden müsste.«

»Aber unsere Leute werden doch kommen, oder?«, fragte Magdalene von ihrer Pritsche.

Matt sah die kleine Gruppe von Überlebenden an. Fünf

waren es – oder sechs, wenn man Maki mitzählte. Falls das Delta-Force-Team hierher zurückkam, dann ging es um mehr als nur eine Befreiungsaktion. Garantiert hatte Craig von den Proben erfahren. Letztendlich würde der Erfolg der Mission daran gemessen werden, ob sie diese in die Hände bekamen.

Auch Washburn wusste das. »Sie kommen nicht unseretwegen«, beantwortete sie Magdalenes Frage ohne Umschweife. Ihr Blick begegnete dem von Matt. »Wir sind nicht die erste Priorität.«

In diesem Moment öffnete sich die Tür des Gefängnistrakts und Admiral Petkow marschierte herein, begleitet von den gleichen Wachen wie vorhin. Das Trio näherte sich Matts Zelle.

Da geht es wieder los!, dachte Matt und stand auf.

Mit der ihm eigenen Direktheit sagte Petkow: »Ihr Delta-Force-Team hat die Driftstation in die Luft gejagt.«

Matt atmete tief durch, um die Nachricht zu verdauen. Neben ihm schimpfte Washburn: »So ein Schwachsinn!«

»Wir haben die Explosion wenige Minuten nach dem Abheben ihres Helikopters registriert.«

Washburn verzog wütend das Gesicht, doch Matt wusste, dass Petkow nicht log. Das war nicht seine Art. Omega war zerstört worden. *Aber warum?*

Petkow beantwortete seine unausgesprochene Frage mit zwei Worten: »Plausible Bestreitbarkeit.«

Matt wog die Antwort ab. Er spürte, dass sie der Wahrheit entsprach. Delta-Force-Teams arbeiteten verdeckt, mit minimaler Oberaufsicht, bei so genannten »chirurgischen« Einsätzen. Sie betraten eine Kampfzone, erledigten ihren Auftrag und hinterließen keine Zeugen.

Keine Zeugen ...

Mit einem scharfen Atemzug begriff Matt plötzlich, was das bedeutete. Er stolperte und stieß gegen das Bett, das laut schepperte. Erschrocken fuhr Maki aus dem Schlaf empor.

Petkow bedeutete einer der Wachen, die Zelle aufzuschließen. »Anscheinend hat Ihre Regierung dasselbe Ziel wie meine. Sie will sich die Forschungsergebnisse unter den Nagel reißen und niemanden zurücklassen, der andere Ansprüche stellen könnte. Koste es, was es wolle.«

Die Zelle wurde geöffnet. Wieder richteten sich Pistolenläufe auf Matt.

»Was wollen Sie von mir?«, fragte er.

»Ich möchte, dass Sie beide Seiten stoppen. Mein Vater hat alles dafür geopfert, um seine Forschungsarbeit für immer zu begraben. Ich kann nicht zulassen, dass eine dieser beiden Regierungen gewinnt.«

Matt kniff ein Auge zusammen. Wenn das, was der Admiral gesagt hatte, stimmte – wenn es sich hier also wirklich um eine Black-Ops-Mission handelte –, dann hatte er vielleicht gerade einen Verbündeten gefunden. Sie hatten einen gemeinsamen Feind. Er wandte sich dem Admiral zu. Innerlich kochte er vor Wut. Wenn das Delta-Team tatsächlich alle in der Driftstation ermordet hatte – es erschien unbegreiflich, aber gleichzeitig auf erschreckende Weise einleuchtend –, dann würde er alles tun, was in seiner Macht stand, um diese Menschen zu rächen.

Dunkle Augen, die ihn voller Liebe anblickten.

Jenny ...

Sein Zorn wurde noch stärker. In Petkows Augen sah er die gleiche Entschlossenheit, die er selbst fühlte. Aber wie weit konnte er diesem kalten Klotz wirklich trauen?

»Was schlagen Sie vor?«, brachte Matt schließlich heraus.

Eisig antwortete Petkow: »Ich schlage vor, dass Sie die weiße Fahne tragen. Ich will mit dem Anführer des Delta-Force-Teams reden, mit dem Mann, der die Aufzeichnungen meines Vaters gestohlen hat. Dann wird sich zeigen, wo wir stehen.«

Matt runzelte die Stirn. »Ich denke nicht, dass Craig in der Stimmung sein wird, mit Ihnen zu reden. Ich schätze, er und sein Team werden eher die M-16 sprechen lassen.«

»Dann müssen Sie ihn eben überzeugen.«

»Was bringt Sie auf die Idee, dass er auf mich hört?«

»Sie werden jemanden mitnehmen, dessen Präsenz für sich selbst spricht.«

»Und wer soll das sein?«

Petkows Augen ruhten auf dem kleinen Jungen.

19:59 Uhr
Unterwegs über dem Eis

Durch einen Tränenschleier las Jenny den Text auf ihrem Schoß. Sie hatte keine Ahnung, was sie sagte, sie übersetzte einfach die Inuktitut-Symbole in phonetisches Russisch. Am liebsten hätte sie laut geschrien, aber sie wusste, dass Craig zuhörte und fieberhaft nach einem Hinweis suchte.

Ihr gegenüber setzte Delta One seine Wache am Fenster fort. Die Flammen der abgebrannten Driftstation waren schon lange im Zwielicht verblasst. Ehe er weitergeflogen war, hatte der Helikopter die Einschlagzone noch einmal umkreist. Aber es hatte keine Überlebenden gegeben.

Die allgemeine Funkanlage unterbrach ihre Rezitation. »Eisstation direkt voraus!«, verkündete der Pilot.

»Fertig für Raketenangriff«, sagte Craig. »Auf meinen Befehl.«

Raketenangriff? Jenny setzte sich aufrecht.

»Koordinaten erfasst.«

»Feuer!«

Noch ehe sie reagieren konnte, hörte sie eine zischende Explosion vor der Tür, begleitet von einem Feuerblitz.

Sie beugte sich vor, während der Seahawk sich in die Kurve legte.

Eine spiralförmige Spur markierte den Flug der Rakete. Sie traf den Presseiskamm links des Stationseingangs. Eis und Feuer sprühten hoch und rollten in die offenen Eisfelder hinaus. Etwas Orangefarbenes, ein Zelt, wurde flatternd vom Sturm hochgerissen.

Jenny kannte das Ziel. Es war die Stelle, von der aus die Russen sie mit Raketen beschossen hatten. Anscheinend säuberte Craig das Feld, um den Helikopter sicher landen zu können – und vielleicht auch aus Rache.

Im Gewirbel von Dampf und Rauch senkte sich der Seahawk in Richtung Eis.

»Fertig! Team One!«, brüllte Delta One. Jenny zuckte erschrocken zusammen.

Die Türen auf der gegenüberliegenden Seite flogen auf. Eisiger Wind pfiff in die Kabine. Die Kälte biss sofort in die ungeschützten Hautstellen. Dann begannen die Soldaten abzuspringen. Einer nach dem anderen seilte sich ab. Im Handumdrehen waren sie außer Sicht.

»Team Two!«

Jetzt öffnete sich die Tür auf Jennys Seite und der Seitenwind zerrte heftig an ihr. Um ein Haar wäre ihr das Buch aus der Hand gerutscht, aber sie konnte es noch rechtzeitig an die Brust drücken.

Männer drängten sich an ihr vorbei, griffen sich die Seile und sprangen, sobald sie ausgerollt waren. Bald war die Kabine leer bis auf drei Männer, unter ihnen auch Delta One.

»An die Geschütze!«, bellte der Anführer.

Bereits in Stellung, klappten zwei Soldaten die riesigen Maschinengewehre an der Tür auf.

»Auf mein Kommando!«, befahl Delta One. »Volle Feuerkraft!«

Jenny nahm allen Mut zusammen, beugte sich vor und starrte nach unten. Der Qualm von dem Raketenangriff verzog sich allmählich. Sie konnte die abgesprungenen Männer ausmachen, die in weißen Tarnanzügen über den Schnee hasteten und sich auf den Bauch warfen.

»Feuer!«, befahl Delta One.

Die Maschinengewehre dröhnten, ratterten und spuckten. Verbrauchte Patronen prasselten zu Boden wie ein Messinghagel. Unten wurde zum Schutz der Männer das Eis in einem breiten Streifen aufgerissen.

Ein einzelner Soldat, ein Russe, floh aus einem versteckten Eisbunker. Das Gewehrfeuer riss ihn mittendurch und auf dem endlosen Weiß erschien ein roter Fleck. Wie ein zerdrückter Käfer auf der Windschutzscheibe. Es schien keine Überlebenden mehr zu geben.

»Tiefer!«, befahl Craig dem Piloten, noch immer über die allgemeine Leitung.

Der Seahawk senkte sich und zog sich leicht zurück, sodass die Bodentruppen nun zwischen ihm und dem Eingang der Station waren.

Delta One hielt einen seiner Kopfhörer fest ans Ohr gepresst. »Die Berichte kommen rein!«, verkündete er. »Der Boden gehört uns! Stationseingang unter schwerer Bewachung.«

»Können wir sicher landen?«, fragte Craig.

»Ich möchte den Vogel lieber in der Luft behalten, bis die Station eingenommen ist«, erwiderte Delta One. »Aber der Treibstoff könnte ein Problem werden. Zurück nach Alaska ist es ganz schön weit. – *Moment mal*!« Wieder lauschte er in den Kopfhörer. Dann drückte er auf sein Kehlkopfmikrofon und beriet sich mit jemandem dort unten. Schließlich zog er das Funkmikro wieder hoch. »Sir, das Bodenteam meldet Bewegung beim Stationseingang. Jemand kommt heraus. Unbewaffnet. Er schwenkt eine Friedensfahne.«

»Was denn? Jetzt schon? Wer ist das?«

Der Helikopter wendete. Jenny sah den Mann sofort, denn obwohl noch ein paar Rauchschwaden die Sicht behinderten, war er gegen den Schnee deutlich zu sehen. Er trug eine grüne Jacke. Und selbst aus dieser Entfernung erkannte Jenny das abgetragene Kleidungsstück. Zehn Jahre lang hatte sie das verdammte Ding immer wieder gewaschen, geflickt und gebügelt.

Unmöglich, Freude und Erstaunen aus ihrer Stimme zu verbannen. »Das ist Matt!« Ein erleichtertes Schluchzen drang aus ihrer Kehle.

Der allgemeine Kanal war immer noch offen. Craig hörte sie. »Jen, sind Sie sicher?«

Von der anderen Seite der Kabine sagte Delta One: »Sir, er hat einen kleinen Jungen dabei.«

Jetzt sah auch Jenny das Kind, das sich dicht an Matts Bein drückte. Er hatte den Arm um es gelegt, in der anderen Hand hielt er einen Stock, an dem ein Fetzen von einem weißen Parka flatterte.

»Landen!«, befahl Craig.

Der Seahawk begann mit dem Abstieg.

Delta One mahnte zur Vorsicht. »Vielleicht sollten wir lieber in der Luft bleiben, bis die Sache geklärt ist.«

»Man hat ihn als Unterhändler geschickt. Möglicherweise können wir das zu unserem Vorteil nutzen.«

Angst mischte sich in Jennys Erleichterung. Schon von Anfang an waren Matt und sie Bauern in dem Spiel der Supermächte gewesen. Und anscheinend wurden sie noch immer gebraucht.

Die Kufen setzten auf dem Eis auf. Der aufwirbelnde Schnee wogte um die Maschine. Die Rotoren wurden langsamer.

»Lassen Sie den Motor laufen!«, befahl Delta One dem Piloten.

»Ja, Commander.«

Craig drängte sich vom Cockpit zurück in die Hauptkabine. »Wir lassen die Aufzeichnungen hier.« Er deutete auf Delta One. »Ich überlasse sie Ihrer Verantwortung.«

»Was wollen Sie jetzt tun?«, fragte Delta One.

»Ich werde mich mit dem Mann da draußen treffen. Er hat mir schon mehrmals den Arsch gerettet. Sehen wir mal, ob er es noch mal schafft.« Er wandte sich an Jenny. »Es wäre mir lieber, wenn Sie auch hier blieben.«

»Das können Sie glatt vergessen.« Entschlossen schnallte sie ihren Sicherheitsgurt ab. Wenn diese Männer wollten, dass sie blieb, mussten sie sie wohl oder übel erschießen.

Craig beobachtete sie einen Moment, um abzuschätzen, wie ernst sie es tatsächlich meinte, und zuckte die Achseln. Wahrscheinlich war es ihm sowieso lieber, wenn alle seine Zielpersonen beisammen waren.

Hintereinander kletterten sie aus dem Seahawk und hinaus aufs Eis, duckten sich unter den Rotoren durch und wurden von drei Delta-Force-Männern empfangen, die mit einer bewaffneten Eskorte vorrückten.

Jenny bemerkte die anderen kaum. Ihre Augen konzentrierten sich voll und ganz auf die Gestalt, die ungefähr dreißig Meter vor dem Eingang der Station stand. Matt! Sie musste sich zusammennehmen, um nicht einfach auf ihn zuzurennen; eine solch impulsive Aktion würde nur dazu führen, dass man sie alle beide abknallte.

Also blieb sie bei ihrer Gruppe, flankiert und geführt von den Soldaten. Sie überquerten das Eis und betraten hinter dem Verteidigungskreis neutrales Terrain.

Matt kauerte auf einem Knie und beschützte den Jungen, der sich eng an ihn drückte. Er steckte in einem übergroßen Parka, dessen Saum und Ärmel ihm bis auf die Füße hingen. Fest in Matts Arme geschmiegt, starrte er den näher rückenden Gestalten mit großen Augen entgegen.

Zum ersten Mal sah Jenny jetzt das Gesicht des Jungen ganz deutlich: das schwarze Haar, die großen braunen Augen, die feinen Gesichtszüge. Sie stolperte, auf einmal hatte sie weiche Knie. »Tyler!«

20:07 Uhr
Draußen auf dem Eis ...

Matt hatte alle Hände voll mit dem Jungen zu tun. Sobald sie aus dem Tunnel in den Wind getreten waren, hatte Maki sich an ihn geklammert wie ein Äffchen. Die Explosionen und das Dröhnen der 50-Millimeter-Waffen des Kampfhubschraubers hatten dem Kind eine Höllenangst eingejagt. Und hier draußen auf dem weiten Eisfeld wurde er agoraphobisch und hatte Panik vor Wind und Schnee. Natürlich war es nicht schwer zu erraten, warum, schließlich hatte er sein ganzes junges Leben isoliert in der Eisstation da unten verbracht, vielleicht sogar ausschließlich auf Ebene vier. Hier draußen im Freien, wo sich die ganze Welt vor ihm ausbreitete, verlor er schlicht die Fassung.

Er brauchte etwas, woran er sich festhalten konnte, einen Anker – und das war Matt.

Matt bemerkte das Herannahen der anderen kaum, nur Craig hatte er bei den Soldaten entdeckt. Aber dann war er wieder damit beschäftigt, Maki daran zu hindern, dass er Hals über Kopf zur Station zurückrannte.

»Tyler!«

Die vertraute Stimme ließ ihn herumfahren.

Aus der Gruppe der Soldaten löste sich Jenny. Ihre Augen blickten wild zu Matt und dem Kind, aber sie fasste sich rasch wieder. Kaum war der Name aus ihrem Mund gekommen, erkannte sie schon ihren Irrtum. Es war nur ein Reflex gewesen.

»Er ... er heißt Maki«, stieß Matt hervor. Das Kind klammerte sich an sein Knie, doch diesmal hatte Matt nichts dagegen. Jetzt brauchte er selbst die Unterstützung des Jungen, denn seine Beine waren ganz schwach von der Erleichterung, Jenny lebend wiederzusehen.

Sie rannte auf ihn zu.

Matt wusste nicht recht, was er zu erwarten hatte, und zuckte instinktiv ein wenig zurück.

Doch dann war sie bei ihm, drückte sich an ihn und schlang die Arme um seinen Hals. Die Natürlichkeit ihrer Begegnung überraschte Matt. Ihre Körper passten noch genauso gut zueinander, als wäre gar keine Zeit vergangen. Er zog sie noch enger an sich, um sich zu vergewissern, dass es kein Traum war, und roch ihr Haar, ihren Nacken. Sie war real ... sie war in seinen Armen ...

»In der Driftstation ... Papa ...«, schluchzte sie an seinem Ohr.

Matt erstarrte. John war nicht bei ihr und offenbar auch nicht im Helikopter. Er war in Omega zurückgelassen worden. Nach Jennys Reaktion zu urteilen, war Petkows Bericht tatsächlich keine Lüge gewesen. Die Driftstation war kaltblütig zerstört worden.

»Jenny, es tut mir so Leid.« Sogar in seinen eigenen Ohren klangen die Worte lahm. Aber er konnte nichts weiter tun, als ihr seine Stärke anzubieten – seine Schulter, seine Arme.

Sie zitterte in seinen Armen. Leise Worte drangen an sein Ohr, ein Flüstern, nur für ihn allein bestimmt. »Es war Craig. Trau ihm nicht.«

Matts Finger bohrten sich in ihren Parka. Er starrte an

Jenny vorbei zu dem Mann im vertrauten blauen Anorak. Aber er sorgte dafür, dass sein eigenes Gesicht ausdruckslos blieb, tat so, als hätte er ihre Warnung nicht gehört.

Aber es war alles wahr. Alles.

Langsam löste er sich von Jenny, nahm jedoch den Arm nicht von ihrer Schulter.

Craig kam auf ihn zu. »Matt, wie gut, dass Sie am Leben sind. Aber was ist hier los? Was tun Sie hier draußen?«

Matt kämpfte gegen den Drang, dem Mann die Faust ins Gesicht zu schlagen. Aber dann hätte man ihn nur umgebracht. Um zu überleben, musste er ein kunstvolles Spiel aus Lügen und Halbwahrheiten spielen.

Zuerst war eine glatte Lüge nötig. »Gott, es tut gut, euch alle hier zu sehen.«

Craigs anfangs zögerliches Lächeln wurde sicherer.

»Der russische Admiral hat hier noch immer die Kontrolle, aber er hat mich hergeschickt. Er dachte, falls ihr erst schießt und später Fragen stellt, kann ruhig einer von uns Amerikanern daran glauben.«

»Warum hat er überhaupt jemanden geschickt?«

»Er will einen Waffenstillstand aushandeln. Um den Admiral zu zitieren: Beide Seiten besitzen nur den halben Schlüssel zu dem Wunderwerk hier. Ihr habt die technischen Notizen, er hat die Proben. Beides ist nutzlos ohne das jeweils andere.«

Craig trat näher. »Sagt er die Wahrheit?«

Matt trat etwas zur Seite und schob den kleinen Maki zwischen sich und Jenny. Der Junge schmiegte sich an Matts Schenkel. »Hier ist der Beweis, mit dem man mich hochgeschickt hat.«

Craig verzog das Gesicht und bückte sich, um sich den Jungen genauer anzusehen. »Ich verstehe nicht.«

Matt hätte es sich denken können. Craig war dafür ausgebildet, eingleisig zu denken, seine Sicht auf sein Ziel zu konzentrieren und alles andere zu ignorieren. Vor allem die Leichen am Wegesrand.

»Das ist der Junge aus dem Tank«, erklärte er. »Aus dem Eistank, den Dr. Ogden aktiviert hat.«

Jetzt sah Craig ihn verwundert an. »Mein Gott! Er ist tatsächlich wieder lebendig geworden? Es funktioniert also wirklich?«

Matt blieb ruhig. Er durfte sich nicht anmerken lassen, dass er die tödlichen Absichten des Delta-Teams durchschaut hatte. »Es hat funktioniert, aber die einzigen Proben des Elixiers werden in einem verborgenen Tresorraum ganz unten in der Station aufbewahrt. Ich habe sie mit eigenen Augen gesehen. Admiral Petkow hat die Station verdrahtet, um sie in die Luft zu jagen. Er wird alles zerstören.«

Craigs Gesicht verfinsterte sich. »Was will er?«

»Einen Waffenstillstand. Verhandlungen mit Ihnen. Auf Ebene eins. Er zieht seine Männer nach unten ab. Sie können mit fünf Ihrer Leute reinkommen, bewaffnet, wenn Sie möchten. Aber wenn dem Admiral irgendetwas passiert, dann haben seine Männer den Befehl, die Gefangenen zu erschießen und die Tresorkammer in die Luft zu sprengen. Ich glaube nicht, dass wir eine Wahl haben. Entweder verlieren wir alles oder wir schließen einen Pakt mit diesem Teufel.«

Matt wartete, unsicher, ob er vielleicht doch zu hoch gereizt hatte.

Craig schnaubte und wandte sich ab. Dann schlug er den Kragen seiner Jacke hoch, sagte etwas, zog das Kapuzenband heraus und hielt es sich ans Ohr. Ein verstecktes Funkgerät.

Jenny glitt näher zu Matt. »Er hält Rücksprache mit dem Commander von Delta Force. Die gestohlenen Aufzeichnungen sind bei ihm im Helikopter. Aber was ist mit den Verhandlungen? Können wir jemandem trauen?«

»Der einzige Mensch, dem ich vertraue, steht direkt neben mir.«

Sie drückte seine Hand. »Falls wir hier rauskommen ...«

»Sobald«, verbesserte er sie. »Sobald wir hier rauskommen.«

»Matt ...«

Er beugte sich über sie und drückte sanft seine Lippen auf ihre. Es war nicht so sehr ein Kuss als vielmehr ein Versprechen. Ein Versprechen, das er zu halten gedachte. Er schmeckte das Salz ihrer Tränen. Sie würden überleben.

Craig wandte sich wieder an ihn, während sich weitere Männer um sie versammelten und ihre Waffen bereitmachten. »Sie haben Recht. Sieht aus, als hätten wir keine andere Wahl, als uns mit dem Mistkerl zu unterhalten.«

Matt zählte Craigs Team. *Fünf.* »Das ist einer zu viel«, sagte er mit einem Kopfnicken zu den Soldaten.

Craig runzelte die Stirn. »Was meinen Sie? Es sollten doch fünf sein.«

Matt zeigte auf Jenny. »Sie kommt mit uns. Sie müssen ihr eine Waffe besorgen.«

»Aber ...«

»Entweder sie kommt mit oder ich gehe nicht wieder rein. Und wenn ich nicht zurückkomme wie abgemacht, dann jagt Petkow die Tresorkammer in die Luft.«

Kopfschüttelnd winkte Craig einen seiner Männer weg. »Na gut, aber hier draußen wäre sie sicherer.«

Matt antwortete nicht. Komme, was wolle, sie würden zusammenbleiben. Jenny drückte seine Finger noch einmal und streckte dann die Hand nach der Waffe aus.

Einer der Soldaten gab ihr seine Pistole. Vorsichtshalber führte Matt Jennys Hand zum Halfter. Sie war so wütend, dass sie Craig sonst womöglich auf der Stelle erschossen hätte.

Als sie so weit waren, machten sie sich auf den Weg zurück zur Station. Matt nahm den Jungen auf den Arm. Maki starrte zu Jenny hinüber, seine Augen voller Angst. So trotteten sie durch den halb zerstörten Eingang und gingen wieder den Tunnel hinunter. Ein warmer Hauch schlug ihnen aus der Station entgegen.

Matt fragte sich, ob Petkow vorbereitet war. Bisher hatte sich der russische Admiral eher vage geäußert, was seine weiteren Pläne betraf. *Sorgen Sie dafür, dass Craig hier reinkommt* war das einzige erklärte Missionsziel gewesen. Den Rest würde Petkow erledigen. Aber worauf hoffte der Admiral? Das russische Kontingent war zahlen- und waffenmäßig unterlegen.

Matt führte die Gruppe auf Ebene eins. Inzwischen brannte das Licht wieder. Vermutlich hatte jemand Ersatzsicherungen gefunden und damit die Stromzufuhr wiederhergestellt. Jetzt war es so furchtbar hell, dass die Blutlachen auf dem Boden grell hervorstachen. Leichen säumten die Wand. Die Tische waren weggeschoben worden.

Im Zentrum des Raums stand Petkow, direkt an der Wendeltreppe. Der Aufzug war emporgeholt worden, der russische Admiral hatte einen Fuß auf die erhobene Plattform gestellt.

»Willkommen!«, sagte er kühl.

Dann trat er ganz auf die Plattform, neben das seltsame Gerät, das sich dort befand: eine Titankugel auf einem Dreifuß. Kleine blaue Lichter umkreisten den Äquator der Kugel. Obgleich das Objekt unmarkiert war, konnte man unschwer erraten, dass es sich um eine Art Bombe handelte.

Auf einmal hatte Matt das ungute Gefühl, dass sein neu gefundener Verbündeter in diesem Krieg zwischen den Supermächten nicht ganz so offen gewesen war, wie er sich das gewünscht hätte. Welches Spiel wurde jetzt gespielt?

Hinter Matt ertönten plötzlich Schritte. Er wirbelte herum. Weitere fünf Delta-Force-Soldaten rannten in den

Raum und verteilten sich. Anscheinend hielt sich keine Seite an den Waffenstillstand.

Eigentlich hätte Matt das nicht wundern sollen, dennoch war er unangenehm überrascht.

Petkow blieb stoisch, undurchschaubar auf dem Aufzugspodest. »Sie setzen Ihre Mission aufs Spiel«, sagte er schließlich. »Auf meinen Befehl oder bei meinem Tod werden sämtliche Proben zerstört.«

Craig stellte sich neben Matt und nahm ihm Maki aus dem Arm, was dem Kleinen einen Schreckensschrei entlockte. »Das ist alles, was ich brauche«, sagte er und hielt den Jungen hoch. »Ein *issledowatelskij subjekt*. Eine Versuchsperson. Jenny hier war so nett, mir auf dem Weg hierher aus den Aufzeichnungen Ihres Vaters vorzulesen. Anscheinend bleibt das Hormon im Körper eines wiederbelebten Exemplars eine volle Woche aktiv. Mit den Notizen und dem Jungen hier können wir das Hormon allein herstellen. Was Sie haben, ist wertlos. Aber ich mache Ihnen trotzdem ein Angebot. Ihr Leben im Austausch für die Proben, die Sie hier aufbewahren. Das Angebot gilt für genau eine Minute.«

»Danke für das freundliche Angebot«, sagte Petkow, »aber ich werde die Minute nicht brauchen.«

Eine Explosion erschütterte die Ebene, wölbte den Boden auf und riss sie alle von den Füßen. Hinter ihnen stiegen Rauchschwaden auf. Matt landete neben Jenny. Rasch drehte er sich herum.

Der Ausgang war verschwunden, dafür blockierte ein wüster Haufen von Eisklötzen den Weg zur Oberfläche. Mit dröhnenden Ohren rappelte Matt sich auf. Craig und die Überreste des Delta-Force-Teams erhoben sich ebenfalls. Zwei Männer waren tot, erschlagen von Eisbrocken in der Nähe des Gangs.

Das Licht flackerte. Der Qualm brachte alle zum Husten.

Matt spähte zur Wendeltreppe. Petkow war verschwunden, wahrscheinlich die Treppe hinuntergelaufen. Nervös blickte Matt zwischen Craig und der Stelle, wo der Russe gestanden hatte, hin und her. Nun saß er zwischen zwei Wahnsinnigen in der Falle, war sozusagen mit ihnen begraben.

Die Titankugel stand immer noch auf der Aufzugsplattform, unablässig blinkten die blauen Lichter auf ihrem Äquator.

Die Sache würde kein gutes Ende nehmen.

20:15 Uhr
Unter dem Eis ...

An Bord der *Polar Sentinel* kauerte Amanda neben Captain Greg Perry. Zusammen studierten sie den Monitor des DeepEye-Sonars. Hinter ihnen versammelten sich immer mehr Leute, einige starrten auf den Bildschirm, andere durch das Lexan-Auge des U-Bootes.

Greg hatte die Hand auf Amandas Knie gelegt. Er gab deutlich zu erkennen, dass er nicht vorhatte, sie noch einmal aus seiner Reichweite zu lassen ... und sie hatte auch nichts dagegen einzuwenden.

Vor einer halben Stunde war sie noch in der Driftstation gewesen, voller Panik. Sie hatte versucht, die anderen zu warnen – vor dem Verrat der Delta-Force-Anführer und der entnervenden Sonarfrequenz, die auf die Anwesenheit der Grendel hinwies. Aber es waren keine Grendel gewesen, sondern die *Polar Sentinel* mit aktiviertem DeepEye-Sonar.

Ehe sie noch Commander Sewells Aufmerksamkeit auf sich ziehen konnte, waren die Doppeltüren der Kaserne aufgesprungen und Greg war mit einer kleinen Truppe in den Raum gestürzt. Als Erstes hatte er allen befohlen, Ruhe zu bewahren.

Zu schockiert von diesem Wunder, war Amanda einfach zu ihm gerannt und hatte sich in seine Arme geworfen. Und auch er hatte Sitte und Anstand ignoriert, sie an sich gezogen, sie geküsst und ihr zugeflüstert, dass er sie liebte.

Zusammen hatten sie abgewartet, bis der Delta-Force-Helikopter abgehoben hatte, und waren dann losgerannt, Greg vorneweg, durchs Halbdunkel hinüber zum Ozeanographie-Gebäude. Dort wartete ein seltsamer Anblick auf Amanda: Mitten im Hauptlabor der Hütte erhob sich der Kommandoturm der *Polar Sentinel*. Durch das kleine viereckige Loch, das normalerweise von den Ozeanographen dazu benutzt wurde, ihre Zweimanntiefseetauchkugel ins Wasser zu senken und wieder heraufzuholen, war das U-Boot aufgetaucht – die sprichwörtliche Rettung in letzter Sekunde.

Da die Zeit knapp war, hatte sich die ganze Gruppe rasch in das U-Boot geflüchtet.

Kaum waren alle an Bord, hatte Greg den Befehl zum Alarmtauchen gegeben und die *Polar Sentinel* versank wie ein Backstein im Wasser. Sie waren schon bei einer Tiefe von vierzig Faden, als die russischen Brandbomben die Spitze der Welt über ihnen wegblies.

Amanda hatte von der Cyclops-Kuppel aus gesehen, wie ein greller Blitz aufleuchtete und Flammen ins Wasser herunterschossen. Das U-Boot hatte gebebt, doch dank der Isolierung von fast tausend Meter Wasser waren sie unversehrt – nur ein bisschen durchgeschüttelt.

Dann hatte Greg ihr von den verzweifelten VLF-Botschaften ihres Vaters und seiner Warnung hinsichtlich der Mission des Delta-Einsatzteams berichtet. »Ich war schon hier und habe darüber nachgedacht, wie ich dich vor den

Russen retten könnte. Aber dass ich dich vor unseren eigenen Truppen in Sicherheit bringen müsste, das habe ich mir nicht träumen lassen.« Die letzten Worte klangen ziemlich bitter.

Außerdem hatte er ihr die Neuigkeiten über den Gesundheitszustand ihres Vaters überbracht. Er hatte einen Herzinfarkt erlitten, erholte sich jedoch im Marinekrankenhaus auf Oahu recht gut. »Bevor er sich versorgen ließ, hat er darauf bestanden, dass zuerst die Warnung rausgeht.«

Und das Timing hatte sie gerettet.

Jetzt spähte die *Polar Sentinel* die Lage wieder einmal von unten aus. Diesmal schwebte sie neben dem umgekehrten Berg, der die Eisstation Grendel in sich barg. Durch das DeepEye-Sonar hatten sie den Angriff auf die Station verfolgt. Es war unheimlich, das stumme Spiel auf dem Bildschirm zu beobachten, die geisterhaften Bilder von Männern und Gewehrfeuer.

Dann kam die Explosion, ein gelber Farbklecks auf dem Monitor.

Nach einer Weile klärte sich das Bild wieder.

Greg drückte Amandas Knie zum Zeichen, dass er mit ihr sprechen wollte. Sie wandte sich zu ihm um und sah ihn an. »Ich weiß nicht, was wir tun können, um zu helfen«, sagte er. »Sieht aus, als wäre der Eingang zerstört. Sie sind in der Station gefangen.«

Hinter Gregs Schulter rührte sich eine Gestalt und trat vor. »Jenny«, sagte er nur. Es war ihr Vater. Er deutete auf den Bildschirm und auf eins der Phantome, das auf dem Sonar seltsam aufgebauscht wirkte. »Das ist meine Tochter.«

Amanda warf ihm einen Blick zu. »Sind Sie sicher?«

Er beugte sich vor und fuhr mit dem Finger über die untere Hälfte der Gestalt. »Sie hat sich mit zweiundzwanzig das Bein gebrochen, es musste genagelt werden.«

Amanda fokussierte das DeepEye. Möglicherweise hatte der alte Mann Recht. Das Sonar funktionierte ähnlich wie ein Röntgengerät. Und es sah wirklich so aus, als gäbe es in den unteren Extremitäten eine besondere metallische Dichte. Das konnte durchaus Jenny sein.

Sie wandte sich John zu und sah die Angst in seinem Gesicht. Er *wusste,* dass es seine Tochter war. Amanda zermarterte sich den Kopf nach einer Möglichkeit, Jenny und die anderen Leute zu retten, die da zwischen den beiden Fronten festsaßen.

Greg deutete auf den anderen Monitor. Überall auf den oberen Ebenen der Station erschienen gelbe Flecken. Sie brauchte nicht seine Lippen zu lesen, um zu wissen, was das war. *Gewehrfeuer.*

Dann ein großer bernsteinfarbener Lichtschein auf mittlerer Höhe.

Amanda drehte sich zu Greg um.

»Eine Granate«, sagte er.

Als sie sich wieder dem Bildschirm zuwandte, wanderten die leuchtenden Eruptionen immer weiter hinunter in die Stationen.

Es war ein Krieg im Gange.

20:22 Uhr
Eisstation Grendel

Noch eine Granate explodierte und brachte den Boden unter Jenny zum Erzittern. Den Inuit-Jungen, der schrie, schluchzte und verängstigt die Augen zukniff, hielt sie fest im Arm und wiegte ihn beruhigend hin und her.

Matt war neben ihnen, ein Gewehr in der Hand.

Schreie und Rufe hallten durch den Zentralschacht zu

ihnen herauf, vermischt mit Rauch- und Rußschwaden. Irgendwo dort unten wüteten Feuer. Der größte Teil der Basis bestand aus Stahl, Messing und Kupfer, doch ein Teil der Struktur war aus Stroh und brennbaren Verbundstoffen.

Es brannte lichterloh.

Selbst wenn das Delta-Force-Team die Station übernehmen konnte, was dann? Sie würden entweder in den Flammen sterben oder im Eis begraben werden, wenn alles zusammenbrach.

Und dann gab es natürlich immer noch die dritte Möglichkeit.

Mitten in der Rauchsäule ruhte die Titankugel auf der Aufzugsplattform. Einer der Soldaten, ein Sprengstoffexperte, kniete vor einer offenen Luke unten an der Kugel. Schon die ganzen letzten zehn Minuten hatte er davorgehockt und das Ding angestarrt, unberührte Werkzeuge um die Knie ausgebreitet. Das war kein gutes Zeichen.

Craig brüllte etwas, als das Gewehrfeuer von unten abebbte. Er schrie in sein Funkgerät, während er den Zustand der Ebene zu überblicken versuchte. Zwei weitere Delta-Force-Soldaten hielten ihre Stellung beim Schacht. Der Rest der Truppe setzte den Guerillakrieg auf den unteren Ebenen fort.

Schließlich senkte Craig das Mikrofon und trat zu Jenny und Matt. Mit einem Blick auf den blockierten Ausgang meinte er: »Die paar Männer, die noch oben sind, können es unmöglich schaffen, uns hier auszugraben. Das würde Tage dauern. Und wenn sie versuchen, einen Weg freizusprengen, bringen sie uns damit alle um.«

»Was haben Sie dann vor?«

Craig schloss kurz die Augen und öffnete sie dann wieder. Er starrte hinüber zu der Bombe. »Ich habe ihnen den Befehl gegeben, sie sollen sich fünfzig Kilometer zurückziehen. Ich kann nicht riskieren, dass wir die Aufzeichnungen verlieren.«

»Fünfzig Kilometer?«, wiederholte Matt. »Ist das nicht ein bisschen weit?«

Craig deutete mit dem Kopf auf das Gerät im Aufzug. »Das Ding ist nuklear. Mehr kann uns Sergeant Conrad bis jetzt leider nicht sagen. Wenn wir es nicht deaktivieren können ...« Er zuckte die Achseln.

Eins musste Jenny dem Kerl lassen – er war kalt wie ein Fisch. Sogar in ihrer momentanen Lage hatte die Mission für ihn immer noch oberste Priorität.

Matt wachte weiter über sie und Maki, die Augen überall. »Die Schüsse ... ich glaube, es werden weniger ...«

Jenny merkte, dass er Recht hatte. Sie wiegte den Jungen weiter. Es waren jetzt nur noch sporadische Salven zu hören.

Drüben beim Zentralschacht rührten sich die beiden Wachen. Einer rief zu ihnen herüber. »Da kommen welche von unseren Leuten!«

Zwei Delta-Force-Männer trabten die Treppe herauf. Zwischen ihnen ging ein russischer Soldat, die Hände auf den Kopf gelegt. Die beiden bedrohten ihn mit der Waffe. Der Russe war höchstens achtzehn; Blut rann ihm übers Gesicht. Ruß bedeckte seine Uniform.

Einer der beiden, die ihn gefangen genommen hatten, schnauzte ihn auf Russisch an. Er fiel auf die Knie. Der andere trat auf Craig zu, um seinen Bericht zu machen. »Sie ergeben sich. Wir haben noch zwei weitere Gefangene auf Ebene drei.«

»Und die anderen?«

»Sind tot.« Der Soldat warf einen Blick zurück zur Treppe. Das Gewehrfeuer hatte aufgehört. »Wir haben alle Ebenen gesäubert, außer Ebene vier. Da sind unsere Männer gerade.«

»Was ist mit Admiral Petkow?«, fragte Matt.

Der Mann schubste den Gefangenen. Schwach vor Angst und Blutverlust, fiel er zur Seite, wobei er sich nicht einmal traute, die Hände vom Kopf zu nehmen und sich abzustützen. »Er sagt, dass der Admiral auf Ebene vier geflohen ist. Aber bisher haben wir ihn nicht gefunden. Möglicherweise lügt der Gefangene. Vielleicht braucht er eine kleine Ermunterung.«

Ehe sie weitersprechen konnten, näherte sich Sergeant Conrad.

Sofort wandte Craig dem Mann, der die Atombombe untersuchte, seine volle Aufmerksamkeit zu. »Nun?«

Der Soldat schüttelte den Kopf. »So etwas habe ich noch nie gesehen. Soweit ich feststellen kann, ist es eine Nuklearwaffe mit geringer Sprengkraft. Minimales Strahlungsrisiko. Allerdings bestimmt keine gewöhnliche Bombe. Ich vermute eher eine Art Durchschlagswaffe. Wie die EM-Pulswaffen, die noch in der Entwicklung stehen. Für eine Nuklearwaffe ist die Sprengkraft gering, aber die Energie kann einen massiven Puls auslösen. Ich glaube jedoch nicht, dass es sich um einen *elektromagnetischen* Puls handelt. Es muss was anderes sein. Ich weiß nur nicht, was.«

Matt unterbrach den Bericht. »Sie haben gesagt, die Explosion würde *gering* ausfallen. Darüber wüsste ich gern Genaueres. Wie gering?«

Achselzuckend meinte der Mann: »Gering für eine Nuklearwaffe. Aber die Insel würde explodieren wie ein hart gekochtes Ei. Und wenn das passiert, sind wir alle tot, ganz egal was für einen Puls es aussendet.«

»Können Sie das Teil deaktivieren?«

Der Sergeant schüttelte den Kopf. »Der Auslöser basiert auf Ultraschall und ist mit einem externen Zünder verbunden. Wenn wir nicht den Abbruchskode kriegen, um das Ding auszuschalten, dann geht es in« – der Mann schaute auf seine Uhr – »in fünfundfünfzig Minuten hoch.«

Craig rieb sich die linke Schläfe. »Dann müssen wir den Admiral finden. Er ist unsere einzige Chance.« Sein Blick blieb an dem verängstigten russischen Soldaten hängen. Er nickte dem Delta-Mann zu, der ihn vorhin getreten hatte. »Finden Sie heraus, was er weiß.«

Der Gefangene musste ihn wohl verstanden haben, denn er begann angstvoll auf Russisch zu plappern, die Hände noch immer über dem Kopf verschränkt.

Matt trat zwischen den Gefangenen und den Delta-Soldaten. »Sparen Sie sich die Mühe. Ich kann Petkow finden. Ich weiß, wo er sich verkrochen hat.«

Craig wandte sich ihm zu. »Wo denn?«

»Unten auf Ebene vier. Ich kann es Ihnen nur zeigen.«

Craig kniff die Augen zusammen, während er zwischen dem jungen Russen und dem Treppenschacht hin- und hersah. »Na gut. Ich bezweifle ohnehin, dass der Typ hier irgendwas weiß.« Kurzerhand zog er seine Pistole und schoss dem Gefangenen in den Kopf.

Der Schuss hallte ohrenbetäubend durch die Station. Knochen, Gehirnmasse und Blut spritzten auf den Boden.

»Herr des Himmels!«, brüllte Matt und stolperte zurück. Das Echo verzog sich. »Warum haben Sie das getan?«

Wieder wurden Craigs Augen schmal. »Verkaufen Sie mich nicht für dumm, Matt. Sie kennen die Antwort ganz genau.« Damit machte er sich auf den Weg zum Schacht und winkte die beiden Soldaten neben sich. »Entweder die oder wir. Entscheiden Sie sich und dann nichts wie los!«

Matt blieb stehen und starrte zu Jenny, die sich abgewandt hatte, um Maki den grässlichen Anblick zu ersparen.

Der Schuss hatte bei dem Jungen einen weiteren Weinkrampf ausgelöst. Jenny drückte ihn fest an sich.

Matt trat zu den beiden, beugte sich über sie und umarmte sie. »Geh«, flüsterte sie, den Regungen ihres Herzens zum

Trotz. Natürlich wollte sie, dass Matt bei ihr blieb. »Aber pass gut auf dich auf.«

Ein kleines Nicken. Er hatte verstanden. Momentan war die Bombe die größte Gefahr. Wenn sie erst einmal beseitigt war, würden sie eine Möglichkeit finden, sowohl die Russen als auch das Delta-Force-Einsatzteam zu überleben.

Matt stand auf und schulterte sein Gewehr.

Um nicht mit anzusehen, wie er ging, schloss Jenny die Augen. Doch dann überlegte sie es sich anders und blickte ihm nach: wie er die Schultern hielt, seine großen Schritte. Sie nahm alles in sich auf, denn sie wusste nicht, ob sie ihn je wiedersehen würde. Und sie bereute es zutiefst, dass sie die letzten Jahre mit so viel Bitterkeit verschwendet hatte.

Dann waren sie verschwunden. Zwei Wachen beobachteten den Schacht. Ansonsten war Jenny mit dem leise schluchzenden Kind allein. Sie tröstete ihn, wie sie es bei Tyler nie fertig gebracht hatte, strich ihm mit den Fingern durchs Haar, flüsterte wortlose Laute, um ihn zu beruhigen.

Ihnen gegenüber sprachen die beiden Wachen an der Treppe leise miteinander. Es gab keine Schüsse mehr, keine Explosionen. Noch immer vernebelte Qualm die Ebene. Durch den öligen Schleier leuchtete immer noch der einsame Lichtstrahl, pulsierte wie ein Herz aus Titan und zählte die Sekunden.

Auf einmal hörte Jenny hinter sich ein Flüstern, gespenstisch und verschwommen. Sie war nicht einmal ganz sicher, ob sie es sich nicht nur einbildete. Dann aber erkannte sie ihren Namen.

»Jenny ... können Sie mich hören?«

Vorsichtig sah sie sich um. Die Stimme war ihr unbekannt. Sie kam aus einem umgekippten elektronischen Gerät.

»Jenny, hier spricht Captain Perry von der Polar Sentinel.«

20:32 Uhr
USS *Polar Sentinel*

Perry stand im Kommunikationsraum neben der Brücke und sprach in das UQC-Unterwassertelefon. »Wenn Sie mich hören können, dann bewegen Sie sich bitte auf den Klang meiner Stimme zu.«

Während er wartete, wechselte er auf die Gegensprechanlage an Bord, zur Cyclops-Kuppel. »John, kann Amanda Jenny auf dem Monitor sehen? Reagiert Ihre Tochter?«

Eine kurze Pause. Dann kam die Antwort: »Ja!« Er hörte väterliche Hoffnung in Johns Stimme.

Die letzten fünf Minuten hatten sie gewartet und auf das DeepEye-Sonar gestarrt, bis Jenny endlich allein war. Davor hatte Perry die Kommunikation zwischen der Station und der *Drakon* durch das Unterwassertelefon verfolgt in der Hoffnung, dass die Landleitung aus Gummi, die in den Ozean hing, bei der Explosion nicht zerrissen war.

»Jenny, wir können Sie auf unserem Sonar sehen. Haben Sie irgendeine Möglichkeit, mit uns Kontakt aufzunehmen? Es müsste an dem Gerät einen Hörer geben, wie bei einem altmodischen Telefon. Wenn Sie ihn finden, sprechen Sie einfach hinein.«

Perry wartete und betete. Zwar hatte er keine Ahnung, welche Hilfe sie anbieten konnten, aber vielleicht konnte er einen Plan erarbeiten, wenn er die Situation in der Station kannte.

Die Leitung blieb still.

Komm schon … wir brauchen auch mal ein bisschen Glück!

Die Stille zog sich in die Länge.

20:33 Uhr
Eisstation Grendel

Jenny umklammerte den Telefonhörer in ihrer Hand. Vor Frustration stiegen ihr Tränen in die Augen. Das Kabel war durchtrennt. Sie konnte keine Verbindung nach draußen aufnehmen. Am liebsten hätte die das Gerät auf den Boden geschlagen. Stattdessen legte sie es einfach weg.

Bisher waren die beiden Wachen ganz in ihr Gespräch versunken. Jenny hielt einen Arm um Maki geschlungen, um möglichst wenig Aufmerksamkeit auf sich zu ziehen.

Wieder hörte sie die Stimme des Captains. »*Es muss irgendein Problem geben an Ihrem Ende. Aber wir überwachen alle Kommunikationsarten, die von der Station kommen. Wir haben sozusagen sämtliche Ohren gespitzt. Sie müssen sich irgendein Funkgerät suchen. Ein Walkie-Talkie würde schon genügen. Unsere Ohren sind sehr gut. Machen Sie sich daran. Aber passen Sie auf, dass keiner vom Delta-Team Sie sieht.*«

Jenny schloss die Augen.

»*Denken Sie dran, wir können Sie sehen. Wir werden tun, was wir können, um Ihnen zu helfen.*«

Sie lauschte seiner zuversichtlichen Stimme, doch sie prallte an ihr ab wie Regentropfen an einem Seehundfell. Selbst wenn sie ein Funkgerät finden könnte, was würde das nützen? Wie sollten die Leute auf der *Polar Sentinel* helfen können?

Nachdenklich starrte sie auf die blauen Lichter, die um die Titankugel kreisten. Verzweiflung und Hoffnungslosigkeit senkten sich auf sie herab. Sie war zu müde, um weiterzukämpfen. Inzwischen war sie annähernd zwei Tage auf den Beinen. Die ständige Angst und Anspannung hatten sie völlig ausgebrannt, sie fühlte sich hohl und leer.

Dann kam eine neue Stimme aus dem winzigen Lautsprecher. »*Jenny, wir sind hier. Wir gehen nicht weg, bevor wir euch nicht alle da rausgeholt haben.*« Sie hörte die Worte kaum, aber die Stimme zog all ihre Aufmerksamkeit auf sich: die vertraute Undeutlichkeit, die gedehnten Konsonanten.

»Amanda ...« Sie redete mit einem Geist.

»*Ja, und hier ist noch jemand, der mit Ihnen sprechen möchte.*«

Eine Pause trat ein, in der Jenny versuchte, aus der ganzen Sache schlau zu werden.

»*Schätzchen ... Jen ...*«

Jetzt flossen die Tränen und füllten den hohlen Raum in ihrem Herzen. »Papa!«

Ihr Aufschrei scheuchte die Wachen auf, aber Jenny beugte sich schnell über den Jungen und versuchte, ihren Fehler zu vertuschen.

Hinter ihr sprach ihr Vater weiter ... er lebte! »*Tu, was Captain Perry sagt!*«, drängte er. »*Wir lassen euch nicht im Stich.*«

Dicht über den Jungen gebeugt, wiegte Jenny ihn und bemühte sich, ihr Schluchzen zu verbergen. Ihr Vater lebte noch. Das war so wunderbar, dass sie ihre Mutlosigkeit beiseite schob. Sie konnte jetzt nicht aufgeben!

Langsam hob sie den Kopf und starrte zu dem toten russischen Teenager hinüber. Aus der oberen Tasche seiner Uniform lugte ein schwarzes Walkie-Talkie hervor.

Jenny stand auf und nahm Maki auf den Arm. Während sie summend mit dem Kleinen auf und ab wanderte, steuerte sie immer dichter auf den toten Russen zu. Als sie nahe genug war, wartete sie, bis die Wachen ihr den Rücken zuwandten. Dann bückte sie sich pfeilschnell, schnappte sich das Walkie-Talkie und sprang wieder auf.

Sie versteckte das Funkgerät an einer Stelle, wo bestimmt niemand nachsehen würde.

Aber was jetzt?

Ihr gegenüber setzte die Titankugel ihren tödlichen Countdown unbeirrt fort. Bevor diese Gefahr nicht beseitigt war, würde es keine Rettung geben.

Jetzt hing alles von dem Mann ab, den sie liebte.

20:36 Uhr

Matt ging vorneweg durch den langen, kreisförmigen Korridor mit den Gefriertanks.

Craig folgte ihm mit seinen beiden Männern. Andere Delta-Force-Soldaten bemannten auf dieser Ebene die Schlüsselpositionen. Nachdem alle verbliebenen Russen exekutiert worden waren, befand sich die Station nun wieder in amerikanischen Händen. Alle Russen waren tot, mit Ausnahme des Admirals.

Als Matt das Ende der Halle erreicht hatte, wo die Tanks aufhörten, ging er zu dem versteckten Schaltbrett. Er hielt inne und wog die Gefahren gegeneinander ab: Craig gegen den russischen Admiral. Aber er dachte auch an Jenny und den kleinen Jungen. Der Gedanke an ihren Mut, an ihre Entschlossenheit, mit der sie die Unschuldigen verteidigten, gab ihm Kraft. Ehe etwas anderes entschieden werden konnte, musste die Bombe deaktiviert werden.

Seine Finger umfassten sein Gewehr etwas fester.

»Hier ist nichts«, meinte Craig argwöhnisch.

»Nichts?« Matt streckte die Hand aus und klappte die Schalttafel heraus, sodass das Rad zum Vorschein kam, mit dem die Tür des Eislabors verriegelt wurde. Mit hochgezogenen Brauen sah er Craig an. »Dann gehen Sie ruhig als Erster hinein, denn ich bezweifle sehr, dass uns ein herzlicher Empfang bereitet wird.«

Craig winkte Matt weg und ließ das Rad von einer der Wachen bedienen. Matt ließ ihn einen Augenblick damit kämpfen und erinnerte sich an seine eigene frustrierende Erfahrung. Aber die Zeit lief ihnen davon, also beugte er sich schließlich vor und drückte auf den verborgenen Schalter, der das Rad entriegelte. Es drehte sich, die Tür sprang auf.

Niemand machte Anstalten, sie weiter zu öffnen.

Craig trat näher. »Admiral Petkow!«, rief er. »Sie wollten sich mit mir treffen, um eine Lösung auszuhandeln. Ich bin immer noch bereit, mit Ihnen zu reden. Und Sie?«

Keine Antwort.

»Vielleicht hat er sich umgebracht«, murmelte eine der Wachen.

Rasch wurde seine Theorie zunichte gemacht, denn Petkow rief: »Kommen Sie rein!«

Craig runzelte die Stirn, verwirrt, dass der Admiral anscheinend nachgab. Er warf Matt einen fragenden Blick zu.

»Ich geh da nicht als Erster rein. Das ist immer noch *Ihr* Spiel, verdammt!«

Craig winkte alle zur Seite und zog die Tür dann selbst auf, ging allerdings dahinter in Deckung. Aber es war kein Schuss zu hören.

Einer der Soldaten, ein Sergeant, streckte einen kleinen Spiegel um die Ecke, um damit den Raum zu inspizieren. »Alles klar«, meinte er dann, ohne seine Überraschung zu verbergen. »Er sitzt da drin. Unbewaffnet.«

Damit er die Wahrheit seiner Behauptung gleich unter Beweis stellen konnte, winkte Craig den Soldaten als Ersten hinein. Der Sergeant hob seine Waffe, glitt von seinem Platz und durchquerte geduckt die Tür. Dann ließ er sich rasch auf ein Knie fallen und schwang die Waffe herum, bereit, jeder Bedrohung die Stirn zu bieten. Aber es passierte nichts.

»Alles klar!«, rief er wieder.

Vorsichtig schob sich Craig um die Tür, die Pistole nach vorn gerichtet. Er betrat den Raum, Matt folgte, während die zweite Wache sich in der Halle postierte.

Im Eislabor hatte sich wenig verändert, nichts war verschoben oder zerstört worden. Matt hatte erwartet, Petkow hätte wenigstens die Proben zerstört, doch die Glasspritzen befanden sich immer noch auf den hinteren Regalbrettern.

Der Admiral saß neben seinem Vater auf dem Boden. Die beiden sahen eher aus wie Brüder als wie Vater und Sohn.

»Wladimir Petkow«, sagte Craig.

Es bestand keine Notwendigkeit, das Offensichtliche zu bestätigen.

Craig betrachtete die Wand mit den Proben und hielt die Pistole dabei auf den Admiral gerichtet. »So muss es nicht enden. Geben Sie uns den Kode zum Deaktivieren der Bombe und wir lassen Sie am Leben.«

»Wie Sie auch meine Männer und Ihre eigenen Leute in Omega am Leben gelassen haben.« Petkow machte ein finsteres Gesicht. Dann hob er einen Arm, ließ den Ärmel zurückrutschen und zeigte einen versteckten Handgelenkmonitor. »Die Bombe oben ist ein akustischer Sprengkörper, der in zweiundvierzig Minuten losgehen wird.«

Jetzt versuchte Craig nicht einmal mehr zu lügen. »Ich kann diese zweiundvierzig Minuten in ein Leben voller Qualen verwandeln.«

Petkow lachte bitter über diese Drohung. »Über Qualen können Sie mir ganz bestimmt nichts beibringen, *hujok*.«

Craig nahm die Beleidigung wütend zur Kenntnis.

»Was meinen Sie denn mit *akustischem* Sprengkörper?«, unterbrach Matt. »Ich dachte, es ist eine Atombombe?«

Petkows Blick glitt kurz zu ihm herüber, dann zurück zu Craig. Der russische Admiral wusste, wo sein wahrer Feind stand. »Das Gerät hat einen nuklearen *Auslöser*. Nach einem akustischen Puls von sechzig Sekunden kommt der Hauptreaktor in die kritische Phase und explodiert. Das reißt die ganze Insel in Stücke.«

Drohend hielt Craig seine Pistole näher und entsicherte sie. Unbeeindruckt klopfte Petkow auf den Handgelenkmonitor. »Der Auslöser ist außerdem mit meinem eigenen Herzschlag gekoppelt. Pannensicher. Wenn Sie mich töten, dann verringert sich die Zeit bis zur Detonation automatisch auf eine Minute.«

»Vielleicht kann Sie ja etwas anderes überzeugen.« Craig richtete die Pistole auf Petkows Vater. »Matt hat mir Ihre Geschichte erzählt. Ihr Vater hat das Elixier zusammen mit den Eskimos genommen. Das ist ein Beweis dafür, dass ein Teil von ihm leben wollte.«

Doch Petkov blieb undurchdringlich wie aus Stein. Diesmal gab er keine Antwort.

»Vielleicht lebt er noch, genau wie der Junge. Wollen Sie ihm die Chance einer Wiedergeburt einfach nehmen? Ich verstehe die Scham und das Leid, die ihn zu seiner Entscheidung getrieben haben, aber im Tod gibt es keine Wiedergutmachung mehr, sondern nur im Leben. Wollen Sie Ihrem Vater das verweigern?« Craig machte einen Schritt nach vorn und zertrat die Glasspritze, die Wladimir vor Jahrzehnten benutzt hatte. »Er hat sich selbst das Elixier injiziert. Er wollte leben.«

Petkow sah seinen Vater an. Eine Hand ging nach oben und fiel wieder herab, zögernd und unsicher.

»Und was ist mit dem kleinen Maki?«, beschwor ihn Matt. »Ihr Vater hat ihn selbst dem letzten Test unterzogen, den Jungen, den er als Pflegesohn angenommen hat. Wenn Sie nicht an sich oder Ihren Vater denken wollen, dann denken sie wenigstens an den Jungen.«

Petkow seufzte. Seine Augen schlossen sich. Das Schweigen senkte sich wie ein körperlich spürbares Gewicht auf sie alle herab. Schließlich begann der Admiral zu sprechen, müde und erschöpft. »Der Abbruchskode besteht aus einer Reihe von Buchstaben. Sie müssen erst vorwärts und dann noch einmal in umgekehrter Reihenfolge eingegeben werden.«

»Sagen Sie ihn mir!«, drängte Craig. »Bitte!«

Jetzt schlug Petkow die Augen wieder auf. »Wenn ich es tue, möchte ich, dass Sie mir eines versprechen.«

»Und zwar?«

»Machen Sie mit mir, was Sie wollen, aber beschützen Sie den Jungen.«

Craig kniff die Augen zusammen. »Selbstverständlich.«

»Keine Forschungslabors. Sie haben erwähnt, dass Sie ihn als *issledowatelkkij subjekt* benutzen wollen, als Versuchskaninchen.« Er deutete auf die Wand mit den Spritzen. »Sie haben hier mehr als genug. Lassen Sie den Jungen ein normales Leben führen.«

»Ich schwöre es«, nickte Craig.

Wieder seufzte Petkow tief. »Ich schlage vor, dass Sie sich den Kode aufschreiben.«

Craig zog ein kleines Handgerät aus der Tasche. »Ein Digitalrekorder.«

Petkow zuckte die Achseln. »Der Kode lautet: U-H-Z-I-V-A-Y-B-E-T-A-Y-U-B-O-R-G-V.«

Craig ließ die Aufnahme zurücklaufen und spielte sie noch einmal ab, um sicherzugehen, dass alles stimmte.

Der Admiral nickte. »Richtig.«

»Sehr gut.« Craig hob die Pistole und drückte ab.

In dem kleinen Raum klang der Schuss wie eine Granatenexplosion. Mehrere Spritzen zerschellten.

Der plötzliche Gewaltausbruch erschreckte Matt erneut und er stolperte zurück. Irgendeinem geheimen Signal gehorchend, riss die Wache an der Tür ihm das Gewehr aus der Hand. Der andere Soldat richtete seine Waffe auf sein Gesicht.

Petkow blieb am Boden. Der Körper seines Vaters war über seine Beine gefallen; er hatte keinen Kopf mehr. Der Schuss aus nächster Nähe hatte ihm den Schädel zerschmettert.

Matt starrte Craig an.

Aber der zuckte nur die Achseln. »Diesmal habe ich es getan, weil ich angepisst war.«

20:49 Uhr

Viktor hielt den Körper seines Vaters im Arm. Knochensplitter lagen auf seinem Schoß, auf dem Boden, auf den Regalen. Einer hatte seine Wange durchbohrt, ziemlich tief, aber er spürte den Schmerz kaum. Er umklammerte den kalten, toten Leib.

Noch vor einem Augenblick hatte die Hoffnung bestanden, dass sein Vater noch lebte; dass sein Leben nur ausgesetzt hatte. Aber jetzt waren alle Hoffnungen zerschmettert, wie dieser gefrorene Schädel.

Tot.

Ein zweites Mal.

Wie konnte der Schmerz nach all den Jahren noch so frisch sein?

Obgleich das Herz schmerzhaft in seiner Brust pochte, wollten keine Tränen kommen. Er hatte sämtliche Tränen für seinen Vater vergossen, als er ein kleiner Junge war. Jetzt waren keine mehr übrig.

An der Tür sprach Craig mit einer der Wachen. »Bring die beiden in die Zellen zu den anderen. Und hol auch die Frau und den Jungen runter.«

Den Jungen ...

Viktor regte sich und gewann etwas von seiner Zielstrebigkeit zurück. »Sie haben geschworen!«, rief er heiser.

An der Tür hielt Craig inne. »Ich werde mein Versprechen halten, vorausgesetzt, Sie haben nicht gelogen.«

20:50 Uhr

Matt sah, wie der Admiral sich aufrappelte, und merkte, dass noch Kraft in ihm steckte. Allerdings waren seine Hände so gefesselt, dass er nicht an den Handgelenkmonitor gelangen konnte. Mit vorgehaltener Waffe wurden sie beide aus dem Raum geführt.

Es war vorbei. Craig hatte gewonnen.

Wenn die Bombe deaktiviert war, hatte der Mistkerl genügend Zeit, den Rest des Delta-Teams herzurufen und sich ausbuddeln zu lassen. Und mit den Notizen und den Proben befand sich jetzt alles in seinem Besitz, was er von der Eisstation brauchte.

Nun musste nur noch die Sauerei beseitigt werden. Als sie zu den Zellen kamen, musterten die anderen Gefangenen Matt und Petkow voller Neugier und Erstaunen. Ogden und die beiden Biologiestudenten waren in einer Zelle, Washburn allein in einer anderen.

Schon bald wurden auch Jenny und Maki hergebracht. Man steckte sie zu Washburn in die Zelle.

Matt kam dicht an die Gitterstäbe. »Alles in Ordnung mit dir?«

Sie nickte. Ihr Gesicht war aschfahl, aber in ihren Augen loderte ein wahres Höllenfeuer. Washburn nahm ihr Maki ab und setzte sich mit dem Jungen aufs Bett. Er schien fasziniert zu sein von ihrer dunklen Haut.

»Was ist passiert?«, fragte Jenny.

»Craig hat sich die Proben, die Bücher und den Abbruchskode unter den Nagel gerissen.«

Neben Matt rührte sich jetzt auch Petkow und meldete sich zum ersten Mal zu Wort. »Der *hujok* hat gar nichts!«, stieß er hervor.

Matt wandte sich ihm zu. Sein Gesicht war kalt wie Eis. »Was meinen Sie damit?«

»Es gibt keinen Abbruchskode für die Polaris.«

Matt brauchte eine halbe Sekunde, um die Information zu verarbeiten. Der Admiral hatte Craig ausgetrickst, ihn mit seinen eigenen Waffen geschlagen. Unter anderen Umständen hätte Matt das sehr wohl zu schätzen gewusst, aber jetzt waren die Aussichten für sie alle ziemlich düster.

»In neunundzwanzig Minuten geht die Welt unter«, sagte Petkow.

KAPITEL 18

Nordstern

ᑲᓇᖅᓂᖅ ᐅᑉᓗᕆᐊᖅ

9. April, 20:52 Uhr
Eisstation Grendel

Craig hockte auf der Plattform und tippte auf dem elektronischen Keyboard, das mit der Titankugel verdrahtet war, den Kode ein. Er beeilte sich. Zehn Minuten hatten sie schon damit vertrödelt, die Verbindung herzustellen.

Doch trotz der Dringlichkeit horchte Craig aufmerksam auf die Digitalaufnahme und gab die Buchstaben sorgfältig ein. Als er fertig war, machte er das Gleiche noch einmal, nur in umgekehrter Reihenfolge, genau wie der Admiral es ihm gesagt hatte. Seine Finger bewegten sich rasch und sicher.

V-G-R-O-B-U-Y-A-T-E-B-Y-A-V-I-Z-H-U.

Dann drückte er die Eingabetaste.

Nichts passierte.

Er versuchte es noch einmal – ohne Erfolg.

»Ist das Ding ordentlich angeschlossen?«, fragte er Sergeant Conrad, den Sprengstoffexperten.

»Jawohl, Sir. Ich kriege die Bestätigung, dass das Gerät den Kode annimmt, aber es reagiert einfach nicht.«

»Vielleicht hab ich ihn doch falsch eingegeben«, murmelte Craig. Wenn er einen Fehler gemacht hatte, dann wahrscheinlich bei der umgekehrten Reihenfolge. Er nahm die Buchstaben unter die Lupe. Dann entdeckte er seinen Fehler.

»Verdammt!«, schimpfte er und ballte die Faust.

Die umgekehrten Buchstaben ergaben einen russischen Satz: *V grobu ja tebja vizhu*. Ein sehr gebräuchlicher russischer Fluch. *Ich seh dich wieder im Grab*.

»Ich glaube, da ist nichts falsch«, meinte Conrad, der halb unter dem Gerät steckte und Craigs Ausbruch falsch interpretierte.

»Von wegen! Alles ist falsch!«, fauchte er und sprang von der Plattform. »Wir haben den falschen Kode.«

Wie ein Wilder raste er die Treppe wieder hinunter. Er wusste schon, wie er den Kerl zum Reden bringen würde.

Mit dem Jungen.

20:53 Uhr

Matt lauschte, während Admiral Petkow seine Beschreibung der Polaris beendete. Die akustische Bombe auf Ebene eins war die einzige Bombe ihrer Art. Draußen auf dem Eis befanden sich noch fünf Verstärker, die das Werk der Zerstörung in alle Richtungen ausbreiten sollten. Allein die Ausmaße des Plans machten ihn sprachlos – die ganze polare Eiskappe zu zerstören, eine verheerende Katastrophe für die Erde heraufzubeschwören und möglicherweise die nächste Eiszeit auszulösen.

Schließlich fand er die Sprache wieder. »Sind Sie wahnsinnig?!« Sicher war es nicht die diplomatischste Reaktion, aber solcherlei Erwägungen hatte er inzwischen weit hinter sich gelassen.

Petkow warf ihm einen Blick zu. »Nach allem, was Sie gesehen haben – finden Sie wirklich, dass es sich lohnt, diese Welt zu erhalten?«

»Himmel, ja! Ich lebe schließlich in ihr.« Durch die Gitterstäbe hindurch griff er nach Jennys Hand. »Alles, was ich liebe, gehört zu dieser Welt. Natürlich ist sie kaputt, keine Frage; aber verdammt noch mal, man muss doch nicht das Kind mit dem Bade ausschütten!«

»Einerlei«, meinte Petkow. »Polaris kann nicht gestoppt werden. In zwanzig Minuten wird die Detonation beginnen. Selbst wenn wir von hier fliehen könnten, sind die Zweitauslöser in fünfzig Kilometer Entfernung überall um die Insel herum platziert. Sie müssten mindestens zwei der fünf entschärfen und entfernen, um die volle Wirkung einzudämmen. Und das ist unmöglich. Das Spiel ist aus.«

Matt hatte genug von dem Defätismus des Admirals, trotzdem ließ er sich allmählich davon anstecken. Was sollten sie tun?

Jenny zog ihre Hand aus seiner. »Warte mal.« Sie spähte zu den beiden Delta-Wachen hinüber, die an der Tür zum Gefängnis standen, einer mit dem Gesicht nach draußen, einer nach drinnen. Sie rauchten zusammen eine Zigarette, die sie zwischen sich hin- und hergehen ließen, und schenkten den Gefangenen keinerlei Beachtung.

Ohne von ihnen beobachtet zu werden, ging Jenny zu Maki hinüber, der in Washburns Armen vor Erschöpfung halb eingeschlafen war. Mit einem raschen Griff schlug sie seinen Parka auseinander und holte, mit dem Rücken zu den Wachen, ein Walkie-Talkie heraus.

Sie steckte es in ihren eigenen Parka und ging wieder an ihren Platz zurück.

»Wen willst du denn damit erreichen?«, fragte Matt.

»Die *Polar Sentinel* ... hoffe ich jedenfalls.«

Washburn hatte sie gehört. »Ist Captain Perry hier?«, zischte sie und richtete sich vom Bett auf.

Jenny winkte ab. »Er hat alles beobachtet und sucht eine Möglichkeit, uns zu befreien.« Kopfschüttelnd setzte sie hinzu: »Wenn es stimmt, was dieser Kerl sagt, dann gibt es für uns ohnehin keine Rettung mehr – aber vielleicht kann man etwas an dieser Polaris-Anordnung ändern.«

Matt nickte. Es war nicht besonders wahrscheinlich, aber sie hatten keine andere Option. »Versuch sie zu erreichen.«

Washburn half, Jenny Deckung zu geben. Sie hatte immer noch Maki auf dem Arm und sang ihm ein Lied vor.

Matt trat auf den Russen zu. »Wenn wir die geringste Hoffnung haben sollen, dass das hier funktioniert, dann brauchen wir die exakten Koordinaten der sekundären Verstärker.«

Petkow schüttelte den Kopf – nicht so sehr als Weigerung, sondern eher als Zeichen seiner allumfassenden Hoffnungslosigkeit.

Matt widerstand dem Drang, den Mann zu erwürgen. Er spürte den Zeitdruck, das über ihnen schwebende Fallbeil. »Admiral, bitte! Wir werden alle sterben. Was Ihr Vater zu verbergen versucht hat, wird zerstört. In der Hinsicht haben Sie schon gewonnen. Seine Forschungsarbeit ist für immer verloren. Aber die Rache, die Sie an der Welt nehmen wollen ... wegen einer Gräueltat, von der Sie glaubten, dass Ihre oder meine Regierung sie an Ihrem Vater verübt hat ... das gilt alles nicht mehr. Wir wissen beide, was wirklich passiert ist. Die Tragödie hier war allein das Werk Ihres Vaters. Er hat an dieser Forschung mitgearbeitet und erst ganz am Schluss zu seiner Menschlichkeit zurückgefunden.«

Petkows Gesicht war müde, er hielt den Kopf gesenkt.

Mit einer Geste zu Maki fuhr Matt fort: »Maki hat Ihren Vater gerettet. Ihr Vater hat versucht, Maki zu retten, und den Jungen eingefroren. Selbst am Ende hatte Ihr Vater noch Hoffnung auf die Zukunft; mit dieser Hoffnung ist er gestorben. Und dort liegt diese Hoffnung.« Matt deutete mit dem Finger auf Maki. »Die Kinder dieser Welt. Sie haben nicht das Recht, ihnen ihr Leben wegzunehmen.«

Petkow starrte zu dem Jungen hinüber. Maki lag in Washburns Armen, den Kopf an ihren Hals geschmiegt, während sie ihm leise vorsang. »Er ist ein wunderschönes Kind«, räumte Petkow ein. Sein Blick wanderte zu Matt, dann nickte er. »Ich gebe Ihnen die Koordinaten, aber das U-Boot wird es nicht rechtzeitig schaffen.«

»Er hat Recht«, meinte Jenny, verbarg das Funkgerät unter ihrer Jacke und trat wieder an die Gitterstäbe. »Ich habe die *Sentinel* erreicht. Perry glaubt nicht, dass er auch nur einen Verstärker rechtzeitig erreichen kann, von zweien ganz zu schweigen. Aber er macht sich, so schnell er kann, auf den Weg. Dafür braucht er die genauen Positionen.«

Matt verdrehte die Augen. Er hätte seinen rechten Arm für einen einzigen Optimisten in dieser verdammten Runde gegeben. Er winkte Jenny, ihm das Funkgerät zu geben. »Reich mir das Ding rüber.«

Vorsichtig steckte ihm Jenny das Walkie-Talkie durch die Gitterstäbe zu. Matt drückte auf den Übertragungsknopf und hielt Petkow das Gerät dann an den Mund, da die Hände des Admirals noch immer auf dem Rücken gefesselt waren. »Geben Sie ihnen die Koordinaten.«

Ehe der Mann sprechen konnte, hörte man einen lauten Knall an der Tür. Alle Augen wandten sich zum Eingang. Eine der Wachen lag auf dem Boden und aus dem linken Auge des Mannes ragte ein Dolchgriff. Der andere Soldat fiel nach hinten und schon war jemand über ihm. Sein Versuch, einen Schrei auszustoßen, wurde durch ein langes Messer vereitelt. Blut spritzte auf den Boden.

Röchelnd griff der Soldat sich an die blutige Kehle und sein Angreifer richtete sich auf. Ein wahrer Gorilla von einem Mann.

»Kowalski!«, rief Jenny und rannte ans vordere Gitter ihrer Zelle.

Der Mann wischte an der Jacke das Blut von seinen fleischigen Händen. »Wir sollten aufhören, uns immer in solchen Situationen zu begegnen.«

»Wie … ich dachte … der Raketenangriff?«

Während er eilig die Wache durchsuchte, erklärte er: »Ich wurde in eine Schneewehe geschleudert, und als mir klar wurde, was da draußen los war, hab ich mich eingegraben. Dann hab ich noch einen Luftschacht gefunden. Ganz weit draußen.«

»Wie?«

Kowalski deutete mit dem Daumen zur Tür. »Mit Hilfe eines Freundes.«

Ein weiterer Mann betrat den Raum, um den Kopf einen Verband, ein Gewehr in der Hand. Er stellte sich an die Tür.

»Tom!«, schrie Jenny. Offensichtlich kannte sie die beiden Männer.

Aber sie kamen nicht allein: Am Knie des zweiten Mannes erschien eine zottige Gestalt und sauste mit hängender Zunge und leuchtenden Augen in den Raum.

»Mein Gott!«, sagte Matt und sank auf die Knie. »Bane!« Die Worte blieben ihm im Hals stecken. Der Hund sprang am Gitter hoch, streckte seine Nase durch die Gitterstäbe und versuchte winselnd, sich hindurchzuquetschen.

»Wir haben ihn in den Eishügeln gefunden«, erklärte Kowalski, während er sich nun daranmachte, die Zellentüren zu öffnen. »Oder besser gesagt, er hat *uns* gefunden. Die Russen dachten, Tom wäre tot, und haben ihn liegen lassen, aber er war nur bewusstlos. Ich hab ihn weggeschleppt.«

»Ihr habt überlebt«, sagte Jenny, noch immer ganz ungläubig.

Die Schlüssel in der Hand, richtete Kowalski sich auf. »Aber euch haben wir das nicht zu verdanken … haut einfach ab, weil ihr denkt, wir sind tot! Das nächste Mal könntet ihr wenigstens den Puls kontrollieren!«

Als Matts Zellentür offen war, begann er sich sofort ans Werk zu machen. Die Zeit arbeitete gegen sie. Er zog den Dolch aus der Leiche und durchschnitt damit die Fesseln des Admirals. Dann durchsuchte er die Wachen nach weiteren Waffen und nahm alles, was er finden konnte. Während die anderen aus ihren Zellen traten, verteilte er sie. »Jetzt sollten wir machen, dass wir hier verschwinden.«

»Hier entlang«, sagte Tom und komplimentierte die Gefangenen hinaus und zu dem gebogenen äußeren Gang. Die Gruppe lief zu dem gleichen Serviceschacht, durch den Matt und die anderen vor einigen Stunden geflohen waren.

Als sie sich gerade darin verkrochen, hörten sie Lärm von der anderen Seite der Ebene. Schreie und Rufe. Matt richtete sich kurz auf und lauschte, während er den Biologentrupp in den Tunnel winkte. Es war Craig. Wahrscheinlich hatte er inzwischen gemerkt, dass der Abbruchskode nicht funktionierte. Matt wollte über alle Berge sein, wenn Craig herausfand, dass die Zellen leer waren.

Also hechtete er hinter Bane und Jenny in den Schacht.

Kowalski übernahm die Führung. »Wir waren Ratten in der Wand, seit der Angriff begonnen hat. Tom kennt die Station wie seine Hosentasche. Wir haben nur auf eine Chance gewartet, euch zu befreien.«

»Wo ist denn dieser Luftschacht?«, fragte Washburn, als die Gruppe sich in eine der Servicekammern drängte. Sie hatte immer noch Maki auf dem Arm. Der Junge war still und sah sich mit großen Augen um.

»Ungefähr achthundert Meter von hier«, antwortete Tom. »Aber hier unten sind wir sicherer.«

Matt wandte sich an den Admiral. »Welchen Explosionsradius hat die Polaris-Bombe?«

Kowalski drehte sich um. »Bombe? Was für eine Bombe?«

Petkow ignorierte ihn. »Die Gefahr ist nicht so sehr die

Explosion als vielmehr die Druckwelle. Sie wird die ganze Insel und das Eis in einem Umkreis von mehreren Kilometern zerstören. Es gibt kein Entrinnen.«

»Was denn für eine verfluchte Bombe?!«, brüllte Kowalski.

Jenny erklärte es ihm.

Er schüttelte den Kopf, als wollte er die Wahrheit leugnen. »Super gemacht! Das ist das letzte Mal, dass ich euch aus der Patsche helfe!«

»Wie viel Zeit haben wir noch?«, fragte Tom.

Matt sah auf seine Armbanduhr. »Fünfzehn Minuten. Nicht mal annähernd genug, um alles zu regeln.«

»Was machen wir dann?«

Matt holte eine der konfiszierten schwarzen Ananas aus der Tasche. »Vielleicht habe ich eine Idee.«

»Kumpel, diese Granate ist nicht stark genug, um ein Loch zur Oberfläche zu sprengen«, sagte Kowalski.

»Wir gehen auch nicht nach oben.«

»Wohin dann?«

Matt antwortete und führte sie dann in höchster Eile weiter, denn die Zeit drängte.

Kowalski stampfte hinter ihm her. »Das könnt ihr glatt in die Tonne treten.«

21:10 Uhr

Craig starrte auf die leere Zellenreihe, auf die beiden toten Wachen. Alles geriet aus den Fugen. Wütend wirbelte er zu den beiden Soldaten herum, die ihn begleiteten. »Findet sie!«

Ein weiterer Mann stürzte herein. »Sir, es sieht so aus, als wären sie in den Serviceschacht geflohen.«

Craig ballte die Faust. »Natürlich«, murmelte er. Aber was hatten sie vor? Wohin wollten sie? Seine Gedanken drehten sich im Kreis. »Schicken Sie zwei Leute da rein. Der russische Admiral darf nicht …«

Eine gedämpfte Explosion unterbrach ihn. Der Boden unter seinen Füßen bebte.

Die Wachen erstarrten.

Craig starrte zwischen seinen Zehen nach unten. »Scheiße!«

21:11 Uhr

Eine Ebene weiter unten testete Matt die Tür zur Anlegestelle. Die anderen drückten sich gegen die Wand auf Ebene fünf. Gerade eben hatte er die Tür kurz geöffnet und zwei Brandgranaten hineingeworfen, die er vorhin den beiden toten Wachen bei den Gefängniszellen abgenommen hatte.

Matt berührte die Metalltür mit bloßen Fingern. Sie war jetzt nicht mehr eiskalt, sondern richtig heiß. Man spürte die Wirkung der V-Klasse-Brandbomben. Aber waren sie auch stark genug, um hier den gewünschten Effekt zu erzeugen?

Es gab nur eine Möglichkeit, das herauszufinden.

Während das Echo sich verzog, öffnete Matt die Tür. Sie führte zu dem See, an dem das alte russische Transport-U-Boot der Serie I angelegt hatte. Noch einen Augenblick zuvor hatte das Eis den Raum halb gefüllt und den angedockten Kommandoturm völlig umgeben. Matt erinnerte sich an Wladimirs letztes Geständnis. Petkows Vater hatte das U-Boot versenkt, allen Ballast abgeblasen, das U-Boot nach oben getrieben und festgeklemmt. Im Lauf der Jahre war der Raum überflutet und gefroren.

Matt starrte hinein. Die beiden Granaten hatten das eisige Grab in eine Feuerhölle verwandelt. An der Oberfläche brodelte Wasser, Flammenpfützen sprenkelten den neuen See, der sich um das U-Boot bildete. Phosphorgestank und Dampf stiegen auf.

Augen und Gesicht brannten, während er den Raum betrachtete. Zum Hineingehen war es noch zu heiß.

»Das nächste Mal sollten wir es lieber mit *einer* Granate versuchen!«, schimpfte Kowalski.

Die dicke Eisschicht auf dem Kommandoturm war so weit abgeschmolzen, dass die Luke des U-Boots frei war. Jetzt brauchten sie nur noch hineinzugelangen.

Matt sah auf seine Uhr. *Noch dreizehn Minuten.* Der Schweiß lief ihm übers Gesicht, als er sich an die anderen wandte. Sie durften keine Zeit verlieren. »Alles einsteigen!«

Washburn watete als Erste in den Raum, dicht gefolgt von der Biologengruppe. Das Wasser war knietief. Tom begleitete sie. »Öffnet die Luke!«, rief Matt ihm und Washburn zu.

Kowalski und Matt bewachten unterdessen die Tür, die Waffen zur Treppe gerichtet. Trotz der dicken Isolierung der Anlegestelle hatte garantiert jeder in der Eisstation die Explosion gehört.

Dann winkte Matt Jenny. »Bring alle in das U-Boot!«

Jenny nickte und machte sich sofort auf den Weg, neben sich Bane, Maki in ihren Armen. Petkow redete noch immer in das Walkie-Talkie und gab Koordinaten an die *Polar Sentinel* durch.

»Matt!«, rief Jenny in diesem Moment, und an ihrer Stimme hörte er sofort, dass etwas nicht stimmte. »Das Wasser wird tiefer! Es steigt!«

Sie hatte Recht. Inzwischen reichte es ihr schon bis an die Oberschenkel. Auf einmal schoss mit einem leisen spritzenden Geräusch ein Geysir aus dem halb gefrorenen See.

»Verdammt!«, schimpfte Matt, denn er verstand sofort, was los war. Die russischen Brandsätze waren *zu* gut gewesen. Sie hatten das Eis an einigen Stellen bis zum offenen Meer durchgeschmolzen und an anderen stark geschwächt. Jetzt brach sich der Wasserdruck, der bisher von dem dicken Eis zurückgehalten worden war, einen Weg herein. Ein weiterer Geysir stieg auf. Wasser strömte in den Raum. Jenny und der Admiral hatten den brennenden See erst zur Hälfte überquert und das Wasser war bereits auf Taillenhöhe gestiegen.

»Schnell!«, rief sie Matt zu.

Da knallte neben ihm ein Schuss. Kowalski hatte das Gewehr an die Wange gehoben, der Lauf qualmte. »Sie sind uns auf den Fersen!«, zischte er.

Natürlich war das keine Überraschung.

Matt trat mit Kowalski einen Schritt zurück.

Inzwischen hatten Washburn und Tom die Luke des U-Bootes aufbekommen. Die Biologengruppe kletterte bereits an Bord. Das alte Boot war längst nicht mehr funktionsfähig, und ihre einzige Hoffnung bestand darin, sich zu verkriechen und darauf zu bauen, dass seine dicke Hülle sie schützte, wenn das Eis unter den Schockwellen der Polaris zerschellte. Zwar waren die Überlebenschancen gering, doch hatte Matt nicht vor, klein beizugeben.

Solange er lebte, würde er weiterkämpfen.

Ein metallisches Geräusch lenkte seine Aufmerksamkeit auf den äußeren Korridor. Eine Handgranate kam die Treppe heruntergerollt.

»Mist!«, brüllte Kowalski. Er packte den Lukengriff und knallte die Tür zu. »Spring!«

Matt hechtete zur einen, Kowalski zur anderen Seite.

Die Granate riss die Tür aus den Angeln. Sie flog hoch, gegen die Decke der Seehöhle, und klatschte aufs Wasser.

Matt kroch von der Öffnung weg.

Kowalski winkte mit der einen Hand und feuerte mit der anderen. »Alles weg hier! Rein mit euch!«

Matt schleppte sich durch das rasch steigende Wasser, halb paddelnd, halb sich mit den Füßen abstoßend. Kowalski zog sich mit ihm zurück.

Jenny und der Admiral hatten das U-Boot fast erreicht. Tom und Washburn hoben bereits Bane hinein.

Aber dann ging wieder ein Geysir hoch und riss Jenny und Petkow auseinander.

Jenny landete im Wasser, den Jungen fest im Griff. Keuchend und spritzend kam sie wieder an die Oberfläche. Maki heulte laut.

Der Admiral kämpfte sich zu Jenny herüber.

Doch in diesem Augenblick stieg zwischen ihnen etwas Riesiges, Weißes aus dem Wasser. Zuerst hielt Matt es für einen Eisklotz. Doch als es heftig um sich schlug und wieder im dunklen Wasser verschwand, wussten alle, was es war, und sie erstarrten vor Angst.

Ein Grendel!

Das Raubtier musste durch die sich öffnenden Wasserkanäle geschlüpft sein, um das neue Territorium zu erkunden.

Jenny hielt Maki höher.

Matt blickte sich um. Niemand konnte wissen, wo das Biest jetzt war, jede Bewegung konnte es anlocken. Aber wenn sie blieben, wo sie waren, konnte das ebenfalls ihren Tod bedeuten.

Matt warf einen schnellen Blick auf seine Uhr. *Noch zwölf Minuten.*

Er sah zurück. Das Wasser des immer tiefer werdenden Sees war dunkel und ruhig. Keine Spur von dem Grendel; er konnte überall auf sie lauern.

Sie verharrten reglos.

21:12 Uhr
USS *Polar Sentinel*

Perry studierte Computernavigation und Karte. »Sind Sie sicher, dass das die Koordinaten des nächsten Verstärkers sind?«, fragte er den Ensign.

»Ja, Sir.«

Verdammt! Im Kopf ging er noch einmal das durch, was die Computer ihm bestätigten. Er kontrollierte seine Armbanduhr, eine Rolex Submariner, und wünschte sich ausnahmsweise einmal, sie würde nicht so genau gehen. *Zwölf Minuten …*

Das würden sie niemals schaffen! Selbst bei ihrer Supergeschwindigkeit von zweiundfünfzig Knoten konnten sie mit Mühe und Not *einen* der Polaris-Verstärker erreichen, aber ganz sicher nicht die notwendigen zwei. Schon bei ihrer momentanen Geschwindigkeit vibrierte das ganze Boot, denn die Atommaschinen erzeugten Dampf, der zehn Prozent über dem im Entwurf vorgesehenen Druck lag. Jetzt gab es keinen Grund, lautlos zu fahren. Es war einfach nur ein brutaler Endspurt.

»Wir brauchen mehr Energie«, sagte er.

»Die Techniker sagen …«

»Ich weiß, was die Techniker sagen!«, fauchte er. Wenn er noch mehr auf die Tube drückte, riskierte er sein Boot. Selbst für die Widerstandskraft von Kohlenstoffstahl und Titan gab es eine Grenze. Und er hatte keine Zeit, an die Oberfläche aufzusteigen und sich Instruktionen von Admiral Reynolds geben zu lassen. Er allein musste die Entscheidung fällen.

»Chief, sagen Sie der Technik, dass wir noch mal zehn Prozent aus den Maschinen rausholen müssen.«

»Aye, Sir.« Sein Befehl wurde weitergeleitet.

Ein paar Momente später begannen Klemmbretter und

Stifte unter den immer stärkeren Erschütterungen zu rappeln. Es war ein Gefühl, als würden sie über Eisenbahnschienen fahren.

Alle saßen angespannt an ihren Stationen.

Perry stieg auf das Periskoppodest und wanderte dort auf und ab. Vorhin hatte er sich mit Amanda beraten. Als Expertin für Eisdynamik hatte sie zumindest die hinter der Polaris-Bombe stehende *Theorie* bestätigt. Eine solche globale Bedrohung war tatsächlich im Bereich des Möglichen.

Die steigende Geschwindigkeit des U-Bootes wurde durchgesagt. »Sechzig Knoten, Sir.«

Perry warf einen Blick zu dem Ensign am Kartentisch. Der junge Offizier schüttelte den Kopf. »Immer noch zehn Minuten bis zum ersten Koordinatenkreuz.«

Er musste noch mehr aus dem Boot herausholen.

»Geben Sie mir die Technik!«, befahl er.

21:15 Uhr
Eisstation Grendel

Matt stand bis zu den Achseln im Wasser. Brennende Ölpfützen erhellten den Raum, schafften es aber nicht, den Grendel im dunklen Wasser um sie herum sichtbar zu machen. Gelegentliche kleine Wellen kennzeichneten seinen Weg, während er um sie herumschlich.

Sie saßen in der Falle und die Zeit drängte immer mehr.

Noch zehn Minuten.

Flucht war verhängnisvoll, aber zu bleiben auch.

Plötzlich hörten sie eine Stimme hinter dem qualmenden, zerbombten Eingang. »Keine Bewegung!«

»Na großartig«, brummelte Kowalski. »Einfach großartig.«

»Wir haben euch im Visier!«, brüllte Craig. »Bei der geringsten Aggression schießen wir!«

Um die Drohung zu untermauern, bewegten sich die rasiermesserdünnen Linien der Laservisiere im Zickzack durch den dunstigen Raum und hefteten sich auf ihren Brustkorb. »Keine Bewegung!«, wiederholte Craig.

Keiner wagte es, sich zu widersetzen – aber es waren nicht die Gewehre, die sie so reglos verharren ließen.

Das Wasser blieb dunkel und still.

»Als hätte ich Lust, mich zu bewegen«, brummte Kowalski.

Im Eingang sah man Gestalten im Rauch auftauchen.

Craig rief ihnen zu: »Ich möchte, dass der Admiral zu uns rüberkommt!«

Drei Meter von Matt entfernt schwoll das Wasser.

Matts Blick begegnete dem von Jenny und flehte sie wortlos an, ruhig zu bleiben. Es wäre ihr sicherer Tod.

Er sah auf die Uhr. *Noch neun Minuten …*

Die Alternativen waren nicht berauschend: Gewehre, Grendel oder Atombomben.

Was für eine Auswahl!

Noch einmal sah Matt zu Jenny hinüber. Für die anderen gab es nur eine Chance. *Es tut mir Leid,* wollte er sagen – dann wandte er sich um und ging auf die zerbombte Tür zu.

21:16 Uhr

Viktor wusste, was der Amerikaner vorhatte. *Ein Opfer*. Er wollte den Grendel zu sich locken und so den anderen eine Chance geben, zu entkommen und in das U-Boot zu fliehen. Seine Augen verharrten bei dem Jungen in den Armen der Frau.

Sein Vater hatte Maki als seinen Sohn adoptiert und für seine Sicherheit am Ende so viel aufgegeben. Wut stieg in ihm empor, zum Teil egoistischer Natur, denn er war immer noch eifersüchtig, dass sein Vater dem Jungen seine Zuneigung geschenkt hatte, auf die er selbst hatte verzichten müssen. Aber hauptsächlich spürte er durch das Kind eine Verbindung zu seinem Vater. Man findet seine Familie, wo man kann. Sein Vater hatte hier so viel verloren, doch am Ende hatte er seine Menschlichkeit wiedergefunden.

Viktor wandte sich ab. Er hatte diese Katastrophe auf sie alle herabbeschworen.

Und wie sein Vater wusste auch er, was er zu tun hatte.

»Ich komme zu Ihnen!«, rief er zu dem zerbombten Eingang hinüber. Der Amerikaner hielt inne.

»Was machen Sie …?«, setzte er an.

»Hier!«, rief Viktor und warf Matt das Walkie-Talkie zu. Er fing es mühelos auf.

»Sorgen Sie gut für den Jungen«, sagte er und begann auf den Eingang zuzuwaten. »Ich komme zu Ihnen!«, wiederholte er und legte seine jetzt leeren Hände auf den Kopf. »Bitte schießen Sie nicht.«

»Admiral …«, warnte Matt.

Viktor sah ihn an. »Eine Minute«, flüsterte er und klopfte mit dem Finger auf den Handgelenkmonitor. »Sie haben genau eine Minute.«

21:17 Uhr

Eine Minute? Matt runzelte die Stirn und warf einen Blick auf sein eigenes Handgelenk. Seiner Uhr zufolge hatte er noch volle acht Minuten, ehe die Bombe …

Dann endlich dämmerte es ihm.

Er sah die Welle im Wasser. Sie begann als gemächliches S, konzentrierte sich dann und heftete sich auf die Spur des davonwatenden Admirals.

Matts Blick fiel auf Petkows Handgelenkmonitor. Wenn sein Herz zu schlagen aufhörte, sprang der Timer an der Bombe augenblicklich vor. Auf eine Minute.

Matt wirbelte zu Jenny herum. Ihr Gesicht war verwirrt und ängstlich.

»Macht euch bereit loszulaufen«, flüsterte er ihr und Kowalski zu.

Jetzt erschien Craig in der Tür, flankiert von zwei Wachen. Sie standen etwas höher, sodass ihnen das Wasser gerade erst an die Knie reichte. Die Gewehre richteten sich auf Petkow, die gesamte Aufmerksamkeit ruhte auf ihm.

Er war nur noch vier Meter von Craig entfernt, als der Grendel zuschlug. Mit aufgerissenem Maul sprang die Bestie aus dem Wasser und stürzte sich von hinten auf den Admiral.

Die Wucht riss Viktors Kopf nach hinten und warf gleichzeitig seinen Körper nach vorn. Er flog aus dem Wasser, das Monster setzte nach, schnappte seine Beute mit den Zähnen und riss sie zurück ins Wasser.

Craig und seine Männer wichen entsetzt zurück.

»Lauft!«, brüllte Matt.

Jenny war am nächsten, aber auch am tiefsten im Wasser – es ging ihr bereits bis zum Hals. Mit Maki im Arm begann sie zu schwimmen und stieß sich kräftig mit den Beinen ab. Als sie in Reichweite des Kommandoturms war, hechtete Tom zu ihr, packte das Kind und brachte es in Sicherheit.

Mit jetzt freien Händen ergriff Jenny die Sprossen der äußeren Leiter und kletterte hinauf.

Matt zog sich mit Kowalski zurück.

An der Tür brodelte das Wasser, während der Grendel

seine Beute durchs Wasser peitschte. Um den mächtigen weißen Körper des Untiers färbte der See sich blutrot. Ein menschlicher Arm schlug schwach um sich.

Craig und seine Soldaten brachten sich vor dem wild attackierenden Monster, so schnell sie konnten, in Deckung und vergaßen im Eifer des Gefechts alles andere.

Kowalski erreichte das U-Boot als Erster. Matt winkte ihn hinauf.

Der Seaman kletterte auf die Leiter, schaute aber zurück und geriet ins Stolpern. »Hinter dir!«, brüllte er und streckte einen Arm aus.

Matt drehte sich um. Eine weitere weiße Gestalt kam an die Oberfläche. Und noch eine. Anscheinend lockte das Blut immer mehr Grendel an.

Matt wog Vorsicht gegen Geschwindigkeit ab und entschied sich für blinde Panik. Wie ein Wilder kämpfte er sich weiter in Richtung U-Boot vor.

Inzwischen war Kowalski oben auf dem Turm angekommen und begann in den See zu ballern, um Matt die Bestien vom Leib zu halten.

Endlich erreichte dieser die Leiter, zog sich an der obersten Sprosse hoch und wollte die Beine nachziehen, als er mit den nassen, glitschigen Stiefelspitzen abrutschte.

Kowalski beugte sich vor, packte Matt und hievte ihn halb die Leiter empor.

Unter ihm knallte etwas scheppernd gegen den Turm. Durch die Erschütterung verlor Matt erneut den Halt und glitt ganz von der nassen Leiter. Aber Kowalski hatte die Kapuze seines Sweatshirts noch fest im Griff und verhinderte, dass er ins Wasser stürzte.

Abermals setzte Matt die Füße auf die Sprossen. Da tauchte zwischen seinen Beinen eine große weiße Gestalt auf.

Mit aufgerissenem Maul sprang ihn der Grendel an.

Keuchend vor Anstrengung zerrte Kowalski Matt weiter nach oben, während gierige Kiefer nach Matts Stiefelabsatz schnappten. Als das Monster wieder ins Wasser zurückfiel, riss es Matt den Stiefel vom Bein und verschwand mit seiner Trophäe.

Matt packte die oberste Sprosse und kletterte den Rest der Leiter hinauf. »Verdammtes Mistvieh!«

Kowalski war bereits an der Luke. »Was?«

Matt blickte aufs Wasser hinunter. Er hatte den Grendel erkannt, der ihn gerade angegriffen hatte – an den Einschusslöchern, die seinen Körper wie Pockennarben überzogen. Es war die gleiche Kreatur, die ihn und Amanda im Kriechkeller gejagt und ihm seine Hose geraubt hatte.

»Jetzt hat der gierige Bastard auch noch meinen Stiefel!«

Aber Kowalski schüttelte nur den Kopf und kletterte durch die Luke.

Matt folgte ihm und wollte gerade die Leiter auf der anderen Seite hinabsteigen, als Kugeln von der Metallplatte direkt neben seinem Kopf abprallten. Er duckte sich tiefer und kroch im Krebsgang vollends hinunter.

Vorsichtig lugte er zurück zur Tür der Anlegestelle, er sah Craig dort stehen und das Gewehr auf ihn richten. Zwischen ihnen schwamm ein Schwarm Grendel.

Vom Körper des Admirals war keine Spur mehr zu sehen.

Wie viel Zeit noch, bis ...?

Einen Augenblick später kam die Antwort. Die Grendel spielten plötzlich verrückt. Das Wasser brodelte, die Monster schlugen wild um sich, rollten im Wasser umher, sprangen und schnappten in die Luft.

Matt wusste, was los war. Auch er fühlte es. Von Kopf bis Fuß. Eine Erschütterung durchlief die Eisstation, und die Station reagierte wie eine Stimmgabel, die mit einem Vorschlaghammer angeschlagen wird.

Ein akustischer Impuls.

Matt wusste auch, was das zu bedeuten hatte.

Polaris war aktiviert.

Genau wie der Admiral es beschrieben hatte, sandte das Gerät eine akustische Schwingung aus. Laut Petkow würde dieses Signal sechzig Sekunden anhalten, dann würde der nukleare Zünder ausgelöst, die Insel zerstört und eine tödliche Schockwelle entstehen.

Auf der anderen Seite des brodelnden Sees war Craig einen Schritt zurückgewichen, das Gewehr noch in der Hand, den Kopf lauschend schief gelegt.

Matt zog sich ein Stück nach oben. »Eine Minute!«, rief er Craig zu und klopfte auf sein Handgelenk, wie Petkow es vor einer Weile getan hatte.

Craig ließ die Waffe sinken, als ihm die Erkenntnis dämmerte.

Der Admiral war tot ... der akustische Impuls ...

Gerade eben war die Zeit für sie alle abgelaufen.

Zufrieden über Craigs Entsetzen, ließ Matt sich endgültig durch die Luke fallen, knallte sie hinter sich zu und befestigte sie ordentlich. Dann kletterte er zu den anderen von der Leiter.

Kowalski verriegelte die innere Lukentür. Tom und Washburn hatten Taschenlampen dabei. Keiner sagte ein Wort. Bane spürte die Anspannung und winselte leise.

Jetzt konnte nichts mehr die Polaris aufhalten.

21:17 Uhr
USS *Polar Sentinel*

»Wir haben nicht mal mehr eine Minute?«, fragte Perry ungläubig.

Kratzige Statik kam aus dem Hörer. »*Ja*«, bestätigte der Mann. »*... kann ich nicht sagen ... nur noch Sekunden ...*«

Perry sah zu Amanda hinüber. Sie hatte seine Lippen gelesen und sah seinen Gesichtsausdruck, der sich auf ihren eigenen Zügen widerspiegelte. Das Rennen war vorbei, bevor es richtig begonnen hatte. Sie waren besiegt.

»... nuklearer Zünder ...«, fuhr der Mann fort. *»Aus der Gefahrenzone ...«*

Ehe Perry antworten konnte, spürte er Amandas Finger, die seinen Arm umklammerten. Mit vor Angst ganz verzerrter Stimme sagte sie: »Bring uns runter, ganz tief! Sofort!«

»Was?«, fragte er.

Aber sie lief schon weg. »So tief das Boot kann!«, schrie sie ihm über die Schulter hinweg zu.

Perry vertraute auf ihre Dringlichkeit. »Nottauchen!«, rief er seiner Crew zu. »Tanks fluten! Sofort!«

Überall auf dem Boot ertönten Sirenen.

21:17 Uhr
Eisstation Grendel

Craig stampfte den Gang auf Ebene vier entlang. Er kannte sein Ziel; aber hatte er genügend Zeit? Woher sollte er das wissen? Er klopfte auf die Tasche seines Parkas und hörte zufrieden das Klirren darin.

Er überholte einen Mann seines Teams. »Sir?«, rief der Sergeant Major ihm fragend nach.

Aber er verlangsamte sein Tempo nicht, sondern rannte weiter den gebogenen Korridor entlang. Dann kam sein Ziel in Sicht. Er brauchte ein sicheres Versteck, in dem er die Explosionswelle abwarten konnte, ein wasserdichtes Plätzchen. Und er kannte nur einen Ort, der seinen Anforderungen entsprach.

Die Tür zu dem Tank stand noch offen; sein Insasse, der Inuit-Junge, war verschwunden. Craig hechtete hinein. Noch immer an die Generatoren angeschlossen, schloss die Tür sich automatisch und wurde verriegelt.

Aber war er hier auch wirklich sicher? Er berührte das Glas. Es vibrierte unter dem Impuls der Polaris-Bombe.

Craig ließ sich auf den Grund des Zylinders sinken und machte sich bereit.

Wie viel Zeit blieb ihm noch?

21:17 Uhr
Russisches U-Boot der Serie I

Matt und Jenny hielten sich in den Armen. Sie lagen zusammengequetscht zwischen zwei Matratzen in einer der Kojen. Bei den anderen sah es ähnlich aus: jeweils zwei Mann pro Koje. Washburn kümmerte sich um Maki, und sogar Bane war in eine Zelle aus Matratzen gesperrt worden.

Nachdem sie in das U-Boot geklettert waren, war keine Zeit mehr für Nettigkeiten oder Pläneschmieden gewesen. Sie waren zu den Schlafstellen gerannt und hatten sich, so gut es ging, gegen die bevorstehenden Explosionen verschanzt.

Und jetzt warteten sie.

Matt schmiegte sich eng an Jenny. Der Admiral hatte offenbar länger gelebt als erwartet. Vielleicht war der Timer aber auch auf etwas mehr als eine Minute eingestellt.

Er klammerte sich an Jenny und sie klammerte sich an ihn. Ihre Hände suchten einander, bewegten sich aus dem Gedächtnis, wie ein Reflex. Sein Mund fand ihren. Weiche Lippen öffneten sich unter seinen. Sie murmelten einander

Dinge zu, keine Worte, teilten nur den Atem, suchten den Kontakt zueinander auf jede erdenkliche Art und Weise, ein unausgesprochenes Versprechen, das von Herzen kam.

Er wollte noch so viel Zeit mit ihr verbringen!

Aber die Zeit verrann unerbittlich.

21:17 Uhr
Auf dem Eis …

Unter dem dämmrigen Himmel stand Command Sergeant Major Edwin Wilson, momentan als Delta One designiert, auf dem Eis. Der Sikorsky Seahawk befand sich fünf Schritte hinter ihm, die Rotoren drehten sich langsam, damit die Motoren warm und jederzeit einsatzbereit blieben. Wie angeordnet hatte er sich knapp fünfzig Kilometer von der versunkenen Insel entfernt. Nachdem die Bombe in der Station entdeckt worden war, lag es an ihm, die gestohlenen Aufzeichnungshefte zu beschützen. Er sollte nur zurückkommen, wenn der Operations-Controller der Mission ihm grünes Licht gab.

Jetzt wartete er. Bislang waren keine weiteren Updates übermittelt worden.

Unter seinen Füßen begann das Eis zu vibrieren. Zuerst dachte er, es wäre nur Einbildung, aber nun war er sicher. Das Beben ging weiter.

Was passierte da?

Er blickte nach Osten und starrte gebannt durch sein hocheffizientes, mit Nachtsichtfunktion ausgestattetes Fernglas. Das Terrain war so flach und eintönig, dass er die Linie der hohen Eishügel am Horizont ausmachen konnte.

Nichts. Hier gab es keine Erklärungen.

Er sah auf die Uhr. Dem Terminplan der ursprünglichen

Meldung zufolge blieben ihnen nur noch ein paar Minuten.

Stirnrunzelnd hob er das Fernglas wieder an die Augen.

In diesem Augenblick ging die Welt im Norden in Flammen auf. Der grüne Lichtblitz, den er durch das Fernglas sah, blendete ihn und löschte alles andere aus. Erschrocken stolperte er zurück und ließ das Glas wieder herunterbaumeln.

Blinzelnd blickte er nach Norden. Etwas stimmte nicht mit dem Horizont. Was bisher ein sanfter, glatter Bogen gewesen war, krümmte sich jetzt plötzlich nach oben, wölbte sich auf wie eine Welle.

Rasch griff er wieder zum Fernglas und spähte noch einmal hindurch. Ein tiefgrünes Leuchten markierte das Zentrum der aufsteigenden Welle, wie eine Signalboje auf unruhigem Meer.

Dann war es verschwunden.

Ein Dröhnen und Brüllen, als wäre das Ende der Welt gekommen, rollte übers Eis.

Er starrte weiter. Die Bombe war losgegangen, daran bestand kein Zweifel; aber was geschah jetzt? Was er durch sein Fernglas sah, war ihm unverständlich.

Doch dann traf ihn die Erkenntnis wie ein Schlag. Auf einmal begriff er, warum das Glühen im Zentrum der Explosion verschwunden war. Die Sicht darauf war blockiert – durch eine Wand aus Eis, die unerbittlich auf ihn zurollte, so breit wie der Horizont.

Vor seinen Augen breitete sich die aufwogende Welle vom Bodennullpunkt aus, als hätte jemand einen großen Stein in einen stillen See geworfen.

Eine Flutwelle aus Eis.

Zu Tode erschrocken rannte er zu dem im Leerlauf brummenden Helikopter. »Nichts wie weg hier!«, schrie er, während die Welt um ihn herum weiter bedrohlich rumpelte. Statt dass die Explosion allmählich verhallte, wurde sie immer lauter.

Er floh zur Tür des Seahawk.

Einer seiner Männer öffnete ihm. »Was ist los?«

Wilson hechtete hinein. »Bringt den Vogel in die Luft! Sofort!«

Der Pilot hörte ihn, beschleunigte augenblicklich die Rotoren, die sich nun immer schneller drehten und sich zum Abheben bereitmachten.

Wilson warf sich auf den Kopilotensitz.

Die Eiswelle raste auf sie zu.

Er starrte nach oben und betete. Über ihnen sausten die Rotoren. Der Seahawk hob sich, wackelte ein wenig, als die Rotorblätter in die kalte Luft schnitten und Auftrieb suchten.

»Los geht's!«, drängte Wilson.

Der Horizont wälzte sich heran, immer näher.

Dann schwang der Vogel sich in die Lüfte, steil nach oben.

Wilson versuchte die Distanz zu dem aufwallenden Eis-Tsunami zu schätzen. *Wurde er langsamer? Ebbte er ab?*

Es sah ganz danach aus.

Es war so!

Sie würden es schaffen.

Dann explodierte in ungefähr achthundert Metern Entfernung etwas unter dem Eis. Die gesamte Eiskappe buckelte, hob sich und schlug gegen die Kufen des Helikopters. Die Maschine kippte.

Wilson schrie.

Die verstärkte Welle ergriff den Helikopter und pflückte ihn vom Himmel.

21:18 Uhr
USS *Polar Sentinel*

Amanda starrte auf den Bildschirm des DeepEye. Einen Augenblick zuvor hatte sich die Auflösung durch einen tiefen Sonarpuls vernebelt und alle Details verwischt. Dann wurde es noch schlimmer – der Bildschirm wurde plötzlich *blau*.

Es gab nur einen einzigen Effekt, der sich auf einem Sonargerät in dieser Farbe niederschlug.

Eine Atomexplosion.

Neben ihr stand John Aratuk. Der Inuk war in der Cyclops-Kuppel geblieben und starrte jetzt durch den Dom aus Lexan-Glas nach oben. Dunkel umhüllte sie das Meer. Sie befanden sich beinahe auf Eindrückungstiefe. Hier kannte die Welt keine Sonne.

John deutete auf etwas.

Ein Stern leuchtete in der ewigen Dunkelheit auf. Im Süden, hoch über ihnen.

Der Bodennullpunkt einer Atomexplosion.

Der alte Mann wandte sich Amanda zu. Er sagte nichts. Das musste er auch nicht. Sein Kummer stand ihm ins Gesicht geschrieben. In einem einzigen Augenblick war er um Jahrzehnte gealtert.

»Es tut mir so Leid«, sagte Amanda.

John schloss die Augen und drehte sich weg, untröstlich.

Amanda blickte wieder auf das DeepEye. Aratuks Tochter und all die anderen hatten unglaubliche Opfer gebracht, um die Welt zu retten.

War das alles umsonst gewesen?

Der Zünder der Polaris-Bombe war losgegangen, das war auf dem DeepEye-Monitor deutlich zu sehen gewesen. Aber hatten Amandas Bemühungen gefruchtet, die beiden Verstärker zu blockieren?

Sie starrte auf den blauen Bildschirm. Ihre Idee war ganz einfach und rasch ausführbar gewesen. Die *Polar Sentinel* war auf maximale Tauchtiefe gegangen, um größtmöglichen Abstand von der Oberfläche zu gewinnen.

Als das U-Boot in die arktischen Tiefen gesunken war, hatte sie eilig die Koordinaten eingegeben und das DeepEye auf die Standorte der beiden nächsten Verstärker ausgerichtet. Sobald sie tief genug waren, hatte sie das DeepEye so eingestellt, dass beide Geräte im Einflussbereich des Sonars lagen – um das zu bewerkstelligen, brauchte sie Tiefe und Distanz. Dann hatte sie die volle Kraft des DeepEye auf die beiden Verstärker gerichtet und gebetet.

Damit Polaris funktionierte, musste die komplette Anordnung eine perfekt harmonische Welle aussenden, genau die richtige Frequenz, um das Eis zum Bersten zu bringen. Doch wenn das DeepEye sein Signal über die Wellenfront hinwegsandte, konnte es die Harmonie so verändern, dass die Welle gestört und möglicherweise sogar davon abgehalten wurde, die beiden Verstärker innerhalb des Sonarkegels auszulösen.

Amanda starrte auf den Monitor und wartete, dass er sich klärte.

War ihr Plan aufgegangen?

21:18 Uhr
Russisches U-Boot der Serie I

Zwischen zwei Matratzen eingepfercht, klammerte Jenny sich weiter an Matt. Die Welt um sie herum spielte verrückt und drehte sich wie eine Farbmischmaschine. Selbst mit der dicken Polsterung fühlte Jenny sich wie zerschlagen. Ihr Kopf dröhnte von der Explosion.

Aber sie lebte noch.

Sie lebten beide noch.

Matt hielt sie fest, Beine und Arme um sie geschlungen. »Wir sinken!«, rief er ihr ins Ohr.

Auch sie spürte, dass der Druck zunahm.

Eine lange Minute später hielt die Welt inne, allerdings in Schräglage.

»Ich glaube, wir haben uns stabilisiert.« Matt nahm einen Arm weg und drückte eine Ecke der Matratze zur Seite, um hinauszuspähen.

Jenny folgte seinem Beispiel.

In einer Koje gegenüber streckte auch Kowalski den Kopf heraus. Er schwenkte das Licht seiner Taschenlampe im Mannschaftsquartier hin und her. Der Boden war schief und schwankte ein wenig. »Sind so weit alle okay?«

Wie Schmetterlinge aus ihrem Kokon kam nach und nach der Rest der Gruppe zum Vorschein. Mit einem gedämpften Bellen meldete sich auch Bane zu Wort.

Von weiter hinten rief Magdalene: »Zane ist rausgefallen ...!«

Aus einer etwas anderen Richtung kam Zanes Stimme: »Ich bin auch okay. Hab mir nur das Handgelenk gebrochen.«

Langsam krochen alle heraus und probierten ihre Glieder. Washburn trug Maki und sang für ihn.

Tom arbeitete sich durch den schmalen Gang zwischen den Kojen. Seine Augen kontrollierten Wände und Decke. Jenny wusste, warum; auch sie hatte das Knacken der Nähte, das Knallen überanstrengter Metallverbindungen gehört. »Wir sind ziemlich weit unten«, brummte er. »Die Explosion muss uns deftig getaucht haben.

»Aber zumindest haben wir die Explosion *überlebt*«, meinte Ogden.

»Das haben wir dem Eis zu verdanken, von dem das U-

Boot umgeben war«, meinte Tom. »Es hat uns abgeschirmt. Die Seehöhle ist ansonsten die Schwachstelle der Station. Sie ist einfach eingekracht und hat uns mitgerissen.«

»Sinken wir jetzt bis auf den Grund?«, wollte Magdalene wissen.

»Wir haben positiven Auftrieb«, antwortete Tom. »Irgendwann müssten wir eigentlich wieder an die Oberfläche kommen, wie ein Korken. Aber ...«

»Aber was?«, fragte Zane und verschränkte die Arme.

Die Navy-Leute starrten auf die Wände, die weiter stöhnten und knarrten. Schließlich antwortete Kowalski: »Wir sollten beten, dass wir nicht vorher so weit sinken, dass wir erdrückt werden.«

21:20 Uhr
Unter dem Eis ...

Craig schreckte auf. Es war dunkel und er hing kopfüber im Tank. Auf der Zunge schmeckte er Blut, sein Kopf tat weh und er spürte einen stechenden, heißen Schmerz in der Schulter. *Das Schlüsselbein ist gebrochen*. Aber nichts von alldem war der Grund, warum er aufgewacht war.

Das war das kalte Wasser gewesen, das ihm ins Gesicht spritzte.

In der Finsternis brauchte er eine Weile, um sich zu orientieren. Wenn er sich ausstreckte, berührten seine Hände die Glaswände. Jetzt wusste er auch, woher das Wasser kam: Die Tanktür hatte einen Riss. Das einströmende Wasser war eiskalt.

Angestrengt versuchte er zu erkennen, wo er war. Aber die Welt war schwarz wie Öl. Wasser stieg unter ihm auf und füllte den Tank. Er konnte das Blubbern entweichender Luft hören. Der Tank war nicht mehr intakt. Er hatte die Schockwelle der Bombe überlebt, doch er war unter Wasser, und zwar ziemlich tief.

Und er sank immer weiter.

Das Spritzen wurde heftiger.

Das Eiswasser durchnässte ihn. Inzwischen reichte es ihm schon bis zu den Oberschenkeln. Seine Zähne klapperten, halb von der Kälte, halb vom Schock, aber hauptsächlich aufgrund der in ihm aufsteigenden Panik.

Er hatte Angst, lebendig begraben zu werden. Er hatte schon Geschichten von Agenten gehört, die man auf diese Weise aus dem Weg geräumt hatte.

Das hier war um einiges schlimmer.

Die Kälte durchdrang ihn noch schneller als das Wasser. Woran würde er sterben, an Unterkühlung oder am Ertrinken?

Nach einer vollen Minute kam die Antwort.

Das laute Blubbern hörte auf, das Spritzen verebbte zu einem Tröpfeln und hörte dann ganz auf. Er hatte irgendein Gleichgewicht erreicht. Die Luftkammer hielt das Wasser zurück … zumindest für den Augenblick.

Aber er war alles andere als in Sicherheit. Die Luft würde schnell verbraucht sein und wahrscheinlich würde ihn die Kälte noch vorher umbringen.

Oder vielleicht auch nicht.

Seine Finger tasteten in die Tasche seines Parkas. Ein Klirren von Glas. Mit den Fingerspitzen stieß er gegen Scherben und schnitt sich. Trotzdem kramte er weiter und fand schließlich, was er suchte. Er zog eine der Glasspritzen heraus, in intaktem Zustand. Er hatte zwei Proben aus dem Labor mitgenommen – damals als Versicherung.

Jetzt als Lebensrettung.

Mit dem Daumen hob er die Kappe ab.

Unmöglich, im Stockdunkeln eine Vene zu finden.

Also stach er sich die lange Nadel mit beiden Händen in den Bauch. Der Schmerz war unbeschreiblich, dennoch drückte er den Kolben und injizierte sich das Elixier in die Bauchhöhle. Von dort würde es langsam in den Blutkreislauf gelangen.

Als die Spritze leer war, zog er sie heraus und ließ sie ins eisige Wasser fallen. Inzwischen klapperten seine Zähne unkontrollierbar, bald folgten seine Gliedmaßen ihrem Beispiel.

Aus der allgemeinen Panik bahnte sich eine konkrete Sorge den Weg an die Oberfläche.

Würde die Kryosubstanz schnell genug in seinen Kreislauf gelangen?

Er würde es merken.

21:12 Uhr
Russisches U-Boot der Serie I

Mit angehaltenem Atem stand Matt neben den anderen. Das alte U-Boot ächzte und knackte. Kowalski ließ den Schein der Taschenlampe den Gang hinauf- und hinunterwandern. In der Ferne hörten sie ein leises Zischen von Wasser. Ein Leck. Die Dunkelheit lastete schwer auf ihnen.

Jenny hielt seine Hand, ihre Finger klammerten sich förmlich an seine. Ihre Handfläche war feucht.

Dann spürte Matt die Bewegung unter seinen Beinen und ein flaues Gefühl im Magen. Er wandte sich zu Kowalski und Tom um, denn er traute dem Gespür der Navy-Männer mehr als seinem eigenen.

Aber Tom bestätigte seine Hoffnung. »Wir steigen auf.«

Jenny drückte seine Hand. Sie bewegten sich wieder nach oben.

Erleichtertes Gemurmel kam von den anderen.

Doch Kowalskis Gesicht blieb angespannt. Auch Tom sah nicht wirklich erleichtert aus.

»Was ist los?«, wollte Matt wissen.

»Es gibt keine Möglichkeit, unseren Auftrieb zu verändern«, antwortete Tom.

Kowalski nickte bestätigend. »Wir steigen völlig unkontrolliert. Und immer schneller.«

Matt hatte begriffen und erinnerte sich an Toms vorige Metapher. Das U-Boot benahm sich wie ein Korken, der tief unter Wasser gedrückt und dann losgelassen wurde. Jetzt war er auf dem Weg nach oben, gewann Tempo, angeschoben von den Auftriebskräften. Matt blickte hoch und stellte sich vor, was passieren würde.

Wenn sie die Oberfläche erreichten, würde ihre Geschwindigkeit bereits tödlich sein. Wie ein entgleisender Zug würden sie von unten gegen die polare Eiskappe knallen.

»Zurück zwischen die Matratzen?«, fragte Matt.

»Das wird nicht viel nützen«, meinte Kowalski. »Wenn wir an die Oberfläche kommen, sind wir trotzdem platt wie Pfannkuchen.«

Doch sie hatten keine andere Chance. Die ganze Gruppe floh wieder zwischen ihre Polster. Matt drückte sich neben Jenny. Er spürte, wie sie immer schneller wurden, spürte den unerträglichen Druck auf den Ohren. Die Neigung des Bootes wurde stärker, je höher sie kamen.

Jennys Hand suchte ihn. Er schmiegte sich an sie, ohne zu wissen, ob dies vielleicht ihr letztes Mal sein würde. Seine Hände legten sich an ihre Wangen. Sie waren feucht.

»Jen ...«

Sie zitterte in seinen Armen.

»Ich liebe dich«, flüsterte er. »Ich habe dich immer geliebt. Ich habe nie damit aufgehört.«

Ihr Körper wurde von lautlosen Schluchzern geschüttelt, aber sie suchte mit den Lippen seinen Mund und küsste ihn, tief und lange. Sie brauchte nichts zu sagen. Sie antwortete ihm mit ganzem Körper und ganzer Seele.

So hielten sie sich aneinander fest und schlossen die Welt mit ihrem ganzen Schrecken einfach aus. Hier, in diesem Augenblick, gab es nur Vergebung und Liebe und ganz einfache Bedürfnisse. Das Bedürfnis des einen nach dem anderen. Wie hatten sie so etwas Einfaches je vergessen können?

Der Augenblick dehnte sich in eine kristallklare Ewigkeit.

Dann prallte das U-Boot an die Eisdecke.

21:23 Uhr
Über dem Eis

Der Mond war voll. Eine helle Münze, die zwischen den Sturmwolken hervorbrach. Sein Licht überschüttete die Arktis mit Silber und spiegelte sich im Eis. Der einzige Makel war ein dunkles, knapp einen Kilometer breites Loch, das noch glomm und rauchte. Der Rest der Welt bestand aus einer perfekten Ebene aus Silber.

Aber es würde nicht andauern. Perfektion konnte nie von Dauer sein.

Anderthalb Kilometer von dem Loch entfernt knallte von unten etwas gegen das Eis, durchbrach es wie ein schwarzer Wal, der aus dem Wasser schoss. Es warf sich hoch in die Luft, hing einen Moment über dem Wasser, bis die Schwerkraft es wieder für sich beanspruchte.

Dann krachte die Konstruktion aus Eisen und Stahl mit dem Bauch zuerst ins Meer, verschwand für einen Moment unter dem Eis und rollte kurz darauf wieder nach oben, im Eisschlamm spritzend und schwankend.

21:24 Uhr
Russisches U-Boot der Serie I

Matt und Jenny waren völlig ineinander verknotet, und in der Dunkelheit zwischen den Matratzen war es schwer zu sagen, wem in dem Durcheinander von Armen und Beinen was gehörte.

Einen Augenblick zuvor waren sie an die Oberfläche gekommen. Das nahmen sie jedenfalls an. Eng umschlungen waren sie hochgeschleudert worden, einen Atemzug lang schwerelos, als würden sie fliegen. Dann hatten sie sich unerklärlicherweise wieder nach unten gesenkt.

Sie knallten auf ihre Koje zurück und landeten dort nicht sonderlich elegant.

Überraschungsschreie waren zu hören.

Das U-Boot rollte und schwankte.

Matt löste sich aus ihrem Kuddelmuddel und half Jenny, aus dem Nest zu kriechen. Seine Beine fühlten sich wackelig an – oder lag das an dem schwankenden Schiff? Matt hielt sich mit einer Hand am Rahmen der Koje fest. »Was ist passiert?«, fragte er.

Kowalski kratzte sich mit der Taschenlampe am Kopf. »Eigentlich müssten wir tot sein. Zermalmt.« Irgendwie klang er enttäuscht, denn sein fester Glaube an die physikalischen Gesetze von Auftrieb und Eis war für immer erschüttert.

»Na ja, ich will mich nicht beklagen«, meinte Matt, der allmählich sein Gleichgewicht wiederfand. Das U-Boot stabilisierte sich etwas. »Sehen wir mal, wo wir sind.«

Ohne Jennys Hand loszulassen, führte er die Gruppe zurück ins Zentrum des Schiffes. Die innere Luke war nicht verriegelt, klappte herunter und überschüttete Kowalski mit Wasser.

»Scheiße!«, fluchte er. »Warum bin *ich* eigentlich immer derjenige, der durchweicht wird?«

Matt kletterte auf den Kommandoturm und schlug die Luke mit einem Knall zurück. Kalte Luft strömte herein. Noch nie hatte er etwas so Wundervolles gefühlt.

Rasch stieg er hinaus, um für die anderen Platz zu machen, und sah sich von dort staunend um.

Der Sturm hatte sich gelegt. Mondlicht tauchte die Welt in Silberlicht.

Aber es war kein *festes* Silber.

Das U-Boot schaukelte in einem Meer von Eisschlamm. Sanfte Wellen umgaben das Schiff und schwappten hundert Meter weiter an eine solide Eisküste. Sie markierte die Grenze zwischen zwei Welten – eine aus richtigem Eis, die andere aus zerfallenem Eisschlamm.

Matt starrte weiter umher. Ein riesiges schwarzes Loch trennte die beiden Welten.

Jenny trat zu ihm und schob ihre Hand wieder in seine. »Was ist passiert?«

»Die Polaris-Bombe hat getan, was sie tun sollte«, antwortete er und deutete mit der Hand über die riesige Fläche aus Eisschlamm und zerborstenen Eisschollen. »Aber sie war nur ein halber Erfolg. Sieht aus, als wäre die andere Hälfte nicht losgegangen.«

»War es die *Polar Sentinel*?«

»Wer sonst?«, fragte Matt zurück und zuckte die Achseln.

Kowalski wiederholte Jennys Worte. »Die *Polar Sentinel.*«

Matt sah zu ihm hinüber. Er deutete hinaus über das mit Eisbrocken bedeckte Wasser. Ein schwarzes Ungetüm schob sich durchs Eis empor. Das große, hell erleuchtete Auge des U-Bootes erwiderte ihre Blicke, als wunderte es sich, dass sie noch am Leben waren.

Matt zog Jenny in seine Arme und merkte wieder, wie gut sie hineinpasste, wie leicht sie beide wieder eins wurden.

Auch er war überrascht, das musste er zugeben.

Epilog

Ein Jahr später, 14. Mai, 06:34 Uhr
Brooks Range, Alaska

Es war viel zu früh.

Matt verkroch sich unter dem alten Daunenquilt und weigerte sich, die warme Höhle zu verlassen. Obwohl der Frühling laut Kalender bereits Einzug gehalten hatte, war es im Hochland von Alaska noch so kalt, wie es Leute aus dem Mittelwesten kaum im Winter erleben. Er suchte sich das wärmste Plätzchen unter der Decke, direkt neben dem nackten Körper seiner Frau.

Wohlig streckte er sich neben Jenny aus, drückte sich an sie wie ein Löffel an den anderen, Haut an Haut, die Lippen an ihrem Nacken, die Beine ineinander verschlungen.

»Du hattest deine Flitterwochen schon gestern«, murmelte sie in ihr Kissen.

Er grummelte, konnte aber ein Lächeln nicht unterdrücken. Seit er gestern Nachmittag am Fluss sein Ehegelübde abgelegt hatte, konnte er nicht aufhören zu grinsen wie ein liebesblöder Teenager. Es war eine kleine Zeremonie gewesen. Nur ein paar Freunde und die engste Familie.

Amanda und Greg waren hergeflogen, ebenfalls frisch verheiratet. Für seine Heldentaten hoch im Norden hatte Captain Perry eine hohe Auszeichnung erhalten. Zwar war die halbe polare Eiskappe von der Polaris-Bombe zerstört worden, doch die andere Hälfte konnte dank seiner Bemühungen und Amandas beherztem Einsatz des DeepEye-Sonars gerettet werden.

Was den Schaden an der Eiskappe anging, so war er beträchtlich, aber nicht irreparabel. Im Sommer schmolz das Eis ohnehin jedes Jahr zur Hälfte weg, kam jedoch im Winter zurück. Und wieder einmal zeigte sich die erstaunliche Widerstandskraft der Erde. Im letzten Winter hatte sich die Kappe neu gebildet und von neuem über das ganze Nordmeer ausgebreitet.

Doch die Beziehungen zwischen den beiden Regierungen – von Russland und den Vereinigten Staaten – heilten weder leicht noch schnell. In den Hallen der Macht in Washington und Moskau ging es immer noch um Nachwirkungen und Strafaktionen. Täglich gab es Anhörungen, Gerichtsverhöre und Kriegsgerichtsprozesse. Aber selbst dieser Aufruhr würde sich irgendwann legen und Gras über die Sache wachsen.

Matt hoffte, dass das Ganze zu etwas gut gewesen war.

Was die Ereignisse im Norden betraf, so hatten sie keinerlei Spuren hinterlassen. Die Schaltbilder für die Polaris-Bombe wurden nie gefunden, denn Admiral Petkow hatte sie zerstört, bevor er seinen Heimathafen verlassen hatte. Auch die Grendel waren verschwunden, ausgelöscht durch die Atomexplosion.

Letztendlich hatte der Krieg keine bleibenden Auswirkungen für die Welt.

Nun ja, jedenfalls *fast* keine.

Vergnügtes Lachen ertönte aus dem Hauptraum der Familienhütte. So konnten nur Kinder lachen. Und dieses Lachen war es auch, was Matt aus seinem kurzen Schlaf geweckt hatte.

Jetzt rührte sich auch Jenny. »Klingt ganz danach, als wäre Maki schon wach.«

Außerdem hörte man nun das Klappern von Töpfen und Pfannen aus dem Nachbarzimmer. Matt schlug die Decke zurück, bereit, sich mit Entschiedenheit noch ein paar Stunden Schlaf zu verschaffen. Doch dann stieg ihm der Duft in die Nase. Er sog ihn tief ein und seufzte.

»Kaffee … das ist nicht fair.«

Jenny rollte sich zu ihm und setzte sich auf. »Wahrscheinlich sollten wir aufstehen.«

Matt stützte sich auf einen Ellbogen. Er starrte seine frisch gebackene Ehefrau an. Das Sonnenlicht strömte durchs Fenster und umhüllte sie mit einem goldenen Schein. Er war der glücklichste Mann auf der ganzen verdammten Welt.

Wieder driftete das Kinderlachen zu ihnen herein.

Jenny lächelte. Keine Spur von der alten Traurigkeit. Und genau wie sie wusste auch er, wie gut es war, wieder Lachen in der Hütte zu hören, wenn auch nur für kurze Zeit.

Gemeinsam schlüpften sie in Pyjama und Bademantel und gingen zur Tür. Matt öffnete und folgte Jenny hinaus.

Maki spielte mit Bane. Der große Wolfsmischling lag mitten im Zimmer auf dem Rücken und streckte dem Jungen den Bauch entgegen, um sich streicheln zu lassen. Der Junge kraulte ihn, und wenn er an die besonders empfindliche Stelle kam, zuckte Banes Hinterbein und der Kratzreflex setzte ein, was zu einem weiteren Lachanfall führte.

Lächelnd betrachtete Matt die Szene. Es war so einfach, sich zu freuen. Ein Junge und ein Hund.

»Ihr seid schon auf!«, sagte eine Stimme aus der Küche. Es war Belinda Haydon.

»Wo ist dein Mann?«, fragte Matt.

»Bennie und Jens Vater sind vor einer Stunde mit ihren Stöcken losgezogen.«

Maki stand auf und ging zur Küche. »Mama«, sagte er auf Inuktitut. »Kann ich eine Pop-Tart haben?« Letzteres fragte er auf Englisch. Er lernte die Sprache extrem schnell.

»Wenn du deine Frühstücksflocken gegessen hast, Schätzchen«, antwortete Belinda fest.

Maki streckte die Unterlippe vor und ging zurück zu Bane.

Matt folgte ihm mit den Augen. Nach dem Erlebnis vor einem Jahr hatten Jenny und er überlegt, den Jungen zu adoptieren, aber sie waren noch zu sehr mit ihrer eigenen Heilung beschäftigt. Es war nicht der richtige Zeitpunkt, um ein traumatisiertes Kind großzuziehen.

Stattdessen hatte man die perfekte Familie für den Jungen gefunden: Bennie und Belinda. Jenny hatte Matt von der Fehlgeburt und der Unfruchtbarkeit des Paares erzählt. Die beiden hatten Liebe genug für zehn Kinder. Wenn es Menschen gab, die dem Jungen helfen konnten, sich zu erholen und zu wachsen, dann Bennie und Belinda.

Matt merkte, dass er Jenny anstarrte. Sie konnten immer noch Kinder bekommen. Das Thema war schon zögernd angesprochen worden. Flüsternd, bei Nacht, hatten sie ihre Hoffnungen unter der Bettdecke miteinander geteilt.

Für sie alle gab es noch genügend Zeit.

»Onkel Matt!«, rief Maki ihm zu. »Bane möchte auch gern eine Pop-Tart.«

Matt lachte.

Jenny lächelte sie beide an.

Er blickte tief in ihre strahlenden Augen.

Er war wirklich der glücklichste Mann auf der Welt.

06:55 Uhr
Unter dem Eis

Der Tank kam auf dem Grund des Ozeans zur Ruhe – voller Wasser, angeschlagen und rissig. Der Mensch darin war nur noch ein gefrorener Klumpen aus Knochen und Gewebe. Es gab kein Licht. Und kein Geräusch.

Niemand hörte das Schreien im Innern seines Kopfes.

Das Kryoprotektans hatte gewirkt, ihn konserviert und geschützt. Aber es gab eine Nebenwirkung, mit der er nicht gerechnet hatte. Eine schreckliche, alptraumhafte Nebenwirkung. Jetzt verstand er, warum der russische Wissenschaftler so viele Jahre mit der Forschung über Beruhigungs- und Schlafmittel verbracht hatte. Dieser Teil seiner Bemühungen war ganz und gar nicht nebensächlich gewesen, sondern ein ganz wichtiger Punkt der Kryogenik.

Denn der Zustand, den das Elixier herbeiführte, war *kein* Schlaf.

Das Bewusstsein blieb erhalten – gefroren, aber intakt.

Der Schlaf verweigerte sich ihm.

Er schrie und schrie, aber nicht einmal er selbst hörte etwas.

Taub, stumm, blind.

Doch sein Körper blieb erhalten, konserviert in alle Ewigkeit. In den schwarzen Tiefen des Arktischen Ozeans verweilte ein Gedanke, hartnäckig, während der Wahnsinn alles andere auffraß, was von ihm noch übrig war.

Wie lange? Wie lange dauert die Ewigkeit?

Anmerkungen des Autors

In den letzten Jahren bin ich oft gefragt worden, wo in meinen Geschichten die Grenze zwischen Wahrheit und Fiktion liegt. Deshalb dachte ich, es könnte interessant sein, hier am Ende von *Mission Arktis* ein paar Details näher zu erläutern.

Aber eins nach dem anderen. Der Roman beginnt mit einem fiktiven Zeitungsartikel über das Verschwinden eines Inuit-Dorfes am Lake Anjikuni. Die Einzelheiten des plötzlichen und unerklärlichen Verschwindens beruhen auf Fakten, doch das Schicksal der armen Menschen habe ich mir selbst ausgedacht. Das Gleiche gilt für die Geschichte der unglücklichen Seeleute an Bord der *Jeanette* 1881. Die Tragödie war real; das, was mit der Crew des vermissten Rettungsboots geschehen ist, reine Fiktion.

Was die Bedrohung durch die Polaris-Bombe angeht, so beruht das Szenario auf wissenschaftlicher Theorie; die praktische Anwendung des sternförmigen harmonischen Geräts entsprang jedoch meiner Fantasie. Der Effekt einer Zerstörung der nördlichen Polarkappe – die Schaffung einer neuen Eiszeit – basiert allerdings ebenfalls auf den Überlegungen führender Arktisforscher.

Nun zu den Grendeln: Auch sie sind eine Mischung aus Fakt und Fiktion. Die Spezies *Ambulocetus natans,* bekannt als Laufwal, ist anhand fossiler Daten nachweisbar. Auch die biologischen Besonderheiten des arktischen

Waldfroschs sind real. Tatsächlich frieren diese seltsamen Kreaturen monatelang fest ein und erwachen beim Auftauen wieder zum Leben. Ken Storey von der Carleton University hat die Mechanismen dieser wundersamen Adaption untersucht. Die Rolle von Zucker bei diesem »Scheintod«-Prozess ist ebenfalls wissenschaftlich nachgewiesen, genau wie der erstaunliche Umstand, dass alle Wirbeltiere diese Gene in sich tragen. Diese Fakten habe ich sozusagen durchgemischt und damit die Grendel erschaffen.

Zuletzt noch eine Bemerkung zu dem Detail, von dem ich annehme, dass es für die meisten Menschen am schwersten zu glauben ist: Ist es möglich, dass die Vereinigten Staaten zusammen mit Russland an etwas so Abscheulichem wie geheimen Experimenten mit Menschen beteiligt waren? In meinem Roman vertritt Admiral Petkow seinen Standpunkt aufgrund historischer Gegebenheiten und selbst er berührt nur die Oberfläche der Wahrheit. Im Sinne einer Warnung lassen Sie mich ans Ende dieses Buches eine ausgewählte Liste von historischem Missbrauchs stellen, zusammengetragen und urheberrechtlich geschützt vom Health News Network (www.healthnewsnet.com):

1932 Beginn der Tuskegee-Syphilis-Studie. Zweihundert Schwarze männlichen Geschlechts, die an Syphilis erkrankt und entsprechend diagnostiziert sind, werden über ihre Krankheit im Dunkeln gelassen, bekommen keinerlei Behandlung und werden stattdessen als menschliche Versuchskaninchen benutzt. Alle sterben an der Syphilis.

1953 Der Pellagra-Vorfall. Nachdem Millionen Menschen im Lauf von zwei Jahrzehnten an Pellagra, einer Vitaminmangelkrankheit, gestorben sind, wird der U. S.

Public Health Service endlich aktiv, um die Krankheit zu bekämpfen. Der Direktor der Behörde gibt zu, dass man seit mindestens zwanzig Jahren weiß, dass Pellagra von einem Niacin-Mangel ausgelöst wird, man aber keinen Handlungsbedarf sah, da die Todesfälle hauptsächlich in der armen schwarzen Bevölkerung vorkommen.

1940 Vierhundert Insassen eines Gefängnisses in Chicago werden mit Malaria infiziert, um die Wirkung neuer und experimenteller Medikamente zur Bekämpfung der Krankheit zu erproben. Bei den Nürnberger Prozessen zitieren Nazi-Ärzte diese Studie später, um sich zu rechtfertigen.

1945 Das Projekt Paperclip wird ins Rollen gebracht. Das amerikanische Außenministerium, der militärische Geheimdienst und die CIA rekrutieren Nazi-Wissenschaftler und bieten ihnen Immunität und eine neue Identität im Austausch dafür, dass die Betreffenden an Geheimprojekten der Regierung mitarbeiten.

1947 Die CIA beginnt ihre Studie über den Einsatz von LSD als potenzielle Waffe. Menschliche Versuchspersonen (Zivilisten und Militärangehörige) werden teils mit, teils ohne ihr Wissen dafür benutzt.

1950 Bei einem Experiment, das feststellen soll, wie anfällig eine amerikanische Großstadt bei einem Angriff mit biologischen Waffen wäre, versprüht die US Navy von Schiffen aus eine Bakterienwolke über San Francisco. Viele Einwohner erkranken an Symptomen, die einer Lungenentzündung ähneln.

1956 Das US-Militär setzt mit Gelbfieber infizierte Mücken über Savannah, Georgia, und Avon Park, Florida, aus. Nach jedem Test untersuchen Vertreter der Armee, die sich als Gesundheitsbeamte ausgeben, die Opfer auf Auswirkungen.

1965 Gefangene des Holmesburg State Prison in Philadel-